장만영 전집 3권

산문편

장만영 전집 3권

산문편

장만영 전집 간행위원회 편

국학자료원

■ 1964년 5월 20일 서대문 강북 삼성병원 정원 앞에서

- 1974년 5월 26일 KBS TV '名作의 고향'에 출연, 여자 아나운서와 대담하고있는 장만영 시인

- 서재에서의 장만영 시인

- 조병화 시인(사진 왼쪽)과 출판 모임에서 환담하고 있는 장만영 시인 (사진 오른쪽)

- 외솔회 출판 모임에서 기념촬영한 문우들과 함께(맨 앞줄 가운데 소설가 정비석, 아동문학가 마해송)

- 1971년 4월 11일 외솔회 최현배 선생 서거 후 경기도 양주시 진접읍 장현리 한글학회 소유 묘지를 찾은 외솔회 회원들. 왼쪽부터 조병화 시인, 장만영 시인, 최영해 정음사 사장(2009년 9월 23일 최현배 선생은 현충원 애국지사 4묘역에 안장되었다)

弔 歌
―4·19 젊은 넋들앞에―
장만영

분노는 폭풍, 폭풍이 휩쓸아치던 그날을
나는 잊을 수 없다. 유령처럼 아침이슬처럼
사라져버리던 독재의 꿈을
총탄에쓰러진 젊은 영혼들을 나는 잊을 수 없다.

여기 새로 만들어놓은 제단이 있다.
여기 꺼질 줄 모르는 성화가 있다.
여기 비통한 가지가지 이야기가 있다.

아무런 모습이라도 좋다.
먼 하늘 반짝이는 저 별들처럼 나와
가벼운 속삭임으로라도 좋다.
아아 나에게 슬기로운 역사를 말해주려무나.

슬픔은 독한 술날이 갈수록 더욱 심하구나.
이윽고 봄이 오면 꽃도 피겠지 꽃도 지겠지.
그때마다 나는 새로운 슬픔에 사로잡혀
사랑과 우정을 넘어 통곡하리라.

■ 장만영 시인의 수유리 4·19 기념탑 옆 '조가' 앞에서 (장남 장석훈
　선생과 장손 장지완 군)

■ 자제 결혼식에 모인 가족들과 함께 기념촬영한 장만영 시인(가운데)

『초애 장만영 전집』 발간에 즈음하여

초애 장만영 선생이 서거하신 지 어느덧 30년이 지났다. 향년 62세도 아쉬움이었지만, 그 후 세월에서도 다시금 덧없음을 느끼게 된다.

돌아가시기 2년 전의 시집 『저녁놀 스러지듯이』를 대했을 때의 무엇인가 허전하였던 마음이 어제의 일처럼 돌이켜 생각이 들기도 한다.

> 길손이 말없이 떠나려 하고 있다
> 한 권의 조이스 시집과
> 한 자루의 외국제 노란 연필과
> 때 묻은 몇 권의 노우트와
> 무수한 담배꽁초와
> 덧없는 마음을 그대로
> 낡은 다락방에 남겨 놓고
> 저녁놀 스러지듯이
> 길손이 말없이 떠나려 하고 있다

저때, 시집에서 「길손」은 시행을 짚어 가며, 갑자기 신약해지신 것이 아닌가, 불길한 예감이 앞서기도 하였었다.

선생은 서울 서대문구 평동 55번지의 골목 안 자그마한 집에 사셨다. 때로 찾아뵈면, 언제나 저 작은 미닫이 창문을 열고 반기셨고, 너그러운 음성으로 당신의 근황보다도 이 켠 주변의 안부부터 묻곤 하셨다. 당신의 평동 생활은 저 시집 속의 「게蟹」와 「네모진 창가에 앉아」에 그대로 여실히 드러나 있다.

이 놈은
가끔 외롭다고 집게질을 한다
이 놈은
가끔 바보처럼 운다

―「게 · IV」

네모진 창가에 앉아
놀 비긴 서쪽 하늘을 바라보며
「몽마르트르의 일몰」을, 반 · 고흐를
그의 고국 네덜란드를 나는 생각한다

―「네모진 창가에 앉아 · 끝 연」

저 1970년대 초반의 어려운 세상을 평동의 골목 안 좁은 공간에서 외로이 칩거하다시피 한 삶이셨다. 오늘에 이 시를 되짚어 보기가 안쓰럽고 죄스럽기만 하다.

1974년 3월에 주신 편지 한 통에 생각이 미친다.

홍이섭 추도시를 쓰다가 문득 '전라도 생각'이 나서 이 붓을 들었소. 버스로 세 시간 밖에 안 걸리는 그 곳이 오늘은 왜 이리 멀게만 생각되오. 그동안 내가 병원(고려병원)에 들어가 보름 동안 고생하다가 31일 퇴원해서 이런지도 모르겠소. 아무에게도 안 알리고 찾아 주는 벗 하나 없는 쓸쓸한 생활을 하다가 나왔소. 죄 없는 아내만 얼굴이 해쓱해 갖고 곁에 의자에 앉아 밤새우고 하는 꼴 정말 가슴 아팠소. 아내의 정성 탓인지 이렇게 나와 편지도 쓰고 시도 쓰고 하니 정말 살아난 것 같소. 이제 그만 쓰겠소. 약간 피로해서. 안녕히 계시오.

'홍이섭'은 선생과 동갑으로 1974년 3월에 작고하셨다. '전라도 생각'이란 저때 병상의 동서 신석정 선생을 두고 하신 말씀이었다. 당신의 입원을 전주의 동서에게도 알리지 않으셨던 것이다. '죄 없는 아내'는 신석정 선생의 처제 '박영규 여사'를 일컬음이다.

여기에 사신私信을 공개한다는 것이 외람된 일이나, 저 무렵 선생의 일상 심경을 다 헤아리지 못했다는 뉘우침과, 다른 한 편『저녁놀 스러지듯이』에 대한 일반 독자의 이해에 혹 도움이 되지 않을까 하는 생각이 앞섰기 때문이다.

가까이에서 봐온 선생은 언제나 낙천적이셨다. 황해도 배천온천의 부유한 가정에서 부유한 삶을 누리셨음에도, 광복 후 실향민으로서의 고단한 서울 생활에 어떠한 짜증도 아픔도 밖으로 나타내는 일이 없으셨다. 또한 선생은 문단의 화제에서도 문학인에 대한 험담을 하시는 일이 없었다. "시인은 시인이 아껴야 한다"는 게 선생의 평소 말씀이셨다.

한국신시학회 주최로 선생의 10주기를 추모하는 '문학의 밤' 행사가 열린 바 있었다. 저때 조병화 시인은 추모시「맑은 물처럼, 흙처럼」으로 선생의 삶과 시를 되새겨 주신 바 있다.

> 한국의 중부 서정을
> 밝은 언어의 결로
> 황토색 짙게
> 시를 깎으며 평생을 살아오신
> 62세
>
> 세월은
> 팔랑개비
> 시단을 던져 버리고
> 평동 골목에 묻혀
> 알맞게 사시다 알맞은 세월, 알맞게 떠나시는 모습
> 당신의 어진 시 같습니다

이 추모시로부터 20년 세월이 흘렀다. 이제 선생은 저승 세계의 어느 자연을 누리며 다시 만난 생전의 문우들과 어떤 시, 어떤 담소를 나누고 계실까. 선생이 이승에 남기신 시의 위상은 우리의 시문학사에 한 자리매김이 되어 있을 뿐 아니라, 앞으로도 계속 시문학도들에 의하여 논의될 것이다.

한 가지, 선생께서 한 평생 시를 쓰시며 시를 어떻게 생각하시었나 하는 것만은 다시 한 번 들어 두고 싶다. 선생은 서거 10년 전, 한국시인협회에서 엮어 낸 "나의 시 나의 시론"에 당신의 시에 대한 생각을 명료히 들어 말하신 바 있다.

> 시의 감동과 여운은 '애수적인 미'에 있다.
> 시의 목적은 '자기 만족'(쾌감) 외에 다른 공리성을 가질 수 없다.
> 시에는 '나'가 있고, 나의 '시'가 있을 뿐이다.
> 시에 '쾌감' 외의 '의미 부여'나 '현실 대결'을 요구하는 것은 마땅한
> 일이 못 된다.
> 시를 쓸 땐 쉬운 말, 소박한 말, 한글만으로 명료한 표현을 하고 싶다.

감히 위 다섯 가지로 요약해 볼 수 있지 않을까. 선생의 시론은 무엇보다도 선생이 남기신 시 작품과 시에 대한 감상, 해설의 글이 실증하고 있다. 시에 대한 선생의 생각이 오늘에도 어떠한 의의가 있고, 앞날의 우리 시에 어떠한 생명력으로 이바지될 것인가는 오직 시학도의 연구에 맡겨진 일이라 할 수밖에 없다. 이번 『초애 장만영 전집』의 간행 의의도 이 점에 있다.

끝으로, 유족으로서는 그동안 마음만 동동거렸을 뿐 힘이 미치지 못했던 일을 외솔회 총무이사 박대희 선생께서 추진하여 오늘의 아름다운 간행을 이루게 되었다. 어찌 유족뿐이겠는가. 우리 시문학의 앞날을 위해서도 다 같이 고마워해야 할 일이 아닐 수 없다.

2014년 12월 12일 탄생 100주기를 맞아
『장만영전집』 간행위원회 위원장 최승범

초애 장만영 선생 해적이(연보)

1914년   (음력) 1월 25일 황해도 연백군 은천면 영천리 87번지에서 부친 장완식張完植 님과 모친
         김숙자金淑子 님 사이에서 3대 독자로 태어나다. 부친은 일찍이 전북 부안에서 공무원 생
         활을 하다가 상업에 종사했으며, 후일 고향인 배천白川에서 온천을 개발하여 배천온천
         호텔의 주인이 되었으며, 그동안 모친은 아들만 데리고 양조장을 경영하다. 호는 초애
         草涯.

1923년   배천 공립보통학교에 입학하다. 부친이 자주 집을 비워 큰 집에서 모친과 단 둘이 생활
         했기 때문에 외롭게 유년 시절을 보냈으나, 모친에게서 많은 동화를 들어 동화책을 애독
         하다.

1927년   배천공립보통학교(4년제)를 졸업하자, 단신 상경하여 경성제2고등보통학교(현 경복고
         교)에 입학하다. 서울 서대문구 천연동에 하숙하면서 많은 문학 서적을 사서 모으기 시
         작하다.

1928년   경성제2고보 2고년 때, 도스토예프스키의『죄와 벌』, 밀턴의『실낙원失樂園』등을 읽음
         으로써 처음으로 문학 서적에 접하는 한편, 안데르센 동화와 메테를링의『파랑새』에 감명
         을 받았으며, 타고르 등 해외 전원시인들의 작품을 탐독하다.

1929년   3학년이 되자, 경성제2고보 선후배들인 정현웅鄭玄雄, 이시승李時乘, 한노단韓路壇 등과
         어울려 교내 회람지를 육필로 꾸며 읽으면서, 훗날 삼사문학三四文學을 창간한 이들과 습
         작 활동을 시작하다. 이 회람지에「쓰레기통」이란 작품을 발표하다.

1931년   주요한朱耀翰이 발행한 ≪동광東光≫지의 독자 투고란에 습작품을 발표하면서 서면으로
         안서岸曙 김억金億의 지도를 받게 되어 주요한, 김동환, 김소월 등 민요 시인의 작품을 애
         독하다.

1932년   경성제2고보(5년제)를 졸업하자, 김억을 직접 만나면서 친분이 두터워져 사제지간의 관
         계를 맺게 되다. ≪동광東光≫지에 김억의 추천으로 '봄노래'와 '마을의 여름밤'을 발표하
         면서 신석정辛石汀의 작품을 읽게 되었으며, 집 근천에 살던 박영희朴英熙와도 친교를 맺
         게 되다.
         시「봄노래」(≪東光≫ 제33호),「물장난, 동무여!」(≪朝鮮日報≫ 1932년 7월 3일자),「고향
         故鄕에 돌아와서」,「농부農夫의 설움」,「즐겁던 어린 때」(농민 제3권 제7호),「마을의 여름
         밤」(≪東光≫ 제38호) 등을 발표하다.

1933년   학교를 졸업한 후 고양인 배천에서 지내면서 신석정과 친교를 맺다. '구인회'에서 달마
         다 열리는 문학 강연회에 참석하기 위해 서울에 오르내리면서 해외 전원시의 영향을 받
         아 이와 유사한 작품을 발표하다.
         시「정처定處없이 떠나고 싶지 않나?」,「자네는 와서」(≪東光≫ 제40호),「귀로歸路」(≪東

方評論≫ 제3호), 「나비여!, 알밤」(≪新東亞≫ 제24호), 「산과 바다」(≪學燈≫ 제2호) 등을
발표하다.

1934년　일본 도쿄東京 미사키 영어학교三崎英語學校 고등과에 적을 두고, 문학 서적과 외국의 서
정시집을 사서 읽다.
시 「겨울밤의 환상幻想」(≪學燈≫ 제5호), 「비 걷은 아침」(≪新東亞 제30호), 「고요한 오후
午後」(≪新東亞≫ 제31호), 「고요한 밤」(≪學燈≫ 제7호), 「별」(≪新人文學≫ 창간호), 「아
직도 거문고 소리는 들리지 않습니까?」(≪新東亞≫ 제36호), 「가을 아침 풍경風景」, 「풀밭
위에 잠들고 싶어라」(≪新人文學≫ 제2호), 「외로운 무덤」(≪學燈≫ 제12호), 「새벽」(≪東
亞日報≫ 1934년 12월 7일자) 등을 발표하다.

1935년　도쿄 유학을 계속하면서 많은 작품을 발표하다.
시 「港口 風景」(≪東亞日報≫ 1935년 2월 5일자), 「봄들기 전前」(≪東亞日報≫ 1935년 3월 30
일자), 「달」(≪新人文學 제5호), 「무지개, 달밤, 봄들기 전前」(≪學燈≫ 제 15호), 「해안海岸에
서」(≪東亞日報≫ 1935년 5월 17일자), 「풍경風景」, 「아침 창窓에서」(≪學燈≫ 제16호), 「아
아 내마음 외로워」, 「외로운 섬」, 「님의 애원哀願」, 「여수旅愁」, 「저 저수지貯水池로 나가보
게」(≪學燈≫ 제18호), 「돌아오지 않는 두견이」, 「졸음」, 「가을 아침 풍경風景」(≪學燈≫
제19호), 「새로 3時」(≪新人文學≫ 제8호), 「아침」(≪新人文學≫ 제9호) 등을 발표하다.

1936년　부모의 강권에 따라 학업을 중단하고 귀국하여 김억의 소개로 정비석鄭飛石, 김광균金光
均, 이육사李陸史 등 많은 문인을 사귀다. 10월에는 전북 만경萬頃 출신이자 신석정의 처
제인 5년 연하의 박영규朴榮奎와 결혼하다.
시 「바다 三題」(≪新人文學≫ 제10호), 「湖水」(≪新人文學≫ 제11호), 「달・포도・잎사귀」,
「비」(≪詩建設≫ 창간호) 등을 발표하다.

1937년　첫 시집 『양羊』을 100부 한정판으로 자비 출판하여, 80부는 스스로 불사르고 20부만 가
까운 문우나 친지에게 주다. 이후 시집을 펴낼 때마다 시집 제목을 한 자씩 늘려가다.

1938년　단신 상경하여 관수동觀水洞 22번지에 방을 얻고, 다양한 체험을 하면서 작품 활동을 하
다. 이 무렵 최재서崔載瑞, 오장환吳章煥, 이봉구李鳳九, 서정주徐廷柱, 정지용鄭芝溶, 김기림
金起林 등과 사귀다. 장남 석훈石勳 태어나다.
시 「순이順伊와 나와」(≪朝鮮日報≫ 1938년 6월 7일자), 「너는 오지 않으려느냐?」(≪貘≫
제2집), 「들꽃이 핀 둔덕」(≪貘≫ 3집), 「女人」(≪朝光≫ 제37호), 「INITIAL」(≪時建設≫ 제
6호) 등을 발표하다.

1939년　제2시집 『축제祝祭』를 인문사人文社에서 출판하다.
시 「슬픈 조각달」(≪朝光≫ 제39호), 「傷心」, 「哀歌」(≪女性≫ 제4권 2호), 「바다로 가는 여
인女人」(≪朝光≫ 제46호), 「향수鄕愁」(≪詩建設≫ 제7호; ≪人文評論≫ 제2호), 「바다여」
(≪靑色紙≫ 제7호) 등을 발표하다.

1940년　다시 고향에 돌아와 광복될 때까지 배천에 묻혀 일제의 암흑기를 보내다. 장녀 애라愛羅
태어나다.

시「溫泉호텔 抄」(≪東亞日報≫ 1940년 1월 19일자)「항구港口」(≪女性≫ 제51권),「춘야春夜」(太陽 제2호),「비의 이미지IMAGE」(≪朝光≫ 제52호),「새의 무리」(≪人文評論≫ 제6호),「서정가抒情歌」(≪朝光≫ 제42호),「풍경風景」(≪詩建設≫ 제8호),「少女와 해바라기」,「溫泉이 있는 거리」(≪東亞日報≫ 1940년 6월 18일자),「수야愁夜」(≪朝光≫ 제57호),「뻐꾹새 감상感傷」(≪朝光≫ 제59호),「散文 기염氣焰 아닌 기염氣焰」(≪朝光≫ 제51호) 등을 발표하다.

1941년 시「마음 山으로 갈 때에」(≪人文評論≫ 제15호)를 발표하다.

1943년 시「유동사모시幼童思慕詩」(≪朝光≫ 제87호),「나의 생가生家」(≪朝光≫ 제95호)를 발표하다.

1944년 배천온천을 직접 경영하자, 서울에서 많은 문우들이 찾아왔으며, 특히 김억은 자주 들러 많은 시간을 함께 보내다. 차남 광훈光勳 태어나다.

1945년 8·15광복과 더불어 배천의 기운정起雲亭 뒷산이 38선으로 굳어지자, 풍족했던 가산家産도 기울어지다. 또 많은 고향 주민들이 남쪽으로 떠나기 시작하다.

1947년 여름에 가족들과 함께 서울 회현동 2가 42-7번지로 이사하여 생활의 어려움과 비애를 체험하면서 작품 발표를 거의 하지 못하다. 차녀 리라里羅 태어나다.

1948년 회현동 집에 출판사 '산호장珊瑚莊'을 등록하고 제3시집『유년송幼年頌』을 펴내는 한편, 김기림 등 신인 문우들의 시집을 출판해주다.
시「눈이 나리는 밤에」(≪開闢≫ 76호),「光化門 빌딩」(≪白民≫ 제4권 제2호),「관수동觀水洞」(≪京鄕新聞≫ 1948년 4월 18일자),「이향사離鄕詞」(≪民聲≫ 제6월호),「가을」(≪朝鮮日報≫ 1948년 9월 25일자),「散文 誤植」(≪學風≫ 제2호),「盧天命 隨筆集『산딸기』를 읽고」(≪自由新聞≫ 1948년 11월 28일자),「문고출판기文庫出版記」(≪白民≫ 제4권 제4호) 등을 발표하다.

1949년 윤곤강尹崑崗이 시집『살어리』(詩文學社 刊)를 출판할 때 드는 비용 일부를 제공하는 한편, 조병화趙炳華의 시집『버리고 싶은 유산遺産』을 산호장에서 펴내 주다.
시「貞洞골목」(≪文藝≫ 제1권 제3호),「귀성귀성歸省」(≪民聲≫ 41호),「散文 붓 대신 호미 들고」(≪民聲≫ 제32호),「신시론新詩論 同人들의 感覺『새로운 도시都市와 합창合唱』을 읽고」(≪太陽新聞≫ 1949년 8월 3일자) 등을 발표하다.

1950년 6·25 전쟁이 일어나자, 1948년부터 부모가 살고 있었던 서울 서대문구 평동 55-2번지에서 숨어 지내다. 겨울 단신으로 부산에 피란하여 정음사正音社 발행인 최영해崔暎海와 함께 지내다. 종군작가단從軍作家團의 일원으로 서부 전선과 적지를 순회하면서 전쟁의 비참함을 체험하고, 단원인 문인들과 어울려『전선문학戰線文學』을 발행하다.
시「사랑」(≪新天地≫ 창간호),「출발」(≪詩文學≫ 창간호),「등불」(≪新京鄕≫ 2월호),「순아에게 주는 詩」(≪白民≫ 제21호),「市場에 가는 길」(≪文藝≫ 제2권 제7호),「廢村」(≪漢城日報≫ 1950년 9월 22일자),「UN墓地」(≪文藝≫ 제2권 제7호).「산문散文 현직現職과 본직本職」(≪民聲≫ 3월호),「젊은 모더니스트에게」(≪新天地≫ 제5권 제3호),「곤강崑崗과

나」(≪文學≫ 22호) 등을 발표하다.

1951년   시 「정야靜夜」(≪文學藝術≫ 5월호), 「산문散文 초토焦土 위에 서서」(≪新天地≫ 제6권 제
         11호), 「종군통신從軍通信―서부전선西部戰線에서」(≪詩文學≫ 제3호) 등을 발표하다.

1952년   『고등 문예독본』을 펴내다. 3남 영훈榮勳 태어나다.
         시 「척후병斥候兵을 보내며」(≪戰線文學≫ 창간호), 「글의 행렬行列」(≪自由世界≫ 제6호),
         「별의 전설」(受驗生), 「산문散文 서남행西南行」(≪文藝≫ 제3권 제2호), 「나의 어린 시절」
         (≪詩와 評論≫ 창간호) 등을 발표하다.

1953년   1월과 12월에 노환으로 모친과 부친이 돌아가시고, 전쟁도 휴전이 되자, 서울로 돌아와
         『現代詩鑑賞』, 『중학 문예 독본』을 펴내다.
         시 「석양소묘夕陽素描」(≪戰線文學≫ 제3호), 「다시 좋은 계절이 왔다」(≪戰線文學≫ 제5
         호), 「바람이 지나간다」(≪文藝≫ 18호), 「日記抄」(≪文化世界≫ 제4호) 등을 발표하다.

1954년   ≪서울신문≫사에 입사하여 『新天地』와 학생 문예지인 『新文藝』의 주간을 지내면서 여
         러 가지 외국 시집을 번역하여 펴내다.
         시 「溫室」(≪學園≫ 4월호)을 발표하다.

1955년   출판사 '正陽社' 일을 도와 가며 『박인환 선시집』을 출판하기도 하다. 삼녀 을라乙羅 태어
         나다.
         시 「病室에서」(≪現代文學≫ 제2호), 「꽃이 필 무렵」(≪現代文學≫ 제7호), 「커다란 하늘
         아래로 나오시오」(≪女苑≫ 제2호), 「南行詩抄」(≪展望≫ 제2호), 「갈바람과 매소부」(≪文
         學藝術≫ 제9호), 「散文 촛불 아래서」(≪現代文學≫ 제10호) 등을 발표하다.

1956년   제4시집 『밤의 抒情』을 펴내고, 『南歐의 詩集』을 번역 출판하다. 11월에는 ≪서울신문≫
         에서 퇴사하다.
         시 「어느 고을」(≪現代文學≫ 제15호), 「길 한 끝에 서서」(≪새벽≫ 제10호), 「散文 모더니
         즘의 본질과 비판」(≪詩와 評論≫ 제2호), 「소재素材와 표현表現의 새 동향動向」(≪東亞日
         報≫ 1956년 8월 30일자) 등을 발표하다.

1957년   제5시집 『저녁 종소리』(正陽社 刊)와 『現代詩의 이해理解와 감상鑑賞』을 펴내고, 『素月
         詩 鑑賞』, 『학생을 위한 문장강화文章講話』 등을 엮어내다.
         시 「도심지대都心地帶에서」(≪文學藝術≫ 제4권 제3호), 「사슴」(≪現代文學≫ 제28호), 「산
         골」(≪現代文學≫ 제34호), 「게蟹―나의 肖像」(≪사상계제≫ 53호), 「散文 우리 문학의 당면
         과제」(≪現代文學≫ 제33호) 등을 발표하다.

1958년   자작시自作詩 해설解說 『이정표里程標』(新興出版社 刊)를 펴내고, C. D. 루이스의 『시학입
         문詩學入門』을 번역, 출판하다. 4남 성훈成勳 태어나다(1981년 요절).
         시 「네모진 창窓 가에 앉아」(≪現代文學≫ 제43호), 「訣別歌」(思潮 제4호), 「散文 현대시
         의 難解―모더니즘 考」(≪東亞日報≫ 1958년 6월 8일자), 「목가시인牧歌詩人―辛夕汀」(≪
         新文藝≫) 등을 발표하다.

1959년   한국시인협회 부회장에 선임되다. 한양대학교 문리과대학 강사를 지내다.

시「모래벌에서」(≪思想界≫ 제66호), 「임 그리는 마음」(≪東亞日報≫ 1959년 10월 23일 자), 「散文 詩作에서의 漢文 問題」(≪新文藝≫ 제11호) 등을 발표하다.

1960년   시「애가哀歌」(≪現代文學≫ 제61호), 「세대世代와 세대世代의 교체交替」(≪새벽≫ 제7권 제6호), 「포플라나무, 少年素描」(≪現代文學≫ 제67호), 「소리의 판타지Fantasy」(≪藝術月報≫ 제5호) 등을 발표하다.

1961년   시「본·스트리트Bond Street」, 「진주알 같은 무리알 같은」, 「계절季節의 생리生理」(≪現代文學≫ 제73호), 「깊은 밤 촛불 아래」(≪思想界≫ 제91호), 「나부裸婦」(≪思想界≫ 제106호), 「골목길에서」(≪藝術月報≫ 제7호), 「散文 文學少女의 편지」(≪現代文學≫ 제82호) 등을 발표하다.

1962년   시「風物詩 二篇」(≪自由文學≫ 제60호), 「散文 나의 文學修業期」(≪現代文學≫ 제90호) 등을 발표하다.
          시詩와 수필집隨筆集인 『그리운 날에』(韓一出版社 刊)를 펴내다.

1963년   시「文友斷片記」(≪現代文學≫ 제105호), 「산등에 올라」(≪現代文學≫ 제108호), 「散文 崑崙을 생각한다」(≪現代文學≫ 제97호) 등을 발표하다.

1964년   제6시집(자선시집自選詩集)『장만영선시집張萬榮選詩集』을 펴내다.
          시「밤의 노래」(≪現代文學≫ 제112호), 「침묵沈默의 시간時間」(≪文學春秋≫ 창간호), 「산문散文 유행의 오솔길」(≪家庭生活≫ 3월호), 「나의 詩의 정신精神과 방법方法」(≪現代文學≫ 제117호) 등을 발표하다.

1965년   시「분수噴水」(≪思想界≫ 제144호), 「대낮의 이미지」(≪文學春秋≫ 제2권 제4호), 「갈대」(≪新東亞≫ 제11호) 등을 발표하다.

1966년   한국시인협회 회장에 선임되다.
          시「사초詩抄」(≪文學春秋≫ 제3권 제2호), 「아침 로터리에서」(≪文學≫ 제1권 제4호), 「散文 엉터리 인생人生」(≪現代文學≫ 제137호) 등을 발표하다.

1967년   시「貞河골목」(≪現代文學≫ 제156호)을 발표하다.

1968년   신시新詩 60년 기념사업회 부회장을 역임하다.
          시「조그만 동네」(≪現代文學≫ 164호)를 발표하다.

1969년   시「마담 보바리」(≪月刊文學≫ 제2권 제1호)를 발표하다.

1970년   제7시집『등불따라 놀따라』를 協新出版社에서 펴내기로 했으나, 교정만 본 채 출판되지 못하다.
          시「여인도女人圖」(≪新東亞≫ 제67호), 「금산사 사는 길」(≪한국일보≫ 1971년 6월 21일 자), 「새벽녘이었다」(≪月刊文學≫ 제3권 제7호), 「꽃들」(≪月刊中央≫ 제21호) 등을 발표하다.

1972년   시「갈대꽃」, 「봄바람」, 「봄햇살」, 「종소리」, 「작약芍藥」, 「봄하늘」(≪月刊文學≫ 제5권 제

1호), 「그리운, 그리운 내 고향이여」(≪한국일보≫ 1972년 7월 21일자) 등을 발표하다.

1973년   1월에 접어들어 동맥경화증과 위궤양으로 병상의 몸이 되자, 제8시집『저녁놀 스러지듯이』(奎文閣 刊)를 펴내다.
시 「김포들」(≪한국일보≫ 1973년 3월 29일자), 「산문散文; 지훈芝薰과의 어두운 그 밤」(≪文學思想≫ 제13호)을 발표하다.

1974년   시 「권태로운 계절季節」(≪月刊文學≫ 제59호), 「개나리 이야기」(≪심상心象≫ 제6호)를 발표하다.

1975년   10월 8일 새벽 2시 30분경 급성췌장염 등 합병증으로 타계하여 경기도 고양군 벽제 천주교 묘역에 안장되다.
시 「남풍南風」, 「백의천사白衣天使」(≪文學思想≫)를 발표하다.

1982년   6월 2일 벽제에서 용인공원묘지로 이장하고, 7월 10일 고인의 8주기를 맞아 김경린, 김광균, 구상, 박태진, 송지영 등이 추진하여 시비詩碑를 세우다.

1986년   11월 7일 한국신시학회 주최로 용산시립도서관 강당에서 장만영 시인 10주기 추모식을 열다.

1988년   생전에 간행하지 못했던 제7시집『등불따라 놀따라』를 경운출판사에서『놀따라 등불따라』로 책이름을 바꾸어 펴내다.

2005년   고인의 30주기를 기념하여 시집 전체와 산문집을 묶은『장만영 전집』을 펴내고, '30주기 추모 문학의 밤'을 열다.

장만영 전집 3권(산문편) 차례

장만영 전집 3 차례

『현대시現代詩의 이해理解와 감상鑑賞』

『이 정 표里程標』

『그리운 날에』

미발표 산문

장만영 전집 1 차례

제1시집 『양羊』

제2시집 『축제祝祭』

제3시집 『유년송幼年頌』

제5시집 『저녁 종소리』

제1부 _ 저녁 종소리

제6시집 『장만영 선시집選詩集』

제1부 _ 三十年代

제2부 _ 四十年代

제3부 _ 五十年代

장만영 전집 2 차례

제7시집 『놀따라 등불따라』

제8시집 『저녁놀 스러지듯이』

제1부 _ 저녁놀 스러지듯이

제2부 _ 등불따라 놀따라抄

마지막 시집 『창작 노트에 담긴 시詩들』

제1부 _ 창작 노트에 담긴 시詩들

장만영 전집 4 차례

『1958~1961년 일기문』

『1961~1968년 일기문』

『1969년 일기문』

『새벽 종으로부터 저녁 종까지(1898년)』

『러시아 염소담艶笑談』

『프랑스 설화집說話集』

■ 일러두기

1. 시(詩) 작품의 표기는 원문을 최대한 살리되 시어의 어감을 해치지 않는 범위 내에서 맞춤법에 따라 고쳤다.

2. 한글 표기를 원칙으로 하되, 한자를 쓸 경우에는 한글을 한 급수 작은 글씨로 병기하였다.

    단, 시(詩) 제목의 한자는 그대로 두었다.

3. 외래어 표기법에 맞게 고쳤다.

    단, 어감이 현저히 달라질 경우에는 그 당시의 표기대로 그대로 살렸다.

『현대시現代詩의 이해理解와 감상鑑賞』

新興出版社, 1957

머 리 말

시를 공부하려는 여러분의 도움이 될까 하여 써 본 것이 바로 이 책입니다.

시에는 그 쓰는 법이란 것이 있을 수 없습니다. 그런지라, 시를 쓰려면 무엇보다 먼저 시의 아름다움이 무엇인가를 아는 것이 제일입니다.

일찍이 카라일은, "시를 잘 이해하는 자는 이미 시인이다"라고 말하였습니다.

☆

내가 이 책을 맨 처음으로 쓰기는 지금으로부터 다섯 해 전인 1952년이었습니다. 그 당시 나는 피란지인 대구에 있었습니다.

오랜 세월을 두고 내 깐에는 느끼는 바 있어 붓을 들었습니다. 그 것이 잘 될지 어떨지는 의문이었습니다.

그러나 일단 책으로 되어 나오자, 다행히도 젊은 세대의 독자들에게 분에 넘치는 환영을 받게 되었고, 또 현재도 꾸준한 사랑을 받고 있는 것이 사실입니다. 필자인 나로서는 이 이상 기쁜 일이 없습니다.

☆

숨김없는 말이 필자 개인으로서는 이 책에 대하여 많은 불만을 가지고 있었습니다.

첫째, 거기 수록된 작품들 중에는 마음에 들지 않는 것이 적지 않게 있습니다. 그 당시는 피란 중이라 재료다운 재료, 즉 시집이 손에 별로 없었기 때문에 그렇게 된 것입니다.

둘째로는 때가 때였던 만큼 마음의 안정을 잃고 붓을 들었던지라, 지금 읽어 보면 얼굴이 확확 달아올라 올 정도의 것입니다. 작품이란, 특히 시란 옥같이 맑은 마음으로 감상해야 한다고 예로부터 일러 내려오고 있는데, 그때 나는—어찌 나뿐이었겠습니까—실로 암담한 기분에 쌓여 있었으니, 그런 기분으로 어떻게 시를 잘 감상해 낼 수가 있었겠습니까.

이 밖에도 작품의 배열이라든가, 활자의 구성미라든가, 인쇄라든가, 제본이라든가, 끄집어내면 한이 없을 만큼 불만투성이입니다.

☆

위와 같은 고통스러운 불만을 지니고 있던 중, 다행히 이번에 좋은 출판사를 만나 이렇게 신조판을 해 가지고 내게 되었으니 참으로 다행하며 기쁩니다.

이 책은 보시다시피 전의 그것과는 판이하게 다르고, 원고부터도 새로 써낸 것입니다. 그러나 시 감상이란 본시 어려운 것이어서 어느 정도로 여러분을 이해시켜 드릴 수 있겠는지, 역시 불만스런 마음이 가시지 않습니다.

오직 이 책이 여러분의 감상력과 창작력을 이끌어 올리는 데에 조금이나마 도움이 되어 주었으면 하고 바랄 따름입니다.

☆

끝으로 이 책의 독자에게 부탁드리고 싶은 것이 있습니다. 그것은 너무 조급히 읽지 말아 달라는 것입니다. 소설 읽듯이 단숨에 읽어서는 시의 참 뜻을 모르고 넘어가게 될 것인즉, 되도록 천천히 읽어 주기를 간곡히 부탁드립니다.

맨 먼저 시를 읽고 나서 시인의 약력을 읽고, 그러고 나서 다시 시를 읽고, 해설을 읽고, 그 다음에도 몇 번이고 시를 읽어 보도록 하는 것이 시를 이해하는 데에 가장 효과가 있으리라 생각합니다. 그렇게 읽어 가는 동안에 여러분은 그 시의 좋은 데를 자연 알게 될 것입니다만, 알게만 된다면 다른 시는 물론이요, 자기 자신도 쓸 수가 있게 될 것을 믿어 의심치 않습니다.

장만영 씀

제1부

봄 · 춘春

할 미 꽃

보리밭 가에
찌그러진 무덤―
그는 저 찌그러진 집에
살던 이의 무덤인가.

할미꽃 한 송이
고개를 숙였고나.

아아 그가 살던 밭에
아아 그가 사랑턴 보리,
푸르고 누르고
끝 없는 봄이 다녀갔고나.

이 봄에도
보리는 푸르고 할미꽃이 피니
그의 손자孫子 손녀孫女의 손에
나물 캐는 흙 묻은 시칼이 들렸고나.

변함 없는 농촌農村의 봄이여
끝 없는, 흐르는 인생人生이여

―『춘원시가집春園詩歌集』에서

★ 이광수李光洙의 아호는 춘원春園으로, 1892년 평북平北 정주定州에서 태어나 일본에 유학, 와세다대학 영문과 졸업을 일 년 앞 둔 1920년 상해로 넘어가 ≪삼일신문三一新聞≫의 주필이 되었다가, 1924년 귀국하여 ≪동아일보≫ 편집국장, 그 뒤 ≪조선일보≫ 부사장의 자리에 앉아서 소설 등의 창작을 한 우리나라 신문화 여명기黎明期의 개척자로서 삼대 천재三大天才의 한 사람으로 불려지고 있습니다. 그는 우리나라 신문학을 개척한 공적만이 아니라, 그 발달의 모든 과정을 통하여 꾸준히 역작力作을 남겨 온, 우리 현대 문학사상 가장 거인적인 존재입니다.

시가집으로 『춘원시가집』, 『삼인시가집(주요한, 김동환과 같이 지음)』이 있고, 소설로는 『무정』, 『흙』, 『유정』, 『단종애사』, 『마의 태자』, 『이순신』, 『사랑』 등의 장편소설 외에 무수한 단편소설과 시조, 기행문, 수필, 감상문 등이 있습니다.

★ 이 시는 보리밭 가에 있는 찌그러진 무덤과, 그 무덤가에 피어난 한 송이의 할미꽃을 보고, 변함없는 농촌의 봄과 끝없이 흐르는 인생을 노래한 것입니다.

이 시의 내용은 보리밭 가에 찌그러진 무덤이 있다. 누구의 무덤일까? 저기 저 찌그러진 집, 저 집에 살던 이의 무덤일까? 무덤가에는 고개 숙인 할미꽃 한 송이가 피어 있다. 사람은 살다 죽으면 그만이지만, 꽃을 철따라 저렇게 피어났구나. 아아, 그가 하루같이 다루던 밭에, 어느덧 그가 살았을 때 사랑하던 보리, 봄마다 자라나거니, 그 임자는 가고 오지 않으나, 봄은 오고 또 오고—이리하여 끝없이 다녀가곤 한다. 어김없이 봄은 찾아왔다. 보리가 푸르고 할미꽃이 피었다. 죽은 이의 손자랑 손녀들 손에는 나물 캐는 흙 묻은 식칼이 들려 있다. 그러나 조금도 변함없는 건 농촌의 봄 풍경이다. 인생은 끝없이 흐르고…… 이러한 뜻입니다.

이 시는 이렇게 그림의 스케치처럼 봄 풍경을 그려 놓은 것입니다만, 거기에는 시인의 불교도적佛教徒的인 인생관이 내포되어 있는 것을 알 수 있습니다.

보리밭 가에 있는 찌그러진 무덤, 그 무덤에서 그리 멀지 않은 곳에 있는 역시 찌그러진 초가집, 무덤가에 피어난 할미꽃, 푸른 보리밭, 이리저리 다니며 나물 캐는 어린아이들, 이런 아름다운 자연 속에서 '인생'이란 것을 사색하고 있는 시인의 모습이 보이는 것 같지 않습니까.

사 자 수 泗泚水

이 광 수

사자수泗泚水 내린 물에
석양夕陽이 빗긴 제
버들꽃 날리는 데
낙화암落花岩 예란다.
모르는 아이들은
피리만 불건만
맘 있는 나그네의
창자를 끊노나.
낙화암落花岩
낙화암落花岩
왜 말이 없느냐.

칠백 년七百年 누려 오던
부여성夫餘城 옛 터에
봄 만난 푸른 풀이
옛 빛을 띠건만
구중九重의 빛난 궁궐宮闕
있던 터 어디며
만승萬乘의 귀하신 몸
가신 곳 몰라라.

낙화암落花巖
낙화암落花巖
왜 말이 없느냐?

어떤 밤 불길 속에
곡哭소리 나더니
꽃 같은 궁녀宮女들이
어디로 갔느냐?
임 주신 비단 치마
가슴에 안고서
사자수泗泚水 깊은 물에
던진단 말이냐?
낙화암落花巖
낙화암落花巖
왜 말이 없느냐?

-『춘원시가집春園詩歌集』에서

★ 낙화암에 갔다가 지난날의 슬픈 역사를 회상하며 읊은 영탄조詠嘆調의 노래입니다. 이 시는 이미 작곡된 것도 있어 아는 이는 다 알고 있는 유명한 것의 하나입니다.

제목 '사자수泗沘水'는 부여扶餘 백마강白馬江의 백제百濟 때 이름으로, 원말은 '사비수'입니다.

둘째 연 "만승萬乘의 귀하신 몸"의 만승은 천자天子의 자리를 말합니다.

사자수 흘러내리는 물에 석양 노을이 빨갛게 비쳐 있고, 버들꽃이 바람에 흩날린다. 여기가 바로 낙화암, 무심한 아이들은 버들피리를 불며 놀고 있건만, 지난 역사를 알고 있는 나그네로서는 그 피리 소리조차 무심히 들을 수가 없다. 마치 창자라도 끊는 듯 마음이 아프구나. 낙화암아, 낙화암아, 너는 모든 걸 보고 듣고 하여 다 알 터인데, 어이해 말이 없이 그저 우두커니 앉아 있느냐.

칠백 년이나 누려 오던 부여성 옛터에 봄을 만난 푸른 풀이 옛날 그대로의 빛을 띠고 있건만, 구중의 아름다운 궁궐이 있던 터, 어디쯤인지 알 수 없고, 천자의 귀하신 몸, 가신 곳 또한 모르겠다. 낙화암아, 낙화암아, 너는 모든 걸 보고 듣고 하여 다 알 터인데, 어이해 말이 없이 그저 우두커니 앉아 있느냐.

오랜 옛날 일이다. 어떤 날 밤, 타오르는 불길 속에서 곡소리가 나더니, 꽃같이 아리따운 궁녀들이 어디론가 다 가 버리고 말았다. 천자께서 주신 비단 치마 가슴에 꼭 껴안고 사자수 깊디깊은 저 물 속으로 뛰어들어 수중고혼水中孤魂으로 사라지고 말았는가. 기막힌 비극이었다. 낙화암아, 낙화암아, 뭐라 좀 이야기를 해 보자. 왜 그렇게 말이 없이 잠자코만 있느냐, 답답하여 못 견디겠다는 뜻의 노래입니다.

이 시는 보다시피 7·5조의 정형률定型律로 구성되어 있습니다. 작곡을 전제로 쓴 것인지 그것은 알 수 없으나, 이렇게 7·5조의 리듬을 밟고 흐르는 이 영탄조의 시는 곡을 모른다 하여도 노래 부르고 싶은 충동을 갖게 하기에 충분합니다.

그러나 기술적으로 세련된 현대시의 입장에서 볼 때, 이 시 '사자수'는 시라기보다 노래라 보는 것이 옳다고 생각합니다. 하여튼 몇 번이고 읊어 보고 싶게 낙화암 앞을 지나가는 나그네의 서글픈 감정을 느끼게 하는 작품입니다.

빗 소 리

비가 옵니다.
밤은 고요히 깃을 벌리고
비는 뜰 위에 속삭입니다.
몰래 지껄이는 병아리 같이.

어지러운 달이 실낱 같고
볕에서도 봄이 흐르 듯이
따뜻한 바람이 불더니
오늘은 이 어둔 밤을 비가 옵니다.

비가 옵니다.
다정한 손님 같이 비가 옵니다.
창을 열고 맞이려 하여도
보이지 않게 속삭이며 비가 옵니다.

비가 옵니다.
뜰 위에 창 밖에 지붕 위에
남 모를 기쁜 소식을
나의 가슴에 전하는 비가 옵니다.

－시집詩集『아름다운 새벽』에서

58 장만영 전집 3권 _ 산문편

★ 주요한朱耀翰의 아호는 송아頌兒, 1900년 평양平壤 보통문내普通門內에서 출생하여, 도쿄 명치학원明治學院 중학부와 제일고등학교第一高等學校를 거쳐 중국 상해에 있는 호강대학滬江大學을 졸업하였습니다. 처음에 학우들과 ≪회람잡지回覽雜誌≫를 발행한 것이 동기가 되어 시인이 되기를 지망하고, 그 당시 일본의 저명한 시인인 가와지 류고川路柳虹의 문하에서 새로운 시를 공부하여 그 곳 잡지에 발표하다가, 1919년에 소설가 김동인金東仁 등과 함께 우리나라 최초의 문예잡지 ≪창조≫를 간행하였습니다. 거기에 발표한 '불노리'는 우리 시단 신시新詩 운동의 선구가 되었습니다.

시집으로는 『아름다운 새벽』, 『삼인 시가집』(춘원, 파인 공저), 『복사꽃』 등이 있고, 해방 후는 시필을 끊고 주로 정치평론가, 사회평론가로 활동하고 있습니다.

그의 시는 어디까지나 아름답고 고요한 것이 특색입니다. 끝내 순수 서정시만을 쓴 요한, 그가 우리나라 시단에 남긴 공적은 소설에 있어서의 춘원 이광수만 못지않다 하겠습니다.

★ 봄비 소리가 들리는 듯하지 않습니까? 나직한 목소리로 읽고 또 읽어 보십시오. 정말 자기 자신이 어둔 밤 빗소리를 듣고 앉아 있는 것 같은 착각을 느끼게 됩니다. 별로 어려운 데가 없는, 아무나 다 이해할 수 있는 아름다운 서정시라 하겠습니다. 요한의 많은 서정시 중에서 이 시처럼 널리 알려져 있는 것도 없을 것입니다. 여러분은 이미 교과서에도 이 시를 읽은 일이 있으리라고 믿습니다만, 이 시가 이처럼 많은 독자의 애송을 받고 있는 이유는 고요하면서도 우리에게 희망 같은 것을 주고 있는 까닭입니다.

둘째 연의 '어지러운 달'이라 함은 가을 달이 아닌, 봄 달을 두고 형용한 것으로서, '정신을 차리지 못하고 있는 달', 즉 밝지 못하고 흐릿한 달이라는 뜻입니다. '실낱같다'는 '목숨이 거의 끊어질 것 같다'는 뜻.

이쯤 하고, 다 같이 이 시를 읽어보기로 합시다.

비가 옵니다. 어느덧 밤은 고요히 깃을 벌리고 잇는데, 비는 남몰래 지

껼이는 병아리같이 뜰 위에 무슨 소린지를 속삭이고 있습니다. 정신을 차리지 못하고 있는 달은 지금이라도 목숨이 끊어질 듯 흐릿합니다. 요 며칠 태양 별도 따뜻한 것이 봄기운이 돌고 바람도 따뜻하더니, 오늘은 이렇게 어둔 밤에 비가 오고 있습니다. 비가 옵니다. 반가운 손님같이 비가 옵니다. 하도 반가워 뛰어내려가 맞아드리고 싶으나, 비는 눈에 보이지 않고 그저 속삭이는 소리만이 들려옵니다. 비가 옵니다. 뜰 위에 창 밖에, 그리고 지붕 위에 비가 옵니다. 조용히 내리는 비는 나의 가슴에 아무도 모를 기쁜 소식을 전하고 있습니다.

대략 이런 뜻의 시이지만, 시간적으로 첫째 연은 밤이 채 되기 전을 그렸으며, 둘째 연은 비가 오는 그 시간보다 비가 오는 까닭을 알겠다는, 요즈음의 기후 관계를 말하고 있습니다. 그리고 셋째 연은 시간으로 보아 이미 밤이 되었을 무렵을, 맨 끝 연은 어지간히 밤도 깊었음을 말하고 있습니다.

이렇게 이 시는 첫 연에서 끝 연까지 빗소리를 들으면서 시간의 흐름을 나타내고 있습니다. 절마다 '비가 옵니다'가 연달아 몇 번씩 반복되어 있음은 그칠 줄 모르고 내리는 빗소리를 독자에게 알리려 한 것입니다.

겨울이 가고 봄이 자꾸 다가드는 철에 오는, 맑고 고요한 봄비 소리를 이처럼 여실히 그린 시란 그리 많지 않을 것입니다. 봄이 채 되기 전의 기분을 읽을수록 깊게 하는 훌륭한 작품입니다. "이제 곧 봄은 오리라. 봄이 오면 산에 들에 아름다운 꽃들이 만발하리라. 어서 하루 바삐 봄이 왔으면 좋겠다." 이 시 속에는 이러한 생각이 내포되어 있습니다. 다만 그것을 생략하였을 따름입니다.

현대시는 생략으로 내부에 많은 것을 감춥니다. 독자의 상상력으로 그것을 파악하라는 뜻에서입니다. 이 시 역시 생략의 기술을 충분히 활용시켜 놓았습니다. 읽은 우리는 각자의 상상력으로 이 시의 내용을 깊은 데까지 찾아내어야 할 것입니다.

산 너머 남촌南村에는

I

산 너머 남촌南村에는
누가 살길래
해마다 봄바람이
남南으로 오데.

꽃 피는 사월四月이면
진달래 향기
밀 익는 오월五月이면
보릿 내음새.

어느 것 한 가진들
실어 안 오리,
남촌南村서 남풍南風 불 제
나는 좋데나.

II

산 너머 남촌南村에는
누가 살길래
저 하늘 저 빛깔이
저리 고울까.

금잔디 널은 벌엔
호랑나비 떼
버들 밭 실개천엔
종달새 노래.

어느 것 한 가진들
들려 안 오리,
남촌南村서 남풍南風 불 제
나는 좋데나.

　　　　Ⅲ
산 너머 남촌南村에는
배나무 있고
배나무 꽃 아래엔
누가 섰다기

그리운 생각에
영에 오르니
구름에 가리어
아니 보이네.

끊였다 이어 오는
가는 노래
바람을 타고서
고이 들리네

―『시가집詩歌集』에서

★ 김동환金東煥은 아호를 파인巴人이라고 합니다. 1901년 함경북도咸鏡北道 경성읍鏡城邑에서 출생하여, 서울 중동학교中東學校를 졸업하고 일본 도쿄로 건너가, 동양대학東洋大學 문과에서 공부를 하면서, 당시 유학 중이던 주요한, 전영택田榮澤과 함께 문예 동인지 ≪창조創造; 1919.2≫를 발간하여 순문예 운동을 일으킨, 우리 시문학사詩文學史에 뚜렷한 공헌을 한 시인 중의 한 분입니다.

특히 그가 처음으로 세상에 내놓은 시집『국경의 밤』은 민족적인 정열을 담은 기념할 만한 시집이라고 합니다. 그 후『승천하는 청춘』,『삼인시가집(춘원, 요한, 공저)』등 잇따라 시집을 간행하는 한편, 장편소설『전쟁과 연애』를 썼습니다만, 그는 어디까지나 시인이었지 결코 소설가는 될 수 없었습니다.

대학 문과를 중퇴하고 귀국하여 ≪조선일보≫, ≪동아일보≫의 기자 생활을 거쳐, 종합지 ≪삼천리≫를 경영해 오다가, 6 · 25 전쟁 당시 북으로 납치되어 갔습니다.

이 분은 초기에는 정열을 기울여 민족시를 썼습니다만, 차차 그의 체질에 맞는다고 볼 수 있는 민요조民謠調의 시를 많이 보여 주었습니다.

그의 시의 특징은 북극의 정서를 다분히 지닌 향토색鄕土色이 농후한 것이라 하겠습니다.

★ 이 시는 산 너머 저쪽을 생각하는 소년의 그리움을 노래한 것입니다. 산 너머 남촌에는 누가 살고 있기에 해마다 봄바람이 남으로부터 불어오는 것일까. 꽃 피는 사월이면 진달래 향기가, 밀 익는 오월이면 보리 냄새가 바람에 풍겨 온다. 어느 것 한 가지인들 실어 가져오지 않을 것인가, 남촌으로부터 남풍이 불어오는 시절이 나는 좋더라ー이것이 Ⅰ의 대강 뜻입니다만, 소년의 우쭐대는 모습이 보이는 것 같지 않습니까.

산 너머 남촌에 누가 살고 있기에, 저 하늘 저 빛깔이 저리 고울까(누가 살고 있어서 고운 것이 아니지만, 어떤 아름다운 이가 살고 있기 때문에 하늘빛조차 곱다고 생각하는 데에 이 시의 묘미가 있습니다). 금잔디가 넓게 깔린 벌판에는 호랑나비 떼가 날아들고, 버드나무로 사뭇 밭을 이룬 실개천에는 종달새의 노래가 있다. 참 아름다운 봄이로다. 어느 것 한 가지인들 들려오지 않을 것인가, 남촌으로부터 남풍이 불어오는 시절이, 나는 좋더라—이것이 II의 대강 뜻이지만, 역시 I 과 II는 마찬가지로 가슴 밑바닥으로부터 치밀어 올라오는 기쁨을 억제 못하는 감동이 잘 나타나 있습니다.

I 이 코로 맡게 되는 후각적嗅覺的인 면을 그렸다면, II는 눈에 보이는 시각적視覺的인 면을 그린 것이라 하겠습니다. 그리고 III은 그런 면으로 보아 귀에 들리는 청각적聽覺的인 것입니다.

산 너머 남촌에는 배나무가 있으리라. 거기 배나무 꽃 아래에는 누구인가 어여쁜 이가 서 있으리라(소년다운 공상을 여기서 시인은 마구 날리고 있습니다).

이렇게 생각만 하여도 그리운 생각이 치밀어 견딜 수가 없다. 영으로 뛰어올라가 본다. 그러나 구름에 가리어 아무것도 보이지 않는다(구름에 가리어 보이지 않는 것이 아니라, 사실은 처음부터 아무것도 없는 것입니다). 그러나 끊어졌다 이어오는 가느다란 노랫소리가 바람을 타고 고이 들려온다(이것도 우연입니다. 결코 소년이 공상하듯이 참말 어여쁜 이가 배나무 꽃 아래에서 노래를 부르고 있는 것은 아닙니다).

'바람을 타고서 고이 들리네' 하고 시인은 다음 말이 없습니다. 끝은 독자의 상상에 맡길 뿐, '아아'라든가, '슬프다'라든가 하는 감탄의 말을 쓰지 않고, 여운餘韻을 둔 채 끊어 버렸습니다. 이것이 이 시를 한층 효과 있게 하였습니다.

보시다시피 이 시는 '생각하는 시'라기보다는 '노래하는 시'입니다. 그리고 표현 형식에 있어서 7·5조의 정형률定型律을 밟고 있습니다. 그렇기 때문에 현대시라고 하기는 좀 어렵습니다.

연분홍

봄 바람 하늘하늘 넘노는 길에
연분홍 살구꽃이 눈을 틉니다.

연분홍 송이송이 못내 반가워
나비는 너훌너훌 춤을 춥니다.

봄 바람 하늘하늘 넘노는 길에
연분홍 살구꽃이 나붓깁니다.

연분홍 송이송이 바람에 지니
나비는 울며울며 돌아섭니다.

―『시집詩集』에서

★ 김억金億은 아호를 안서岸曙라고 하며, 1895년 평북平北 곽산郭山에서 출생하여, 오산학교五山學校를 거쳐 일본의 게이오의숙慶應義塾 문과를 중퇴하였습니다. 1918년부터 문예 주보인 ≪태서문예신보泰西文藝新報≫ 지상에다가 19세기 러시아의 문호인 투르게네프의 산문시散文詩를 비롯하여 프랑스의 베를렌, 보들레르 등의 상징시를 소개함으로써 문단에 데뷔하게 되었습니다.

1920년 순문예잡지 ≪폐허廢墟≫의 동인으로 활약하다가, 그 후 모교인 정주 오산중학교에서 교편을 잡았고, ≪동아일보≫ 기자, 서울중앙방송국원 등을 지내는 한편, 많은 저서와 번역서를 내어 우리나라 시단 발전에 큰 힘을 쏟은 분입니다. 특히 여러분이 잘 아시는 「진달래 꽃」의 시인 김소월金素月은 안서의 직계 제자로서 소월로 하여금 오늘의 이름을 차지하게 한 그 공로는 영원한 것이라 하겠습니다.

시집으로『해파리의 노래』,『금 모래』,『안서 시집』,『봄의 노래』등이 있고, 역시집으로『오뇌의 무도』,『잃어진 진주』,『기탄자리』,『원정園丁』,『망우초忘憂草』,『신월新月』,『동심초同心草』,『야광주夜光珠』등 많습니다.

이 시인의 시의 특색은 부드럽고 아름다운, 그러면서도 애달픈 감상感傷이 어느 작품에나 깃들고 있는 점이라 하겠습니다. 어디까지나 곱고 가냘픈 시세계를 가지고 있습니다.

위에 말한 것은 시세계를 두고 한 말입니다만, 다른 시인과 이 시인의 판이한 점은 그 표현입니다. 초창기에는 누구나 하나의 시를 씀에 있어 7 · 5조니 8 · 5조니, 또는 6 · 6, 5 · 5 등 정형적定型的인 시를 시도하는 것이 사실입니다만, 이 시인처럼 정형시를 고집한 분은 한 분도 없을 것입니다.

6 · 25 전쟁 때 북으로 납북되어 간 후 현재까지 생존을 모르고 있습니다.

★ 이 시 「연분홍」은 폭풍이 아닌, 가볍게 뺨을 스치고 지나가는 봄바람 같은 시입니다. 색채로 치면, 원색原色이 아닌, 제목이 말하듯 연분홍빛입니다.

첫째 연에서 살구꽃이 망울져 나오는 걸 말하여 봄이 짙기 전의 절기를 알려 주고, 그리고 둘째 연으로 와, 아주 활짝 피어난 꽃과 그 꽃 둘레에서

너울너울 나비의 춤추는 모습을 그려서 짙은 봄을 독자 눈앞에 보여 줍니다. 그리고 다음 셋째 연에 가서 꽃이 시들기 시작할 무렵을, 끝 연에 가서 꽃송이가 지는 것을—이렇게 계절의 추이推移를 나타내고 있습니다.

모두 네 연으로 구성된 이 시는 위에서 말하였듯이 살구꽃 하나를 두고 꽃이 피었다가 질 때까지의, 즉 다시 말하면 봄이 왔다 갈 때까지의 자연의 변천과 시간의 흐름을 묘한 수법으로 나타내었습니다. 손가락으로 헤아릴 수 있을 만큼 극히 적은 어휘를 가지고 자연과 시간의 추이를 이처럼 표현하기란 쉬운 일이 아닙니다.

둘째 연의 '나비는 너훌너훌 춤을 춥니다'와, 맨 끝 행의 '나비는 울며울며 돌아섭니다'에서 여러분은 이 시인의—아니 뭇사람의 어떤 심상心象을 엿볼 수 있지 않습니까? 꼭 그렇다고 단언하기는 어렵지만, 나는 이 시 '연분홍'이 의도한 바가 계절의 추이에 그치지 않고, 좀 더 깊이 들어가 인간 세계의 한 구석을 그리는 데에 있는 것 같다는 생각이 듭니다. 말하자면, 살구꽃을 여성으로, 나비를 남성으로 비유比喩한 것이 아닌가 생각된다는 것입니다. "나비가 꽃을 따르지, 꽃이 나비를 따르는가" 하는 속말도 있고 하여 더욱 그런 생각을 갖게 됩니다만, 물론 본인 아닌 나로서는 꼭 그렇다고는 말할 수 없는 일입니다.

봄 비

변 영 로

나즉하고 그윽하게 부르는 소리 있어
나아가 보니 아 나아가 보니—
졸음 잔뜩 실은 듯한 젖빛 구름만이
무척이나 가쁜듯이 한없이 게으르게
푸른 하늘 위를 거닌다.
아 잃은 것 없이 서운한 나의 마음!

나즉하고 그윽하게 부르는 소리 있어
나아가 보니 아 나아가 보니—
아렴풋이 나는 지난날의 회상回想 같이
떨리는 뵈지 않는 꽃의 입김만이
그의 향기로운 자랑 안에 자지러지노나!
아 찔림 없이 아픈 나의 가슴!

나즉하고 그윽하게 부르는 소리 있어
나아가 보니 아 나아가 보니—
이제는 젖빛 구름도 꽃의 입김도 자취 없고
다만 비둘기 발목만 붉히는 은銀실 같은 봄비만이
소리 없이 근심 같이 내리누나!
아 안올 사람 기다리는 나의 마음!

—『시집詩集』에서

★ 변영로卞榮魯는 1898년 서울에서 태어나, 미국 캘리포니아의 산호세대學에서 일 년간 수업을 하고 귀국하여, 오랫동안 교원과 기자 생활을 하는 한편, 문예잡지 ≪창조≫ 등에 시를 발표해 온 시인으로, 아호는 수주樹州입니다.

그는 그리 많이 쓰지 않는 편이어서, 시집으로 『조선의 마음』 한 권이 있을 뿐입니다. 시집 외에는 수필집, 역서譯書 등을 많이 가지고 있습니다.

그의 시는 대체로 아름답고 정열적인 것을 특색으로 하고 있습니다. 여기 소개하는 「봄비」와, 그의 대표적 작품이라고 할 수 있는 「논개論介」 같은 시는 우리나라 시사詩史에 오래 남을 것을 믿어 의심치 않습니다.

★ 이 시 '봄비'는 오지 않을 사람을 기다리는 시인의 안타까운 심정을 노래한 아름다운 서정시抒情詩입니다.

누가 부르는 것 같아 바깥으로 나가 보았더니, 푸른 하늘 위에 젖빛 구름만이 떠 있고, 무엇 하나 잃은 것도 없건만 공연히 서운하다. 다시 방으로 돌아와 있노라니, 또 누가 부르는 것 같기만 하다. 다시 나가 본다. 역시 사람의 그림자는 보이지 않고 꽃향기만이 풍긴다. 무엇에 찔린 것도 아니련만 마음이 아프다. 하는 수 없이 방으로 되돌아온다. 여전히 부르는 소리. 뻔히 속는 줄 알면서도 또 나가 본다. 나가 본즉, 사람은커녕 꽃향기마저 풍기지 않고, 하늘에 있던 젖빛 구름도 보이지 않는데, 봄비가 소리 없이 어느덧 내려오고 있다. —대략 이런 뜻입니다.

이 시에는 시인의 '누구인가'를 기다리는 안타까움이 세 단계로 잘 표현되어 있습니다. 이렇게 안타까운 심정을 몇 단계로 나누어 쓴 것도 퍽 재미있을뿐더러, 그것은 기다리는 사이의 시간을 흐름을 나타내는 데에 보다 효과적이었습니다.

여기에서 '부르는 소리 있어'는 정말 부르는 소리가 있었다고 생각하기보다는 시인 자신이 바깥으로 나가 보고 싶어 하는, 어떤 답답한 심사心思로 보는 것이 좋을 것 같습니다.

봄은 왔건만 안타까이 기다리는 이는 어이 안 오시는가—이것이 이 시의 주제主題라고 할까요?

그리고 둘째 연에 가서 '아렴풋이 나는 지난날의 회상 같이' 이하의 시구가 여러분에게는 좀 이해하기 어려운 것 같아 다음에 산문의 형식을 빌려 적어 보면, '지난날의 아렴풋한 회상처럼 눈에 잘 보이지 않으나, 파르르 떨리는 꽃의 자랑인 입김—향기만이 자지러진다.'—이런 뜻입니다.

　첫째 연의 '그윽하게'는 고요히, 둘째 연의 '회상'은 지나간 일을 돌이켜 생각하는 것, 그리고 같은 연의 '자지러지노나'는 몰라서 몸을 옴츠린다는 뜻 정도로 알고, 시를 다시 읽어 보면 이해하기 그리 어렵지 않을 것입니다.

빼앗긴 들에도 봄은 오는가

이 상 화

지금은 남의 땅—빼앗긴 들에도 봄은 오는가?

나는 온 몸에 햇살을 받고

푸른 하늘 푸른 들이 맞붙은 곳으로

가르마 같은 논길을 따라 꿈 속을 가 듯 걸어만 간다.

입술을 다문 하늘아 들아

내 맘에는 내 혼자 온 것 같지를 않구나.

네가 끌었느냐, 누가 부르더냐,

답답워라 말을 해 다오.

바람은 내 귀에 속삭이며

한 자욱도 섰지 말라 옷자락을 흔들고

종다리는 울타리 너머 아가씨 같이 구름 뒤에 반갑다 웃네.

고맙게 잘 자란 보리밭아

간밤 자정이 넘어 내리던 고운 비로 너는 삼단 같은 머리털을 감았구나, 내 머리조차 가뿐하다.

혼자라도 가쁘게 나가자.

마른 논을 안고, 또는 착한 도랑이 젖먹이 달래는 노래를 하고, 제 혼자 어깨춤만 추고 가네.

나비야 제비야 깝지지 마라, 맨드래미들 마을에도 인사를 해야지.

아주까리 기름을 바른 이가 지심 매던 그 들이라도 보고 싶다.

내 손에 호미를 쥐어 다오.

    살찐 젖가슴과 같은 부드러운 이 흙을 발목이 시도록 밟아도 보
고, 좋은 땀조차 흘리고 싶다.

    강가에 나온 아이와 같이

    셈도 모르고 끝도 없이 닫는 내 혼魂아

    무엇을 찾느냐, 어디로 가느냐, 우서웁다 답을 하려므나.

    나는 온 몸에 풋내를 띄고

    푸른 웃음 푸른 설음이 어울어진 사이로

    다리를 절며 하로를 걷는다. 아마도 봄신명이 접혔나보다.

    그러나 지금은 들을 빼앗겨 봄조차 빼앗기겠네.

―『시가집詩歌集』에서

★ 이상화李相和는 아호가 상화尙和, 1901년 경상북도慶尙北道 대구大邱에서 출생하여 서울 중동학교中東學校를 수업하고, 도쿄 외국어학교外國語學校 불어과佛語科를 졸업하였습니다. 1922년 순문예지 ≪백조白潮≫와 ≪파스큐라≫의 동인으로 활약하였습니다. 그 후 ≪문예운동文藝運動≫을 간행하는 한편, 향리인 대구 교남학원嶠南學院에서 교편을 잡다가 한때 중국 등지를 방랑한 일도 있습니다.

맨 처음에는 당시의 퇴폐적인 풍조風潮를 반영시킨 작품들을 썼습니다만, 뒤에 가서는 민족적인 경향의 것을 썼습니다. 시집은 따로 없고, 대표작품으로 초기의 것인 「나의 침실로」, 「이별」 등이 있으며, 후기 것으로는 「빼앗긴 들에도 봄은 오는가」 등이 유명합니다. 그가 세상을 떠난 것은 1941년입니다.

이 시인은 숨이 가쁘도록 정열에 찬 리듬으로 말을 다루는 것이 특징입니다. 가냘프지 않은 굵다란 선線, 그러나 퍽 아름다운 선을 가지고 작품을 제작하였습니다. 여기 소개하는 시를 보아도 그것을 알 것입니다.

★ 같은 시인의 「마돈나」와 함께 모든 사람이 애송해 온 유명한 시가 바로 이 시 「빼앗긴 들에도 봄은 오는가」입니다. 말할 것도 없이 빼앗긴 들이란 일제日帝에게 빼앗기었던 이 나라 이 강토를 두고 말하는 것입니다. 시의 첫 구에 대뜸 '지금은 남의 땅—빼앗긴 들에도 봄은 오는가' 하고 기막힌 심정을 토로하고 있습니다.

암담한 사회에 살며, 이와 같은 울분을 가슴에 지니었던 이가 어찌 시인 상화 한 사람뿐이었겠습니까. 하나 그 시절의 몸부림치고 싶은 심정을 안고, 내 땅이면서도 내 땅이라 할 수 없는 산과 들을 바라보는 안타까운 심회를 이처럼 절실하게 읊어낸 사람은 이 시인을 내놓고 별로 없을 것 같습니다.

하도 봄볕은 좋고…… 집 안에만 있자 하니 답답하여 바깥으로 나오니, 지금은 남의 손에 넘어가고만 산천이기는 하지만, 봄은 어김없이 이 땅을 찾아오고 있다. 봄볕을 온몸에 받으며, 하늘과 들이 맞닿은 지평선을 향하여 정신없이 논길을 따라 걸어간다. 걸어가자니 가슴만 답답하다. 남의 치하治下에서 벙어리 되어 말이 없는 하늘이며 들을 붙잡고 무엇인가 물어보고 싶어진다. 귓가를 스치고 지나가는 바람조차 이 땅에 있지 말고 어서 멀리 떠나가라고 옷자락을 자꾸 잡아당기는 것만 같다. 봄이라 어느덧 무심한 종달새는 나와, 구름 멀리 저쪽에서 반갑다고 종알거린다. 간밤에 비가 오더니 보기 좋게 보리가 파릇파릇 자라났다. 고마운 일이다. 보리 너 혼자만이라도 자라나야 하겠다. 물 없어 메마를 대로 메마른 논을 끼고 도랑이 어깨춤을 추듯 남실남실 자장가 같은 소리를 내며 흘러간다. 오오, 나비도 나왔는가. 제비 너도 찾아왔는가. 나비야, 너 여기 들에서만 까불대지 말고, 슬픔만 깃들고 아무것도 없는—장독머리에 맨드라미꽃들만 피어 있는 마을이긴 하지만—그 마을에도 좀 찾아가 인사를 해야 하지 않겠느냐. 값진 것이 못되는 그 아주까리기름을 머리에 바른 불쌍한 아낙네가 김을 매던 그들이 보고 싶다. 호미가 있었으면, 호미 들고 김이라도 맬 것을! 주인을 잃은 가엾은 땅이기에 더욱더 그런 생각이 간절하다. 강가에 나와 뛰어 노는 아이들처럼 무엇이 뭔지 모르겠다. 무엇을 찾아 이처럼 헤매며, 또 어디로 가는지도 알 수가 없다. 무섭기조차 하다. 무슨 신명이라도 있어, 그것에 홀린 사람처럼 다리마저 절룩거리며 온 하루를 걸어 다닌다. 그러나저러나 이러다가는 들을 빼앗겼듯이 이 좋은 봄마저 빼앗길 것 같아 도무지 불안하기만 하다.

'아아, 봄이 왔구나' 정도로 보통 보아 넘길 산천을, 시인은 이처럼 불안스러운 눈으로 보고 있습니다. 이런 점이 보통 사람과 시인의 다른 점입니다. '봄' 하면 누구나 따뜻한 기후와 꽃핀 아름다운 풍경을 연상하게 되는 것이 예사입니다. 하나 봄이 옴으로써 더욱 답답하고 슬퍼지는 일도 있는 것을 생각하지 않을 수 없습니다. 시대와 환경에 따라서는 그러한 어두운 면이 더욱 많을 수 있는 것이니, 이 시 「빼앗긴 들에도 봄은 오는가」의 처지가 좋은 예라 하겠습니다.

고향을 떠나, 부모·형제를 떠나 타향에 살아도 서럽거늘, 내 나라 내

땅을 온통 빼앗긴 처지에 놓인 민족에게 봄은 뭐 그다지 기쁘고 좋은 계절
이겠습니까. 시인 상화는 그것을 통곡하는 것입니다. 시구마다 시인의 원
통한 마음이 어려 있어, 읽는 이로 하여금 가슴 답답함을 금치 못하게 합
니다. 실로 훌륭한 민족시요, 애국시라 하겠습니다.

진달래꽃

김 소 월

나 보기가 역겨워
가실 때에는
말 없이 고이 보내 드리오리다.

영변寧邊에 약산藥山
진달래꽃
아름 따다 가실 길에 뿌리오리다.

가시는 걸음걸음
놓인 그 꽃을
사뿐이 즈려 밟고 가시옵소서.

나 보기가 역겨워
가실 때에는
죽어도 아니 눈물 흘리오리다.

−시집詩集『진달래꽃』에서

★ 김소월金素月은 본명을 정식廷湜이라고 합니다. 1903년 평안북도 정주군定州郡 곽산郭山에서 태어났으며, 1934년 서른 한 살의 아까운 나이로 세상을 떠나간, 우리나라 신시사상新詩史上에 민요적인 서정시로 천재의 재질을 보인 시인입니다.

정주 오산중학五山中學을 거쳐, 도쿄 상과대학에 다니다가 중퇴하고 귀국하여, 주로 김억金億 안서岸曙의 제자로 있으면서 문학을 공부하고, 또 많은 수작秀作을 발표해 오는 한편, 향리에서 소학교 교원, 상업, 신문지국 기자 생활 등을 하였으나, 세상을 비관한 끝에 스스로 자기 목숨을 끊고 말았습니다. 슬픈 일입니다. 그러나 그가 남기고 간 아름답고 애달픈 그의 작품들은 지금까지 그대로 무수한 독자들의 애송을 받고 있습니다.

시집으로는 처녀 시집 『진달래꽃』과 『소월시초素月詩抄』가 있으며, 그의 스승이 엮은 『소월민요집』 등이 남아 있습니다.

★ 이 시 「진달래꽃」은 소월의 많은 시 중에서도 가장 뛰어난 것 중의 하나입니다.

내가 보기 싫어져 떠나가신다니 붙들지도 않고, 원망스럽다는 말 한 마디도 하지 않고, 고이 보내드리겠습니다. 그리고 또…… 저 유명한 영변 약산의 그 짙붉은 진달래꽃을 한 아름 따다 당신의 가시는 길 위에 뿌려 드리겠습니다(이 두 연의 시구에서 눈을 딱 감고 단념하는 아낙네의 야무지고 애틋한 심정을 느끼게 됩니다). 가실 때에는 디디시는 걸음마다 내가 따다 뿌려 놓은 내 마음과 같이 붉은 그 꽃을 사뿐사뿐 밟고 가 주세요(여기 즈려 → 지레 밟고는 미리 밟고의 뜻으로서 떠날 때에는 내 맘을 밟으시듯 꽃을 밟으시라는 여자의 원한 섞인 말없는 흐느낌 같은 것을 나타내고 있습니다). 내가 보기 싫어져 떠나가시니 죽어도 눈물을 흘리지 않겠습니다('아니 눈물 흘리오리다'는 눈물을 흘리지 않으리라 보다 한층 야무진 느낌을 줍니다).

대략 위와 같은, 자기를 버리고 가는 이에게 마지막으로 전하는 한 여인의 슬픈 심정을 노래한 작품입니다. 읽으면 읽을수록 버림받은 아낙네의 설움이 뼈에 스며드는 것 같습니다.

봄철의 바다

이 장 희

저기 고요히 멈춘
기선의 굴둑에서
가늘은 연기가 흐른다.

엷은 구름과
낮겨운 햇볓은
자장가처럼 정다웁고나.

실바람 물살지우는 바다 위로
나직하게 VO- 우는
기적의 소리가 들린다.

바다를 향하여 기울어진 풀두덩에서
어느덧 나는
휘파람 불기에도 피곤하였다.

―『시가집詩歌集』에서

★ 이장희李章熙는 아호를 고월古月이라고 합니다. 1902년에 경상북도 대구시 서성동西城洞에서 출생, 일본 교토중학古都中學을 졸업하고 귀국하여, 오로지 시작詩作에만 몰두하다가 1928년 27세를 일기로 향리인 대구에서 음독자살을 한 시인입니다. 1925년에 ≪조선문단朝鮮文壇≫지를 통하여 시단에 나와, 아직 영탄詠嘆과 감상感傷의 시가 주조主調인 시절에 새로운 감각적感覺的인 시를 발표함으로써 천재 시인의 면모를 나타내었습니다.

시집은 따로 없고, 1956년에 백기만白基萬이 엮은 『상화와 고월』 가운데 그의 중요한 작품이 수록되어 있습니다.

★ 제목이 말하듯이 봄철의 바다를 스케치한 극히 가벼운, 그러나 나른한 기분을 주는 작품입니다.

'낮겨운'은 대낮이 지났다는 정도로 해석해 좋을 것입니다. '실바람'은 실같이 가느다란 바람, 'VO-'는 '보오' 하는 기적 소리. 저기 고요히 멈춰 떠 있는 기선의 굴뚝에서 가느다란 연기가 나와 흐르고 있다('흐른다'고 한 것은 연기가 많이 나지 않는데다가 바람이 별로 없음을 말하고 있습니다). 엷은 구름과 낮겨운 햇볕은 자장가처럼 무척 정답다(구름과 햇볕을 바라보는 마음이 자장가를 들을 때처럼 정답다는 말입니다). 실바람이 물살을 지우고 있는 바다 위로 나직하게 보오-하는 기적 소리가 들려온다. 바다를 향하여 기울어진 풀둔덕에서 이제까지 휘파람을 불고 있던 나는, 휘파람을 부는 것마저 싫증이 났다. 노근해 견딜 수가 없다. 풀둔덕에 이대로 드러누워 한잠 자고만 싶다.

이 시는 그 끝에 가서 '휘파람 불기에도 피곤하였다'고 결구結句를 맺어 버렸습니다만, 이렇게 씀으로써 노근한, 그리고 갑자기 피로를 느끼는 시인의 모습을 알 수 있게 하였습니다. 봄철이면 누구나 사지가 노곤해지고, 아무 일도 하기가 싫어집니다. 바다가 바라다 보이는 나직한 언덕을 찾아 갔던 시인은 봄철의 바다 조망眺望에 마음까지 즐거워 휘파람을 날리며 시간 가는 줄 모르고 앉아 있던 것이, 어느덧 대낮도 겹다 보니 저도 모르게 피로를 느끼기 시작한 모양입니다. 우리가 다 공명할 수 있는 기분입니다.

봄 길에서

김 영 랑

돌담에 속삭이는 햇발 같이
풀 아래 웃음 짓는 샘물 같이
내 마음 고요히 고운 봄 길 위에
오늘 하로 하늘을 우러르고 싶다.

새악씨 볼에 떠 오는 부끄럼 같이
시詩의 가슴을 살시시 젓는 물결 같이
보드레한 에메랄드 얇게 흐르는
실비단 하늘을 바라보고 싶다.

―『시가집詩歌集』에서

★ 김영랑金永郎은 본명을 윤식允植이라고 합니다. 전라남도 당진읍唐津邑 남성리南城里에서 태어나, 서울 휘문고등보통학교徽文高普를 거쳐, 도쿄 아오야마학원靑山學院 전문부專門部를 다녔습니다. 시잡지 ≪시문학詩文學≫ 동인으로 주로 ≪시문학≫에 작품을 발표하여 시단에 등장하였으며, 뒤에는 ≪문예월간文藝月刊≫과 ≪시원詩苑≫ 등을 통하여 많은 서정시를 발표하였습니다. 해방 후에 공보실 출판국장 자리에서 일하다가 6·25 전쟁 중 불행히도 포탄의 파편을 맞고 작고하였습니다. 1950년의 일입니다.

이 시인은 곱고 아름다운, 여성적인 서정시를 쓴 분으로, 그 말을 다루는 데에 남이 따를 수 없는 재질을 가지고 있습니다. 뿐만 아니라, 그의 시는 극히 짧은 시형詩形을 특색으로 하고 있으며, 내용에 있어서 동양적인 멋을 지니고 있습니다.

시집으로 해방 전에 『영랑시집』을 시원사詩苑社에서 발행하였고, 해방 후에 다시 『영랑시선』을 내었습니다.

★ 이 시는 4행行 두 연聯으로 구성되어 있습니다만, 이 시가 보통 시들과 전혀 색다르다는 것은 그 표현에 있어 형용사形容詞에 의한 직유直喩를 쓴 것입니다. 직유Simile는 두 사물事物의 유사성類似性을 내걸고 무엇무엇과 '같이'라든가 무엇무엇인 '양', '모양', '처럼'이니 하는 말로 결합結合시키는 방법입니다. 물론 직유 그 자체는 시가 아닙니다만, 아름다운 직유가 때에 따라서는 그 시구 속에서 가장 무거운 비중을 가질 수도 있습니다.

그의 좋은 예가 이 작품입니다. 즉 보다시피 첫째 연의 '돌담에 속삭이는 햇발 같이', '풀 아래 웃음 짓는 샘물 같이'와, 둘째 연의 '새악씨 볼에 떠오르는 부끄럼 같이', '시의 가슴을 살시시 젓는 물결같이'가 그것으로, 이 시는 직유에서 시작되고 있습니다. 뿐만 아니라, 4행 2연으로 구성되어 있으니, 전체의 행수 8행 중 그 절반이 직유입니다. 이런 표현방법이란 그리 흔한 것이 아니요, 또 성공하기 어려운 것인데, 이 시인은 곧잘 작품 속에다 그걸 안정시켜 놓았습니다.

「봄 길에서」의 대체적인 뜻은, 돌담에 그 무엇인가를 소곤소곤 속삭이고 있는 저 따뜻한 햇발 같이, 또는 풀을 헤치고－풀 아래로 졸졸졸 흐르는 웃음짓는 듯한 샘물같이 오늘 하루 종일 푸른 하늘을 우러러보고 싶다, 마음 고요히 곱다란 봄 길 위에. 새색시 볼에 떠오는 부끄럼같이, 또는 시의 가슴을 살며시 적시고 흐르는 잔잔한 물결같이 부드러운 에메랄드가 얇게 흐르는 실비단 같은 하늘을 바라보고 싶다－이러합니다.

'살시시'는 살며시를 좀 부드럽게 쓴 말입니다.

'에메랄드Emerald'는 비취석翡翠石 또는 녹석錄石으로, 맑고 깨끗한 것을 상징하는 보석입니다.

이 시는 하늘을 바라보고 싶어 하는 시인의 어느 날의 심정을 읊은 에메랄드같이 맑고 고운 작품입니다. 첫째 연은 하늘을 우러러본다면 어디서이며, 또 어떤 마음으로 볼 것인가를 말하고, 둘째 연은 그럼 자기가 바라보고 싶은 하늘이란 어떤 하늘인가, 그것을 설명하고 있습니다.

누누이 설명할 것도 없이 그가 하늘을 우러러보고 싶은 장소는 봄 길 위요, 그때 지녀야 할 마음이란 햇발－그것도 돌담에 속삭이는 그러한 햇발 같아야 했으며, 또는 풀 아래로 남모르게 웃음지으며 흐르는 샘물 같아야 했습니다. 이 얼마나 시인다운 욕심입니까.

거기다 그가 들길 위에서 바라보고 싶은 하늘이란, 흔히 우리가 볼 수 있는 그러한 하늘이 아니라, 새악씨 볼에 떠 오는 부끄럼 같이 / 시의 가슴을 살시시 젓는 물결 같이 / 보드레한 에메랄드 얇게 흐르는 실비단의 하늘이어야 합니다. 과연 이러한 하늘이 있을 수 있는 것인지 모르겠습니다만, 하여튼 시인의 꿈이 구름처럼 뭉게뭉게 피어오르고 있음을 충분이 느낄 수 있는 드물게 아름다운 공상에 찬 시라 하겠습니다.

봄의 유혹誘惑

신 석 정

파란 하늘에 흰 구름 가벼이 떠가고
가뜬한 남풍南風이 무엇을 찾아내일 듯이
강江 너머 푸른 언덕을 더듬어 갑니다.

언뜻 언뜻 숲 새로 먼 못물이 희고
푸른 빛 연기처럼 떠도는 저 들에서는
종달새가 오늘도 푸른 하늘의 먼 여행旅行을 떠나겠습니다.

시냇물이 나직한 목소리로 나를 부르고
아지랑이 영창 건너 먼 산이 고요합니다.
오늘은 왜 이리 풍경風景들이 나를 그리워하는 것 같애요.

산새는 오늘 어디서 그들의 소박한 궁전宮殿을 생각하며
청아淸雅한 목소리로 대화對話를 하겠습니까?
나는 지금 산새를 생각하는 '빛나는 외로움'이 있습니다.

임이여 부척 명랑한 봄날이외다.
이런 날 당신은 따뜻한 햇볕이 되어
저 푸른 하늘에 고요히 잠들어 보고 싶지 않습니까?

-시집詩集『촛불』에서

★ 신석정辛夕汀은 본명이 석정錫正인데, 1907년 전라북도 부안읍扶安邑에서 태어났습니다. 학교는 향리의 보통학교를 졸업하고, 불교전문강원佛敎專門講院에서 한 일 년 공부를 하였을 뿐입니다. 면사무소의 서기 등을 하면서 시를 쓰다가 뒤에 ≪시문학詩文學≫, ≪문예월간文藝月刊≫ 등에 작품을 발표하여 시단에 나오게 되었습니다.

그의 시는 도심 지대를 멀리 떠난 전원에서의 생활을 노래하는 지극히 아름다운 목가牧歌입니다. 그는 젊었을 때에는 어린이다운 꿈 많은 시세계를 작품화하더니, 차츰차츰 생활에 젖어들어 가는 시를 쓰기 시작하고 있습니다. 동심의 세계를 그린 시를 모은 것이 그의 첫 번째 시집 『촛불』이라면, 그의 두 번째 시집 『슬픈 목가』는 현실 생활에 젖은 것들이라 하겠습니다. 그리고 최근에 간행된 세 번째의 시집 『빙하氷河』는 현실 속에서 몸부림치는 그의 비명과 같이 비통한 것이 있습니다. 현재 전주고등학교에서 교편을 잡고 있는 한편, 여전히 좋은 작품을 써냅니다.

★ 여기 소개하는 '봄의 유혹'도 석정다운 전원 정서가 뚝뚝 흐르는 아름다운 작품입니다. 읽으면 읽을수록 이런 전원에 묻혀 살면 얼마나 행복할까 싶어집니다. '봄의 유혹'을 느끼기 전에 '전원의 유혹'을 느낄 정도입니다.

흰 구름이 가벼이 떠가는 파란 하늘, 강 너머 푸른 언덕을 더듬어가는 가뜬한 남풍—이것이 첫째 연의 풍경 묘사입니다. 언뜻언뜻 숲 새로 보이는 먼 못물, 푸른빛이 연기처럼 떠도는 들판 위 하늘로 날아가는 종달새—이것이 둘째 연의 풍경입니다.

나직한 시냇물 소리, 아지랑이가 긴 영창 너머 먼 산—이것이 셋째 연의 풍경입니다. 여기서 시인은 오늘 이러한 풍경의 유혹을 느끼고 있습니다. '풍경들이 나를 그리워하는 것 같다'는 생각은 확실히 자기 마음의 동요를 의미하는 것입니다.

넷째 연에 가서 시인의 명상하는 모습이 보이기 시작합니다. "내가 그처럼 사랑하고 좋아하는 저 산새들은 오늘 어디서 그들의 소박한 궁전을 생각하고 있을까? 그리고 그 목소리, 맑고 깨끗한 그 목소리로 대화를 하고들 있을까?" 이러한 생각에 잠겨 있는 시인의 가슴 속으로 슬픈 것이 아닌 '빛나는 외로움'이 스며들었습니다.

다음 끝 연은—참으로 명랑한 봄날이로다. 이러한 날 나는 햇볕이 되어 저 푸른 하늘에 고요히 잠들어 보고 싶구나, 이런 뜻으로서, 여기의 '임이여'는 임을 두고 하는 말이라기보다는 자기의 마음을 나타내기 위한 하나의 수법으로 보아도 좋습니다.

이 시가 훌륭한 것은 풍경을 아름답게 그려 놓았다는 이유에서가 아니라, 시 속에 시인의 꿈과 자연을 보는 태도가 아무런 설명 없이 잘 나타나 있는 점입니다. 이 '설명이 없다'는 것은 중요한 기술입니다. 시의 금물禁物은 설명입니다. 오히려 좋은 시는 생략법省略法을 최대한도로 활용하고 있습니다. 그렇게 함으로써 독자가 상상할 수 있는 여지를 만듭니다. 이 여지란 절대로 필요한 것입니다. 왜냐하면, 현대시란 작자 한 사람만으로서 완성되는 것이 아니라, 독자에 의해 보충받지 않으면 안 되는 것이기 때문입니다.

촐촐한 밤

신 석 정

새새끼 포르르 포르르 날아가 버리듯
오늘밤 하늘에는 별도 숨었네.

풀려서 틈가는 요지음 땅에는
오늘밤 비도 스며 들겠다.

어두운 하늘을 제쳐보고 싶듯
나는 오늘밤 먼 세계가 그립다.

비 내리는 촐촐한 이 밤에는
밀감蜜柑껍 질이라도 지근거리고 싶고나!

나는 이런 밤에 새끼꿩 소리가 그립고
흰 물새 떠다니는 먼 호수를 꿈꾸고 싶다.

—시작詩作『촛불』에서

★ 이 시는 겨울이 가고 이제 막 봄이 다가올 무렵의 쓸쓸한 마음을 보여 주고 있습니다.

오늘 밤 하늘은 별도 숨어 캄캄한데 비가 내리고 있다. 땅이 풀리기 시작하여 땅에 틈이 가고 있는 때이니만큼 땅 속으로 저 비도 스며들리라. 하늘이 캄캄하여 더욱 답답하다. 그 어두운 하늘을 젖혀 보고 싶듯이 나는 이 밤, 먼 나라가 몹시 그립다. 비는 시름없이 내리고…… 왜 그런지 저 시큼시큼한 밀감 껍질이라도 지근거리고 싶을 만큼 마음이 외롭구나. 창 밖에 내리는 빗소리를 들으며, 나는 산에서 우는 새끼 꿩 소리를 그리워하고, 한편 흰 물새들이 울부짖고 날아다니는 먼 호수를 꿈꾼다—이런 내용의 시입니다.

이 시는 보시다시피 2행 5연으로 구성되었습니다만, 이 시 '촐촐한 밤'은 같은 시인의 '봄의 유혹'과는 판이하게 다른 면이 있습니다. 그것은 '봄의 유혹'이 전원의 봄 정경情景을 그리고 있는데 대하여 '촐촐한 밤'은 봄을 맞이하는 시인의 어느 날 밤의 심경心境을 읊은 점입니다. 그리고 앞의 것이 지극히 명랑하고 곱다면, 뒤의 것은 우울하고 어둡습니다. 그렇다고 시인의 인생이나 자연을 보는 태도가 근본적으로 다르다는 의미는 아닙니다. 다만 눈으로 보아서 쓴 것과, 마음으로 느껴 쓴 것이 이렇게 다르게 나온다는 걸 말하려 하였을 뿐입니다. 그러나 전자가 따뜻한 햇볕이 드는 '낮'이요, 후자가 비 내리는 '밤'이고 보면, 사람의 마음도 '낮'과 '밤'에 따라 이처럼 변하는 것이 당연할지 모르겠습니다.

내 소녀少女

오 일 도

빈 자리에 바구니 걸어 놓고
내 소녀少女 어디 갔느뇨.

....

박사薄紗의 아즈랑이
오늘도 가지 앞에 알른거리다.

―『작고시인선作故詩人選』

★ 오일도吳一島는 본명을 희병熙秉이라고 하는데, 1902년 경상북도 영양英陽에서 태어나 도쿄에 유학, 동양대학東洋大學을 졸업하고, 귀국한 후로는 주로 서울에서 교편 생활을 하면서 시를 썼습니다.

1935년 ≪시원詩苑≫을 창간하여 주간을 맡아 보다가 해방되던 해에 아깝게도 이 세상을 떠났습니다.

★ 이 「내 소녀少女」라는 시는 가만히 혼자서 몇 번이고 읊어 보고 싶은 아름다운 서정시입니다.

그는 여기에서 한 소녀의 그리운 모습을 놓고, 소녀가 살아 있던 시절을 회상하고 있습니다.

'박사薄紗'는 영어의 베일Veil을 우리말로 옮겨 놓은 것으로, 이 시를 읽을 때에도 '박사의 아즈랑이' 하기보다는 '베일의 아즈랑이' 하는 것이 음률이 곱고 좋습니다. 베일은 얇고 고운 사紗로, 흔히 결혼식 때에 신부가 얼굴은 가리는 데 쓰는 그것입니다.

첫째 연의 '빈 자리'의 '빈'은 소녀가 없기 때문에 빈 것 같이 보이는 것입니다. 그리고 '바구니 걸어 놓고'라 하였지만, 사실에 있어 바구니를 걸어 놓았다고 생각하기보다는 시인의 공허한 마음에서 오는 하나의 환각幻覺으로 보는 것이 이 시에서는 더욱 맛이 납니다. 둘째 연은 아무 말도 쓰지 않고 '⋯⋯⋯'으로 시구를 대신해 놓고 있습니다. 이것은 "내 소녀는 어디 갔을까?" 하고 그 소녀를 생각하는 동시에, 그와 놀던 시절의 가지가지 추억에 잠겨 있음을 무언無言으로 표현하였으며, 여기서는 이것이 퍽 효과적이었습니다. 즐거웠느니, 어쩌니 하기보다는 이렇게 '⋯⋯⋯'을 써 가지고, 독자의 상상에 맡기는 것도 시인의 감개무량한 심정을 더욱 절실히 보이는 수법으로 흔히 사용되고 있습니다.

'베일의 아즈랑이 / 오늘도 가지 앞에 알른거린다.' 사실 베일과 같이 뽀얀 아지랑이가 빈 가지 가에 아른거리고 있었는지 모르겠지만, 그 '아지랑이'를 '아지랑이 같이 뽀얀 지난날의 회상'으로 보는 것도 재미있는 일이 아니겠습니까. 그리고 '오늘도'는 어제도 그제도 그랬듯이 오늘도 내일도 모레도…… 먼 후일까지 그 소녀를 못 잊어, 바구니가 걸려 있는 나무 부근을 찾아 헤매는 시인의 슬픈 마음을 한층 느끼게 합니다.

별로 많지 않은 이 시인의 작품 중에서 가장 뛰어나게 좋은 시입니다. 나는 이 시인의 작품을 대할 때마다 독일의 시인 하이네를 생각합니다. 서정시 중에서도 가장 나이브한 작품이라 하겠습니다.

종 달 이

유 치 환

들어보세요,
종달이가 웁니다.
저 들녘 끝
봄안개 자옥한 하늘 뒤 어디서
종일을 목청 높이 종달이가 웁니다.

그렇게 험상궂던 먼 산령山嶺들은
보랏빛 비단 피륙을 펼친 듯 제 숨결에 부풀고
온갖을 어루만져
향긋한 바람결은 소올 솔ー
매말랐던 개울도 노래하기 시작하고
잔디밭 새에는 이제는 눈 뜨노라
한창 야단들인 어린 새움들!

들어보세요,
이렇게 다시 살아나는 목숨들의 기쁨을 노래하여
종달이가 웁니다.
산천山川에는 다시 봄이 온다고
종달이가 웁니다.
가만히 눈 감고 들어 보면
얼마나 황홀한 눈물 나는 노래입니까.

그러나 여기
영원히 봄이 오지 않는 골짜기가 있답니다.
아무리 나무래고 기 쓰고 악물어도
서로 껴안은 채 쓰러져 죽어만 가는
슬프고 외롭고 떨리기만 하는 골짜기랍니다.
아아 이 인간人間의 골짝에는 그 언제
저 같이 황홀한 가락이 불러질 것입니까.

들어보세요,
종달이가 웁니다.
인간人間의 골짝에는 오지 않는 봄이
산천山川과 초목草木에는 다시 온다고
저렇게 종달이가
아지랑이 속에서 종일을 목청 높이 웁니다.

－『청마시초靑馬詩抄』에서

★ 유치환柳致環은 아호가 청마靑馬, 1908년 경상남도 통영統營에서 출생하여 연희전문학교를 다녔습니다. 그 무렵부터 시를 써 ≪문예월간文藝月刊≫, ≪조선문단≫ 등의 잡지에 발표하였습니다만, 재래의 서정시와는 판이한 무게 있는 그의 작품은 곧 여러 사람의 호평을 받게 되었습니다.

일찍이 도쿄에서 동인지 ≪소제부掃除夫≫를 엮고, 시잡지 ≪생리生理≫를 발간하는 한편, 회사원, 교원 생활을 하다가 현재는 경주 고등학교 교장 자리에 있습니다. 저서로는 시집『청마시초』,『생명의 시』,『울릉도』,『청령일기蜻蛉日記』,『보병과 더불어』,『기도가祈禱歌』 등과 수상록『예루살렘의 닭』이 있습니다.

★ 이 시는 종다리 소리를 들으며 보는, 봄이 깃들기 시작한 산천과 초목의 아름다움을 그려 놓고 있습니다만, 단순히 봄의 조망에만 황홀해 있지 않음을 넷째 연에 가서 곧 알 것입니다. 이렇게 황홀할 정도로 아름다운 봄 속에서도 마음을 아프게 하는 '영원히 봄이 오지 않는 골짜기'가 있음을 시인은 한탄합니다. 그럼 그 골짜기는 어디일까요? 그 곳은 딴 곳 아닌 '인간의 골짜기'입니다. 즉 우리네 인간 생활입니다. 그 골짜기는 '아무리 나무래고 기 쓰고 악물어도 / 서로 껴안은 채 쓰러져 죽어만 가는 / 슬프고 외롭고 떨리기만 하는 골짜기'랍니다. 이런 골짜기가 있음을 이 시인은 민감하게 느끼고 그 감정을 시 속에 보여 주고 있습니다. 그리고 길게 탄식합니다. '아아 이 인간의 골짝에는 / 그 언제 / 저 같이 황홀한 가락이 불러질 것입니까.' 하고. '저 같이 황홀한'이라고 한 곳은 첫째 연과 둘째 연, 그리고 셋째 연의 아름다운 산천의 봄을 두고 말하는 것입니다.

소년과 같이 젊고 아름다우면서, 그러면서도 노인과 같이 인간 비극悲劇을 통탄하고 있는, 이 시인의 작품으로서는 드물게 아름다운 영상影像을 보여 주고 있습니다.

이 시는 '들어 보세요'에서 시작되는 설화체說話體의 시입니다. 시인 청마는 이 시를 씀에 있어 첫째 연과 둘째 연, 그리고 셋째 연에다가 종다리 노래하는 황홀할 정도로 아름다운 봄, 즉 자연을 묘사해 놓고, 다음 넷째 연에 가서 '그러나 여기' 하면서 슬프고 외롭고 떨리기만 하는 골짜기, 즉 인간 세계가 있음을 독자에게 제시하였습니다. 그리고 한탄합니다. '아아 이 인간의 골짝에는 그 언제 / 저 같이 황홀한 가락이 불러질 것입니까' 하고.

끝 연인 다섯째 연에 와서는 다시 '들어보세요 / 종달이가 웁니다.' 하며, 그 소리가 인간 세계에 오지 않는 봄이, 자연 세계에는 다시 온다고 저렇게 종일토록 노래하는 것이라고, 엉뚱한 생각을 하면서 심각한 표정을 짓습니다.

고민하는 시인이 모습이 여실히 보이는 작품입니다.

아지랑이

윤 곤 강

머언 들에서
부른 소리
들리는 듯
못 견디게 고운 아지랑이 속으로
달려도
달려 가도
소리의 임자는 없고

또 다시
나를 부르는 소리
머얼리서
더 머얼리서
들릴 듯 들리는 듯…….

―『현대시인선집現代詩人選集 · 上』에서

★ 윤곤강尹崑崗은 본명은 명원明遠, 1911년 충청남도 서산瑞山에서 출생하여 1951년에 서거한 시인입니다. 보성고보普成高普를 졸업하고 나서 시 잡지 ≪시학詩學≫에 작품을 발표하기 시작하여 시단에 나타나게 되었습니다. 해방 후는 중앙대학中央大學 국문학부國文學部 강사로 있으면서 꾸준히 시작 활동을 하였습니다.

그에게는 『대지大地』, 『만가輓歌』, 『동물시집動物詩集』, 『빙화氷華』, 『피리』, 『살어리』, 이 밖에 평론집 『시와 진실眞實』 등 많이 있습니다만, 그의 초기 작품과 후기 작품은 사뭇 남의 것인 양 그 경향이 판이합니다. 즉 초기에 그는 시대의 어두운 면과 불안스러운 기분을 노래하던 것이, 해방 후는 갑작스러이 고문조古文調의 시를 쓰기 시작하였습니다. 전자의 대표적인 것이 '만가'요, 후자의 것이 '살어리'입니다. 보기 드물게 순진한 사람으로 아직 그가 할 일이 많았는데, 불행히도 세상을 떠난 것은 두고두고 애석한 일이라 하겠습니다.

★ 이 시도 의미 모를 데가 없게 아주 쉽게 써 있습니다. 설명을 가할 필요조차 없을 정도입니다. 그러나 이 시를 가만히 읽어보면, 누구나 그 무엇을 찾아 애타고 있는 한 시인의 마음을 느끼게 될 것입니다. 이 시에서 자기를 부르는 '소리'라고 되어 있습니다. 시인은 그 소리의 임자를 찾아 헤매고 있습니다. 시인이 찾고 있는 그 시인의 임자는 누구일까요? 그것은 어쩌면 '행복'일지 모르겠습니다. 또는 '진리'일지도 모르겠습니다. 아니, 그것은 어쩌면 그가 그리는 '사랑하는 사람'일지도 모르겠습니다. 그를 부르는 그 무엇인지 알 길 없는 '소리의 임자'를 찾아 밤낮없이 뛰어다니는 한 시인의 모습이 마음 아플 정도로 뚜렷이 나타납니다. 그런데 그 '소리'가 들리는 곳은 봄철―봄철에도 못 견디게 고운 아지랑이 속에서라고 합니다. 그것은 사실 소리가 들려오는 것이 아니라, '못 견디게 고운 아지랑이'를 바라다보고 있다가 시인이 느낀 한갓 환각幻覺이었는지도 모를 일입니다.

「파랑새」나 「무지개」 같은 소설을 연상시키는, 퍽 쉬워 보이면서도 어딘가 철학적哲學的이요, 신비적神秘的인 면을 지니고 있는 작품입니다.

촌 경村景

노 천 명

구리빛 팔에 쇠스랑을 잡고
밭에 들어 검은 흙을 다듬는 낮

보기좋게 낡은 초가草家 영마루엔
봄이 나른히 기고

울파주 밖으로는
살구꽃이 흐드러지게 웃는다

－시집詩集『별을 쳐다보며』에서

★ 노천명盧天命은 1913년 황해도 장연읍長淵邑에서 출생한, 우리나라에 그리 많지 않은 규수 시인閨秀詩人의 한 사람입니다. 1930년 진명여고進明女高를 졸업하고, 1934년 이화여자전문학교梨花女子專門學校 문과를 졸업한 후 《조선중앙일보》, 《조선일보》 등의 기자 생활을 거쳐 서울방송국 국원으로 있다가 최근(1957년) 세상을 떠났습니다.

일생을 독신으로 지낸 고독한 이 시인의 시는 그의 생활이 그랬듯이 어딘가 고독의 그림자가 깃들고 있습니다. 퍽 이지적理智的이면서도 영원한 미美를 추구하는 내성적內省的인 정영을 지니고 있던 시인입니다. 시집으로 『산호림珊瑚林』, 『별을 처다보며』가 있고, 수필집으로 『산딸기』, 『나의 생활백서生活白書』가 있으며, 단편소설로 『하숙下宿』, 『사월이』 등이 있습니다.

★ '춘경'은 밭일을 하다가 잠깐 허리를 펴고 바라다본 농가가 있는 곳의 봄 풍경을 극히 가벼운 필치로 스케치한 작품입니다. 이 시를 읽으면 누구나 저 풍경화가風景畵家 밀레나 고흐의 그것에서 흔히 보는, 그러한 마을을 머릿속에 그릴 것입니다.

'쇠스랑'은 농구農具의 일종. 쇠로 갈퀴 모양을 만들고 나무자루를 길게 박았음.

'영마루'는 재의 꼭대기. 여기서는 지붕 꼭대기.

'울파주'는 울바자의 사투리로, 갈대 대들로 엮은 것. 여기서는 그 결로 한 울타리.

'흐드러지게'는 보기에 탐스럽게.

햇볕에 타 구릿빛이 된 팔에 쇠스랑을 잡고 밭으로 들어가 흙을 다듬는 대낮이었다. 허리를 펴고 문득 바라보니, 보기 좋게 낡은 초가 영마루에는 봄빛이 나른히 깃들고 있다. 완전히 봄이군! 이렇게 혼잣말 같이 중얼거리며 시선을 초가집 울타리 가로 돌리니, 거기에는 살구꽃이 탐스럽게 피어 있다.

이 시는 그 제목이 말하듯이 마을 풍경을 수채화水彩畵처럼 산뜻이 그린 데에 시의 아름다움을 나타내고 있습니다. 그러므로 이 시를 읽을 때는 너무 어려운 생각을 하지 말고, 그저 여기 쓰여 있는 것을 그대로 받아들여, 머릿속에 한 폭의 나른한 마을 풍경을 그리며 감상하면 족합니다.

이발사理髮師의 봄

장 서 언

봄의 요정妖精들이
단발 하러 옵니다.

자주 공단옷을 입은 고양이는 졸고 있는데
유리창으로 스며드는 프리즘의 채색彩色은
면사面紗인양 덮어 줍니다.

늙은 난로煖爐는 감아케 묵은 담뱃불을 빨며
힘없이 쓸어졌습니다.

어항 속의 금붕어는
용궁龍宮으로 고향으로
꿈을 따르고
젊은 이발사理髮師는 벌판에 서서
구름 같은 풀을 가위질 할 때

소리 없는 너의 노래 그치지 마라
벽화壁畫 속에 졸고 있는 종달이여

　　　　　　　　　　　－『현대시인선집現代詩人選集 · 上』에서

★ 장서언張瑞彦은 1912년 서울에서 출생, 연희전문학교延禧專門學校를 졸업하고 교원 생활을 하면서 극劇과 시작詩作에 정진해 온 시인입니다.

그는 맨 처음 ≪문학≫ 동인으로 활약하였는데, 그가 들고 나온 작품 경향은 모더니즘이었습니다. 따라서 재래의 서정시와는 달리 그의 시에는 현대적 감각과 아울러 위트가 엿보이고, 다분히 회화성繪畫性을 지니고 있었습니다. 그러던 것이 해방 후부터 현대에 이르는 동안에 그는 어느덧 그런 시경을 내던지고, 오직 순수한 서정시로 전향한 감을 주는 작품을 제작하고 있습니다.

언제나 시단의 변두리에서 꾸준히 시작을 계속하고 있습니다만, 아직 시집 한 권도 갖지 않고 있는 좀 색다른 시인입니다.

★ 이 시에서 이발사는 농부입니다. 요정이란 요사한 정기입니다만, 여기서는 봄을 두고 하는 말입니다. 첫째 연은 봄이 찾아왔다는 뜻의 말인데, 왜 찾아왔느냐 하면, 단발을 하러 왔다는 것입니다. 그야 그럴 것이 봄이 찾아간 곳이 이발사인 농부네 집이니까요. 그 이발사의 집에는 주인 없는 방에 자줏빛의 고양이가 졸며 빈 집을 지키고 있습니다. 유리창으로 스며드는 프리즘을 이룬 고운 일곱 가지 빛깔이 베일인 양 고양이를 덮어 줍니다(햇볕을 받아 생긴 프리즘이 졸고 있는 고양이 몸뚱이 위에 떨어져 있다는 것을 이렇게 표현하였습니다). 난로는 연기 나지 않은 연통과 함께 방 안에 쓸어져 있습니다('늙은 난로'라 한 것은, 겨울이 가고 봄이 되어 소용없는 난로라는 의미에서요, '감아케 묵은 담뱃불을 빤다' 한 것은 까맣게 검정이 앉은 연통 채인 난로를 두고 연통 담뱃대를 빨고 있다고 본 것입니다. 그리고 '힘없이 쓸어졌다'고 한 것은 늙은 난로임을 강조하기 위해서입니다). 어항 속에서 꼬리치며 금붕어는 한종일 왜 저렇게 분주히 다니는 것일까? 그렇다, 용궁을 찾아가는 것이리라. 그의 고향인 용궁을 찾아가는 깃이다('꿈을 따르고'는 가고 싶어 한다 정도로 해석해 두먼 좋습니다). 이러한 것들이 있는 집 바깥 들판에서 젊은 농부는 구름처럼 무성한 풀을 깎고 있습니다. 그런데 그 집 벽화에는 종다리 한 마리가 졸고 있는 모양이 그려져 있고, 어디선가 종다리 소리가 자꾸 들려오는 걸 보면, 저 벽화 속 종다

리가 부르고 있는 것이 아닐까? 참 아름다운 소리이다. 제발 그치지 말고 들려왔으면 좋겠다('소리 없는 너의 노래'란 무엇일까요? 사실 소리가 나는 것은 아니지만, 시인의 귀에는 종다리 소리가 들리는 것 같음을 이렇게 표현하고 있습니다).

이 시를 대하면, 어느 외국시라도 읽는 것 같은 느낌을 받지요? 젊은 농부도 멋쟁이지만, 그가 살고 있는 집도 우리나라의 그것과는 다른—유리창이 있고, 겨울이면 난로를 피고, 고양이를 기르고 하는, 그림에서나 볼 수 있는 그런 풍경과 생활을 연상시킵니다. 이것이 이 시인의 모던한 취미이기도 합니다.

사 향 도 思鄕圖

김 광 균

<정거장 亭車場>

긴– 하품을 토吐하고 섰던 낮차車가 겨우 떠난 뒤
텅 비인 정거장 앞마당엔
작은 꽃밭 속에 전신주電信柱 하나가 조을고 섰고
한낮이 겨운 양지 쪽에선
잠자는 삽살개가 꼬리를 치고
지나가는 구름을 치어다보고 짖고 있었다.

<목 가 牧歌>

장다리 꽃이 하–얀 언덕 너머 들길에
지나가는 우차牛車의 방울 소리가
긴– 콧노래를 웅얼거리고
김매는 누이의 바구니 옆에서
나는 누어서 낮잠을 잤다.
어두워 오는 황혼黃昏이면
허티진 방앗간에 나가 니는 피리를 불고
꼴먹이고 서 있는 형님의 머리 우에
남산南山은 새빨–간 노을에 젖어 있었다.

<교사校舍의 오후午後>

시계당時計堂 꼭대기서
하학下學종이 느린 기지개를 키고
백양白楊나무 그림자가 교정校庭에 고요한
맑게 개인 사월四月의 오후午後
눈부시게 빛나는 유리창 너머로
우리들이 부르는 노래가 푸른 하늘로 날아가고
어두운 교실敎室 검은 칠판엔
날개 달린 '돼지'가 그려 있었다.

<동무의 무덤>

진달래를 한아름 안고 산길을 내려오다
골짜기 너머 공동묘지共同墓地에 올라
우리들은 모자帽子를 벗고 눈을 감았다.

지금 아득—히 생각나는 이른 봄날 황혼黃昏
가난하였던 동무의 무덤 우엔
하얀 요령초搖鈴草가 바람에 흔들리고
우두커니 서 있는 작은 패목은
가늘은 실비에 젖어 있었다.

<언 덕>

심심할 때면 날저므는 언덕에 올라
어두어 오는 하늘을 향해 나발을 불었다.
발 밑에는 자욱-한 안개 속에
학교學校의 지붕이 내려다보이고
동리 앞에 서 있는 고목古木 우엔
저녁 까치들이 짖고 있었다.

저녁별이 하나 둘 늘어갈 때면
우리들은 나발을 어깨에 메고
휘파람 불며 언덕을 내려 왔다.
등 뒤엔 컴컴한 떡갈나무 수풀에 바람이 울고
길 가엔 싹트는 어린 풀들이 밤이슬에 젖어 있었다.

－시집詩集『황혼가黃昏歌』에서

★ 김광균金光均은 1913년 경기도 개성開城에서 태어나 그 곳 개성상업開成商業을 졸업하고, 회사원 생활을 하면서 시잡지 ≪자오선子午線≫, ≪시인 부락詩人部落≫ 등에 작품을 발표하였습니다. 그는 우리나라 모더니즘의 시 운동을 실천한 그리 많지 않은 시인의 한 사람으로, 1916~1917년경에 소위 '신세대론新世代論'이 제창될 때에 당시의 평론가들이 그를 신세대의 대표적인 시인으로 내세웠던 것입니다. "시는 하나의 회화繪畵이다"라는 모더니즘의 시론을 실제로 실행한 시인으로서, 그의 이름은 시사詩史에 오래 남게 될 것입니다. 본디 시를 많이 발표하지 않는 시인입니다만, 특히 6·25 이후는 아주 붓을 끊고 침묵을 지키고 있습니다. 1939년 처녀 시집『와사등瓦斯燈』을 내었으며, 해방 후에는『기항지寄港地』를, 그리고 6·25 전쟁 이후 1957년에는『황혼가黃昏歌』를 간행하였습니다.

★ 이 시「사향도」는 그 제목이 말하듯이 고향을 생각하며 그린 그림과 같은 것입니다만, 고향을 생각했다기보다는 그가 겪은 어린 시절을 그리며 썼다고 보는 것이 더 적절한 말이겠습니다.「사향도」에는 다섯 부제副題가 붙어 있습니다. 이 부제란 하나의 제목에 따르는 또 하나의 조그만 제목을 두고 하는 말입니다.

정거장 : 긴 하품을 토하고 서 있던 낮차, 낮차가 떠난 뒤의 텅 빈 정거장 앞마당, 조그만 꽃밭, 그 꽃밭 속에 서 있는 전신주, 지나가는 구름을 쳐다보고 멍멍 짖고 있는 삽살개−소년이 크레용을 가지고 마구 그려 놓은 그림과 같은 인상을 받게 되지 않습니까. 이 시인은 소개란에서 말하였듯이 "시는 하나의 그림"이라는 모더니즘의 시론을 가지고 있는지라, 작품도 이와 같이 선線과 색채色彩로서 구성합니다.

목가 : 이것도 그림과 같습니다. 장다리꽃이 하얗게 핀 언덕, 그 너머 들길, 그 길로 가는 우차, 우차의 방울 소리, 김매는 누이, 그 누이의 바구니 옆에 누워 낮잠을 자는 소년, 황혼, 흩어진 방앗간, 피리 불고 있는 소년, 좀 떨어진 곳에서 꿀을 먹이고 있는 형 되는 소년, 노을에 젖어 있는 남산−어디까지나 아름답고 목가적인 풍경입니다.

교사의 오후 : 시계당, 시계당에서 들려오는 하학 종소리, 백양나무가 서 있는 교정, 고요한 사월의 오후, 반짝이는 유리창, 애들이 부르는 노래 소리, 어두운 교실, 그 교실 칠판에 그려져 있는 날개 달린 돼지.

동무의 무덤 : 진달래꽃을 한 아름 안고 산길을 내려오는 소년들, 골짜기 너머 공동묘지에 올라 모자를 벗고 다 같이 눈을 감고 묵념을 드리는 소년들, 조그만 무덤, 무덤 위에 핀 하얀 요령초, 작은 패목—이런 풍경 속을 가느다란 실비가 내리고, 실비에 젖어 소년들은 돌아갈 것을 잊고 언제까지나 동무의 무덤가에 묵묵히 서 있다.

언덕 : 어두워 오는 하늘을 향해 나팔을 부는 소년, 자욱한 안개 속에 내려다보이는 학교 지붕, 동리 앞 고목 위에서 깍깍 짖고 있는 까치 떼, 저녁, 나팔을 어깨에 메고 휘파람 불며 언덕을 내려오는 소년들, 떡갈나무 숲, 밤이슬에 촉촉이 젖고 있는 어린 풀들.

「사향도」의 제목 아래 쓰인 위의 다섯 편의 시를 읽고 우리가 느끼는 것은 영화에서만 볼 수 있었던 선명한 이미지影像를 시로서도 나타낼 수 있다는 한 보기입니다. 하나의 풍경을 그저 사진처럼 찍는 것이 아니라, 그 속에다가 색채와 음향과 그리고 시인의 감정을 얼마든지 담아 놓을 수가 있으니, 이 시를 읽고 현대시의 영역領域이 그 끝을 모를 정도로 넓음을 새삼스럽게 깨닫게 됩니다. 여기서 다른 시를 읽어 오던 독자가 주의해 보아야 할 곳은 이 시인이 쓰는 그 수법입니다. 예를 들면, '하품을 토하고 섰던 낮차'니 '우차의 방울 소리가 콧노래를 응얼거린다'니, '하학종이 느린 기지개를 킨다'느니 하는 표현이 얼마나 묘하고 적절합니까.

양羊

장 만 영

어린 양羊은 오늘도 먼 산을 바라보고 있습니다.
찬란한 녹의綠衣를 산뜻이 갈아입은 산마루 끝에는
파아란 하늘을 밟고 가는 흰 구름이 있습니다.

어린 양羊은 오늘도 아득한 새소리에 귀를 기울이고 있습니다.
새들이 타고 날아가는 포근한 바람 속에는
새들의 지저귀는 즐거운 노래가 있습니다.

어린 양羊은 오늘도 떠가는 흰 구름을 보고
자기 엄마가 산을 넘어 오지 않나 의심합니다.

어린 양羊은 오늘도 새소리를 들으며
저를 부르던 엄마의 목소리를 그리워합니다.

　　　　　　　　　　　　　　－시집詩集『양羊』에서

★ 이것은 나의 작품입니다. 나는 1914년 황해도 배천읍白川邑에서 출생하였습니다. 경성제이고보京城第二高普를 나와 일본으로, 건너가 별로 이름도 없는 미사키영어학교三崎英語學校란 곳에 적을 두고, 한 이태 도서관 출입을 하다가 고향에 돌아와 파묻혀 있었습니다.

시를 쓰기 시작한 것은 학교 시절입니다만, 시인이 되겠다는 야심에서 시를 쓴 것이 아니라, 가정적으로 고독해 그 길로 들어섰다고 보는 것이 옳을 줄 압니다.

≪동광東光≫ 잡지에 투고한 것이 안서岸曙 선생의 눈에 띄게 되어 그 후부터 나는 꾸준히 선생의 문전을 드나들게 되었습니다. 시집으로 『양羊』, 『축제祝祭』, 『유년송幼年頌』, 『밤의 서정抒情』 등이 있습니다.

나의 시는 동심적童心的이면서도 어두운 면이 있다고들 합니다만, 여기 소개하는 이 시는 어둡지 않은 것의 하나라고 생각하는데 어떨지요?

★ 이 시는 나의 처녀 시집 『양』 속에 들어 있는 것으로, 내가 시를 쓰기 시작한 지 얼마 안 되었을 무렵의 것입니다. 별로 설명이 필요하지 않을 정도로 아주 알기 쉬운 작품입니다.

어린 양은 엄마가 없습니다. 그는 엄마를 생각하며 먼 산들을 쓸쓸히 바라보고 있습니다. 추운 겨울이 가고 따뜻한 봄이 되었으니, 자기 엄마도 돌아오지 않을까 생각되기 때문입니다. 눈이 하얗게 쌓여 있던 산들은 어느덧 눈이 부실 정도로 파래지고, 그 산 위로는 흰 구름이 떠다니고 있습니다. 새소리가 여기저기서 명랑하게 들려옵니다. 포근한 바람 속으로 새들은 즐거운 노래를 부르며 날아다닙니다. 아름다운 봄입니다. 만물이 다시 찾아온 이 봄을 찬양하는 것 같습니다.

그런데 어린 양의 엄마는 이제껏 돌아오지 않습니다. 혹시나 엄마 부르는 소리가 들리지 않나 싶어 어린 양은 귀를 기울입니다. 하나 엄마 목소리는 들리지 않고 새소리만 납니다. 어린 양은 오늘도 산마루 끝 파란 하늘로 떠가는 흰 구름을 보고 자기엄마가 산을 넘어오는 것이 아닌가 자꾸 착각을 느낍니다.

왜냐하면, 못 견디게 엄마가 보고 싶은 어린 양에게는 하얀 구름장이 자기 엄마와 같이 보이기 때문입니다. 그리고 어린 양에게는 바람 속으로 날아다니는 새소리마저 자기를 부르던 엄마의 목소리처럼 들렸습니다.

　이 시는 이러한 어린 양의 쓸쓸한 마음을 쓴 것입니다.

춘 일春日

동백꽃
붉은 잎새 사이로

푸른 바다의
하이얀 이빨이 웃는다.

창 앞에 부서지는
물결 소리.

노랑 나비가
하나—

유리 화병花瓶을
맴돈다.

꽃잎처럼
불려간다.

　　　　　　　　　　　　　　　—『조지훈시선趙芝薰詩選』에서

★ 조지훈趙芝薰은 본명을 동탁東卓이라고 합니다. 1920년 경상북도 영양英陽에서 태어나, 혜화전문惠化專門 문과文科를 졸업하였습니다. 문예지 ≪문장文章≫의 추천을 통하여 시단에 등장한 그리 많지 않은 시인의 한 사람입니다.

그의 시에는 다른 시인에게서 찾아보기 어려운 멋과 가락이 있습니다. 맑고 아름다운 가락을 가진 그의 시는 많은 사람의 애송을 받고 있습니다. 오랫동안 고려대학 국문과 교수 자리에 있으면서 오늘까지 오로지 시만을 써 오고 있는 시인입니다.

이 시인의 시는 생각하는 시라기보다 노래하는 시에 가까운 것이 특징입니다. 그러기 때문에 그의 시는 어디까지나 음악적이기도 합니다.

시집으로 『청록집青鹿集』(박두진, 박목월 공저)과 『풀잎 단장斷章』, 그리고 최근에 간행한 『조지훈 시선』 등이 있고, 이 밖에 시론으로 『시의 원리原理』가 있습니다.

★ 여기 보여드리는 「춘일」은 지훈의 초기初期에 속하는 작품으로, 그의 것으로는 드물게 감각적感覺的이기도 합니다.

이 시는 따뜻한 봄볕 속에 놓인 풍경을 스케치한 것입니다. 정원에 심은 동백꽃 붉은 잎과 잎 사이로 푸른 바다가 보인다. 연달아 기슭을 향해 밀려오는 하얀 물살이 이빨을 드러내 놓고 웃는 것 같아 보인다. 창 앞에까지 와서 부서지는 물결 소리가 들린다(베란다의 탁자에라도 놓인 것이리라). 유리 화병 가를 노랑나비가 한 마리 날아와 맴돌다가 휙 바깥으로 날아가 버린다. 마치 바람에 불리는 꽃잎처럼. 이런 뜻의 시입니다.

이 시의 좋은 점은 그저 그림 그리듯 하나의 풍경을 그려 놓지 않고, 봄이 한가로운 기분을 놀랠 만큼 잘 나타내고 있는 점에 있습니다. 한 마리의 노랑나비 움직임에도 이 시인은 봄의 한가로움을 느끼며, 그걸 무심히 보아 넘기지 않았습니다. 참말로 훌륭한 시인이란 사물事物을 잘 관찰하는 사람입니다. 그저 아무렇게나 사물을 보아 넘기는 사람은 절대로 좋은 시를 쓰지 못합니다.

윤 사 월 閏四月

박 목 월

송화松花 가루 날리는
외딴 봉우리

윤 사월 해 길다
꾀꼬리 울면

산지기 외딴 집
눈 먼 처녀사

문설주에 귀 대이고
엿듣고 있다.

―『현대시집現代詩集 · Ⅲ』에서

★ 박목월朴木月의 본명은 영종泳鍾, 1916년 경상북도 경주慶州에서 태어나, 문예지 ≪문장文章≫의 추천을 통하여 시단에 등장한 시인의 한 사람입니다. 그는 시를 발표하기 이전에도 본명으로 동요를 많이 써내어 이미 그 분야에 있어서도 유명하였습니다.

그의 시는 극히 짧은 시형詩形에다가 한국인만이 가질 수 있는 정서情緒를 오묘하게 담아 놓고 있습니다. 세칭 청록파靑鹿派 시인 중에서도 가장 섬세한 서정적 감각을 지니고 있는 시인입니다. 시집으로 『청록집(조지훈, 박두진 공저)』, 『산도화山桃花』가 있고, 이 밖에 동요집 『호랑나비』, 『박영종 동요집』 등이 있습니다.

★ 송홧가루를 날리는 소나무가 가득 들어차 있는 외딴 봉우리가 있습니다. 때는 마침 윤사월입니다. 해가 퍽 긴 때입니다. 그 외딴 봉우리 나무 수풀 속에서 꾀꼬리란 놈이 한종일 울어댑니다. 그 울음소리를 산 지키는 산기지네 외딴 집에 사는, 눈이 먼 처녀가 문설주에 귀를 갖다대고 엿듣고 있습니다, 무슨 행운이라도 찾아오나 하고⋯⋯.

이 시는 이처럼 어린이의 동화를 읽는 것 같은 느낌을 주는 작품입니다. 사실 동화를 쓸 줄 아는 이라면, 이 짧은 시 한 편을 가지고 책 한 권이 될 수 있는 긴 줄거리의 이야기를 능히 써 보일 수도 있을 것 같습니다. 과거 동요를 많이 써 온 이 시인만이 이런 동심의 세계를 보여줄 수 있지 않을까 생각됩니다. 퍽 곱고 아름다운 작품입니다.

이 시 '윤사월'은 2행 4연으로 구성되어 있습니다만, 연마다 7·5 또는 6·5의 정형률을 밟고 있습니다. 첫째 연이 7·5, 둘째 연과 셋째 연이 6·5, 그리고 끝 연이 7·5—이렇게 되어 있습니다. 이 시를 가만히 분석分析해 보십시오. 첫째 연에다 '외딴 봉우리'를 놓고, 그 외딴 봉우리를 볼 수 있는 가까운 거리에다 '산지기 외딴 집'을 배치配置해 놓은 것을 알 수 있습니다. 그리고 그 외딴 봉우리에다가, 한종일 울고 있는 '꾀꼬리'를, 외딴 집에다가 '눈 먼 처녀'를 또한 배치해 놓고, 윤사월을 배경으로 한 편의 시를 구성한 것을 발견하게 됩니다.

이와 같이 분석해 보고, 우리가 시의 매력이란 것을 생각해 보면, 시의 매력의 중점重點인 어떤 '의미意味'가, 독자의 마음에 던지는 회화적繪畫的 · 풍경적風景的인 정경情景에 있음을 이해할 수 있을 것입니다.

제2부

여름 · 하夏

해곡海曲 삼장三章

I

임 실은 배 아니언만
하늘 가에 돌아가는 흰 돛을 보면
까닭 없이 이 마음 그립습내다.

호올로 바닷가에 서서
장산長山에 지는 해 바라보노라니   *장산곶長山串
나도 모르게 밀물이 발을 적시옵내다.

II

아침이면 해 뜨자
바위 위에 굴 캐러 가고요,
저녁이면 옅은 물에서 소라도 줍고요.

물결 없는 밤에는
고기잡이 배 타고 달내섬 갔다가   *달내섬月出島
안 물리면 달만 실고 돌아오지요.

III

그대여
시詩를 쓰랴거던 바다로 오시오—
바다 같은 숨을 쉬랴거던.

임이여
사랑을 하랴거던 바다로 오시오ㅡ
바다 같은 정열에 잠기랴거던.

ㅡ『시가집詩歌集』에서

★ 양주동梁柱東의 아호는 무애無涯, 1903년 경기도 개성開城에서 출생하였습니다. 1928년 도쿄 와세다대학早稻田大學 영문과英文科를 졸업하고, 귀국하여서는 평양 숭실전문학교崇實專門學校 교수 자리에 있으면서 작품 활동을 하였습니다. 해방 후는 동국대학東國大學을 비롯한 여러 대학에서 주로 고전문학 강의를 할 뿐, 별로 작품을 발표하지 않고 있습니다만, 그는 깊고 넓은 학식과 풍부한 문학적 재능으로 우리 문학에 적지 않은 업적을 남겼습니다.

시집으로는 『조선의 맥박脈搏』이 있고, 번역 시집으로 『영시백선英詩百選』, 『엘리오트 전집』 등이 있으며, 이 밖에 연구 논문으로 『고가연구古歌研究』, 『여요전주麗謠箋註』, 그 밖에 많은 저서를 가지고 있습니다. 최근에 문학박사文學博士 학위를 받았으며, 또 학술원 회원學術院會員이기도 합니다.

★ 이 시는 바다에 가서 경쾌한 마음을 노래한 퍽 가벼운 기분을 주는 소곡小曲입니다. 3장으로 나누어져 있지만, 주제主題가 바다인 것은 말할 것도 없습니다.

Ⅰ 에는 흰 돛을 단 배를 보고 느낀 시인의 감상感傷이 소녀의 그것과 같이 배여 있습니다. 여기서의 '임'이란 꼭 '사랑하는 이'를 두고 하는 말이라고 보기는 어렵습니다. '사랑하는 친구'또는 '사랑하는 누나' 정도의 사람으로 생각해 두십시오.

사랑하는 누나가 타고 있는 배가 아니건만, 하늘 가로 돌아서 나가는 하얀 돛단배를 보면 까닭 없이 그리운 생각이 치밀어 온다. 홀로 바닷가에 서서 누나 생각을 하며, 장산곶 뒤로 기울어지는 해를 바라보고 있노라니, 어느덧 밀물이 밀려들어 내 발을 적신다. 이런 뜻입니다만, 황혼 때의 일시적인 감상이(연령의 탓도 있겠지만, 나그네의 몸이기에 더욱 그럴 것입니다) 농후한 작품입니다.

Ⅱ는 바닷가에 가서 보낸 엽서 편지 정도로 생각하면 좋을 것입니다. 아침 해가 뜨기가 바쁘게 나는 바위 위로 굴을 캐러 갑니다. 저녁녘이면 물이 다 빠져, 얕아진 물 속에 들어가 소라를 줍습니다. 그리고 물결이 일지

않는 밤에는 배를 잡아타고 달래섬이라는 섬으로 고기를 잡으러 가기도 합니다. 잡히느냐고요? 잡히지 않으면 그저 달만 싣고 돌아오지요.

이런 뜻입니다. 퍽 부러운 생각을 주는, 바다로부터 날아온 한 장의 편지를 읽는 것 같지 않습니까. 시란 이렇게 편지 쓰듯 써서 더욱 재미있을 때가 있습니다.

Ⅲ 역시 Ⅱ와 마찬가지로 한 장의 그림엽서를 읽는 것 같은 느낌을 줍니다. 벗이여, 그대 만일 시를 쓰고 싶으면 바다로 오시오. 그리하여 한번쯤 바다 같은 호흡을 해 보시오. 벗이여, 만일 그대 사랑을 하려면 바다로 오시오. 그리하여 바다 같은 정열을 가져 보시오.

대체로 이런 뜻을 노래한 것입니다. 시인의 바닷가에서의 그날그날 일과를 짐작할 수 있는 작품입니다. 젊은이다운, 그러면서도 시인다운 면이 유쾌할 정도입니다.

☆

이 시 「해곡 삼장」의 Ⅰ 연의 끝이 '그립습내다.', '적시옵내다', 이렇게 '내다'로 되어 있습니다만, 이것은 '그립습니다', '적시옵니다'의 서북西北 방언方言을 그대로 쓴 것입니다.

소설에서는 회화會話에서만 이러한 방언이 용납되고, 본문本文은 표준말을 써야 합니다. 그러나 시에서는 방언을 써도 관계없을뿐더러, 그것을 잘 씀으로써 더욱 정취情趣를 나타내는 수가 많습니다. 꼭 표준말을 써야 한다는 것은 아닙니다. 우리 시단에서도 서정주徐廷柱 같은 시인의 작품에 전라도 방언이 많이 눈에 띕니다만, 방언 때문에 작품 자체에 손색을 입히거나 하지는 않습니다.

송화강松花江 뱃노래

김 동 환

새벽 하늘에 구름장 날린다,
에잇, 에잇, 어서 노 저어라 이 배야 가자.
구름만 날리나
내 맘도 날린다.

돌아다 보며는 고국이 천리런가,
에잇, 에잇, 어서 노 저어라 이 배야 가자.
온 길이 천리千里나
갈 길은 만리萬里다.

산을 버렸지 정이야 버렸나,
에잇, 에잇, 어서 노 저어라 이 배야 가자.
몸은 흘러도
넋이야 가겠지.

여기는 송화강松花江, 강물이 운다야.
에잇, 에잇, 어서 노 저어라 이 배야 가자.
강물만 우더냐
장부도 따라 운다.

—『시가집詩歌集』에서

★ 김동환(앞의 金東煥 참조)

★ 사나이의 씩씩한 기분을 보여 주는 노래입니다. 타향천리他鄕千里 멀고 먼 남의 땅에 가 있으면서도 조금도 향수에 젖지 않고, 오로지 조국 광복의 일념에 불타고 있는 청년의 늠름한 모습이 눈에 보이는 것 같습니다. 구절마다 '에잇, 에잇' 하며 힘을 주어 배를 젓는 청년 시인에게 어딘지 모르게 호감이 가지 않습니까. 첫째 연의 '구름만 날리나 / 내 맘도 날린다'라든가, 둘째 연의 '온 길이 천리나 / 갈 길은 만리다'라든가, 셋째 연의 '몸은 흘러도 / 넋이야 가겠지'라든가, 맨 나중 연의 '강물만 우더냐 / 장부도 따라 운다' 따위의 대구적對句的인 표현은 한층 이 시를 힘차게 하는 데 효과적이었습니다.

여기서 이 시의 구성構成을 한번 분석해 보는 것도 무의미한 일 같지는 않습니다. 먼저 뜻을 풀어 보기로 합시다.

알다시피 송화강은 북만주에 있는 커다란 강입니다. 한때 많은 백의청년白衣靑年들이 이곳으로 큰 포부를 품고 가서 독립운동을 꾀하였습니다. 배를 저어 가는 이 시의 주인공도 그러한 많은 청년 중의 한 사람이었을 것입니다. '온 길이 천리나 / 갈 길은 만리다'는 조국을 떠나온 길의 노정路程은 천 리밖에 안 되지만, 이제부터 큰 뜻을 이룩할 때까지의 고난의 길은 만 리도 더 될 만큼 아득하다는 뜻입니다. 말하자면 무척 힘이 드는 일임을 말하는 것입니다.

첫째 연 끝 구의 '구름만 날리나 / 내 맘도 날린다'의 '내 맘도 날린다'는 큰 뜻을 이루려는 청년의 구름장 같이 높은 야심으로 보아야 마땅합니다. '몸은 흘러도 / 넋이야 가겠지'는 몸은 비록 조국을 떠나 넓은 만주 벌판을 헤메 다녀도 정신만은 언제나 내 나라 내 겨레한테 가 있다는 열렬한 애국심을 말하고 있습니다. 그리고 끝 구에 가서 '강물만 우더냐 / 장부도 따라 운다'고 소리치는 그 심회는 아직 뜻을 못 이루고 투쟁을 계속하는, 즉 악전고투惡戰苦鬪하는 청년들의 심정을 여실히 보여 주는, 실로 눈물겨운 대목이기도 합니다.

대강 이쯤 해 놓고 이 시 「송화강 뱃노래」의 구성을 더듬어 보기로 합시다. 이 시는 4행行 4절節에다가 다음과 같은 정형률定型律을 밟고 있음을 여러분은 곧 발견할 것입니다.

새벽 하늘에 구름장 날린다
　　　5　　　　6

에잇, 에잇, 어서 노 저어라 이 배야 가자.
　　6　　　　　5　　　　　5

구름만 날리나
　　　6

내 맘도 날린다.
　　6

　이렇게 어떤 데는 불규칙하기도 하지만, 대체로 5 · 6조의 정형적인 운율을 밟고 있습니다. 이것은 우리나라 말의 자연적 음률音律인 5음과 6음을 기본으로 구성하였음을 말합니다. 다음 둘째 연은 6 · 7, 6 · 5, 6 · 6, 셋째 연은 5 · 6, 6 · 5, 5 · 6, 끝 연은 6 · 6, 6 · 5, 6 · 7과 같이 되어 있습니다. 뿐만 아니라, 절마다 '에잇, 에잇, 어서 노 저어라 이 배야 가자'라는 시구를 반복하고 있습니다. 그리고 앞에서도 지적하였듯이 '구름만 날리나 / 내 맘도 날린다'의 다음 끝 구 2행을 대구對句로서 표현하여, 시인의 의도하는 바를 더욱 강하게 인상시켜 놓았습니다.

　그러나 현대시의 입장에서 보나 감각으로 보나, 이러한 표현 수법手法이란 고려할 문제가 아닐까 생각합니다. 왜냐하면, 시는 '운韻'이란 음악적 미신迷信의 지배를 받아서는 안 되기 때문입니다. 뿐만 아니라, 시 자체를 퍽 단순하게 만들기가 쉽고, 무미건조無味乾燥해질 우려가 없지 않습니다.

　시의 대상對象이나 형식形式은 시대와 함께 변화해 갑니다. 어떤 분은 그 발생 기원起源에 있어 시는 노래 불리었던 것인즉, 시란 노래 부를 수 있는 것이요, 그 본질本質은 음악 그 자체가 아닐지라도 음악적인 것이어야 한다고 말하고 있습니다. 그러나 시대는 많이 변했습니다. 현대시는 많은 변천을 거듭해 걸어오는 동안에 '노래하는 시'가 아니라, '생각하는 시'의 단계에 도달하였습니다. 이 사실을 우리는 알아야 합니다.

뻐꾹새가 운다

심 훈

오늘 밤도 뻐꾹새는 자꾸만 운다.
깊은 산 속 빈 골짜기에서
울려 나오는 애처러운 소리에
애끓는 눈물은 베개를 또 적시었다.

나는 뻐꾹새에게 물어보았다.
"밤은 깊어 다른 새는 다 깃들었는데
너는 무엇이 섧기에 피나게 우느냐"라고.

뻐꾹새는 내게 도로 묻는다,
"밤은 깊어 사람들은 다 꿈을 꾸는데
당신을 왜 울며 밤을 밝히오"라고.

아 사람의 속 모르는 날짐승이
나의 가슴 아픈 줄을 제 어찌 알가.
고국은 멀고 먼데 임은 병 들었다니
차마 그가 못 잊어 잠 못드는 줄
더구나 남의 나라 뻐꾹새가 제 어찌 알가.

　　　　　　　　　　　　　　　　　－시집詩集『그 날이 오면』에서

★ 심훈沈熏은 본명을 대섭大燮이라고 합니다. 1902년 서울에서 출생하여 경성제일고보京城第一高普를 졸업하고 동아, 조선, 중앙 등의 신문기자 생활을 하였습니다. 처음에 시를 썼습니다만, 그 뒤 소설로 전환하여 「상록수常綠樹」, 「견우성牽牛星」, 「영원의 미소」 등의 장편 소설을 신문에 연재하였습니다. 1935년 세상을 떠났으며, 작고한 뒤에 『심훈 전집』이 나왔습니다.

★ 이 시는 고국을 떠난 이가 임(여기서의 임이란 부모를 두고 쓴 것입니다)이 병들어 누웠다는 기별을 받고 가슴 아파함을 보여줍니다.

오늘 밤도 뻐꾹새는 그칠 줄을 모르고 울고 있다. 깊은 산 속 아무도 없는 골짜기에서 들려오는 뻐꾹새 소리를 듣자니 애끊는 눈물이 흘러내려 베갯잇을 적신다. 나는 뻐꾹새에게 "밤도 깊어 다른 새들은 다 저렇게 깃 속에 잠들었는데, 너는 무엇이 서러워 그처럼 목에서 피가 나도록 우느냐"고 물어 보았다. 하였더니, 뻐꾹새는 내게 도리어 묻는 것이었다. "밤이 깊어 사람들은 모두 저렇게 다 단꿈을 꾸는데, 당신은 왜 그리 울며 밤을 밝히고 있소?" 사람의 속을 알 리 없는 날짐승이 어떻게 내 가슴이 이처럼 아픈 걸 알고 있을까? 참 이상한 일이로다. 더구나 남의 나라 뻐꾹새가 어떻게 알까, 멀고 먼 고국 땅에 병들어 누워 있는 임을 차마 못 잊어 내가 잠 못 들어 하는 줄을…… 이런 뜻입니다.

이 시를 읽고 있으면 고국과 고국 땅에 병들어 누워 있는 부모를 생각하고 있는 이의 고민하는 모습이 눈에 떠오르고, 뻐꾹 뻐꾹 애처롭게 울고 있는 뻐꾹새 소리와 함께 시인의 애통하는 마음을 내 것과 같이 느끼게 됩니다.

보다시피 이 시는 4연聯으로 구성되어 있습니다. 첫째 연은 깊은 산 속으로부터 들려오는 뻐꾹새 울음소리와, 그 소리를 들으며 홀로 눈물 흘리는 시인의 모습을 보여 주고 있으며, 둘째 연과 셋째 연은 시인과 뻐꾹새의 대화對話를, 그리고 끝 연인 넷째 연은 시인의 처지, 즉 왜 슬퍼하고 있는지 그 이유를 밝히고 있습니다.

'뻐꾹새에게 물어 보았다'의 둘째 연은 시인 자신의 독백獨白이요 감정이지, 결코 실제로 물어 본 것이 아님은 말할 것도 없습니다. 그리고 셋째 연의 뻐꾹새가 시인에게 도로 물은 '……당신은 왜 울며 밤을 밝히오' 역시 자신의 슬퍼하는 모습을 두드러지게 보이기 위한 하나의 수법입니다.

'도로 묻는다'의 '도로'는 '도리어'의 뜻입니다.

이상으로 대강 이 시를 이해하였으리라 믿습니다만, 여기에 내가 외람된 말을 한 마디 한다면, 이 시에 있어 끝 연 5행 중 끝 행은 불필요하다고 생각합니다. 그 한 행이 없어도 이 시는 그대로 살 수 있습니다. 뿐만 아니라, 오히려 그 한 행으로 인해 전체가 너무 감상적感傷的으로 흐른 감이 없지 않습니다.

빨 래

윤 동 주

빨래줄에 두 다리를 드리우고
흰 빨래들이 귓속 이야기 하는 오후午後
쨍쨍한 칠월七月 햇발은 고요히도
아담한 빨래에만 달린다.

－시집詩集『하늘과 바람과 별과 시詩』에서

★ 윤동주尹東柱 1917년 간도間島에서 출생하여, 1945년 일본 규슈九州 후쿠오카福岡 형무소에서 옥사獄死한, 불행한 우리나라 젊은 세대의 시인입니다. 연희전문延禧專門을 거쳐 일본 동지사대학同志社大學에서 수업 중, 독립운동의 죄명으로 피검되어 2년형의 언도를 받고 복역 중의 일입니다. 해방 직전입니다.

그가 알려지기 시작한 것은 그의 유저遺著 『하늘과 바람과 별과 시』가 간행된 후입니다. 그렇기 때문에 시단적詩壇的 연령으로 보아 가장 어리기도 합니다. 그의 시는 고독해 보이면서도 항상 어린이다운 꿈을 잃지 않고 그 무엇을 추구하고 있습니다.

★ 이 시는 행수가 4행밖에 안 됩니다. 이런 짧은 형식의 시를 사행시四行詩라고 하여 전부터 외국에도 있습니다만, 이 시인이 그런 형식의 것을 이식移植하여 시도한 것이 '빨래'입니다.

이 시가 재미있는 것은 하나의 물건인 빨래를 사람처럼 취급해 쓴 점입니다. 이런 식으로 쓰는 것을 시작詩作에서는 의인법擬人法; Personification이라고 합니다. 의인법이란 시적 형상詩的 形象; figure of poetry의 일종으로 비정물非情物을 유정물有情物로 취급하는 것으로서, '꽃이 웃는다'니 하는 것처럼 사람 외의 사물에 인격을 부여하는 것을 두고 말합니다. 이 시 '빨래'가 그것입니다.

빨래는 비정물인 하나의 물건입니다. 그런데 시인을 이 빨래가 '다리를 드리우고 있다'고 함으로써 유정물 취급을 하였습니다. 그리고 둘째 줄에 가서 '빨래들이 귓속 이야기'를 하고 있다고 하였습니다. 이것은 확실히 의인법을 따른 것입니다.

이 시의 내용은 별로 설명을 할 필요조차 없게 간단합니다. 즉 빨랫줄에 두 다리를 내려뜨린 것 같은 흰 빨래들이 널려 있다. 널려 있는 빨래들은 무슨 귓속말이라도 하고 있는 것 같다. 때는 쨍쨍한 칠월 햇볕이 내리쬐고 있는 한낮, 겨운 오후이다. 햇살의 아담한 그 빛은 고요히도 이 빨래에만 매달린다—이런 뜻입니다.

이 시 '빨래'를 쓴 윤동주는 앞에서 소개하였듯이 학생의 몸으로 일본 규슈에 있는 후쿠오카 형무소에서 옥살이를 한 젊은 시인입니다. 그가 태어나 자라고, 또 겪은 그 시대가 가장 무서웠던 일제의 암흑기였던만큼 나는 이 시가 한낮에 빨래 널린 풍경을 묘사한 것이라고만 그냥 보아 넘길 수가 없습니다. 그럼 이 시 속에는 무엇이 숨어 있는 것일까요? 나는 '그 무엇'이 숨어 있는 것만 같아 보입니다. 이제 그것을 설명해 보겠습니다.

☆

현대시에는 독자의 상상력想像力에 맡기는 알레고리Allegory-풍유법諷諭法이라는 것이 있습니다. 알레고리는 비유比喩가 진보한 것으로, 정체를 전혀 드러내지 않고 비유만으로 표현하는 방법입니다. 비유만으로 표현하는 지라 이 방법을 섣불리 쓰다가는 그 의도하는 바를 전혀 독자에게 전달하지 못하고 마는 경우가 왕왕 있습니다. 그러나 알레고리가 그 묘미를 발휘하게 되는 것은 시인이 어떤 경우에 그 의사意思 표시表示의 자유를 빼앗기고 사회적인 억압감抑壓感을 알몸뚱이에 느낄 때입니다. 그렇다면 우리는 이 시인이 겪은 그 시대상時代相으로 보거나, 또 시인 자신의 비참한 그 최후로 보아, 이 시 '빨래'의 내용을 다시 한 번 생각해 볼 필요가 있지 않을까 생각합니다.

☆

이 시의 주제主題인 빨래를 나는 당시의 우리 민족으로 보고 싶습니다. 왜 내가 이렇게 보느냐 하면, 둘째 줄에 가서 '흰 빨래들이 귓속 이야기 하는 오후'라고 나와 있기 때문입니다. 이 구절의 빨래를 형용한 흰 빛은 아무래도 우리 겨레의 빛깔이라 보지 않을 수 없습니다(빨래에는 빨강, 파랑, 노랑-갖가지 색깔의 것이 있을 터인데, 하필이면 흰 빨래만을 왜 내세웠는가를 생각해봅시다. 쉬운 말로 우리 겨레를 백의민족白衣民族이라고 하지 않습니까). 더구나 다음에 오는 귓속 이야기라는 시구가 나로 하여금 더욱 그런 생각을 갖게 합니다. 소곤소곤 말하는 비밀 이야기를 그 시대와 함께 생각해 봅시다. 그 시대에는 주고받는 평범한 일상 대화조차 큰 목소리로 하기를 꺼렸던 것입니다.

다시 읽어 볼수록 첫 행이 주는 인상이 기분 좋지 않습니다. 여러분은 영화 같은 데에서 중세기中世紀 때, 선량한 백성들이 체형을 받던 장면을 보신 일이 있겠지요. 마치 빨래를 널어놓은 듯이 사람을 쭉 매달아 놓고 그대로 말려 죽였습니다. 첫 행의 '두 다리를 드리우고' 한 이 구절을 읽을 때, 나는 체형을 받는 죄수들을 연상하게 됩니다. 그럼 다음에 오는 '쨍쨍한 칠월 햇발'은 무엇을 의미하는 것일까요? 나는 나대로 이것을 불타는 조국애祖國愛라고 생각해 봅니다. 이렇게 생각이 갈 대, 이 시 「빨래」는 다음과 같은 내용의 것이 됩니다.

줄에 두 다리를 내려뜨리고 매달려 있는 것 같은 괴로운 세상이다. 우리 백의민족에게 아무런 자유도 없다. 그러나 비록 몸은 구속받고 있다 할지라도 우리는 우리끼리 귓속말로 우리의 뜻하는 바를 의논할 수가 있다. 때는 이미 오후이다. 해가 서산으로 기울 시간도 멀지 않은 것이다. 저 쨍쨍한 칠월 햇발―그것은 가슴 속에서 불타는 조국을 사랑하는 마음이다. 그 뜨거운 햇발은 이제 조용히 아름다운 우리 겨레 위를 달리고 있다. 새로운 날이 이제 오리라. 반드시 오고야 말리라.

☆

시에서 알레고리의 기능을 과신하는 것은 위험천만한 일입니다. 왜냐하면, 거기에는 어느 한계가 있어서 어느 선線까지 오면 딱 움직일 수 없게 되는 약점이 있기 때문입니다. 뿐만 아니라, 독자의 상상력만의 공감共感이란 참으로 미약한 것이요, 시인 자신이 이런 식으로 사고思考를 하여서는 결코 힘찬 시가 나오지 않기 때문입니다. 여하튼 알레고리란 수법을 쓰지 않고는 작품을 발표하기 힘들던 암흑시대란 저주받을 시대였습니다.

오 월五月

김 영 랑

들길은 마을에 들자 붉어지고
마을 골목은 들로 내려가자 푸르러진다.

바람은 넘실 천千이랑 만萬이랑
이랑 이랑 햇볕이 갈라지고
보리도 허리통이 부끄럽게 들어났다.

꾀꼬리는 여태 혼자 날아볼 줄 모르나니
암컷이라 쫓길 뿐
수놈이라 쫓을 뿐

황금 빛난 길이 어지럴 뿐
얇은 단장하고 아양 가득 차 있는
산봉우리야 오늘밤 너 어디로 가버리련?

—『현대시집現代詩集 · Ⅰ』에서

★ 김영랑(앞의 金永郎 참조)

★ 오월 햇볕 아래 전개되는 풍경을 묘사한 작품입니다. 그런데 그 표현이 당돌하다고나 할까, 대담하다고 할까, 하여튼 위태로운 감을 주면서 용하게 목적지까지 무사히 도착시킨 것 같습니다. 영랑의 작품이라고 보기 의심할 만큼 호흡呼吸이며 어감語感이며 수법手法이 색다른 작품입니다. 이 시는 읽는 이에게 무엇보다 경쾌한 기분을 주며, 걸어가며 보고 느낀 것을 순서 따라 빠른 템포로 재치 있게 그려 내었습니다.

들길을 걸어 마을로 들어간다. 마을로 들어가자 길은 갑자기 붉어진다(마을에 들면서부터 진흙길이었던 모양입니다). 마을의 골목길을 나서면 거기가 바로 환한 들판. 여기서부터 길은 푸른빛이다(들길이라 풀에 덮여 있었든가 봅니다). 바람이 천 이랑 만 이랑으로 넘실거린다. 그 세찬 바람에 햇볕까지 갈래갈래 갈라지는 것 같다.

보리마저 바람에 허리통을 드러내어 보기가 부끄러울 정도이다. 어린 꾀꼬리 두 놈이 길에서 놀고 있다. 그런데 요놈들은 여태껏 혼자 날아 본 일이 없는 모양으로, 암컷이라 쫓기고 수놈이라 쫓을 뿐이다. 통 날아갈 줄을 모른다. 쫓거니 쫓기거니 황금빛 꾀꼬리들 장난에 길이 사뭇 어지러울 정도이다. 문득 시선을 들로 돌리니, 산봉우리가 엷게 단장을 하고 아양 떠는 색시처럼 바로 눈앞에 있다. 오늘 밤에는 산봉우리야, 너 어디로 가 버릴 생각이냐?

이 시의 아름다움의 중심은 스크린에서처럼 빨리 돌아가는 그 속도 자체에 있다고 생각합니다. 실로 정확하고 선명합니다. 그러면서도 지루하지 않은 빠른 속도로 하나의 자연 풍경을 보여 줍니다. 어떤 그림이나 영화로도 그려 낼 수 없을 것 같은 움직임, 그 자체의 미美를 찾아볼 수가 있습니다. 여기까지 시가 이르고 보면 시의 힘도 대단합니다.

☆

이 시에서 영랑은 비정물非情物을 유정물有情物로 취급하였습니다(앞에서의 의인법 참조). 즉 첫째 연의 '들길'이니 '골목'은 비정물입니다만, 이것들을 유정물과 같이 취급하여, 그 아래다가 '마을에 들자 붉어진다'니 '들로 내려서차 푸르러진다'니 하였습니다. 또 둘째 연에서는 '보리'는 비정물인데 '허리통이 부끄럽게 들어났다'고 하였습니다. 셋째 연에 가서도 '산봉우리'를 두고 '엷은 단장하고 아양 가득 차 있다'고 마치 색시와 같이 다루고 있습니다. 그리고는 '오늘밤 너 어디로 가버리련?' 하고 묻기까지 합니다. 이런 표현이 우리가 보통 생각하는 방법과 판이하다 하겠습니다.

이 시의 맨 끝줄 '산봉우리야 오늘밤 너 어디로 가버리련?'은 요 앞에 산봉우리를 엷은 단장을 하고 아양 가득 차 있다고 형용한 데서 오는 결구結句를 이렇게 맺지 않을 수 없는 필연적必然的인 대목이었다고 보아 좋을 것입니다. 이 이상 더 깊이 생각하지 않는 것이 좋겠습니다.

영랑의 작품은 가냘픈 아름다움을 특징으로 삼고 있습니다. 그렇기 때문에 그 음률音律이 대개 부드럽고 밝습니다. 그런데 이 시 '오월'은 내가 보기에 특례特例라 하리만큼 모더니즘에 가깝습니다.

모더니스트들은 청각聽覺의 세계는 시각視覺의 세계보다 좁다고 합니다. 따라서 시의 아름다움이란 음악성音樂性보다 회화성繪畫性에서 보다 많이 온다고 봅니다. 이러한 그들의 시론詩論에 비추어 볼 때, 이 시는 확실히 모더니즘에 속하는 것이라고 생각합니다. 그만큼 '오월'은 회화성을 많이 띠고 있습니다.

청 포 도青葡萄

이 육 사

내 고장 칠월七月은
청포도가 익어 가는 시절.

이 마을 전설이 주절주절이 열리고
먼 데 하늘이 꿈꾸며 알알이 돌아와 박혀

하늘 밑 푸른 바다가 가슴을 열고
흰 돛 단 배가 밀려서 오면

내가 바라는 손님은 고달픈 몸으로
청포青袍를 입고 찾어 온다고 했으니

내 그를 맞아 이 포도를 따 먹으면
두 손은 함뿍 적셔도 좋으련.

아이야 우리 식탁엔 은쟁반에
하이얀 모시 수건을 마련해 두렴.

—『육사시집陸史詩集』에서

★ 이육사李陸史는 본명을 이활李活이라고 합니다. 1903년 경상북도 안동군安東郡 도산면陶山面 원천遠川에서 출생하였습니다. 북경중앙대학北京中央大學 사회학과를 졸업하고 신문기자, 잡지기자 등의 복잡한 경력을 거쳐 1933년─그러니까 그의 나이 30세였습니다.─잡지 ≪신조선≫에「황혼」을 발표하여 시단에 늦게야 등장하였습니다. 그의 시의 특색은 상징적이면서 사치스러운 점이라 하겠습니다. 태평양전쟁太平洋戰爭 말엽에 중국 북경北京에 들어갔다가 일본 경찰에 잡혀, 1944년 그 곳 감옥에서 옥사 하였습니다. 시집으로는 그가 작고한 뒤에『육사시집』이 나왔습니다.

★ 이 시는 육사의 시 중에서도 뛰어나게 좋은 작품입니다. 육사하면 청포도를, 청포도하면 육사를 생각하게 하리만치 유명합니다.

무더운 여름도 거의 다 갈 무렵, 청포도가 익어 가는 것을 바라보며, 청포도 익을 시절이면 오마 하던 옛 친구를 기다리는 시인의 고요한 심정이 여실히 나타나 있습니다.

시인이 기다리고 있는 그의 친구란, 아마 도시에서 고달픈 생활을 하고 있는 문우文友인 것 같습니다. 고달픈 생활을 하고 있는지라, 현재의 안이한 생활을 돌아보며 더욱 어서 와 주었으면 하고 기다리게 되었을 것입니다. 잘 읽어 보세요, 아름다운(청포도가 익어가는 마을, 청포도 열리듯 전설이 주절주절 열려 있는 마을, 가슴을 풀어 헤친 바다 위로 하얀 돛단배가 밀려온다는) 마을이 그림을 대하는 듯 아름답습니다. 자연의 품을 찾아와, 고달픈 몸을 잠시나마 좀 풀고 가 주었으면 하고 바라는 시인의 두터운 우정이 시의 구절마다 배어 있습니다. '내 그를 맞아 이 포도를 따 먹으면' 한 데라든지, '아이야 우리 식탁엔 은쟁반에⋯⋯' 하는 맨 나중 구에서 여러분은 이 시인의 따뜻한 마음씨를 자기의 그것과 같이 느낄 것입니다.

좋은 술을 보아도 친구 생각, 좋은 풍경을 보아도 친구 생각, 제 몸이 편하면 편할수록 더욱 친구를 생각하는 마음이란 얼마나 아름답고 귀한 것이겠습니까. 시를 쓴다는 것은 무엇보다 아름다운 마음을 기르는 일이라고 합니다. 이 시「청포도」는 시인 육사의 인간성人間性을 보이고 남음이 있는 작품입니다.

이 시를 산문으로 풀면, 내 고장의 칠월은 청포도가 익어 가는 시절이다. 그 시절이 되면, 이 마을에 예로부터 내려오는 전설이 사람의 입에 전에 없이 오르게 된다(주절은 주절거리는 소리를 말하는데, 그 소리가 열린다라고 한 것은 포도가 열리는 때인지라, 포도 열리듯 하였다고 표현한 것입니다). 그리고 꿈꾸는 것 같이 보이는 아름다운 하늘이 그 깊은 속까지 들여다보일 듯 맑아진다(여기서의 알알이 돌아와 박혀도 포도가 익는 시절인지라, 이런 표현을 한 것입니다).

하늘 밑 푸른 바다는 가슴을 연 듯 시원스럽고, 그 바다로 하얀 돛을 단 배가 자꾸 들어오게 되면, 내가 고대하던 손님은 지친 몸을 끌고 푸른 도포를 입고 찾아오마 하였다. 그가 오면 그와 더불어 내 이 포도를 따 먹으련다. 포도를 따다 이슬에 두 손을 다 적셔도 좋다(좋으련은 얼마나 좋겠는가 정도로 해석해 두십시오).

자, 이제 친구가 찾아올 날도 멀지 않다. 사동아, 우리 식탁에는 은쟁반을 준비해 놓아라. 그리고 은쟁반 덮을 하얀 모시 수건마저 마련해야겠다—이러한 뜻입니다. 대체로 동양적인 취미가 농후한, 따듯한 인간성을 느끼게 하는 작품입니다.

해바라기의 비명碑銘

—청년 화가畵家 L을 위하여

함 형 수

나의 무덤 앞에는 그 차거운 비碑ㅅ돌을 세우지 말라

나의 무덤 주위에는 그 노오란 해바라기를 심어달라

그리고 해바라기의 긴 줄거리 사이로 끝없는 보리밭을 보여 달라

노오란 해바라기는 늘 태양太陽 같이 태양太陽 같이 하던 화려華麗
한 나의 사랑이라고 생각하라

푸른 보리밭 사이로 쏘는 하늘에 노고지리가 있거든 아직도 날아
오르는 나의 꿈이라고 생각하라

—시집詩集『시인부락詩人部落』에서

★ 함형수咸亨洙는 1917년 함경북도 경성鏡城에서 출생하여 경성고등보통학교鏡城高普를 졸업하고, 동인지 ≪시인부락詩人部落≫의 동인으로 활약하다가 1947년 아깝게도 세상을 떠나간 젊은 시인입니다. 이렇다 할 시집 하나 없이 쓸쓸한 그의 젊은 생애를 보낸 시인입니다만, 그가 쓴 시 중에서도 여기 소개하는 '해바라기의 비명' 한 편만은 그의 재질을 보이고 남음이 있을 것입니다. 이 시가 ≪시인부락≫에 발표되었을 무렵, 굉장한 칭찬을 받고 떠들썩하였음을 어제 일 같이 기억하고 있습니다.

★ 이 시는 한 사람의 유서遺書를 읽는 것 같은 느낌을 주지만, 그렇게 슬프지는 않습니다. 오히려 절망하면서도 반항反抗하는 것 같은 강렬한 정신만이 보입니다.

나의 무덤 앞에는 아예 그 차가운 돌로 만든 비를 세우지 말아 주십시오. 무엇보다 나의 무덤 둘레에는 해마다 그 노란 해바라기를 많이 심어 주었으면 좋겠습니다. 그리고 될 수 있으면 해바라기의 긴 줄거리와 줄거리 사이로 끝없는 보리밭이 내려다보이도록 해 주시오.

노란 해바라기는 화려한 나의 사랑이었습니다. 나는 늘 태양과 같이 눈부시고 뜨거운 사랑을 갖고 싶었습니다. 그러나 이제 이루지 못하고 떠나갑니다. 서운한 일입니다. 만일 푸른 보리밭 사이로 보이는 하늘에 노고지리(종달새)가 있어 울거들랑 아직도 높이 날아오르는 나의 꿈이 남아 있는 줄 알아주시오-이런 뜻입니다.

'해바라기의 비명'은 해바라기를 주제主題로 한 비명.

'비명'은 비석에 새긴 글.

이 시「해바라기의 비명」에는 '청년 화가 L을 위하여'라는 부제목이 붙어 있습니다. 이 청년 화가 L이 누군지 우리는 알 수 없습니다. 또 그와 시인의 사이가 어떤 것이었는지도 모릅니다. 시를 통하여 우리가 상상 할 수 있는 것은 L이란 화가가 죽었다는 것, 그가 해바라기를 무척 좋아했다는 것, 자연을 사랑한 화가였다는 것, 사랑 끝에 죽었다는 것, 아직도 앞길이 쟁쟁하였으며, 또 꿈이 많았던 청년이라는 것 등입니다.

1행行 5연聯으로 쓰인 이 시는, 시인이 그의 친구인 화가 L의 묘비에 새기려 썼음이 분명합니다. 그렇기 때문에 시구 속에 나오는 '나'라는 일인칭一人稱은 시인 함형수 자신이 아니라, 청년 화가 L입니다. L을 대신해 시인이 그의 짧은 경력과 슬픈 소망을 말하고 있는 것입니다.

남男사당

노 천 명

나는 얼굴에 분칠을 하고
삼단 같은 머리를 땋아 내린 사나이.

초립에 쾌자를 걸친 조라치들이
날나리를 부는 저녁이면
다홍 치마를 두르고 나는 향단香丹이가 된다.
이리하야 장터 어느 넓은 마당을 빌어
람프불을 돋운 포장 속에선
내 남성男聲이 십분十分 굴욕된다.

산 너머 지나 온 저 동리엔
은반지를 사 주고 싶은
고운 처녀도 있었건만
다음 날이면 떠남을 짓는
처녀야!
나는 집씨이의 피였다.
내일은 또 어느 동리로 들어간다냐.

우리들의 소小도구를 실은
노새의 뒤를 따라

산딸기의 이슬을 털며
길에 오르는 새벽은
구경군을 모으는 날나리 소리처럼
슬픔과 기쁨이 섞여 핀다.

—시집詩集『별을 쳐다보며』에서

★ 노천명(앞의 盧天命 참조)

★ 이 시는 남사당패의 겉으로는 흥겨워 보이면서도 서러운 신세를 읊은 것입니다.

'남사당男寺黨'은 이곳저곳 돌아다니면서 노래와 춤을 팔며 천한 계집처럼 노는 사내입니다.

'삼단 같은 머리'는 숱이 많고 길이가 긴 머리라는 뜻입니다.

'초립草笠'은 풀로 만든 초갓.

'쾌자快子'는 등솔이 있고 소매가 없는 전복戰服의 일종.

'조라치詔蘿赤'는 선전관청宣傳官廳에 딸렸던 어전御前의 악공들.

'날나리'는 호적胡笛

'소도구小道具'는 연극에 쓰는 잡다한 도구.

이 시의 내용은, 나는 얼굴에다가 분칠을 하고, 삼단 같은 머리를 땋아 내린 사나이올시다. 초립을 쓰고 쾌자를 몸에 걸친 조라치들이 날나리를 부는 저녁이면, 다홍치마를 허리에 두르고 나는 향단이가 되어 등장합니다(향단이는 '춘향전'에 나오는 춘향의 몸종). 장터 어느 넓은 마당을 빌어 포장을 치고 연극을 할 때, 램프 불을 높이 돋운 밑에서 나는 여자 목소리를 내노라 굴욕 같은 것을 느끼곤 합니다(사내가 여자 목소리를 내야 한다는 것은 명예가 못될 것입니다).

우리가 다녀온 산 너머 저 동리에는 때로는 은반지라도 사 주고 싶은 맘에 드는 고운 처녀도 한두 애 있었건만, 나는 단념하지 않을 수가 없었습니다. 왜냐하면, 나는 집시 떼처럼 내일은 또 어디론가 떠나가야 하는 몸이었기 때문입니다.

우리들의 소도구를 실은 노새의 뒤를 따라, 산딸기의 이슬을 털며 길 떠나는 새벽에는, 지난 밤 구경꾼을 모으느라 불던 저 날나리 소리처럼 슬픔과 기쁨이 함께 섞여 내 가슴 속에서 피어납니다—이렇습니다.

이 시는 우리에게 하나의 풍속도風俗圖를 펼쳐 보여 줍니다. 거기에는 가벼운 애수哀愁가 깃들어 있습니다. 뿐만 아니라, 시인 자신의 남사당이 느끼는 그 고독감과 같은 감정이 있습니다. 까닥하면 감상感傷에 흐르기 쉬운 소재를 가지고, 감상에 흐르지 않고 끝까지 끌고 나갔음은 오로지 이 시인의 역량과 아울러 이지력理智力에서라고 생각합니다. 셋째 연 다섯째 줄에 '처녀야'의 이 처녀는 은반지를 사 주고 싶던 몇몇 처녀들을 두고 마음 속으로 부른 소리입니다. "처녀들아, 어떻다 생각하지 마라. 난들 사나이고 보면 사랑도 안다. 그러나 집시처럼 이 동리서 저 동리로 돌아다녀야 하는 신세이고 보면, 눈 딱 감고 단념해야 되는 것이다." 이런 기막힌 심정의 토로입니다.

연 잣 간

노 천 명

심밭 울바주엔 호박꽃이 희한한데
눈 가린 말은 돌방아를 메고
한종일 연잣간을 속아 돌고
치부책을 든 연자 지기는 잎담배를 피웠다.

머언 아랫말에 한나절 닭이 울고
돌배를 따는 아이들에게선 풋냄새가 났다.
밀을 찌어 가지고 친정엘 간다는 새댁
대추나무를 처다보고도 괜이 좋아했다.

―시집詩集『별을 처다보며』에서

★ 이 시는 우리나라 농촌에서 흔히 볼 수 있는 소박하고 평화스런 한 폭의 풍경화를 대하는 것 같은 느낌을 줍니다. 시가 그림이나 음악과 통하는 것을 뚜렷이 증명해 주는 가장 적합한 작품이라 하겠습니다. 이 시를 읽으면, 나는 저 유명한 '수풀 속 대장간'의 음악을 듣는 것 같아집니다.

현대문명의 그림자가 미처 침투해 들기 전의 우리 농촌은 시인들에게 즐거운 꿈과 아울러 많은 시의 소재素材를 제공하였습니다. 전기가 있는 고장이면 어디나 정미소가 있어 밤낮없이 소란스런 모터 소리를 내고 있으련만, 그렇지 못한 고장의 연자간은 그 고장 주민의 절대적인 식량 보급소이기도 합니다.

이 시 「연잣간」은 문명을 모르는 고요한 농촌을 눈앞에 보여 주면서도 어딘가 미소를 자아내는 가벼운 유머를 가지고 있습니다. 예를 들면, 첫째 연의 '눈 가린 말은 돌방아를 메고 / 한종일 연잣간을 속아 돌고'라고 한 대목이 그러합니다. 눈을 잔뜩 가린 노새는 줄곧 일정한 자리를 빙빙 돌아다니는 줄은 모르고, 먼 길이나 가고 있는 것처럼 아무런 불평 없이 매만을 돌립니다. 얼마나 우스꽝스럽습니까. 그리고 맨 끝 연에 가서, '밀을 찧어 가지고 친정엘 간다는 새댁 / 대추나무를 쳐다보고도 괜이 좋아했다.'라는 구절 역시 읽는 이로 하여금 가벼운 미소를 자아내게 합니다.

가난한 살림이라 뭐 그리 값진 선물을 가지고 갈 수도 없는 노릇, 제 손으로 농사를 지은 얼마 되지 않는 밀을 찧어 가지고 오래간만에 친정에 가는 것입니다. 친정에 가서 그립던 양친이며 오라비(오빠)들을 만나 볼 생각을 하노라니, 새댁은 공연히 좋아 싱글벙글해집니다. 늘 쳐다보아 아무 감흥도 느낄 수 없던 바로 그 대추나무이건만, 친정에 갈 생각을 하니 새댁은 그 나무조차 친한 동무나 대하는 듯 공연히 반가울 것입니다.

이 시 속에는 농촌 태생의 사람이 아니고는 모를 귀에 설은 말이 몇 군데 있기에, 그것들을 다음에 설명해 드리겠습니다.

'삼밭'은 집 안에 있는 그리 크지 않은 조그만 채전菜田을 두고 하는 황해도 방언입니다. 여름에는 아욱이니 상추니 쑥갓 같은 것을 심고, 가을에는 무, 배추, 고추 같은 것을 심어 김장을 담급니다.

　‘울바주’는 나뭇가지를 꺾어다가 친 울타리.

　‘희한하다’는 드물게 좋다는 뜻.

　‘돌방아’는 돌로 만든 방아로 ‘연자’라고도 합니다.

　‘돌배’는 배梨의 일종으로 돌같이 딴딴한 것이 여느 배와 다릅니다.

　‘새댁’은 새색시—시집 온 지 얼마 안 되는 여자를 두고 이렇게 부릅니다.

해의 품으로

박 두 진

해를 보아라. 이글대며 솟아오는 해를 보아라. 새로 해가 산 너머 솟아 오르면, 싱싱한 향기로운 풀밭을 가자. 눈부신 아침 길을 해에게로 가자.

어둠은 가거라. 울음 우는 짐승 같은 어둠은 가거라. 짐승 같이 떼로 몰려 벼랑으로 가거라. 햇볕살 등에 지고 벼랑으로 가거라.

보라. 쏘는 듯 향기로이 피는 저 산꽃들을. 춤 추듯 너홀대는 푸른 저 나뭇 잎을. 영롱히 구슬 빛듯 우짖는 새소리를. 줄줄줄 내려 닫는 골 푸른 물소리…… 아, 온 산 모두 다 새로 일어나, 일제히 수런수런 빛을 받는 소리들…….

푸른 잎 풀잎에서 풀이 치는 풀잎소리. 너홀대는 나무에 선 잎이 치는 잎의 소리, 맑은 물 시내 속엔 은어 새끼떼 소리. …… 던져 있는 돌에서는 돌이 치는 물 소리…… 자벌레는 가지에서 돌찐아빈 밑둥에서, 여어어 잇! 볕 함빡 받아 입고 질러보는 만셋소리…… 온 산 푸른 것, 온 산 생명들의 은은히 또 아 일제히 울려오는 압도하는 노랫소리…….

산이여! 너훌대는 나뭇잎은 푸른 산이여! 햇볕살 새로 퍼져 뛰는
아침은, 너희 새로 치는 소리들에 귀가 열린다, 너희 새로 받는 햇살
들에 눈이 밝는다—피가 새로 돈다, 울울울 올라갈 듯 온 몸이 울린
다, 새처럼 가볍는다⋯⋯, 나는 푸른 아침 길을 가면서⋯⋯. 새로 솟
는 해의 품 해를 향해 가면서⋯⋯.

—시집詩集『해』에서

★ 박두진朴斗鎭은 1916년 경기도 안성安城에서 출생하여 '낙엽송1939년', '들국화1940년' 등의 시를 가지고 ≪문장文章≫의 추천으로 시단에 등장한 세칭 청록파靑鹿派 시인의 한 사람입니다. 회사원 생활을 하며 시작詩作에 정진하다가, 해방 후에는 ≪학생계學生界≫를 주간하였으며, 현재는 연세대학에서 국문학을 강의하고 있습니다. 1956년도 자유문학상 수상자의 한 분입니다. 시집으로는 『청록집 조지훈, 박목월 공저』, 『해』, 그리고 『오도午禱』, 『박두진 시선집』 등이 있습니다.

이 시인 작품의 특징은 자연과 인생을 다른 어느 시인보다도 엄숙한 태도로 표현하는 데 있습니다. 그렇기 때문에 그의 작품은 신앙적인 성실성을 가지고 있습니다. 사실 이 시인은 기독교 신자이기도 합니다.

★ 이 시 「해의 품으로」를 읽고 여러분은 곧 시란 줄을 떼어 짤막짤막하게 쓰는 것만이 시가 아님을 알았을 것입니다. 시에서는 행行의 장단長短이 문제가 아닙니다. 각자의 호흡이 상想을 따라 그대로 내뿜으면 시는 자연 약동하게 됩니다. 그것은 흐르는 물과도 같습니다. 산골짜기에 흐르는 줄 모르게 흐르는 실낱 같은 개천 물, 이런 물이 물임에 틀림없는 것과 마찬가지로, 장마 끝에 소리치며 흐르는, 그리하여 먼 바다로 분주히 달아나는 물도 물입니다. 우리는 전자의 것에서 어떤 참眞과 미美를 느끼듯이, 후자의 그것에서도 매한가지로 참과 미를 느낍니다.

「해의 품으로」는 그 제목이 그렇듯이 실로 건전한 시입니다. 건전한 것이란, 가끔 미美와는 먼 것 같이 생각하는 것이 하나의 상식처럼 되어 있습니다만, 결코 그렇지 않다는 것을 이 시가 증명합니다.

두진의 시는 언제나 싱싱하고 견실한 것을 내용으로 삼고 있습니다. 거기다 그 리듬이 흐르는 물처럼 퍽 아름답습니다. 얼핏 겉으로 보아서는 산문 같은 인상을 줍니다만, 자세히 보면 글자 한 자 한 자에 무진히 공을 들인 흔적을 발견하게 됩니다.

모든 어두운 면을 싫어하고 미워하는 사람, 오직 해를 보라고 소리치는 사람, 일제히 빛을 받는 소리를 들을 수 있는 사람, 유구한 자연의 푸름을 찬양하고 가느다란 풀잎 소리에까지 귀를 기울이는 사람, 그리하여 이런 자연 속에 자연과 더불어 정과 행복을 느끼며 살려는 사람, 산이여 하고 반갑고 기꺼운 마음에서 몇 번이고 푸른 산을 소리쳐 부르는 사람, 눈부신 아침 햇살에 피가 새로 도는 걸 느낄 수 있는 사람, 이 사람이야말로 시인 박두진 바로 그 사람입니다. 그는 자연에 깊고 굳은 신념을 가짐으로써 여하한 고독, 여하한 고난도 참고 버티며 살 수 있다고 믿고 있습니다. 무서운 의지력이요, 신앙심이라 아니 할 수 없습니다.

본디 길게 쓴 시인지라, 여기서는 해설적인 것을 피하기로 하고, 그가 산문 비슷하니 써 나간 이 시의 외형률外形律을 한번 분석해 볼까 합니다.

이 시는 5연으로 구성되어 있고, 행수行數가 일정하지 않습니다만, 한 연이 몇 절의 시구로 나뉘어 이루어지고 있음을 곧 알 것입니다. 첫째 연은 5절의 시구로 한 연을 이루고 있으며, 둘째 연은 시구가 4절입니다. 그리고 셋째 연은 6절, 넷째 연은 8절, 끝 연은 9절―이렇게 되어 있습니다. 지금 이 시 전부를 분석해 볼 수는 없습니다만, 우선 첫째 연 하나만의 구성을 알아보기로 합시다.

먼저도 말한 것처럼 첫째 연은 5절입니다. 그것을 줄을 쳐 보면 다음과 같습니다.

①해를 보아라 / ②이글대며 솟아 오는 해를 보아라 / ③새로 해가 산 너머 솟아 오르면 / ④싱싱한 향기로운 풀밭을 가자 / ⑤눈부신 아침 길을 해에게로 가자.

또 이것을 자수字數에 따라 분석해 보면, 산문 쓰듯 써 내려간 이 시가 선명한 시율詩律을 밟고 있음을 발견하게 됩니다. 즉 다음과 같습니다.

해를 보아라. 이글대며 솟아 오는 해를 보아라. 새로 해가 산 너머
5   8   5   7

솟아 오르면, 싱싱한 향기로운 풀밭을 가자. 눈부신 아침 길을
해에게로 가자.

이와 같이 곳에 따라서는 불규칙한 데가 있기는 하지만, 대체로 보아 7·
5조의 음音을 기본으로 삼아 구성되어 있습니다. 그리고 절마다 '해'라는 말
이 들어 있고, ①과 ②의 끝이 '보아라'로, ④와 ⑤의 끝이 '가자'로 반복되어
있습니다(둘째 연은 끝이 '가거라'로 일관되어 있으며, 셋째 연은 'ㄹ' 음으로, 넷째 연은 '소
리'로 되어 있습니다). 이러한 수법은 언어가 가지고 있는 리듬[韻]과, 리듬의 연
속적인 반복으로서 되는 멜로디[旋律], 즉 시의 음악성音樂性 효과를 꾀한 것
입니다. 따라서 이런 수법에 의해 쓰인 시는 7·5조의 음악적인 억양抑揚에
서 오는 도취감陶醉感과 함께 완전히 하나의 '꿈꾸는 세계'를 재현시킵니다.

령嶺

흰 구름에 싸혀 십릿길 높은 고개를 넘어서면 마을로 가는 작은 길가에 보리밭이 바람에 흔들린다. 내가 고개로 넘어 오던 날은 마을에 쌉쌀개 짖고 망아지 송아지 염소 모두 달아나고 묏새 비둘기도 다 날아가더니 사흘도 못가 나는 잔디밭에서 그들과 벗을 한다. 내가 알던 동무 같이 자란 계집애는 돈 벌러 달아나고 먼 마을로 시집가고 마슬의 어린애야 누구 아들인지 알리 있나. 내가 떠날 때 망아지 송아지 염소가 서러웁다 하면 령嶺 넘어 가기 어려우련만…… 내가 간 뒤에는 면서기面書記가 새하얀 여름 모자를 쓰고 산밑 주막에서 구장區長과 막걸리를 마실게라고. 나는 서울 가는 기차 속에서 고향을 잃은 슬픔에 차창車窓에 기대어 눈을 감을 것이니 이 령嶺을 넘는 날 나에게는 낡은 추렁크와 흰 구름 밖에는 아무도 따라오질 않으리라.

─『조지훈시선趙芝薰詩選』에서

★ 조지훈(앞의 趙芝薰 참조)

★ 이 시는 서울로부터 오래간만에 고향을 찾아와 며칠 동안 머물러 있는 동안의 생활과 보고 듣고 느낀 소감을 쓴 것입니다. 이 시는 세 단계로 나뉘어 쓰여 있습니다. Ⅰ은 고향을 찾아가던 날의 인상, Ⅱ는 가서 며칠 안 되어서의 생활과 듣고 보고 느낀 것, Ⅲ은 장차 떠나고 나서의 고향은 어떠리라, 자기 자신의 기분은 어떠리라 하고 미리 상상한 것입니다.

그럼 다음에 Ⅰ부터 Ⅲ까지를 좀 더 알기 쉽게 풀어 쓰면, 흰 구름이 뭉게뭉게 쌓여 있는 십리길이나 되는 높은 고개이다. 그 고개를 썩 넘어서면 바로 마을로 가는 작은 길이 있다. 길가에는 보리밭이 널려 있는데, 자랄 대로 자라난 보리이삭들이 바람에 흔들거렸다. 내가 이 고개를 넘어오던 날, 낯선 사람이 온다고 삽살개 멍멍 내달아 짖었다. 심지어 망아지, 송아지, 염소까지도 무엇이 무서운지 달아났다. 나뭇가지에 앉아 있던 멧새니 비둘기도 다 날아갔다─(여기까지가 Ⅰ입니다).

그러던 것이 돌아온 지 사흘도 채 못 가서 이들 짐승과 새들은 잔디밭에서 나와 벗을 하고 놀게 되리만큼 숙친해졌다. 나는 그들과 벗을 하며 지나간 옛일을 회상하여 본다, 나와 같이 놀며 자란 계집애들. 그들 중 몇몇은 돈벌이하러 달아났다고 한다. 또 몇몇은 먼 데로 시집을 갔다고 한다. 세월이 빠르고 무상함을 새삼스럽게 느끼게 된다. 마을에는 어린애들이 많은데, 그들이 누구의 아들들인지 알 도리가 없다─(여기까지가 Ⅱ요, 다음 끝까지가 Ⅲ이 됩니다).

이윽고 내가 이 마을을 떠나는 날, 망아지, 송아지, 염소─내가 머물러 있는 동안 벗하던 이 미물들이 나의 출발을 서럽다 붙들기나 하면, 저 높은 영을 넘어가기 좀 어려우련만……(그러나 그들에게 그런 감정이 있으려고……). 내가 떠난 뒤에는 어제 오늘이나 별 다름 없이, 면서기는 새하얀 여름 모자를 쓰고 산 밑에 있는 주막집에서 구장과 함께 막걸리를 마실 것이리라!

나는 다시 서울로 되돌아가는 기차간 유리창에 기대어 고향을 잃은 슬픔에 눈을 감을 것이다. 내가 이 영을 넘어 고향을 떠나 서울로 간대야 나를 따라올 것이라곤 낡은 트렁크와 흰 구름 밖에 없을 게다. 누구 하나 나를 전송하러 나서지 않을 것이다.

　오래 가 보지 못하였던 그리운 고향이기에 찾아갔다가 오히려 환멸 같은 것을 느끼고 이윽고 떠날 날을 기다리고 있는 시인의 심정을 여실히 보여 주는 작품입니다. 어느 외국 시인의 시구 말마따나 '고향이란 멀리서 생각할 곳'인지도 모르겠습니다. 기다란 산문과 같이 별로 끊지 않고 쭉 써 내려간 시이지만, 거기에는 정서가 있고 아름다운 운율이 있습니다. 그것은 서글픔이요, 비애悲哀이기도 합니다. 그리운 회상回想이기도 합니다. 때로는 모든 과거를 잊어보려는 의미이기도 합니다. 실로 형용하기 어려운 복잡한 심정이 엿보입니다.

　그러나 시인은 그러한 가지가지 감정을 억누르고 점잖이 고향에 온 자기 심정을 말하고 있습니다. '오오'니, '아아'니 하는 감탄사感歎詞 하나 쓰지 않고, 끝까지 담담한 태도로 작품을 다루고 있습니다. 이런 점이 딴 시인과 다른 지훈의 성품이 아닌가 생각됩니다.

　'이 영을 넘는 날 나에게는 낡은 추렁크와 흰 구름 밖에는 아무도 따라오질 않으리라.' 이 시구는 맨 끝에 있는 것입니다만, 이런 대목에서는 우리는 나그네처럼 왔다 나그네처럼 떠나가려는 시인의 쓸쓸한 마음을 찾아볼 수가 있습니다.

밤 길

박 남 수

개고리 울음만 들리는 마을에
굵은 빗방울 성큼성큼 내리는 밤……

머얼리 산턱에 등불 두 셋 외롭고나.

이윽고 훌쩍 지나간 번개불에
능수버들이 선 개천 가를 달리는 사나이가 어렸다.

논뚝이라도 끊어져 달려 가는 길이나 아닐가,
번개불이 슬어지자
마을은 비 내리는 속에 개구리 울음만 들렸다.

－≪문장文章≫ 시詩에서

★ 박남수朴南秀는 1908년 평안남도 진남포鎭南浦에서 출생하였습니다. 도쿄 중앙대학東京中央大學 법학부法學部를 졸업하고 오랫동안 은행 생활을 하였습니다만, 그간에 시잡지 ≪시건설詩建設≫ 동인으로 있으면서 꾸준히 시작을 하였습니다. 그가 시단에 등장한 것은 문장지文章誌 추천으로, 당시 기성 시인들의 절찬을 받았습니다.

그의 시의 특색은 선명한 이미지映像에 있습니다. 그런 면으로 보아 이 시인의 시야말로 가장 현대시다운 현대시라고 생각합니다. 그 소재는 문명을 멀리 한 산골이거나 농촌이거나 또는 어항漁港일지라도, 그가 다루는 수법이라든가 리듬은 어디까지나 프레시한 현대적인 것입니다. 시집으로 『초롱불』이 있습니다.

★ '밤길'은 번갯불이 번쩍거리는 밤의 정경을 쓴 것입니다만, 지금까지 읽어 온 다른 작품들과의 판이하게 다른 점을 발견할 것입니다. 이 시를 읽으면 영화의 한 장면을 볼 때처럼 선명한 이미지가 머릿속에 떠오릅니다.

어느 농촌의 여름밤입니다. 굵은 빗방울이 성큼성큼 내리는데, 사방에서 개구리 울음이 요란스럽게 들려옵니다.

개구리 울음소리를 듣고 있노라니, 왜 그런지 먼 산턱에 있는 농가의 두셋밖에 안 되는 등불마저 퍽 외롭게 보입니다.

이윽고 번쩍 번갯불이 스쳤습니다. 번갯불이 번쩍 스치는 그 순간, 그 번갯불에 한 사나이가 보입니다. 그 사나이는 지금 능수버들이 서 있는 개천가를 달리고 있습니다.

비에 큰물이라도 나 논둑이 끊어져 그걸 보러 부랴부랴 뛰어가는 농부인지도 모르겠습니다.

번갯불이 사라지자, 마을은 여전히 개구리 울음소리만 들려옵니다. 비는 쉴 틈 없이 내려오고…… 사방은 고요에 싸여 있습니다.

대체로 이런 뜻입니다만, 아주 짧은 순간에 보인 비 오는 여름밤의 농촌 풍경을 눈에 보이는 것처럼 선명하게 그려 놓았습니다. 소재는 비록 농촌에서 취했다 할지라도, 이 시가 주는 인상은 퍽 현대적입니다. 무슨 흑백 영화의 한 컷을 보는 것 같을 뿐만 아니라, 이 시를 읽으면 장마철의 저 후 덥지근한 습기 같은 것마저 느끼게 되지 않습니까?

초 롱 불

박 남 수

별 하나 보이지 않는 밤 하늘 밑에

행길도 집도 아조 감초였다.

풀 짚는 소리 따라 초롱불은 어디로 가는가.

산턱 원두막일상한 곳을 지나

무너진 옛 성터일쯤한 곳을 돌아

흔들리는 초롱불은 꺼진 듯 보이지 않는다.

조용히 조용히 흔들리는 초롱불.

−≪문장文章≫ 시詩에서

★ 이 시는 캄캄한 밤길을 가는 초롱불을 묘사한 것입니다. 앞에서 소개한 '밤길'과 꼭 같은 수법을 시인은 여기서도 쓰고 있습니다. 그렇기 때문에 '초롱불' 역시 영화의 한 컷을 보는 것 같습니다.

별 하나 보이지 않는 밤하늘입니다. 캄캄한 밤입니다. 한길도 집도 숨은 듯 보이지 않습니다.

이러한 어둔 밤에 초롱불이 하나 가고 있습니다. 풀 짚는 소리가 납니다. 초롱불은 그 소리를 따라가는 것 같습니다. 대체 저 초롱불은 어디로 가는 것일까요?

초롱불은 이제 산턱에 있는 원두막인 성싶은 바로 그 근처를 지나, 무너진 옛 성터쯤인 곳을 돌아갑니다. 하더니 앗 웬일일까요? 흔들리며 가던 불이 보이지 않습니다. 바람에 불이 꺼진 것일까요? 참 이상합니다. 하나 내 눈에는 아직도 그대로 조용히 흔들리며 가는 초롱불이 어른거립니다.

이런 뜻입니다만, 맨 끝에 가서 '조용히 조용히 흔들리는 초롱불'은 현실이 아닌, 시인의 환각幻覺을 말하고 있습니다. 또 사실 이 시에서는 그것이 효과 있는 표현 방법이기도 합니다.

고원故園의 시詩

김 종 한

밤은 마을을 삼켜버렸는데
개구리 울음 소리는 밤을 삼켜버렸는데
하나 둘…… 등불은 개구리 울음 소리 속에 달린다.

이윽고 주정뱅이 보름달이 빠져 나와
은으로 칠한 풍경風景을 토吐하다.

─≪문장文章≫ 시詩에서

★ 김종한金鍾漢은 '펜네임'을 을파소乙巴素라고 합니다. 함경북도 명천明川에서 출생하였습니다. 도쿄에 있는 일본대학日本大學 예술과藝術科를 졸업하고 잡지 기자 생활을 하다가 1944년 죽었습니다. '을파소'란 펜네임으로 ≪조선일보≫에 '베 짜는 색시'라는 민요가 당선되어 조금 이름을 냈습니다만, 그가 시인으로서 시단에 등장하기는 역시 본명으로 ≪문장文章≫의 추천을 통해서입니다. 그의 시의 특징은 회화적繪畵的이요, 음악적인 데 있습니다. 그가 구사하는 언어는 그 당시로서는 아주 새롭고 특이한 것이었습니다. 억지로 분류한다면 그는 모더니즘에 속하는 시인이라 하겠습니다. 생전 시집 한 권 없는 쓸쓸한 생애였습니다.

★ 이 시는 농촌의 여름밤 풍경을 쓴 것입니다만, 그 표현이 특이하여 재미있습니다.

첫째 줄과 둘째 줄 끝에 가서 '삼켜버렸는데'를 중복해 쓴 것은 읽는 이로 하여금 여운餘韻 같은 것을 갖게 하기 위해서입니다. '밤은 마을을 삼켜버렸는데' 하였습니다. 그러나 밤이 어떻게 마을을 삼켜버릴 수가 있겠습니까. 이것은 마을이 밤의 어둠에 싸여 보이지 않는다는 말을 이렇게 재미있게 표현하였을 뿐입니다. 둘째 줄 '개구리 울음 소리는 밤을 삼켜버렸는데'도 마찬가지입니다. 어떻게 개구리 울음이 밤을 삼켜버릴 수가 있겠습니까. 셋째 줄 '등불은 개구리 울음 소리 속에 달린다'는 개구리 울음소리가 요란스럽게 들리는 속을 달려간다는 뜻입니다. '하나 둘……'의 '……'은 셋, 넷, 다섯, 여섯―이렇게 등불이 또 있음을 말하는 것이 아니라, 두 개의 등불임을 말합니다. 여기서 '……'은 등불 둘을 발견하고, 그 두 개의 등불에 정신을 파고 있는 시간의 흐름, 즉 공간空間을 나타낸 것입니다. 이런 데가 이 시가 가져다주는 오묘한 맛입니다.

등불을 응시하며 얼마만한 시간이 흘렀는지는 알 수가 없습니다. 시인이 제 정신으로 돌아왔을 때에는 어느덧 주정뱅이처럼 비틀거리는 보름달이 구름 속에서 빠져나와 있었습니다. 그리하여 은가루를 칠한 듯한 하얀 풍경을 내려다보고 있었습니다.

비뚜름하게 걸려 있는 보름달을 술에 취한 주정뱅이에 비유한 것이라든가, '달이 풍경을 토하다'라든가 하는 색다른 표현이 퍽 재미있지 않습니까. 두 연 합쳐 5행밖에 되지 않는 시이지만, 재래의 시와는 달리 어딘지 퍽 신선한 감을 줍니다. 깊이가 있는 작품은 아닐지 모르겠으나, 이 시는 이 시대로 새롭고 인상적입니다.

이러한 인상은 어디서 오는 것일까요? 그것은 이 시인이 시의 음악성보다 회화성을 중요시한 데서 온 것이라고 생각합니다. 사실 시각視覺의 세계는 청각聽覺의 세계보다 훨씬 넓습니다(여기서 말하는 '회화성'이라는 말의 '뜻'이 그려 내는 시각적 심상心象을 의미합니다).

이 시인은 그것을 잘 알고 있었음에 틀림없습니다. 그렇지 않고서는 이렇게 선명한 이미지를 그려 내지 못하였을 것입니다.

시의 대상이나 형식은 시대와 함께 변화해 갑니다. 그것을 이 시가 증명하고 있습니다. 첫째, 그 표현 수법이 재래의 시와 전혀 다릅니다. '노래하는 시'가 아니라, 어디까지나 '생각하는 시', 즉 현대시다운 면을 뚜렷이 갖추고 있습니다.

이 시를 읽고 생각나는 것은 저 프랑스의 시인 폴 발레리의 말입니다. 그는 말하고 있습니다. "사념思念은 시구 속에 있어 과실 속 영양가와 같이 숨어 있어야 한다. 한 개의 과실은 영양물이기는 하지만, 그것은 그저 맛으로밖에 보이지 않는다. 사람은 쾌락만을 거기서 느끼지만, 사실은 사람이 받는 것은 영양분이다. 쾌미감快美感이 이 눈에 보이지 않는 영양물을 덮어 싸고, 이것을 지도하고 있기 때문이다."

시의 사상思想도 이와 마찬가지로 속에 감추어 두지 않으면 안 됩니다.

호수湖水로 가는 길

밤이 별들을 안내하며
저 들을 고요히 건너올 때

오리와 흰 계우란 놈은
돌아갈 길조차 잊어버리고
호수湖水로 가는 길에가 서서 이야기만 하고 있다.

저녁 물바람이
풀피리 소리를 싣고 올 때

물동이를 이고 돌아가는
마을 색씨들의 흰옷 그림자가
조각달처럼 외롭구나.

호수湖水로 가는 길은
별이 포도葡萄송이처럼 열린 저 하늘에 닿은 듯—

머언 마을 뒷산엔
벌써 소쩍새가 나와 운다.

—시집詩集『축제祝祭』에서』

★ 장만영(앞의 張萬榮 참조)

★ 이 시는 나의 두 번째 시집 『축제』 속에 들어 있습니다. 여러분은 이 시를 읽으며 뻐꾹새 우는 어느 산골의 저녁 풍경을 머릿속에 쉽게 그려 낼 수 있을 겁니다. 그렇습니다, 이 시의 소재가 된 곳은 산골이었습니다. 그러나 첩첩산골이 아니라, 산 아래로는 호수가 있고 들이 있는 한 조그만 고장입니다. 이곳이 바로 나의 유년과 소년이 자라난 고향입니다. 단 고을 못지않게 아름답고 평화스럽던 곳이었습니다(이 시 「호수로 가는 길」을 썼을 무렵, 나는 고향에 살았습니다. 지금으로부터 약 20년 전입니다).

이 고장의 밤은 언제나 들판 저쪽에서 왔습니다(우리나라에서도 손꼽히는 넓은 평야가 있는 곳이지요). 그것은 와락 달려오는 것이 아니라, 천천히 긴 시간을 두고 옵니다.

나는 들 위로 마치 걸어오는 듯한 밤을 나직한 언덕에 앉아 바라보는 것이 즐거웠습니다. 바다처럼 넓은 벌판을 내려다보고 있노라면, 별들을 쭉 이끌고 오는 것 같았습니다. 무척 신비스러운 생각이 들었습니다. 그러나 나 언제까지 언덕에 앉아만 있을 수는 없는 노릇입니다. 그래 집으로 돌아가려고 언덕을 내려와 호수로 가는 길로 들어섰습니다. 하면 거기에는 아직도 돌아가지 않고 오리랑 거위란 놈들이 떠들썩하게 떠들어대고 있습니다. 그것이 어쩌면 그 날의 지낸 일이며, 내일 놀러갈 이야기라도 하고 있는 것 같이 보였습니다.

나는 부랴부랴 집을 향하여 걸어갑니다. 벌써 어둠이 사방에 깃들고 있기 때문입니다. 이맘때면 꼴목동들이 부는 풀피리 소리가 저녁 물바람을 타고 으레 들려왔습니다.

집이 가까워집니다. 물동이를 머리에 이고 부지런히 가는 마을 색시들이 여기저기 보입니다. 그 색시들의 흰옷 빛깔이 왜 그런지 나에게는 조각달처럼 외로운 인상을 주었습니다.

집 가까이 와서 나는 이제 걸어온 길을 되돌아보았습니다. 그런즉 호수로 가는 한 줄 먼 길이 끝없이 환해 보입니다. 나는 그 길이 포도송이처럼 별들이 열려 있는 저 하늘에까지 잇따른 것 같이 생각되었습니다. 정신없이 길만 내다보고 있는 나의 귀에 먼 마을 뒷산에서 우는 소쩍새 소리가 들려왔습니다. 그 소리를 듣고 나는 새삼스럽게 여름이 짙었다는 것을 깨닫는 것이었습니다.

내가 이 시를 쓸 때에는 무슨 깊은 생각에서 쓴 것이 아닙니다. 오직 나의 유년기와 소년기를 자란, 그리고 오래 살던 고향의 그 아름다운 풍경과 아울러 정취情趣를 작품화하고 싶어 했을 따름입니다.

혹자는 이 시를 읽고 별로 흥미를 느끼지 않을지 모릅니다. 그러나 나는 누구보다도 이 시에 애착 같은 것을 느낍니다. 이 시 속에는 모든 나의 회상回想이 나타나 있지 않습니다만, 이 시를 읽을 때마다 나는 묵은 사진첩을 한 장 두 장 들춰 보는 것처럼 지난날을 그리는 마음이 간절합니다.

제3부

가을 · 추秋

손 님

김 동 명

아이야 너는 이 말을 몰고 목초牧草 밭에 나가 풀을 먹여라. 그리고 돌아와 방을 정히 치워 놓고 촉대燭臺를 깨끗이 닦아 두기를 잊어서는 아니 된다.

자 그러면 여보게, 우리는 잠간 저 산등에 올라가서 지는 해에 고별告別을 보내고, 강가에 내려가서 발을 씻지 않으려나. 하면 황혼黃昏은 돌아오는 길 위에서 우리를 맞으며 향수鄉愁의 미풍微風을 보내 그대의 옷자락을 희롱戱弄하리.

아이야 이제는 촉대燭臺에 불을 혀여라. 그리고 나아가 삽짝문을 단단히 걸어 두어라. 부질없는 방문객訪問客이 귀빈貴賓을 맞는 이 밤에도 또 번거러이 내 문門을 두드리면 어쩌랴.

자 그러면 여보게 밤은 길겠다, 정담情談이야 다음에 한들 어떤가. 우선 한 곡조 그대의 좋아하는 유랑流浪의 노래부터 불러 주게나. 거기엔 떠도는 구름 조각의 호탕浩蕩한 정취情趣가 있어 내 낮은 천정天井으로 하여금 족足히 한 적은 하늘이 되게 하고, 또 흐르는 물결의 유유悠悠한 운율韻律이 있어 내 하염없는 번뇌煩惱의 지푸라기를 띄워 주데그려.

아이야 내 악기樂器를 이리 가져 오너라. 손이 부르거늘 주인에겐들 어찌 한 가락의 화답和쏨이 없을까 보냐. 나는 원래 서투른 악사樂士라, 고롭지 못한 음조音調에 손은 필연 웃으렸다. 허지만 웃은들 어떠냐. 그리고 아이야 날이 밝거던 곧 말께 솔질을 고이 해서 안장을 지어 두기를 잊지 말어라. 손님의 내일來日 길이 또한 바쁘시다누나.

자 그러면 잠은 내일來日 낮 나무 그늘로 미루고 이 밤은 노래로 새이세 그려. 내 비록 서투르나마 그대의 곡조曲調에 내 악기樂器를 맞춰보리.

그리고 날이 새이면 나는 결코 그대의 길을 더디게 하지는 않으려네.

허나 또 그대가 떠나기가 바쁘게, 나는 다시 돌아오는 그대의 말방울 소리를 기다릴 터이네.

—시집詩集 『파초芭蕉』에서

★ 김동명金東鳴은 아호가 초허招虛, 1900년 강원도 강릉군江陵郡 사천면 沙川面 노동리蘆洞里에서 출생하여, 함흥咸興 영생학교永生學校를 거쳐 도쿄 청산학원靑山學院 신학과神學科를 졸업하였습니다.

그는 1922년에 '당신이 만약 내게 문을 열어주시면'(≪개벽≫에 소개)이라는 프랑스 시인 보들레르에게 바치는 시를 발표하면서 시단에 등장한 시인입니다. 그러나 그리 많이 쓰지 못하고 말았으니, 일제日帝로부터 피신하여 함남咸南 서호진西湖津에 숨어 살았기 때문입니다. 그 시절에 쓴 전원시편田園詩篇을 모은 것이 시집『파초芭蕉』입니다.

해방 후에는 공산 치하를 벗어나 남하하여, 이대 교수로 있으면서 정치평론가로서, 시인으로서 많은 활약을 하고 있습니다. 시집으로『파초』외에,『나의 거문고』가 있으며, 해방 후에 간행한 시집으로는『삼팔선』,『진주만』등이 있습니다. 1953년도 자유문학상 수상자의 한 분입니다.

★ 반가운 손님을 맞아들이는 주인의 좋아하는 모습이 눈에 보이는 것 같은 작품입니다. 찾아온 손님이란 오래 전부터 뜻을 같이하며 사귄 시객詩客인 모양으로, 어디 급한 일이 있어 가다가 주인이 살고 있는 이 동리를 차마 그냥 지나갈 수가 없어 들른 것 같습니다.

'목초牧草'는 말, 소, 양들을 먹이는 풀.

'삽짝문'은 사립문의 사투리로, 나무를 얽어 만든 조그만 문.

'정담情談'은 정다운 이야기.

'호탕浩蕩'은 호호탕탕浩浩蕩蕩의 준말로서 썩 넓어 한이 없다는 뜻입니다.

'정취情趣'는 정조情調와 흥취興趣로, 정조는 단순한 생각을 따라 일어나는 감정이요, 흥취는 재미있고 흥겨워 일어나는 감정입니다.

'유유悠悠한'―느릿느릿한.

'번뇌煩惱'는 마음을 괴롭게 하는 것.

'화답和答'은 시가詩歌를 응답하는 것.

'필연必然'―반드시.

'안장鞍裝'은 말, 나귀들의 등에 얹는 가죽으로 만든 물건. 사람이 탈 때

깔고 타게 되어 있습니다.

이쯤 어려운 말의 뜻을 풀어 놓고 다시 읽어 보기로 합시다.

아이야, 너는 손님이 타고 온 이 말을 끌고 저 목초 밭으로 나가 풀을 먹여 오너라(손님도 시장하겠지만, 손님을 태워 오느라고 말이 더욱 배고플 게다). 그리고 돌아오거든 잊지 말고 사랑방을 정하게 치워 놓아라. 촛대도 깨끗이 손질해 놓아야 한다.

자, 그러면 여보게, 우리는 잠깐 저 산등에나 올라가서 지는 해 구경이나 하세, 돌아올 때 발은 씻기로 하고. 우리가 올라올 때는 향수를 짜내는 산들바람이 옷자락을 희롱하는 황혼일걸세.

애야, 방안이 어둡다. 그만 촛불을 켜라. 그리고 나가서 사립문을 꼭 걸어 놓고 오너라. 공연한 방문객들이 찾아와 귀한 손님을 대접하는 걸 방해하면 귀찮다.

자, 그러면 여보게, 밤도 깊고 하니 정다운 이야기는 요다음에 하기로 하고, 우선 오래간만에 그대가 즐겨 부르는 그 유랑의 노래나 어디 한 곡조 들어 보세. 그 노래에는 떠도는 구름 조각 같은 호탕한 정취가 있단 말이야. 자네가 부르는 노래를 들으면, 내 낮은 이 천정이 아마 작은 하늘처럼 보일 거야. 흐르는 물결같이 유유한 운율이 참 좋거든. 그저 그 노래만 들으면 쓸데없는 내 번뇌마저 사라진단 말일세.

애야, 악기를 가져온. 먼 길을 찾아오신 손님이 노래를 하거늘 주인 된 내가 어떻게 가만히 듣고만 있겠느냐, 화답을 해야지. 그야 나는 원래가 서투른 악사지. 곡조가 서투른지라 손님은 아마 웃을 거야. 하나 친구 사이이고 보면 웃은들 어떠하리.

애야, 너 내일 새벽에는 손님이 타고 온 말을 잘 손질해야 한다. 그리고 안장을 지워 놓는 것을 잊지 마라. 손님은 바쁘셔서 내일 떠나신다.

자, 여보게, 잠이야 내일 길 가다 어느 나무 그늘에 들어가 자면 되지 않나. 이 밤은 우리 노래나 부르며 새우세그려. 서투르긴 하지만 자네가 노래하면 내가 반주 함세. 새벽이 되면 절대로 붙들지 않고 보내 준다니까그래. 하지만 이렇게 곧 헤어져야 하는 것이 좀 아닌게아니라 서운하네. 갔다가 또 오게. 내 기다리고 있을 터이니.

어떻습니까, 이 시는 보다시피 주인 혼자서 법석대는 순전한 회화체會話體입니다만, 시로서도 훌륭하지요? 수다스러울 정도로 떠들어댑니다만, 그러나 주인 되는 사람의 다정한 마음과 아울러 귀한 손님을 맞는 기쁨이 작품 전체에 넘쳐 있음을 알아볼 수 있지 않습니까.

모두 6연으로 구성된 이 시 속에는 세 사람의 인물이 등장하고 있습니다. 주인과 손님과 아이―이렇게 세 사람입니다. 그런데 말을 하는 것은 주인 한 사람뿐, 나머지 두 사람의 말소리는 한 마디로 들리지 않습니다. 그러나 그들의 표정만은 우리가 상상할 수가 있습니다.

읽어서 알다시피, 첫째 연은 사동아이한테 이르는 주인의 말입니다. 둘째 연은 손님한테 하는 말, 셋째 연은 다시 아이한테 하는 말, 넷째 연은 손님한테, 다섯째 연은 사동아이, 여섯째 연은 손님, 이렇게 주인은 사동아이와 손님 이 두 사람을 번갈아 돌아다보며 말을 합니다만, 손님을 대하는 주인의 좋아 어쩔 줄 모르는 표정이 연마다 선히 나타나 있습니다.

그리고 우리는 연과 연 사이에 시간이 흐르고 있음을 발견하게 됩니다. 작품 속에는 그러한 암시가 없으나, 쭉 시를 읽어 보면 그 것을 용이하게 찾아낼 수가 있으리라고 믿습니다.

자 보세요, 첫째 연은 손님이 막 들어섰을 때를 말합니다. 아직 황혼은 되지 않았습니다. 둘째 연도 같은 시간입니다. 그러나 셋째 연은 손님을 데리고 산등성이에 올라갔다가 돌아와서의 시간입니다. 이미 밤입니다. '아이야 이제는 촛대에 불을 혀여라' 한 대목에서 그 걸 쉽게 알아보게 됩니다. 넷째 연에서 다섯 째 연으로 옮아가면서 밤이 차차 깊어 감을 나타내고 있습니다. 맨 끝 연은 어지간히 밤도 깊었음을, '잠은 내일 낮 나무 그늘로 미루고 이 밤은 노래로 새이세 그려'의 시구에서 알아볼 수가 있습니다.

이렇게 이 시 '손님'은 연을 따라 시간의 흐름을 표시하여 놓았습니다.

이 시가 다른 시와 다른 점은 그 표현 형식으로 회화체會話體를 택한 것입니다. 실상 시란 내용에 따라 아무런 형식을 취해 써도 관계없습니다. 요는 내용입니다. 내용, 즉 상想의 비중에 따라 작품의 가치가 평가됩니다.

추야장秋夜長 이수二首

양 주 동

Ⅰ. 기적汽笛 소리 들으며

밤비에 섞여서
멀리 기적 소리 들리네.
그 소리 어느덧 가늘 적에는
아마도 들을 건너 북으로 북으로 달렸나보이.

어디로 향하는 길손들이
이 깊은 밤을 수레 속에 실려서 가나.
고국을 등지고 정처 없이 길 떠난
한 많은 나그네 저 속에 얼마나 되나.

그렇지 않아도 이 가을엔
임 이별만도 죽기보다 싫은 때여든
할 일 없이 집을 떠나 어버이를 떠나
고국을 떠나 먼 나라로 향하는 길손.

밤 깊어도 빗소리는 그치지 않네.
기적 소리 들리는 듯 잠 못 이루네.
때는 가을, 가을에도 밤비는 궂이 오는데
떠나 가는 사람의 회포야 오작이나 쓸쓸할라구.

Ⅱ. 다듬이소리

이웃 집 다듬이소리
밤이 깊으면 깊을사록 더 잦어 가네.
무던히 졸리기도 하련만
닭이 울어도 그대로 그치지 않네.

의 좋은 동서끼리
오늘 날의 집안 일을 자미있게 이야기하며
남편들의 겨울 옷 정성껏 짓든다며는
몸이 가쁜들 오죽이나 마음이 기쁘랴마는

혹시나 어려운 살림살이,
저 입은 옷은 헤어졌거나 헐벗거나
하기 싫은 품팔이, 남의 비단 옷을
밤새껏 다듬지나 아니하는가.

피마자 등불조차
가물가물 조을고 있을 이 밤중인데
아낙네들 얼마나 눈이 감기고 팔이 아플가,
아직도 도드락 소리는 그냥 들리네.

어려서는 가을밤 다듬이소리
달 밑에서 노래 삼아 들었더니만
지금은 어지러운 생각 그지 없어서
유풍幽風 칠월장七月章 다시 외여볼 흥취도 없네.

—『시가집詩歌集』에서

★ 양주동(앞의 梁柱東 참조)

★ 이 시는 기나긴 가을밤에 들려오는 기적 소리와 다듬이소리를 들으며 느낀 것을 가벼운 감상感傷을 섞어 표현한 것입니다. 들으며 쓴 것인지라, 시각적이기보다 청각적이어야 하겠습니다만, 실은 이것도 저것도 아닌 공상적空想的인 것입니다. 그것은 기적 소리 그 자체를 표현하지 않은, 그것을 들으면서 시인의 공상과 아울러 심회心懷를 썼기 때문입니다.

Ⅰ. **기적**汽笛 **소리 들으며** : 밤에 비가 오고 있다. 그 빗소리에 섞여 먼 데서 기적 소리가 들려온다. 요란스럽게 들려오던 기적 소리가 차차 가늘어짐을 보니, 어느덧 들을 지나 북으로 달려갔는가보다. 어디로 가는 길손들일까? 비 내리는 이 깊은 밤에 기차를 타고 가는 저 길손들은 어디로 가는 것일까? 고국을 등지고 정처 없이 북만주 벌판으로 찾아가는 한 많은 나그네는 또 얼마나 많이 저 차에 있을까? 그렇지 않아도 가을이란 임을 떠나는 것조차 죽기보다 싫은 철이다. 그런데 살 수가 없어 집을 버리고 어버이 곁을 떠나, 고국을 떠나 언어와 풍속이 다른 먼 남의 나라로 가야 하니, 그 길손들의 마음이야 얼마나 슬프고 아플 것인가. 이런 생각 저런 생각을 하자니 통 잠이 안 온다. 밤도 어지간히 깊었건만 비는 그치지 않고 그대로 내리고 있다. 기차도 이제쯤은 꽤 멀리 갔으리라. 하나 아직도 그 소리가 들리는 듯하여 잠을 이룰 수가 없다. 때는 가을, 가을에도 찬비가 굳이 내리는 밤이다. 정처 없이 떠나가는 사람들의 회포야 오죽이나 쓸쓸할 것인가—이런 뜻입니다.

Ⅱ. **다듬이소리** : 이웃집에서 하는 다듬이소리가 밤 깊도록 들려온다. 초저녁엔 그렇지도 않더니, 밤이 깊어갈수록 더 요란스럽다. 무던히 졸리기도 할 터인데, 새벽닭이 울어도 그대로 그치지 않으니, 무슨 다듬이를 그렇게 밤새워 가며 해야 하는 것일까? 의가 좋은 동서끼리 집안 살림살이 이야기라도 재미있게 주고받으면서 남편들의 겨울옷을 정성껏 짓고 있다면 밤새워 일을 하여도 마음 기쁘겠지만, 그렇지 않고 혹시나 어려운 살림살이라 자기들 옷이야 헐벗었거나 해졌거나 하기 싫은 품팔이로 남의 비단

옷을 다듬고 있는 것이나 아닌가? 만일 그렇다면 피마자기름 등잔 그 불빛조차 가물가물 졸고 있을 이 밤중에 얼마나 눈이 감기고 팔이 아플까? 아직도 도드락 소리는 그치지 않고 그냥 들려오고 있다. 내 나이 어려서는 가을밤 다듬이소리를 달빛 아래서 노래삼아 들었는데, 지금은 어지러운 생각만 들어 저 유명한 시구 유풍 칠월장을 다시 읽어볼 흥미도 없다.

이와 같이 이 시에는 쓸쓸한 가을의 가벼운 감상이 있습니다만, 여기저기 설명적이어서 좀 지루한 감이 들지 않는 것도 아닙니다. 이 두 편의 시를 읽는 여러분은 이 시가 발표된 연대를 머릿속에 넣고 있어야 이해하기 좋을 것입니다.

이 시는 지금으로부터 30년도 더 되는 오래 전 것입니다. 그 당시 많은 우리 동포들이 일제의 탄압과 생활난에 쫓겨 만주로 만주로 이주해 떠나갔습니다. 만주로 가는 북행 열차에는 이 시 「기적 소리 들으며」에 나오는 것 같은 길손들이 매일 밤 그득그득 하였습니다. 남녀노소男女老少 할 것 없이 고향을 떠나 바가지를 들고, 산 설고 물 설은 만주로 가고 또 갔습니다. 실로 눈물겨운 정경情景이었습니다.

이 시는 그러한 정경을 생각하고 가슴 아파하는 시인의 심회를 표현한 것입니다.

추과秋果 삼제三題

Ⅰ. 밤栗

명랑한 이 가을 고요한 석양夕陽에
저 밤나무 숲으로 나아가지 않으려니?

숲 속엔 낙엽落葉이 구으는 여음餘音이 맑고
투욱 툭 여문 밤알이 무심히 떨어지노니

언덕에 밤알이 고이져 안기우 듯이
저 숲에 우리의 조그만 이야기도 간직하고

때가 먼 항해航海를 하여 오는 날 속삭이기 위한
아름다운 과거過去를 남기지 않으려니?

Ⅱ. 감柿

하이얀 감꽃 꿰미꿰미 꿰미던 것은
오월五月이란 시절이 남기고 간 빛나는 이야기어니

물 밀 듯 닥아 오는 따뜻한 이 가을에
붉은 감빛 유달리 짙어만 가네.

182 장만영 전집 3권 _ 산문편

오늘은 저 감을 또옥 똑 따며 푸른 하늘 밑에서 살고 싶어라
감은 푸른 하늘 밑에 사는 열매이어니.

　　Ⅲ. 석　류石榴
후원後園에 따뜻한 햇볕 굽어 보면
장꽝에 맨드래미 고읍게 빛나고

마슬 간 집 양지 끝에 고양이 졸음 졸 때
울 밑에 석류石榴 알이 소리 없이 벌어졌네.

투명透明한 석류石榴 알은 가을을 장식裝飾하는 홍보석紅寶石이어니
누구와 저것을 쪼개어 먹으며 시월十月 상달의 이야기를 남기리……

　　　　　　　　　　　　　　　　　　　ー시집詩集『촛불』에서

★ 신석정(앞의 辛夕汀 참조)

★ 이 시는 밤, 감, 석류, 이 세 가지 과일을 두고 읊은 석정의 걸작 중 하나입니다. 세 편이 다 같은 연대에 제작된 작품으로 시의 경지境地도 꼭 같습니다만 '밤'과 '감', '석류'는 그 표현 방법이 다릅니다. 즉 보다시피 '밤'은 대화의 형식으로 썼으며, '감'과 '석류'는 독백獨白의 형식을 취하였습니다. 그럼 먼저 '밤'부터 차례차례로 읽어 보기로 합시다.

밤 : 명랑한 가을날의 고요한 석양이다. 너, 나와 같이 저 밤나무 숲으로 나가보지 않으려느냐? 수풀 속에는 요즈음 날마다 나뭇잎 지는 소리가 맑고, 장대질 하지 않아도 여문 밤이 저 혼자 투욱 툭 떨어지고 있다. 떨어진 밤알은 땅 위에 고이 안긴다. 우리가 밤나무 숲을 찾아가 많은 이야기를 주고받으면, 그 이야기들도 밤알처럼 저 숲과 더불어 오래 남게 될 것이다. 세월 흘러 흘러 이후 몇 해 또는 몇 십 년이 지나간 날, 우리는 다시 그 때 일을 이야기하며 가 버리고 돌아오지 않은 그 날의 일을 회상하게 될 것이니, 하나의 아름다운 과거를 만들기 위하여, 명랑한 이 가을 고요한 석양에 저 밤나무 숲을 찾아가 보지 않으려느냐? 대략 이런 뜻입니다.

숲 속에 지는 낙엽과 같이 그 여운이 맑은 아름다운 서정시입니다. 읽고 또 읽어도 싫은 생각이 안 드는 좋은 작품입니다.

감 : 하얀 감꽃을 뀌미뀌미 꾸미며 지냈다. 그러던 것도 이제는 지나간 옛 이야기, 생각하면 오월이란 시절이 남기고 간 빛나는 이야기가 되고 말았다. 어느덧 가을이 물밀 듯 다가오고 있다. 따뜻한 가을이다. 감빛이 나날이 붉어 간다. 오늘은 모든 일 집어치우고 감을 따며 푸른 하늘 밑에서 살고 싶다. 푸른 하늘 밑에서 익는 열매―감처럼.

'뀌미뀌미'는 꾸미는 모양을 말합니다. 무엇에 쓰기 위해 감꽃을 꾸미는 것이 아니라, 꽃이 고와 그것들을 꾸미며 노는 것입니다.

이 시가 아름답고 훌륭한 점은 그저 가을철마다 붉어지는 감을 묘사하는 데 그치지 않고, 감을 한 개 두 개 따며 하늘 밑에 살고 싶다고 한 시인의 인생관입니다. 이 시인은 자기 자신을 자연화하고 싶어 하는 분입니다. 인간과 자연을 융합融合시키려는 것이 이 시인의 철학이기도 합니다만, '감'을 읽으면 시인의 그러한 철학을 엿 볼 수가 있습니다. 아름다우면서도 생각하는 그 무엇을 내포하고 있는 작품입니다.

석류石榴 : 이 시에는울 밑에서 처음으로 발견한 석류에 대한 놀라움이 새롭게 느껴지는 동시에, 석류알을 두고 생각하는 시인의 고독 같은 것을 찾아볼 수가 있습니다.

뒤뜰에 따뜻한 햇볕이 든다. 햇볕 드는 장광에는 맨드라미가 곱게 피어 있다(맨드라미가 곱게 빛나는 것이 따뜻한 햇볕이 굽어보기 때문이라고 표현한 점을 주의해서 읽어 주시오. 햇볕과 맨드라미 사이에 어떤 연관성을 맺으려 한 점이 재미있지 않습니까). 놀러 간 집 양지 끝에는 고양이가 졸고 있고, 그 집 울타리 밑에는 석류알이 소리도 없이 벌어지고 있다('마슬 간 집'은 볼일로 간 것이 아니고 그저 놀러 간 집이란 뜻입니다. 마슬이란 마을을 의미합니다만, 마슬 간다면 전라도 지방에서는 그저 놀러 가는 것을 이렇게 말합니다). 맑디맑은 석류알은 가을을 장식하는 홍보석이다. 저것을 내 누구와 쪼개 먹으며 시월 상달의 이야기를 남길 것인가. 그럴 친구가 없음이 섭섭하다.

'상달'은 상순上旬, '장식'은 곱게 치장하여 꾸미는 것을 뜻합니다. 이 시에서는 장꽝이니, 마슬 간 집이니, 시월 상달이니 하는 말들이 소박하고 좋습니다. 그 말이 주는 음향에서 독자는 농촌의 짙은 가을을 생각하게 됩니다. 시골이 아니고는 별로 쓰지 않는 이러한 말을 썼기 때문에 이 시는 더욱 그 아름다움을 나타낼 수가 있었다고 봅니다.

낙엽이 뚜욱 뚝 지는 밤 동산, 붉은 감빛이 유달리 짙어만 가는 감 동산, 맨드라미가 빛나는 장광과 석류알이 소리 없이 벌어져 있는 뒤뜰, 모두가 가을 기분을 내고도 남음이 있습니다.

이 시인은 낙엽 소리에서도 가을을 느끼며, 짙어만 가는 감빛조차 그것을 그대로 놓치지 않고 보았던 것입니다. 그리고 아무도 모르게 울 밑에서 입을 벌리고 있던 석류알을 홍보석으로 보고 있습니다. 정말 훌륭한 시인이란, 이와 같이 모든 자연 현상에도 날카로운 눈초리를 던집니다. 무심히 보아 가지고는 좋은 시는 쓰기 어려울 것입니다.

꽃

유 치 환

가을이 접어드니 어디선지
아이들은 꽃씨를 받아 와 모으기를 하였다.
봉숭아 금선화 맨드래미 나발꽃
밤에 복습도 다 마치고
제각기 잠잘 채비를 하고 자리에 들어가서도
또들 꽃씨를 두고 이야기―
우리 집에도 꽃 심을 마당이 있었으면 좋겠다고
어느덧 밤도 깊어
엄마가 이불을 고쳐 덮어줄 때에는
이 가난한 어린 꽃들은 제각기
고운 꽃밭을 안고 곤히 잠들어 버리는 것이었다.

―『한국시집韓國詩集』에서

★ 유치환(앞의 柳致環 참조)

★ 이 시는 어느 가난한 선비의 가정 풍경을 그린 것입니다. 이렇다 할 아무런 기교 없이 본 그대로 무슨 일기日記나 쓰듯이 써 내려간 데에 오히려 호감이 갑니다. 읽으면 입술 가에 가벼운 미소가 절로 떠오릅니다.

여름이 가고 가을이 물밀 듯 자꾸 다가오면, 아이들은 오는 봄에 심으려 꽃밭을 찾아다니며 꽃씨를 모으기 시작한다. 봉숭아, 금선화, 맨드라미, 나팔꽃—대개 이런 꽃들의 씨앗이다. 밤에 복습을 다 마치고 나서 또 그들은 꽃씨 이야기를 한다. 잠잘 차비를 하고 자리에 들어가서까지 꽃씨 이야기를 하는 천진난만한 어린이들의 마음이란 이처럼 고운 것일까? 우리 집에도 꽃 심을 마당이 있었으면 얼마나 좋겠느냐고 아내와 둘이 이야기를 하였다. 어느덧 밤도 깊었다. 아이들은 이불을 박차고 제멋대로 곤히 쓰러져 자고 있다. 엄마는 감기라도 들면 걱정이라고 아이들의 이불을 고쳐 덮어 준다. 그리고 생각하는 것이다. '이 귀여운 어린 꽃들은 이제 제각기 고운 꽃밭을 안고 무슨 꿈을 꾸는 것일까?'

이런 뜻의 내용을 가지는 시입니다만, 무척 단란한 가정임을 여러모로 알아낼 수가 있습니다.

15촉 내외의 침침한 전등불이 켜 있는 방, 거기에 제각기 쓰러져 곤히 자고 있는 아이들, 곁에서 어린 것들의 옷을 꿰매고 있는 주부, 주부 곁에 앉아 신문을 뒤적이고 있는 남편—이러한 인물들이 무슨 소설에라도 나오는 사람들처럼 머리에 떠오르지 않습니까. 실로 아늑한 기분이 넘치는 작품이라 하겠습니다.

과 수 원果樹園

양 명 문

I

새맑은 샘물이 흐른다.
무루익은 실과實果 향기가 흐른다.

II

방금 가지에서 따온 과실果實들,
네 치마폭에 싸온
임금林檎 배 포도송이들을
이 샘에 동 동 띄우고
우리 조용히 가을 얘기를 속삭이자.
오오 태양太陽이 이렇게
과실果實들을 화장化粧시킨다.

III

너는 내 옆에 일어선채
낮윽이 노래 불러도 좋다.
아직 가지에 달려
푸른 바람에 흔들리는
저 과일들처럼.

IV
귀뚜라미가 운대서
가을인가 보다만
과수원果樹園의 가을은 시방이 한창이다.

V
얼렉이를 몰아 오래자
아마 젖이 꽤나 불렀을 꺼다.

VI
가마귀 떼는 버얼써
어느 먼 지방으론가로 가버렸다.

VII
다시 치맛자락에 싸라,
다락으로 가자.
으젓한 벗들이
두셋 찾아 오거던
단풍잎 떠도는 저 못에서
통개진 잉어라도 잡아 내자.

Ⅷ
달이 떠오르면 달빛에 젖어
포도즙도 짜고
서너줄 노래도 써 보고
영천암靈泉岩 쇠북소리
은은히 울려올 무렵
네 모습을 다시
선보기로 하자.

　　　　　　　　　　　−『현대시인선집現代詩人選集·上』에서

★ 양명문楊明文은 아호를 자문紫門이라고 합니다. 1913년 평안남도 대동大同에서 출생하여 도쿄 전수대학專修大學 법문학부法文學部를 졸업하였습니다. 동인지 ≪시건설詩建設≫과 ≪삼사문학≫ 등에 작품을 발표하면서 시단에 등장한 분입니다.

시집으로 『화수원華愁園』, 『송가頌歌』, 『화성인火星人』 등이 있습니다.

★ 이 시는 과수원에서의 일과를 극히 가볍게 쓴 것으로, 작자의 즐거움이 여실히 나타나 있습니다. 일기나 편지를 쓰듯이 별로 힘들이지 않고 쓴 것이 오히려 좋았습니다. 시란 이렇게 써서 무관하다고 생각합니다.

맑은 샘물이 흐른다. 내가 사는 과수원에 흐르고 있는 것은 이 샘물만이 아니다. 익을 대로 익은 실과 향기가 또한 흐르고 있다.

지금 막 가지에서 따온 과실들, 따서 네 치마폭에 싸온 능금이며, 배며, 포도송이들을 이 새맑은 샘에 띄워 놓고, 우리 둘이 가을 얘기를 조용히 속삭이자. 이렇게 과실들을 익혀 향기롭게 만든 것은 바로 저 태양이다. 말하자면 태양이 과실들을 화장시키는 것이다.

노래가 부르고 싶거든 너는 내 옆에 일어선 채 나지막이 노래를 부르려무나. 그러면 네 모습은 아직 가지에 그대로 달려 있는 과일 같이 보이리라, 푸른 바람에 흔들거리는……

귀뚜라미가 운다. 과수원의 가을은 지금이 한창이다.

얼렉이를 몰아오라고 해야 하지 않겠느냐. 지금쯤 아마 젖이 어지간히 불었을 거야(얼렉이는 얼룩진 산양, 암소의 애칭으로 보아 무방할 것입니다. '꺼다'는 것이다의 준말).

까마귀 떼가 보이지 않는지 오래이다. 벌써 어느 먼 지방으로 가버린 모양이다('지방으론가로'는 어느 지방인지 그것은 모르나, 하여튼 '어디론가로'의 뜻입니다).

다시 치맛자락에다가 과실들을 싸라. 나락으로 가 있지. 그리하여 오늘쯤 착한 벗들이 몇 사람 찾아오거든 단풍 잎사귀가 동동 떠오는 저 못에서 통개진 잉어라도 잡아 과실이랑 술이랑 대접해야 하지 않겠느냐('통개진 잉어'는 통통해진, 즉 살찐 잉어).

이윽고 달이 떠오르면 달빛 아래서 포도즙도 짜고, 흥이 오르면 두서너 줄 노래도 써 보려 한다. 그리고 나서 밤도 어지간히 깊을 무렵, 그래 영천 암 절에서 쇠북 소리가 은은히 울려 올 무렵쯤 해서 너를 다시 만나기로 하자.

대체로 이와 같은 내용의 작품입니다. 이 시의 좋은 점은, 이러한 자연 생활에 푹 파묻혀 사는 즐거움을 손톱만치도 꾸미지 않고 그대로 솔직하게 써 내려간 데에 있다고 봅니다.

가 을

박 목 월

기차가 연착延着한
촌정거장
꽃가마가 한 채
기다리고 있었다
오냐 새색시 마중나온 꽃가마
새색시는 분홍치마
입고오리라
새색시는 연지
찍고 오리라
가을바람 부는
촌정거장
가마가 외롭게
기다리고 있었다

—『현대시집現代詩集 · Ⅲ』에서

★ 박목월(앞의 朴木月 참조)

★ 기차가 연착하였습니다. 촌정거장에 내리니 꽃가마가 한 채 눈에 띕니다. "옳지 새색시를 태우러 마중 나온 꽃가마군. 새색시 구경 좀 하고 가자. 새색시는 분홍치마를 입고 나오리라. 새색시 얼굴에는 연지가 찍혀 있으리라." 시인은 어린애다운 흥미를 가지고 새색시가 차에서 내려오기를 기다리고 서성거립니다. 촌정거장에는 별로 오르내리는 손님도 없습니다. 꽃가마 한 채가 외로워 보일 정도로 신부 나오기를 기다리고 있을 뿐입니다.

이러한 뜻의 가벼운 스케치입니다만, 우리는 이 시에서 가을을 느낄 수 있으니, 가을마다 농촌에는 잔치가 잦고, 가끔 꽃가마가 지나가는 것을 볼 수 있기 때문입니다.

☆

따로 연을 바꿔 놓지 않고 쭉 잇따라 썼습니다만, 내용으로 보아 3연 정도로 끊을 수 있지 않을까 생각됩니다. 즉 정거장에 내려 꽃가마가 눈에 띈 데―1행行부터 4행의 '있었다'까지에서 한 번 끊고, 머리에 떠오른 상상을 주로 쓴 5행부터 9행 '오리라'까지에서 또 한 번 끊고 결구結句를 맺을 수가 있지 않을까 싶습니다.

그러나 목월은 그렇게 쓰지 않고 단숨에 서 내려갔습니다. 왜 그렇게 썼을까요? 본인 아닌 나로서는 알 길이 없습니다만, 시 자체가 주는 인상으로 보아 시인 자신이 차에서 내려 마음의 안정을 읽고 있는 것 같습니다. 놀러 나갔다가 꽃가마를 발견한 것이 아니라, 기차에서 내렸거나 차를 타러 급히 가다가 문득 눈에 띈 인상을 쓴 것이 아닌가, 이렇게 생각됩니다.

또 제목이 '꽃가마'로 되어 있지 않고, '가을'로 되어 있습니다. 제목을 '꽃가마'로 하는 것과 '가을'로 하는 것과는 어떻게 다를까요? 시를 통해 볼 때는 '꽃가마'라 해도 괜찮을 것 같으나, 가을바람 부는 그 날 시인은 꽃가마에서 받은 인상보다 꽃가마가 있는 풍경 속에서 더욱 가을을 느꼈던 것 같습니다. 그렇기 때문에 '가을'이란 제목을 붙인 모양입니다.

입 추立秋

윤 곤 강

소리 있어 귀 기울이면
바람에 가을이 묻어 오는

바람 거센 밤이면
지는 잎 창에 와 울고

다시 가만히 귀 모으면
가까이 들리는 머언 발자취.

낮은 게처럼 숨어 살고
밤은 단잠 설치는 버릇.

나의 밤에도 가을은 깃들어
비인 마음에 찬 서리 내린다.

—『한국시집韓國詩集』에서

★ 윤곤강(앞의 尹崑崗 참조)

★ 제목 '입추'는 이십자 절기節氣의 하나로 대서大暑와 처서處暑 사이에 있는 절기입니다. 이 시는 가을을 맞는 시인의 고독을 쓴 것입니다.

무슨 소리인가 들리는 것 같아 가만히 귀를 기울여 본다. 바람이 분다. 바람에 가을이 묻어오는가. 바람이 거세게 불어 오는 밤이면 떨어진 나뭇잎이 창에 와 버석거린다. 그 소리가 어쩌면 서러워 우는 울음소리 같이 들린다.

다시 가만히 귀를 모아 바깥 소리를 듣는다. 그러면 가까이 들리는 것 같으면서도 먼 발자취 소리가 난다. 이것은 또 무슨 소리인가? 가을이 찾아드는 그 소리에 틀림없다.

요즈음 낮에는 게처럼 밖에 나가지 않고 방 안에 숨어 살고, 밤은 밤대로 단잠 설치고 잠 못 이루고 있다. 이런 생활이 하나의 습성쩝性처럼 되고 말았다.

그러나 이러한 생활을 하는 나에게도 가을은 밤마다 허전한 마음에 차디찬 서리 같은 고독이 내리고 있다.

이와 같이 이 시에는 쓸쓸한 가을밤의 차가울 정도의 고독이 깃들어 있습니다.

특히 '바람 거센 밤이면 / 지는 잎 창에 와 울고'라든가, '나의 밤에도 가을은 깃들어 / 비인 마음에 찬 서리 내린다'라든가의 표현은 뭐라 말하기 어렵게도 가을의 고독감孤獨感을 보여 줍니다.

목 화木花

누님
눈물 겨웁습니다

이, 우물 물같이 고이는 푸름 속에
다수굿이 젖어있는 붉고 흰 목화木花 꽃은,

누님
누님이 피우셨지요?

퉁기면 울릴듯한 가을의 푸르름엔
바윗돌도 모다 바스라져 네리는데……

저, 마약麻藥과 같은 봄을 지내여서
저, 무지無知한 여름을 지내여서

질갱이풀 지슴ㅅ길을 오르 네리며
허리 굽흐리고 피우셨지요?

—시집詩集『귀촉도歸蜀道』에서

★ 서정주徐廷柱는 1914년 전라북도 고창高敞에서 출생하여 중앙불교전 문中央佛敎專門을 수업하고, ≪시인부락≫의 동인으로 활약하면서부터 시 단에 등장하였습니다. 해방 후는 문교부 초대初代 예술과장藝術課長의 자리 에 앉는 등 정국政局에 관심을 갖는 것 같았으나 곧 퇴임하고, 주로 동국대 학東國大學과 서라벌예술학교 시문학을 강의하며 시작에 정진하고 있습니 다. 현재 예술원藝術院 회원會員이요, 1955년도 자유문학상 수상자의 한 분 입니다. 시집에도 해방 전의 것으로『화사집花蛇集』이 있고, 해방 후의 것 으로『귀촉도歸蜀道』와『서정주 시선』이 있으며, 이 밖에『작고시인선』 등의 편저編著가 있습니다.

★ 이 시는 목화꽃을 보며 그것을 키우노라고 고생한 누님 생각을 하며 쓴 것입니다.

'다수굿'은 고개를 조금 숙이고 아래를 보는 모양입니다.

'마약痲藥'은 여기서는 마취약痲醉藥을 이르는 말이다.

'질갱이풀'은 질경이의 사투리. 질경이는 질경잇과車前科에 딸린 다년생 풀로 도처에 저절로 납니다.

'지슴ㅅ길'의 지슴은 기음의 사투리로 잡초雜草를 두고 하는 말입니다.

누님, 목화꽃을 보니 누님 생각이 나 몹시 눈물겹습니다그려.

붉고 흰 목화꽃은 고개를 약간 아래로 숙인 채 이슬에 젖어 있습니다, 우물물같이 고이는 이 푸른 빛 속에. 누님, 이 꽃은 당신이 이렇게 곱게 피 우셨는지요?

가을의 푸르름은 퉁기면 소리라도 울릴 듯합니다. 그러한 푸르름에는 바윗돌도 모두 바스러져 내립니다.

그런데 저 마약과 같이 어질어질 취하는 봄철과 저 무지하다고 할 만큼 무더운 여름철, 질경이풀이 많이 돋아난 잡초 길을 줄곧 오르내리며 허리 굽히고 공들여 목화꽃을 이처럼 피우셨지요? 붉고 흰 이 아름다운 목화꽃 을 보니, 고생하시던 누님 생각 더욱 간절하고, 그 수고 또한 눈물겹습니다.

이와 같은 내용의 시입니다만, 시인은 감동에 찬 율조律調로 목화꽃을 읊고 있습니다. 전체로 가락이 높은 작품입니다.

이 시인은 그의 작품에 출생지인 전라도 사투리를 곧잘 씁니다. 이 '목화' 속에도 네리는데니, 지내여서니, 지슴ㅅ길이니 적지 않은 사투리가 들어 있습니다만, 그는 이러한 사투리를 곧잘 살려 놓았습니다. 오히려 사투리가 섞임으로써 그의 작품으로 더욱 매력 있게 하였습니다.

국화菊花 옆에서

서 정 주

한 송이의 국화꽃을 피우기 위하야
봄부터 소짝새는
그렇게 울었나보다.

한 송이의 국화꽃을 피우기 위하야
천동天動은 먹구름 속에서
또 그렇게 울었나보다.

그립고 아쉬움에 가슴 조이던
머언 머언 젊음의 뒤안 길에서
인제는 돌아와 거울 앞에 선
내 누님 같이 생긴 꽃이여

노오란 네 꽃잎이 필려고
간밤에 무서리가 저리 내리고
내게는 잠이 오지 않았나보다.

★ 서정주의 걸작 중의 하나가 이 「국화 옆에서」입니다. 이 시는 한 송이의 국화꽃을 바라보며, 젊은 날에 그립고 아쉬움에 그처럼 가슴 조이던 수없이 많은 여인들이 이제는 거울 앞에 선 누님과 같이 보임을 쓴 것입니다.

한 송이 국화꽃이 피었다. 볼수록 아름다운 꽃이다. 그 많은 소쩍새들이 봄부터 가을까지 연상 울어댄 것은 이 한 송이 국화꽃을 피우기 위해서였던가.

여름 한철 먹구름 속에서 천둥이 그처럼 요란스럽게 운 것도 역시 이 한송이 국화꽃을 피우기 위해서였던가.

국화꽃을 보고 있노라니, 젊은 날 그립고 아쉬움에 그처럼 가슴 조이던 수없이 많은 아리따운 여성들, 그 여성들이 이제는 모두 나이 먹어 거울 앞에 무슨 누님이나 된 것처럼 의젓이 선 영상映像이 눈에 떠오른다.

간밤엔 무서리가 많이 내리고, 나는 통 잠을 자지 못하였다. 이러한 자연 현상이나, 나의 생리적 현상도 모두 노란 이 국화꽃을 피우기 위해서였던가.

대체로 이런 내용의 시입니다만, 이 시 속에는 서정주다운 인생관, 자연관 같은 것이 숨어 있습니다.

우리가 보통 생각할 때, 모든 꽃이 그렇듯이 국화꽃도 그 씨를 뿌리면 땅에 뿌리를 치고 자라는 것이요, 어느 시기가 되면 잎이 돋고 봉오리를 맺으며, 이윽고 꽃이 피게 되는 것입니다. 그런데 이 시인은 그것을 그렇게만 생각하지 않습니다. 봄부터 가을까지 그 많은 소쩍새들이 운 것도 국화꽃을 피우기 위함이요, 여름철에 천둥이 운 것도 역시 국화꽃을 피우기 위함이요, 심지어는 밤에 무서리가 내리고 시인 자신 잠이 안 왔던 것도 국화꽃을 피우기 위해서인가보다고—이러한 생각을 하고 있습니다. 놀라운 상념想念이라 아니 할 수 없습니다.

그리고 한 송이의 국화꽃을 그는 자기 누님같이 생겼다고 합니다. 그 '누님'이란 사십 넘은 많은 여성을 두고 부르는 대명사로서 시인의 친 누님을 말하는 것이 아닙니다. 그러면 그 '누님'이란 어떤 분일까요? 과거에 많은 "홍분과 모든 감정感情 소비消費를 겪고 이제는 한 개의 잔잔한 우물이나 호수와 같이 형이 잡혀 거울 앞에 앉아 있는 여인(서정주의 시작詩作 과정

過程에서)"입니다. 즉 시인은 사십대 여인의 미美의 영상을 오랫동안 찾던 끝에 한 송이 국화꽃에서 그것을 발견하였습니다.

이 시 '국화 옆에서'를 읽으면 미의 추구란 것이 얼마나 어렵다는 것을 느끼게 됩니다. 퍽 애써 쓴 흔적이 역력한 작품의 하나입니다.

북청北靑 가까운 풍경風景

김 광 균

기차汽車는 당나귀 같이 슬픈 고동을 울리고
낙엽落葉에 덮인 정거장停車場 지붕 위엔
가마귀 한 마리가 서글픈 얼굴을 하고
코발트빛 하늘을 쪼고 있었다.

파리한 모습과 낡은 바스켙을 갖은 여인女人 한분이
차창에 기대어 성경聖經을 읽고
기적이 깨어진 풍금風琴 같이 처량한 복음을 내고
낯설은 풍경風景을 달릴적마다
나는 서글픈 하품을 씹어가면서
고요히 두 눈을 감고 있었다.

―『한국시집韓國詩集‧ II』에서

★ 김광균(앞의 金光均 참조)

★ '북청'은 함경남도에 있는 소도시小都市로, 이 시는 그 지방을 지나다 고 달픈 눈으로 바라본 정거장 부근의 풍경과 차창 안의 풍경을 그린 것입니다.

기차는 당나귀같이 슬픈 고동을 울린다. 창 밖으로 시선을 돌리니, 낙엽이 덮인 정거장 지붕 위에 까마귀 한 마리가 서글픈 표정을 짓고 앉아, 코발트빛 하늘 아래서 무엇인가를 쪼아 먹고 있다(코발트cobalt는 짙은 청색).

얼굴이 파리하게 생긴 낡은 바스켓을 가진 여인 한 분이 차창에 기대어 앉아 성경을 읽고 있는데, 기차의 기적 소리는 깨어진 풍금 같이 처량한 복음을 내며 낯선 풍경 속을 달린다. 그때마다 나는 하품을 씹어 가면서 서글픈 마음으로 두 눈을 감고 묵묵히 앉아 있었다.

이러한 북국의 가을 정경情景이 인상 깊게 쓰여 있습니다. '당나귀 같이 슬픈 고동'이니, '깨어진 풍금 같이'니, '서글픈 하품'이니 하는 형용이 퍽 재미있습니다.

그리고 첫째 연 끝 행의 '코발트빛 하늘을 쪼고 있었다'의 표현 같은 것이 퍽 감각적感覺的입니다. 실제로 까마귀가 쪼고 있는 것은 하늘이 아닙니다. 그러나 하늘 아래서 무엇을 쪼고 있는 까마귀를 보고, 까마귀가 하늘을 쪼고 있다고 함으로써 작품이 주는 인상을 더욱 깊게 하였습니다.

여행 중에 본 하나의 풍경을 스케치한 그림과 같이 아름답고 인상적인 작품입니다. 앞에서도 소개한 바 있어 이미 이 시인에 대하여서는 알고 있으리라고 믿습니다만, 그의 시의 특징은 그 회화성繪畫性에 있습니다. "시는 하나의 회화이다." — 이러한 모더니즘의 시론詩論을 실제로 실천한 분이 이 시인입니다.

여기 소개한 '북청 가까운 풍경'은 그 제목부터가 화제畫題 같은 느낌을 줍니다만, 내용 역시 그림을 보는 것 같습니다. 그야 시란 언어의 예술이요, 그림과 같이 선이나 색채가 있을 수 없습니다만, 그러나 이 시인은 하나의 풍경, 하나의 이미지를 언어로서 표현하여 어느 정도 회화적 효과를 내고 있습니다.

보석장수의 옛 이야기를

유 창 선

어머니―
하느님은 연로年老하신 보석장수이어서
가을이 되면 밤마다 바다의 푸른 보재기 위에
각가지 빛난 보석을 버려 놓고서
밤의 손님들을 부른답니다.

그러면 사람들은
돐상 받은 애기 같이 모든 것이 경이스러워
화려한 밤거리로 무리무리 모여 들어
보석장수의 이야기를 듣는답니다.

어머니―
이 밤이 그렇게도 맑고 아름답고 신비스러워
가만히 집안에 있을 수가 없습니다.
나는 순희와 함께 저기 바닷가로 나가렵니다.
거기서 보석장수의 옛이야기를 들으며
인어人魚 같이 밤의 거리를 손목 잡고 거닐며 놀렵니다.

―『현대시인선집現代詩人選集·上』에서

★ 유창선劉昌宣은 아호가 수정樹靜으로, 1907년 평안북도 선천읍宣川邑에서 출생하여 평양 숭실전문平壤崇實專門을 거쳐 일본 입교대학立敎大學 사학과史學科를 졸업하였습니다. ≪동아일보≫ 신춘문예에 시가 당선된 뒤로부터 그는 시단에 알려졌으나, 서울에 있지 않고 향리에서 교원 생활을 하였습니다.

그 시대로서는 특이한 새로운 시를 발표하곤 하였으나, 자신의 시집도 없으며, 해방 후로는 소식조차 없습니다. 그는 시인인 동시에 화랑도花郞道 연구가로서도 유명한 분입니다.

★ 이 시는 가을밤의 맑고 아름답고 신비스런 정경을 쓴 것입니다만, 이와 같이 맑아지고 아름다워지고 신비스러워지는 자연 현상을 하느님이 하는 일이라 생각하고, 이 시에서는 하느님을 보석장수에다 비유함으로써 퍽 재미있는 표현을 하고 있습니다.

대뜸 하느님을 보석장수라 해 놓고, 바다를 보석장수가 펼쳐 놓은 푸른 보자기라고 하였습니다.

어머니, 하느님은 나이 잡수신 늙은 보석장수라, 가을이 되면 밤마다 바다의 푸른 보자기 위에다가 여러 가지 빛나는 아름다운 보석을 벌여 놓고서 밤손님들을 오라고 부릅니다.

그러면 보석장수의 부르는 소리를 듣고 사람들은 그리로 몰려듭니다. 돌상을 받은 애기같이 모든 것이 놀랍고 좋기 때문입니다. 그리하여 화려한 밤거리에 모여든 사람들은 거기서 보석장수의 이야기를 듣는 것입니다.

어머니, 이 가을밤의 참으로 맑고 아름답고 신비스럽습니다. 나는 가만히 집 안에 앉아 있을 수가 없습니다. 나도 순희와 함께 저 바닷가로 나가 보석장수의 옛 이야기를 들으며 인어같이 밤거리를 거닐며 놀렵니다, 순희의 손목을 잡고…….

이런 내용을 가진 시입니다만, 이것을 한 번 더 읽어 보고 다 같이 시인이 비유한 몇 가지 시구를 풀어 보기로 합시다.

첫째 연 4행에 '각가지 빛난 보석'이라는 것이 있는데, 이것은 무엇을 두고 하는 말일까요? 그것은 바다 위에 떠 있는 많은 배에서 반짝이는 불빛과, 하늘에 있는 무수한 별들을 보고 한 말입니다.

그러면 둘째 연 끝에 행에 '보석장수의 이야기'라는 말은 무엇일까요? 그것은 파도 소리요, 파도 소리에 섞여 들리는 물새들의 울음이요, 쉴 틈 없이 불어 오는 바람 소리를 두고 한 말입니다.

셋째 연 끝 행에 나오는 인어人魚는 상반신上半身은 사람을 닮고 하반신下半身은 물고기로서 얼굴은 여자 같다고 합니다. 이 고기를 먹으면 나이를 먹지 않는다하는 전설이 있습니다.

이 시는 어린이다운 마음으로 가을밤의 아름다움을 표현한 시입니다.

별 헤는 밤

윤 동 주

계절季節이 지나가는 하늘에는
가을로 가득 차 있습니다.

나는 아무 걱정도 없이
가을 속의 별들을 다 헤일 듯합니다.

가슴 속에 하나 둘 새겨지는 별을
이제 다 못 헤는 것은
쉬이 아침이 오는 까닭이요,
내일來日 밤이 남은 까닭이요,
아직 나의 청춘靑春이 다하지 않은 까닭입니다.

별 하나에 추억追憶과
별 하나에 사랑과
별 하나에 쓸쓸함과
별 하나에 동경憧憬과
별 하나에 시와
별 하나에 어머니, 어머니

어머님, 나는 별 하나에 아름다운 말 한마디씩 불러봅니다. 소학교小學校 때 책상册床을 같이 했던 아이들의 이름과 패佩, 경鏡, 옥玉, 이런 이국異國 소녀들의 이름과 벌써 애기어머니 된 계집애들의 이름과, 가난한 이웃 사람들의 이름과, 비둘기, 강아지, 토끼, 노새, 노루, 프랑시스 잠, 라이너 마리아 릴케, 이런 시인詩人의 이름을 불러봅니다.

이네들은 너무나 멀리 있습니다.
별이 아슬히 멀 듯이,
어머님,
그리고 당신은 멀리 북간도北間島에 계십니다.

나는 무엇인지 그리워
이 많은 별빛이 내린 언덕 위에
내 이름자를 써보고,
흙으로 덮어 버리었습니다.

따는 밤을 새워 우는 벌레는
부끄러운 이름을 슬퍼하는 까닭입니다.

그러나 겨울이 지나고 나의 별에도 봄이 오면
무덤 위에 파란 잔디가 피어나듯이
내 이름자 묻힌 언덕 우에도
자랑처럼 풀이 무성할 게외다.

　　　　　　－시집詩集『하늘과 바람과 별과 시詩』에서

★ 윤동주 (앞의 尹東柱 참조)

★ 이 시는 가을날에 젊은이만이 가질 수 있는 무어라 형용하기 어려운 심정을 읊은 것입니다.

계절이 지나가는 하늘에는 가을이 가득 차 있습니다.

나에게는 아무런 걱정도 없습니다. 나는 가을 속에 머물러 있는 별들을 다 헤어낼 수가 있을 것 같습니다. 그만큼 내 마음은 고요합니다.

그러나 내 가슴에 하나 둘 새겨지는 별을 이제 다 못 헤는 까닭은 멀지 않아 아침이 되기 때문이요, 오늘만이 날이 아니라 내일 밤이 또 남기 때문이요, 아직도 나의 청춘이 다 가지 않고 이렇게 나에게 남아 있기 때문입니다.

별 하나만한 추억과, 별 하나만한 사랑과, 별 하나만한 쓸쓸함과, 별 하나만한 그리움과, 별 하나만한 시와, 별 하나만한 어머니와…… 아 어머니! 어머니!

어머님, 나는 별 하나를 헤일 때마다 아름다운 말을 한 마디씩 불러 봅니다. 소학교 때 책상을 같이하고 공부하던 소녀들의 이름을 불러봅니다. '패'니, '경'이니, '옥'이니, 이런 딴 나라 소녀들의 이름을 불러 봅니다. 벌써 커 아이 어머니가 된 계집애들의 이름과, 가난한 이웃 사람들의 이름을 불러 봅니다. 비둘기, 토끼, 노새, 노루, '프랑시스 잠', '라이너 마리아 릴케', 이런 먼 나라 시인들의 이름을 불러 봅니다.

내가 그리워하는 이들은, 그러나 너무 멀리 있습니다. 저 하늘의 별이 아련히 멀 듯이 멉니다. 그리고 어머님, 내가 누구보다 보고 싶어 하는 어머님, 어머님은 먼 북간도에 계십니다.

나는 무엇인지 그리워 견딜 수가 없습니다. 그리움에 사로잡힌 나는, 이렇게 많은 별빛이 내린 언덕 위에다가 내 이름 석 자를 써봅니다. 그리고는 곧 흙으로 덮어 버리는 것입니다.

밤을 새워 가며 우는 벌레도 있습니다만, 그 벌레가 그처럼 우는 것은 부끄러운 이름을 슬퍼하기 때문입니다.

그렇지만 겨울이 지나 나의 이 별들에도 봄이 찾아오면, 무덤 위에 새파란 잔디가 피어나듯이 내 이름 석 자가 묻힌 언덕 위에도 무슨 자랑인 양 풀들이 무성할 것입니다. 반드시 그럴 것입니다.

대체로 이런 뜻의 내용을 가진, 어지간히 긴 시입니다. 모두 9연의 30행 이상이나 되는, 조금 찾아보기 어려울 정도의 장시長詩입니다. 그러나 처음부터 끝까지 시인의 그리움과 안타까움과 슬픔이 전편全篇에 산만하지 않게 배어 있습니다. 한 젊은이의 울음 섞인 호소를 듣는 듯, 읽는 우리로 하여금 가슴을 뿌듯하게 합니다.

그가 좋아한 시인이 전원시인이요, 종교시인인 프랑시스 잠이었던 것, 고독孤獨의 시인 라이너 마리아 릴케였던 것으로 미루어 보아, 이 시인의 작품 세계가 어떤 것인지를 가히 짐작할 수 있겠습니다.

프랑시스 잠(Fransis Jammes; 1868~1938년)은 프랑스의 시인으로, 스페인과 프랑스의 국경 지대인 피레네 지방에서 태어나, 같은 피레네 산중의 소도시 올데스에 틀어박혀 장미와 노새와 가난한 사람들을 노래하였습니다. 주옥같이 맑고 깨끗한 그의 시풍詩風은 프랑스 시단에 독특한 광채를 내고 있습니다.

라이너 마리아 릴케(Riner Maria Rilke; 1875~1926년)는 귀족 출신의 독일 시인으로 프라그에서 태어나 러시아, 스칸디나비아, 이탈리아, 프랑스 등을 여행하고, 한때 유명한 조각가 로댕의 비서 노릇을 한 적도 있습니다. 그의 시풍은 상징적象徵的이요, 신비적神秘的인 분위기 속에 주지적主知的인 인성人性을 담은 특이한 경지를 지니고 있습니다. 퍽 고독한 생활을 하다가 장미 가시에 손을 찔린 것이 원인이 되어 세상을 떠났습니다.

소 년少年

윤 동 주

　여기저기서 단풍잎 같은 슬픈 가을이 뚝뚝 떨어진다. 단풍잎 떨어져 나온 자리마다 봄을 마련해 놓고 나뭇가지 우에 하늘이 펼쳐 있다. 가만히 하늘을 들여다보려면 눈썹에 파란 물감이 든다. 두 손으로 따뜻한 볼을 씻어 보면 손바닥에도 파란 물감이 묻어난다. 다시 손바닥을 들여다본다. 손금에는 맑은 강물이 흐르고, 맑은 강물이 흐르고, 강물 속에는 사랑처럼 슬픈 얼골―아름다운 순이順伊의 얼골이 어린다. 소년少年은 황홀이 눈을 감어 본다. 그래도 맑은 강물은 흘러 사랑처럼 슬픈 얼골―아름다운 순이順伊의 얼골은 어린다.

　　　　　　　　　　　―시집詩集 『하늘과 바람과 별과 시詩』에서

★ 이 시는 가을 하늘 아래서 명상瞑想에 잠겨 있는 한 소년의 초상을 보여 줍니다. 따로 줄을 띄지 않고 죽 잇따라 써 놓았습니다만, 여기에는 이 시가 지니고 있는 선명한 영상映像과 함께 아름다운 리듬이 자연스럽게 흐르고 있습니다.

이 시의 뜻은, 여기저기서 단풍잎 떨어지는 소리가 들린다. 조락凋落의 가을, 가을은 슬픈 계절이다. 단풍잎이 떨어져 나온 그 자리마다 하늘은 오는 봄을 마련해 놓는다. 그러고 나서 나뭇가지 위로 올라가 넓게 펼쳐 앉는다. 가만히 하늘을 바라다보고 있노라면 내 눈썹에 파란 물감이 든다(하늘이 물감을 탄 듯 몹시 파랗다는 것을 이렇게 표현하고 있습니다). 두 손으로 따뜻한 볼을 씻어 보면 손바닥에까지 물감이 묻어난다. 다시 손바닥을 들여다본다. 손금에는 강물이 흐르고, 맑은 강물이 흐르고, 강물 속에는 사랑처럼 슬프게 생긴 아름다운 순이의 얼굴이 어린다(손금이 시인에게 강을 연상시킴을 '맑은 강물이 흐르고, 맑은 강물이 흐르고'라고 나타내었습니다. 이렇게 같은 시구를 되풀이하고 있는 것은, 뜻하지 않고 나타난 하나의 형상形象에 가벼운 감동된 느낌을 표현하려 함이었습니다. '사랑처럼 슬픈 얼굴'의 '사랑처럼'은 우리가 생각하는 사랑이 본디 슬프다고 생각해서가 아니요, 그가 겪은 사랑이 슬펐다고 보는 것이 옳은 것입니다. 그러나 '슬프다'는 말은 가끔 시에서는 '아름답다'는 말로 쓰이기도 합니다). 소년은 황홀히 눈을 감아 봅니다. 황홀해 눈을 감았으나, 눈 속에는 여전히 흐르고 있는 맑은 강물이 있고, 그 강물 속에는 슬픈 얼굴—아름다운 순이의 얼굴이 어리는 것이었다.

이러한 뜻일 것입니다만 짙은 가을, 단풍잎이 떨어지는 언덕에 앉아 명상에 잠기고 있는 가벼운 외로움과 슬픔이 잘 표현되어 있습니다.

☆

보다시피 이 시 '소년'은 산문과 같이 행을 바꾸지 않고 죽 잇따라 쓰여 있습니다. 그러나 자세히 이것을 읽어 보면 5·5 또는 6·6, 간혹 7·8의 정형률定型律을 밟고 있음을 발견하게 될 것입니다. 즉 의식적이든 무의식적이든 하나의 음률音律을 밟고 있습니다. 그것을 다음에 밝혀 드리기로 합니다.

> 여기저기서 단풍잎 같은 슬픈 가을이 뚝뚝 떨어진다. 단풍잎 떨어져
> 나온 자리마다 봄을 마련해 놓고 나뭇가지 우에 하늘이 펼쳐 있다. 가
> 만히 하늘을 들여다 보려면 눈썹에 파란 물감이 든다. 두 손으로 따뜻한
> 볼을 씻어보면 손바닥에도 파란 물감이 묻어난다. 다시 손바닥을 들여
> 다본다. 손금에는 맑은 강물이 흐르고 맑은 물이 흐르고 강물 속에는
> 사랑처럼 슬픈 얼골—아름다운 순이順伊의 얼골이 어린다. 少年은 황홀
> 히 눈을 감아본다. 그래도 맑은 강물은 흘러 사랑처럼 슬픈 얼골—아
> 름다운 순이順伊의 얼골은 어린다.

이렇게 확실히 5·6·7·8의 음률을 밟고 있습니다. 따라서 외형으로
는 산문과 다름이 없는데, 무엇인지 대단히 기분이 좋은 것이 따로 있음은
그 까닭이 5·5조, 6·6조, 또 7·5조라는 음률에서 오는 것입니다. 이 밖
에 이 시가 부드럽고, 읽어서 뒷맛이 있는 까닭은 음운音韻에서도 오고 있
습니다. 다음에 그것을 보여 드리겠습니다. '··'표를 친 'ㄴ' 발음이 나는
데에 주의해 보며 생각해 보십시오. 음량音量이라 할까, 실제로 우리가 그
것을 읽을 때에 느끼는 음운상音韻上의 분량分量이 여기서 대단히 우세한
것을 알 것입니다.

> 여기저기서 / 단풍잎 같은 / 슬픈 가을이 뚝뚝 떨어진다. / 단풍잎
> 떨어져 나온 자리마다 / 봄을 마련해 놓고 / 나뭇가지 우에 / 하늘이 펼
> 쳐 있다. 가만히 하늘을 / 들여다 보려면 / 눈섭에 파란 물감이 든다. /
> 두 손으로 따뜻한 / 볼을 씻어 보면 / 손바닥에도 파란 / 물감이 묻어난
> 다. / 다시 손바닥을 / 들여다 본다. 손금에는 맑은 / 강물이 흐르고 / 맑
> 은 강물이 흐르고 / 강물 속에는 / 사랑처럼 슬픈 얼골 / 아름다운 순이

順伊의 / 얼골이 어린다 / 소년少年은 황홀히 눈을 감어본다. / 그래도 맑은 / 강물은 흘러 / 사랑처럼 슬픈 얼골 / 아름다운 순이順伊의 / 얼골은 어린다.

확실히 'ㄴ' 음이 많습니다. 뿐만 아니라, 그것들은 대개 시구의 위와 아래에 놓여 있습니다. 이와 같은 음률은 서양 시에도 있고, 당시唐詩 또는 한시漢詩에도 있는 것으로, 서양 시에서는 위에 놓은 것을 얼리터레이션 Alliteration이라고 하며, 아래에 놓는 것을 푸트Foot라고 합니다. 당시나 한시에서는 두운頭韻이니 각운脚韻이라고 하여, 반드시 이 운을 밟지 않으면 안 됩니다. 이러한 시작詩作 태도는 시가 가지고 있는 그 내용보다 멜로디, 즉 선율旋律을 중요하게 생각하는 데서 온 것입니다.

이 시 '소년'은 위에서 밝힌 바와 같이 정형률과 아울러 각운을 밟고 있기는 하지만, 의식적으로 이렇게 표현한 것 같지는 않습니다. 써 놓고 보니 그렇게 된 우연이 아닌가 생각됩니다.

하여튼 내용과 율격律格을 이처럼 잘 조화시켜 놓은 이 시인의 재질에는 실로 감탄을 금치 못하겠습니다.

하 늘

박 두 진

하늘이 내게로 온다.
여릿 여릿
머얼리서 온다.

하늘은 머얼리서 오는 하늘은
호수처럼 푸르다.

호수처럼 푸른 하늘에
내가 안긴다. 온 몸이 안긴다.

가슴으로, 가슴으로,
스미어 드는 하늘,
향기로운 하늘의 호흡.

따거운 볕,
초가을 햇볕으론
목을 씻고,

나는 하늘을 마신다.
자꼬 목말러 마신다.

마시는 하늘에
내가 익는다.
능금처럼 내 마음이 익는다.

—『박두진시선朴斗鎭詩選』에서

★ 박두진(앞의 朴斗鎭 참조)

★ 이 시는 호수같이 푸르고 맑은 초가을 하늘을 두고 쓴 것입니다. 첫째 연 둘째 행에 나오는 '여릿 여릿'이 무슨 뜻인지 사전에도 없는 말이어서 알 수 없으나, '여리다'에서 온 말이 아닌가 싶습니다. 그렇다면 이 말은 연약한 걸음걸이로 보아야 할 것입니다.

하늘이 멀리서 연약한 걸음걸이로 나 있는 곳으로 온다.

멀리서 오는 하늘은 호수처럼 푸르고 맑다.

그 하늘에 나의 온몸이 안긴다.

가슴 속 깊이 스머드는 것 같다. 하늘이 내쉬는 호흡이 향기롭다.

초가을 햇볕이 따갑다. 그 볕으로는 내 목을 씻고, 나는 하늘을 마신다. 자꾸 목이 말라 하늘을 마시는 것이다. 마시고 보니 내가 익는 것 같다. 능금처럼 마음이 익는 것 같다.

이 시는 좀 이해하기 어려운 데가 있습니다. 가령 '하늘이 내개로 온다'고 하였으니 하늘이 올 수 있는 것일까요? 이것은 시인 자신이 먼 하늘을 바라보며 걸어가고 있음을 이렇게 표현한 것입니다.

셋째 연의 '내가 안긴다. 온 몸이 안긴다.'는 어떤 뜻일까요? 사실로 안기는 것이 아니라, 안기고 싶은 그런 충동을 느낌을 두드러지게 표현한 것입니다.

넷째 연의 '스미어 드는 하늘' 역시 스머드는 것 같다는 것을 좀 더 절실하게 표현하려 한 것입니다. '향기로운 하늘의 호흡'은 하늘을 산生 것으로 취급하여 그가 정말 호흡을 하고 있다고 본 표현입니다.

다섯째 연의 '목을 씻고'는 햇볕을 물로 생각한 데서 온 표현으로, 햇볕이 목에 내리쬐고 있음을 말합니다.

여섯째 연의 '하늘 마신다'는 하늘을 호수처럼 푸르다고 형용(둘째 연과 셋째 연)해 놓고서 하는 말입니다.

끝 연은 시인의 기쁨과 만족감을 보입니다만, 여기서의 '익는다'는 앞의 연, 즉 여섯째 연에서 '마신다'라고 하였기 때문에 그것을 받아 이렇게 결구結句를 지은 것입니다.

이 시에서 우리가 주의할 것은 말의 반복을 묘하게 살펴 썼다는 점과, 앞의 연을 받아 한 번 더 같은 시구詩句를 되풀이함으로서 음악적 효과를 노렸다는 점입니다.

예를 들면, 둘째 연과 셋째 연입니다. '하늘은' 멀리서 해놓고 나서 '오는 하늘은' 이렇게 반복하고 있습니다. 셋째 연 첫 행의 '호수처럼 푸른 하늘에'의 시구는 앞의 연의 '호수처럼 푸르다'를 받아 되풀이한 것입니다. 그리고 '내가 안긴다. 온 몸이 안긴다.'—이렇게 안긴다를 반복해 쓰고 있습니다.

이런 수법은 시인 박두진의 많은 작품에서 찾아낼 수 있는 것으로서 새삼스럽지도 않습니다만, 하여튼 두진처럼 이런 반복을 잘 살려 쓴 시인도 우리 시단에는 드물 것입니다.

길

김 소 월

어제도 하룻밤
나그네 집에
까마귀 까악 까악 울며 새였오.

오늘은
또 몇 십리+里
어디로 갈까.

산으로 올라갈까,
들로 갈까.

오라는 곳이 없어 나는 못 가오.
말 마소 내 집도
정주定州 곽산郭山,
차車 가고 배 가는 곳이라오.

여보소 공중에
저 기러기,
공중엔 길 있어서 잘 가는가.

여보소 공중에
저 기러기
열십자十字 복판에 내가 섰소.

갈래갈래 갈린 길
길 있어도
내게 바이 갈 길은 하나 없소.

★ 김소월(앞의 金素月 참조)

★ 이 시는 공중으로 날아가는 기러기를 바라보면서 자기의 갈 바를 알지 못하여 머뭇거리고 있는 안타까운 심정을 노래한 것입니다.

어제도 하룻밤을 여인숙에서 까마귀가 까악까악 울듯이 울면서 새웠다.

오늘은 어디로 갈 것인가? 기껏 가야 몇십 리밖에 가지 못하겠지만, 어디로 가야 좋을지를 모르겠다.

산으로 올라나 가 볼까? 그렇잖으면 들로 나가 볼까? 아무리 생각하여도 오라는 곳이 없고 보니, 도무지 떠나지지가 않는다.

그야 고향인 정주 곽산에는 어엿한 내 집이 있다. 기차도 다니고 배도 다니는 곳이다. 그러나 그리로 갈 수는 없다.

공중으로 날아가는 기러기야, 말 좀 묻자. 너는 어쩌면 그렇게 분주히 날아다닐 수가 있느냐. 공중에는 길이 있어 그렇게 잘 가는 것이냐. 참 부러운 팔자로다.

왜 나보고 가지 못하느냐고? 나는 말하자면, 열십자 한복판에 서 있는 셈이다. 어디로 가야 좋을지를 몰라서 이렇게 망설이고 있는 것이다.

갈래갈래 길이야 무수히 있지, 없는 것은 아니다. 그러나 내가 가야 할 그 길만은 세상에 하나도 없다.

보다시피 고민하는 시인의 심정이 여실히 나타나 있습니다. 여기에 주의해 읽을 것은 이 시인의 언어 구사驅使, 다시 말해 어떻게 말을 다루고 있는가, 그 점입니다.

첫째 연만 보더라도 시인 자신이 울며 새웠다는 것을 마치 까마귀가 울듯이 '까마귀 까악 까악 울며 새였오' 이렇게 표현하고 있습니다. 또 '어제도 하룻밤 여인숙에'라고 하지 않고, '나그네 집에'라고, '나그네 집'이라는 부드럽고도 애수적哀愁的인 말을 골라 쓰고 있습니다.

셋째 연에 가서도 '산으로 갈가' 하지 않고, '산으로 올라갈가' 해놓고, 끝 행에 가서 '오라는 곳이 없어 나는 못가오' 하고 받아 넘깁니다.

끝 연을 더듬어 보더라도, '갈래갈래 갈린 길.' 이렇게 첫 행을 써놓고 나서 둘째 행으로 옮아가며, '길 있어도'라고 '길'을 받아 쓰고, 끝 행에 가 '내게 바이 갈 길은 하나 없오'—이렇게 '갈'과 '길'을 뒤섞어 한 줄 시구를 구성해 놓았습니다.

실로 놀라운 기법技法이라 아니 할 수 없습니다. 천재적인 재질才質에서라고 할까. 하여튼 소월의 시에는 말을 묘하게 다루는 데 세심한 주의를 기울인 흔적이 보입니다.

성 묘省墓

장 만 영

아버지가 내 한 손을 이끌으시고
할아버지 산소에 가던 날은
햇볕도 좋고 산빛도 좋아
끝없이 걸어서 가고만 싶더라.

실개천 건너 뛰면
거기 옛이야기 같은 조그만 마을이 있고
마을을 지나면 언덕,
언덕을 넘으면 좁다란 들길.
들길에는 새빨간 산딸기가
가도가도 억없이 열렸더라.

산딸기 주렁주렁 열린 들길로
산딸기 따먹으며 쉬엄쉬엄 가다가
솔밭 속으로 들어서 한참을 가면
양지바른 널따란 잔디밭
할아버지의
할아버지의 아버지 어머니의 산소들.

송편에 고기에
대추에 밤에 식혜에 술에
모두 거기 차려 놓고 절하다
바라보는 하늘,
하늘이 맑고 곱더라,
뒷산 숲에는 산꿩이 자꾸 울고…….

ㅡ시집詩集『유년송幼年頌』에서

★ 장만영(앞의 張萬榮 참조)

★ 나는 이 시 「성묘」에 대하여 어느 잡지에 간단한 글을 쓴 일이 있습니다. 그것을 다음에 그대로 베껴 놓고 나서 다시 여러분과 함께 이 시를 읽어 보기로 하겠습니다.

☆

누구나 이런 즐거운 추억은 가졌으리라. '성묘'란 조상을 모신 산소를 살피는 것을 말하는 것으로서, 우리나라의 아름다운 풍속의 하나이다. 대개 팔월 추석날 가지만, 이 날 외에도 돌아가신 이의 제삿날이라든가, 생신날 같은 때에도 많이 가곤 한다. 여기 내가 노래한 '성묘'는 말할 것도 없이 팔월 추석날의 추억이다. 때는 오곡이 익고 새 과실이 쏟아져 나오는 초가을이다. 햇곡식에 햇과실을 먹으며 가고 오시지 않는 자기의 조상을 생각한다는 것은 얼마나 아름다운 이야기냐. 잘 살든 못 살든 그것을 가릴 것 없이, 너도나도 자기 분수에 알맞은 음식을 장만해 가지고, 오랫동안 가 보지 못한 외로운 산상山上의 무덤을 찾아가는 그 마음이란 비길 데 없이 고맙고 어진 것이다.

새로 산 듯이 빨아 입혀 준 무명옷을 입고, 온 가족이 할아버지의, 그리고 할아버지의 아버지·어머니를 모신 산소에 가던 그 날의 기억이란, 요새 흔히 있는 하이킹이니 피크닉에 비할 것이 아닌, 즐거운 추억 중에서도 가장 즐거운 것의 하나이다.

세상이 문명해짐을 따라 과거 우리 조상이 가졌던 가지가지 좋은 풍속이 하나둘 자꾸 없어져 가지만, 이 성묘의 풍속만은 영원히 그대로 남아 주었으면 싶다.

☆

성묘란 즐겁고 아름다운 우리나라 풍속의 하나입니다. 이 시는 보다시피 어린 내가 아버지를 따라 조상들을 모신 산소에 갔던 기억을 먼 후일에 와서 추억하며 쓴 것입니다.

아버지가 내 한쪽 손을 이끌고 할아버지 산소에 가던 추석날이었습니다. 그 날은 햇볕도 따뜻한 것이 좋고, 햇볕을 받고 반짝이는 산 빛도 좋아

나는 끝없이 걸어가고만 싶었습니다.

　가노라면 샘물이 졸졸졸 흘러내리는 실개천이 나왔습니다. 그것을 껑충 건너뛰면 산비탈 아래로 옛 이야기에라도 나올 것 같은 조그만 마을이 있었습니다. 우리는 그 마을을 옆으로 바라보며 지나갑니다. 그러면 곧 언덕이 나타났습니다. 이 언덕을 넘으면 사람 하나 겨우 다닐 수 있는 좁다란 들길이 나타납니다. 들길에는 새빨간 산딸기가 열려 있었습니다. 갈수록 산딸기는 수없이 많이 열려 있었습니다.

　산딸기가 주렁주렁 열린 들길로 산딸기를 따 먹으며 천천히 걸어갑니다. 얼마 동안을 이렇게 가노라면 솔밭이 보였습니다. 이 솔밭 속으로 우리는 들어섭니다. 그리하여 얼마 동안을 솔밭 속으로 가다가 보면, 양지바른 널따란 잔디밭이 나오는데, 거기가 바로 우리가 찾아가는 조상을 모신 산소였습니다. 할아버지의 무덤, 할아버지의 아버지, 할아버지의 어머니의 무덤들이 놓여 있습니다.

　송편이니, 고기니, 대추니, 밤이니, 식혜니 술, 장만해 가지고 온 이러한 음식들을 상돌에 차려 놓고 모두 절을 합니다. 나도 어른들 하라는 대로 절을 합니다. 그러나 아직 철없는 나는 아무런 감흥도 없어, 어른들이 엄숙한 표정을 하고 있는 동안에 문득 먼 산을 바라보았습니다. 그런즉 하늘이 놀랍게 맑고 곱더이다. 이렇게 맑고 고은 하늘을 본 일이 없는 나는 눈을 크게 뜨고 정신없이 하늘만 바라보고 있었습니다. 내가 이렇게 하늘을 바라보고 있는 사이에 뒷산에서는 꿩 우는 소리가 들려왔습니다. 나는 산소에 온 것도 잊고 꿩소리를 들으며 먼 하늘만 언제까지나 바라보고 있었습니다…….

　모두 4연으로 구성된 이 시는, 첫째 연이 떠날 때의 날씨와 기분을, 둘째 연이 가는 도중의 묘사, 셋째 연이 산소의 위치, 끝 연이 산소에서의 광경과 문득 하늘을 보고서의 놀라움―이렇게 되어 있었습니다만, 지금도 가버린 그 날의 기억을 나는 어제 일과 같이 역력히 눈에 그립니다.

제4부

겨울 · 동冬

북청北靑 물장사

김 동 환

새벽마다 고요히 꿈길을 밟고 와서
머리맡에 찬 물을 쏴 퍼붓고는
그만 가슴을 디디면서 멀리 사라지는
북청北靑 물장사.

물에 젖은 꿈이
북청北靑 물장사를 부르면
그는 삐걱삐걱 소리를 치며
오 자취도 없이 다시 사라진다.

날마다 아침마다 기다려지는
북청北靑 물장사.

—시집詩集『국경國境의 밤』에서

★ 김동환(앞의 金東煥 참조)

★ 이 시는 겨울날 새벽 이부자리 속에서 북청 물장수를 생각하는 시인의 마음을 그린 것입니다.

북청 물장수란 함경도 북청에서 서울로 올라와 물 장사를 하는 사람들을 일컫는 말로, 일제 시대에는 유명한 존재들이었습니다. 수도 시설이 신통치 않았던 때였던만큼 서울 시민들은 이들의 물을 사 먹었는데, 물장수는 대개 북청 사람들이었습니다. 이들은 끈기 있고 부지런할뿐더러 이상이 컸습니다. 그 힘든 물장사를 해 가면서도 자녀들을 대학에까지 보내었으니, 놀랍다 아니 할 수 없습니다. 이 시 「북청 물장사」를 읽기 전에 이 정도의 예비지식을 갖는 것이 좋겠기에 여기 적어 보았습니다.

북청 물장수는 새벽마다 고요히 나의 꿈길을 밟고 와서 머리맡에 찬물을 쏴 퍼붓고는, 그만 나의 가슴을 디디면서 멀리 사라져 간다.

물에 온통 젖은 나의 꿈이 북청 물장수를 부르면, 그는 물지게를 삐걱거리며 자취도 없이 어디론지 사라진다.

그런 줄 뻔히 알면서도 나는 날마다 새벽마다 북청 물장수가 오기를 기다리고 있다.

이런 뜻의 내용을 가진 시입니다만, 잠결에 듣는 물지게 소리와 추운 겨울철 새벽마다 부지런히 찾아오는 북청 물장수에 대한 정을 묘하게 표현해 놓았습니다. 파인巴人의 대표적인 작품의 하나인 유명한 작품입니다.

지 연紙鳶

김 소 월

오후午後의 네길거리 해가 들었다.
불정市井의 첫겨울의 적막寂寞함이어,
우둑히 문어구에 혼자 섰으면,
흰눈의 잎사귀, 지연紙鳶이 뜬다.

−시집詩集『진달래꽃』에서

★ 김소월(앞의 金素月 참조)

★ 이 시는 당 시조唐詩調의 사행시四行詩로 연이 올라간 것을 보고 쓴 것입니다. 지연紙鳶은 종이로 만든 솔개가 아니고, 흔히 애들이 띄우는 연을 말합니다.

네거리에 해가 환하게 비치는 오후이다. 해가 비쳐 좋기는 하지만, 역시 겨울이고 보면 장거리가 쓸쓸하구나. 우두커니 문어귀에 혼자 앉아 먼 하늘을 바라보노라니, 흰 눈 잎사귀처럼 연이 올라와 있다.

이런 뜻의 극히 가벼운 스케치 같은 작품입니다. 첫 구 끝에 '해가 들었다'의 '들었다'라고 쓴 것을 주의해 읽어 보시오. 해가 비친다든가, 해가 나왔다라고 하지 않고, 오래 못 보고 있다가 보는 해가 들창에 든 듯하다─이렇게 씀으로써 더욱 겨울 햇빛을 잘 나타내고 있습니다. 이런 점이 시를 쓰는 데 있어 퍽 조심해야 되는 말의 묘미이기도 합니다.

장거리에 사는 시인의 연이 뜬 걸 바라보는 모습과 그 고독이 역력히 표현되어 있는 좋은 작품입니다.

오시는 눈

김 소 월

땅 우에 새하얗게 오시는 눈.
기다리는 날에만 오시는 눈.
오늘도 저 안온날 오시는 눈.
저녁불 켤 때마다 오시는 눈.

－시집詩集『진다래꽃』에서

★ 이 사행시를 읽고 우리는 무엇을 발견하게 됩니까? 이 시는 행마다 끝에 '오시는 눈'으로 맺고 있음을 곧 알 것입니다. 제목부터 '오시는 눈'이라 하였거니와, 그 오시는 눈이 어쩌니저쩌니하지 않고, 끝을 딱 잘라매면서 자기의 심정을 여실히 나타내고 있습니다.

이 시를 풀어 쓰면, 땅 위에 하얗게 눈이 내린다. 내리는 눈은 어쩌면 저렇게 그를 기다리는 날에만 오는 것일까. 오늘도 나는 그를 기다렸건만, 그는 오지 않고 눈만 온다. 아침이나 오후에 오는 것도 아니고, 꼭 내가 기다리기에 지쳐 저녁에 불을 켤 때마다 온다, 그는 오지 않고…….

이런 내용의 시입니다만, 별로 깊은 감동을 주지 못하는 혐이 없지 않아 있습니다. 그러나 이 짧은 시구에다가 자기 할 소리를 다하고 있는 퍽 재치 있는 소곡小曲이라 하겠습니다.

파 초芭蕉

김 동 명

조국祖國을 언제 떠났노,
파초芭蕉의 꿈은 가련하다.

남국南國을 향向한 불타는 향수鄕愁,
네의 넋은 수녀修女보다 더욱 외롭구나.

소낙비를 그리는 너는 정열情熱의 여인女人,
나는 샘물의 길어 네 발등에 붓는다.

이제 밤이 차다.
나는 또 너를 내 머리맡에 있게 하마.

나는 즐겨 너를 위해 종이 되리니
네의 그 드리운 치맛자락으로 우리의 겨울을 가리우자.

ㅡ시집詩集『파초芭蕉』에서

★ 김동명(앞의 金東鳴 참조)

★ 이 시는 겨울로 들어서면서 파초를 보고 읊은 것입니다. 이 분의 대표작이라고 일컫는 유명한 작품입니다.

언제 그가 살던 나라를 떠났을까? 파초가 꾸고 있는 꿈이 보기에 가련하다.

남쪽 나라를 그리며 불타는 듯한 향수에 젖어 있는 파초의 넋이 수녀보다 더 외로워 보인다.

시원한 소낙비를 기다리는 파초는 정열에 찬 아낙네, 나는 샘물을 길어가다 그의 발등에 붓는다.

오늘 밤은 바깥 날씨가 몹시 차다. 따뜻한 남쪽 나라에서 자란 식물이거니, 얼마나 추위를 탈 것인가. 나는 파초를 머리맡에 놓아두어야 하겠다.

나는 파초를 위해 일하는 종이 되련다. 즐겨 종이 되련다. 파초야, 네가 두르고 있는 치맛자락 같은 잎사귀로 이 추운 겨울을 가려 보자.

대체로 이와 같이 파초에 대한 애정을 표시한 시입니다. 마치 사랑하는 딸이나 동생을 대하는 것 같은 따뜻한 마음을 느끼게 됩니다. 더욱이 끝연의 '나는 즐겨 너를 위해 종이 되리니' 한 대목은 파초를 아끼는 정성어린 마음을 그대로 보여주고 남음이 있습니다.

이 작품이야말로 식물을 두고 읊은 우리나라 시 중의 대표적인 걸작일 것입니다.

겨 울 밤

모 윤 숙

전등이 떤다.
밤 바람이 물결처럼 설레고
회색 하늘이
호흡呼吸 없는 침묵에 잠기다.

어디로선지
웃음 섞인 목소리
꿈속처럼 희미하다.
옆집 색씨는 아직도 안잔다.

산 밑에 사는 탓일까,
뜰 밑에 시내 소리는
왼 밤을 내 곁에서
세상世上 번고 잊으랴 자랑자랑 하누나.

모든 존재存在와 멀어진 밤,
보임 들림 다―그의 공허空虛 속에
까물거리는 촛불 하나
떨며 가까이 눈 앞에 떠 오네.

―『한국시집韓國詩集』에서

★ 모윤숙毛允淑은 아호를 영운嶺雲이라고 합니다. 1910년 평안북도 정주읍에서 태어나, 개성 호수돈여고好壽敦女高를 거쳐, 1931년 이화여자전문梨專 문과文科를 졸업하였습니다.

한때 간도間島 명신여학교明信女學校와 서울 배화여학교培花女學校에서 교편을 잡았으며, 잡지 ≪삼천리≫의 여기자 생활을 한 일도 있습니다. 해방 후에는 주로 순문예 잡지 ≪문예≫를 간행하였습니다.

이 여류시인은 시인인 동시에 사회운동이나 정치에 관심이 커, 그 방면에서도 많은 활동을 하고 있습니다. 시집으로는 『빛나는 지역地域』, 『옥비녀』, 『풍랑風浪』 등이 있고, 시적詩的 산문집散文集 『렌의 애가』와 기행문집 『내가 본 세상』 등이 있습니다.

★ 이 시는 밤바람 설레는 겨울에 보고 듣고 느낀 것을 노래한 것입니다.

전등불이 파르르 떨고 있다. 몹시 춥다. 창 밖에는 밤바람이 물결처럼 설레며 지나다니고, 회색 하늘은 침묵에 잠긴 채 잠잠하다. 어디서인지 웃음 섞인 목소리 들려온다.

그러나 꿈에서나 듣는 것 같지 희미하다. 옆집 색시는 아직도 안자고 무엇을 하고 있는 것일까.

산 밑에 사는 탓인지 뜰 밑으로 흐르는 시냇물 소리가 퍽 가까이 들리는데, 그 소리가 어쩌면 나보고 세상의 번거로움 같은 건 다 잊어버리라고 그렇게 자랑스럽게 말하는 것 같다.

요즈음 나는 모든 존재와 동떨어져 살고 있다. 들리는 것은 오직 바람소리, 물소리뿐이다. 고요한 밤—보이는 것, 들리는 것들이 다 공허한 느낌만을 준다. 그러나 까물거리는 촛불같이 떨며 가까이 내 눈앞으로 떠오르는 것이 있다.

대체로 이런 뜻입니다만, 끝 연 3행의 '까물거리는 촛불 하나'라고 한 대목이 좀 이해하기 어려울 것 같습니다. 여기서의 하나의 촛불은 시인이 바라고 있는 그 무엇으로 보아야 합니다. 그것은 예술일지도 모르겠습니다. 또는 마음 속으로 남몰래 그리는 사람일지도 모르겠습니다. 또는 지나간 과거의 즐거운 추억일지도 모르겠습니다. 그것이 무엇인지는 본인 아닌 우리로서는 알 길이 없습니다만, 실제 촛불이 아니라는 것만은 알 수 있습니다.

겨울밤의 조용한 분위기와 그리움을 묘사하여 놓은 좋은 작품입니다.

첫 눈

노 천 명

은銀빛 장옷을 길게 끌어
왼 마을을 희게 덮으며
나의 신부新婦가 이 아침에 왔습니다.

사뿐 사뿐 걸어
내 비위에 맞게 조용히 들어 왔습니다.

오래간만에 내 마음은
오늘 노래를 부릅니다.

잊어버렸던 노래를 부릅니다.
자— 잔들을 높이 드시오,
포도주酒를 내가 철철 넘게 치겠소.

이 좋은 아침
우리들은 다 같이 아름다운 생각을 합시다.

꾸짖지도 맙시다.
애기들도 울리지 맙시다.

—『현대시집現代詩集 · Ⅰ』에서

★ 노천명(앞의 盧天命 참조)

★ 이 시는 첫눈이 내린 날의 상쾌한 기분을 노래한 것입니다. 시인은 눈을 두고 '나의 신부'라 부르고 있습니다.

은빛 나는 긴 장옷을 발길에 끌고, 온 마을을 희게 덮으며 나의 신부— 첫눈이 이 아침에 왔습니다.

신부는 걸음도 사뿐사뿐, 내 비위에 맞게 조용히 들어왔습니다.

신부를 맞는 내 마음은 한 없이 기쁩니다. 노래까지 부릅니다. 참 오래 간만에 맛보는 즐겁고 상쾌한 기분입니다.

한동안 잊고 살던 노래를 부릅니다. 자, 여러분, 잔을 들어 축배를 올립시다. 여러분들의 잔이 철철 넘치도록 내가 포도주를 따르겠습니다. 좋은 아침이올 시다. 이 좋은 아침, 우리들은 다 같이 아름다운 생각을 합시다. 슬픈 일, 괴로운 일, 분한 일—이런 모든 번뇌를 잊고, 오직 아름다운 일만을 생각합시다.

화를 내며 꾸짖지도 맙시다. 애기들도 울리지 맙시다.

이 시는 첫눈을 보는 기쁨과 즐거움을 노래한 것입니다만, 구절구절 경 쾌한 가락이 사뭇 뛰놉니다. 그리고 시인의 기뻐 어쩔 줄 모르는 모습이 눈앞에 사진처럼 선하게 보입니다.

제 야除夜

김 영 랑

제운 밤 촛불이 찌르르 녹아 버린다
못견디게 무거운 어느 별이 떨어지는가.

어둑한 골목 골목에 수심은 떳다 가란졌다
제운 밤 이 한 밤이 모질기도 하온가.

히부얀 조이 등불 수집은 걸음걸이
샘물 정히 떠 붓는 안쓰러운 마음결.

한 해라 기리운 정을 몯고 쌓어 흰 그릇에
그대는 이 밤이라 맑으라 비사이다.

— 『시가집詩歌集』에서

★ 김영랑(앞의 金永郎 참조)

★ 이 시는 섣달 그믐날 밤에 외로운 한 여인의 지성드리는 마음을 노래한 것입니다.

'제야除夜'는 섣달 그믐날 밤, 즉 그 해가 마지막 가는 날 밤으로, 제석除夕이라고도 합니다. '제운 밤'은 표준말이 아닌, 영랑식永郎式의 시어詩語로서 역시 제야를 이렇게 쓴 것 같습니다. '모질다'는 잔인하다는 뜻입니다만, 여기서는 인정이 없다는 정도의 뜻으로 보아 좋을 것입니다. '히부얀'은 사투리로 '희부연', 즉 투명하거나 산뜻하지 않고, 약간 희기만 한 모양. '조이 등불'은 종이 등불의 사투리. '기리운'은 '그리운'의 사투리입니다. '몬고'는 옛말로 '모으고'의 뜻.

이쯤 해 두고 이 시를 처음부터 다시 읽어 보기로 합시다.

섣달 그믐날 밤이다. 어느 먼 하늘에서 무거움을 견디지 못하고 별이라도 떨어지는가. 촛불이 찌르르 찌르르 녹아내리고 있다.

어둑한 골목골목에 수심이 떴다 가라앉았다 한다. 섣달 그믐날 밤이면 인정이 없는가.

종이등에 불을 켜 들고 수줍은 걸음걸이로 걸어가는 아낙네가 있다. 아낙네는 정한 물을 길러 샘터로 간다. 남이야 알든 말든 아낙네는 이 밤에도 그이를 위해 지성을 드리려 하는 것이다.

어느덧 그이가 간 지도 한 해가 되었다. 짧다면 짧고 길다면 긴 세월이었다. 이 한 해 동안 남몰래 간직해 온 그리운 회포를 아낙네는 흰 그릇에 정한 물을 떠 놓고 호소해 보려고 한다. 부디 아무 일 없이 고이 넘어가 주시옵소서─이렇게 그 아낙네는 빌고 있다.

대개 이런 뜻입니다만, 이 시를 읽으면 머릿속에 지성드리는 '안쓰러운' 한 여인의 모습이 떠오릅니다. 맨 끝 행의 '그대'란 이 아낙네를 두고 하는 말입니다. 이 시는 한 해가 마지막 가는 섣달 그믐날 밤의 어떤 수심 같은 것을 느끼게 합니다.

눈 오는 밤

신 석 정

밖에서는
또
함박눈이 내린다.

변산邊山에 정강이가 빠지게 눈이 오면
멧돼지를 잡는 사냥꾼이 들어오고
부잣집 아들이 피를 먹으러 들어오고
산 밑의 집에서는 올개미로 노루를 잡고
처마 밑에로는 꿩이 기어 든다고……

함박눈이 이렇게 오던 밤
드메서 온 산지기 영감이 이야기에 팔려
잠이 멀리 가던 밤

그때 나는 노루새끼를 한 마리만
사로잡아 보내라고 단단히 부탁을 한 일이 있다.

－『현대시집現代詩集 · II』에서

★ 신석정(앞의 辛夕汀 참조)

★ 이 시는 함박눈이 내리는 밤, 머릿속에 떠오르는 가지가지 생각을 쓴 것입니다.

창 밖에서는 오늘 밤도 또 함박눈이 내린다.

"변산 지방에 정강이 빠지게 눈이 오면, 멧돼지를 잡으러 사냥꾼들이 많이 밀려들어옵니다. 그러면 그들을 따라 피를 먹으러 부잣집 아들들이 들어와 법석대지요. 산비탈 집에서는 올가미를 씌워 노루란 놈을 사로잡기도 하죠. 워낙 눈이 많이 오면 먹이를 찾아 집 처마 밑으로 꿩들이 기여 들어와요."

이렇게 두메에서 온 산지기 영감은 재미있는 이야기를 하였다.

바깥에는 함박눈이 펑펑 내려 쌓이고, 나는 통 잠이 오지를 않았다. 그 때 나는 산지기 영감 보고, 가거든 노루 새끼를 꼭 한 마리만 사로잡아 보내 달라고 단단히 부탁을 한 일이 있다.

이런 내용입니다만, 눈이 오는 밤에 생각나는 일을 어린애 같은 감정으로 표현한 시라 하겠습니다.

시란 이렇게 써서 더욱 좋다고 생각합니다.

장곡천정에 오는 눈

김 광 균

찻집 미모사의 지붕 우에
호텔의 풍속계風速計 우에
기우러진 포스트 우에
눈이 내린다.
물결 치는 지붕지붕의 한 끝에 들리던
먼 소음騷音의 조수潮水 잠드른 뒤
물기 낀 기적汽笛만 이따금 들려 오고
그 우에
낡은 필림 같은 눈이 내린다.
이 길을 자꾸 가면 옛날로나 돌아갈 듯이
등불이 정다웁다.
내리는 눈발이 속삭거린다,
옛날로 가자 옛날로 가자.

─시집詩集 『황혼가黃昏歌』에서

★ 김광균(앞의 金光均 참조)

★ 이 시는 장곡천정(지금의 소공동) 거리에 내리는 눈을 두고 읊은 것입니다. '풍속계風速計'는 바람 지나가는 속도를 재는 계량기.

눈이 내린다. 찻집 '미모사'의 지붕 위에 눈이 내린다. 호텔의 풍속계 위에 눈이 내린다. 길가 기울어진 우체통 위에도 눈이 내린다.

물결치듯 잇따른 무수한 지붕 끝으로 들리던 먼 도시의 시끄러운 소음도 그친 뒤(여기서 조수 잠드른 뒤라고 한 것은 바로 앞에서 지붕들이 잇따라 있는 모양을 물결 치는 것으로 형용했기 때문입니다), 물기가 낀 것 같은 기적 소리가 이따금 들려오고(여기서 물기 낀 기적이라 한 것도 사실은 기차의 기적 소리인 것을 앞에서 물결치는 이니, 조수 잠드른이니 하여 항구港口를 연상시키고 있기 때문에 이렇게 쓴 것입니다), 기적 소리가 난 뒤에는 낡아빠진 필름 같은 눈이 내린다.

이 길을 이대로 자꾸 가면, 내가 지나온 옛날로 되돌아갈 것처럼 거리의 등불들이 유달리 정다워 보인다. 이때 나의 귀에는 눈발의 "옛날로 가자 옛날로 가자" 하고 속삭이는 소리가 들렸다.

이 시는 이렇게 눈 내리는 밤의 정경과 시인의 영상을 새로운 표현 형식으로 그려 놓은 것입니다.

설 일雪日

하늘도 땅도 가림할 수 없이
보오얀히 적설積雪하는 날은
한 오솔길이 그대로
먼 천상天上의 언덕배기로 잇따라 있어
그 길을 찾아 가면
호젓이 지쳐 붙인 사립 안에
그날 통곡하고 떠난 나의 청춘靑春이
돌아가신 어머님과 둘이 살고 있어
밖에서 찾으면
미닫이 가만히 말리더니
빙그레 웃으며 내다보는 흰 얼굴!

―『청마시초靑馬詩抄』에서

★ 유치환(앞의 柳致環 참조)

★ 이 시는 눈이 몹시 내리는 날 시인의 머릿속에 떠오르는 하나의 이미지映像를 그려 낸 것입니다.

하늘도 땅도 구별할 수 없게 뽀얗게 눈이 내려와 쌓인다. 이런 날이면, 내 머릿속에 하나의 영상이 떠올라 꺼질 줄을 모른다.

먼 하늘 끝까지 잇따라 올라간 한 오솔길이 보인다. 그 길을 내가 찾아가니 눈앞에 조그만 오막살이가 나타나고, 그 오막살이 호젓한 사립문 안에는 지난날 울며불며 떠나던 나의 청춘이 살고 있다, 돌아가신 어머님과 둘이서……. 반갑고 놀라운 마음에 내가 밖에서 찾으니, 미닫이를 가만히 열며 빙그레 웃으시는 어머니의 흰 얼굴이 내다보고 계신다.

이런 뜻의 퍽 환상적幻想的인 작품입니다만, 시인은 눈 오는 날의 그의 그리움을 이렇게 표현하였습니다. 즉 시인이 생각하고 애달프게 그리고 있는 것은, 울며불며 떠나간 채 다시 돌아오지 않는 그의 청춘이요, 돌아가시고 못 오시는 그의 어머니의 인자하신 모습입니다. 시인은 그것을 쓰고자 하였을 뿐입니다.

모두 11행으로 되어 있는 이 시 속에는 아무 데도 통곡하고 떠난 그의 청춘이 그립다든지, 돌아가신 어머니가 그립다든지 하는 시구가 없습니다. 그저 하나의 이미지를 좇아갔을 따름입니다. 그러나 전체의 시를 읽고 우리가 알 수 있고 느낄 수 있는 것은 시인의 한없는 적막한 심사요, 동경憧憬이요, 가 버린 것을 추모하는 애달픈 심사입니다.

맨 끝의 '미닫이 가만히 밀리더니 / 빙그레 웃으며 내다보는 흰 얼굴!' 이 대목에서 우리는 시인의 놀라운 심정과 아울러 반가워 어쩔 줄 몰라 하는 감정을 짐작할 수 있습니다.

퍽 재미있는 수법을 쓴 작품입니다.

눈 오는 밤에

김 용 호

오누이들의
정다운 이야기에
어느 집 질화로엔
밤알이 토실토실 익겠다.

콩기름 불
실고초처럼 가늘게 피어 나던 밤

파묻은 불씨를 헤쳐
엽담배를 피우며

"고놈…… 눈동자가 초롱 같애."
내 머리를 쓰다듬어 주시던 할매.

바깥은 연신 눈이 내리고
오늘 밤처럼 눈이 내리고

다만 이제 나 홀로
눈을 밟으며 간다.

오오바 자락에
구수한 할매의 옛이야기를 싸고
어린 시절의 그 눈을 밟으며 간다.

오누이들의
정다운 이야기에
어느 집 질화로엔
밤알이 토실토실 익겠다.

-시집詩集『푸른 별』에서

★ 김용호金容浩는 1912년 경상남도 마산馬山에서 태어나, 도쿄 메이지 대학明治大學 법과法科와 신문고등연구과新聞高等研究科를 졸업하고, 회사원, 기자 생활을 하면서 동인지 ≪맥貘≫에 작품을 발표하였습니다. 해방 후 그는 ≪예술신문≫과 ≪시문학≫, ≪파랑새≫ 등을 주재하는 등 주로 저널리스트로 활약하는 한편, 시를 써 오고 있습니다.

시집으로 해방 전에『향연饗宴』을, 해방 후에는『해마다 피는 꽃』,『푸른 별』,『날개』를 간행하였으며, 이 밖에 장편長篇 서사시敍事詩「남해찬가南海讚歌」가 있으며,『시문학입문』등 많은 저서를 가지고 있습니다. 1956년도 자유문학상 수상자의 한 사람입니다.

그의 시의 특징은 대담한 면과 아름다운 서정미抒情味가 있으면서도 남과 다른 특이한 우주관宇宙觀 같은 것을 가지고 있는 점입니다.

★ 이 시는 눈이 펑펑 내리는 밤, 내려 쌓이는 눈을 홀로 밟으며 가면서 어린 시절을 회상한 것입니다.

오누이들이 둘러앉아 정다운 이야기를 주고받는 어느 집 질화로에는 밤알이 토실토실 잘도 익겠다. 방에는 콩기름 불이 실고추처럼 가늘게 켜 있었다. 할머니는 재에 파묻은 불씨를 헤쳐 잎담배를 태워 입에 물으시고 "고놈…… 눈동자가 초롱 같애." 이렇게 말하면서 내 머리를 쓰다듬어 주신다.

창 밖에는 연신 눈이 내리고 있었다. 오늘 밤처럼 눈이 내리고 있었다.

아득한 어린 시절의 일이다. 그때 일을 생각하며 이제 나 홀로 눈을 밟으며 간다.

할머니는 돌아가신 지 오래다. 다만 할머니가 들려주시던 구수한 옛 이야기만이 그대로 머릿속에 남아 있다. 나는 그것을 오버 자락에 잘 싸가지고 눈을 밟으며 간다. 눈은 어린 시절에 오던 그 눈과 조금도 다름이 없건만, 변한 것은 나 하나뿐인 것 같다.

눈이 내린다. 이러한 밤 오누이들이 둘러앉아 정다운 이야기를 주고받는 어느 집 질화로에는 밤알이 토실토실 잘도 익겠다—이런 내용의 눈 내리는 밤에 흔히 있을 수 있는 가벼운 감상感傷과 즐거운 회상回想을 표현하고 있습니다.

축 령 산祝靈山

박 목 월

Ⅱ
서울은 멀고
멀고
산은 높이
아득한데
달은 휘영청
밝기도 하고
눈은 희기도
하고
노루 한 마리
이런 밤에
불빛이 그리워
마을로 온다.

Ⅲ
호젓한 청평역清平驛
삼등대합실三等待合室

설핏한 눈발에
해 다 저므네

차표車票를 안 파오
표票가 없대요

서울은 백 여리百餘里
길 끊어 지고

앞 뒷산 눈보래
해 다 저므네

—『현대시집現代詩集 · Ⅲ』에서

★ 박목월(앞의 朴木月 참조)

★ 이 시 「축령산」은 세 편으로 되어 있는 것을 여기에서는 I을 빼고 II, III만을 소개합니다.

II는 축령산 부근의 달밤 정취情趣를 노래한 것으로, 여기서 서울은 멀고 산은 높고 아득한데, 오늘 밤 달은 유달리 밝기도 하다. 달빛 아래 눈은 희기만 한데, 이런 밤에는 노루 새끼란 놈이 불빛을 찾아 마을로 내려온다—이런 뜻입니다.

깊은 산골의 호젓한 겨울밤 기분을 잘 나타내고 있습니다.

III은 해 저물 무렵, 청평역 삼등 대합실에서의 서글픈 심정을 노래한 것입니다.

호젓한 청평역 삼등 대합실이다. 대합실 창 밖에는 엷은 눈이 그대로 내리고 있는데, 어느덧 해가 서산으로 기울려 한다. 차표를 아직 안 파느냐고 물어 보니, 차표가 없다는 것이다. 야단났다. 서울은 백여 리나 되는 먼 길인데 눈이 내려 길이 끊어졌다 하니 말이다. 서글픈 눈을 들어 유리창 너머로 산들을 바라보니, 앞산 뒷산에는 눈이 잔뜩 덮여 있고, 해마저 저물어 간다—이런 뜻의 내용으로, 나그네의 난처한 심정을 여실히 표현해 놓았습니다.

☆

이 시 '축령산'의 II는 따로 연聯을 두지 않고 잇따라 써 내려간 12행 시입니다만, 이것을 자세히 읽어 보면 다음과 같은 것을 발견할 것입니다.

즉 이 시에는 불규칙不規則한 대로 정형적定型的인 운율이 있고, 같은 말의 반복이 보입니다. 이제 그것을 표시해 보겠습니다만, 먼저 정형적인 것부터 들겠습니다.

서울은 멀고 멀고 / 산은 높이 / 아득한데 / 달은 휘영청 / 밝기도 하고 /
7   4 4   5   5

눈은 희기도 하고 / 노루 한 마리 / 이런 밤에 / 불빛이 그리워 / 마을로 온다.
7   5   4 6   5

숫자가 말하듯이 4 · 5 · 6의 정형률로 노래하였음을 알 수 있을 것입니다. 그리고 '멀고'니 '하고'니 하는 말이 반복되어 있는 것도 곧 알아볼 것입니다. 뿐만 아니라, 이 시는 'ㄴ' 음이 나는 운을 밟고 있는 것을 찾아내게 됩니다. 다음에 그것을 표시해 드리겠습니다.

서울은 멀고 / 멀고 / 산은 높이 / 아득한데 / 달은 휘영청 / 밝기도 하고 /
눈은 희기도 / 하고 / 노루 한 마리 / 이런 밤에 / 불빛이 그리워 / 마을로 온다

이렇게 많습니다만, 위에서 표시하였듯이 어느 정도 정형적인데다가 'ㄴ' 발음을 내는 운이 있어 이 시는 더욱 '음악적 상태狀態'에 가까운 것이 되었다고 봅니다. 이제부터 시를 쓰려는 이는 이와 같은 표현 기법을 세심히 주의해 봄이 좋을 줄 압니다.

☆

다음 Ⅲ을 읽어 보면, 누구나 곧 이 시가 빈틈없는 정형률을 따라 쓰인 것임을 알 것입니다.

호젓한 청평역 / 삼등대합실 / 설핏한 눈발에 / 해 다 저므네 / 차표를 안 파오 /

표가 없대요 / 서울은 백여리 / 길 끊어 지고 / 앞 뒷산 눈보래 / 해 다 저므네

이렇게 6 · 5조의 정형률적인 시입니다만, 이 시 역시 둘째 연에서 쓴 '해 다 저므네'를 맨 끝연에 가서 반복해 쓰고 있습니다. 이러한 표현은 요즈음 우리가 말하는 자유시自由詩와는 좀 거리가 먼 것이지만, 그렇다고 그 가치를 저하低下시키고 있지는 않습니다. 그러나 자칫하면 난조로운 것이 되기 쉬운 만큼 시를 쓰는 사람은 십분 주의해야 됩니다. 반드시 가락이 보드랍고 좋다고 시 그 자체가 좋은 아닙니다.

그러면 시의 가치를 결정짓는 것은 무엇일까요? 말할 것도 없이 그것은

그 내용이요, 본질인 시적詩的 정신情神이라 하겠습니다. 다시 말하면, 감동한 마음의 상태가 결정짓는 것입니다. 이 '감동한 마음의 상태'란 관념은 좀 막연하기는 합니다만, 미적美的 감동感動 정도로 생각해 두면 좋을 것입니다.

하여튼 시에서는 언어란 퍽 중요합니다만, 그러나 너무 언어, 특히 과거의 운문 체계韻文體系에 마음을 써서는 안 될 줄 압니다. 때로는 낡은 서정시적 체계 속에 있는 어맥語脈과 리듬을 철저히 깨뜨릴 필요가 있다고 생각합니다. 그렇게 함으로써 보다 현대시다운 시가 나올 것입니다.

白作解說集

『이 정 표 里程標』

新興出版社, 1958

서序

봄 · 여름 · 가을 · 겨울
계절과 시간을 가리지 않고
비가 오나 눈이 오나 바람이 부나
여기 이대로 매여 있는
내 이름은 이정표.

유달리 키가 커 쓸쓸한
낙엽송으로 만든 굵다란 말뚝—
오늘도 나는 묵묵히 오가는 길손에게
그들이 걸어 온, 걸어 가야 할
목적지에의 이정을 표시한다.

해 떨어지자 저녁 하늘에 노을이 비낀다.
황량한 들판을 헤매 다니던
갈가마귀들도 산으로 갔다, 둥지를 찾아.
아아 나에겐 돌아갈 곳이 없다.
돌아갈 수도 없다.
말벗 하나, 안식의 시간마자 없다.

봄 · 여름 · 가을 · 겨울
계절과 시간을 가리지 않고
비가 오나 눈이 오나 바람이 부나
여기 이대로 매여 있는
내 이름은 이정표.

제1부

동 자 상童子象

동 자 상童子象

아무리 보아도 그것은 슬픔에 쌓인 동자상—그것이다.

오해가 있어서 안 될 것은, 나는 여기에 이 '슬픔'이라는 말을 그저 즐겨 적는 것이 아니다. 어린 시절을 찍은 낡은 환등을 꺼내 다시금 비쳐 볼 때, 나는 거기에 한 동자의 슬픈 모습 외의 별다른 걸 사실 찾아볼 수가 없다.

여기 그것들을 모조리 드러내어 공개하고 싶지만 않다. 또 공개할 필요도 없다. 그것들이 나 아닌 딴 사람들에게까지 흥미 있으리라고는 생각되지 않는다.

누구를 위해 쓴 것도 아닌(시를 쓰는데 누구를 위하여 쓴다는 말을 아직 못 들었다) 나에게『유년송』은 나의 어린 시설을 회고해 쓴 시들만을 모은 시집이다. 차례만 보면 나의 세 번째의 시집이지만, 일제가 물러가고서 첫 시집이기도 하다.

여기 참고삼아 말하면, 내가 처음으로 시집을 낸 것은 1937년으로『양』이 그것이다. 두 번째 것이『축제』는 《인문평론》이라는 문학지를 발간하던 인문사판이었다.

우선 나는 이『유년송』속에 들어 있는 몇 편의 작품을 골라 피력할 생각이지만, 나의 제작 계열로 보아서는 조금 순서는 바뀐 감이 없지 않다. 그러나 이렇게 먼저『유년송』속에 들어 있는 몇 편의 작품을 골라 피력할 생각이지만, 나의 제작 계열로 보아서는 조금 순서가 바뀐 감이 없지 않다. 그러나 이렇게 먼저『유년송』을 들고 나오는 것도 오히려 독자한테는 좋지 않을까 생각한다. 그것은 한 시인 생장, 특히 어린 시절을 어렴풋이나마 알아 두는 것이 그가 쓴 작품으로 이해하는 데 도움이 되리라고 생각하는 마음에서이다.

*
**

이 시집 『유년송』 뒷장에는 극히 젊은 다음과 같은 '후기'가 붙어 있다. 이 '후기'를 읽어 놓고 여기 수록한 작품들을 골라 읽어 보는 것도 결코 무의미한 일은 아닐 것 같다.

<후 기>

십여 년 전의 작품 중에서 어릴 적 기억을 노래한 것만을 모은 것이 이 소시집이다.

이 『유년송』은 널리 세상에 내놓아 그 가치를 물으려는 것이 아니라, 우인지기에게 드리어 그 우정에 보답하고자 엮은 것이다.

이렇게 쓰여 있다.

그러니까 간행된 것은 1948년이지만, 사실에 있어 여기 수록된 작품들이 제작된 것은 1938년 전후이다. 그리고 이 시집은 작품의 가치를 세상에 물으려 내놓은 것이 아니라, 말하자면 '어떤 필요'에 의해 간행된 것이다.

'어떤 필요'에 의해서라고 하였으나, 남이야 뭐라든 나로 보면 나의 어느 시집보다 가장 애착이 가는 시집이다. 그것은 내가 책 속에서 나의 '슬픈 동자상'을 찾아보기 때문에서인지, 또는 아주 흘러가버리고 다시는 돌아올 길 없는 그 날을 그리는 마음에서인지 나 자신도 잘 모르겠다.

생 가生家

누룩이 뜨는 내음새
술지게미 내음새가 훅훅 풍기던 집
방마다 광마다
그뜩 들어 차 있는 독 안에서는
술이 끓었다.
술이 익었다.

해수병을 앓으시는 어머니는
숨이 차서……기침이 나서……
겨울이면
요를 둘른 채
어둔 등잔불 곁에서
긴긴 밤을 노상 밝히군 했다.

아버지는 집을 나가신 뒤
몇 해를 두고 소식이 없으시고
오십 간 가까운 크나큰 집을
어머니와 두울이서 지키는 밤은
귀신이라도 나올 것 같아……
바람 소리

기와 골에 떨어져 굴르는 나뭇잎새 소리에도
나는 이불을 뒤집어 쓰고 숨도 쉬지 못하였다.

★ 이 시를 읽고 독자는 곧 머릿속에 해수병을 앓는 홀어머니 밑에서 자라나는 외로운 한 어린이의 모습을 상상할 수 있을 것이다. 사실 나는 형제가 없는 쓸쓸한 가정에서 자라났다.

아버지가 언제 어째서 집을 나가셨는지는 지금까지도 모르는 일이지만, 하여튼 내가 어지간히 크도록 아버지는 집에 들어오시지 아니하셨다. 따라서 나는 오직 어머니 손에서만 자랐고, 어머니가 나를 귀여워하는 그 정도란 여간이 아니었다.

생업은 술도가—지금으로 말하면 양조업이었다. 어머니는 적지 않은 머슴들을 데리고 여자 혼자로서는 벅찬 이 영업을 지속하셨다.

그러나 어머니는 어딘가 여장부 같은 인상을 주시는 분이었다. 몸도 크셨지만 기운도 대단하셨다. 다만 해수병이란 불치의 병 때문에 끝내 고생을 면치 못하셨다.

생업이 술도가인지라, 온 집 안에서는 술 냄새가 풍기었다. 방이며 광에는 늘 술독들이 그뜩 들어차 있었다.

대낮이면 먼 마을, 또는 가까운 읍내에서 술을 받으러 오는 사람들로 집 안이 떠들썩하였다. 그러나 밤만 되면 대낮이 번거로웠던 만큼 한층 말할 수 없는 고요가 사방을 덮었다. 거기다가 집은 고을에서도 빠지지 않으리만큼 컸으니, 자연 무서운 생각이 들지 않을 수 없었다.

나는 지금도 뚜렷이 눈에 그릴 수 있다. 내가 곤히 자다 깨면 어둔 등잔불 곁에서 숨이 차 어깨에 요를 두르고 앉아 괴로워하시던 어머니의 모습을.

그런 어머니가 어린 마음에도 걱정스러워,

"어머니, 안 주무셨어요?"

하고 묻곤 하였다. 그럴 때마다 어머니는

"괜찮다. 너나 어서 자거라."

하시는 것이었으나, 왜 그런지 나는 통 잠이 오지 않아, 어머니의 고민하시는 모습을 울고 싶은 마음으로 이불 속에 든 채 바라보곤 하였다.

그런 밤에는 유달리 창 밖으로 지나가는 바람 소리가 사나웠다.

교교한 밤, 들리는 건 뒷산에서 내려와 넓은 집 뜰 안을 한바퀴 휙 돌아다니곤 하는 바람 소리뿐이었다.

가끔 바스락 바스락 나뭇잎이 기왓골에 굴러 뒤뜰에 떨어졌다. 그러면 나는 도둑이라도 지붕을 넘어 뛰어드는가 싶어 온몸이 오싹해졌다.

오랜 고가라 무슨 일이 없었으랴.

무서운 곳은 외양간만이 아니었다. 외양간보다 내가 더 무서워한 데는 허청이었다.

기억자로 되어 있는 이 허청은 중문을 들어와 바른편에 있었다. 겨울에 땔 나뭇단 같은 걸 두는 곳이다.

한데 무슨 까닭으로 목을 매어 죽었는지 그것까지는 모르겠으나, 오래 전에 한 젊은 머슴이 여기서 자살을 하였다고 한다. 그런 이야기를 들어서인지, 밤이면 허청 쪽에서 사람의 기침 소리가 가끔 들리는 것 같아, 나는 나도 모르는 사이에 이불을 뒤집어쓰고 무서움에 떨곤 하였다. 사실 이 허청만은 대낮에도 맞바라보기가 싫은 곳이었다.

유 년幼年

뒤란은 햇볕이 잘 들어
사시장철 고운 꽃들이 피어 있었다.
성처럼 쌓 올린 돌담을 넘어
무수히 날아드는 흰나비 호랑나비……
형도 누나도 없이 자란 탓에
늘 계집애 모양 소꿉 장난을 하며 놀았다.
─꼴때 말 때
─꼬올 꼬리 끌어라.
가까이 누가 있는 기척
문득 고개 들어 바라보는 굴뚝 밑에
어머니의 얼굴이
보름달처럼 웃고 계시다.

★ 뒤란이라고 하지만 한두 평의 그런 좁은 면적의 것이 아니었다. 백 평도 이백 평도 더 되는, 고궁 뜰만큼이나 넓었던 것 같다.

그 뒤란에는 커다란 채마밭이 있고, 우물이 있었다. 앵두나무니 배나무, 능금나무, 복사나무, 감나무 같은 과일 나무들이 성처럼 높이 쌓아올린 담 밑으로 그득 심겨져 있었다.

청포도가 철마다 주렁주렁 열리는 포도 넝쿨 그늘, 내가 즐겨 놀던 즐거운 놀이터였다.

그 포도 넝쿨 아래에는 게밥풀이라고 하는 클로버처럼 생긴 풀이 많이 나 있었다. 나는 이 풀밭을 참외밭이라고 불렀다. 그리고 거기다 호박꽃을 따다 만든 원두막을 세워 놓고 원두지기 노릇을 하며 놀았다.

흔히 애들을 그렇듯이 나도 사기 그릇 깨진 것이며 기왓장 같은 것, 독 깨진 것들을 주워도 놓고, 누나도 동생도−아무도 없는 천하에 외로운 팔 자였다. 그런데도 별로 외로운 줄 모르고 언제나 나 혼자 놀았다.

내가 노는 거란 그 범위가 극히 좁았다. 기껏해야 그네뛰기 · 올배채기 같은, 지금 생각하면 무미건조하기 짝이 없는 것들이었다.

이렇게 무심히 끼니마저 잊고 놀고 있노라면 어머니가 나를 부르며 나타나셨다.

'보름달처럼 웃고 계시던' 어머니의 그 얼굴을 나는 지금도 보름달처럼 뚜렷이 눈에 그릴 수가 있다.

홍 역紅疫

덧문을 꽉 닫고
문에는 담뇨를 휘장모양 깊이 내리운
방,
방은 밤 같이 어두워
대낮에도 늘 등잔에 불을 켜 놨다.

홍역에는 가제가 좋고
노루 피나 신개똥이 약이라는데
나는 그 놈의 신개똥이 쓰고 더러워
그것을 먹으라 할 때마다 짜증을 내며 울었다.

울면 청국괭이 온다고
어머니가 나를 얼리고 달래실 때
앗! 그 놈의 무서운 짐승은 왔다.
어느덧 들창 밖에 정말 와 있다.

창살을 긁으며
으르렁거리는 청국괭이,
나는 그 누우런 괭이가 무서워
울던 울음을 약과 함께 꿀꺽 삼켰다.

★ 홍역을 하던 때의 기억을 시로 써 보았다.

이제처럼 의학이 발달되지 못하였던 나의 어린 시절에는, 너나없이 모두 이런 경험을 했으리라 생각한다.

홍역에는 어째 가제가 좋으며, 노루 피가 좋은지 알 수 없다. 가제나 노루 피는 그런 대로 관계없으나, 흰털을 가진 신개가 눈 그 '신개똥'이 약이 된다는 건 아무리 생각해도 이해할 수 없다.

그 더러운 걸 약이라고 먹으라 하니, 내가 아무리 어리다 해도 짜증을 낼 수밖에 없지 않은가.

싫다고 열에 취해 짜증을 내며 울면, 내가 제일 무서워하는 청국괭이가 온다고 집안사람들은 나를 공갈했다.

청국괭이랑 작은 범처럼 생긴, 누런 털을 가진 바로 그 놈이다. 홍역을 앓기 전에도 이 놈을 무서워했던지라, 나를 공갈하는 데는 가장 효과적이었을 것이다.

이렇게 공갈까지 해 가며 이 더러운 걸 먹으라고 하지만, 사실 이것은 더럽기만 한 게 아니라 쓰기도 어지간히 쓴 것이어서 나는 죽어도 안 먹는다고 야단을 쳤다.

그러나 이렇게 야단을 치고 할 때면 이상스럽게도 이 놈의 무서운 청국괭이는 정말 등창 밖에 와 으르렁거리며 창살을 마구 긁어 대었다. 그러니 내가 기겁을 해 두 눈을 딱 감고 약인지 뭔지도 모를 액체를 꿀꺽 삼킬 수밖에…….

나중에 안 일이지만, 창 밖에 와서 나를 무섭게 으르렁대던 그 청국괭이란 누런 것도 까만 것도 아닌, 이웃집 아주머니였다. 그걸 알고 나서부터 얼마나 내가 그 아주머니를 미워했는지 모른다.

달 밤

두 눈을 감으면
지금도 나의 눈 속에 서언히 비친다,
벼 낟가리 꽉 들어 차 있던
고향 집 옛 마당이⋯⋯
올배채기도 하였고
자치기 칼치기 돈치기도 하였고
마당은 우리 모두 모이여
숨바꼭질 하기에도 좁지 않았다.
─잡으러 간다.
─꼬옹 꽁 숨어라.
─머리칼 뵌다.
달밤 기러기 자꾸 북으로 날아 가고
그런 밤이면 이런 어린 목소리들이
고요한 마을 밤 하늘로 사라져 갔다,
밤이 깊도록⋯⋯.

★ 가을이었다. 가을에도 기러기가 끼욱끼욱 울며 열을 지어 밤하늘로 날아가는 달밤이었다. 이런 좋은 밤에는 동네 애들이 으레 우리 집으로 모여들었다. 마당이 넓어 놀기가 좋기 때문이다.

이 마당은 운동장만큼이나 컸다. 대낮에는 여기서 흔히 올배채기니, 자치기니, 칼치기, 돈치기 같은 놀이를 하며 동네 애들이 놀았다.

그러나 밤이 되면―밤에도 달밤 같은 때에 애들이 즐겨 노는 건 숨바꼭질이었다.

마당 구석구석에 쌓아올린 벼 낟가리는 꼬마들이 숨기에 가장 적당한 장소이기도 하였다.

밤이 깊은 줄도 모르고, 달이 지는 줄도 모르고, 꼬옹 꽁 숨어 숨도 쉬지 않고 있는 꼬마들을 술래가 찾아다니는 것이었다.

나는 「달밤」을 읽으며, 아주 가 버리고 다시 돌아올 길 없는 나의 어릴 적의 그날그날을 그리움과 함께 회고해 본다. 두 눈을 감으면 눈 속에 선하건만, 그러나 그 날은 아주 가고만 것임에 틀림없다.

마 중

밤이 이슥토록
장에 가신 아버지가 아니 오신다.
어머니가 호롱불에 불을 켜 들고
나를 앞 세우고 마중을 나가신다.

캄캄한 밤은
누가 곁에서 뺨을 쳐도 모르게 어두운데
안개가 비 오듯 내린다.

논에서 개구리가 요란스러이 울고 있다.

개구리 소리가
아가살이 귀신 같이
그렇게 들린다.

웬일인지 나는 자꾸 무섭다.

바로 이때이다, 나는 먼 강변 둔덕에
한 개 커다란 불덩이를 보았다.

머리카락이 하늘로 쭈뼛 솟는다.

"엄마 저 불이 뭐야?"
어머니는 태연히 말하신다.
"게 잡는 불이지 무슨 불이야!"

불덩이가 강을 끼고 굴러 달아난다.
달아났다가 하늘로 올라 선다.

그 다음
한 개의 불덩어리는
수 없는 작은 불덩어리가 되어
별처럼 흩어져
들로 산으로
하늘로 산으로 들로 달아났다.

온 천지가
파일날 밤의 수박등 같이
도깨비 불 투성이다.

……흩어져 갔던 불들이
일제히 강변을 향하여 몰려 든다.
몰려 왔다가
다시 커다란 한 개의 불덩이로 뭉친다.
뭉쳤다가는 흩어져 달아나고
달아났다가는 몰려 들고
그랬다가 다시 흩어져 달아나는 불덩이 불덩이 불덩이……

나는 무서움에 걸음조차 걸리지 않았다.
어머니 치맛자락을 잡는다.
그래도 어머니는 모르는 체 길만 가신다.

이윽고 산 기슭을 돌아 나오는
말방울 소리가 멀리 들려 온다.
쫠랑 쫠랑 쫠랑거리는 저 방울 소리
저 소리는 분명히 우리 집 말방울 소리다.

앗! 아버지가 오시는 것이다.
"아버지이! 아버지이!"
나는 아버지를 소리쳐 부르며 부르며
캄캄한 어둠 속을 뛰어 갔다.

★ 우리가 살던 마을에서 동쪽으로 뻗어 나가는 신작로는 개성으로 가는 길이다. 개성은 칠십 리 길이요, 돈개―지금의 예성강 나루를 건너서 간다.

동구 밖에는 못동이라는 나무들이 무성한 둑이 있다. 그 둑은 마치 병풍과 같이 우리 마을 앞으로 둘려져 있고, 못동 둑을 넘어서면 구렁개라는 조그만 내였다. 그 내에는 나무다리가 놓여 있는데, 여기가 퍽 무서운 곳이다.

개성을 오가는 데는 이 다리를 건너야 한다. 한데 이 다리에는 가끔 도깨비가 나온다고도 하고, 물귀신이 나타난다고도 하여 누구나 밤에 지나다니기를 싫어했다.

내 나이 퍽 어린 시절의 일이다. 나는 개성 장에 가신 아버지가 밤늦도록 돌아오시지 않으셔서 걱정 끝에 나서신 어머니를 따라간 일이 있다. 그날 밤의 무섭던 기억을 더듬어 쓴 것이 바로 이 작품이다.

지금 생각해도 이상한 일이라 아니 할 수 없다. 왜냐하면, 우리의 상식으로 도깨비불이란 것이 있다고 말할 수 없기 때문이다. 그러나 확실히 나는 이 괴상스러운 불덩이를 눈으로 보았던 것이다. 시에도 있듯이 어머니는 게 잡는 불이라 그때 말씀하셨지만, 게 잡는 불은 하늘로 올라갈 수도 없을뿐더러, 수없이 흩어지기도 하고 다시 모여 들기도 할 수는 없는 일이 아닌가.

지금에 와서도 그날 밤의 일을 회고하면 이상스러운 생각이 든다.

다리가 있는 데서 옥산포라는 포구는 그리 멀지 않다. 한데 이 포구를 옆으로 끼고 흐르는 강 둔덕으로 불끈 솟아오르던 불덩어리의 광채를 나는 지금도 눈에 그려 낼 수가 있다.

무서움에 떨며 걸음도 제대로 못 걷던 내가, 아버지가 몰고 오시는 말방울 소리를 듣고 뛸 듯이 좋아했을 것은 두말할 나위도 없다.

성 묘省墓

아버지가 내 한 손을 이끌으시고
할아버지 산소에 가던 날은
햇볕도 좋고 산빛도 좋아
끝 없이 걸어서 가고만 싶더라.

실개천 건너 뛰면
거기 옛이야기 같은 조그만 마을이 있고
마을을 지나면 언덕,
언덕을 넘으면 좁다란 들길.
들길에는 새빨간 산딸기가
가도가도 억 없이 열렸더라.

산딸기 쭈럭쭈럭 열린 들길로
산딸기 따 먹으며 쉬염쉬염 가다가
솔밭 속으로 들어서 한참을 가면
양지 바른 널따란 잔디밭에
할아버지의
할아버지의 아버지 어머니의 산소들.

송편에 고기에
대추에 밤에 식혜에 술에
모두 거기 차려 놓고 절하다
바라보는 하늘,
하늘이 맑고 곱더라,
뒷 산 숲에서는 산꿩이 자꾸 울고…….

★ 나는 이 시「성묘」에 대한 글을 써 어느 잡지에 발표한 일이 있다. 그것을 다음에 그대로 베껴 놓고 나서 다시 읽어 보기로 한다.

누구나 이런 즐거운 추억은 가졌으리라. 성묘란 조상을 모신 산소를 살피는 것을 말하는 것으로서, 우리나라의 아름다운 풍속의 하나이다. 대개 팔월 추석날 가지만, 이날 외에도 돌아가신 이의 제삿날이라든가, 생신날 같은 때에도 많이 가곤 한다.

여기 내가 노래한 '성묘'는 말할 것도 없이 팔월 추석날의 추억이다. 때는 오곡이 익어 햇과실이 쏟아져 나오는 초가을이다. 햇곡식에 햇과실을 먹으며, 가고 오시지 않는 자기의 조상을 생각한다는 것은 얼마나 아름다운 이야기냐.

잘 살든 못 살든 그것을 가릴 것 없이 너도나도 자기의 분에 알맞은 음식을 장만해 가지고, 오랫동안 가 보지 못한 외로운 산상의 무덤을 찾아가는 그 마음이란 비길 데 없이 고맙고 어진 것이다.

새로 산 듯이 빨아 입혀 준 무명옷을 입고, 온 가족이 할아버지의, 그리고 할아버지의 아버지, 어머니들을 모신 산소에 가던 그 날의 기억이란, 요새 흔히 있는 하이킹이니 피크닉에 비할 것이 아닌, 즐거운 추억 중에서도 가장 즐거운 것의 하나이다.

세상이 문명해짐을 따라 과거 우리 조상들이 가졌던 가지가지 좋은 풍속이 하나둘 자꾸 없어져 가지만, 이 성묘의 풍속만은 영원히 그대로 남아 주었으면 싶다.

성묘란 즐겁고 아름다운 우리나라 풍속의 하나이다. 이 시는 보다시피 어린 내가 아버지를 따라 조상을 모신 산소에 갔던 기억을 먼 후일에 와서 추억하며 쓴 것이다.

아버지가 내 한쪽 손을 이끌고 할아버지 산소에 가던 추석날이었다. 그날은 햇볕도 따뜻한 것이 좋고, 햇볕을 받고 반짝이는 산 빛도 좋아, 나는 끝없이 걸어가고만 싶었다.

가노라면 샘물이 졸졸졸 흘러내리는 실개천이 나왔다. 그것을 껑충 건너

뛰면 산비탈 아래로 옛이야기에라도 나올 것 같은 조그만 마을이 있었다.

우리는 그 마을을 옆으로 바라보며 지나간다.

그러면 곧 언덕이 나타났다. 이 언덕을 넘으면 사람 하나 겨우 다닐 수 있는 좁다란 들길이었다.

들길에는 새빨간 산딸기가 많이 열려 있었다. 갈수록 산딸기는 수없이 많았다.

산딸기가 주렁주렁 열린 들길로 산딸기를 따 먹으며 천천히 걸어간다.

얼마 동안을 이렇게 가노라면 솔밭이 보였다. 이 솔밭 속으로 우리는 들어선다.

솔밭 속을 가다 보면, 양지바른 널따란 잔디밭이 나오는데, 거기가 바로 우리가 찾아가는 조상들을 모신 산소였다. 할아버지의 무덤, 할아버지의 아버지, 할아버지의 어머니들의 무덤들이 놓여 있다.

송편이니, 고기니, 대추니, 밤이니, 식혜니 술이니 장만해 가지고 온 이러한 음식들을 상돌 위에 차려 놓고 모두 절을 한다. 나도 어른들 하라는 대로 절을 하였다.

그러나 아직 철없는 나는 눈을 크게 뜨고 정신없이 하늘만 바라보고 있었다.

내가 이렇게 하늘을 바라보고 있을 때 뒷산에서는 꿩 우는 소리가 들려왔다. 나는 산소에 온 것도 잊고 꿩 소리를 들으며 먼 하늘만 언제까지나 바라보고 있었다.……

모두 네 연으로 구성된 이 시는, 첫째 연이 떠날 때의 날씨와 기분을, 둘째 연이 가는 도중의 묘사, 셋째 연이 산소의 위치, 끝 연이 산소의 광경과 문득 하늘을 보고서의 놀라움—이렇게 되어 있다.

제2부

소년화첩少年畵帖

여기 보여 드리는 시편들은 나의 첫 시집 『양(1937
년)』과 네 번째 시집 『밤의 서정(1956년)』 속에서 뽑은
것들이다. 수록된 시집이 다르고, 시집의 발행 연도 또
한 20년의 차이가 있어 독자 중에는 의아해할 사람도
있을 것이지만, 이것들은 제작 연대로 보나 작품계열
로 보나 거의 같은 것들이어서 이렇게 함께 모아 놓았
다. 이 작품들은 1935년을 전후해 쓴 것들이다.

양羊

어린 양羊은 오늘도 먼 산을 바라보고 있습니다.
찬란한 녹의綠衣를 산뜻이 갈아 입은 산마루 끝에는
파아란 하늘을 밟고 가는 흰 구름이 있습니다.

어린 양羊은 오늘도 아득한 새소리에 귀를 기울이고 있습니다.
새들이 타고 날아가는 포근한 바람 속에는
새들의 지저귀는 즐거운 노래가 있습니다.

어린 양羊은 오늘도 떠가는 흰 구름을 보고
자기 엄마가 산을 넘어 오지 않나 의심합니다.

어린 양羊은 오늘도 새소리를 들으며
저를 부르던 엄마의 목소리를 그리워합니다.

—시집詩集『양羊』에서

이 시는 나의 처녀 시집 『양』 속에 들어 있는 것으로, 내가 시를 쓰기 시작한 지 얼마 안 되었을 무렵의 것입니다. 별로 설명이 필요치 않을 정도로 아주 알기 쉬운 작품입니다.

어린 양은 엄마가 없습니다. 그는 엄마를 생각하며 먼 산들을 쓸쓸히 바라보고 있습니다. 추운 겨울이 가고 따뜻한 봄이 되었으니, 자기 엄마도 돌아오지 않을까 생각되기 때문입니다. 눈이 하얗게 쌓여 있던 산들은 어느덧 눈이 부실 정도로 파래지고, 그 산 위로는 흰 구름이 떠다니고 있습니다. 새소리가 여기저기서 명랑하게 들려옵니다. 포근한 바람 속으로 새들은 즐거운 노래를 부르며 날아다닙니다. 아름다운 봄입니다. 만물이 다시 찾아온 이 봄을 찬양하는 것 같습니다. 그런데 어린 양의 엄마는 이제껏 돌아오지 않습니다. 혹시나 엄마 부르는 소리가 들리지 않나 싶어 어린 양은 귀를 기울입니다. 허나 엄마 목소리는 들리지 않고 새 소리만 납니다. 어린 양은 오늘도 산마루 끝 파란 하늘로 떠가는 흰 구름을 보고 자기엄마가 산을 넘어오는 것이 아닌가 자꾸 착각을 느낍니다. 왜냐하면, 못 견디게 엄마가 보고 싶은 어린 양에겐 하얀 구름장이 자기 엄마와 같이 보이기 때문입니다. 그리고 어린 양에겐 바람 속으로 날아다니는 새소리마저 자기를 부르던 엄마의 목소리처럼 들렸습니다.

이 시는 이러한 어린 양의 쓸쓸한 마음을 쓴 것입니다.

─『현대시 감상』에서

★ 나는 자기를 속이고 싶지 않다. 더더구나 작품을 쓸 때 그렇다. 그런지라, 자작시 감상으로 내가 이 작품을 택하였을 때, "이 시는 이러한 어린 양의 쓸쓸한 마음을 쓴 것입니다." 하고 숨김없는 소리를 한 것이다.

그러나 만일 내가 나를 속이고, 남한테 시인인 척 또는 애국자인 척하려면 이 시를 다음과 같이 해석할 수도 있을 것이다.

즉 어린 양은 바로 나라를 잃은 서러움에 잠긴 소년인 나 자신이다. 소년은 봄철 아름다운 강산을 바라보며 어머니─내 나라를 그리워 한다.

하늘도 떠가는 흰 구름은 제 나라 제 땅을 잃고 먼 이역을 헤매는 수없이 많은 애국자들의 모습이 아니겠는가. 그리고 보면 지저귀는 새들 소리는 소년에게 무엇을 알리는 것일까?

　시는 그 전부가 아닐지라도 그걸 읽는 이로 하여금 제멋대로 이해시킬 수 있는 불가사의한 예술품이다. 그렇기 때문에 그 작품의 의도하는 바는 작자 자신만이 알고 있는 것이다.

　나는 위에서도 말한 바와 같이 '어린 양의 쓸쓸한 마음'을 써보았을 뿐, 무슨 큰 사상을 여기다 내포시키지는 않았다. 다만 참고로 말해 둘 것은 이 작품의 힌트를 얻은 것은 어린 양을 보고서가 아니다. 또 즐거운 새소리를 듣고서가 아니다. 우연히 산마루에 떠 있는 구름장─양 모양의 구름을 보고, 산 밑에다가 그걸 바라보는 어린 양을 배치시켰던 것이다.

　이 시 「양」을 내 것과 같이 감상하려면 도시인으로서는 좀 무리 일 줄 안다. 나와 같이 산골에서 자라고 산골에서 산 사람만이 이 '어린 양'의 마음을 이해할 것이다.

바람과 구름

어머니 언니가 양¥들을 데리고 나간 지는 벌써 여러 달이 되지
않습니까?
그런데 언니는 왜 돌아오지 않을까요?
나는 오늘도 저 은행銀杏나무 아래로 나아가
언니를 기다리는 일과日課를 잊지 않겠습니다.

어머니 석양夕陽이 되어 언니가 양¥들을 몰고
저 산기슭을 돌아 휘파람 불며 올 때가 되었건만
언니는 영영 오지 않고
구름만 뭉게뭉게 산을 넘어 옵니다.

어머니
어디서 어린 뻐꾹새 소리가 들려옵니다.
만일 언니가 뻐꾹새가 되었다면
숲에서 오죽이나 외로워하겠습니까?

애기야 저 파아란 하늘을 바라보아라
맑은 하늘에 나붓 나붓 떼져 다니는
하이얀 구름이 보이지 않니?

너의 언니는 하늘에 사는 바람이 되고
떼지어 다니는 하아얀 구름은
언니가 사랑하던 양羊들이란다.

오늘도 너의 언니는 고요한 하늘에 푸른 길로
양羊들을 몰고 다니는구나.

나즉히 떠나갈 때는 휘파람 소리도 들리지 않겠니?

—시집詩集『양羊』에서

★ 앞에서 나는 졸작 「양」의 시상을 양 모양의 구름장을 보고서 얻었다고 말하였다. 그럼 '바람과 구름'의 시상은 어디서 얻었는가?

이것의 시상은 「양」을 쓰다가 우연히 얻었다. 그야말로 우연히 머릿속에 떠오른 것이 이것이다(시뿐 아니라 모든 예술의 착상이 극히 우연한 기회에 되는 수도 있다). 하나의 작품을 쓰다 이렇게 우연히 떠오르는 이미지를 연상이라고 한다. 「바람과 구름」의 시상은 「양」을 쓰다 얻은 하나의 부산물 같은 것이다.

읽어서 곧 발견하듯이 이 시는 딴 것과 달라 '어머니'와 어린 '애기'와의 대화로 구성되어 있다.

첫째 연에서 셋째 연까지가 '애기'의 '어머니'에게 묻는 말이요, 넷째 연으로부터 끝 연까지가 '어머니'의 '애기'에게 대답하는 말이다.

여기서 내가 독자에게 바라고 싶은 것은, 시를—남의 것은 몰라도 내가 쓴 시를 읽을 때, 무슨 심각한 그 무엇을 찾아내려 하지 말아 달라는 것이다. 나는 내가 보고 느낀 것, 생각한 것들을 가장 쉬운 말로 쓰려고 노력해 온 사람이다. 그렇기 때문에 읽고 그대로 받아들이면 좋지, 그 이상의 무엇을 찾아내려고 하여서는 오히려 미안하다.

내가 이 작품에서 '애기'와 '어머니'의 대화 형식을 빌려 쓴 데 무슨 까닭이 있는 것이 아니다. 그저 이렇게 쓰는 것이 쉬웠다고 할까, 맘에 들었다고 할까, 하여튼 하나의 표현 형식으로 이걸 택했을 따름이다.

시상을 얻어 그것을 표현하려고 할 때, 나는 먼저 이걸 어떤 형식으로 쓸 것인가를 늘 생각해 보곤 한다. 위의 것과 같이 대화 형식이 좋을 건가, 또는 독백 형식이 좋을 건가, 그렇지 않으면 일기 형식이나 편지 형식이 좋을 건가를 우선 결정해 놓고 다음에 가서 붓을 드는 것을 예사로 하고 있다. 이것은 아무렇지 않은 말같이 생각할지 모르겠으나, 그렇지가 않은 퍽 중요한 일이라고 본다.

여기 하나의 예를 들어보자.

가령 꽃을 꺾어 왔을 때, 우리는 그 꽃을 꽂아 놓을 화병에 신경을 써야 하지 않을까? 역시 화병은 꽃에 따라 달라야 할 것이다.

코스모스나 달맞이꽃 같은 가냘픈 꽃에는 화병 또한 가냘픈 인상을 주는, 그러나 담백한 것이 어울릴 것이다. 그러나 해바라기나 달리아같이 큼직한 꽃에는 화병보다는 항아리 같은 것이 좋을 것이다. 물론 꽃들의 빛깔에 따라 화병이나 항아리의 모양도 달라져야 하겠지만.

이와 마찬가지로 시도 그 시상, 정서, 내용에 따라 표현 형식이 달라져야 할 것이다.

내가 「바람과 구름」을 쓸 때 이런 대화의 형식을 빌린 것은 역시 이 작품이 가지고 있는 그 동화성을 십이분으로 나타내고자 함에서이다.

후자는 시를 표현하는 데 있어 독백적이 아닌, 대화체를 택한 데 대하여 의문을 품을지도 모르겠다. 그러나 이런 형식은 외국에서는 상당히 많이 쓰여 왔고, 또 쓰이고 있다. 뿐만 아니라, 그것들은 효과적이었다. 다음에 실례를 한두 편을 참고로 소개한다.

고아 형제

조반니 파스꼬리

1

"형님 얘길 해도 괜찮우?"

"괜찮고 말고. 어차피 난 잠자지 못할 걸."

"몸이 근질근질 해요……."

"무슨 벌레라도 있는가보다."

"형님, 캄캄한 바깥에서 지금 난 긴 울음소리를 들었수?"

"개가 짖은 게지……."

"문 밖에 사람이 있는 것 같아……."

"바람 소릴 게다……."

"무슨 작은 소리가 두 번 난 것 같아……."

"저, 치는 듯한 소리가 들리지 않우?"

"종소릴 게다."

"조종 소릴까? 쇠망치 소릴까?"

"글쎄……."

"아이 무서워……."

"나두."

"뇌성이 나지. 어떻거나?"

"우리는 의가 좋지 않니?"

2

"또 얘길 해도 괜찮우? 형님은 밤새도록 불이 켜 있던 때의 일을 기억하고 있수?"

"하지만 지금은 등불도 꺼져 버렸다."

"그때도 우리들은 무서워했지, 조금은……."

"지금은 벌써 우리들을 위로해 줄 사람도 없소! 이렇게 어두운 밤 인데도 단 둘이 있지."

"엄마는 저 문짝 쪽에 계시었지, 때때로 속삭이는 나직한 목소리 가 들렸어."

"하지만 지금은 벌써 엄마도 돌아가셨다……."

"생각나우? 그 무렵 우리들의 사이는 그렇게 좋지 않았지?"

"그렇지만 지금은 이렇게 의가 좋다……."

"그렇지만 지금은 아무도 우리들을 위로해 줄 사람이라곤 없지?"

"우리들이 하는 것을 뭣이든 용서해 주는 사람도."

— 『독일 시집』에서

읽어 알 수 있듯이 고아가 된 두 형제가 잠 못 이루는 밤에 주고받는, 순전히 대화로서 구성된 작품이다. 그런데도 여기에는 뼈에 사무치는 고독이 빈틈없을 정도로 잘 나타나 있다.

조반니 파스꼬리(Giovani Pascoli; 1855~1912년)는 이탈리아 시인으로, 1865년 그의 부친이 암살당하자 모친마저 사망하게 되어 누이와 동생들뿐인 고아가 되었다. 이런 소년 시대의 불행은 그로 하여금 저항적인 고독한 인간을 만들었다.

슬픈 대화對話

폴 베를렌

제멋대로 내버려 인적 없는 정원 속에
그림자 둘이 나타났다 다시 사라져 갔어라.

그림자인 사람
눈 꺼지고 입술 늘어져
속삭이는 것조차 듣기 어려워라.

제멋대로 버리어 인적 없는 정원 속에
괴상한 그림자 둘이 나타나 옛날을 그리노라.

"가버린 날의 사랑, 그대 아직도 생각하느뇨?"
"설사 생각하기로서니 지금은 하는 수 없는 일이 아니겠느뇨?"
"내 이름 듣기만 해도 그대 지금도 가슴 울렁거리느뇨?
지금도 꿈에 내 넋을 보느뇨?"
"아니로다."

"덧없는 행복 속에

우리들 언약삼아 입맞추던 그 옛날
아름다웠어라
그렇지 아니하느뇨?"

"그 무렵
하늘은 얼마나 푸르고
앞길의 희망 또한 얼마나 컸더뇨?"
"희망이라고? 지금은 덧없이 어두운 하늘로 사라지고 없어라!"
······이리하여 그림자 보리 밭고랑 속으로 사라지고, 그 말을 들
은 것은 어두운 밤뿐이었어라.

─『불란서시집佛蘭西詩集』에서

　　앞에 소개한 파스꼬리의 '고아 형제'가 형과 아우의 순전한 대화로 구성
된 것과는 약간 다르지만, 베를렌의 '슬픈 대화' 역시 대화 형식으로 표현
된 작품임에는 틀림없다. 다만 대화가 나오기 전에 두 유령이 등장하는 무
대 장면과 그들의 모습을 묘사해 놓고서 대화를 시키고, 대화가 끝나자 퇴
장하는 장면을 독자에게 보여 주고 있다.
　　살아생전에 이루지 못하고 죽어 버린 두 남녀. 그들이 유령이 되어 다시
만나 지난날을 회상하며 주고받는 이야기가 이 작품의 골자이다. 여기서
는 긴 설명을 피하거니와, 이 시를 쓴 베를렌(Paul Verlaine; 1844~1896년)을 소
개하면, 그는 프랑스의 유명한 시인으로 그의 일생은 음주, 우정, 이혼, 방
랑, 칼싸움, 투옥, 신앙, 가난, 병고 등 덕과 부덕의 교차였다. 동시에 그의
시는 생애의 여실한 반영이었다.

봄 들기 전前

그 어느 먼 바다를 건너 온 비는
이윽고 봄이 온다는 반가운 소식을 전하고
오늘 아침 저 언덕을 넘어 떠났습니다.
호반湖畔의 목장牧場으로 목자牧者를 찾아 간다면서…….

어머니 햇볕 포근히 쪼이는 산비탈 저 푸른 목장牧場에
젊은 목자牧者의 양羊 몰며 다니는 한가한 각적角笛 소리가
우리의 귀를 즐겁게 할 때도 멀지 않겠지요.

오늘은 경박한 고 조그만 새새끼들도
먼 길을 찾아 오는 손님을 영접한다고
푸른 하늘 아득히 떠서 파닥거립니다.

어머니 봄이 탄 푸른 수레가 오는 것은
들 건너 아지랑이 자욱한 언덕이라지요?
그렇기에 나는 오늘도 먼 언덕을 바라보고 있습니다.

　　　　　　　　　　　　　　　　－시집詩集『양羊』에서

★ 이 시는 네 연으로 구성되어 있지만, 진작 내가 말하고자 한 구절은 맨 끝 연 3행이다. 3행 중에서도 끝 행, '그렇기에 나는 오늘도 먼 언덕을 바라보고 있습니다.'—이것이다.

그러면 앞의 세 연은 왜 내놓았는가? 그것은 오직 끝연이 의미하는 '봄을 기다리는 한 소년의 마음'을 뚜렷이 나타내기 위해서이다. 인체를 예로 들어 끝 연이 뼈다귀라면, 첫째 연, 둘째 연, 셋째 연은 한갓 살덩이에 지나지 않는다. 살을 위해 뼈다귀가 있는 것이 아니다. 뼈다귀를 위해 살이 있는 것이다. 작품에서 더욱 그렇다.

작품 '봄 들기 전'에서 '어머니'를 놓고 '소년'이 말하는 형식을 취한 것은 어디까지나 하나의 표현 방법일 뿐, 그 외의 아무 의의가 없다. 혹자는 '어머니'는 자연을 두고 하는 말이라고 보기도 한다. 그러나 그렇지 않다. 다만 이런 형식을 택함으로써 동심적인 나의 '봄을 기다리는 마음'을 보여 줄 수 있다고 생각해 썼을 따름이다.

깊은 겨울의 침울한 생활이 계속되면, 사람은 너나없이 따뜻한 봄을 기다리게 된다. 그러나 같은 기다리는 마음에도 그 지방과 그 환경에 따라 차이가 있다.

겨울이 어느 곳보다도 길고 어느 곳보다도 춥다고 하는 북방 사람들이 '봄을 기다리는 마음'과, 그리 춥지도 길지도 않은 남방 사람들이 '봄을 기다리는 마음'과는 같은 마음일지라도 큰 차이가 있는 것이다.

여기 등장한 소년, 즉 '나'는 산골 태생이다. 아무런 위안물도 놀이터도 없는, 겨울이면 방 안에 두더지모양 틀어박혀 살아야 하는 것이 산골 소년들이다. 산골 사람들이다. 따라서 봄을 기다리는 그 마음이란 도시 태생의 소년들의 그것과는 커다란 차이가 있다. 나는 그러한 산골 소년들의 마음을 써 보았다.

▷비가 오더니 오늘은 개이었다—이것은 너무 싱거운 표현이다. 비는

먼 바다를 건너왔다고 상상하여 봄이 좋고, 그냥 개였다느니보다는 반가운 소식을 우리에게 전하고 떠나갔다고 생각해 봄이 좋다. 뿐만 아니라, 언덕을 넘어 떠났다고(손님으로 왔던 분들도 대개 저 언덕을 넘어가곤 하니까) 이렇게 생각해 봄이 좋다. 그러면 비는 어디로 갔을까? 호반의 어느 목장으로 목자를 찾아갔다고 상상해 봄으로써 더욱 시적 기분이 날 것이다.

▷이윽고 봄이 오면 목자의 각적 소리도 들릴 것이다―역시 맛이 안 난다. 포근한 햇볕, 산비탈의 푸른 목장, 양 몰며 다니는 젊은 목자, 한가한 각적소리―그 소리가 우리의 귀를 즐겁게 할 때도 멀지 않다―이렇게 쓰면 봄을 기다리는 소년의 기쁨에 찬 감동이 더욱 효과 있게 나타날 것이다.

▷푸른 하늘 아득히 새들이 지저귄다―너무 평범하다. 푸른 하늘 아득히 지저귀는 새들이 있다면, 그 새들은 먼 길을 찾아오는 손님―봄을 영접하려고 저리 높이 떠 파닥거린다고, 어디까지나 봄을 기다리는 마음과 연결해 보는 것이 '봄 들기 전'의 소년의 우쭐대는 마음을 그리는 데 효과적일 것이다.

▷어서 봄이 되었으면 좋겠어요―이것 역시 따분한 표현이다. 그처럼 기다리는 봄이고 보면 산골 사람들에게는 귀빈이 아닐 수 없다. 그럴진대 어정어정 걸어서 오리라고 생각해서는 안 될 것이다. 기다리는 봄은 찬란한 푸른 수레를 타고 온다고 보아야 할 것이다. 그리고 그냥 '나는 기다린다'고 하는 것보다는 '오늘도 먼 언덕을 바라보고 있다'고, 소년다운 감정을 넌지시 나타냄이 옳은 표현이 아닐까 생각한다.

달 · 포도葡萄 · 잎사귀

순이順伊 버레 우는 고풍古風한 뜰에
달빛이 밀물처럼 밀려 왔구나.

달은 나의 뜰에 고요히 앉아 있다.
달은 과일보다 향그럽다.

동해東海바다 물처럼
푸른
가을
밤

포도葡萄는 달빛이 스며 고웁다.
포도葡萄는 달빛을 머음고 익는다.

순이順伊 포도葡萄넝쿨 밑에 어린 잎새들이
달빛에 젖어 호젓하구나.

―시집詩集『양羊』에서

★ '달·포도·잎사귀'는 나의 대표작 대우를 받고 있는 것 중의 하나이다. 여기저기 가장 많이 등장되고 있는 것도 이 작품이다.

이제 이 작품에 대하여 지은이로서는 처음으로 해석을 붙이려 하거니와, 해석을 붙이기 전에 딴 분들은 이 작품을 어떻게 보고 있는가, 우선 두 시인의 글을 읽어 보기로 한다.

> 한 폭의 고요한 그림을 보는 느낌이다. 달·포도·잎사귀가 함께 어울려 동해 바닷물처럼 푸른 가을밤을 엮고 있다. 벌레가 우는데도 어쩌면 이렇게 호젓한 가을밤이냐. 그 고풍스런 뜰에 밀물처럼 달빛이 밀려오고, 그래서 작자는 순이를 불러 이 가을 밤을 호소하는 것이다. 어디까지나 관조적이다. 작자는 결코 이 가을밤에 뛰어들어가려는 몸짓을 하고 있지 않다. 그럼에도 불구하고 가을밤을 바라보면서 잎처럼 호젓하여, 또 한 번 순이를 불러 보는 것이다. 과일보다 향기로운 달―달빛을 머금고 익어 가는 포도―그 속에 작자는 저도 모르게 가을밤에, 마음이 어른거리는 순이와 함께 뛰어들어가지 않을 수 없다. 주관과 객관이 교묘하게 어울린 아름다운 시이다.

이것은 시인 김용호가 쓴 글이다. '청록파' 시인의 한 사람인 박목월은 이 작품을 어떻게 보는가? 그는 이렇게 말하고 있다.

> 신석정의 세계와 비슷하다. 역시 달빛이 스며 있는 동양화이다.
> '포도는 달빛이 스며 고웁다'는 포도의 그 투명한 보랏빛이 영롱히 나타난다. 회화적 수법이다. 그런데 보다 다음 구절, '포도는 달빛을 머음고 익는다'는 주관과 객관이 묘하게 어울린 구절이다. 달빛을 머금고 익는 포도는 차라리 만영의 감상을 먹고 있는지 모른다. 하나 만영은 석정과 비슷하면서 다르다.

나는 이 두 사람의 시인 중 어느 시인이 나의 작품을 똑바로 보았고, 어느 시인이 그릇 보았다고 말할 자격이 없음을 알고 있다. 이미 남의 눈에 띈 나의 작품에 대한 비평 내지 평가는 그대로 나 혼자 받아 두면 족하다고 생각하기 때문이다. 이에 대하여 이러니저러니 하는 것은 지은이로서 말할 것이 못 된다고 본다.

그럼 뭣 하러 그것들을 여기 소개하는가 하고 묻는 독자도 있을 것이다. 이유는 이렇다. 그들은 이렇게 보았는데, 독자는 어떻게 보는가를 스스로 생각하여, 저명한 그 분들이 본 점과 독자 자신이 본 점의 감상의 차이를 비교해 보라는 노파심에서이다. 그리고 나서 작자인 '나' 자신의 이야기도 들어 달라는 것이다. 그것뿐이다.

생각 있는 독자는 먼저 이 시의 제목 '달·포도·잎사귀'에 주의를 했으리라. 사실 시 제목치고는 좀 색다른 것 중의 하나이다. 이 시가 주는 인상으로 보아 제목이 '가을 밤'이라든가, '추야장'이라고 붙여서 그리 흠잡을 것이 없을 것이다. 그런데 나는 '달·포도·잎사귀' 이렇게 붙였다. 어째서일까?

간단히 말해 이렇게 붙이고 싶어 붙였다고 할 수밖에 없다. 좀 싱겁다. 그러나 이렇게 붙이지 않고서는 이 시가 가진 정서가 통하지 않을 것 같다. 바꿔 말하면, 이 시에는 꼭 이 제목만이 필요하지, 그 밖의 여하한 제목도 맘에 들지 않는다는 것이다.

남은 모르되 나에게는 제목이 먼저 되고 작품이 나중 되는 때와, 작품이 먼저 되고 제목이 나중 되는 때의 두 가지 경우가 있다. 앞에 소개한 졸작 「양」은 전자이요, 「바람과 구름」은 후자이다. 이 「달·포도·잎사귀」는 작품이 먼저 되고 제목이 나중에 된 것 중의 하나이다.

말이 딴 길로 들어선 것 같다. 그럼 이 시는 어떻게 되어 쓰였는가.

나는 달빛의 푸르스름함에 먼저 놀랐고, 다음에 달의 고요한 모습에 새삼스러이 눈을 크게 떴던 것이다. 첫째 연 둘째 줄에 '달빛이 밀물처럼 밀

려 왔구나'의 '왔구나'라는 시구는 확실히 나의 놀란 감동을 보여 주려 함
이다. 그렇지 않다면 '달빛이 밀물처럼 밀려 왔다' 하지, '왔구나' 하지는
않았을 것이다. 벌레 우는 고풍스런 뜰에 드는 달빛은 참말로 밀물처럼 밀
려 들어온 것 같았다. 거기다 달은 하늘에서 내려와 뜰에 앉아 있는 것만
같았다. 그처럼 그날 밤은 고요한 인상을 주었던 것이다.

오색 과일이 마구 쏟아져 나오는 계절은 바로 가을이다. 만일 달에도 향
기가 있다면 하는 데까지 생각이 미칠 때, 나는 어느 과일보다도 향기로운
것이 달이 아닐까 싶었다.

뒤꼍 청포도는 대낮 햇볕 아래서도 뭐라 형용하기 어려울 정도로 고와
보였지만, 달빛에 보는 그 알은 더욱 영롱하였다. 익을 대로 익은 포도알—
포도알은 달빛을 잔뜩 머금고 익는 것 같았다.

포도 넝쿨은 나날이 가을바람에 시들어 갔다. 그러나 넝쿨에서 새로 나
온 어린 잎들의 한들거림은 호젓한 모양이 달빛에 젖어 유달리 인상적이
었다.

위에서 나는 이 작품이 가지고 있는 어느 날 밤의 기억과 인상을 대체로
적어 보았다. 하나 이것으로서 독자의 이해가 충분해졌으리라고는 생각되
지 않는다. 좀 더 자세한 시작 과정에 대한 말이 필요할 것이다. 그렇지만
그것들을 어떻게 여기 다 기록할 것인가. 도저히 불가능한 일이라고 말할
수밖에 없다. 다른 작품은 몰라도 이 작품에 한하여서는 극히 어려운 일이
다. 왜냐하면, 이 작품처럼 그것의 표현에 있어 고심한 것은 없기 때문이다.

몇 달을 두고 고치고 또 고치고 한 것이 이것이다. '달·포도·잎사귀'—
이 제목의 글자 수를 헤어 보아도 알 것이다. '달'은 한 자이다. '포도'는 두
자이다. '잎사귀'는 석 자이다. 이렇게 한 자, 두 자, 석 자로 될 수 있는 제
목을 단 것이 결코 우연은 아니다. 모두 생각해 붙인 것이다. 나는 이 작품
하나만을 가지고도 한 권어치의 시작법(?)을 쓸 수 있을 것 같다.

비

순이順伊 뒷산에 두견이 노래하는 사월달이면
비는 새파란 잔디를 밟으며 온다.

비는 눈이 수정水晶처럼 맑다.
비는 하아얀 진주眞珠 목걸이를 자랑한다.

비는 수양垂楊버들 그늘에서
한 종일 은색銀色 레이스를 짜고 있다.

비는 대낮에도 나를 키스한다.
비는 입술이 함숙 딸기물에 젖었다.

비는 고요한 노래를 불러
벚향기 풍기는 황혼黃昏을 데려 온다.

비는 어디서 자는지를 말하지 않는다.
순이順伊 우리가 촛불을 밝히고 마주 앉을 때

비는 밤 깊도록 창窓 밖에서 종알거리다가
이윽고 아침이면 어디론가 가 버린다.

—시집시집詩集詩集『양羊』에서

★ 이 작품 「비」도 앞에 보여준 「달·포도·잎사귀」와 함께 나의 대표작 대우를 받는 것의 하나이다.

이 두 편의 시는 그 첫 머리가 똑같이 '순이'로 시작되고 있다. 그렇기 때문에 일부 사람들은 나의 시세계를 '순이의 세계'라고도 하고, "장 아무개의 시는 순이에서 시작하여 순이에서 그친다"고도 한다.

그럼 이 '순이'는 누구인가? 그녀는 어린 소녀이기도 하고, 젊은 여인이기도 한, 말하자면 나의 작품 속에 나오는 가공적 여성이다. '마돈나'라는 이름이 성모라는 뜻으로 해석하느니보다 모든 사람의 공통적인 우상의 애인으로 생각하여 좋듯이, 나의 시에서의 '순이'는 나의 머릿속에 자리 잡고 있는 내가 가장 사랑하는 소녀요, 여인이다.

그러나 후일에 가서 내가 몇 번의 연애 경험을 겪을 때, 그때 나는 몇 사람의 나의 애인에게 '순아'라는 이름을 붙여 불렀으니, 그것은 전부터 내 머릿속에 있던 하나의 우상을 현실 세계에서 만났다고 생각하였기 때문이다.

「비」에서의 '순이'도 물론 실존 인물이 아닌 가공 소녀이다.

※

왜 그런지 나는 산골 처녀 같은 인상을 가져오는 이 '순이'라는 이름을 좋아한다. 산비탈에 홀로 핀 진달래꽃에라도 비기고 싶은 순박하고 외로운 이름이다.

내가 시를 쓰기 시작하던 그 무렵, 좋아한 많은 시인들이 있었지만, 그 많은 시인 중에서도 나는 유달리 프랑스의 시인 '구르몽'을 좋아하였다. 구르몽의 작품 중에서도 특히 그가 쓴 전원시를 애송하였다.

내가 애송하는 구르몽의 전원시에는 반드시 '시몬'이란 여성이 등장한다. 가령 「눈雪」이란 시를 보면,

시몬 눈은 네발처럼 희다.
시몬 눈은 네 무릎처럼 희다.

시몬 네 손은 눈처럼 차다.
시몬 네 맘은 눈처럼 차다.

눈을 녹이려면 뜨거운 키스.
네 맘을 풀려면 이별의 키스.

눈은 쓸쓸히 소나무 가지 위.
네 이마는 쓸쓸히 검은 머리카락 밑.

시몬 네 동생 눈은 뜰에 잠들었다.
시몬 너는 나의 눈, 그리고 내 사랑.

이렇게 '시몬'을 두고 읊어 나갔다. 나는 이와 같은 구르몽의 음악적이요 회화적인, 명랑하면서도 고요한 시경에 홀딱 반했던 것이다. 그리하여 나도 구르몽과 같은 시를 한 편만이라도 써 보았으면…… 하고 안타까운 마음을 남몰래 부둥켜안곤 하였다.

─나의 '시몬'은 어디 있을까? 그러나 이윽고 나도 우리 땅에서 '시몬'과 같은 여성을 찾아내었다. 그녀가 바로 '순이'다. 그때부터 나의 시에는 이 가공적 여성이 자꾸 등장하게 되었다. '비'에 나오는 '순이'도 그 여성이다.

※

졸작 「비」에서 내가 그려 내고자 한 것은 제목과 같이 '비'는 아니었다. 차라리 비 내리는 전원田園 속에 묻혀 사는 행복, 그것이라고 보아야 옳다.

그야 봄비 오는 걸 두고 여러 모로 묘사를 다하였지만, 그러나 그 것들의 시구는 전원田園─자연을 두드러지게 보이고자 한 데서 나온 하나의 수법에 지나지 않는다. 내가 쓰고 싶었던 것은 끝에 가서의

....

순이 우리가 촛불을 밝히고 마주 앉을 때

비는 밤 깊도록 창 밖에서 종알거리다가
이윽고 아침이면 어디론지 가 버린다.

이 대목이다. 특히 '촛불을 밝히고 마주 앉을 때' ─ 여기에다가 전원생활
의 즐거움 같은 걸 나타내 보려고 하였던 것이다. 그러나 얼마만한 효과를
걷을 수 있었는가는 나 자신도 의문이다.

춘 몽春夢

흐르는 물을 따라
떠내려 오는 무수한 꽃송이, 꽃송이.
산골길은 여울을 끼고
숲 속으로 숲 속으로만 돌아 올라가고
곱고 작은 꽃들이
좌우 길섶에 먼 데까지 피어 있다.

아름드리
소나무와 소나무 사이로 번듯거리는 것은
대낮의 호수湖水
조그만 마을이 그 호수湖水에 거꾸로 비쳐 있다.

오늘은 무슨 제사祭祀라도 있는 것일까,
바람결에 들려오는
새납소리.
둥 둥 울리는 북소리.
전설傳說 같은 노랫소리.

벌거벗은 소년少年은 푸른 잔디를 밟고
줄달음질치며 뛰어 갔다,
마을이 있는 곳을 향하여…….

─시집詩集『밤의 서정抒情』에서

★ 어느 때부터 인지는 알 수 없으나, 퍽 오래 전부터인 것만은 확실하다. 나의 머릿속에 떠올라 사라지지 않는 하나의 환상이 있다.

어째서 그런 환상이 머리에 떠올랐는지, 그것의 직접적인 원인을 알지 못하는 채, 나는 어느 동화에라도 있을 것 같은 환상을 지니고 앓는 몸이 되었다.

나는 여기에 '앓는다'라는 말을 썼다. 그렇다, 그것은 병이라고까지 부르기는 곤란할지 몰라도 '앓는 상태'임에는 틀림없다.

자나깨나 내 머릿속에서 떠나지 않은 아름다운 환상, 그 환상을 떼어 버리려면 그것의 작품화를 꾀하는 길밖에 없다고 나는 생각하는 것이다.

어떻게 표현할 것인가? 그것은 너무도 아름답고 뚜렷하여 도리어 붓을 댈 수가 없다. 수십 장의 원고지를 소비하였건만, 하나도 맘에 들지가 않는다. 확실히 나는 환상을 앓는 환자가 되고 말았다.

몇 해가 지나도 환상은 생각난 듯이 내 머리에 떠오르곤 하였다. 나는 어느 날 밤, 그것의 작품화를 굳게 마음먹고 붓을 들었다. 이렇게 하여 쓰여진 것이 '춘몽'이다.

그러나 나는 이 작품에 아직 만족할 수가 없다. 어딘가 부족감을 느끼는 것이다. 좀 더 선명히 그려 낼 수가 없을까?

※

아직도 그대로 내 머릿속에 떠 있는 아름다운 환상, 그걸 다음에 산문으로 적어 보기로 한다.

> 소년은 여울가 잔디에 앉아 소리치며 흘러내려가는 시냇물을 내려다보고 있다. 물은 바위를 타고 아래로 아래로 무슨 바쁜 일이라도 있는 것처럼 흘러내려가고 있다.
>
> 그 물에는 어느덧 꽃송이 같은 것이 떠 있다. 아까까지 없던 것이다. 깜짝 놀라 자세히 보니 그것은 분명히 꽃송이다.
>
> 웬 꽃송이가 저렇게 많이 떠내려올까?

활짝 꽃이 피기에는 이른, 계절이 초봄인데 낙화가 웬일일까?

소년은 이상한 생각에 사로잡혀 앉았던 잔디에서 일어나 여울을 따라 위로 올라가 본다.

좁다란 오솔길이 있다. 오솔길은 여울은 옆에 끼고 숲 속으로 돌아 올라간다. 좌우 길섶에는 곱고 작은 이름도 모를 꽃들이 연달아 피어 있다.

─아아 이렇게 아름다운 곳이 이 부근에 있었던가?

소년은 꿈꾸는 듯한 마음을 안고 오솔길이 안내하는 대로 숲 속을 찾아들어갔다.

소나무가 무성한 산중이다. 몇백 년, 몇천 년이 되었는지 모르는 아름드리 큼직한 노송들이 빽빽이 들어차 있다. 길이 어두울 지경이다.

문득 소년의 눈에 무엇인가 언뜻거리는 것이 보였다. 소나무와 소나무 사이에서 언뜻거리는 것, 발걸음을 멈추고 자세히 보니, 그것은 호수였다. 푸른 호수가 햇볕에 번뜻거리고 있는 것이다.

빨리 걸어 호숫가로 나가 본다. 맑은 호수에는 조그만 마을이 비쳐 있다. 고개를 들어 호수 건너 먼 밭을 바라본다. 그리 높지 않은 산허리에 조그만 마을이 있었다.

저 마을은 대체 언제부터 여기 있는 마을인가?

호수를 돌고 돌아 소년은 산언덕을 올라갔다. 마을을 찾아가는 것이다.

마을이 가까워진다. 마을이 가까워지자 바람결에 날라리(새납) 소리가 들리었다. 날라리 소리에 섞여 둥둥 울리는 북소리가 들리었다. 노랫소리도 들렸다.

동네에 무슨 제사라도 있는 것일까?

소년은 무서움과 호기심이 뒤섞인 울렁거리는 가슴을 안고 마을이 있는 쪽을 향해 뛰어갔다, 푸른 잔디를 밟으며…….

그러나 이건 또 어찌 된 셈인가? 몸에 걸쳤던 입성이 간 데가 없다. 소년은 발가숭이가 된 자기 자신을 발견하고 놀랐다.

대략 이와 같은 환상을 작품화해 본 것이 '춘몽'이다.

기 도祈禱

노을이 백화白樺(자작나무)나무 수풀을 물들여 놓자
검은 밤은 산을 넘어
이윽고 산장山莊을 찾아 온다.

소녀少女는 램프등에 불을 켠다.
등불 밑에서 소녀少女가 읽는 책은
R. M. 릴케의 기도서祈禱書.

그녀는 문득 기도祈禱가 드리고 싶어진다.

아베 마리아
모란이 뚝 뚝 떨어져 쌓이듯이
내 마음에 아름다운 이야기가 쌓이게 해주소서.

아―멘.

　　　　　　　　　　　　　　　　　　　―시집詩集『밤의 서정抒情』에서

★ 나는 노을을 사랑한다. 나는 노을 비킨 저녁 하늘을 사랑한다. 나는 노을빛에 물든 온갖 자연 풍경을 사랑한다.

─이윽고 밤이 오리라.

밤은 산을 넘어 오리라, 별들을 데리고…….

이러한 시간, 내 머릿속에는 하나의 그림같이 아름답고 선명한 이미지가 가끔 떠오른다. 그것은 태서 명화집에 있는 것들 같기도 하였다. 고흐라든가, 밀레라든가, 세잔의 풍경화에서 볼 수 있는…….

그러나 때로는 잘 생각나지 않는 대로 소설에 나오는 한 장면 같기도 하였다. 투르게네프라든가, 안톤 체홉이라든가, 프루스트라든가의…….

그런가 하면 어느 영화에서 보았는지도 모르는 원 컷 같기도 하였다. '비연'이라든가, '길'이라든가, '황혼'이라든가의…….

산장에 불이 켜지는 걸 볼 때, 나는 그 등불의 주인공 소녀로만 상상하는 버릇이 있다. 그렇지 않다면 차라리 '무도회의 수첩'에 나오는 여주인공 같은, 과거를 가진 부인으로 생각한다. 이 작품에 나오는 등불의 임자는 소녀이다. 그것은 그 날의 저녁 정서가 너무도 아름다웠기 때문이었는지 모른다.

램프에 불을 켜 놓고 소녀는 무엇을 할 것인가? 여기 생각이 미칠 때, 나는 소녀는 독서를 하리라고 상상하였다(그때까지 산장 소녀는 나처럼 노을 비킨 저녁 하늘을 바라보고 있었을 것이다. 노을이 꺼지고 밤이 되니 나도 그만 책 있는 내 방으로 돌아가고 싶다. 소녀도 나와 마찬가지 기분이 아니겠는가!).

이렇게 나는 내 기분을 소녀의 그것과 결부시켜 보는 것이다.

소녀가 등불 밑에서 독서를 한다면 오늘처럼 호젓한 밤 무슨 책을 골라잡을 것인가? 나는 오래간만에 라이너 마리아 릴케의 『기도시집』이 읽고 싶은데……. 그렇다, 소녀도 『기도시집』이거나 '소녀들의 노래'가 들어 있는 『초기 시집(1898~1901년)』을 손에 들리라……. 꼭 그럴 것이다.

> 그대들 소녀들은
> 해 저무는 사월의 정원

무수한 길을 봄마다 헤매어도
아무 곳도 찾아 가지는 못해.

☆

소녀들은 본다―멀리 작은 배들이
평온한 항구로 돌아오는 것을.
소녀들은 서로 가까이 모여
수줍은 표정으로 바라본다,
흰 물살이 무거운 모습으로 변하는 것을.
이렇게 맘에 걸리는 모습이
황혼의 자태다.

☆

무엇이고 저희들을 위해 일으키소서……
저희들은 이렇게 생명을 그려 떨고 있습니다.
저희들은 보다 높아지고 싶습니다.
눈 부신 빛과 같이, 노래와 같이…….

―『독일 시집』에서

시집을 읽던 소녀는 문득 기도가 드리고 싶어 그 자리에 꿇어앉아 두 손을 모으리라. 그리고 아득한 그 무엇을 머릿속에 그리며 열심히 입을 중얼거리리라

아베 마리아
………………
………………

*
**

이 작품 「기도」의 구성을 여기 분석해 보기로 한다.
▷첫째 연―시간, 풍경, 이 풍경 속에 나타나는 산장.

−산장으로 시선을 보내도록 한다.

▷둘째 연−산장의 바깥 면이 아닌 안쪽 면, 등불을 켜는 소녀. 고독한 소녀(나는 이 소녀를 눈먼 소녀로 하고 싶었으나 너무 소설적인 것 같아 꺼렸을 뿐 아니라, 다음이 퍽 어려워 그만두고 말았다).

소녀에게 책을 읽히자, 나도 어서 돌아가 책이 읽고 싶으니. 그러면 무슨 책이 좋을까? 라이너 마리아 릴케가 좋다. 릴케에게는 소녀를 노래한 시가 많으니까……. 그러면 어떤 시집이 적당할까? 『기도시집』이 알맞을 게다. 그러나 시인이 쓰는 시 속에 책 이름조차 『기도시집』이면 너무 속이 들여다보인다. 『기도서』라고 하면 된다. 『기도시집』을 『기도서』라고도 하니까…….

▷책을 읽다 무엇인가 그리움에 사로잡히는 소녀. 소녀는 기도가 드리고 싶어진다. 여기서 기도가 드리고 싶어지는 심리를 나는 소녀의 손에 든 책 이름과 연결시켰다.

▷뭐라고 기도를 드릴 것인가?

먼저 라이너 마리아 릴케의 '마리아'를 가져오기로 하였다. 그러나 '마리아' 하느니보다도 '아베 마리아' 하는 것이 좋을 것 같다.

그 다음은? 내 자신 많은 아름다운 이야기를 갈망하고 있지 않은가? 먼 후일을 위해……. 늙어 쓸쓸할 그 날을 위해 나는 아름다운 추억을 장만하려고 맘먹고 있는 때이니, 그 소녀의 갈망도 그것으로 하는 것이 자연스러울 것이다.

그러면 그 많은 이야기는 어떻게 장만될 것인가? 애써 모아들이는 것보다 낙화와 같이 자연적으로 흩날려 들어와 쌓이는 것이 적절할 것이다.

▷끝은 '아−멘'으로 막기로 하였다. 모름지기 기도는 시와 같이 짧아야 좋고, 단적이어야 실감이 난다. 길어서는 지루해 좋지 않다. 아−멘!

출 발出發

뻐꾹새 우는 산을 가리키며 소년은 산 너머 저쪽 먼 나라에 가보고 싶다고 몇 번이고 말했습니다. 그럴 때마다 어머니는 그의 머리를 쓰다듬어 주며 네가 어서 낫기만 하면…… 네가 어서 크기만 하면 가 보자고 가슴을 졸이며 어르는 것이었습니다.

하늘이 넓고 푸른 어느 날 소년은 아주 길을 떠나가 버리고 말았습니다. 그렇게 가고 싶어 하던 산 너머 저쪽 먼 나라로 소년은 갔을까요? 어머니가 넋 잃고 바라보는 산에서는 날마다 날마다 새갓 베는 나무꾼의 노랫가락만이 들리어 왔습니다.

－시집詩集『밤의 서정抒情』에서

★ 뻐꾹새 소리를 들을 때마다 나는 죽은 이의 넋이 우는 것 같은 생각이 들곤 한다. 사랑하는 자식이나 애인을 잃었을 때 더욱 그러하다.

나에게 '뻐꾹새 감상'이라는 시가 있다. 이것은 내가 생전 처음으로 꼬마—라기보다 나의 핏덩이를 잃었을 때 쓴 것이다. 아내는 첫 애를 유산하고 말았다. 나는 애가 아닌 올챙이 같은 핏덩이를 보았을 뿐이다. 그러나 나도 모르게 설움을 느꼈으니, 그것이 천륜인가 보다.

뻐꾹새 감상感傷

봄을 따라 아가가 갔다. 조그만 아가의 관이 나가던 날은 비가 무섭게 퍼부었다. 나는 몹시 슬펐다.

나는 여행을 떠났다. 산골의 온천에서 달포를 있었다. 밤마다 뻐꾹새가 울었다. 나는 그때 술을 배웠다.

　　　※

뻐꾹새 울음을 들으며 눈물짓노라.
뻐꾹새는 서러운 새 서러운 목소리로 울음 우네.
뻐꾹새는 밤새 뉘를 찾아 저리 우누?
아빠를 모르고
엄마를 모르고
서얼고 쩌르게 살다 가 버린 아가,
아가는 죽어 뻐꾹새가 되었느뇨.
뻐꾹새가 되어 뻐꾹 뻐꾹
아빠를 찾아 엄마를 찾아 저리 우느뇨.

깊은 산골
초라한 여인숙旅人宿
여울 물 소리 뻐꾹새 울음 소리
나는 자칫하면 눈물이 후두둑 떨어질 것만 같어라.

뻐꾹새 뻐꾹새 뻐꾹새

뻐꾹새는 저기 숲에서 살지?

어느 곳 하늘 아래 나의 아가는 사누?

ㅡ시집詩集『밤의 서정抒情』에서

이와 같이 나는 뻐꾹새 소리만 들으면 언제나 죽은 사람들을 그리곤 하였다.

「출발」을 쓰게 된 것도 산에서 우는 뻐꾹새 소리를 듣고서이다. 그 새 소리를 들을 때 내 머릿속에 앓는 한 소년이 떠올랐다.

오래 앓는 소년. 형제가 없는 소년. 홀어머니 손에서 자라나고 있는 소년. 산 너머 저쪽 먼 나라를 꿈꾸고 있는 소년ㅡ그 소년은 어쩌면 '나' 자신의 소년상이었는지 모른다.

언제든 소년은 출발할 것이다. 죽어 가지 않는다 해도, 자기의 꿈을 찾아 산을 넘고야 말 것이다. 그처럼 귀여워해 주는 어머니를 집에 두고…….

그때 어머니는 소년이 넘어간 먼 산 고갯길을 넋을 잃고 바라보며 눈물 지을 것이다. 그러나 무슨 소용이 있겠는가. 소년은 돌아오지 않을 것이니…….

이 시에는 '반가'가 붙어 있다. 이 '반가'라는 것은 편지로 치면 답장과 같은, 말하자면 한 편의 시를 두고 제삼자가 대신 응답하는 노래이다. 상대자가 있는 시일 경우에는 그 시를 받는 이의 입장에서 쓰기도 한다.

김광균이 쓴 「녹동묘지에서」라는 그의 벗을 조상하는 시가 있다. 거기에도 '반가'가 붙어 있다. 여기 참고삼아 「녹동묘지에서」와 그 반가를 적어 준다.

녹동묘지綠洞墓地에서

이 새빨간 진흙에 묻히려 여길 왔던가.
길길히 누운 황토荒土 풀 하나 꽃 하나 없이
눈을 가리는 오리나무 하나 산 하나 없이
비에 젖은 장포葬布 바람에 울고
비인 들에 퍼지는 한 줄기 요령搖鈴 소리.
서른 여덟의 서러운 나이 두 손에 쥔 채
여윈 어깨에 힘 겨운 짐 이제 벗어 놨는가.
아하
몸부림 하나 없이 우리 여기서 헤어지는가.
두꺼운 널쪽에 못 박는 소리
관을 내리는 쇠사슬 소리
내 이마 한 복판을 뚫고 가고
담물은 입술 위에
죄그만 묘표墓標 위에
비가 내린다.
비가 내린다.

─시집詩集『황혼가黃昏歌』에서

반 가返歌

물결은 어데로 흘러 가기에
아름다운 목숨 싣고 갔느냐.
먼─ 훗날 물결은 다시 되돌아 오리
우리 어데서 만나 손목 잡을가.

─시집詩集『황혼가黃昏歌』에서

『이 정 표里程標』 323

위에서 우리는 「녹동묘지에서」의 반가를 읽었다. 그럼 졸작 '출발'의 반가는 어떠한가.

반　가返歌

산을 넘어 가 볼까나,
산 너머 저쪽
조그만 마을 있어
가 버린 소년
오늘도 피리 불며
그 마을 살리.

－시집詩集『밤의 서정抒情』

이렇게 되어 있다. 즉 나는 그 소년이 죽어 한 줌 흙이 되었다고는 생각하고 싶지 않았다. 그는 반드시 어디인가 살아 있을 것만 같았다. 그러면 어디 가 있을까?

저 산, 저 산을 넘어 찾아가 보면, 거기 조그만 마을이 있고, 그 마을에서 '출발한 소년'은 피리 불며 행복하게 살고 있으리라. 그렇게 가 보고 싶어 하였으니 오죽이나 행복하겠는가!

이렇게 생각되는 것이다.

어찌 보면 「출발」의 '반가'는 불쌍한 그의 어머니에게 드리는 위로의 노래일지도 모른다.

제3부

아름다운 계절季節

온천溫泉 가는 길

노을이 장밋빛으로 물들자
차창車窓마다 장미빛이 되어 버린다.
문득 바라보는
앞에 앉은 소녀少女의 얼굴도 장미빛이다.
－장난감 같은 조그만 경편차輕便車는
이런 장미빛 풍경風景 속을
담배를 피우며 어슬렁 어슬렁
산골 온천溫泉을 찾아 걸어가고 있다.

★ 토요일이나 일요일 같은 날, 사람들은 모두 온천을 찾아 물탕을 하러 갔다.

서울에서 P온천을 가자면, 일단 T역에서 내려 H항으로 가는 경편차로 갈아타야 한다.

이 경편차라는 것이 박람회에라도 등장할, 그런 장난감 같은 조그만 기차였다. 부산을 떠나 만주로 달리는 크고 넓은 급행열차를 탔다가 요놈의 것을 탈 양이면 먼저 마음부터 불안스러웠다, 호마에서 내려 당나귀 등에 올라앉은 것처럼······.

기차는 아침보다도 대낮보다도 황혼녘에 달리는 것이 좋다. 이 기분을 아는 사람이 나만은 아닌 모양. 길 떠나는 나그네들은 모두 해 떨어지기 전에 정거장을 향해 몰려들 갔다.

— 이윽고 밤이 되리라.

밤은 보기 흉한 둘레 풍경을 베일로 가려 놓고, 모든 젊은이들의 분홍빛 가슴 속에다 신비스러운 이야기를 곧잘 속삭인다, 하늘에 반짝이는 푸른 별들의 아득한 대화 같은······.

온천溫泉이 있는 거리

유황硫黃 냄새 혹 혹 끼치는 따슷한 샘이 솟는 거리
밤에는 안개가 비오듯 내려
산, 들 할 것 없이 안개에 싸여 자욱한 속에
여관旅館으로 불려 가는 창기唱妓들 소리.
창기唱妓를 나르는 인력거人力車 나팔 소리.

밤이 깊도록 새도록
아아 장고長鼓 소리.
수심가愁心歌 소리.

……나는 통 잠이 오지 않는다.

★ 이 고장은 어딜 파나 유황 냄새가 풍기는 100도(섭씨) 가까운 뜨거운 물이 나왔다.

통닭을 삶아 내는 데 불과 십 분 밖에 안 걸린다.

계란 같은 건 삼 분 정도이면 족하다.

야채도 그 물에 그대로 삶는다.

탕을 할 때 사람들은 찬물을 타야 한다(이 물은 먼 곳에서 파이프로 끌어다 쓰게 되어 있다).

온천장이란 술, 계집, 노름 이 세 가지를 떠나 생각할 수 없는 곳이다. 몬테카를로 못지 않은 치외법권적 유흥의 거리가 바로 이 고장이다.

이 고장 여관은 여관이자 요릿집이요, 요릿집이자 매음굴이다. 창기들은 밤낮을 가리지 않고 여관에 나와 술과 노래와 그들의 정조를 팔았다.

온 실溫室

유리로 지은 집입니다.
창들이 하늘로 열린 집입니다.
집은 연못가 딸기밭 속에 있습니다.
거기엔 꽃의 가족들이 살고 있습니다.

지평선 너머로 해가 기울고
밤이 저 들을 건너 걸어 올 때면
집 안에는 빨간 등불이 켜지고
꽃들이 모두 모여 앉아 저녁 식사를 합니다.

자, 이리로 오시오.
좋은 음식 냄새가 풍기지요?
꽃들이 지금 저녁 식사를 하고 있습니다.
저, 접시에 부딪치는 포크며 나이프 소리……
저, 무슨 술냄새 같은 것이 나지요?

이리로 좀 더 가까이 와 보시오,
보기에도 부럽게 즐거운 가족들입니다.
그리고 저 의상이 어쩌면 저렇게 곱습니까?
식사가 끝나면 으레 꽃들은 춤을 춥니다.

조금만 여기에서 기다려 주시오.

이윽고 우리는 아름다운 音樂을 들으며

이 세상에서 보기 드문 호화로운 춤을 구경할 것입니다.

★ 그 온실은 집으로 치면 조그만 양옥이었다.

그 온실은 연못가 딸기밭 속에 있었다. 연못은 내가 보트를 타며 놀기도 하고, 물가에 있는 수양버들 그늘이나 잔디밭에서 가끔 책을 읽기도 하는 바로 그 연못이다.

나는 그 온실을 볼 때마다 저런 집에서 살 수 있을 나의 미래를 꿈꾸곤 하였다. 따라서 온실 속에 있는 꽃들을 내가 인간 가족으로 보았던 것이다.

─밤에는 빨간불이 켜져야 했다.

음식은 한식이 아닌, 양식이라야 했다. 포크며 나이프를 양 손에 들고 먹는…… 사기그릇에 부딪치는 그것들의 소리가 나는…….

의상은 꽃과 같이 아름다워야 했고, 저녁 식사를 하고 나서는 좋은 음악을 감상하는, 그리고 때로는 댄스파티가 있어야 하는 생활…….

그러나 그것은 지난날의 나의 낭만이었다.

시인이란 꿈을 먹고 산다는 저 '맥' 같은 동물일지 모른다.

온천溫泉 호텔

바람이 불면
바다로 가는 배처럼 흔들린다.

H항港으로 간다는
장난감 같은 조그만 기차汽車가
호텔 문門 앞을 뉘엄뉘엄 지나 다니고

여기는
어디나 더운 샘이 솟고
가는 곳마다 유황硫黃 냄새 천지다.

★ '온천 호텔'은 널따란 들판 한가운데 있었다.

들이 바다라면, '온천 호텔'은 바로 큰 기선이다. 태평양이나 대서양을 건너다니는 그런 호화찬란한 기선이다.

50개도 더 되는 객실을 가지고 있는 호텔. 그 즐비한 객실에는 욕탕이 있고, 베란다가 있고, 베란다에는 마주앉아 환담할 수 있는 등으로 만든 의자가 놓여 있었다.

등의자에 걸터앉으면 바로 눈앞에 푸른 들이 보이고, 그 들 건너로 가까운 산, 먼 산들이 그림같이 보였다. 절기가 가을이라면, 나그네는 맑게 갠 하늘로 그 하얀 빛을 반짝이며 난무하는 학 떼를 볼 수도 있다.

호텔은 객실 외로 300명 가까운 손님을 수용할 수 있는 연회장을 마련해 놓았다. 그리고 연회장에다가는 화려한 무대까지 장치해 놓고 있었다.

시골이면서도 도시에 못지 않은 생활을 할 수 있는 곳도 여기다.

양식을 먹을 수 있고, 당구를 칠 수 있고, 가끔 영화 구경을 할 수도 있는 곳.

그뿐 아니라, 겨울에도 헤엄을 칠 수 있는 풀의 설비도 되어 있다, 25미터밖에 안 되는 극히 소규모의 것이지만…….

온실에서는 신선한 야채를 재배해 내었다. 오이니 토마토, 포도니 멜런 같은 고급 과일을 먹을 수 있는 사치스러운 고장.

여름에는 낚시질, 겨울에는 스케이팅, 손님을 지루하게 하지 않기 위한 만전의 설비를 갖추고 있어, 도시인은 여기 와서 화폐를 남겨 가지고 돌아가지 못하게 된다.

이러한 호텔 문 앞을 장난감 같은 조그만 경편차가 한종일 어슬렁어슬렁 들소 모양 걸어다니는 것이었다.

춘 일春日

나비가
쟁비나무 울타리를 넘어
자꾸 날아 온다.
바다가 바라다 보인다는
산, 그 아래 마을에는
지금 복사꽃 피어 한창인데……

소녀少女는 뜻 모를 서글픔을 씹으며 씹으며
홀로 해먹hammock만 흔들고 있다.

★ 산 넘고 들 건너 봄은 온천장에도 찾아왔다.

늙은 정원지기의 가윗소리가 창 바깥에서 매일 같이 들린다.

산 아래 마을에는 복사꽃이 어느덧 피어나고…….

호텔에서 빤히 바라다보이는 산, 거길 올라가면 황해가 보였다. 날이 맑은 날 같으면 상해—가 보지 못한 상해로 가는, 상해에서 오는 커다란 기선, 화물선들이 보이곤 하였다.

겨우 내 방에 틀어박혀 떠들썩거리던 친구들. 그들도 봄이 들기 전에 어디론가 하나둘 떠나가 버렸다, 후조들처럼.

조용해진 호텔—봄볕만이 따뜻이 드는 이 고장에는 지난 겨울 탕객들이 남겨 놓은 무수한 이야기, 담배꽁초 모양 지저분한 이야기, 호접처럼 사치스러운 이야기, 올빼미처럼 처량한 이야기만이 더운물에 씻겨 흐르고 있다.

앞뜰 해먹hammock을 흔들며 저 소녀는 무엇을 생각하고 있는 것일까, 이 좋은 봄날……? 얼굴이 유달리 파리하고 희여만 보이는 저 소녀—소녀는 자기만을 남겨 놓고 떠나가 버린 그의 부모·형제를 그리워하는 것일까?

아닐 것이다. 그렇지 않을 것이다. 자기만이 알고 있는 '서글픈 심정'에 사로잡혀 저러고 있는 것이리라.

해바라기

방갈로풍風의 발코니—
거기 장밋빛 피부皮膚를 가진 소녀少女는
암체어에 누운 채
잠이 들었다.

창窓 너머로
노오란 해바라기란 놈이
고개를 끼웃거려
들여다 보고…….

★ −저 소녀는 무슨 병을 앓는 것일까?

−저 소녀는 어디 사는 소녀일까?

−저 소녀는 얼마나 여기에 머물러 있으려는가?

−저 소녀의 아버지는 무엇을 하는 사람일까?

−저 소녀의 취미는 무엇일까?

−저 소녀도 나와 같이 음악을 좋아하는 것일까? 그리고 미술과 문학도……?

−저 소녀도 나와 같이 슈베르트나 쇼팽을 좋아할까?

−저 소녀도 나와 같이 릴케나 호프만스탈을 좋아할까?

−저 소녀는 발레리의 '바닷가 무덤'을 읽은 일이 있을까?

−저 소녀는 푸르스트를 알까? '잃어버린 때를 찾아'를 알까?

−저 소녀는 프랑시스 잠의 '밤의 노래'를 나만큼 좋아할까?

−구르몽의 '시몬'은?

구르몽이 노래한 '시몬'이란 필시 저 소녀 같았으리라.

> 시몬 네 손은 눈처럼 차다.
> 시몬 네 맘은 눈처럼 차다.
>
> 눈을 녹이려면 뜨거운 키스.
> 네 맘을 풀려면 이별의 키스.
> ………………………………
> ………………………………

피로한 듯 기운 없어 암체어에 누워 잠이 든 소녀를 노란 해바라기란 놈이 모가지를 길게 뽑고 창 너머로 자꾸 넘겨다보고 있는 오후−나는 그때 얼마나 그 해바라기란 놈을 미워하였던가! 부러워하였던가!

들바람

연못 둔덕
햇볕 따스한 잔디밭에 앉아
소녀少女와 내가 독서讀書를 하노라면
어디선가
들바람이 뛰어 들어
남의 책冊을 제멋대로 읽으려 든다!
책장을 마구 헤치며……

들바람은
장난꾸러기 나의
동생.

★ 그 소녀는 호텔에 와서 오래 전부터 묵어 있는, 긴 병 든 소녀.

소녀는 아는 이가 없다. 아는 이가 없는 소녀는 늘 방에만 틀어박혀 있었다.

어느 날 저녁, 나는 연못가로 산보를 나갔다가 그녀와 알게 되었다, 우연한 일로ㅡ.

우리는 그 후 자주 만났다, 연못가에서⋯⋯. 두 사람이 주고받는 이야기는 대개 서울 이야기, 어린 시절 이야기, 하이네니 헤세 이야기였다.

때로 그녀는 쇼팽이니 슈베르트 같은 음악가 이야기를 하였다. 그럴 때는 내가 듣는 편이 되었다.

각자 제 방으로 돌아가고 사람이 적어진 조용한 식당 한 구석, 소파에 마주앉아 과실 접시를 앞에 놓고 그녀가 열심히 들려주던 음악가들ㅡ쇼팽이니 슈베르트의 음악을 포터블로 듣는 밤도 있었다.

우리는 퍽 오래 전부터 서로 알고 있던 사이처럼 친해졌다.

그 소녀는 이층에서도 아주 구석진 방인 33호실에 들어 있었다.

그러나 나는 그녀의 방을 찾아가 본 일이 없다. 어떤 때는 놀러가 보고 싶기도 하였지만, 왜 그런지 그 방에 가는 것이 무서웠다.

그 대신 나는 밤마다 뒤뜰 플라타너스 그늘에 숨어 이층에 있는 그녀의 방을 쳐다보는 것이 즐거웠다.

ㅡ그녀는 지금 무엇을 하고 있을까?

ㅡ누구를 생각하고 있을까?

그런 밤일수록 정원 분수의 물소리가 유달리 나의 귀에 요란스러웠다.

그녀가 있는 방 등불은 밤이 깊도록 꺼지지 않고 켜 있었다. 그러나 그녀의 그림자는 한 번도 창가에 나타나지를 않았다.

나는 울고 싶은 안타까운 심정으로 그녀의 모습을 찾고 있었다. ⋯⋯.

석 양夕陽

창窓가까이 등의자藤倚子를 놓고
소녀少女와 내가 마주 앉는 석양夕陽이면
안뜰에 명랑한 소낙비가 오고
소낙비가 왔다 간 뒤에는
엷은 구름들이 내려와 놀다 간다.

★ 그 시절 나는 그림엽서에다 이런 시를 써서 서울에 있는 K니 O니 R이니 하는 새로운 세대의 젊은 시인들에게 띄우곤 하였다. 그러면 도시 생활에 지친 그들 젊은 시인들은 노골적인 질투에 타는 답장을 나에게 보내 왔다.

그것이 또 나는 유쾌해 매일같이 그림엽서를 사다가 그들의 질투를 받아들이곤 하였다.

창가에는 반드시 등의자가 있어야 한다고, 이렇게 나만은 생각하고 있었다. 유리창이 없는 집, 유리창 가에 등의자 하나 없는 집, 그런 집을 나는 상상하기조차 싫었다. 너무도 쓸쓸한 구조이기 때문이다.

또 여름날에는 이따끔씩이나마 반드시 소낙비가 와야 한다고, 이렇게 나만은 생각하고 있었다. 정원을 적시며 쏟아지는 명랑한 소낙비 소리, 폐부까지 스며드는 그 소리처럼 시원스런 소리를 아직 나는 들어 본 적이 없다.

소낙비가 쓱 지나간 뒤의 정원 화초들이라니! 웃음을 띠고 어린애처럼 뭐라 나 보고 이야기하는 듯한 화초들의 표정이라니!

황　혼黃昏

이슬이 비오듯 내리는데
비오듯 내리는 이슬에 젖어
고요한 황혼黃昏의
황혼黃昏의 어둠 속에 피어 있는 코스모스.
그 꽃을 꺾으며 꺾으며
벌레 소리,
요란스런 벌레 소리 함부로 밟고 가면
외로움 가슴에 차고
먼 하늘엔 작은 별 하나.

★ 저녁마다 산골에는 이슬이 비오듯 내렸다.

가을이었다. 밭농사 들농사도 끝이 난 황량한 전원에는 들까마귀 울음소리만이 들리었다.

갓 피어난 코스모스가 유달리 애처로운 인상을 주는 것도 가을이라는 계절이 가져다 주는 감상이리라. 더더구나 황혼녘 싸늘한 바람에 파르르 떠는 그 모습은 걸어가는 나그네의 발길을 더욱 무겁게 하였다.

웬 벌레는 그리도 많은가. 벌레 소리가 사뭇 소낙비 오는 것 같았다. 귀가 아플 정도이다.

그러면서도 가슴 속까지 베는 듯 쓰라림조차 느낌은 무슨 까닭일까?

바람에 떠는 길섶의 한 떨기 코스모스—

황량한 들판, 행인 없는 들길—

볏단 위에 앉아 있는 애드거 엘런 포의 "까마귀, 까마귀, 까마귀…… 시커먼 저 새들…… 벌레 소리, 요란스런 갈벌레 소리—"

나는 이런 풍경 속을 싫다 않고 싸다녔다, 아무도 같이 가는 이 없이…….

—스물두 살이었다.

가을 하늘에 반짝이는 별은 어느 때보다도 차고 아름다웠다.

공동묘지가 있는 구암리 뒷산, 나무로 만든 십자가가 어둠에 싸여 더욱 커 보이는 저녁, 나는 먼 하늘에 반짝이는 작은 별 하나를 응시하며, 저 별과 같이 차고 아름다운 한 사람의 처녀를 사모하였다. 어디 있는지조차 모르면서…….

그녀는 어느 마을에서 지금쯤 나와 꼭 같이 저 별을 보고 있으리라. 저별을 보며 한 사나이를 사모하리라, 어디 있는지조차 모르면서…….

그것은 가슴 속으로 고독이 밀물처럼 밀려 들어오는 가을의 황혼녘이었다.

저녁 하늘

창窓을 여는 얼굴에
분수噴水가 물을 끼얹는다.
프랑스풍風의 정원庭園 저 멀리
바다와 같은 저녁 하늘.

그 하늘로 별이 흩어진다…….

★ 저녁은 달콤한 우수가 나를 사로잡는 시간, 이제나 그제나 나는 이 무렵을 남달리 좋아하며, 또한 남달리 싫어한다.

이맘때면 나는 으레 베란다 창문을 열고 정원 멀리 보이는 들이며 산이며 하늘을 바라보는 것이었다. 나와 같이 바라볼 수 있는 벗 하나 없는 것이 쓸쓸하였지만, 그 쓸쓸한 기분을 나는 좋아했던 것이다.

남풍이 좀 세차게 부는 날은 창문을 열어 놓을 수가 없을 정도로 분수가 방 안까지 들이쳤다.

분수는 바로 내 방 앞에 위치하고 있었다.

뿌리는 분수 물을 몸에 맞아 가며 바깥 풍경을 내다보는 맛이란 그리 나쁘지 않았다. 마치 봄비를 맞으며 거니는 그 기분이다.

―당신은 하늘에 별이 나오는 걸 본 적이 있습니까?

해가 서산 너머로 떨어지자 하나둘 나타나는 별들―그 별빛의 아름답고 신비함이란 철학자 에머슨이 아니라도 알 수 있는 미의 극치이다. 하물며 나는 청춘이었고, 나의 외로운 눈동자는 아득한 그 무엇을 그려 타고 있었으니, 저녁마다 나타나는 밤하늘 별들을 얼마나 감격에 찬 가슴으로 바라보았으랴.

제4부

회색灰色 노트

여인女人 Ⅰ

병 든 물새들이
파닥거리고⋯⋯ 우짖고⋯⋯ 피를 토하는
바다,
그런 어둠의 바다가
그 여인女人에게 있었을 줄야⋯⋯.

푸른 동해東海가 바라다보이는
서늘한 테라스—
스페인 베드 위에 누웠던 여인女人은
새벽달같이
차고 희었다.

—시집詩集『축제祝祭』에서

여인女人 Ⅱ

창 밖에 가을 빗소리가
가슴을 앓는 그 여인女人의 기침 소리로
그렇게 들리는 날―
가슴 구석마다
그 여인女人의 기억記憶이
다시 거미줄을 늘인다.

―시집詩集『축제祝祭』에서

★ 1938년이었다. 내 나이 스물넷이었다. 나는 집을 버리고 서울에 와 있었다. 문학을 해 보겠다는 것이었다.

그러면 서울은 문학을 할 수 있는 곳이었던가? 그렇지가 못하였다. 문학의 꽃이 필 수 있는 아무런 조건도, 환경도 없었다. 눈으로 보는 예술가의 생활이란 글자 그대로 비참하였다. 나날이 내 마음을 졸라매는 것은 고독이요, 허무요, 실망뿐이었다. 매일같이 만나는 친구들은 헤어날 길 없는 구덩이로 딩굴어 떨어져 갔다.

시단에는 데카당스頹廢·타락의 조류가 도도히 흐르고 있었다. 프랑스의 보들레르니 베를렌의 시편들이 전에 없이 애송되던 때도 이 무렵이다.

특히 서정주 같은 시인은 그 작품으로서만 아니라, 실제 생활도 극도로 데카당스적이었다. 그가 소격동 조그만 하숙방에서 피고름을 짜내며 반정신병자 행세를 하던 때도 이때이다.

나는 나대로 절망적인 인생관을 가지고 세파에 휩쓸렸다. 그러나 정주와 같이 남의 눈을 가릴 정도로 불량不良하지 못하였던 것은 역시 나의 생리가 거기 맞지 않았기 때문일 것이다.

지금도 그렇거니와, 나는 그처럼 남들이 떠들어내는 보들레르를 좋아하지 않았다. 싫어하는 것은 아니지만, 그에게 미치지는 않았다.

그러나 내가 작품의 소재로 삼은 것은 주로 병든 소녀요, 병든 여인이요, 병든 매음부였다. 당시의 평론가 최재서는 이래도 괜찮은가 하고 이런 경향의 나의 작품에 의문표를 찍어 놓았다.

그 시절 발표한 것, 발표하지 않은 것 가릴 것 없이 그 시 제목만을 적어 보아도,

▷「매춘부」(《조선일보》) 1938년 가을

▷「바다로 가는 여인」(《조광》) 1938년 겨울

▷「마녀」(미발표−뒤에 시집『축제』) 1938년 겨울

▷「병 든 아가씨와 앵무」(미발표−뒤에 시집『축제』) 1939년 봄

▷「여인 Ⅰ」(《조광》) 1939년 봄

▷「여인 II」(≪조광≫) 1939년 봄

▷「병실」(미발표-뒤에 시집『축제』) 1939년 여름

▷「복녀 I」(미발표-뒤에 시집『축제』) 1939년 여름

▷「복녀 II」(미발표-뒤에 시집『축제』) 1939년 여름

▷「비의 image」(≪조광≫) 1939년 여름

이렇게 많다. 즉 나의 제2시집『축제』는 거의가 병든 여인을 소재로 삼은 시편들을 모은 것이다.

이것을 냉정한 문예 비평가는 어떻게 보는지 내 알 바 아니로되, 나는 그 무렵 오직 병든 여성에게서만 미를 발견하였던 것이다. 혹자 나를 두고 변태라고 말해도 어쩔 수 없는 일이다. 그것은 조금도 거짓 없는 사실이었으니까……

일찍이 조영암은 어느 잡지에다가 나의 연애 대상자로 무수한 병든 소녀가 있었다고 하여 나의 실소를 샀거니와, 나는 병든 여성을 시의 소재로 잡았을 뿐, 실제로 병든 여성과 사랑을 속삭여 본 일은 없다. 있었다면 그것은 해방 이후의 이야기다. 조영암은 나의 작품에 등장된 여성들을 모두 나의 애인으로 안 모양이다.

독자 중에는 사실과 어긋나는 시가 있을까 의심하는 사람이 있으리라. 그러자 여기 많은 예를 들지 않더라도 그것은 얼마든지 있는 일이다.

김광균에게 「은수저」라는 시가 있다. 애를 잃은 애비가 밥상을 받고, 밥상 받을 때마다 상에 매달려 재롱부리던 죽은 애를 그리는 실로 눈시울이 뜨거워지는 작품이다. 나도 실은 그 시를 읽고 광균의 상심된 마음을 동정하였던 것이다. 그 후 기회가 있어 나는 광균 보고 그런 일이 있었는가 하고 물었다. 그는 빙그레 웃으며 전혀 없는 일이라고 대답하였다.

그러니까 시의 소재로서는 무엇이든 취할 수가 있는 것인즉, 시의 소재가 되었다고 실제로 있는 일이라고 속단해서는 안 된다.

저 유명한 조각가 로댕은 '매음부였던 여인'이라는 걸작을 후세에 남겼거니와, 그러면 그 여인은 로댕의 애인이었을까? 그렇지 않을 것이다.

***

    말이 길어졌지만, 졸작 「여인 Ⅰ」, 「여인 Ⅱ」이 두 편은 내가 택한 소재에 지나지 않을 뿐, 결코 실제로 있은 이야기가 아니라는 것을 밝혀 둔다. 그것들은 내 머릿속에 자리 잡고 있던 이미지를 작품화한 것에 지나지 않는다. 거듭 내가 말할 것은, 그러한 처지의 여성에게서 한때 나는 미를 발견했고, 미를 느끼었다는 것이다.

바다로 가는 여인女人

I

바다 가까운 요양원療養院ー

거기 꽃 한 가지 없는 병실病室 한 구석에 젊은 그 여인女人은 오래 니 가슴을 앓았다.

마음에 좀은 들고…… 피부皮膚는 백랍白蠟처럼 희어지고……

그는 행복幸福이 그를 버리고 제비처럼 그 어느 먼 나라의 푸른 오월五月을 찾아 갔다는 것을 알고 있다.

그리고 깊은 밤마다 그는 본다, 그의 육체肉體의 지붕에서 날아 가는 비둘기들을. 한 마리 두 마리 날아가면 다시 돌아올 줄 모르는 청춘青春의 비둘기들을.

해변海邊 모래알보다도 덧없는 사랑. 사랑.

지금은 오직 가지가지 기억記憶만이 그의 썩은 가슴을 탁목조啄木鳥·딱따구리처럼 쪼을 뿐이다.

II

유달리 열熱이 높고 기침이 심하던 날 밤, 그는 동백冬栢꽃보다 더 붉은 것을 입으로 토하였다.

밤은 해저海底 고요하다. 남창南窓으로 강江물처럼 밀려드는 달빛이 차디 찬 베드를 적시고 그를 적신다.

푸른 달빛을 조용히 호흡呼吸하면 마음만은 화분花粉처럼 가벼운 것 같아…… 그는 노대露臺로 나가 보았다.

밤 하늘을 흐르는 차거운 달. 달을 스치며 스치며 자꾸 자꾸 떠 내려가는 구름. 구름.

ー파도소리가 바람을 타고 멀리 들린다.

그는 어데선가 저를 부르는 늙은 어머니의 음성을 들은 것 같다.

"어머니!"

그는 두 손을 가슴에 대고 아득한 대지大地를 향하여 나직이 불러 보았다.

Ⅲ

달빛을 머리에 이고 여인女人은 모래 벌을 바다로 간다.

바다는 그를 부르고…… 바람은 그를 붙들고……. 치마폭이 기旗ㅅ발처럼 퍼덕인다.

손수건手巾을 입에 대고 걸어가는 그를 따르는 손수건手巾을 입에 대고 걸어가는 검은 그림자ー

그림자는 그의 반생半生처럼 짧고 슬프다.

기침을 하며 피를 토하여 농부農夫처럼 피로한 몸을 그는 어서 어머니ー바다의 품에 맡기고 싶었다.

바다여 안어다오

바다여

－시집詩集『축제祝祭』에서

★ 낡은 '시작 노트'를 들춰 보니 이 「바다로 가는 여인」의 제작 연월일이 1938년 12월 4일로 되어 있다. 그리고 제목은 처음에 그저 '여인'이라고 썼다가 나중에 '바다로 가는 여인'으로 고쳐 놓았다.

말할 것도 없이 이 시는 앞에서 보여 준 '여인 I, II'와 같은 연도의 같은 계절에 속하는 것이다. 역시 병든 여인이 이 시의 소재로 되어 있다.

나는 이 시를 쓸 때, 시나리오적인 수법을 써 보려 하였다. 프랑스 같은 데서는 이미 「시네포엠」이라고 하는 이러한 법을 쓴 시가 있음을 그때 나는 알고 있었다. 뿐만 아니라, 번역을 통하여서나마 그것의 몇 편을 읽기도 하였다. 그러나 이 시 「바다로 가는 여인」 같은 것은 아니었다. 그것은 좀 더 전문적이었고, 용어도 시나리오에서 쓰는 것과 꼭 같은 용어를 사용하고 있었다. 지금 내 손에 스크랩북이 없어 보여 줄 수가 없으나, 1938년을 전후해 나도 ≪조선일보≫ 지상에 「소년회첩」, 「천향통신」 이 두 편의 시네포엠을 발표한 일이 있다. 이것이 모르긴 모르되 우리나라에서 처음으로 시도된 시네포엠이 아닐까 생각한다. 단편 「남생이」를 쓴 소설가 현덕이 이걸 읽고 재미있다고 말해 주던 일이 생각난다. 그 현 덕도 폐병으로 오래 전에 세상을 떠나고 이제 살아 있지 않다.

I 에서

바다 가까운 요양원―

대뜸 이렇게 나온다. 내 깐에는 영화와 같이 요양원이라는 하나의 건물을 독자에게 보여 주려는 것이다. 요양원 아래다가 선(―)을 그은 것은 얼마 동안의 시간을 암시하려 함이다.

그리고 나서 나는 요양원 안 병실과, 그 병실 한 구석에 누워 있는 젊은 한 여인을 독자에게 소개하였다.

▷피부가 몹시 흰 불행한 여인이다. 시들어 가는 육체, 여인은 지난날의 사랑을 회상하며 덧없어 한다.

Ⅱ에서 가서는(장면이 바뀐다)

고요한 밤이다. 달빛이 유리창으로 들어와 베드를 비치고 있다.

▷여인은 노대로 나가 달을 쳐다본다. 밤하늘로 떠내려가는 구름. 먼 파도 소리, 귀를 기울이며 사방을 이리저리 둘러보는 여인, 여인은 '어머니!'를 부른다. 두 손이 그녀의 가슴에 있다.

Ⅲ에 가서(장면이 또 바뀐다)

▷달빛 아래로 걸어가는 여인, 그녀의 치마폭이 퍼덕인다, 바람 소리, 파도 소리.

▷ 여인은 손수건을 입에 갖다 댄다, 그녀를 따르는 그림자, 기침을 한다, 피를 토한다.

▷ 바다가 보인다. 피로한 몸을 끌고 가는 여인, 파도 소리가 가까워진다, 바람 소리가 더욱 요란스러워진다.

여인은 몸을 앞으로 굽히며 바다를 향해 걸어가고 있다.

보다시피 주관적인 말이 하나도 나오지 않는 것이 특색이라면 특색일까? 하여튼 외면적 묘사와 내면적 묘사를 뒤섞어 가며 '가슴을 앓는 한 젊은 여인'을, 그리고 그녀의 분명하지 않은 과거, 최후 같은 걸 나는 '이렇습니다!' 하고 관람시키는 데 노력을 다하였다.

향 수鄉愁

나는 바다로 가는 길로 걸어 간다. 노오란 호박꽃이 많이 핀 돌담을 끼고 황혼黃昏이 있다.

돌담을 돌아 가면─바다가 소리쳐 부른다. 바다 소리에 내가 젖는다. 내가 젖는다.

물바람이 생활生活처럼 차다. 몸에 스며 든다. 요새는 모든 것이 짙은 커피처럼 너무도 쓰다.

나는 고향故鄕에 가고 싶다. 고향故鄕의 숲이, 언덕이, 시내가 그립다. 어린적 기억記憶이 파도처럼 달려 든다.

바다가 어머니라면─하고 나는 생각해 본다. 바다의 품에 안기고 싶다. 안기어 날개같이 보드러운 물결을 쓰고 맘 편히 쉬고 싶다.

수평선水平線 아득히 아물거리는 은색銀色의 향수鄕愁. 나는 찢어진 추억追憶의 천막天幕을 깁고 있다, 여기 모래벌에 주저 앉아서…….

─시집詩集『축제祝祭』에서

★ 이 시는 당시의 문예지 ≪인문평론≫에 발표되었다가, 뒤에 가서 나의 제2시집 『축제』에 수록되었다. 이제 와 읽어 보면 그다지 새로울 것도 없는 것이지만, 그때는 새롭다는 평을 받았다.

내가 이 시를 발표하던 때의 우리 시단의 중견이란 『신문학』에 모였던 시인들이다. 북으로 간 정지용을 비롯해 김영랑, 박용철, 임학수, 이하윤, 김상용, 신석정 등 제씨가 활약하였다. 나와 전후해 나온 신진으로 김광균, 모윤숙, 노천명, 서정주 외에 월북한 O니 R니 하는 젊은 시인들이 가끔 얼굴을 내밀었다.

지금에 와서 그때 그들의 작품을 펴 놓고 읽어 보아도 짐작이 가겠지만, 그 표현에 있어 '나는 바다로 가는 길로 걸어간다'—이렇게 산문을 다루듯 쓰는 수법이 새롭다는 인상을 주었다.

그러면 어째서 나는 이와 같은 표현 수법을 썼을까? 물론 시가 가진 내용에 적합한 수법을 찾기 위해서이다. 그러나 한편 내 깐에는 건방지게도 재래의 것, 상투적인 것에 정면으로 반항하고 싶었던 것이다. 춘원, 요한, 안서, 파인의 뒤를 이어 내려오는 신체시에 어지간히 싫증을 느꼈던 것이다. 우리 젊은 세대의 시인들은 우리의 갈 길을 선택하고, 선배들의 작품에 반기를 들고 일어섰던 것이다.

「향수」를 읽으며 문득 생각나는 시우詩友가 있다. 그는 일제 말엽 북경에서 옥살이한 이육사이다. 「청포도」를 쓴 바로 육사이다.

육사는 그 당시 '향수'가 발표된 ≪인문평론≫의 발행처인 '인문사'의 사원이었다. 나는 그와 매일같이 만나 차도 마시고 문학 이야기도 하곤 하였다.

어느 날 아침이었다. 내가 '광화문 빌딩' 2층에 있는 인문사에 들어서니 육사가 나를 기다렸다는 듯이 자리에서 일어나 반가이 맞는다. 나를 소파로 끌고 가 앉히고, 그는 안주머니에서 한 편의 시 쓴 걸 꺼내 나에게 내밀며 읽어 보라고 한다.

그것이 그 다음 달 ≪인문평론≫에 발표된, 그리고 지금까지도 많은 사람들에게 애송되고 있는 「청포도」였다.

나는 서서히 읽고 나서 이렇게 말하였다.

"작품으로서 짜임새는 있다. 그러나 그것뿐이다. 새로운 아무것도 나는 여기서 찾아낼 수가 없다."

나의 이 말을 듣고 육사는 퍽 우울한 표정을 하였다. 밤새껏 끙끙거리며 썼다는 것이다.

청 포 도 靑葡萄

李 陸 史

내 고장 칠월七月은
청포도가 익어 가는 시절.

이 마을 전설이 주절주절이 열리고
먼 데 하늘이 꿈꾸며 알알이 돌아와 박혀

하늘 밑 푸른 바다가 가슴을 열고
흰 돛 단 배가 밀려서 오면

내가 바라는 손님은 고달픈 몸으로
청포를 입고 찾아 온다고 했으니

내 그를 맞아 이 포도를 따 먹으면
두 손은 함뿍 적셔도 좋으련.

아이야 우리 식탁엔 은쟁반에
하이얀 모시 수건을 마련해 두렴.

―『육사시집陸史詩集』에서

나는 기탄없는 나의 의견을 육사에게 말하였다.

내가 못마땅한 것은 맨 끝 연이다. 물론 결구를 맺으려면 그렇게 되어야 할지 모른다. 그렇지만 이 시구가 주는 기분이란 그리 좋은 것이 못 된다.

> 아이야 우리 식탁엔 은쟁반에
> 하이얀 모시 수건을 마련해 두렴.

이것이 육사의 정신면에 자기도 모르게 자리 잡고 있는 양반 근성을 나타내고 있는 것이다(육사는 양반집 자손이었다). 이러한 양반 근성 자체도 좋지 않거니와, 이런 태도를 그 작품에 보임으로써 우리는 현재 살고 있는 시대가 조선조 시대인 양 느껴지게 된다. 시는 시대보다 앞서야 하는 것이다. 그러나 「청포도」를 읽으면 읽을수록 우리는 과거로 뒷걸음질해 가고 있는 것 같은 착각을 느낀다. 이것은 시작 태도로서 옳은 일이겠는가?

또 넷째 연에서, '청포를 입고 운운' 하였으니, 도대체 요새 세상에서 청포를 입는 그 취미를 나는 이해할 수 없다. 어째서 우리는 시대에 역행해야 하는가?

대략 이상과 같은 건방진 소리를 하여 아침부터 육사의 마음을 뒤집어 놓았다는 것이다. 지금 생각하면 미안하기 짝이 없다. 그러나 나는 이런 소리를 곧잘 하는 젊은이였다.

그날 밤 육사의 기분을 풀어주기 위하여 술을 받아 주던 생각이 어제 일 같이 생각난다.

「향수」는 문학을 합네 하고 집을 뛰쳐나와 서울 거리를 헤매며 돌아다니던 때(1938년)에 쓴 작품이다. 지금 다시 끄집어내어 읽어 보면 낯이 화끈거린다. 그것은 작품으로서의 「향수」에 대해서가 아니라, 작품 「향수」 속에 있는 나약한 '나'를 봄으로써이다.

> 요새는 모든 것이 짙은 커피처럼 너무도 쓰다.

그러나 짙은 커피는 쓴 대로 달콤한 맛이 있다. 생활이란 짙은 커피류가 아닌, 피비린내가 날 정도의 것임을 나는 나이 먹으면서 깨닫게 되었다.

바다가 어머니라면—하고 나는 생각해 본다. 바다의 품에 안기고 싶다.

이것은 그 당시의 나의 인간면을 말하고 남음이 있는 대목이다. 왜 좀 더 꿋꿋하지 못했을까? 바다가 어머니라면—하고 생각하는 내가 자라난 바탕, 연령을 나는 오늘에 와서 저주하고 싶다.

귀 거 래歸去來

새벽마다 베개는 내 눈물에 젖었더라
아가는 나를 기다리는가.
돌아가리, 내 아가의 곁으로 돌아가리
계집을, 동무를, 시詩를……
나의 즐거움이었던 모든 것을 내던지고
아가를 위하야(내 섭섭히 생각하지 아니하고)
돌아가리 내 아가의 곁으로 돌아가리.
뻐꾹새가 많이 날아와 우는 동리洞里
복사꽃 구름 피듯 유달리 아름다운 동리洞里
나는 거기 아가와 둘이 사자
바람이
저 하늘로 구름쪽을 몰고 다니듯이
이윽고 아가와 내가 저기 푸른 들로 가축家畜을 몰고 다니는 날
오오 그 날 나의 마음은 청징淸澄하고
인생人生은 단오端午날처럼 즐거울 게다
돌아가리, 내 아가의 곁으로…… 고향故鄕으로.

　　　　　　　　　　　　　　　－시집詩集 『축제祝祭』에서

★ 서울에서 어지간히 고달픈 생활을 하던 나는 향수병도 병이려니와, 몸과 마음이 지칠 대로 지쳐 더 이상 견딜 수가 없게 되고 말았다. 끝내는 잠 못 이루고 사내답지 못하게 눈물까지 흘리는 몸이 되었다.

시골에 있을 때는 그처럼 가고 싶고 보고 싶던 서울이요 동무들이건만, 몇 해를 고생하고 나니 참말로 그냥 객지에서 죽고 말 것만 같았다. 나는 고향으로 돌아가 살 것을 결심하였다.

고향에는 애비의 얼굴도 모르는 아가가 있었다. 지금쯤은 어지간히 컸으리라 생각하니 미칠 것 같았다. 그렇다, 돌아가자. 가서 한 세상 밭이나 갈며 모든 것 잊고 같이 살자!—이렇게 마음먹고 어느 날 나는 아무도 모르게 고리짝을 묶었다.

「귀거래」를 쓰기 바로 직전에 나는 「아가」라는 시를 썼다. 이 시는 아가를 그리는 나머지 어떤 '일루전illusion'에 걸려 헤매던 어느 비 내리는 날 밤의 나의 광태를 작품화한 것이다.

내 작품 중 가장 긴 것이요, 또 몇몇 분들에게 대표작 대우를 받고 있는 것이기도 하다.

아 가

굵은 빗줄기가 유리창琉璃窓을 치고 달아난다. 달아났다가는 다시 돌아와 찬다. 차고는 가고 갔다가는 와서 차고…… 바람 소리, 빗 소리, 온갖 우주宇宙의 소리가 나의 귓속에서 버석거린다.

"응아, 응아!"
밤은 깊고-. 담벼락을 더듬어 다니는 고양이 소리 같지는 않다. 아가가 젖을 달라고 보챈다. 엄마를 찾는다. 아니, 아빠를 부른다.

"오냐, 오냐!"
나는 팔을 벌려 안아 주고 싶다.
"아가야 너는 어디메 있니?"
나는 창窓 앞으로 달려가 문짝을 열어 젖혔다. 캄캄한 어둠 속에서 바람이 달려 들어 나를 찬다. 빗줄기가 나를 갈긴다.
오오, 쳐라! 갈기어라!
비여
바람이어

어디선가 아가의 우는 소리가 빗바람 소리에 섞여 자꾸 자꾸 들려 온다…….
"아가야!"

나는 아가를 부르며 창窓을 넘어 뛰어 나갔다.

포도鋪導는 조수潮水 민 강변江邊처럼 비에 잠기고ㅡ. 나는 빗바람에 불리며 쫓기며 끝없이 달리었다.

늘 다니던 골목 길이 처음 온 나라 같구나. 꼬불 꼬불 담을 돌아 비를 쓰고 바람을 지고 헌 담배곽처럼 굴러 다니노라면 오오 저기 아가는 나를 부르고 섰구나. 아가는 나를 보고 웃는구나.

가로등街路燈에 부서지는 빗방울 빗방울. 빗방울이 아가의 얼굴이라. 아가의 얼굴이 둘이라, 셋이라. 아니 넷이라. 아니, 다섯이라. 열이라. 스물이라. 백이라. 천이라. 오오, 수 없는 아가가 하늘에서 내려 오는구나.

빗바람 그치면 서울 하늘에도 달은 있다.

폐허廢墟 같이 조용해진 종로鐘路의 넓은 거리ㅡ

나는 갑자기 게엑 게엑 목놓아 울고 싶더라, 저기 전주電柱라도 붙들고…….

"웅아, 웅아!"

"아가는 어디서 저렇게 울고 있노?"

나는 고개를 들어 아가를 찾는다. 어디인가 아가는 나를 기다리고 있을 것만 같다.

"오냐, 오냐!"
나는 적삼을 헤치며−적삼 속에 아가를 품으려고 다시 걸어갔다,
아가를 부르며 부르며…….

　　나의 피리는 찢어진 지 오래다
　　이 따위 피리로 그 무슨 좋은 곡조曲調를 불 수 있으랴.

　　나의 귀여운 마녀魔女, 지금 그도 병病들었나니
　　오오, 차디찬 과거過去여 비애悲哀여
　　가거라!
　　그 어느 먼 북극北極으로라도, 썰매를 타고.

　그때 나는 아가와 단둘이 살리라. 조개처럼 물고기처럼 무심히
살리라.
　아가야, 아비는 아가의 집에서 아가와 단둘이 살고 싶다…….

−시집詩集『축제祝祭』에서

★ 즐겁던 일, 괴롭던 일, 슬프던 일들이 마구 섞인 회상의 시편이 '아가' 이다. 나는 이 시를 나의 잿빛 청춘을 떠나 생각할 수가 없다.

이 시의 무대가 되는 곳은 서울 관수동이다. 좀 더 정확히 적으면 서울 특별시 종로구 관수동 22번지이다.

굵은 빗줄기가 유리창을 차고 달아나던 그 집을 나는 해방 후에—그러 니까 '아가'가 제작된 지 십여 년 만에 한 번 혼자서 찾아가 본 일이 있다. 그때의 술회를 쓴 것이 '관수동'으로 소설가 김동리가 나의 작품 중의 백 미라고까지 말해 준 것이다(≪경향신문≫에 발표되었었다).

관 수 동 觀水洞

관수동觀水洞 다리를 건너면 변전소變電所의
드높은 빌딩이 있는 부근附近.
독을 파는 전방이 있고
담뱃가게가 있고
모퉁이의 육곳간을 돌아 골목길로 들어서면
바로 관수동觀水洞 이십이번지
담도 판장도 없이
길이자 뜰이요, 뜰이자 방房인 집은
그 옛날
내가 순이와 외롭게 살던
외롭게 살며 「축제祝祭」를 쓰던 곳.
오늘 이 앞을 지나가며
나는 소식조차 모르는 순이를 생각한다.
서로 사랑은 하고
그러면서도 이루지 못하고 헤어져 버린
나와 순이와의 사랑을 생각한다.

순이와 내가 살던 저 집에
지금은 누가 사는 것일까,
밖으로 녹슨 자물쇠가 잠긴 채
조용한 것이 빈집 같아라.

—시집詩集 『밤의 서정敍情』에서

　'아가'를 쓰던 시절의 나의 생활 같은 것을 어렴풋이나마 알아 내려면, 그 뒤에 가서 내가 그 시절을 회상하고 쓴 위에 소개한 '관수동'을 읽어 보는 것이 가장 빠를 것이다.

　관수동 22번지. 이 번지에는 한 집이 아닌, 여러 세대가 살았다(현재는 모르지만, 그때는 그랬었다). 그 전에 어떤 부잣집이던 것을 왜놈이 사 가지고 방을 많이 들여 월세를 놓고 있다고 하였다. 그런지라, 제법 방 같은 건 몇 개 안 되고, 모두가 광이나 헛간, 그렇지 않으면 줄행랑에다가 유리창을 갖다 단 그런 방 구조였다. 아파트와도 다른, 이 상야릇한 집이다.

　이상야릇한 건 집 모양만이 아니었다. 거기 들어 사는 수십 세대의 족속들도 모두가 얄궂은 운명의 주인공들이었다. 기껏해야 남의 소실이거나 배우 나부랭이, 그렇지 않으면 기생이요, 바의 여급들이었다. 하여튼 낮과는 인연이 먼, 밤에 벌어먹는 박쥐떼들이었다.

*
**

　나와 순이가 들어 있던, 집이라고 해서 좋을지 어떨지 모르는 방은 그 중에도 따로 떨어져 있는 딴 채였지만, 그 방 바깥은 길이요, 동시에 뜰이었다. 판장도 뭣도 없었다.

　나는 그 방에서 문학을 합네 하고 틀어박혀 살았다. 순이가 여급질을 해다가 먹여 주는 밥을 얻어먹으며. 별 것이 아니다. 쉽게 말해 이상이 쓴 '날개' 속 주인공과 대차 없는 생활이었다. 그와 다른 것이 있다면 여급질은 할망정 순이는 나를 지극히 사랑해 주었다는 것, 나의 의심이나 질투를 사는 일이 없었다는 것 정도이다.

　나는 순이에 대한 이야기를 장황이 적고 싶지 않다. 여기에 그것

이 필요하지 않거니와, 어느 때이고 좀 더 자세히 쓸 날이 있으리라
믿기 때문이다.

위에서 '관수동'이란 시를 읽고, 단편적이나마 그때의 내 생활 환경을
알아 내고 나서 졸작 '아가'를 읽어 보면 내가 발광적인 행동을 하게끔 된
'그때의 나라는 인간'을 다소나마 이해할 수 있으리라고 생각한다. 나는
과연 아가만을 못 잊어 이처럼 광태를 부리게 되었을까? 결코 그렇지는 않
다. 생활, 예술, 사랑—이 모든 것에 어지간히 피로를 느꼈던 것이다. 지칠
대로 지친 나에게 고향만이, 고향에 있는 아가만이 유일한 메시아였던 것
이다.

> 나의 피리는 찢어진지 오래다
> 이 따위 피리로 그 무슨 좋은 곡조를 불 수 있으랴.

이 구절은 무엇을 의미하는가. 말할 것도 없이 자기의 창작력에 회의를
갖는 비애를 자탄하는 것이다.
내가 고향과 가족을 버리고 서울로 뛰어올라올 때는 사랑에 순하려는
생각에서만은 아니었다. 사랑보다 더 나를 매혹하는 예술—시를 써 보겠
다는 큰 야심이 없었던들, 그러한 고난의 가시덤불 속으로 들어가지는 않
았을 것이다. 그러나 내가 뜻하던 예술에도 자신을 잃고 만 나는 완전히
딜레마에 빠져 허덕이는 신세가 되었다.
거기다 설상가상으로 여급질을 해다 나에게 한 조각 빵을 먹여주던 순
이(그녀는 확실히 귀여운 마녀였다)마저 병들어 눕고 말았으니, 내가

> 오오, 차디 찬 과거여 비애여
> 가거라!
> 그 어느 먼 북극으로라도 썰매를 타고!

하며 땅을 치며 내 불우한 팔자를 한탄하지 않을 수 없었다.

*

이쯤 지난 이야기를 해 두고, '아가'의 기교면 몇 가지를 들어 해설할까
한다.

여섯째 연의

> 가로등에 부서지는 빗방울 빗방울. 빗방울이 아가의 얼굴이라.
> 아가의 얼굴이 둘이라, 셋이라. 아니, 넷이라. 아니 다섯이라. 열이
> 라, 스물이라. 백이라. 천이라. 오오, 수없는 아가가 하늘에서 내려
> 오는구나.

이것은 확실히 나의 '일루전(Illusion; 환영, 착각)'이다. 술에 취한 것도
아니건만, 정신 상태가 정상적이 아닌, 극도로 피로한 내 눈에는 연달아
내려오는 무수한 빗방울들이 모두 아가 모습으로 보이는 것이었다.

내가 그와 같은 '일루전'을 줄을 따로 잡지 않고 길게 써 내려간 것은, 역
시 숨이 꺼질 듯한 그때의 호흡과 아울러 기막히는 내 감정을 나타내고자
함에서이다.

이와 같이 호흡이 급한 대목을 제시하고 나서, 나는 잠깐 제 정신을 차
릴 수 있었음을 다음과 같이 표현하였다.

> 빗바람 그치면 서울 하늘에도 달은 있다.
> 폐허같이 조용해진 종로의 넓은 거리―

이 두 행을 그저 하나의 서정문으로 보지 말고, 그 시간의 내 정신 상태
로 알아주어야 정확한 감상이 될 것이다.

> 나는 갑자기 게엑 게엑 목놓아 울고 싶더라, 저기 전주라도 붙들
> 고…….

이 대목 역시 흥분 끝에 오는 한 사람의 심리적 변화로 보아야 마땅할 것이다.

호수湖水로 가는 길

밤이 별들을 데불고
저 들을 고요히 건너 올 때

오리와 흰 게우란 놈은
돌아갈 길조차 잊어버리고
호수湖水로 가는 길에 가 서서 이야기만 하고 있다.

저녁 물바람이
풀피리 소리를 싣고 올 때

물동이를 이고 돌아가는
마을 색씨들의 흰 옷 그림자가
조각달처럼 외롭구나.

호수湖水로 가는 길은
별의 포도葡萄송이처럼 열린 저 하늘에 닿은 듯—

먼 마을 뒷산엔
벌써 소쩍새가 나와 운다.

—시집詩集 『축제祝祭』에서

★ '호수로 가는 길'에 대하여는 이미 졸저 『현대시의 감상』에서 언급한 바 있어, 여기도 그것을 그대로 옮겨 놓는 데 그치련다. 다만 끝에 가서 이 시를 구성한 그것의 수법 같은 것을 좀 더 살펴, 이제부터 시를 쓰려 하는 이를 위해 참고삼게 할까 한다.

**

이 시는 나의 두 번째 시집 『축제』 속에 들어 있습니다.

여러분은 이 시를 읽으며 뻐꾹새 우는 어느 산골의 저녁 풍경을 머릿속에 쉽게 그려 낼 수 있을 겁니다. 그렇습니다, 이 시의 소재가 된 곳은 산골이었습니다. 그러나 첩첩산골이 아니라, 산 아래로는 호수가 있고 들이 있는 한 조그만 고장입니다.

이곳이 바로 나의 유년과 소년이 자라난 고향입니다. 단 고을 못지않게 아름답고 평화스럽던 곳이었습니다.

이 고장의 밤은 언제나 들판 저쪽에서 왔습니다(우리나라에서도 손꼽히는 넓은 평야가 있는 곳이니까요). 그것은 와락 달려오는 것이 아니라, 천천히 긴 시간을 두고 옵니다. 나는 들 위로 마치 걸어오는 듯한 밤을 나직한 언덕에 앉아 바라보는 것이 즐거웠습니다.

바다처럼 넓은 벌판을 내려다보고 있노라면, 별들을 죽 이끌고 오는 것 같았습니다.

무척 신비스러운 생각이 들었습니다. 그러나 언제까지 언덕에 앉아만 있을 수는 없는 노릇입니다.

그래 집으로 돌아가려고 언덕을 내려와 호수로 가는 길로 들어섰습니다. 하면 거기에는 아직도 돌아가지 않고 오리와 거위란 놈들이 떠들썩하게 떠들어대고 있습니다. 그것이 어쩌면 그 날의 지낸 일이며, 내일 놀러갈 이야기라도 하고 있는 것 같이 보였습니다.

나는 부랴부랴 집을 향하여 걸어갑니다. 벌써 어둠이 사방에 깃들고 있기 때문입니다.

이맘 때면 꼴목동들이 부는 풀피리 소리가 저녁 물바람을 타고 으레 들려왔습니다.

집이 가까워집니다. 물동이를 머리에 이고 부지런히 가는 마을

색시들이 여기저기 보입니다. 그 색시들의 흰옷 빛깔이 왜 그런지 나에게는 조각달처럼 외로운 인상을 주었습니다.

집 가까이 와서 나는 이제 걸어온 길을 되돌아보았습니다. 그런 즉 호수로 가는 한 줄 먼 길이 끝없이 환해 보입니다.

나는 그 길이 포도송이처럼 별들이 열려 있는 저 하늘에까지 잇 단 것 같이 생각되었습니다.

정신없이 길만 내다보고 있는 나의 귀에 먼 마을 뒷산에서 우는 소쩍새 소리가 들려왔습니다. 그 소리를 듣고 나는 새삼스럽게 여름 이 짙었다는 것을 깨닫는 것이었습니다.

내가 이 시를 쓸 때에는 무슨 깊은 생각에서 쓴 것이 아닙니다. 오 직 나의 유년과 소년이 자란, 그리고 오래 살던 고향의 그 아름다운 풍경과 아울러 정취情趣를 작품화하고 싶어 썼을 따름입니다.

혹자는 이 시를 읽고 별로 흥미를 느끼지 않을지 모릅니다. 그러 나 나는 누구보다도 이 시에 애착 같은 것을 느낍니다.

이 시 속에는 모든 나의 회상回想이 나타나 있지 않습니다만, 이 시를 읽을 때마다 나는 묵은 사진첩을 한 장 두 장 들춰 보는 것처럼 지난날을 그리는 마음이 간절합니다.

나는 이 시를 씀에 있어 나의 감정을 극도로 억누르고 오직 풍경 묘사에 만 전력하였다. 그런 점으로 보아 이 시는 회화적인 수법을 쓴 작품이라 할 것이다.

소설을 쓰는 데도 내면 묘사와 외면 묘사 이 두 가지가 있다. 내면 묘사 란 인물 등을 묘사할 때에 그 내면 생활, 즉 심리·기분 등을 그리는 걸 두 고 하는 말이요, 외면 묘사란 그와 반대로 용모·태도·동작 등을 그리는 걸 가리킨다. 시에서도 이 말은 적용된다 보거니와, 이 시는 내면 묘사가 아닌 외면 묘사만을 일삼은 작품이다.

그럼 왜 그런 수법을 썼는가?

말할 것도 없이 그렇게 써도 이 시를 쓴 '나'라는 사람의 내면, 즉 심리· 기분을 알아보리라고 생각했기 때문이다.

제5부

별의 전설傳說

정 야靜夜

이슬에 젖어
이슬 내린 풀잎을 밟고 가노라면
우거진 수풀 속에
무슨 슬픈 이야기라도 있을 듯한 조그만 집이 한 채.

등불 켜지 않아 캄캄한 속에
달빛에 부서지는 파도처럼
유리창琉璃窓만이 번쩍거리는 저 낡은 집엔
어느 외로운 이가
세상을 버리고, 세상한테 잊히어
홀로 살고 있는 것일까.

나는 울타리 가에 숨어 뜰안을 들여다본다.
달빛 속에 꽃향기가 그윽히 풍긴다.
꽃향기 속에 여인女人인 양 싶은 이의 한숨 소리가 들린다.

─그것은 바람도 없이
꽃잎만이 낙엽처럼 우수수 지던 날 밤이었다.

─1951년 ≪문학예술文學藝術≫에서

★ 이 시를 읽는 이는 다음과 같은 장면을 곧 머릿속에 그릴 수 있을 것이다.

▷**첫째 연에서**−이슬에 젖은 풀잎을 밟으며 조용히 거닐고 있는 한 시인을 → 시인이 발견한 조그만 집을.

▷**둘째 연에서**−등불 없는 캄캄한 집을 → 달빛에 번쩍거리는 그 집 유리창을.

▷**셋째 연에서**−울타리 가로 가만가만 걸어가는 시인을 → 울타리 안을 호기심에 찬 눈으로 들여다보는 시인을.

▷**넷째 연에서**−달밤을 → 달빛 아래 우수수 지는 꽃잎을.

이 작품은 1951년 내가 대구 피란처에서 쓴 것이요, 이 시 속의 '나'는 현재의 '나'임에 틀림없다. 그러나 그 '나'는 내가 아니다. 내가 아닌 또 한 사람의 '나'가 시 속의 '나'이다. 이 시에서와 같은 산책을 나는 나갔던 일이 없다. 조그만 집을 발견했던 일도 물론 없다. 그러면 이것은 어찌된 셈인가? 이것은 무엇을 의미하는가?

두말할 것도 없이 그것은 이 작품이 어디까지나 나라는 사람의 하나의 픽션, 즉 하나의 창작임을 말하는 것이다.

그러면 어떻게 해서 이와 같은 작품이 제작되었는가?

이것을 제작하게끔 한 직접적 동기가 되는 일이 실지로 나에게 있었다. 그걸 말하기란 심히 괴로운 일이다. 그걸 말하려면 나 개인의 어떤 마음 아픈 사연을 공개하여야 한다. 그러나 자세한 이야기가 이 작품을 이해하는 데 꼭 필요할 것 같지가 않아 여기서는 한 가지 사실만을 적어둔다.

> 어느 외로운 이가
> 세상을 버리고, 세상한테 잊히어
> 홀로 살고 있는 것일까.

이것은 둘째 연 4행에서부터의 시구이다. 문제는 이 시구의 '어느 외로운 이'이다. 이 외로운 이란 밤낮없이 내가 잊지 못하던 '그리운 사람'의 분신이다. 밤이나 낮이나 그리운 사람을 나는 이 시에서와 같은 수풀 속 조그만 집에 살게 하였다. 같이 나오지는 못했을망정 그녀가 세상을 떠났다고 생각하고 싶지가 않았다.

소식조차 모르는 사랑하는 그 사람—그 사람은 반드시 어디 살아 있지 않을까? 꼭 그럴 것만 같았다. 그렇다면 어디 가 있을까?

그 전날에도 그녀는 사람을, 세상을 싫어하였다. 그녀는 차라리 세상한테 잊혀져 홀로 살고 싶어 하였다. 그러한 성격의 소유자임을 잘 알고 있던지라, 나는 그녀가 살아서 자기 소원대로 깊은 숲 속 조그만 오두막집에라도 틀어박혀 있으리라 믿고 싶었다.

> 등불 켜지 않아 캄캄한 속에
> 달빛에 부서지는 파도처럼
> 유리창만이 번쩍거리는 저 낡은 집엔

이것은 둘째 연 첫 행에서 3행가지의 시구이다. 등장하는 집은 그녀가 살던 서울 집 그대로이다. 남산 밑에 있는 조그만 이층집 그대로이다.

내가 찾아가면 그녀는 늘 불도 켜지 않은 방 어둠 속에 오도카니 홀로 앉아 있곤 하였다. 달 밝은 날 그녀의 방 유리창이 '달빛에 부서지는 파도처럼' 번쩍거리던 기억이 머릿속에 뚜렷하다. 나는 그런 기억을 더듬으며 이 시를 썼던 것이다.

> 나는 울타리 가에 숨어 뜰안을 들여다본다.
> 달빛 속에 꽃향기가 그윽히 풍긴다.
> 꽃향기 속에 여인인 양 싶은 이의 한숨소리가 들린다.

이 대목도 내가 그녀를 찾아 갔을 때에 이미 체험했던 일이다. 그리고 맨 끝 연의,

> —그것은 바람도 없이
> 꽃잎만이 낙엽처럼 우수수 지던 날 밤이었다.

이러한 밤도 그녀와 내가 남모르는 사랑을 속삭이던 시절에 가끔 있었던 일이다.

그러고 보면 첫째 연과 둘째 연 3행에서 끝 행까지만이 픽션이요, 그 밖의 시구들은 거의가 과거 체험에서 나온 것들이라 하겠다.

이렇게 「정야靜夜」는 내가 소식조차 모르는 한 여인을 그리던 끝에 쓰게 된 작품이다.

정동貞洞 골목

얼마나 우쭐대며 다녔었냐,
이 골목 정동貞洞 길을.
해어진 교복校服을 입었지만
배움만이 나에겐 자랑이었다.

도서관圖書館 한 구석 침침한 속에서
온 종일 글을 읽다
돌아오는 황혼黃昏이면
무수한 피아노 소리
피아노 소리 분수噴水와 같이 눈부시더라.

그 무렵
나에겐 사랑하는 소녀少女 하나 없었건만
어딘가 내 아내 될 사람이 꼭 있을 것 같아
음악音樂 소리에 젖는 가슴 위에
희망은 보름달처럼 둥긋이 떠올랐다.

그 後 二十年
커어다란 노목老木이 서 있는 이 골목
고색창연古色蒼然한 긴 기와담은

먼지 속에 예대로인데
지난날의 소녀少女들은 어디로 갔을까,
오늘은 그 피아노 소리조차 들을 길 없구나.

－1949년 ≪문예文藝≫에서

★ 읽어 곧 알 수 있듯이 20년 전 학창 시절을 회고하며, 현재의 나 자신의 적막감을 술회하는 서글픔을 짜내는 작품이다.

내가 중학교에 다닐 때, 우리 집은 천연지, 지금의 금화초등학교 부근에 있었다. 나는 학교(경성 제2고등보통학교·지금의 경복 중·고등학교)가 파하면, 으레 쏜살같이 도서관으로 달려가곤 하였다. 지금의 국립도서관 바로 그 붉은 건물이다.

여기서 오전짜리 우동 국물을 홀쩍거리며 그 도서관에 비치된 문학 서적을 끄집어내 저녁 늦게까지 읽다 집으로 돌아오는 것이 나의 일과였다.

나의 돌아오는 코스는 대개 일정하였다. 도서관 문을 나와 → 조선 호텔 앞길을 시청 쪽으로 올라가다 → 덕수궁 문 앞을 지나 → 재판소 골목으로 들어선다. 고풍스런 덕수궁 긴 담을 끼고 한참 걸어오면, 정동교회가 보인다. 그 교회를 지나면, 이내 이화여고가 된다.

지금의 이화여고 안에는 그 당시 이화전문학교와 기숙사가 있었다. 따라서 저녁때면 기숙사 학생들의 모습이 교내 동산과 교정에 모란꽃처럼 만발하였다.

모란꽃 같은 기숙사 학생들은 교문 안에만 있는 것이 아니었다. 바로 교문 밖에 있는 음악당—지금의 하남호텔 속에도 있었다. 실로 백화난만百花爛漫이었다. 그녀들은 이미 저녁 식사가 끝난 모양으로 피아노를 치며 야단이었다. 그러나 이맘때쯤이면 나는 배곯은 허리띠를 졸라매고 이 앞길을 지나다녔다.

그럴 때이면 그녀들이 치는 피아노 소리가 나의 가슴에 달콤한 애수와 희망을 가져다주었다. 나는 그때 그녀들이 무슨 곡을 치는지를 알지 못하였다. 가실 알아볼 수도 없었다. 왜냐하면, 20대인지 40대인지 있다는 그 음악당 피아노가 일제히 울려 나오기 때문이다. 그것은 마치 요란스러운 분수 물소리 같았다.

피아노 소리 분수와 같이 눈부시더라.

내가 여기에 피아노 소리를 무슨 광선과 같이 눈부시다고 표현한 것은 그 소리가 나에게 주는 내 마음의 감동을 표시하기 위해서이다.

> 그 무렵
> 나에겐 사랑하는 소녀 하나 없었건만
> 어딘가 내 아내 될 사람이 꼭 있을 것 같아
> 음악 소리에 젖는 가슴 위에
> 희망은 보름달처럼 둥긋이 떠올랐다.

이것은 그때 내 심정의 솔직한 고백이다. 나는 사실 그런 꿈을 안고 열심히 도서관에 다녔다. 해어진 교복을 입었으나, 배움만을 자랑으로 알며……

그 후 어느덧 20년이란 긴 세월이 흘렀다. 나는 오래 시골에 살다가 해방과 더불어 다시 서울에 올라왔다. 세상도 바뀌었거니와, 거리도 사람도 많이 변해 있었다.

어느 날 나는 희망을 안고 내가 다니던 옛길, 이 정동 골목을 지나가 보았다. 커다란 고목, 정동교회, 고색창연한 이화여고의 긴 기와담―. 이것들은 예나 다름 없는 것 같았다. 그러나 분수와 같이 눈부시게 들려오던 그 피아노 소리가 들리지 않았다. 뿐만 아니라, '아내 될 사람이 꼭 있을 것 같던' 그 많은 소녀들도 이제는 다 뿔뿔이 제 갈 길을 찾아가고 거기에는 없었다.

> 그대들 소녀들은
> 해 저무는 사월의 정원.

무수한 길을 봄마다 헤매어도
아무 곳도 찾아 가지는 못해.
　※
그대들을 위해 파도가 결코 가만히 있지 않다.
그러길래 잠자코 있는 일 없이
그대들도 파도처럼 노래 부른다.
그리하여 그대들 바라는 것이
깊은 밑바닥에서 멜러디가 된다.
그리움이 생기 듯이 노래가 생겼다.
그것은 이윽고 서서히 물러 가리라, 약혼자가 오면.
　※
지금은 어느 길이든
바로 금빛 광선 속으로 통하고 있다.
문간에서 소녀들은
이때를 그리며 기다리고 있다.
소녀들은 나이 먹은 이들에게
작별의 인사를 하지 않는다.
인사도 하지 않고 먼 길을 떠난다.
소녀들이 자유스런 가벼운 맘이 되어
서로 서로 몸가짐이 달라지고
딴 의상이 알맞게 될 때에
낡은 입성은 떨어진다,
그들 명랑한 몸에서
　※
명랑한 소녀들이
웃고 떠들며 걸어가는 숲 길,
가을 날은 아직도 멀다.
때때로 먼, 아주 먼 추억을 재촉하는 듯
다만 포도 향기가 그대 맘에 닿는다.

소녀들은 지금 귀 기울여 듣고 있을 따름이다.
그리하여 그 한 사람이 다시 만날 것을 약속하는
슬픈 노래를 부른다.

　　※

가벼운 바람에 포도 넝쿨이 흔들리고
누가 작별의 신호를 하는 것 같이 보인다.
길 가의 장미꽃들은
그 무슨 생각인지를 하고 있다.
소녀들은 바라보고 있다,
그들의 여름이 쇠약해 않은 것을.
그리하여 여름의 명랑한 두 손길은
열매진 자기 생활에서 넌지시 떠나갔다.

—R. M. 릴케 「소녀少女의 노래」에서

　나는 내 자신이 이미 청춘을 잃고 황혼길에 들어섰음을 새삼스러이 느끼며, 고독한 시인 릴케가 읊은 「소녀의 노래」를 입 속으로 외워 보는 것이었다. 내 머릿속에서 천국과 같던 음악당 안에서 분수와 같이 눈부시게 피아노를 치던 소녀들의 모습이 떠올랐다. 나는 두 볼로 흘러내리는 눈물을 주먹으로 닦으며 걸어갔다, 새빨간 석양 볕 속을……

폐 촌廢村

노인老人들만 남겨 놓고
모두 어디로 떠나 갔느냐.
빈집 같이 허전한 마을에
낮닭 목 길게 울고
삽살개는 들 건너 먼 산만 바라보고 있다.

봄이 되어 살구꽃은 피어 났는가.
복사꽃은 피어 났는가.

스치는 들바람에 우수수 떨어지는
꽃잎새, 꽃잎새,
꽃잎새.

이윽고 여름이 와도
뻐꾹새 소쩍새 날아와 앉을
뒷동산엔 나무 하나 없고
바위 그늘 새빨간 진달래는
나의 이 서러운 마음인 양
차거운 산바람에 파르르 떨고 있다.

아아 나를 키워 준
마을아
그래도 저녁마다
목숨인 양 밥 짓는 연기
집집이 굴뚝에 실낱 같이 오르는가.

밤이면 등잔불 방房에 켜 놓고
모두들 다시 모여 살고 싶어 하는가.

—1950. 9. 22 『한성일보漢城日報』에서

★ 앞에서 '아름다운 계절'을 읽은 독자는 내가 살던 고향—온천이 있는 거리가 얼마나 유흥지답게 흥청거리던 고장이었던가를 가히 상상할 수 있었을 것이다. 사실 고향은 농작물이 풍성한, 산 좋고, 물 좋고, 인심 또한 딴 바닥 못지않게 좋은 곳이다.

1945년 8월 15일, 해방이 되었다. '온천이 있는 거리'에도 생전 처음 지프차가 개미 떼처럼 몰려들어왔다.

38선이 생겼다. 그 38선은 바로 우리 집 뒷산이었다. 나의 작품에 많은 소재를 제공한 바로 그 산(치악산·편집자 주)이다. 여름이면 뻐꾹새, 소쩍새, 꾹꾹새가 울던 산, 밤이면 부엉새가 울던……. 그러나 그 많은 새들이 울던 뒷산에서는 새 울음 대신 가끔 기관총 소리가 들릴 뿐이었다. 고을 사람들은 하루 같이 편한 잠을 잘 수가 없게 되었다.

산 너머 저쪽이 남의 나라 같아졌다. 일가친척이 있어도 소식을 모르고 살아야 했다. 그처럼 즐겁던 성묘도 옛 이야기가 되고 말았다.

우리 고을 푸른 평야로 내려오던 물이 뚝 끊겼다. '예의지' 수리조합 수문을 닫아 놓고 물을 주지 않았기 때문이다. 농사꾼들의 얼굴에는 별안간 어둔 그림자가 깃들었다.

마을과 마을들은 나날이 황폐해 갔다. 산에 그 많던 나무가 하루 이틀 없어지기 시작했다. 굶주림을 모르고 살던 산골 사람들은 갑자기 우박을 만난 듯 풀이 죽어갔다.

젊은이들은 살 길을 찾아 하나둘 매일같이 정든 산천을 등지고 떠나갔다. 그래도 노인들만은 오래 지켜 내려온 땅을 차마 버릴 수 없는 모양이었다. 마을이나 거리에는 노인들만 유달리 많아 보였다.

확실히 폐촌이 되고 말았다. 한때 흥청거리던 것도 아득한 신화였다. 삽살개마저 넋 잃고 들 건너 먼 산만 바라보는 것이었다.

—삽살개는 무엇을 생각하는 것일까? 산을 넘어 간 채 소식 없는 젊은 주인을 그리는 것일까?

나는 나날이 황폐해 가는 나를 키워 준 마을을 차마 볼 수가 없었다. 봄이 되어 피어난 살구꽃·복사꽃을 보기만 해도 마음이 언짢았다. 산바람에 파르르 떨고 있는 바윗 그늘 새빨간 진달래, 그것은 나의 서러운 마음 그대로였다.

아아 나를 키워 준
마을아
그래도 저녁마다
목숨인 양 밥 짓는 연기
집집이 굴뚝에 실낱 같이 오르는가.

밤이면 등잔불 방에 켜 놓고
모두들 다시 모여 살고 싶어 하는가.

나는 이렇게 한탄하지 않을 수 없었으니, 졸아들어 가는 고향을 보는 것은 내 얼굴에 주름살 느는 걸 보느니보다 더욱 가슴 저린 노릇이었다.

이 향 사離鄕詞

나는 고향故鄕을 떠나가리라.
십년十年 전前 옛날
'귀거래歸去來' 한 편篇을 써 던지고
서울이 싫어
아니, 못견디게 그리웁기
돌아 왔던 내 고향故鄕

……나도 우리의 조상祖上들이 그랬듯이
아득한 옛날의 우리의 선조先祖의
선조先祖의 마음을 그대로 받아 지니고
그 마을을 자손子孫에게 전하며
그렇게 살다 죽고 싶었다.

그러나 고향故鄕은 내가 그리던
그리고 나의 기억記憶에 있는
그런 곳이 아니더라.

차라리 내 고향故鄕을 버리리.
고향故鄕을 버리고 떠나 가리라.

오늘은
저 늙은 산마저 내 마음을 아는 듯
떠나가라고 고개를 끄떡이네.

─시집詩集『밤의 서정抒情』에서

★ 마을 뒷산에서는 뻐꾹새, 소쩍새, 꾹꾹새 대신 기관총 소리가 전보다 좀 더 심하게 들려오기 시작했다.

소련군이 넘어와 닭을 잡아갔느니, 소를 잡아갔느니 하는 소문은 아침 마다 마을 사람들의 이맛살을 찌푸려 놓았다. 나도 그만 보따리를 싸야 하는가 보다고 생각하였다.

그러나 막상 떠나려 하니 오래 정들여 살던 땅이라 화닥닥 일어서지지 않았다. 나는 여기서 나의 유년, 소년, 청년 시절을 맞이했고, 또 보낸 곳이다. 잔뼈가 이만큼 굵어진 것도 이 땅 물을 먹고서가 아니겠는가.

생각하면 10년 전 옛일이다. 문학을 합네 하고 서울에 뛰어올라가 몹쓸 고생을 다해 가며 몸부림치다가, 그도 저도 싫증이 나 '귀거래' 한 편을 써 던지고 다시 고향으로 돌아왔던 나다. 그때 나의 심경으로는 여기에서 늙어 죽도록 고요히 살리라 마음먹었던 것이다.

> ……나도 우리의 조상들이 그랬듯이
> 아득한 옛날의 우리의 선조의
> 선조의 마음을 그대로 받아 지니고
> 그 마을을 자손에게 전하며
> 그렇게 살다 죽고 싶었다.

이것은 그때의 숨김없는 나의 심경이었다. 무엇을 욕심내랴! 우리 조상들의 그 마음을 그대로 받아 지니고 살면 훌륭하지 않겠는가. 나도 조상들의 그 마음을 내 자손에게 또한 전하리라, 전하며 오래 오래 살다 죽으리라! 이렇게 마음먹고 나는 고향 땅에 뿌리를 내리고 있었다. 그러나 그것은 한갓 나의 이상이었다.

> ……고향은 내가 그리던
> 그리고 나의 기억에 있는

그런 곳이 아니더라.

나는 고향을 버리고 떠날 생각을 하기 시작하였다. 괴로웠다. 정이랑 더러운 것이어서 홀쩍 여관방에서 가방을 들고 나오듯 할 수는 없었다.

이러는 동안에도 뒷산에서는 매일같이 기분 나쁜 소리가 들려왔고, 인심은 하루 이틀 험악해 가기만 하였다. 참고 더 있으랴 있을 수 없는 막다른 골목에 들어서서 나는 매일 우울한 마음이었다.

몇 안 되는 벗들은 이미 서울로 가고 여기 없었다. 나는 호소할 데조차 없는 외로운 몸이 되고 말았다.

산을 바라보고 들을 내다보며 슬픈 세월 흘러감을 울고 싶은 심정으로 전송하였다.

꽃이 피기 전, 아직도 뺨을 스치는 바람이 찬 이월 어느 날 이른 아침, 나는 뭣엔가 쫓기듯 고향을 떠나 서울로 왔다.

귀 성歸省

　장고長鼓 소리, 수심가愁心歌 소리에 날이 가고 밤이 새던 이 거리. 한 때는 술에 계집에 놀음판이 여관旅館마다 꽃 피던 데다. 오늘 문득 맞아 주는 이 하나 없는 고향故鄕 정거장停車場에 내리면 내가 어째 만리타관萬里他關에라도 온 듯 외롭구나.

　철도鐵道길 건너서면 거기가 바로 온천장溫泉場. 코를 푹 찌르는 저 냄새, 유황硫黃 냄새는 온천물이 풍기는 것이렷다. 수증기水蒸氣 안개같이 자욱한 속, 예나 다름 없이 들려 오는 귀 익은 저 소리는 물탕을 하는 이들의 괘남 소리렷다.

　내 소년少年이 자라고 또 청춘靑春이 피어오르는 호텔부근附近. 넓은 광장廣場에 가을 꽃들은 철 잊지 않고 피어 났는데 그 화려하던 온천溫泉호텔은 왜 보이지 않느냐. 불 타 재 되어버린 빈 터에 가꾸는 이 없이 잡초雜草 제 멋대로 자라고…… . 차마 서 있을 수 없어 발길 돌리려니 옛말 하자는 듯 화초석花草石 나를 잡네. 나를 잡고 놓지 않네.

　밤은 얼마나 깊었는가. 창窓을 두드리는 소리. 바람이 이는가, 비가 오는가. 눈 감으면 가지가지 그 전 일 새롭구나. 분녀粉女랬나 금녀今女랬나 이름조차 잊었으나, 얼굴이 희어 달 같던 색시 여관旅館집 색시. 야삼경夜三更 주인 눈 가리고 이웃 눈 숨겨 가며 어둠 타고 찾아오던 이. 아직도 그대로 여기 살고 있는가.

알아 봐 무엇하랴, 나는 나그네
아무도 모르게 찾아 왔다.
내일來日은 다시 떠나려는 내 고향故鄕

−1949년 『민성民聲』에서

★ 이것은 내가 서울로 와 살다가 잠깐 볼일도 있고 해 오래간만에 고향에 다니러 내려갔을 때의 감개를 쓴 것이다.

그동안 고향을 얼마나 변하였을까? 황량한 가을 들판을 달리는 차간에 기대앉아 나는 그 전날의 고향 거리를 이모저모로 그려 보는 것이었다. 아무리 그려 보아도 내 머릿속에는 옛날 그대로의 모습이 떠오를 뿐, 변했을 것 같지가 않았다.

그러나 막상 고향 정거장에 내리니 지금까지 느껴 보지 못한 적막감과 고독감, 그리고 애수 같은 것이 가슴 속으로 짙은 안개처럼 휘몰아왔다.

물론 맞아주는 이 하나 없는 쓸쓸한 귀성이었다. 내가 만리타관에라도 온 듯한 기분에 사로잡혔을 것도 무리가 아니다.

다섯 연으로 구성된 '귀성'의 첫 연은 정거장에 내려서의 감개를. 둘째 연은 예나 다름없는 온천장만이 가질 수 있는 정취를, 셋째 연은 내가 소년 시절, 청춘 시절의 대부분을 보냈던 호텔 부근에 가서의 슬픔을, 그리고 넷째 연과 끝 연은 타향 아닌 타향에서의 밤을, 밤의 가지가지 회상을, 체념을 영탄조로 읊어내고 있다.

나는 여기 '영탄조'라는 말을 썼다. 그렇다. 이 시는 확실히 영탄조이다. 소재가 소재이니만큼 그렇게 된 것이다. 이와 같은 시의 소재를 다룰 양이면 쇳덩이 심장을 가진 사람이 아니고서는 대개 감상에 사로잡히지 않을 수 없을 것이다.

여기서 김광균의 '향수'라는 시를 읽어 보자. 김광균은 모더니즘의 계열에 속하는 시인이다. 그만큼 그는 지성적인 사람이다.

향 수鄕愁

金 光 均

저물어 오는 육교 위에

한 줄기 황망한 기적을 뿌리고
초록색 램프를 달은 화물차가 지나 간다.

어두운 밀물 위에 갈매기 떼 우짖는
바다 가까이
정거장도 주막집도 헐어진 나무다리도
온 겨울 눈 속에 파묻혀 잠드는 고향.

산도 마을도 포플라나무도 고개 숙인 채
호젓한 낮과 밤을 맞이하고
그 곳에
언제 꺼질지 모르는
조그만 생활의 촛불을 에워싸고
해마다 가난해 가는 고향 사람들.

낡은 비오롱처럼
바람이 부는 날은 서러운 고향
고향 사람들의 한 줌 희망도
진달래빛 노을과 함께
한 번 가고는 다시 못오기

저무는 도시의 옥상에 기대어 서서
내 생각하고 눈물 지음도
한 떨기 들국화처럼 차고 서글프다.

—『現代詩集 II』에서

감상적인 기분을 억누르고 있으나, 모더니스트로서는 의아스러울 만큼
가벼운 감상이 배어 있다. 이런 정서는 모두 그 소재에서 오는 것이다.

「향수」가 졸작 「귀성」과 다른 점은 그야말로 노스탤지아요, 나처럼 황
폐해진 장소로 뛰어 들어간 것이 아닌 점이다. 즉 시인의 마음을 움직인

시 대상이 전혀 다르다.

　그럼 고향에 간 것은 아니었지만, 춘원이 낙화암에 갔다가 지난날의 슬픈 역사를 회상하여 읊은 「사자수」는 어떠한가.

사 자 수 泗沘水

李 光 洙

사자수 내린 물에
석양이 빗긴 제
버들꽃 날리는 데
낙화암 예란다.
모르는 아이들은
피리만 불건만
맘 있는 나그네의
창자를 끊노나.
낙화암
낙화암
왜 말이 없느냐

칠백년 누려오던
부여성 옛 터에
봄 만난 푸른 풀이
옛 빛을 띠건만
구중의 빛난 궁궐
있던 터 어디며
이승의 귀하신 몸
가신 곳 몰라라.
낙화암
낙화암

왜 말이 없느냐.

어떤 밤 불길 속에
곡소리 나더니
꽃 같은 궁녀들이
어디로 갔느냐?
임 주신 비단 치마
가슴에 안고서
사자수 깊은 물에
던진단 말이냐?
낙화암
낙화암
왜 말이 없느냐?

─『춘원시가집春園詩歌集』에서

이렇게 자신이 소재 속으로 뛰어들어가 있다. 이런 태도가 옳은가 그른가 여기에 잠시 덮어 놓고, 내가 말하고자 하는 것은 그 사람이 택한 소재에 따라 시의 율조가 아주 달라질 수 있다는 것이다.

다음에 조지훈이 쓴 '영'이라는 시를 하나만 더 읽어 보기로 한다. '귀성'이라는 제목을 붙여도 무방할 만큼 고향 갔을 때의 술회와 생활을 쓴 것이다.

령嶺

趙芝薫

흰 구름에 쌓여 십릿길 높은 고개를 넘어서면 마을로 가는 작은 길가에 보리밭이 바람에 흔들린다. 내가 고개로 넘어 오던 날은 마을에 쌈쌀개 짖고 망아지 송아지 염소 모두 달아나고 묏새 비둘기도 다 날라가더니 사흘도 못가 나는 잔디밭에서 그들과 벗을 한다. 내가 알던 동무 같이 자란 계집애는 돈 벌러 달아나고 먼 마을로 시집가고 마슬의 어린애야 누구 아들인지 알리 있나. 내가 떠날 때 망아지 송아지 염소가 서러웁다 하면 령嶺 넘어 가기 어려우련만…… 내가 간 뒤에는 면서기面書記가 새하얀 여름 모자를 쓰고 산밑 주막에서 구장區長과 막걸리를 마실게라고 나는 서울 가는 기차 속에서 고향을 잃은 슬픔에 차창車窓에 기대어 눈을 감을 것이니 이 령嶺을 넘는 날 나에게는 낡은 추렁크와 흰 구름 밖에는 아무도 따라오질 않으리라.

—『조지훈시선趙芝薰詩選』에서

별로 변화가 없는, 지극히 평화스러운 산골 정경을 담담한 태도로 다루고 있다. 이처럼 담담할 수 있는 것은 그 소재에도 달렸지만, 시인의 성품, 연령에도 관계가 있다고 본다.

등 불

열어제낀 창 밖으로
어둠을 뚫고 소리쳐 가는 소리.
밤은 여울 물처럼
어디로 흘러흘러 저리 가는 것일까.

먼 산,
그리고 가까운 수풀에서
소쩍새 꾹꾹새 부엉새 울고
간간이 으르렁거리는 것은
산 속에 사는 짐승들의 울음 소리.
아아 모두들 이 밤이 외로워
저렇게 울고 불고 하는 것일까.

캄캄한 밤
한 개의 등불을 켜 놓고
아 아늑한 불빛을 지킴이 행복스럽구나.
창을 넘어
밤은 밀려오고 밀려가나
나의 등불은 꺼지지 않을 게다.
깜븟 깜븟 호젓한 것이나마

나는 내 곁에 놓고
한사코 지키며 살아 가리라

　　　　　　－1950년 ≪신경향新京鄕≫에서

★「등불」은 나의 수다한 작품 중 다소 색다른 것의 하나가 아닐까한다. 그것은 내가 이 시를 씀에 있어 그리 쓰지 않던 비유를 표현방법으로 택하였기에 하는 말이다. 그런지라 지금까지의 그것과 꼭 같이 이 작품을 그대로 받아들이다가는 내가 의도한 것의 그 전부를 모르는 채 넘어갈 우려가 없지 않다.

나는 앞에서 '비유'란 말을 썼다. '비유'란 무엇인가? 유는 수사修辭 · Rhetoric의 한 방법이다. 자기가 가지고 있는 사상, 정서 같은 것을 정확하게 나타내기 위하여 쓰는 표현법의 한 형식이다. 그 방법은 어떤 한 가지 것을 나타내려 할 경우에 그것을 구체적으로 설명하는 것이 아니라, 전연 딴 소리를 하여 '암시'함으로써 목적하는 바를 표현하려는 것이다. 그러면 '등불'은 어떠한가? 남은 이 작품을 어떻게 볼지 몰라도 내 깐에는 천대받는 시―예술을 굳세게 지니고 살려는 나 자신의 결의를 표명하느라 했다. 제목인 '등불'은 말할 것도 없이 '시'를 암시한 것이다.

▷**첫째 연에서** 나는 암담한 현실을, 그 속에서 아우성치는 사람들의 모습을, 쉴 틈 없이 흐르고 있는 시간을 그려 보았다.

▷**둘째 연에 가서는** 우리의 먼, 그리고 가까운 둘레에 있는 소쩍새 같은 족속들, 꾹꾹새 같은 족속들― 이런 수다한 족속들의 울부짖음을 표현했다. 여기에 '울부짖음'이란 애국심 아닌 야심, 동정을 가장한 위선, 사회사업의 간판을 내파는 모리 행위 등으로 보아 무관하다.

아아 모두들 이 밤이 외로워
저렇게 울고 불고 하는 것일까.

캄캄한 밤 같이 어둡고 답답한 이 사회에서 모두 외롭다고 하면서 사실은 두려워 떠는 것이 아닐까? 두려워 떨면서 무섭다 하지 않고 외롭다고 우는 소리를 하는 것이 아닐까?

▷**맨 끝 연에 와서** 나 자신의 심경을 솔직히 토로함으로써 나는 결구를

지었거니와, 여기서 나는 시를 지니고 산다는 것이 결코 불행하지 않다고
말하였다.

> 캄캄한 밤
> 한 개의 등불을 켜 놓고
> 아늑한 불빛을 지킴이 행복스럽구나.
> 창을 넘어
> 밤은 밀려오고 밀려가나
> 나의 등불은 꺼지지 않을 게다.
> 깜붓 깜붓 호젓한 것이나마
> 나는 내 곁에 놓고
> 한사코 지키며 살아 가리라.

아무리 어둡고 답답한 현실이라 할지라도 한 개의 등불─시를 놓고 그
것의 아늑한 불빛을 지킴은 행복스러운 일이다. 행복하다고 말하기가 어
렵다면 불행하지 않다고 해도 좋다. 정신면에 있어 더욱 그렇다.

나의 좁은 창문을 넘어 현실은 물결처럼 매일 밀려왔다 밀려가지만, 이
로 인해 나의 등불이 꺼지지는 않을 것이다. 나는 곁에 놓고 한사코 지키
며 살아갈 생각이다.

이런 내용을 포함시켜 써 본 것이거니와, 과연 얼마만한 효과를 나타낼
수 있었는지는 나로서도 미지수이다.

별의 전설傳說

폭풍暴風이 우주宇宙를 휩쓸고
눈보라가 온 하늘을 덮던 무서운 밤에도
한사코 그 넋을 지키려는 별들이
캄캄한 어둠 속에 숨어 숨쉬고 있은 것을 아니?

그리하여 폭풍暴風이 지나가고
눈보라마저 그친 조용한 밤이 오자
다시 그 별들이 웃음지며 반짝이기 시작한 것을 아니?

그때
사람들 놀랜 눈을 하고
푸른 밤하늘을 치어다 보며
가버린 그 밤의 기억記憶을
전설傳說과 같이
전설傳說과 같이 이야기하였느니라,
별의 찬란한 빛에 온 몸을 적시며……

－1952년『수험생受驗生』에서

★이 시 역시 위의 '등불'과 함께 표현 방법으로 비유를 택해 썼다. 피난처에서였다. 그리고 이것은 뒤에 항도 부산에서 열린 '예술제'에서 낭송했던 추억 깊은 작품이다.

여기서 내가 말하려는 '별'은 두말할 것 없이 '예술-예술하려는 정신-예술가'를 의미한다. '폭풍이 우주를 휩쓸고 / 눈보라가 온 하늘을 덮던 무서운 밤'이라 함은 나의 반생을 통하여 처음 당했던 6·25 전쟁의 공포를 이렇게 표현한 것이다.

> 한사코 그 넋을 지키려는 별들이
> 캄캄한 어둠 속에 숨어 숨쉬고 있은 것을 아니?

모든 자유를 빼앗은 암흑 천지였다. 그러나 예술하는 사람들은 죽음을 걸고 자기의 순수한 문학 정신을 지켰던 것이다. 레지스탕스가 아니었다. 그저 어둠 속에 숨어 간신히 목숨과 정신을 유지하려는 것이었다. 사실 이러한 역사에 없는 무자비한 총칼 밑에서 레지스탕스-저항이란 있을 수가 없는 일이다. 그야 개중에는 열렬히 부역한 분자, 마지못해 끌려 다닌 분자가 없지 않다. 그러나 정말로 예술과 함께 살려는 '별'과 같은 시인들은 모조리 땅 속 깊이 들어가 때가 오기를, 눈보라가 그치기를 기다렸던 것이다.

폭풍은 지나갔다. 눈보라마저 그쳤다. 다시 조용한 밤이 왔다. 그때 예술인들은 하늘에 별과 같이 다시 반짝이기 시작하였다.

누가 상상이나 하였겠는가? 외면으로 그처럼 나약해 보이던 예술가들이 이처럼 자기 정신을 고수하리라고 과연 그 누가 예측하였겠는가? 그러나 모두 용하게 고난을 배겨내고, 다시 그들이 짊어진 운명적인 일을 하기 시작하였다. 그 것은 별의 반짝임과 같이 눈부셨다. 사람들은 모두 놀란 눈을 뜨고, 가 버린 그 날의 이야기를 하였다.

'별의 전설'에서 내가 의도한 바는 나의 감정도, 일반적인 풍경 묘사도 아닌, 질곡에서 벗어난 모든 예술인의 숭고한 모습의 찬양-그것이다. 그러나 이와 같이 상징적인 수법을 씀으로서 과연 얼마만한 효과를 낼 수 있었는가는 나 자신 대단히 의심스럽다.

글자의 행렬行列

유달리 동글기만 한 글자들
이 글자들이 줄을 이어 걸어 가고 있다.
눈 덮인 광야曠野 같은 종잇장 위로…….

가슴속에 새빨간 장미薔薇와
학鶴 같은 슬픔을 지니고
글자들은 그 무엇을 찾아 고행苦行한다.

태양太陽마저 구름에 가리어 어두운
눈보라 치듯 조소嘲笑만이 휘몰아 오는 속을
그래도 간다고, 가야 한다고
고달피 걸어 가고 있는
글자의 행렬行列이여!
순례자巡禮者들이여!

너희들 호롱불 하나
어엿한 기旗ㅅ발 하나 없이
어디로, 그리고
언제까지 이렇게 가야 하느냐.

—1951년 『자유세계自由世界』에서

★ 피난 시절에 쓴 것으로 더욱 어두운 면만이 두드러지게 나타나있다. 사실 그 당시로서는 어쩔 수 없는 일이었다.

이렇다 할 직업도 없이 만년필 한 개를 손에 쥐고 먹고 살았다. 밤이나 낮이나 방바닥에 엎디어 글을 쓰는 것이 일이었다. 책상은 어디 있고, 전등은 어디 있으며, 나만이 들어앉을 수 있는 서재는 또 어디 있었겠는가. 겪어 본 사람은 다 알 일이지만, 침울하고 처참한 세월이었다. 오직 목숨 하나만을 살리기 위해 온 정신을 집중시키고 살았었다.

매일같이 써내는, 써내야 하는 원고지가 나는 그득히, 눈 덮인 저 시베리아의 허허벌판 같이 느껴졌다. 그리고 '유달리 동글기만 한' 내가 쓴 글자들이 죄수들 같이 생각되었다.

도스토예프스키의 소설에는 시베리아로 유형당해 가는 죄수들이 많이 등장한다(그 자신이 사형수였다).

발과 발이 무거운 쇠사슬에 얽어매 있다. 그들은 살을 여미는 듯한 매서운 삭풍 치는 속을 무거운 발걸음으로 묵묵히 걸어간다. 그들을 기다리고 있는 건 생지옥이다.

나는 내가 이처럼 뼈를 깎고 피를 말리며 써내는 글자들이 그들 죄수와 흡사해 보였다.

왜냐하면, 이렇게 써야 하는 것이 감흥에서도 취미에서도 아닌, 한갓 생활을 위해서였기 때문이다. 그뿐인가, 남들의 대우는커녕 조소까지 받아가며 오직 '가슴 속에 새빨간 장미꽃' 같은 긍지와 남모르는 '학 같은 슬픔'만을 지니고 이 고생을 하기 때문이었다.

> 태양마저 구름에 가리어 어두운
> 눈보라 치듯 조소만이 휘몰아 오는 속을
> 그래도 간다고! 가야 한다고
> 고달피 걸어 가고 있는
> 글자의 행렬이여!

순례자들이여!

이 시구는 이상과 같은 그 당시의 내 심경을 말한다. 실로 고달픈 일과
였다. 그러나 어떻든 살아야 한다는 일념에서 나는 모든 고난과 굴욕을 참
고 살아왔던 것이다.

생각해 무엇하랴마는, 순례자를 연상시키는 글에 호롱불만한 희망, 깃
발 같은 명예 하나 있어 보이지 않았으니, 대체 언제까지 이것을 해야 하
는가 하고 땅을 치며 한탄하지 않을 수 없었다.

이제 서울에 돌아와 어언 듯 7년, 피난 당시보다 우리의 생활도 퍽 좋아
진 것 같다. 무엇보다 자기 방을 쓸 수 있고, 책상을 쓸 수 있고, 형광등 아
래서 글을 쓸 수 있다는 이 사실만으로도 좋아졌다고 보지 않을 수 없다.
그러나 시를 써서 살아야 한다는 것, 그것은 저 눈 덮인 광야로 걸어가는
유형수들의 그것과 별다를 것이 없는 역시 하나의 고행이다. 이 글을 쓰고
있는 이 순간까지도 나는 그런 생각을 한다.

아아 너희들 호롱불 하나 / 어엿한 깃발 하나 없이 / 어디로, 그리고 /
언제까지 이렇게 가야 하느냐.

신이 아닌 나로서는 뭐라 예측조차 못할 일이다. 오직 인내하며 내가 스
스로 짊어진 멍에를 끌고 갈 따름이다. 내 목숨이 다하는 날까지.

등하저음登下低吟

등燈불 아래 펼쳐놓은 책장冊張 위에
한 마리의 작은 벌레를 본다,
무슨 바쁜 일이라도 있는 듯
연신 몸을 꿈틀거리며 가는…….

'대체 저 것은 누굴 찾아 가는 것일까?'
'저 것이 가는 곳은 어디일까?'

나는 생각한다, 두 페이지 밖에 아니 되는 이 책장冊張이
얼마나 저 미물微物에게 넓은 사막砂漠일까 하고.

밤이 지새도록 가도 끝은 없으리라.
푸른 산山 푸른 들 하나 보이지 않으리라.

절름발이처럼 절름거리며 가는 벌레를 보며
남몰래 서글픔을 씹는 밤이 나에게 있다.

ー시집詩集『밤의 서정抒情』에서

★ 피난 때 호롱불 밑에서 쓴 작품이다. 나는 '미물'에서 나 자신의 모습을 보고 있다.

무슨 바쁜 일이라도 있는 듯
연신 몸을 꿈틀거리며 가는…….

그것은 가끔 거리의 쇼윈도에 비친 내 모습을 들여다보았을 때 느끼는 그러한 환멸이요, 자기혐오 그것이다.

'대체 저 것은 누굴 찾아 가는 것일까?'
'저 것이 가는 곳은 어디일까?'

이 시구는 조그만 한 마리의 벌레를 보고서의 생각이지만, 한편 그것은 인생을 사막이라고 보는 나의 염세적 인생관이기도 하다. 그처럼 그 당시 나는 염세적이었다.

밤이 지새도록 가도 끝은 없으리라.
푸른 산 푸른 들 하나 보이지 않으리라.

밤이 지새도록 가도 고생길은 끝이 없을 것 같았다. 푸른 산 푸른 들 하나 없는 막막한 사막과 같이…… . 나한테는 아무런 기쁨도 즐거움도 없는 그날그날이었다. 모든 것이 귀찮고 짜증만 났다. 나는 '절름발이처럼 절름거리며 가는 벌레'를 정신없이 바라보며 '남몰래 서글픔'을 씹고 있었다.
　-악몽과 같은, 지난 어느 날 밤의 일이었다.

제6부

촛불 아래서

1. 내가 시詩를 쓰기 시작하던 때

종합지 ≪동광≫(주요한 발행), ≪삼천리≫(김동환 발행), ≪동방평론≫, 학술 잡지 ≪학등≫(한성도서 발행) 등이 간행되고 있을 때이다. 이들 잡지의 뒤를 따라 나온 것이 ≪시문학≫(박용철 발행)이요, ≪문예월간≫, ≪청색지≫(구본웅; 화가) 등이었다고 기억한다.

≪신동아≫(≪동아일보≫ 발행), ≪조광≫(≪조선일보≫ 발행) 등의 종합잡지와, ≪여성계≫(≪조선일보≫ 발행), ≪신가정≫(≪동아일보≫ 발행) 등의 부인 잡지가 나온 것은 그 뒤의 일이었다.

그리고 우리 문학사상에 금자탑을 이룩했다고 말해서 과언이 아닌 순문예지 ≪문장≫과 ≪인문평론≫(최재서 발행)이 발행된 건 퍽 오래 뒤의 일로 알고 있다.

위에 소개한 잡지 말고도 많은 잡지가 나왔다 꺼졌다 하였다. ≪춘추≫니 ≪시원≫이니 하는 것들이 있었던 걸 기억한다. 시인 노자영이 발행하는 ≪신인문학≫이 꽤 오래 나왔으나 그리 신통한 것은 못 되었다.

그때 전기한 ≪동광≫에서는 독자의 투고시를 모집하여서 많이 발표해 주었다. 시인이 발행하는 관계도 있고 해서 독자 투고란으로서도 ≪동광≫이 제일 권위가 있었던 것 같다.

그 ≪동광≫에서는 독자의 희망에 따라 작품을 첨삭해 주기도 하였다. 첨삭을 맡아해 주는 분은 안서 김억이요, 첨삭을 받으려면 첨삭료로서 시 한 편에 우표로 20전어치인가, 30전어치인가를 보내야 했다(나중에 가서 안 일이지만, 이런 서비스는 동광사가 한 것이 아니라, 안서 개인이 동광사의 이름을 빌려 했던 것이다).

하여튼 나는 이 제도를 환영하였다. 남한테 구구하게 청댈 것 없이 우표를 20전어치고 30전어치 작품과 함께 보내 놓으면 고쳐도 주고 단평도 써 보내 주니, 자기가 쓴 것에 자신이 없던 나로서는 이처럼 편한 것이 없었다. 나는 매일같이 무엇인가를 써서 우표와 함께 우체통에다 갖다 넣었다.

그러면 2, 3일 뒤에는 반드시 내가 써 보냈던 원고가 되돌아왔다. 원고는 여기저기 빨간 잉크로 첨삭되어 있었다. 때로는 극히 짧은 단평 같은 것이 붙어 왔다. 나는 나한테로 우편물이 배달되는 것이 그저 즐겁기만 하여 매일 같이 무엇인가를 끼적거려 보내곤 하였다. 나이 열여덟이었다.

여기 몇 가지 적어 두어야 할 이야기가 있다. 그것은 어째서 내가 문학의 길로 발을 들여놓았는가 하는 것이다.

솔직히 말해 문학가나 시인이 되어 보겠다는 큰 야심이 있었던 것은 아니다. 시니 소설이니 하는 문학서적을 읽다가 나도 써 보고싶어 썼을 따름이다. 그 외에 별다른 이유가 있을 것 같지 않다. 억지로 이유를 붙이자면 가정이─환경이 퍽 쓸쓸했다는 것을 들 수 있을 것이다(시집 『유년송』 속에 든 시편들은 이에 대해 말해 주었으리라고 생각된다).

내가 교과서나 참고서가 아닌 책이란 걸 난생 처음으로 샀던 것은 열다섯 살 때였다. 책 이름은 『죄와 벌』, 도스토예프스키의 유명한 바로 그 소설이다. 물론 도스토예프스키가 누구며 어떤 작가인지를 알 턱이 없었다. 그저 그 책 이름이 맘에 들어 샀을 뿐이다.

한데 막상 책장을 펴고 읽어 보니 무슨 소리인지 하나도 알 수가 없다. 아주 캄캄하다. 어떻든 읽어 내려 하였다. 그러나 노력을 하면 할수록 가슴만 답답할 뿐, 조금도 재미가 없다. 등골에서 식은땀이 날 지경이다. 일껏 산 책을 나는 내버려 두지 않을 수가 없었다. 중학 2학년 때였다.

그러는 사이에 나는 누가 가르쳐 준 것도 아니건만, 책을 사는 기쁨을 느끼기 시작하였다. 그래서 읽든 못 읽든 안 읽든 덮어 놓고 책을 사들였다. 문학서적도 서적이려니와 영웅전이니 위인전을 더 많이 읽었다. 『링

컨 전』, 『에디슨 전』, 『나폴레옹 전』 등이 늘 책상 위에 놓여 있었다.

내가 사들인 것은 이와 같은 단행본만이 아니었다. 위인전, 영웅전을 읽는 통에 더욱 왕성해진 건 독서욕이다. 나는 매달 쏟아져 나오는 월간잡지들에 손을 대었다. 종합잡지, 대중잡지, 소녀잡지─그것의 종별과 호악이 따로 되어 있는 것은 아니다. 무턱대고 샀다.

결국 이렇게 사들인 잡지들은 방 한 구석에서 낮잠만 자고 있었다. 내가 읽는 것이란 고작해서 시 몇 개, 소설 한두 개였으니까.

그러나 그 중에 내가 손에 들고 놓지 않은 몇 권의 잡지가 없는 것은 아니다. 그것은 소녀잡지들이었다. ≪소녀 구락부≫니 ≪영려계≫니, ≪신여원≫ 같은, 아주 감상적인 편집으로 일관된 것들이었다. 이런 것이 웬일인지 내 생리에 맞았다.

나는 거기서 적지 않은 시인을 알았고, 또 그들의 작품을 읽었다. 뿐만 아니라, 그들의 소개로 해서 시인들 이름과 그 작품을 처음으로 대하였다.

중학 3학년 때였다. 뒤에 ≪삼사三四문학≫을 낸 몇몇 문우들이 같은 학교에 있었다. 더러는 선배요, 더러는 동창이었다. 그들이 글을 모아 펜으로 필사를 해 회람하자고 하는 바람에, 나도 그 회람지에다 시 비슷한 것을 써 실리곤 하였다(지금은 학교마다 시중에 나오는 잡지 못지 않은 근사한 교우지를 내고 있으나, 그때만 해도 옛날이다). 이것들이 아마 남의 눈에 띈 나의 첫 작품(?)인 모양이다. 어떤 것을 썼었는지 전혀 생각나지 않는다. 그 중의 하나가 '쓰레기통'이라는 제목이었던 것만을 오늘에 와서도 잊지 않고 기억하고 있다. 제목이 하도 망측해서. 그 회람잡지도 5호 밖에 내지 못하고 말았다. 그러나 지금 생각해 보아도 제법 체재를 갖춘 잡지였다. 4 · 6배판에다가 지금은 월북해 간 화가 C가 표지를 구성했었다. 본문지도 고급 코튼지를 사용한, 그 시절로서는 꽤 호화스러운 것이었다.

이렇게 회람잡지를 만들며 장래를 꿈꾸던 학우들, 그들은 이윽고 사회에 나와 제법 촉망을 받더니, 전쟁과 동시에 모두 어디론지 흩어져 없어지고 말았다. 지금 남아 문필 활동을 하고 있는 것은 희곡가 한노단 군과 필자 정도이다. 쓸쓸한 이야기이다.

말이 딴 길로 들어선 감이 없지 않으나, 나는 ≪동광≫에 투고를 하기 전에 이미 위와 같이 몇 편의 시 비슷한 걸 쓴 경험이 있었던 것이다. 따라서 아주 애송이는 아니었다. 거기다 나도 어느덧 졸업반이 되었다.

내가 ≪동광≫에 대여섯 번 시를 투고하고 있던 어느 날 저녁때였다(나는 졸업을 앞두고 시험 준비에 바빴다). 문간에서 누구인가 찾는 손님이 있었다. 때마침 집에는 나밖에 없었다.

문간으로 나가 보니 안경을 쓴 전혀 알지 못할 분이 싱글싱글 웃는 낯으로 장 아무개 있느냐고 묻는 것이었다. 나를 찾는 것이다. 나는 의아한 눈을 떠 손님을 바라보며, 내가 장 아무개라고 대답하였다. 그랬더니 손은 여전히 싱글싱글하면서,

"나, 김억이오!" 하였다.

"김억?"

나는 그때까지 '김억'이라는 이름을 잘 몰랐다. 내가 어리둥절해 얼굴만 붉히고 있으려니까 손은 그제야 다시,

"김안서요" 하였다. 그 손이 나의 투고시를 보아 주신 바로 안서 김억 선생이시다.

나는 극도로 당황해 어찌 할 바를 알지 못하였다. 왜냐하면, 그때까지 나는 이런 고명하신 분―춘원이니, 요한이니, 파인, 안서 같은 분이란 하늘에라도 사시는 분들처럼 생각하고 있었기 때문이다. 도저히 나 같은 것이 가까이 할 수 없는 분, 만나 뵈려도 만나 주시지 않으실 분들처럼 평소에 생각하고 있었기 때문이다.

한데 그중 한 분이 지금 내 집 문전에 와 계시지 않는가! 내가 당황해질 수밖에―. 생각하면 쑥스러운 이야기이지만, 솔직히 말해 정말 그랬던 것이다.

내가 안으로 모시려는 걸 선생은 가볍게 거절하시며, 이 위에 사시는 회월 박영희 선생한테 가셨다가 지나는 길에 들렀노라 하셨다. 내가 재삼 권하는 것을 선생은 굳이 사양하시면서 이 다음에 또 오마 하고, 그때 선생이 묶

고 계시던 낙원동 주소와 여관명을 적어 주셨다. 그의 유일여관 시절이었다.

선생이 다녀가시고 나서 나는 별로 ≪동광≫에 투고도 못하고, 또 선생이 계신 유일여관을 찾아가 보지도 못하였다. 졸업 날짜가 박두해졌을 뿐만 아니라, 입학시험이라는 큰 난관이 내 앞에 놓여 있었기 때문이다. 가뵙자고 벼르기만 하고 있는데, 어느 날 책방에 들러 ≪동광≫을 들추어 보았더니 거기 졸작 '봄의 노래'가 발표되어 있었다. 이것이 활자화된 나의 첫 작품이다.

2. 내가 좋아한 시인군詩人群

I

― 춘원, 요한, 파인, 소월, 용운, 상화, 노산

내가 처음으로 손에 든 시집은 요한의『아름다운 새벽』,『복사꽃』(한성도서판)이었다. 4·6반절의 광목으로 포장을 한 조그만 책자였다. 안국동 로터리 부근에 있던 한성도서 매점으로 직접 가서 샀던 것을 어제 일같이 기억하고 있다.

그 다음에 파인의『국경의 밤』,『승천하는 청춘』, 소월의『진달래 꽃』, 안서의『안서시집』등을 샀다. 역시 한성도서 발행의 4·6반절의 조그만 시집이었다.

특별히 이들 시집을 권해 준 친구가 있은 것은 아니다. 그저 학교 갔다 오는 길에 책방에 들렀다가 이들 시집이 눈에 띄기에 샀을 뿐이다. 사실 그 시절에는 요 몇 권의 시집밖에 우리나라 말로 된 것이라고는 없었다.『삼 인시가집』(춘원, 요한, 파인 공저; 삼천리판)이 나온 것은 썩 뒤의 일이다. 4·6판 의 누런 표지를 한 그리 보기 좋지 않은 책이었다. 조광사판『시가집』(현 대조선문학전집 제2회 배본)이 발행된 것은 또 그 뒷일이다.

나는『삼인시가집』에서 처음 춘원의 작품을 읽었다. 그 전에도 그의 소 설을 읽는 일은 있었지만, 그리고 시조 같은 것을 잡지에서 읽어 보았지 만, 시는 이때 처음 대하였다.

임네가 그리워

李 光 洙

형제여 자매여
무너지는 돌탑 밑에 꿇어 앉아
읊조리는 나의 노랫소리를
듣는가-듣는가.

형제여 자매여
깨어진 질향로 떨리는 손이
피우는 자단향의 향내를
맡는가-맡는가.

형제여 자매여
임 너를 그리워, 그 가슴 속이 그리워
성문 밖에 서서 울고 기다리는 나를
보는가-보는가

－『한국시집韓國詩集』에서

이 시의 리드미컬한 것이 좋아 나는 외다시피 읽고 또 읽었다. 연마다 되풀이되는 '형제여 자매여' 하는 말에 무엇인가 따뜻한 정을 느끼는 것이었다.

그러나 나는 춘원보다는 요한을, 파인을 좋아하였다. 어딘지 모르게 나의 생리와 맞는 것 같았다. 정말 시다운 시를 읽는 것 같았다.

아침 황포강黃浦江에서

朱 耀 翰

아침 황포강黃浦江 가에서 기선이 웁다, 웁다.
삼판은 보채고 기선이 웁다, 설은 소리로…….

『이 정 표里程標』 427

아침 황포강黃浦江 가에서 물결이 웃읍디다, 웃읍디다.
춤을 추면서 금비단 치마 입고 춤을 춥디다.

아침 황포강黃浦江에서 안개가 거칩니다. 거칩니다.
인사하면서 눈웃음을 웃으며 인사하면서.

아침 황포강黃浦江에서 기선이 떠납디다, 떠납디다.
누이 부어서 물에 빠져 죽으려는 새악씨처럼…….

아침 황포강黃浦江에서 희극이 생깁디다, 생깁디다.
세관의 자명종이 열시를 칠 적에.

아침 황포강黃浦江에서 기선이 웁디다, 웁디다.
설은 소리로 샛노란 소리로 기선이 웁디다.

―『한국시집韓國詩集』에서

　황포강은 중국 땅 상해에 있는 강이다. 그 시절 많은 청년들이 상해로 유학을 갔으며, 나에게도 이국 거리를 그리는 꿈이 있었던지라, 이 시 '아침 황포강에서'는 향수 같은 달큼한 기분을 내 가슴에 전하였다.

　절마다 나오는 '웁디다, 웁디다 / 웃읍디다, 웃읍디다 / 거칩니다, 거칩니다 / 떠납디다, 떠납디다 / 생깁디다, 생깁디다'의 음악적인 반복은 나로 하여금 비로소 시 같은 것을 대한 느낌을 주었다.

　시란 이와 같이 음악적인 반복이 있어야 하는가 보다 하고, 그때 나는 막연히 생각하였다.

북청北靑 물장사

金 東 煥

새벽마다 고요히 꿈길을 밟고 와서

머리맡에 찬 물을 쏴 퍼붓고는
그만 가슴을 디디면서 멀리 사라지는
북청北靑 물장사.

물에 젖은 꿈이
북청北靑 물장사를 부르면
그는 삐걱삐걱 소리를 치며
오 자취도 없이 다시 사라진다.
날마다 아침마다 기다려지는
북청北靑 물장사.

—『한국시집韓國詩集』에서

파인의 이 시는 그로서는 걸작이라고 말해 좋을 것이다. 나뿐이 아니요,
그때 청년들은 누구나 파인의 '북청 물장사'를 애송하였다.

사실 북청 물장수는 그 시절 서울 명물의 하나이었다. 우리 집에서도 북
청 물장수의 물을 대놓고 사 먹었거니와, 무엇보다 그들의 끈기 있는 생활
의욕에 모두들 경탄하였다. 그만큼 북청 물장수하면 왜 그런지 친밀감을
느꼈던 것이다.

파인이 '새벽마다 고요히 꿈길을 밟고 와서 / 머리맡에 찬 물을 쏴 퍼붓
고는' 사라지는 북청 물장수를 시의 소재로 택한 데는 모르긴 모르되 우리
와는 다른 이유가 있었을 것 같다. 왜 내가 이런 생각을 하느냐 하면, 파인
의 출생지가 함경도라는 것을 알기 때문이다. 같은 고향 사람이고 보면 가
는 정이 다르지 않겠는가. 그러기에 그는 '날마다 아침마다 기다려지는'
것이 아니었을까?

지금 세대의 젊은 독자들은 모르겠지만, 그 시대 사람이라면 파인의 걸
작 '북청 물장사'에게 모두 애착 같은 것을 느낄 것이다.

파인은 정열적인 민족시를 많이 쓴 시인지만, 그리고 '국경의 밤' 같은
훌륭한 서사시를 오늘에까지 남겨 놓았지만, 나로 보면 파인의 그 어떤 작

품보다도 그가 이따금 써낸 민요를 유달리 좋아하였다. 파인은 이 면에도 소질이 풍부한 시인이었다.

청靑노새

金 東 煥

그리 갈걸 왜 들렀소,
우물 가에 실버들만
어지러히 흩어 놓고
청靑노새는 가는구려.

갈미봉에 저 구름은
비될 줄도 잊었는가,
청靑노새는 울며 울며
산 속으로 사라지네.

꿈

같은 성중城中 사오면서
꿈에 밖에 못뵈오니
애닯아라 그 꿈조차
이 편에만 있잖는가.

민요民謠 이수二首

참 대 밭
이제나 저제나 기다리다 못해
참대밭 달아드니 파도소리 출렁출렁.
풍랑쳐도 배 없나 노 없나
섬에선 저녁 연기 떠오르는데.

웃은 죄罪
즈름길 묻길래 대답했지요.
물 한 목음 달라기에 샘물 떠 주고
그리고는 인사하기 웃고 받었지요

평양성平壤城에 해 안뜬대두
난 모르오.
웃은 죄罪 밖에

—『시가집詩歌集』에서

이와 같은 소곡이랄까 민요랄까, 이런 것들을 보더라도 알 수 있듯이, 파인은 경쾌하고 달콤한 감상을 자유자재로 읊어 낼 수 있는 재질의 소유자이기도 하였다.

가 는 길

金 素 月

그립다
말을 할가
하니 그리워

그냥 갈가
그래도
다시 더 한 번……

저 산에도 까마귀, 들에 까마귀,
산으로 올라갈가
들로 갈가
오라는 곳이 없어 나는 못 가오.

말마소 내 집도
정주定州 곽산郭山
차車 가고 배 가는 곳이라오.

여보소 공중에
저 기러기
공중엔 길 있어서 잘 가는가?

여보소 공중에
저 기러기
열 십자+字 복판에 내가 섰오.

갈래갈래 갈린 길
길이라도
내가 바이 갈길은 하나 없오.

원앙침鴛鴦枕

바드득 이를 갈고

죽어 볼가요
창窓 가에 아롱아롱
달이 비친다.

눈물은 새우잠의
팔굽 벼개요
봄꿩은 잠이 없어
밤에 와 운다.

두동달이 벼개는
어디 갔는고
언제는 둘이 자던 벼개 머리에
"죽자 사자" 언약도 하여 보았지.

봄메의 멧 기슭에
우는 접동도
내사랑 내사랑
좋이 울것다.

두동달이 벼개는
어디 갔는고,
창窓 가에 아롱아롱
달이 비친다.

진달래꽃

나 보기가 역거워
가실 때에는

말없이 고히 보내드리우리다.
영변寧邊에 약산藥山
진달래꽃
아름따다 가실길에 뿌리우리다.

가시는 걸음걸음
놓인 그 꽃을
사뿐히 즈려밟고 가시옵소서.

나 보기가 역겨워
가실 때에는
죽어도 아니 눈물 흘리우리다.

삭주구성朔州龜城

물로 사흘 배 사흘
먼 삼천리三千里
더더구나 걸어 넘는 먼 삼천리三千里
삭주구성朔州龜城은 산을 넘은 육천리六千里요.

물맞아 함빡히 젖은 제비도
가다가 비에 걸려 오노랍니다
저녁에는 높은 산
밤에 높은 산.

삭주구성朔州龜城은 산 넘어
먼 육천리六千里
가끔가끔 꿈에는 사오천리四五千里
가다오다 돌아오는 길이겠지요.

서로 떠난 몸이길레 몸이 그리워
님을 둔 곳이길레 곳이 그리워
못 보았소 새들도 집이 그리워
남북南北으로 오며가며 아니합디까.

들 끝에 날아가는 나는 구름은
밤쯤은 어디 바로 가 있을 텐고
삭주구성朔州龜城은 산 넘어
먼 육천리六千里

접동새

접동
접동
아우래비 접동

진두강津頭江 가람 가에 살던 누나는
진두강津頭江 앞 마을에
와서 웁니다.

옛날, 우리 나라
먼 뒤쪽의
진두강津頭江 가람 가에 살던 누나는
이붓어미 시샘에 죽었습니다.

누라라고 불러보랴
오오 불설워
시새움에 몸이 죽은 우리 누나는
죽어서 접동새가 되었습니다.

아홉이나 남아 되던 오랩동생을
죽어서도 못잊어 참아 못잊어
야삼경夜三更 남다 자는 밤이 깊으면
이 산 저산 옮아가며 슬피 웁니다.

이 다섯 편의 시는 독자들도 잘 알고 있으리라고 믿는 소월의 것이다.

나는 소월을 그의 시집『진달래꽃』을 통하여 알았고, 그 후 내가 안서 선생의 서재에 드나들면서 좀 더 자세히 알았다(소월은 안서의 애제자이다. 선생은 늘 소월의 재주를 극구 칭찬하셨다).

1920년대의 시인 중 소월처럼 특이한 존재도 없을 것 같다. 특수한 서정시의 세계를 고집해 가며, 리드미컬한 음조로 '야무진 것, 원망스러운 것', 치정의 정서를 표현한 소월.

나는 이미 여기저기서 그에 대한 이야기를 많이 하였기에 중복을 피하려 하거니와, 나는 많지 않은 안서 제자의 한 사람으로서 소월을 잊을 수가 없다.

이상은 내가 막연히 시의 아름다움에 끌려들어갔던 소년 시기에 좋아한 극히 적은 수의 시인들이다. 이 밖에도 좀 더 많은 시인들이 있었다. 그러나 등불 없이 어둔 길을 더듬어 가듯 하는 소년에게는 그 분들이 어디 계신지를 알지 못하였다.

뒤에 와서 알았고, 또 애송해 마지않기로 '임의 침묵'을 내신 한용운, '마돈나'의 시인 이상화, 그리고 시는 아니더라도 시조의 노산 이은상, 이러한 여러 선배들이 계시다.

임의 침묵沈黙

韓 龍 雲

　임은 갔습니다. 아아, 사랑하는 나의 임은 갔습니다.

　푸른 산빛을 깨치고 단풍나무 숲을 향하여 난 작은 길을 걸어서 차마 떨치고 갔습니다.

　황금黃金의 꽃같이 굳고 빛나던 옛 맹서盟誓는 차디찬 티끌이 되어서 한숨의 미풍微風에 날아갔습니다.

　날카로운 첫 키스의 추억追憶은 나의 운명運命의 지침指針을 돌려놓고 뒷걸음쳐서 사라졌습니다.

　나는 향기로운 임의 말소리에 귀 먹고 꽃다운 임의 얼굴에 눈멀었습니다.

　사랑도 사람의 일이라, 만날 때에 미리 떠날 것을 염려하고 경계하지 아니한 것은 아니지만, 이별은 뜻밖의 일이 되고, 놀란 가슴은 새로운 슬픔에 터집니다.

　그러나 이별을 쓸데없는 눈물의 원천源泉으로 만들고 마는 것은 스스로 사랑을 깨치는 것인 줄 아는 까닭에 걷잡을 수 없는 슬픔의 힘을 옮겨서 새 희망希望의 정수박이에 들어부었습니다.

　우리는 만날 때에 떠날 것을 염려하는 것과 같이 떠날 때에 다시 만날 것을 믿습니다.

　아아, 임은 갔지마는 나는 임을 보내지 아니하였습니다.

　제 곡조를 못 이기는 사랑의 노래는 임의 침묵沈黙을 휩싸고 돕니다.

　　　　　　　　　　　　　—시집詩集『임의 침묵沈黙』에서

나의 침실寢室로

李 相 和

　마돈나! 지금은 밤도 모든 목거지에 다니노라. 피곤疲困하여 돌아가련도다.

아, 너도 먼동이 트기 전으로 수밀도水蜜桃의 네 가슴에 이슬이 맺도록 달려 오너라.

마돈나! 오려므나, 네 집에서 눈으로 유전遺傳하던 진주眞珠는 다 두고 몸만 오너라.
빨리 가자. 우리는 밝음이 오면 어딘지 모르게 숨는 두 별이어라.

마돈나! 구석지고도 어두운 마음의 거리에서 나는 두려워 떨며 기다리노라.
아, 어느덧 첫닭이 울고-뭇 개가 짖도다. 나의 아씨여. 너도 듣느냐.

마돈나 지난 밤이 새도록 내 손수 닦아 둔 침실寢室로 가자, 침실寢室로!
낡은 달은 빠지려는데 내 귀가 듣는 발자욱-오 너의 것이냐?

마돈나! 짧은 심지를 더우잡고 눈물도 없이 하소연하는 내 마음의 촉燭불을 봐라.
양羊털 같은 바람결에도 질식窒息이 되어 얄푸른 연기로 꺼지려는도다.

마돈나! 오너라, 가자, 앞산 그르매가 도깨비처럼 발도 없이 이곳 가까이 오도다.
자, 행여나 누가 부르는지-가슴이 뛰누나, 나의 아씨여 너를 부른다.

마돈나! 날이 새련다, 빨리 오려무나. 사원寺院의 쇠북이 우리를 비웃기 전에.
네 손이 내 목을 안아라. 우리도 이 밤과 같이 오랜 나라로 가고 말자.

마돈나! 뉘우침과 두려움의 외나무다리 건너 있는 내 침실寢室 열 이
도 없나니!

아 바람이 불도다. 그와 같이 가볍게 오려무나. 나의 아씨여 네가
오느냐?

마돈나! 가엾어라 나는 미치고 말았는가, 없는 소리를 내 귀가 들
음은—

내 몸에 피란 피—가슴의 샘이 말라 버린 듯 마음과 몸이 타려는
도다.

마돈나! 언젠들 안갈 수 있으랴, 갈테면 우리가 가자, 끄을려 가지
말고!

너는 내 말을 믿는 마리아—내 침실寢室이 부활復活의 동굴洞窟임을
네가 알련만······.

마돈나! 밤이 주는 꿈, 우리가 얽는 꿈, 사람이 안고 궁구는 목숨
의 꿈이 다르지 않느니

아, 어린애 가슴처럼 세월歲月 모르는 나의 침실寢室로 가자, 아름답
고 오랜 거리로.

마돈나! 별들의 웃음도 흐려지려 하고 어둔 밤 물결도 잦아지려
는도다.

아, 안개가 사라지기 전으로 네가 와야지, 나의 아씨여 너를 부른다.

－『한국시집韓國詩集』에서

가인산可人山(양장시조兩章時調)

李 殷 相

가인산可人山 저문날을 밤 기다려 섰습니다.

이 밤이 스무날 달이구려 이즐도록 아까워서

우수수 지는 잎이 어깨를 따립니다.
이후엔 가을나무 아래 아니서려 합니다.

눈감고 막대 짚고 언덕 아래 섰노라니
모래알 흐르는 소리 간지는 듯 좋습니다.

풀 속에 산토끼들 공연히 놀라 뛰는구려
솔방을 떨어지는 소리 밖에 아무것도 없는 빈 산인데

가인산可人山 깊은 달이 이제야 오릅니다.
새도록 그림자 데리고 밤을 즐기고 싶습니다.

―『노산시조집鷺山時調集』에서

　한용운의 명상적이요 신비적인 시편들은 모르는 대로 내 마음을 끌었으며, 상화의 정열 또한 싫지 않았다. 그러나 뭐니 뭐니 해도 나의 마음을 감동시킨 것은 노산의 시조이다. 새파란 클로스에 금박으로『노산시조집』(한성도서판)이라고만 찍었던 4·6판 아담한 책자는 늘 내 곁에서 떠나지 않았다. 그러나 이것은 시기적으로 내가 20대에 들어선 뒤의 일이다.

　II
　　―영랑, 지용, 기림, 천명, 석정

　≪시문학≫, ≪문예월간≫ 등의 순문예 잡지가 나오자, 시단에도 전과는 다른 조류가 흐르고 있었으며, 또 중견 자리를 차지한 시인도 아주 새로운 인상을 주는 이들로 대치되어 있는 감이 들었다. 말하자면 우리 신시

의 공로자들인 요한, 파인, 안서, 소월의 시대는 지나갔던 것이다. 내가 동경에서 막 돌아왔던 때였다.

≪문예월간≫에 모인 시인들을 흔히 해외 문학파라고 하였다. 그것은 그들이 모두 외국 문학을 전공하였을 뿐만 아니라, 실제로 해외 문학을 이 땅에 수입하려 노력하려는 데서 이렇게 불려 왔다.

나는 그때 시골에 있어서 서울과의 접촉이 별로 없었다. 따라서 그간의 소식을 자세히 알지 못하였다. 시대가 바뀐 것 같은 인상을 받음은 다만 지면을 통해서의 말이다.

이 무렵이었다. 이상 등이 '구인회'를 조직하여 문예 강연 같은 것을 매달 열었다. 나는 그 강연을 들으러 시골에서 서울로 올라오곤 하였다.

이 강연회에는 구인회 멤버 아닌 분들도 가끔 나왔다. 춘원, 동인 이 두 분의 얼굴을 처음으로 대한 것도 이 강연회에서이다. 춘원은 소설 못지않게 말도 잘하였다. 의외였던 것은 동인이다. 그처럼 유려한 문장을 다루는 분이건만, 강연만은 서툴렀다. 앉아 듣기가 딱 할 정도였다.

구인회의 이와 같은 모임이 베풀어지고 있을 무렵, 한편에서는 유치진 등이 해외 희곡을 들고 나와 연극을 하였다. 안톤 체호프의 무슨 작품인가를 공회당—지금의 상공회의소에서 공연하는 걸 보러 갔던 일이 있다.

요샛말로 하면 문인극 같은 것이다. 그러나 문인극으로는 너무나 훌륭한, 실로 열기에 찬 연기였다. 유치진은 연출을 담당하고 있으면서 직접 무대에 나오기도 하였다. 신경질 있는 상인의 역을 맡아 무난히 해 넘기는 것을 보고 나는 감탄을 금치 못하였다.

하여튼 촌놈 눈에는 이런 것들이 모두 새롭고 신기하였다. 잘 모르는 대로 나는 새로운 그 무엇이 일어나고 있음을 마음으로 느끼었다.

이러한 서울의 분위기를 잠시나마 보고 시골로 돌아간 나는 남몰래 허리띠를 졸라매곤 하였다.

여기는 늙은이들의 나라가 아니다.

젊은이는 서로 서로 팔을 끼고
새들은 나무 숲에—
물러가는 세대는 저들의 노래에 취하며—

—W. B. 예이츠

잡지 ≪시문학≫ 등을 무대로 현대적 풍모를 갖춘 쟁쟁한 시인들이 활약하기 시작하였다.

먼저 내 눈을 둥그렇게 뜨게끔 한 이는 영랑, 지용, 기림, 석정, 천명—이 다섯 사람이었다.

내 가슴속에 가늘한 내음
애끈히 떠도는 내음
저녁 해 고요히 지는제
머—ㄴ 산 허리에 슬리는 보랏빛

오! 그 수심 뜬 보랏빛
내가 잃은 마음의 그림자
한 이틀 정렬에 뚝뚝 떨어진 모란의
깃 든 향취가 이 가슴 놓고 갔을 줄이야

—『영랑시집永郞詩集』에서

같은 서정시라도 요한이나 소월의 그것과는 전혀 그 색채가 다르다는 걸 대번에 알 수 있지 않은가. 어디까지나 맑고 고운 가락이다. 나이브한 정서, 나이브한 감각, 오묘한 전라도 사투리—도시인이 흉내 낼 수 없는 이런 시세계는 영랑만이 형용할 수 있는 특이한 것이라 아니 할 수 없다.

"오—매 단풍 들 것네"
장광에 골불은 감잎 날러오아
누이는 놀란 듯이 치어다보며

"오-매 단풍 들 것네"

추석이 내일 모레 기둘니리
바람이 자지어서 걱정이리
누이의 마음아 나를 보아라
"오-매 단풍 들 것네"

-『영랑시집永郎詩集』에서

평상시에 얼마든지 듣고 볼 수 있는 평범한 소재를 잡아 이처럼 알뜰히 조형화하는 영랑의 솜씨에 나는 경탄해 마지않았다. 그의 시를 알게 된 나는 잡지에 이따금 발표되는 것만으로는 부족해 책방에 뛰어들어 드디어 그의 시집을 손에 넣었다. 『영랑시집』이 그것이다. 4·6판 20면 정도의 아담한 책자였다. 노란 바닥에다가 울타리 같은 걸 도안화하여 바른 쪽에 배치한 그것이다. 커버가 있었던 것으로 기억한다. 표지도 합지에 금박을 찍은, 어지간히 공을 들인 장정이었다. 본문지는 100파운드 가까운 고급 모조지를 썼으며, 8포 정도의 그 세대에는 기이한 활자로 판을 짠 매끈한 인상을 주는 시집이었다. 나는 그것을 들고 시골에 내려가 아직 만난 일 없는 전라도 영랑을 생각하며 그의 작품을 외우다시피 읽었다.

임 두시고 가는 길의 애끈한 마음이여
한숨 쉬면 꺼질 듯한 조매로운 꿈길이여
이 밤은 캄캄한 어느 뉘 시굴인가
이슬 같이 고인 눈물을 손끝으로 깨치나니
  ※
허리띠 매는 시악시 마음실 같이
꽃가지에 오는한 그늘이 지면
흰 날의 내 가슴 아지랑이 낀다
흰 날의 내 가슴 아지랑이 낀다

　　　　※
구버진 돌담을 돌아서 돌아서
달이 흐른다 놀이 흐른다
하이얀 그림자
은실을 즈르르 모라서
꿈밭에 봄마음 가고 또 간다

　　　　　　　　　　　　　―『영랑시집永郞詩集』에서

'돌아서 돌아서'니, '달이 흐른다 놀이 흐른다'니, '가고 또 간다'니 하는
따위의 교묘한 수법에 나는 침을 흘리지 않을 수 없었다.
　　영랑의 시에는 나이브한 면과 아울러 호탕한 면이 없지 않다. 그것은 그
가 자란 환경에 기인하는 것이라 생각하거니와, 가령 다음 시를 읽어 보면
더욱 이해가 갈 것이다.

　　자네 소리 하게 내 북을 잡지

　　진양조 중머리 중중머리
　　엇머리 갖어지다 휘 몰아 보아

　　이렇게 숨결이 꼭 맞어서만 이룬 일이란
　　인생人生에 흔치 않어 어려운 일 시원한 일

　　소리를 떠나서야 북은 오직 가죽일 뿐
　　헛 때리면 만갑萬甲이로 숨을 고처 쉴 밖에
　　장단長短을 친다는 말이 모자라오
　　연창演唱을 살리는 반주伴奏쯤 지나고
　　북은 오히려 컨닥타―요

　　떠받는 명고名鼓인디 잔가락을 온통 잊으오

떡 궁! 동중정動中靜이요 소란 속에 고요 있어
인생人生이 가을 같이 익어가오

자네 소리하게 내 북을 치리
-『현대시집現代詩集·Ⅰ』에서

영랑은 나처럼 주로 시골에 파묻혀 있고 서울에 나오지를 않았다. 뜬소
문에 듣자 하니 천석꾼의 거부라고 하였다. 기녀들과 거문고를 벗하며 유
유자적한 생활을 하고 있다는 말을 들었다. 나는 다시 한 번 영랑의 풍류
성에 감탄하는 동시에 은근히 그를 존경하였다.

≪시문학≫에 모인 시인 중에서 특히 청년들에게 크게 클로즈업된 이
로 정지용이 있다. 그가 그제서 알려진 건 물론 아니다. 색다른 시풍을 가
지고 그는 이미 1920년대의 후반기부터 등장하였던 시인이다. 그가 작품
을 발표한 것은 ≪조선지광≫ 등의 잡지였다.

그러나 그의 이름이 좀 더 크게 나타나게 되기는 역시 이때부터이다.

그러면 그의 어떤 면이 그와 같은 감명을 젊은 독자들에게 주었는가?
단적으로 말해 그만큼 모든 면에서 새로웠던 것이다. 그의 시 속에는 '현
대의 호흡과 맥박'이 있었던 것이다. 그는 아직 어린 우리 시단에 참말로
현대시다운 현대시를 심어 놓은 그리 많지 않은 시인의 한 사람이다.

카페·프랑스

옮겨다 심은 종려棕櫚나무 밑에
삐뚜로 선 장명등,
카페·프랑스에 가자.

이 놈은 루바쉬카
또 한 놈은 보헤미안 넥타이
비썩 마른 놈이 앞장을 섰다.

밤비는 뱀 눈처럼 가는데
페이브멘트에 흐늙이는 불빛
카페 · 프랑스에 가자.

이 놈의 머리는 비뚜른 능금
또 한 놈의 심장心臟은 벌레 먹은 장미薔薇
제비처럼 젖은 놈이 뛰어 간다.
　　　※
"오오 패롤鸚鵡 서방! 굿 이브닝!"

"굿 이브닝!" (이 친구 어떠하시오?)

울금향鬱金香 아가씨는 이 밤에도
경사更紗 커─튼 밑에서 조시는구려!

나는 자작子爵의 아들도 아무 것도 아니란다.
남달리 손이 희어서 슬프구나!

나는 나라도 집도 없단다.
대리석大理石 테이블에 닿는 내 뺨이 슬프구나!

오오, 이국종異國種 강아지야
내 발을 빨어다오.
내 발을 빨어다오.

─『현대시집現代詩集 · Ⅰ』 '춘뢰집春雷集'에서

지금 읽어도 새로운 이들 작품의 감각성이 20년 전인 그 시대에 얼마만큼 경탄의 대상이 되었으리라는 것쯤 쉽게 짐작이 가는 일이다.

무엇보다 그는 모든 외교적인 과거의 언어를 배격하고 부자연한 리듬의 구속을 파괴하였다. 뿐만 아니라, 일상 대화의 어법을 그대로 작품에 이끌어 넣어 또 하나의 새로운 리듬을 창조하였던 것이다. 이런 점으로 미루어 보아 그는 1912년 시잡지 ≪포에트리≫를 중심으로 일어났던 '이미지스트' 운동의 샌드백 같은 존재였다.

여기서 미국의 이미지스트 운동에 대한 이야기를 잠깐 말해 두는 것이 좋을 것 같다. 그것은 마치 우리나라에서 ≪시문학≫을 중심으로 일어난 현대시의 부흥과 흡사하기 때문이다. 또 현대시란 무엇인가를 아는 데에 있어서도 참고가 되리라 믿는다.

부흥기(1913년)

1890년으로부터 1912년에 걸쳐서의 20년간에 이르는 미국 시단의 휴식기를 깨뜨리고 돌연히 새로운 시의 시대가 아무런 예고도 없이 커다란 힘과 비상한 다종의 형식으로 찾아왔다. 1912년 10월 시잡지 ≪포에트리≫(Poerty; A Magazine of Verse)가 미지의 시인 작품을 소개하고, 모든 그룹, 종파 및 운동을 보도하는 기관으로 간행되었다. 이 잡지는 실로 폭풍이 막 일어나려는 순간에 발행되었던 것이다. 번갯불이며 먼 천둥이 문학의 하늘을 흩뜨리고 있었다. 수 개월 뒤에 드디어 큰 비가 내리었다.

1917년이 되어 새로 일어난 시는 미국의 국민적 예술 중 제1위에 오르고, 그 성공은 소탕적이었다. 지금까지 시를 읊어 본 일이 없는 사람들도 시로 향하였고, 시는 읽을 수 있을뿐더러 맛볼 수도 있다는 것을 발견하였다. 시를 즐기는 데는 고어사전이나 고전 안내서 같은 것이 필요 없다는 것도 알게 되었다. 생활이 그 자체이었다. 문학이 시의 근원이 되지 않았다. 새로운 시는 국민 스스로의 말로서 그들에게 말을 걸었다. 거기다가 시는 지금까지 들은 적도 없는 일에 관하

여 이야기를 걸었다. 시는 향토의 것이 되었을 뿐만 아니라, 또한 영
혼의 것도 되었다.

−루이 운터메어의 『현대 미국시단』에서

이와 같은 1910년대 미국 시단의 일이 우리나라에서 일어난 것은 ≪시
문학≫이 나오면서부터이다. 내가 보기에는 여간만 흡사하지 않다. 그러
면 그들이 이처럼 급격한 성공을 거둘 수 있었던 원인은 무엇이었던가? 그
원인 역시 우리나라에서와 꼭 같다.

그 원인은 시가 전통적 작시법으로부터 해방된 데 있다. 시는 시만
의 용어를 갖지 않으면 안 된다는 전제를 파괴하고, 신시대의 시인은
천성적인 가장 가락 높은 말로 얘기하기 시작하였다. 시 제조가의 말
이 아닌 대중의 말로 얘기하였다. 보통 대화의 어법 속에서 힘과 위엄
과 신비력을 발견하였다.

−루이 운터메어의 『현대 미국시단』에서

이 말은 그 무렵 우리 시단을 두고서도 할 수 있는 말이다. 작시법으로부
터 벗어났다는 점이라든가, 소위 시어를 쓰지 않고 대중의 말로 쓴다든가 하
는, 시를 쓰는 태도와 방법이 우리 시단에서는 그제야 실천 단계에 들어섰던
것이다. 지용을 비롯한 몇몇 시인들은 '가장 용감한 언어의 사용자'였다.

우리는 새로운 언어를 갖지 않으면 안 된다. 대화의 새로운 형식
을, 우리 말의 새로운 표현법을. 새로운 시대, 새로운 대중은 당연히
새로운 국어를 필요로 하며, 만들려 하며, 또 그것이 전개되기까지
는 만족하지 않는다.

−월트 휘트먼

이것은 저 유명한 「풀잎새」의 시인이 이미 1865년에 한 말이다. 그런데

이 휘트먼의 야망을 채우고 참다운 현대시다운 현대시를 우리 땅에 수립한 것은 지용, 기림외의 몇 사람이다.

거듭 참고로 그들 이미지스트들의 6개조로 되어 있는 강령을 소개한다.

1. 보통 회화어를 사용할 것. 그러나 정확한 언어를 사용하되 장식적 말은 피한다.
2. 새로운 기분의 표현으로서 새로운 리듬을 창조할 것. 우리는 작시법으로서 자유시만을 주장하는 것은 아니다. 그렇지만 시인의 개성은 인습적인 형식보다는 자유시형에 있어 보다 낫게 발휘해야 된다고 믿는다.
3. 체재의 선택에 있어서는 자유를 허용한다.
4. 이미지를 묘출할 것. 우리는 묘사파는 아니다. 시는 세부를 명확히 표현하되, 제아무리 훌륭하고 당당한 것일지라도 그 일반성을 취급할 것은 아니라고 믿는다.
5. 견실하고 명료한 시를 쓸 것, 결코 불명료하고 불확정한 것을 써서는 안 된다.
6. 최후로 우리는 집중이 시의 본질이라고 믿는다.

지금 읽어 보면 당연 이하로 당연한 선언이지만, 그 당시 미국에서 이 선언이 던진 파문은 의외로 컸다. 특히 보수적인 비평가들은 이와 같은 색다른 선언을 격파시키려 무진 애를 썼다.

이제 이 선언을 읽고 지용의 시를 다시 읽어 보면, 이들 이미지스트들의 주장과 부합되는 데가 많음을 발견할 것이다.

석 류石榴

장미薔薇꽃처럼 곱게 피어 가는 화로에 숯불,

입춘立春 때 밤은 마른 풀 사르는 냄새가 난다.

한 겨울 지난 석류石榴 열매를 쪼기어
홍보석紅寶石 같은 알을 한 알 두알 맛보노니,

투명透明한 옛 생각, 새론 시름의 무지개여,
금붕어처럼 어린 녀릿 녀릿한 느낌이여.
이 열매는 지난 해 시월 상달 우리들의
조그마한 이야기가 비롯될 때 익은 것이어니.

작은 아씨야, 가녀린 동무야, 남 몰래 깃들인
네 가슴에 졸음 조는 옥토끼가 한 쌍.

옛 못 속에 헤엄치는 흰 고기의 손가락, 손가락,
외롭게 가볍게 스스로 떠는 은銀실, 은銀실.

아아 석류石榴알을 알알이 비추어 보며
신라천년新羅千年의 푸른 하늘을 꿈꾸노니.

향 수鄕愁

넓은 벌 동쪽 끝으로
옛이야기 지줄대는 실개천이 휘돌아 나가고,
얼룩백이 황소가
해설피 금빛 게으른 울음을 우는 곳,

─그 곳이 참아 꿈엔들 잊힐리야.

질화로에 재가 식어지면
뷔인 밭에 밤바람 소리 말을 달리고,
엷은 졸음에 겨운 늙으신 아버지가
짚베개를 돋아 고이시는 곳,

─그 곳이 참아 꿈엔들 잊힐리야.

흙에서 자란 내 마음
파아란 하늘 빛이 그립어
함부로 쏜 화살을 찾으려
풀섶 이슬에 함추름 휘적시던 곳,

─그 곳이 참아 꿈엔들 잊힐리야.

전설傳說 바다에 춤추는 밤물결 같은
검은 귀밑머리 날리는 어린 누이와
아무렇지도 않고 예쁠 것도 없는
사철 발 벗은 아내가
따거운 햇살을 등에 지고 이삭 줍던 곳,

─그 곳이 참하 꿈엔들 잊힐 리야.

하늘에는 섞은 별
알 수도 없는 모래성으로 발을 옮기고,
서리 까마귀 우지짖고 지나가는 초라한 지붕
흐릿한 불빛에 돌아 앉아 도란 도란거리는 곳,

─그 곳이 참하 꿈엔들 잊힐리야.

조약돌

조약돌 도글 도글……
그는 나의 혼魂의 조각이러뇨.

앓는 피에로의 서름과
첫길의 고달픈
청靑제비의 푸념거운 지줄댐과,
꾀집어 아직 붉어 오르는
피에 맺혀
비 날리는 이국異國 거리를
탄식嘆息하며 헤매노나.

조약돌 도글도글……
그는 나의 魂의 조각이러뇨.

저녁 햇살

불 피어 오르듯하는 술
한 숨에 키어도 아아 배고파라.

수접 듯 놓인 유리 컵
바작바작 씹는때도 배고프리.
네 눈은 고만高慢스런 흑黑단초.
네 입술은 서운한 가을철 수박 한 점.

빨어도 빨어도 배고프리
술집 창문에 붉은 저녁 햇살.

연연하게 탄다, 아아 배고파라.

오월五月 소식消息

오동梧桐나무 꽃으로 불밝힌 이 곳 첫여름이 그립지 아니한가?
어린 나그네 꿈이 시시로 파랑새가 되어 오려니
나무 밑으로 가나 책상 턱에 이마를 고일 때나,
네가 남기고 간 기억記憶만이 소근 소근거리는구나.
모처럼만에 날려온 소식에 반가운 마음이 울렁거리어
가여운 글자마다 먼 황해黃海가 남실거리나니.

……나는 갈매기 같은 종선을 한창 치달리고 있다……
쾌활快活한 오월五月 넥타이가 내처 난데없는 순풍順風이 되어,
하늘과 딱 닿은 푸른 물결 위에 솟은
외따른 섬 로만틱을 찾아 갈거나.

일본말과 아라비야 글씨를 아르치러 간
쬐그만 이 페스탈로치야, 꾀꼬리 같은 선생님이야
날마다 밤마다 섬 둘레가 근심스런 풍랑風浪에 씹히는가 하노니,
은은히 밀려 오는 듯 머얼리 우는 오르간 소리……

태 극 선太極扇

이 아이는 고무뽈을 따러
흰 산양山羊이 서로 부르는 푸른 잔디 우로 달리는 지도 모른다.

이 아이는 범나비 뒤를 그리어

소소라지게 위태한 절벽 갓을 내닫는지도 모른다.

이 아이는 내처 날개가 돋혀
꽃잠자리 제자를 쓴 하늘로 도는지도 모른다.
(이 아이가 내 무릎 우에 노운 것이 아니라)

새와 꽃, 인형 납병정 기관차들을 거느리고
모래밭과 바다, 달과 별 사이로
다리 긴 왕자王子처럼 다니는 것이러니,
(나도 일찌기, 점두록 흐르는 강가에
이 아이를 뜻도 아니한 서름에 겨워
풀피리만 찢은 일이 있다)

이 아이의 비단결 숨소리를 보라.
이 아이의 씩씩하고도 보드라운 모습을 보라.
(나는 쌀 돈셈 지붕 샐 것이 문득 마음 키인다)

반딧불이 하릿하게 날고
지렁이 기름불만치 우는 밤,
모여 드는 훗훗한 바람에
슬프지도 않은 태극선 자루가 나부낀다.

말

말아 다락 같은 말아,
너는 즘잔도 하다마는
너는 왜 그리 슬퍼 뵈니?
말아 사람 편인 말아,

검정콩 푸렁콩을 주마.
　※
이 말은 누가 난 줄도 모르고
밤이면 먼 데 달을 보며 잔다.

九城洞

골짝에는 흔히
유성流星이 묻힌다.

황혼黃昏에
누뤼가 소란히 쌓이기도 하고

꽃도
귀양 가는 곳,

절터 더랬는데
바람도 모이지 않고

산 그림자 설핏하면
사슴이 일어나 등을 넘어간다.

백 록 담白鹿潭

　I
　절정絶頂에 가까울수록 뻐꾹채꽃 키가 점점 소모消耗된다. 한 마루
오르던 허리가 슬어지고 다시 한 마루 위에서 모가지가 없고 나중에

는 얼굴만 갸웃, 내다본다. 화문花紋처럼 판版 박힌다. 바람이 차기가 함경도咸鏡道 끝과 맞서는 데서 뻐꾹채 키는 아주 없어지고도 팔월八月 한 철엔 흩어진 성진星辰처럼 난만爛漫하다. 산山 그림자 어둑어둑하면 그러지 않아도 뻐꾹채 꽃밭에서 별들이 켜든다. 제 자리에서 별이 옮긴다. 나는 여기서 기진했다.

II

최고란最古蘭 환약丸藥같이 어여쁜 열매로 목을 추기고 살아 일어섰다.

III

백화白樺 옆에서 백화白樺가 촉루髑髏가 되기까지 산다. 내가 죽어 백화白樺처럼 흰 것이 숭없지 않다.

IV

귀신鬼神도 쓸쓸하여 살지 않는 한 모퉁이, 도체비꽃이 낮에 혼자 무서워 파랗게 질린다.

V

바야흐로 해발海拔 육천척六千尺 위에서 마소가 사람을 대수롭게 아니 여기고 산다. 말이 말끼리, 소가 소끼리, 망아지가 어미소를, 송아지가 어미말을 따르다가 이내 헤어진다.

VI

첫새끼를 낳노라고 암소가 몹시 혼이 났다. 얼결에 산길 백리百里를 돌아 서귀포西歸浦로 달아났다. 물도 마르기 전에 어미를 여흰 송아지는 움매―울었다. 말을 보고도 등산객登山客을 보고도 마고 매어 달렸다. 우리 새끼들도 모색毛色이 다른 어미한틔 맡길 것을 나는 울었다.

VII

풍란風蘭이 풍기는 향기香氣, 꾀꼬리 서로 부르는 소리, 제주濟州 회
파람새 회파람 부는 소리, 돌에 물이 따로 구르는 소리, 먼데서 바다
가 구길 때 솨-솨-솔소리, 물푸레 동백 떡갈나무 속에서 나는 길을
잘못 들었다가 다시 칡넝쿨 기어간 흰 돌박이 고부랑길로 나섰다. 문
득 마주친 아롱점말이 피避하지 않는다.

VIII

고비 고사리 더덕순 도라지꽃 취 삿갓나물 대풀 석용石茸 별과 같
은 방울을 달은 고산식물高山植物을 새기며 취醉하며 자며 한다. 백록
담白鹿潭 조찰한 물을 그리어 산맥山脈 위에서 짓는 행렬行列이 구름
보다 장엄莊嚴하다. 소나기 늦낮 맞으며 무지개에 말리우며 궁둥이
에 꽃물 익여 붙인채로 살이 붙는다.

IX

가재도 기지않는 백록담白鹿潭 푸른 물에 하늘이 돈다. 불구不具에
가깝도록 고단한 나의 다리를 돌아 소가 갔다. 좇겨온 실구름 일말一
抹에도 백록담白鹿潭은 흐리운다. 나의 얼굴에 한나절 포긴 백록담白
鹿潭은 쓸쓸하다. 나는 깨다 졸다 기도祈禱조차 잊었더니라.

-『현대시집現代詩集·I』'춘뢰집春雷集'에서

지용과 함께 우리가 잊을 수 없는 시인에 김기림이 있다. 이 두 사람은
각기 다른 세계를 마련하고 있었음에도 불구하고 젊은 세대에게 열광적인
환영을 받았고, 또 영향을 주었다. 현 시단에서 상당한 위치를 차지하고 있
는 시인으로서 이 두 분 중 그 어느 분인가의 영향을 받지 않은 사람은 별
로 없다 해도 과언은 아닐 것이다. 그만큼 그들 존재는 컸으며, 이 두 시인
의 이름은 영원히 우리나라 시사詩史에 남아 찬란한 그 빛을 낼 것이다.

현대 용어와 현대 감각으로 지용이 그의 시를 장식하였다면, 기림은 보
다 현대적인 용어와 현대인의 지성으로 그의 시를 구성하였다. 지용이 색

채를 다루는 화가의 수법으로 작품을 썼다면, 기림은 메커닉한 카메라맨의 수법으로 제작한 시인이었다고 나는 본다.

봄은 전보도 없이

아득한 황혼의 찬 안개를 마시며
긴— 말없는 산허리를 기어오는
차ㅅ소리
우루루루
오늘도 철교는 운다. 무엇을 우누?

글쎄 봄은 언제 온다는 전보도 없이
저 차를 타고 도적과 같이 왔구려.
어머니와 같은 부드러운 목소리로
골짝에서 코고는 시내물들을 불러 일으키며—
해는 지금 붉은 얼굴을 벙글그리며
사라지는 엷은 눈 위에 이별의 키스를 뿌리노라
바쁘게 돌아댕기오.

포플라들은 파—란 연기를 뿜으면서
빨래와 같은 하—얀 오후午後의 방천에 늘어서서
실업쟁이처럼 담배를 피우오.

봄아
너는 언제 강가에서라도 만나서
나에게 이렇다는 약속을 한일도 없건만
어쩐지 무엇을—굉장히 훌륭한 무엇을 가져다 줄 것만 같아서

나는 오늘도 괭이를 멘체 돌아서서
아득한 황혼의 찬 안개를 마시며
기ーㄴ 말이 없는 산기슭을 기어오는 기차를 바라본다.

들은 우리를 부르오

경박한 참새들은 푸른 포플라의 지붕 밑에서 눈을 떠서 분주히 노
래하오.
바다의 붉은 가슴이 타는 해를 투겨 올리오.
별들은 구름 타고 날어 가오.

아침의 전령(傳令)인 강바람이 숲 속의 어린 새들의 꿈을 흔들어 깨
우치오.
나는 나의 팔에 껴안긴 밤의 피 흐르는 찢어진 시체를 방바닥에
던지고
무한한 야심과 같은 우리들의 대낮으로 향하여 뛰어 나가오.

(나는 아내의 방문을 두다리오)
여보 어서 일어나요.
우리는 가축을 몰고 숲으로 가지 않겠소?
우리들의 즐거운 벗—태양은 강가에서
오직이나 섭섭해서 기다리고 있겠소?
(나의 팔은 담 너너 언덕 너머 강을 가르켰오)

이윽고 새들은 높은 하늘 중간에 떠서 음악회를 열 것이요.
늙은 바람은 언덕 위의 송아지의 털을 쓰다듬으면서 송아지의 슬
픈 노래를 사랑하겠지요.
작은 꽃들은 태양을 향하여 키스를 졸르겠지요—
(나는 하늘을 쳐다보며 두팔을 벌렸오)

그리고 여보
우리들은 그 넓은 하늘과 땅 사이에서 얼마나 작은 꽃이겠소?
얼마나 갸륵한 새들이겠소?

금붕어

금붕어는 어항 밖 대기大氣를 오를래야 오를 수 없는 하늘이라 생
각한다.
금붕어는 어느새 금빛 비눌을 입었다, 빨간 꽃이 파리 같은
꼬랑지를 폈다. 눈이 가락지처럼 삐어져 나왔다.
인젠 금붕어의 엄마도 화장한 따님을 몰라 볼 게다.

금붕어는 아침마다 말쑥한 찬물을 뒤집어 쓴다, 떡가루를 뿌려
주는
흰 손을 천사天使의 날개라 생각한다. 금붕어의 행복은
어항 속에 있으리라는 전설傳說과 같은 소문도 있다.

금붕어는 유리벽에 부딪쳐 머리를 부수는 일이 없다.
얌전한 수염은 어느새 국경國境임을 느끼고는 아담하게
꼬리를 젓고 돌아선다. 지느러미는 칼날의 흉내를 내서도
항아리를 끊는 일이 없다.

아침에 책상 위에 옮겨 놓으면 창문으로 비스듬히 햇볕을 녹이는
붉은 바다를 흘겨본다. 꿈이라 가르쳐진
그 바다는 넓기도 하다고 생각한다.

금붕어는 아롱진 거리를 지나 어항 밖 대기大氣를 건너서 지나해
支那海의 한류寒流를 끊고 헤염쳐 가고 싶다.

쓴 매개를 와락와락 삼킴 싶다.
옥도沃度빛 해초海草의 산림 속을 검푸른 비눌을 입고
상어에게 쫓겨댕겨 보고도 싶다.

금붕어는 그러나 작은 입으로 하늘보다도 더 큰 꿈을 오므려
죽여버려야 한다. 배설물排泄物의 침전沈澱처럼 어항 밑에는
금붕어의 나이만 쌓여 간다.

금붕어는 오를래야 오를 수 없는 하늘보다도 더 먼 바다를
자꾸만 돌아가야만 할 고향이라 생각한다.

가을의 과수원

어린 곡예사曲藝師인 별들은 끝이 없는 暗黑의 그물 속으로 수 없
이 꼬리를 물고 떨어집니다. '포플라'의 나체裸體는 푸른 저고리를 벗
기우고서 방천 위에서 느껴웁니다. 과수원果樹園 속에서는 능금나무
들이 젊은 환자와 같이 몸을 부르르 떱니다. 무덤을 찾아 당기는 잎
잎 잎…….

서남면西南面
바람은 아마 이 방향에 있나 봅니다.
그는 진둥나무의 검은 머리채를 찢으며 '아킬레쓰'의 다리를 가지
고 쫓겨 가는 별들 속을 달려갑니다. 바다에서는 구원을 찾는 광란
한 기적소리가 지구의 모-든 凸凹면面을 굴러갑니다. SOS · SOS,
검은 바다여 너는 당돌한 한 방울의 기선마저 녹여 버리려는 의지意
志를 버리지 못하느냐? 이윽고 아침이 되면 농부들은 수 없이 떨어
진 별들의 슬픈 시체를 주우려 과일밭으로 나갑니다. 그러고 그 기
적적奇蹟的인 과일들을 수레에 싣고는 저 오래인 동방東方의 시장市場
'바그다드'로 끌고 갑니다.

옥상정원屋上庭園

　백화점百貨店 옥상정원屋上庭園의 우리 속의 날개를 드리운 '카나리아'는 '니히리스트'처럼 눈을 감는다. 그는 사람들의 부르짖음과 그리고 그들의 날씨에 대한 양식樣式에 대한 서반아西班牙의 혁명革命에 대한 온갖 지꺼림에서 귀를 틀어막고 잠 속으로 피난하는 것이 좋다고 생각한다. 그렇지만 그의 꿈이 대체 어데가 방황하고 있는가에 대하여는 아무도 생각해 보려고 한 일이 없다.

　기둥시계의 시침은 바로 12를 출발했는데, 장안의 호닭은 돌연 수풀의 습관을 생각해 내고 홰를 치면서 울어 보았다. 노ㅡ랗고 가ㅡ는 울음이 햇빛이 풀어져 빽빽한 공기의 주위에 길게 그어졌다. 어둠의 밑층에서 바다의 저편에서 땅의 한 끝에서 새벽의 날개의 떨림을 누구보다도 먼저 느끼던 흰 털에 감긴 붉은 심장心臟을 인제는 '때의 전령'의 명언을 잊어버렸다. 사람들은 '무슈 · 루ㅡ쏘ㅡ'의 유언은 설합 속에 꾸겨서 넣어 두고 옥상屋上의 분수噴水에 메말라 버린 심장을 축이려 온다.

　건물회사建物會社는 병아리와 같이 민첩하고 '튤ㅡ립'과 같이 신선한 공기를 방어하기 위하여 대도시의 선조는 맨첨에 별들과 구름을 거절하였고, 다음에 대지를, 그리고 최후로 그 자손들은 공기야 향하여 선전宣戰한다.

　거리에서는 티끌이 소리친다. 도시계획국장각하都市計劃局長閣下 무슨 까닭에 당신은 우리들을 콩크리ㅡ트와 박석의 네모진 옥사 속에서 질식시키고 푸른 네온사인으로 표백하려 합니까? 이렇게 호기적好奇的인 세탁 실험에는 아주 진저리가 났습니다. 당신은 무슨 까닭에 우리들의 비약飛躍과 성장成長과 연애戀愛를 질투하십니까? 그러나 부府의 살수차撒水車는 때 없이 태양에게 선동되어 아스팔트 위에서 반란하는 티끌의 밀물을 잠 재우기 위하여 오늘도 쉬일 새 없이 네거리를 기어댕긴다. 사람들은 이윽고 익사溺死한 그들의 혼魂을 분수지噴水池 속에서 건져가지고 분주히 분주히 승강기昇降機를 타고 제비와 같이 떨어질 게다.

　여자女子 안내인案內人은 그의 빵을 낳는 시詩를 암탉처럼 수없이
낳겠지—

　'여기는 지하실地下室이올시다'

　'여기는 지하실地下室이올시다'

—『현대시집現代詩集·Ⅰ』'바다의 과수원果樹園'에서

　위에 소개한 그의 초기 작품들을 보아도 알 수 있듯이 그는 어디까지나
객관적 위치에서 시의 대상을 묘출하려 하였다. 이러한 표현 방법은 새로
운 스타일의 하나의 패션이 아닐 수 없었다. 우리 시단은 과거의 것을 탈
피하기에 바빴다. 너도나도 새로운 의상을 장만하지 않을 수 없었으니, 확
실히 이들이 준 자극은 그만큼 강하였던 것이다.

　개중에는 과거와 신세대와의 분기점에 서서 당황한 표정으로 망설이고
있는 사람도 없지 않았다. 그러나 판단을 내리기보다 결단력을 보이기란 그
리 쉬운 일이 아니었다. 주저하던 몇몇 시인들은 이 새로운 세대의 대열에서
자연 물러가지 않을 수 없었다. 그리하여 드디어 몰락하고 말았던 것이다.

　나도 이러한 급격한 변환 속에 휩쓸려 들어가지 않을 수 없었다. 나의 작
품도 그것의 영향을 받게 되었다. 여기 그 예를 하나하나 들어서 설명할 지
면도 시간도 없으나, 하여튼 내가 '양'의 세계를 뛰어나와 점차적으로 '축
제'의 세계로 발을 들여놓은 것이 이때부터인 것만은 부정하지 않는다.

　결과적으로 좋았든 나빴든 나에게 적지 않은 영향을 준 이들 시편을 나
는 잊을 수가 없다. 나에게 새로운 시의 방향을 추구시킨 가장 인상에 남
는 작품들이기 때문이다.

유리창과 마음

여보 –
내 마음은 유린가 봐, 겨울 하늘처럼
이처럼 작은 한숨에도 흐려버리니……

만지면 무쇠같이 굳은 체하더니
하로밤 찬서리에도 금이 갔구려.

눈포래 부는 날은 소리쳐 우오.
밤이 물러간 뒤면 온 뺨에 눈물이 어리오.

타지 못하는 정열情熱 박쥐들의 등대燈臺.
밤마다 날아가는 별들이 부러워 쳐다보며 밝히오.

여보 –
내 마음은 유린가 봐,
달빛에도 이렇게 부서지니……

바다와 나비

아무도 그에게 수심水深을 일러 준 일이 없기에
흰 나비는 도무지 바다가 무섭지 않다.

청무우밭인가 해서 내렸다가는
어린 날개가 물결에 절어서
공주公主처럼 지쳐서 돌아온다.

삼월三月달 바다가 꽃이 피지 않아서 서거푼
나비 허리에 새파란 초생달이 시리다.

요양원療養院

저마다 가슴속에 암종癌腫을 기르면서
지리한 역사歷史의 임종臨終을 고대한다.

그날 그날의 동물動物의 습성習性에도 아주 익어버렸다.
표본실標本室의 착한 윤리倫理에도 아담하게 고정固定한다.

인생아 나는 용맹한 포수인 체 숨차도록
너를 쫓아 댕겼다.

너는 오늘 간사한 매초리처럼
내 발 앞에서 포도독 날러 가 버리는구나.

공동묘지

일요일日曜日 아침마다 양지 바닥에는
무덤들이 버섯처럼 일제히 돋아난다.

상여는 늘 거리를 돌아다보면서
언덕으로 끌려 올라가군 하였다.

아무 무덤도 입을 벌리지 않도록 봉해버렸건만
묵시록黙示錄의 나팔 소리를 기다리는가 보아서

바람 소리에조차 모두들 귀를 쭝그린다.

조수潮水가 우는 달밤에는
등을 일으키고 넋없이 바다를 굽어본다.

못

모−든 빛나는 것 아롱진 것을 빨아버리고
못은 아닌밤중 지친 동자瞳子처럼 눈을 감았다.

못은 수풀 한 복판에 뱀처럼 서렸다.
뭇 호화로운 것 찬란한 것을 녹여 삼키고−

스스로 제 침묵에 놀라 소름친다.
밑 모를 맑음에 저도 몰래 오슬거린다.

휩쓰는 어둠 속에서 날(刃)처럼 흘김은
빛과 빛갈이 녹아 엉키다 못해 식은 때문이다.

바람에 금이 가고 빗발에 뚫렸다가도
상한 곳 하나 없이 먼 동을 바라본다
　　　　　−『현대시집現代詩集 · Ⅰ』‘바다외 과수원果樹園’에서

　그리 큰 위치에 서 있지는 않았다 해도 지용, 기림의 뒤를 따르는 몇몇
젊은 시인들의 이름을 나는 여기 기록하지 않을 수 없다. 그 중 한 사람으
로 여류시인 노천명이 있다.
　노천명은 나보다 연대로 보아 일 년쯤 앞서 시단에 나온 재치 있는 분이
다. 나는 그녀의 시집 『산호림』에서 놀라지는 않았으나, 그 후에 꾸준히

발표한 「길」, 「남사당」 등에서 눈을 크게 뜨고 이 규수시인을 응시하였다. 눈을 크게 뜬 것은 나만이 아니었다. 그 시대의 모든 젊은 시인들이 그랬었다. 특히 「남사당」이 발표되었을 때의 흥분을 나는 잊을 수가 없다.

남男 사 당

나는 얼굴에 분칠을 하고
삼단 같은 머리를 땋아 내린 사나이.

초립에 쾌자를 걸친 조라치들이
날나리를 부는 저녁이면
다홍 치마를 두르고 나는 향단香丹이가 된다.

이리하야 장터 어느 넓은 마당을 빌어
람프불을 돋운 포장 속에선
내 남성男聲이 십분十分 굴욕된다.

산 너머 지나 온 저 동리엔
은반지를 사 주고 싶은
고운 처녀도 있었건만
다음 날이면 떠남을 짓는
처녀야!
나는 집씨이의 피였다.
내일은 또 어느 동리로 들어간다냐.

우리들의 소小도구를 실은
노새의 뒤를 따라
산딸기의 이슬을 털며

길에 오르는 새벽은
구경군을 모으는 날나리 소리처럼
슬픔과 기쁨이 섞여 핀다.

—시집詩集『별을 처다보며』에서

이 시는 나의 기억으로는 순문예지 ≪문장≫에 발표되었던 것으로 알고 있다. 나는 이 작품을 잡지가 나오기 전에 먼저 인쇄소에서 넘어온 교정지로 보았다.

지금은 북으로 가고 없는 R군이 문장사에 들러 이 시를 읽고 흥분한 끝에 그냥 교정지 채로 들고, 내가 있는 다방으로 뛰어왔던 것이다. 거기에는 역시 북으로 간 O니 하는 신세대의 시인들이 몰려 앉아 있었다.

교정지는 손에서 손으로 넘어갔다. 그럴 때마다 감탄의 소리가 각 자의 입에서 나왔었다. 우리는 그날 밤 이 젊은 규수시인을 위하여 본인도 모르는 축연을 열었다. 뒷골목 조그만 술집에서…….

그녀의 시는 애상적인 멜로디를 전한다. 그 멜로디는 고독감 밑바닥으로 흐르는 인간의 센티멘털에서 나오고 있다.

남사당이 가지고 있는 애수는 딴 것 아닌 바로 그녀의 애수요, 고독이다. 그녀는 이러한 고독을 인내하며 인생을 체험하는가 싶다.

그녀의 표현은 지극히 섬세하면서도 어딘가 차가운 데가 있었다. 그것은 그녀의 이지理智의 소치라고 보거니와, 한자가 가져오는 이미지를 피해가며 알기 쉬운 일상용어로 표현하고자 하는 노력을 나는 좋아하였다.

황 마 차幌馬車

기차가 허리띠만한 강에 걸친 다리를 넘는다.
여기서부터는 우리 땅이 아니란다.

아이들의 세간놀음보다 더 싱겁구나!
황마차幌馬車에 올라 앉아 '아가위'나 썹자

'카츄우샤'의 수건을 쓰고 달리고 싶구나.

나는 여기 말을 모르오.
호인胡人의 관棺이 널린 벌판을 마차는 달리오.
'시가아'도 피울 줄을 모르고 휘파람도 못 불고……

길

솔밭 사이로 솔밭 사이로 걸어 들어 가자면
불빛이 흘러나오는 고가古家가 보였다.

거기
버레 우는 가을이 있었다.
벌판에 눈 덮인 달밤도 있었다.

흰 나리꽃이 좁을 토吐하는 저녁
손길이 흰 사람들은
꽃술을 따 문 병풍屛風의 사슴을 얘기했다.

솔밭 사이로 솔밭 사이로 걸어가자면
지금은 전설傳說처럼
고가古家엔 불빛이 보이련만

몸을 소스라침은
숱한 이야기들이 머리를 들어서ー

ー시집詩集『별을 처다보며』에서

고요히 지난날 봐 두었던 기억을 더듬어 쓴 그녀의 시편들도 어지간히 좋다. 예를 들어 「작별」이라든가, 「장날」이라든가, 또는 「연잣간」 같은 극히 가벼운 마음으로 쓴 것들.

이처럼 날카롭고 재주 있던 그녀는 얼마 전에 저 세상으로 떠나고 여기 없다. 다음 글은 그녀를 조상하는 나의 추도사이다.

노천명盧天命의 초상肖像 - 추도사追悼辭

너무도 뜻밖의 일이라 몽둥이로 골통을 한 대 얻어맞은 것 같기만 하다. 이 글을 쓰고 있는 현재 나는 슬픈지 어떤지조차 알 수 없다.

그녀는 드디어 떠나갔는가? 밤마다 쥐는 천장을 깎고, 고독은 내 가슴을 깎는다고 하더니, 그 고독을 참다 못해 저 나라로 아주 가 버렸는가?

그의 첫 시집 『산호림』 속에 들어 있는 '나의 자화상'이란 시를 읽으면 그녀가 어떤 여성이었는지를 짐작하고 남으리라. 그녀의 자화상은 반 고흐의 그것 못지않게 자기를 잘 그려 놓은 작품이다.

"몹시 차보여서 좀체로 가까이 하기를 어려워한다."

그렇다, 그녀는 좀체 가까이 하기가 어려울 정도로 냉정해 보이는 사람이었다.

"조그마한 거리낌에도 밤잠을 못 자고 괴로워하는 성미는 살이 머물지 못하게 학대를 했다."

자기 성격을 잘 알고 하는 소리이다.

"대처럼 꺾이는 질망정 구리 모양 휘어지기가 어려운 성격은 가끔 자신을 괴롭힌다."

　괴로워하면서도 어쩌지 못하는 그녀의 이러한 성격은 그로 하여금 고독의 함정을 파게 하였다. 그녀는 스스로 파 놓은 함정 속에서 내려 누르는 고독과 싸우며 한평생을 슬프게 살다 간 불행한 시인이다.
　둥글둥글 살려 노력해도 진정 살기가 힘이 드는 세상을, 그처럼 휘기 싫어하는 성품으로 어떻게 편히 살았을 것인가.
　소설가 김내성 씨 고별식에 나와 어이 떠나가느냐고 목메어 울며 추도시를 낭송하던 그녀의 모습과 흐느끼던 울음 소리가 아직 눈에 선하고 귀에 쟁쟁한데, 오늘은 그를 바라 줘야 하다니, 참말로 제행무상 諸行無常의 감을 느끼게 된다.
　한국의 '마리 로랭생'이여, 마리 로랭생을 사랑하던 시인이여, 그대 오늘 이 나라 많은 사람의 눈물 속에 가고 돌아오지 못할 길을 떠나시나, 그대 이름 석 자 길이 우리 시사에 남아 빛나리라. 그대 남겨 놓고 가신 주옥같은 시편들ㅡ.
　"모가지가 길어 슬픈 짐승이여" 하고 읊어 내려간 '사슴', "솔밭 사이로 들어가자면 불빛이 흘러나오는 것이 보였다" 하시던 '길', "얼굴에 분칠을 하고 삼단 같은 머리를 따아내린" '남사당', 이러한 모든 그대 작품은 영원히 독자의 심금을 울릴 것이니, 부디 마음 놓고 고이 주무시라.

ㅡ1957 ≪서울신문≫에 게재揭載

　위에서 내가 좋아한 몇 사람의 시인과 그 시편을 들었다. 그러나 내가 누구보다도 좋아했고, 또 그의 영향을 초기에 있어 적지 아니 받은 것은, 목가적 서정시로 우리 시단에 등장한 서정시인 신석정이다. 그의 출현이야말로 나에게 있어서는 하나의 놀라움이요, 기쁨이 아닐 수 없었다.

그 먼 나라를 알으십니까?

어머니
당신은 그 먼 나라를 알으십니까?

깊은 살림지대를 끼고 돌면
고요한 호수에 흰 물새 날고,
좁은 들길에 야장미野薔薇 열매 붉어
멀리 노루 새끼 마음 놓고 뛰어다니는
아무도 살지 않는 그 먼 나라를 알으십니까?

그 나라에 가실 때에는 부디 잊지 마셔요.
나와 같이 그 나라에 가서 비둘기를 키웁시다.

어머니
당신은 그 먼 나라를 알으십니까?

산비탈 넌즈시 타고 내려오면
양지밭에 흰 염소 한가히 풀 뜯고
길 솟는 옥수수밭에 해는 저물어 저물어
먼 바다 물소리 구슬피 들려 오는
아무도 살지 않는 그 먼 나라를 알으십니까?
어머니 부디 잊지 마셔요.
그때 우리는 어린 양¥을 몰고 돌아 옵시다.

어머니
당신은 그 먼 나라를 알으십니까?

오월五月 하늘에 비둘기 멀리 날고,

오늘처럼 촐촐히 비가 내리면
꿩소리도 유난히 한가롭게 들리리다.
서리가마귀 높이 날어 산국화 더욱 곱고
노오란 은행銀杏잎이 한들한들 푸른 하늘에 날리는
가을이면 어머니! 그 나라에서

양지밭 과수원果樹園에 꿀벌이 잉잉거릴 때
나와 함께 고 새빨간 능금을 또옥똑 따지 않으렵니까?

—시집詩集『촛불』에서

그 꿈을 깨우면 어떻게 할가요?

어머니
산새는 저 숲에서 살지요?
해 저문 하늘에 날아가는 새는
저 숲을 어떻게 찾아간답디까?
구름도 고요한 하늘의
푸른 길을 밟고 헤매이는데……

어머니
석양夕陽에 내 홀로 江 가에서
모래성 쌓고 놀을 때
은행銀杏나무 밑에서 어머니가 나를 부르듯이
안개 끼어 자욱한 강 건너 숲에서는
스며드는 달빛에 빈 보금자리가
늦게 오는 산새를 기다릴가요 ?

어머니

먼 하늘 붉은 놀에 비낀 숲결에는
돌아가는 사람들의
꿈 같은 그림자 어지럽고
흰 모래 언덕에 속삭이는 물결로
소들이 피리에 귀 기우려 고요한데

저녁바람은 그 무슨 이야기를 하는지
언덕의 풀잎이 고개를 끄덕입니다
내가 어머니 무릎에 잠이 들 때
저 바람이 숲을 찾아가서
작은 산새의 한없이 깊은
그 꿈을 깨우면 어떻게 할가요 ?

나의 꿈을 엿보시겠습니까?

햇볕이 유달리 맑은 하늘의 푸른 길을 밟고
아스라한 산 너머 그 나라에 나를 담숙 안고 가시겠습니까?
어머니가 만일 구름이 된다면…….

바람 잔 밤하늘의 고요한 은하수銀河水를 저어서 저어서
별나라를 속속드리 구경시켜 주실 수가 있습니까?
어머니가 만일 초승달이 된다면…….

내가 만일 산새가 되어 보금자리에 잠이 든다면
어머니는 별이 되어 달도 없는 고요한 밤에
그 푸른 눈동자로 나의 꿈을 엿보시겠습니까?

날개가 돋혔다면

어머니
만일 나에게 날개가 돋혔다면

산새새끼 포르르 포르르 멀리 날어가듯
찬란히 피는 밤하늘의 별밭을 찾아 가서
나는 원정園丁이 되오리다 별밭을 지키는……
그리하여 적적寂寂한 밤하늘에 유성流星이 보이거든
동산東山에 피는 별을 따 던지는 나의 작난인줄 아시오

그런데 어머니
어찌하여 나에게는 날개가 없을가요?

어머니
만일 나에게 날개가 돋혔다면

석양夕陽에 능금 같이 붉은 하늘을 날어서
똥그란 지구地球를 멀리 바라보며
옥토끼 기르는 목동牧童이 되오리다 달나라에 가서……
그리하여 푸른 달밤 피리 소리 들려 오거든
석양夕陽에 토기 몰고 돌아가며 달나라에서 부는 나의
옥통소 소리인줄 아시오

그런데 어머니
어찌하여 나에게는 날개가 없을가요?

아 그 꿈에서 살고 싶어라

푸른 웃음 엷게 흐르는 나직한 하늘을
학鶴 타고 멀리 멀리 갔었노라.

숲길을 휘돌아 언덕에 왔을 때
그것은 지난날 꿈이었다고
하늘에 떠 도는 구름을 보며
너는 그렇게 이야기 하더구나 !

깨워지지 않을 꿈이라면
그 꿈에서 길이 살고 싶어라.

굽어든 산길을 돌아서 돌아서
오던 길 바라다보는 아득한 네 눈에는
그 꿈을 역력히 보는 듯이
너는 머언 하늘을 바라보더구나 !

꿈이 아니면 찾을 수 없는
아 그 꿈에서 살고 싶어라

숲길을 휘돌아 실개천 건널 때
너는 이렇게 이야기 하더라고─
그때 산비둘기는 뚝에서 조으느라고
우리의 이야기를 엿들을 사이도 없었건만
낮에 뜬 초승달이 내려다 보던 것을……

─시집詩集『촛불』에서

이렇게 신비롭고 아름답다. 그는 우리를 도시로부터 멀리 떨어져 있는 어느 고요한 전원으로 안내한다. 이것은 현실 도피일까? 현실도피라면 왜 그는 현실을 도피하는 것일까? 나는 그의 시에 대하여 좀 더 자세히 설명할 필요를 느끼기에 따로 장을 마련해 이에 대해 쓰고자 한다. 그와 나의 교분, 그의 생장, 그의 인간성 등에 대하여 말이다. 다만 여기서는 몇 편의 그의 작품을 더 보여 줌으로써 그를 독자 자신이 이해하도록 하고 싶다.

봄의 유혹誘惑

파란 하늘에 흰 구름 가벼히 떠가고
가뜬한 남풍南風이 무엇을 찾아내일 듯이
강江 넘어 푸른 언덕을 더듬어 갑니다.

언뜻 언뜻 숲 새로 먼 못물이 희고
푸른 빛 연기처럼 떠도는 저 들에서는
종달새가 오늘도 푸른 하늘의 먼 여행旅行을 떠나겠습니다.

시냇물이 나직한 목소리로 나를 부르고
아지랑이 영창 건너 먼 산이 고요합니다.
오늘은 왜 이 풍경風景들이 나를 그리워하는 것 같애요.

산새는 오늘 어데서 그들의 소박素朴한 궁전宮殿을 생각하며
청아淸雅한 목소리로 대화對話를 하겠습니까?
나는 지금 산새를 생각하는 '빛나는 외로움'이 있습니다.

임이여 무척 명랑한 봄날이외다.
이런 날 당신은 따뜻한 햇볕이 되어
저 푸른 하늘에 고요히 잠들어 보고싶지 않습니까?

너는 비둘기를 부러워하더구나

가여운 가을비 선듯 개인 하늘에는
가고 오는 흰 구름 그 걸음조차 빠르고
석양夕陽에 상없이 먼 강江이 실낱 같이 빛날 때
밝게 퍼지는 산가마귀 소리도 곱게 들립니다.

　　너는 노─란 은행銀杏 잎을 무척 사랑하더구나!
　　나와 함께 고요한 저 숲길을 거닐어 볼거나?

해 묵은 느티나무 넌즈시 처진 가지에는
포근한 해볕을 지근거리는 산새의 조름이 깊고
금잔디 빛나는 양지쪽에 아이들
오보혹이 앉아서 도란도란하는 것 한가로워 보입니다.

　　너는 빛나는 갈대꽃을 유달리 좋아하더구나!
　　나와 함께 바람진 저 강변江邊으로 나아가 볼거나?

바람은 또 산기슭을 살그머니 돌아 와서
하늘에 휘날리는 은행銀杏 잎과 어우러지더니
지내는 길이라 물결과 수작하는 사이로 빠르게
숲에 조으는 산새의 그 꿈을 엿보려 갑니다.

　　너는 저 푸른 하늘에 잠자는 해볕을 사랑하고
　　숲 넘어 날아가는 하─얀 비둘기를 부러워 하더구나.

아직 촛불을 켤 때가 아닙니다

저 재를 넘어가는 저녁 해의 엷은 광선光線들이 섭섭해 합니다.
어머니, 아직 촛불을 켜지 말으셔요.
그리고 나의 작은 명상瞑想의 새새끼들이
지금도 저 푸른 하늘에서 날고 있지 않습니까?
이윽고 하늘이 능금처럼 붉어질 때
그 새새끼들은 어둠과 함께 돌아온다 합니다.
언덕에서는 우리의 어린 양羊들이 낡은 녹색침대綠色寢臺에 누어서
남은 해볕을 즐기느라고 돌아오지 않고
조용한 호수湖水 위에는 인제야 저녁 안개가 자욱히 내려오기 시작
하였습니다.
그러나 어머니, 아직 촛불을 켤 때가 아닙니다.
늙은 산의 고요히 명상瞑想하는 얼굴이 멀어 가지 않고
머언 숲에서는 밤이 끌고 오는 그 검은 치마자락이
발길에 스치는 발자국 소리도 들려오지 않습니다.
멀리 있는 긴 뚝을 거쳐서 들려오는 물결 소리도 차츰차츰 멀어 갑
니다.
그것은 늦은 가을부터 우리 전원田園을 방문訪問하는 가마귀들이
바람을 데리고 멀리 가 버린 까닭이겠습니다.
시방 어머니의 등에서는 어머니의 콧노래 섞인
자장가를 듣고 싶어 하는 애기의 잠덧이 있습니다.
어머니, 아직 촛불을 켜지 말으셔요.
인제야 저 숲 너머 하늘에 작은 별이 하나 나오지 않았습니까?

가을이 지금 먼 길을 떠나려 하나니

운모雲母처럼 투명한 바람에 이끌려
가을이 그 어느 먼 성좌星座를 넘어 오더니
푸른 하늘의 대낮을 흰 달이 소리 없이 오고 가며
밤이면 물결에 스쳐내려가는 바둑돌처럼
흰 구름 엷은 사이사이로 푸른 별이 흘러 갑데다.

남국南國의 노란 은행銀杏 잎새들이
푸른 하늘을 순례巡禮한다 먼 길을 떠나기 비롯하면
산새의 노래 짙은 숲엔 밤알이 쌓인 잎새들을 조심히 밟고
묵은 산장山莊 붉은 감이 조용히 석양夕陽 하늘을 바라볼 때
가마귀 맑은 소리 산을 넘어 들여 옵데다.

어머니
오늘은 고양이 조름 조는
저 후원後園의 따뜻한 볕 아래서
흰 토끼의 눈동자같이 붉은 석류石榴알을 쪼개어 먹으며
그리고 내일來日은 들장미 붉은 저 숲길을 거닐며
가을이 남기는 이 찬란燦爛한 풍경들을 이야기하지 않으렵니까?

가을이 지금은 먼 길을 떠나려 하나니……

푸른 하늘 바라보는 행복이 있다

따뜻한 햇볕 물 위에 미끄러지고
흰 물새 동당동당 물에 뜨듯 놀고 싶은 날이네.

언덕에는 누른 잔디 헤치는 바람이 있고
흰 염소 그림과 물 속에 어지러워

묵은 밭에 가마귀 그 소리 한가하고
오늘도 춤이 자졌다…… 하늘에 해오리……

이렇게 나른한 봄날 언덕에 누어
나는 푸른 하늘 바라보는 행복이 있다.

병상야음病床夜吟
—편지를 대신하여 초애草涯에게

병상病床에 지친 몸이 잠도 아니 오는 밤 窓 밖에 밤비 소리 조용히 깊어 간다.

비라도 홈조로니 맞아 보고 싶어서 난초蘭草를 아내 시켜 문 밖에 내놓았오.

창窓 밖엔 오늘 밤에도 바람이 지내나 봐 간난이 숨결 같이 간간이 들리는 걸

밤새여 황해黃海를 건너 온 저 바람이 어느 숲 잠자리를 찾아 저리 헤매는고?

닭은 몇 홰나 울어엔지 모르지만 그늘진 창문이 통트럿 희여진다.

잠 재러온 아내도 시달려 쓸어진 뒤 쓰디 쓴 술이라도 얼근히 마셔볼가…….

촛불을 껐다 켰다 이 한밤 새고 나니 흡사 한 세상을 살고 난 듯 허퉁허이…….

비 맞은 난초蘭草에는 봄이라도 어리었나 책상冊床 위에 난초蘭草를 다시 놓고 바라보네.

—시집詩集『촛불』에서

III

─번스, 워즈워스, 블레이크, 타고르

Ⅰ, Ⅱ에서 나는 주로 내가 좋아한 우리나라 시인들을 열거하였다. 그러나 좋아한 것은 우리나라 시인들만이 아니었다. 오히려 해외 시인들의 수가 더 많았다. 비록 원서가 아닌 번역을 통해서이나마 좋아할 수 있는 시인들을 나는 해외 시단에서 발견하였다. 그 전부를 여기 끄집어낼 수는 도저히 없는 일이어서 단념하고, 맨 처음으로 내가 깊은 감명을 받았던 몇 사람의 시인들만을 소개한다.

내가 누구보다도 먼저 손을 내민 시인은 스코틀랜드의 전원시인 로버트 번스(Robert Burns; 1756~1796년)이다. 이 시인을 나에게 소개한 이는 안서 선생이다. 그의 작품도 좋았지만, 무엇보다 내 마음을 끈 것은 그가 가난한 소작인의 아들이라는 사실이었다. 그는 손수 농사를 지으며 시를 썼던 것이다.

그에게 적지 않은 호기심을 갖게 된 나는 곧 그의 시집을 구해 탐독하였고, 그것으로 부족하여 폴튼이라는 여자가 쓴 『번스의 생에 및 시』라는 책을 사다가 그의 생애를 알아내었다. 나는 이 책을 읽고 더욱 감동하였다.

내가 애송한 작품은 그의 국민시─애국시가 아니었다. 서정시였다.

산골 마리이

로버트 번스

몬토고메리성 부근의
기슭이여 둔덕이여 시냇물이여
나무들 모두 푸르고…… 꽃들은 아름답고
물은 언제나 맑고 깨끗했었다.
거기 여름은 재빨리 긴 의상 벗어 놓고

거기 오래도록 머물러 있었다.
이 기슭이사 아름다운 산골 처녀 마리이에게
내가 마지막 작별을 고하던 곳이다.

오- 지난날 뜨겁게 입맞추던
장미빛 그 입술 이제 낡았구나.
나를 적이 바라보던 상냥한 그 눈
빛나는 그 눈초리 영영 닫혔구나.

그 옛날 이 몸을 사랑하던 마음마저
벌써 지금은 말 없는 흙덩이가 되었는가.
그러나 아직 내 가슴 속 깊이
나의 산골 마리이는 죽지 않고 살아 있다.

　　　　　　　　　　　　　-『영국시집英國詩集』에서

　이 시는 그가 가장 열정을 가지고 사랑한 아질세어 태생의 처녀 '마리이'
의 죽음을 슬퍼한 것이다. 결혼날을 며칠 안 남겨 놓고 마리이는 열병에 걸
려 갑자기 이 세상을 떠나갔으니, 그의 비통한 마음, 알고 남을 일이다. 그
는 이로 인해 받은 정신적 쇼크에서 한평생 벗어나지 못하였다고 한다.

내 마음은 고원高原

　　　　　　　　　　　　로버트 번스

내 마음은 고원에 있지 여기 있지 않다.
내 마음은 고원에 사슴을 쫓는다.
에미 사슴을 쫓고 새끼 사슴을 쫓으며
어디로 가나 내 마음은 고원에 있다.
고원아 잘 있거라 북국아 잘 있거라

용맹의 탄생지, 훌륭한 지방이여
어딜 가나, 어디 가 떠돌거나
고원의 산들을 나는 길이 사랑하리.

잘 있거라 산들아 눈에 덮인 높다란 산들아
잘 있거라 골짝들아 녹색이 찬란한 깊은 골짝들아
잘 있거라 숲들아 나무들 그득한 숲들아
잘 있거라 폭포들아 쾅쾅 쏟아져 흐르는 물들아

내 마음은 고원에 있지 여기 있지 않다.
내 마음은 고원에 사슴을 쫓는다.
에미 사슴을 쫓고 새끼 사슴을 쫓으며
어딜 가나 내 마음은 고원에 있다.

─『영국시집英國詩集』에서

'내 마음은 고원에'는 자기가 자란 곳을 못 잊어 하는 향토애에 넘치는 작품이다. 산골 태생인 나는 '에미 사슴을 쫓고 새끼 사슴을 쫓으며 / 어디로 가나 내 마음은 고원에 있다'고 노래하는 그 마음에 동감하고 감격하였던 것이다.

번스 다음으로 내가 좋아한 시인에는 윌리엄 워즈워스(William Wordsworth; 1770~1850년)가 있다. 그 역시 자연을 벗삼으며 일생을 지낸 전원시인이다.

내가 그를 처음 알기는 영어 교과서에서였다. 저 유명한 '보리이삭 베는 처녀' 같은 작품은 젊은 나를 마구 황홀하게 하였다. 그것은 우리 농촌에서도 볼 수 있는 친밀감을 주는 것이다.

보리이삭 베는 처녀

워즈워스

저것 보소, 들판에 다만 홀로
홀로 있는 산가집 처녀
홀로 베며 홀로 노래하오.
걸음을 멈추소, 가실양이면 조용히.

다만 홀로 베며 노래하며
구슬픈 노래가락 부르오.
아아 들어보고 싶은 골짜기마다
그 소리 그득히 넘쳐 흐르오.

아라비아 사막 사이
그늘진 곳에 피로 풀려는
대상들이 듣는 꾀꼬리 노랜들
이처럼 묘하지는 않았을 것이오.
머나먼 헤브라이드의
바다의 고요를 깨뜨리고
봄날에 우는 뻐꾸기 울음도
이처럼 애처롭지는 못할 것이오.

그 노래 무엇인지 알고 싶으이.
처량한 가락이 더듬는 것은
머나먼 지난날의 불행한 이야기일까,
그 옛날 싸움터 이야길까.
또는 좀 더 천한 노래.
요지음 흔히 듣는 바로 그것들
예전에 있었고, 장차도 있을 수 있는
슬픔이며 죽음이며 괴롬의 노래일까.

그야 무엇이든
끝이 없는 듯 처녀는 노래 부르오.
나는 보오, 노래 부르며 일하며
낫질 하기 그 몸 굽히는 걸.
가만히 서서 고요히 듣다가
이윽고 산을 올라갈 때에
그 노래 내 가슴에 깊이 사무쳤소,
들리지 않는 뒤에도 오래도록—.

－『영국시집英國詩集』에서

　　그 다음으로 나는 우연히 영국의 윌리엄 블레이크(William Blake; 1757~1827
년)를 알게 되었다.
　　그는 런던의 가난한 양말장수의 셋째 아들로 태어나 그림을 그리고 시
를 쓰고 한 천재였다. 내가 블레이크를 좋아하게 된 것은 어린 양 같은 동
물이거나 어린이, 또는 태양이거나 화초에 대한 본능적인 애정을 그의 작
품, 특히 '무심의 노래Songs of Innocence' 속에서 발견했기 때문이다.

어린 양羊

블레이크

어린 양아 너는 누구의 자식이냐.
대체 너는 누구의 자식이냐

너에게 이름을 붙여주고
시냇가나 목장 위에서 풀을 먹이고
번쩍번쩍하는 털옷을 입혀 주고
골짝 속을 기껍게 하는
그와 같은 보드라운 목소리를 준 것이 누구인지를
너는 알고 있느냐.

어린양아 너는 누구의 자식이냐.
너는 누구의 자식인지를 알고 있느냐.

어린양아 말해주마.
어린 양아 말해 주마ㅡ
신의 이름은 너의 이름,
신은 손수 '양'이라고 하신다.
신은 다정하시고 점잖다.
신은 어린이로 변하셨다.
나는 어린이, 너는 어린 양
우리의 이름은 신의 이름.

어린 양아 네 위에 축복 있으라.
어린 양아 네 위에 축복 있으라.

ㅡ『영국시집英國詩集』에서

봄

블레이크

피리를 불어주렴,
피리는 아니 난다.
밤 낮 없이
기꺼하는 새들,

산골짝엔 꾀꼬리,
하늘에는 종달새,
즐거이
즐거이 즐거이 모두 해를 맞는다.

어린 사내에
기쁨에 그득차고
어린 소녀
귀엽고 참하다.
닭은 울고
사람들은 노래한다.
즐거운 목소리
갓난이의 재롱 피는 소리
즐거이 즐거이 해를 맞는다.

어린 양아
내 여기 있다.
와서 핥으렴,
내 하이한 목을.
나는 보드라운 네 털을
뽑고싶다.
나는 보드라운 네 뺨에
입맞추고 싶다.
즐거이 즐거이 우리들 해를 맞는다.

　　　　　　　　　　　　　　　　－『영국시집英國詩集』에서

　아직 세파에 시달리지 않고 악에 물들지 않은 내가, 이와 같은 블레이크의 천진스러운 시를 좋아했으리라는 것쯤 짐작이 갈 줄 안다. 그 무렵 나는 ≪동방평론≫지에다가 '나는 해져서 어슷어슷한 논ㅅ길로 / 소 몰고 소리하여 돌아옵니다'로 시작되는 졸작을 발표하여 그 달 ≪매일신보≫ 월평月評에서 안서의 칭찬을, 그리고 당시의 지용한테도 낯간지러울 정도의 인사를 받으면서, 우리나라에 전혀 없다시피 한 전원시인이 되어 보리라 은근히 벼르고 있었다.

귀 로歸路

나는 해져서 어슷 어슷한 논ㅅ길로
소 몰고 소리하며 돌아옵니다.
하루종일 꼴비기에 시달린 두 다리도
오막살이 내 집에 반짝이는 불을 보면
가볍게 성큼 성큼 딛어집니다.

나는 해져서 어슷 어슷한 논ㅅ길로
소 몰고 소리하며 돌아옵니다.
나를 기다리고 게신 어머니께 드리려
풀꽃으로 화환을 만들어 들고.

어머니는 나의 이 선물을 받으시고
나의 이마에 입맞쳐 주시겠지요.
그리고 나에게 따뜻한 국과 밥을
한 사발 그뜩 담아 가져다 주시겠지요.

나는 해져서 어슷 어슷한 논ㅅ길로
소 몰고 소리하며 돌아옵니다.
가슴은 행복에 그득 넘치고
서쪽엔 초승달이 걸려 있습니다.

－시집詩集『양羊』에서

지금 읽어 보면 지극히 개념적인 부끄럽기 짝이 없는 졸작이다. 칭찬을
받을 아무것도 없다. 억지로 찾아본다면 기교에 치우치지 않고 솔직히 써
나간 그 시작 태도라고나 할까?

졸작 '귀로'에서 생각나는 시인이 있다. 인도의 타고르이다. 나는 초기
에 몹시 그를 좋아하였다. 블레이크나 번스 못지않게 좋아하였고, 또 그의

영향을 적지 아니 받았다(그러고 보면 그의 영향을 받은 사람이 나만이 아니다. '임의 침묵'을 쓰진 한용운, '촛불'을 쓴 신석정 등은 가장 많은 영향을 타고르에게 받은 시인들이다. 여류시인 모윤숙의 작품에도 그의 영향을 받은 흔적이 있다).

바닷가에

타 고 르

아득한 나라 바닷가에 아이들이 모였습니다.
가 없는 하늘 그림 같이 고요한데
물결은 쉴 새 없이 남실거립니다.
아득한 나라 바닷가에 소리치며 뜀뛰며 아이들이 모였습니다.
모래성 쌓는 아이,
자개 껍질 줍는 아이,
마른 나뭇잎으로 배를 접어 웃으면서 한 바다로 띄워 보내는 아이,
모두들 바닷가에서 재미나게 놉니다.
그들은 모릅니다, 헤엄칠 줄도 고기잡이할 줄도.
진주를 캐는 이는 진주 캐러 물에 들고
상인들은 돛 벌려 가고고 오는데
아이들은 바둑을 모으고 또 던집니다.
그들은 남모르는 보물도 바라잖고
그물 던져 고기잡이 할 줄도 모릅니다.
바다는 깔깔대고 소스라쳐 바서지고
기슭은 흰 잇발 드러내어 웃습니다.
사람과 배 송두리채 삼키는 파도도
아가 달래는 엄마처럼 이쁜 노래 불러서 들려 주구요
바다는 아이들과 재미나게 놉니다.
기슭은 흰 잇발 드러내어 웃습니다.

아득한 나라 바닷가에 아이들이 모였습니다.
길 없는 하늘에 바람이 일고

혼적 없는 물 위에 배는 엎어져
죽음이 배 위에 있고 아이들은 놉니다.
아득한 나라 바닷가는 아이들의 큰 놀이터예요.
그렇다면 저 진주의 섬 기슭으로 배 저어 가리다.
거기 아침 해에 비쳐 수많은 구슬들 꽃 위에 떨고
구슬은 눈물져 풀 위에 아롱져
거친 물결에 쓸려 모래 사장으로 흩어졌나니
언니에게는 저 하늘 달리는 용마를 한쌍 선사하리다.
아버지에게는 저절로 써지는 만년필을 가져 오구요
어머니, 어머니에게는 일곱 나라를 살 수 있는 큰 보석상자를 가져
오지요.

—시집詩集『초생달』에서

3. 내가 영향影響 받은 번역시翻譯詩

―베를렌, 구르몽, 아폴리네르, 잠, 콕토

우리나라 시인들 작품을 이것저것 읽는 한편, 나는 해외 작품의 번역된 시집을 무턱대고 주워 읽었다. 그 중에는 『해조음』이니 『산호집』이니 『월하일군』 같은 번역 시집들이 있었다. 신조사에서 『세계문학전집』을 냈을 때 넣던 『근대시인집』 같은 것도 직접 · 간접으로 나의 시에 뼈가 되고 살이 된 것 중의 하나이다.

그러나 숨김없는 말이 『해조음』이니 『산호집』 같은 것은 별로 나에게 영향을 준 것 같지 않다. 왜냐하면, 거기 수록된 작품이란 것들이 모두 오래 전 시인들의 것들이기 때문이다. 이 책자들보다 더욱 감명을 깊게 하고 또 시작에 적잖이 도움이 된 것은 역시 『월하일군』에 수록된 프랑스 시인들 작품이다. 나는 이 번역 시집에서 베를렌이니, 구르몽이니, 아폴리네르, 잠, 사맹, 콕토 같은 시인들의 이름을 알게 되었다. 일단 이름을 알고 그들 시에 맛들인 나는 적은 수량의 것밖에 수록되지 않은 선시집 정도로 만족하지는 않았다. 나는 그들 개개인의 단권 시집을 찾아 읽기 시작하였다. 뿐만 아니라 전기까지도 구해다 놓고 읽었다.

그러는 한편으로 저명한 비평가들이 어떻게 그들을 보는가?, 그것마저 알아보려는 노력을 아끼지 않았다. 열 있고 성의 있는 나의 이러한 노력이 문학을 공부하는 데 있어 무의미하였던 것 같지는 않았다.

나는 내가 가까이 할 수 있는 먼 나라 시인들을 이윽고 찾아냈다. 이것은 나에게 중대한 의의가 있는 하나의 발견이라고 아니 할 수 없다.

가을의 노래

베 를 렌

가을날
비오롱의
가락 긴 흐느낌,
사랑에 찢어진
내 마음을
쓰리게 하네.

종소리
울려오면
안타까이 가슴만 막혀
가버린 날을
추억하며
눈물에 젖네.

낙엽 아니 몸이련만
오가는 바람따라
여기저기 불려다니는
이 몸도 서러운 신세.

─『불란서시집佛蘭西詩集』에서

　이 시는 그 시절 젊은 청년이면 누구나 애송해 마지않던 명시로서 달큼한 애수를 짜내는 일품이다. 이 '가을의 노래'와 아울러 널리 애송되고, 또 많은 시인들에게 직접 간접으로 영향을 준 시로 역시 베를렌(Paul Verlaine; 1844~1896년)의 제목 없는 다음과 같은 작품이 있다.

무 제無題

베 를 렌

하늘은 지붕 저쪽에
저렇게 푸르고 저렇게 고요하다.
나무는 지붕 저쪽에
푸른 잎새들을 흔든다.

치어다 보는 하늘 높이
사원寺院의 종鐘은 은은히 들려온다.
치어다 보는 나무 위에
새는 슬피 노래한다.

오- 주主여 질박質朴한 인생人生은
저기에 있습니다.
저 평화平和스런 소음騷音은
거리에서 옵니다.

너 지난날에 무엇을 하였느뇨,
너 지금 여기에 탄식歎息만 한다.
말해 보라, 너 젊은 시절時節에
무엇을 하였는가를!

─『불란서시집佛蘭西詩集』에서

　　과거를 후회하고 교회 문전에 엎디어 눈물을 흘리며 통곡하였다고 전하
는 베를렌의 이 작품은 많은 사람들을 감동시켰다. 이 시속에는 신앙을 잃
고 방탕에 몸을 버릴 대로 버린 날카로운 감수성을 가진 이 시인의 참회가
있고, 그 무엇인가 보다 성스럽고 아름다운 것을 그리는 마음이 비쳐 있다.

거리에 비 오듯이
－거리에는 처량히 비가 내린다_앙투르 랭보

베 를 렌

거리에 비 오듯이
내 맘 속에 눈물이 오네.
가슴 속까지 스며 드는
이 슬픔은 무엇일까?

땅 위에 지붕 위에 내리는
비 오는 소리의 처량함이여
속절없이 외론 맘 울리는
오－ 빗소리. 비의 노래.

서럽고 울적한 이 심사에
뜻 모를 눈물만 딛네.
원망스런 생각이라도 있는 것일까,
이 괴롬 알 길 바이 없구나.

사랑도 없고 원한도 없으련만
어찌해 내 마음 이리도 괴로울까.
이렇게 괴로운 까닭 모르는 것이
괴로움 속 괴롬인가 싶네.

－『불란서시집佛蘭西詩集』에서

　　비 오는 소리를 들으며 까닭 모르는 괴로움 때문에 더욱 괴로워하는 시
인의 울적한 심사가 읽는 사람의 가슴 속까지 스민다. 이와 같은 멜랑콜리
한 서정시를 나도 남들과 같이 좋아하였다. 이 시인이 이처럼 만인의 애호
를 받은 이유는 그가 늘 약한 인간의 마음을 숨기지 않고 토로한 데 있다.

그리고 세기말적인 퇴폐한 사상, 허무주의 같은 것이 우리의 공명을 샀으리라 생각한다.

**

나는 앞에서 목가 시인 신석정을 누구보다도 좋아했음을 밝혔다. 그리고 또 스코틀랜드의 전원시인 번스의 것을 많이 읽었음에도……. 나는 여기 다시 프랑시스 잠(Francis Jammes; 1868~1938년)을 경모하였음을 말해 둔다. 잠은 그의 출생지인 피레네 산중의 소도지 오르데스에 은거하며, 장미를 노래하고, 나귀를 노래하고, 가난한 마을 사람들의 사랑을 노래한 신앙심 깊은 전원시인이다. 조금도 꾸밈새가 없는 순진한 그의 시풍은 프랑스 시단의 이채였다.

밤의 고요 속에

프랑시스 잠

어제 저녁
밤의 고요 속에
어디선지 모르게 귀뚜라미가 울고 있었다.
적은 그 노래가 한홍 어둠을 폈다.
내가 켠 촛불의 서글픈 광선光線이 옆으로 흘렀다.

자, 또 잘 시간時間이 되었다.
가슴 속에 검은 죽음을 그리면서…….
"지금이나 옛날이나 다름이 없다.
어찌 이 몸이 신복辛福해 질 것이랴.
저 귀뚜라미 - 그것도 결국 내 운명運命
이 몸이 아니고 무엇이랴."

나의 자식子息아 들어라 귀뚜라미 우는 것을 들어라.

너를 어르고 달래는 것은
저 우박 쏟아지는 것 같은 귀뚜라미 소리밖에 없다.
하나 그것만도 얼마나 널리 퍼져 나가는 것이냐?
괴로워하는 마음의 골짜기에
얼마나 그 소리가 퍼져 나가는 것이냐 말이다…….

모든 것이 잠잠하다. 슬픔도, 수심愁心도 사람도, 그리고 그 외의 것도.
하나 귀뚜라미 노래만은 그칠 줄 모른다.
신神에게 무슨 가여운 호소呼訴라도 하는 것일까?
그리고 신神은 귀뚜라미에게만 이야기를 시키는 것일까?

무엇인가 말하고 있다. 캄캄한 밤의 이야기다.
괴로운 잿더미 속에 묻은 깨어진 병甁 이야기다.
자고 있는 바둑이 이야기다. 머슴색시 이야기다.
무엇인지 모르겠으나 슬프고 죄 없는─맑고 깨끗한 이야기를 하
고 있다.

─그의 친구하고 얘기하고 있다, 요전에 집의 머슴이 색시를 데불
고 郊外로 놀러 갔다고 얘기하고 있다.
벚꽃이 활짝 피었듯이
소작小作하는 농토農土도 사랑으로 꽉 찼다고 얘기하고 있다.

둘이서 나한테로 인사를 하러 왔다고 얘기하고 있다.
그리고 그럴듯 점잖은 낯으로
두 사람의 방房을 들여다보니
방房에는 혼례상婚禮床 보재기가 걸려 있고
색시 막내 여동생이
거기에 자고 있더라고 얘기하고 있다.
잔치는 끝났다. 춤도 끝났다.

『이 정 표里程標』 497

색시는 작은 여동생과 자리를 바꿨다.
기꺼운 방房 한 구석에서는
보기에도 소박素朴한 즐거움이 시작된다.
벽시계壁時計와 귀뚜라미가 죽은 듯 고요한 속에서
서로 가까와지고 있다.

　　　　　　　　　　　　　　　　　　－『불란서시집佛蘭西詩集』에서

　잠은 이처럼 단순하고 건실한 시인이다. 그가 느끼고 있는 감정은 읽는 우리의 마음에 그대로 스며든다. 그가 우리에게 어떤 풍경을 환기시키면, 우리는 그 풍경을 눈앞에 보고 그 공기까지도 호흡하게 되는 것이다.

　그는 그의 한 시집 머리말에서 다음과 같이 말하고 있다.

　"……나는 나의 수법을 스스로 경멸하는 것도 아니요, 그렇다고 스스로 찬양하는 것도 아니다. 오직 한 마디 나는 말하고 싶다. 나는 유파를 증오하고 건실함을 사랑한다. 그리고 평범한 사람의 마음을 사랑한다. 건실한 내 마음은 어린애처럼 말하였다."

　이 말로 미루어 보아도 그가 얼마나 단순한 것, 자연스러운 것을 사랑했는가를 알 수 있을 것이다.

나는 나귀가 좋다.

　　　　　　　　　　　　　　　　　　　　프랑시스 잠

나는 종백柊柏나무 울타리를 끼고 걸어 가는
보기에도 상냥한 나귀가 좋다.

꿀벌들 소리에
귀를 쫑긋거리고

혹은 가난한 사람들을 태우고

어떤 때는 무거운 밀섬을 나른다.

도랑 가에 다달으면
조심스런 걸음으로 타박타박 걸어간다.

소녀少女는 나귀를 바보로 여긴다.
그야 나귀는 시인詩人인 것을…….

언제나 생각에 잠기어
그 눈은 보드라운 빌로드.

마음씨 상냥한 나의 소녀少女여
너는 나귀만큼 상냥하지 못하다.

그야 나귀는 하느님 앞에 있는 것을.
새파란 하늘이 비쳐 있는 의젓한 마음이다.

지칠 대로 지쳐 보기에도 가엾은 꼴을 하고
나귀는 외양간에 있다.

그 조그만 네 쪽 발을
힘껏 고달피 굴렸던 것이다.

아침부터 밤까지
나귀는 자기 일을 다 했다.

한데 소녀少女여 너는 대체 무엇을 했니?
하긴 너는 바느질을 했겠군.

—나귀는 다치어 앓고 있다.
쇠파리란 놈한테 쏘인 것이다.

고된 일을 하는 나귀를 생각하면
나도 모르게 그만 눈시울이 뜨거워진다.

소녀少女여 너는 무엇을 먹었지?
—너는 버찌를 먹었겠구나.

나귀는 밀조차 얻어 먹지 못했다.
하기야 주인主人이 가난하니까…….

나귀는 고삐를 지근거리다가
한 구석에 가서 잠이 들었다…….

네 마음의 고삐에는
이 고삐만한 단맛도 없다.

종백柊柏나무 울타리를 끼고 걸어 가는
이건 상냥한 나귀다.

나의 맘은 안타깝다.
이런 말을 아마 너는 좋아하리라.

귀여운 소녀少女여 말해 다오.
대체 나는 울고 있는가, 웃고 있는가?

나이 먹은 늙은 나귀한테 가서
부디 이렇게 말해 주렴.

나의 맘도 나귀와 같이
아침 들길을 거닌다고.

귀여운 소녀少女여 나귀한테 물어보렴,
대체 나는 울고 있는가, 웃고 있는가?

아마 대답對答하지 않을 게다.
나귀는 어두운 그늘 속을

상냥스런 맘을 그득히 채워 가지고
꽃 피는 길을 걸어 갈 것이다.

—『불란서시집佛蘭西詩集』에서

잠은 시를 쓸 때에 그의 심장의 고동 이외의 리듬에는 전혀 무관심한 태도를 취하였다고 한다. 그는 전원과 신성한 연애와 순결한 소녀 밖에는 그의 시재로 삼지 않았다.

앙드레 지드는 말한다.

"프랑시스 잠을 비평하려는 경우에 사람은 먼저 머뭇거린다. 왜? 잠은 그 특징과 결점이 서로 융합되어 결국 결점도 특징도 없어져 있기 때문이다. 그래서 그를 칭찬하는 경우에는 전체를 칭찬하지 않으면 안 되게 된다.…… 그리하여 한번 잠에게 맘이 끌리면 우리에게는 그만이 시인인 것 같은 감이 든다."

애 가哀歌

프랑시스 잠

"나의 사랑하는 이!" 하고 너는 말했다.
"나의 사랑하는 이!" 하고 너는 대답했다.

"눈이 오지요!" 하고 네가 말했다.
"눈이 오지요!" 하고 내가 대답했다.

"좀 더!" 하고 네가 말했다.
"좀 더!" 하고 내가 대답했다.
"이렇게!" 하고 네가 말했다.
"이렇게!" 하고 내가 말했다.

그러고 나서 너는 이렇게 말했다.
"난 당신이 좋아요!"
"좀 더 좀 더 그 말을⋯⋯."
"아름다운 여름도 다 가지요?" 하고 네가 말했다.
나는 대답해 "가을이야!" 했다.
그러고 난 뒤 두 사람의 말은
처음 같지 않았다.
한데 어느 날 네가 말하기를
"오‐ 난 얼마나 당신이 좋은지 모르겠어요!" 했다.

장대壯大한 가을 날의 화려한 저녁 일이다.
그때 나는 대답해,
"다시 한 번 말해⋯⋯ 자 다시 자꾸 자꾸."
‐나는 이렇게 졸랐다.

상냥스런 네 얼굴

프랑시스 잠

상냥스런 네 얼굴은 괴로워했다.
내가 마신 네 눈물은 애인愛人이여
호수湖水 물에 젖은 풀잎새 같이 짜더라.

네 눈물은 내 혀를 찔렀다……
너는 슬픈 낯으로 나가
그 무거운 털털이 승합마차乘合馬車를 타러 가려고 했던 것이다.
이별離別을 생각하고 울며불며…….

입술과 입술을 대고
네 머리는 무섭게 뛰었다.
가만히 눈물을 흘리고 있던 너는 정말 상냥스러웠다.

비에 젖은 빨간 나팔 꽃이 창가에 보인다.
가냘픈 상냥스런 네 얼굴 같은 꽃은
자꾸 흔들리는 것이 나에게 키스를 생각게 한다.

너와 둘이 있으면 가깝하지 않다.
딴 여자女子들은 나를 따분히 했다.
따분히 떠 있는 구름과 같이.
이 슬픈 마음도 어지간히 따분한 것이었다.

네 생각을 하고 있노라니
파리가 유리창琉璃窓에 날아와 다닌다.
이 몸과 매한가지로 모두가 슬프다.
보고 듣는 모든 것이 슬픈 것들뿐이다.

집은 장미薔薇꽃으로

프랑시스 잠

집은 꿀벌과 장미薔薇꽃으로 그득하리라.
오후午後에는 사원寺院의 종鐘소리가 들려 오리라.
그리고 보석寶石 같이 투명透明한 포도葡萄는

햇볕을 받고 침침한 그늘에서 자는 듯이 보이리라.
거기서 내가 얼마나 너를 사랑할 것이랴.
나는 너에게 올해 스물 네 살 된 이 마음과
그리고 나의 빈정대는 넋과 자랑과
백장미白薔薇 같은 나의 시詩를 주리라.
이렇게까지 나는 마음 들떠 있건만
그렇건만 나는 아직 너를 모른다.
너는 존재存在해 있기조차 않는다.
내가 알고 있는 것은 다만
만일 네가 정말 살아 있다면
만일 네가 나와 같이 이 목장牧場 깊이 살고 있다면
갈색褐色 꿀벌들이 떼지어 날아 다니는 아래에서
시원한 냇가에서
무성한 나무 그늘에서
우리들은 웃으며
키스를 하리라는 것이다.

그때 태양太陽의 따뜻함보다
그 외에는 아무것도 들리지 않으리라.
네 위에는
호두胡桃 나무가 그늘을 지리라.
이윽고 우리는 웃는 것을 그치고
입술과 입술을 서로 맞대리라.
말로서는 다할 수 없는
우리의 사랑을 얘기하기 위하여
그리고 네 빨간 입술 위에
나는 갈색褐色 포도葡萄와
붉은 장미薔薇와 꿀벌의 맛을 보리라.

―『불란서시집佛蘭西詩集』에서

이렇게 그는 상징파 말기에 까다롭고 모호하고 부자연스러운 작품들과는 대조적으로, 실감에 찬 맑고 깨끗한 시경을 보이고 있다.

"나는 늘 동일한 선을 따랐다. 그것은 영원한 시선이다. 재능의 소리, 숨김없는 소리, 시도 완성과 성스러운 경지를 탐구하는 평행선." 이와 같이 겸손히 그의 생애와 시와 성격을 말하고 있거니와, 그를 좀 더 알아보기 위해 샤를르 게랑(Cllarles Guerin; 1873~1907년)이 쓴 「잠에게 주는 시」를 아래에 소개한다.

게랑은 잠의 풍모를 말하고, 그가 살고 있는 집을 말하고, 그의 성품을 말하고 있다. 그리고 잠에 대한 경모심과 그와의 우정을 즐거이 우리에게 이야기하고 있다.

잠에게 주는 시詩

샤를르 게랑

잠이여
그대의 집은 그대 얼굴과 흡사하오.
담쟁이의 턱뿌리 수염이 잔뜩 붙었는데
그 무성茂盛한 나뭇가지와 잎사귀 그늘로 떡갈나무가 그대의 집
지붕을 덮고 있소.
그대 맘도 저 떡갈나무와 같이 똑바르며 기품氣品 높고
그러면서도 어딘가 쓸쓸해 보이오.
그대의 정원庭園 나지막한 흙담은 푸른 이끼의 의상衣裳을 입고 있소.
그대의 집은 질박質朴한 단층 집이요.
뜰 안에 있는 우물과 월계수月桂樹 가에는 풀이 나 있소.
죽어 가는 작은 새의 외마디 외침 같은
그대의 집 문짝의 삐걱대는 소리를 듣고
부드러운 감동感動이 가슴에 밀려
나는 하마터면 넘어질 뻔 하였소.

잠이여

내 마음은 벌써 오래 전부터 그대 쪽을 향向해 갔던 것이오.

그리고 나는 그때 내 예상豫想과 똑 같은 그대를 거기서 보았었소.

나는 평석平石을 깐 뜰에서 안타까와하는 그대의 개를 보았소.

나는 또 까치처럼 희고 검은 그대 모자帽子 밑에서

그대 눈이 쓸쓸한 듯 나에게 미소微笑하는 것을 보았소.

무엇을 명상冥想하는 듯한 그대 방房의 유리창琉璃窓은

지평선地平線에 테두리를 치고 있소.

그 창窓 가에 열려진 책장冊欌은

그대 시집詩集 사이에서 시골 풍경風景을 비치고 있소.

시우詩友여

우리들의 시집詩集은 이윽고 낡아질 때가 올 것이오.

그리고 우리들이 눈물로 쓴 글자를

남들이 비웃으며 읽는 일도 있을 것이오.

그러나 우리 두 사람은 몇 해가 되어도 서로 잊지 못할 것이오,

우리가 서로 굳게 손 잡았던 그 날의 일을.

그것은 봄날과 같이 상냥한 가을의 하루였소.

우리는 울타리 위에서 참새새끼들이 재잘거리는 것에 귀를 기울였소.

사원寺院의 종鍾소리는 은은히 울려 오고 있고, 마차馬車는 지나가 버렸소…….

쓸쓸한 봄의 긴 일요일日曜日이었소.

그대는 깊은 밤에 풀넝쿨 속으로 흐는 물이

남몰래 흐느껴 우는 것처럼

그대 사랑을 울고 있었소.

나는 또 죽음을 생각코 가슴이 꽉 메었었소.

나는 그 날,

파이롤 없는 많은 배가 떠 있는 바다를 향向해

마지막 출발出發을 생각하고 있었던 것이오.

우리는 가지가지 생각에

똑같이 마음을 울렁대면서
역마차驛馬車의 방울 소리를 들었던 것이오.
그리고 회색灰色의 하늘이 상처傷處 입은 두 영혼靈魂 위에 무거웠소.
나는 다시 한 번 그대가 어렸을 적의 그대 방이었던
그 방에 가서 자 볼 수가 있을까?
나는 다시 한 번 그대의 집에 가서
저 추녀 밑에서 저녁 별이 하늘에 나오는 것을 기다리거나
장미薔薇나무로 만든 그대 상자箱子 속
누우래진 옛날의 사랑의 편지다발 속에
언제까지나 죽지 않고 남은
사랑의 냄새를 맡아 볼 수가 있을까?
잠이여, 그대 창窓에 서서 보면
별장別莊이며 밭이며 눈이 녹다 남은 산맥山脈 같은 것들이 보이오.
창窓 아랫 쪽은 그대 어머니가 앉으시는 자리요.
살기 좋은 주택住宅이여 친구여
나는 다시 한 번 그대들을 볼 것인가?
　　※
내일來日? 아아!
그 것보다는 차라리
지나간 어젯날을 생각하는 것이 났소.
나의 몸 가운데에는 고향故鄕 없는 넋이 살고 있소.
이 저녁,
나의 지금까지의
괴롬의 저녁 중에서도 유달리 안타깝던 이 저녁
석양夕陽 빛이 덧없는 불길을 바다에 던져
모래 사막砂漠을 금金빛으로 물들이고 있는 무렵,
나는 바다의 물거품과 바닷바람에 머리카락을 적시며
정신없이 조약돌처럼 딩굴며 걸어 왔소.
무서운 파도波濤 소리가 나를 부르고 있었소.

그것은 타버린 토지土地의, 화산火山의 섬의 외침이었소.

그때 내 마음은 그대 추억追憶으로 그득하였었소.

나는 우유牛乳와 같이 희고 아름다운 팔 모양

힘줄이 튀어나 보이는

동그란 돌 하나를 모래에 파묻고

친구여 비이르지르의 뒤를 이를 시인詩人이여

그대의 집 문門을 내가 디디던 그날의 추억追憶의 표標로 하였소.

— 『불란서시집佛蘭西詩集』에서

**

잠 못지않게 내가 좋아했고, 또 내가 그 영향을 받은 시인에 귀족 출신 레미 드 구르몽(Remy de Gourmonu; 1858~1915년)이 있다.

그는 세상에서 보통 말하고 있는 그런 시인은 아니었는지 모른다. 그리고 그의 시도 또 세상에서 보통 말하고 있는 시는 아닐지도 모른다. 그처럼 그의 시는 언제나 진기하고 불가사의하고, 때로는 괴이하기까지 하다.

그가 57년의 일생을 통하여 남긴 60여 권의 저작 중 운문으로 쓴 시는 극히 적은 분량밖에 안 된다. 그러나 그는 한평생 시밖에 아무것도 쓰지 않은, 실로 훌륭한 산문의 시인이다.

"—요컨대 문학에는 오직 한 종류밖에 없다. 시가, 즉 그것이다."

그는 이렇게 시와 산문의 구별을 논함에 있어 말하고 있다. 『문예사전』은 그를 평론가, 시인, 작가로 취급하지만, 나는 그를 시인으로만 보고 싶다.

낙 엽落葉

구 르 몽

시몬 나무 잎새 져 버린 숲으로 가자.

낙엽落葉은 이끼와 돌과 조롱길을 덮고 있다.

시몬 너는 좋으냐, 낙엽落葉 밟는 발자국 소리가?

낙엽落葉 빛깔은 정답고 쓸쓸하다.
낙엽落葉은 덧없이 버림을 받아 땅 위에 있다.

시몬 너는 좋으냐, 낙엽落葉 밟는 발자국 소리가?

석양夕陽의 낙엽落葉 모습은 쓸쓸하다.
바람에 불리울 적마다 낙엽落葉은 상냥스러이 외친다.
시몬 너는 좋으냐, 낙엽落葉 밟는 발자국 소리가?

가까이 오라, 우리도 언젠가는 가련한 낙엽落葉이리라.
가가이 오라, 벌써 밤이 되었다. 바람이 몸에 스민다.

시몬 너는 좋으냐, 낙엽落葉 밟는 발자국 소리가?

과 포 밭

구 르 몽

시몬 과포밭에 가자,
바구니를 손에 들고
과포밭에 들어서면서
능금나무 보고 알리자,
"지금은 능금철이다" 하고.
과포밭에 가자 시몬,
과포밭에 가자.

능금이 잘 익어
능금나무는 꿀벌로 그득하다.
능금나무 둘레는
윙윙 소리를 내고 있다.

능금나무는 능금으로 그득하다.
과포밭에 가자 시몬,
과포밭에 가자.

둘이서 빨간 능금을 따자.
푸른 것 빨간 것 가리지 말고 따자.
속이 약간 익은
임회주林檜酒를 만드는 능금도 따자.
지금은 능금철,
과포밭에 가자 시몬,
과포밭에 가자.

네 손에도 네 입성에도
능금 냄새가 스며 들리라.
그리고 네 머리카락에는 그득이
상냥한 가을 냄새가 그득이 차리라.
능금나무는 능금으로 그득하다.
능금밭에 가자 시몬.
능금밭에 가자.

시몬 너는 내 능금밭이,
그리고 내 능금나무가 되어 다오.
시몬 벌을 죽여 주렴,
네 마음의 벌, 그리고 내 과포밭의 벌.
지금은 능금철
과포밭에 가자 시몬.
과포밭에 가자.

가을의 노래

구 르 몽

가까이 오라, 나의 사랑하는 사람아 가까이 오라.
이제사 때는 가을이로다.
서글프고 습기만 많은 가을이로다.
허나 아직 단풍잎과
익을 대로 익은 들장미 열매만은
키스인 양 그 빛갈 붉도다.
가까이 오라, 나의 사랑하는 사람아 가까이 오라.
이제사 때는 가을이로다.

가까이 오라, 나의 사랑하는 사람아,
아무 것도 없는 이제사 가을이로다.
외투外套섶 여미고 그대 떨고 있으니
아직 태양太陽은 따뜻하고
가벼운 공기空氣 속에 그대 마음인 양
안개는 우리의 울분을 흔들어 위로慰勞하도다.
가까이 오라, 나의 사랑하는 사람아,
이제사 때는 가을이로다.

가까이 오라, 나의 사랑하는 사람아,
가을 바람은 사람 모양 흐느껴 우는도다.
흩어진 검불 속에
딸기는 피로한 팔을 흩으러뜨렸으나
박달나무 수풀만은 그대로 푸르도다.
가까이 오라, 나의 사랑하는 사람아 가까이 오라.
이제사 때는 가을이로다.

가까이 오라, 나의 사랑하는 사람아

가을 바람은 소리쳐 우리들을 꾸짖도다.
조롱길을 끼고 바람은 울고
무성茂盛한 덤불 속에
산비둘기 다정스런 날개 소리 아직 들려 오는도다.
가까이 오라, 나의 사랑하는 사람아 가까이 오라.
이제사 때는 가을이로다.

가까이 오라, 나의 사랑하는 사람아,
이제사 쓸쓸한 가을이로다,
겨울의 팔에 몸을 맡기려 드는─.
그러나 여름풀 돋아 나오려 하고,
피어난 브라이야꽃은 다정한 것이
마지막 안개에 싸이면
참하게 핀 바위꽃 같도다.
가까이 오라, 나의 사랑하는 사람아 가까이 오라.
이제사 때는 가을이로다.

가까이 오라, 나의 사랑하는 사람아 가까이 오라.
이제사 때는 가을이로다.
발가숭이 되어 포플러의 수풀 몸서리치고 있으나
그 잎새 아직 죽은 것이 아니라
그 황금黃金빛 의상衣裳을 활짝 펴며
춤추는 것이로다, 춤추는 것이로다.
그 잎새는 아직도 춤추는 것이로다.
가까이 오라, 나의 사랑하는 사람아 가까이 오라.
이제사 때는 가을이로다.

물방아

구르몽

시몬 물방아는 몹시 낡았다.
방아는 물이끼에 푸르다.
방아는 돈다, 깊숙한 한 모퉁이에서
심란스러이 방아는 군다. 방아는 돈다.
끊임 없는 고역苦役 탓이라는 듯이ㅡ.

주위周圍의 벽壁들이 흔들린다.
오밤중 바다를 기선汽船으로 건너 가는 것 같다.
심란스러이 방아는 군다.
방아는 돈다.
끊인 없는 고역苦役 탓이라는 듯이ㅡ.

사방四方이 어둡다.
무거운 방돌들 우는 소리가 들려 온다.
방돌들은 할머니보다 다정하고 할머니보다 늙었다.
심란스러이 방아는 군다. 방아는 돈다.
끊임 없는 고역苦役 탓이라는 듯이ㅡ.

방돌들은 다정한 늙은 할머니.
어린애의 힘이라도 그것을 세우고
적은 물도 그것을 움직인다.
심란스러이 방아는 군다. 방아는 돈다.
끊임 없는 고역苦役 탓이라는 듯이ㅡ.

방돌들은 사람을 키운다.
사람의 손을 따르고
사람을 위해 죽는 착한 짐승을 키운다.

심란스러이 방아는 군다. 방아는 돈다.
끊임 없는 고역苦役 탓이라는 듯이ㅡ.

방돌들은 노동勞動하고 있다.
울고 있다. 돌고 있다. 투덜거리고 있다.
옛날의 옛날의 옛날로부터
세계世界의 맨처음부터
심란스러이 방아는 군다. 방아는 돈다.
끊임 없는 고역苦役 탓이라는 듯이ㅡ.

ㅡ『불란서시집佛蘭西詩集』에서

나는 그의 시집 『시몬』 속에 들어 있는 이와 같은 전원시를 좋아하였
다. 『상형문자』니 『하늘에 있는 제성녀』니 『마음의 풍경』, 『낡은 술장사』
등의 시집 중 언제나 내 맘을 끌어당기는 것은 『시몬』이었다.
한평생 독신으로 지낸 구르몽, 아내 없는 고독을 언제나 한 마리의 고양
이에게 호소한 그를 나는 지금도 여전히 존경해 마지않는다.

나는 점점 이 밖에도 아폴리네르(Guillaume Apollinaire; 1880~1918년) 콕토
(Jean Cocteau; 1889~1963년) 등을 좋아하기 시작하였으나, 그들의 영향을 받
지는 않았다. 그들을 알게 되었을 때는 이미 나는 나대로 하나의 시세계를
가지고 있었으니까…… . 그러나 이들 천재적 시인들이 써낸 새로운 현대
시들을 잊을 수가 없다.

미라보 다리

아폴리네르

미라보 다리 아래 센느강이 흐르고
우리들의 사랑도 흘러 내린다.

괴로움에 이어서 맞을 보람을
나는 또 꿈꾸려 기다리고 있다.

해도 저무렴! 종도 울리렴!
세월은 흐르고 나는 취한다.

손과 손을 엮어 들고 얼굴 대하면
우리들의 팔 밑으로
흐르는 영원이여
오ー피곤한 눈길이여

흐르는 물결이 실어 가는 사랑,
실어 가는 사랑,
목숨만이 길었구나
보람만이 뻗혔고나

해도 저무렴! 종도 울리렴!
세월은 흐르고 나는 취한다.

해가 가고 달이 가고 젊음도 가면
사랑은 옛날로 갈 수도 없고
미라보 다리 아래 센느강 흐른다.

해도 저무렴! 종도 울리렴!
세월은 흐르고 나는 취한다.

ー『아폴리네르시집詩集』에서

이처럼 명랑하면서도 애수를 짜내는 시를 나는 알지 못한다. 아폴리네르는 언어의 마법사이다.

엽 서葉書

아폴리네르

천막을 치고 이 글을 적는다.
여름 하룻날 이미 기울어지고
아스라한 하늘 속에
터지는 포격砲擊
쉴 새 없는 꽃 시절.
피었다고 하더니
금시 시들어 간다.

－『아폴리네르시집詩集』에서

　아무렇지 않은 듯한 경쾌한 기분으로 써낸 이 시는 전쟁 마당에서의 소득이다. 어떻게 이처럼 포탄 속에서 낙천적일 수가 있을 것인가. 여기에서도 그의 성품의 일면을 우리는 볼 수 있다. 고전주의자이면서 니그로 예술을 사랑하고, 열정자이면서 쾌활하고, 기분파이면서 다감하고 정직한 사나이가 기구한 운명의 사생아 바로 그다.

춤추는 색시

장 콕토

꽃바구니처럼 두 팔을 들고
게가 발톱 끝으로 걸어 기어 나온다,
귀 밑가지 웃음을 띠고.

춤추는 오페라 색시들도 게를 닮아
팔을 둥그렇게 해 가지고
화려한 극장 복도로 돌아 다닌다.

－『꼭또시집詩集』에서

스크린의 화면처럼 선명한 인상을 주는 이 작품은 장 콕토가 지은 것이다. 그는 열여섯 살에 벌써 시단에 나왔었다고 하는, 랭보와 함께 보기 드문 조숙한 재질의 소유자이다.

그는 시만 잘 쓰는 것이 아니다. 연극, 소설, 평론, 음악, 회화에서부터 최근에는 영화, 라디오, 텔레비전에 이르기까지 손을 뻗쳐 그의 기재를 맘대로 발휘하여 세상 사람들을 놀라게 하고 있다.

쌍엽기雙葉機 · 아침

장 콕토

비행기飛行機 소리는 내려 오는 동안에 마릅니다.
새로운 하늘의 목소리, 윙윙거리는 팽이.
오리온 성좌星座가 노래하고 있다.
생명감生命感에 그득 찬 아침
나의 뜰은 울린다.
바께쓰 놀리는 소리가
뜰에 울려 온다.
개가 놀고 있다. 짖고 있다.

거센 날개의 천사天使가
파리巴里 교외郊外에 살고 있다.
동정녀童貞女마리아를 찾아 가려고
누우런 아침 안개를 헤치며 헤치며 찾아간다.

프랑스답게 잘 개인 좋은 날씨
육군대장陸軍大將 PICON, BYRRH JOURNAL
센느강江은 흘러 흘러
묘석墓石과 같이 차가운 다리의 갈증渴症을 끊다.
고개를 높이 들어 보아라.

천국天國에서 풍금風琴이 울고 있지.

－『꼭또시집詩集』에서

　그는 이처럼 날카로운 시대 감각을 파악하고 있는 멋쟁이다. 나는 그의
다채로운 시편과 새 예술에 기여한 그의 공로를 찬양은 하였으나, 영향 같
은 걸 받지는 않았다. 이건 그와 나의 생리적인 문제가 아닐까 한다. 아니,
어쩌면 바탕의 차이에서 오는 것일지도 모른다.

4. 목가시인牧歌詩人 신 석 정辛夕汀

1) 그와 알게 되기까지

이 글을 쓰기 위해 손꼽아 보니 석정과 내가 서로 안 지가 꼭 25년이 된다. 참 오래도 살았고, 또 오래도 사귀었다는 생각이 든다. 원컨대 변함없이 좀 더 오래 살면서 죽는 날까지 여일한 친교를 가지고 싶다.

그의 이름을 알기는 지면을 통해서가 아니라 원고를 통해서요, 서로 만나 인사를 나누기 전에 우리는 편지로 교제를 근 일 년 가까이 하였다. 그러고 보니 다음에 가서 만났을 때는 이미 구면이었다.

안서 선생이 낙원동 유일여관에 계실 무렵이다. 어느 날 선생을 찾아갔던 나는 선생이 아무 말씀 없이 내주시는 불룩한 편지 봉투를 받아 손에 들었다. 그것은 한 꼭지의 원고뭉치였다.

'전북 부안읍의 선은동 신석정'—. 이것이 피봉에 쓰인 편지 임자의 주소와 성함이었다. 늠름한 달필의 붓글씨였다.

"신석정? 신석정?"

지금까지 들어 보지 못한 이름이다. 나는 그가 누구일까 하는 궁금증을 풀기 위해 부랴부랴 봉투 속 원고를 펴들었다.

400자 고급 원고지에다가 잉크로 깨끗이 써 놓은 시편들은 언뜻 보아 이 시인의 인품을 말하는 듯 아름답다는 감조차 들었다. 글씨도 잘 썼거니와, 첫눈에 뜨인 시 제목이 그냥 그 자리에서 내 마음을 사로잡았다.

—임께서 부르시면

'해당화'도 '복사꽃'도 아닌 그 시 제목은 '임께서 부르시면'이었다. 나는 이 시 제목만을 보고서도 가히 이 시인의 시세계를 짐작할 수 있을 것 같았다. 아직 만나 본 일이 없는 그때가 초면이었으나, 이 시인의 성품까지도 알 수 있을 것 같았다.

임께서 부르시면

가을 날 노랗게 물들인 은행잎이
바람에 흔들려 휘날리듯이
그렇게 가오리다
임께서 부르시면……

호수湖水에 안개 끼어 자욱한 밤에
말 없이 재 넘는 초승달처럼
그렇게 가오리다
임께서 부르시면……

포근히 풀린 봄 하늘 아래
구비구비 하늘 가에 흐르는 물처럼
그렇게 가오리다
임께서 부르시면……

파—란 하늘에 백로白鷺가 노래하고
이른 봄 잔디밭에 스머드는 햇볕처럼
그렇게 가오리다
임께서 부르시면……

읽는 사람을 마구 황홀하게 하는 비길 네 없이 아름다운 운문이다. 나는
옆에 선생이 계심도 잊은 듯 정신없이 하얀 원고지만을 내려다보고 있었
다. 나는 감격하였다. 그 다음 내가 들추는 대로 나오는 시 제목들—그것들
은 하나의 꿈과 같은 것이었다.

▷그 먼 나라를 알으십니까?

▷나의 꿈을 엿보시겠습니까?

▷날개가 돋혔다면

이렇게 아름답고 긴 시 제목을 붙인 시인을 나는 그때까지 알지 못하였다. 뿐만 아니라, 이건 시 제목만으로도 한 편의 훌륭한 시가 아닌가!

이윽고 유일여관 문턱을 넘어 거리로 나선 나는 어디를 어떻게 걸어왔는지조차 모르게 집에 왔다. 나의 머릿속은 아까 내가 읽은 석정이란 이름의 시인이 쓴 시가 가져다주는 영상으로 그득하였다.

그날 밤이다, 내가 감격에 찬 긴 편지를 '전북 부안읍외 선은동 신석정' 한테로 쓴 것은. 무엇이라고 썼었는지 지금 기억에 없으나, 좌우간 무척 긴 편지였던 것만은 틀림없다.

내가 편지를 띄운 지 며칠 안 되어 눈에 익은 글씨의 석정으로부터 답장이 왔다. 나의 편지 못지않게 긴 편지였다. 지금도 생각나거니와, 그것은 문학에 대한 열렬한 정열에 찬 문면이었다.

이리하여 석정과 나 사이의 편지 내왕은 시작되었다. 나는 이처럼 좋은 친구를 벗으로 가질 수 있다는 것을 기뻐하였다. 많은 문우가 필요하지 않다. 한 사람의 문우일지라도 두 사람 사이가 의좋고 진지하면 그만이 아닌가! 이런 생각을 가지고 있던 나는 석정이 있음으로써 결코 불행하지 않았다. 내 나이 스물이었다.

2) 그의 성장, 인간

만난 일도 없이 편지질만 서로 한참 하다가 석정과 나는 사진 교환을 하게 되었다(지금 생각하면 소녀적 취미 같기도 하여 혼자 웃음이 나올 때가 없지 않다).

그에게서 명함판 사진이 한 장 날아 왔다. 점퍼를 입은, 어디로 보나 촌티를 벗지 못한 모습이다. 나는 오래 머릿속에 그리던 그에 대한 이미지가 단번에 깨지는 것을 느끼며 실망하였다. 내가 상상하고 있던 석정은 좀 더 말쑥한 멋쟁이였던 것이다.

그야 그도 내 사진을 받고 실망했을 줄 안다. 작품에 비해 나는 너무나 우락부락한, 좋게 말해 운동선수, 나쁘게 말해 씨름꾼 같은 모습이었으니까…….

그러나 나는 그의 검은 두 눈을 퍽 좋게 보았다. 보통 사람보다 좀 둥그런 눈이었다. 어딘가 먼 곳을 꿈꾸고 있는 것 같은 눈, 그런 눈을 나는 저 괴테의 초상화에서밖에 보지 못하였다.

※

일 년쯤 지난 우리는 만났다. 그의 주소에서. 만경 평야에 가을 까마귀 떼가 우짖고 동산에 붉은 감빛이 유달리 고아 보이는 늦은 가을이었다.

그는 글자 그대로 초가삼간에 살고 있었다. 갓 지은 모양으로 아직 흙방 그대로였다. 그가 시에서 그처럼 읊어내는 호수도 과수원도, 뜰 같은 뜰조차 없는 농가였다. 그의 방에는 한서를 비롯해 그래도 착실한 책들이 쌓여 있었다.

반가웠다. 두 사람은 촛불을 켜놓고 밤이 새도록 문학 이야기에 꽃을 피우며 즐거워했다.

내 손에 마침 그가 최근에 쓴 『문학적 자서전』이 있다. 내 붓을 통해 그의 문학적 생장을 정확하지 않게 전하는 것보다 그가 직접 쓴 글을 통해 알아보는 것이 어느 모로 보나 좋을 것 같아 좀 길긴 하지만 그것을 다음에 그대로 옮겨 놓는다.

3) 그의 문학적 자서전

꿈 많은 소년이었다.

항상 우리 고을 주변에 알맞게 자리 잡고 있는 나지막한 구릉의 잔디밭이 아니면, 산 언저리 백화등이 칭칭 감고 올라간 바위 밑을 찾아가서는, 어슴 어슴 황혼이 먼 바다를 걸어올 때까지, 오랑캐꽃빛 섬이나 저녁 노을 붉게 타는 수평선을 덧없이 바라보면서 아득한 꿈을 멀리 띄워 보내고 망연자실하는 것이 내 소년 시절을 거의 차지하던 일과였다. 이렇게 지내오는 동안 '북원백추'의 "우사기노템뽀"와 '하목소석'의 단편을 거쳐서 '트루게네프'의 "엽인일기"에 맛을 붙이게 되고, '하이네'의 "서정소곡"에 군침을 흘리는 문학소년 되었다.

열여덟 나던 3월 어느 날.

유달리 길다란 머리를 올빽으로 넘기고 키가 후리후리한 청년이 우리 집에 나타났다.

어찌 그 청년이 우리 집을 찾아왔는지 그 용무까지는 알배 아니었으나, 그 청년은 남궁현이라는 영광 사는 나의 아버지의 친외갓집으로 아우뻘 되는 사람이었다.

그 청년이 며칠을 묵게 되는 동안, 나의 허잘 것 없는 문학 취미를 눈치챘던지 그의 간단한 여장—작은 책보에 꼼꼼히 싸 가지고 온 『젊은 벨테르의 설음』과 ≪창조≫지를 내게 보여주면서, 그는 일장의 문학담을 해주었다.

지금도 잊히지 않는 것은 진한 오렌지빛 책가위에 금자로 찍어낸 『젊은 벨테르의 설음』, 차라리 가지고 놀고 싶은 책이었다. 일찍이 춘원의 『무정』을 읽다가 아버지에게 들켜서 찢기운 뒤로는 처음 대하는 책이었고, 녹색 표지 얄팍하게 꾸며낸 ≪창조≫ 또한 처음으로 대하는 우리말 잡지였다. 그때 처음 읽게 된 요한의 '불놀이'와 '봄달잡이'는 시방도 서슴없이 내 머리에 떠오르는 것이다.

"아아 날이 저문다, 서편 하늘에, 외로운 강물 위에 슬어져 가는 분홍 빛 놀……"

이렇게 산문조로 시작된 '불놀이'의 저류하는 리듬이라거나,

"봄날에 달을 잡으러
푸른 그림자를 밟으러 갔더니

바람만 언덕에 풀을 스치고
달은 물을 건너가고요—"
하는 섬세하고도 아름다운 '봄달잡이'의 멜로디는 그 당시 몇 편 얻어
읽은 안서의 감상과는 그대로 천양의 차가 있는 새로운 세계의 것이
었다.

더구나 "달은 물을 건너가고요—"의 '가고요—'에서 나는 그 얼마
나 매력을 느꼈는지 모른다.

머리가 사뭇 희랍 철학자처럼 긴 이 문학청년의 로맨틱한 문학담에
나는 완전히 매혹되었고, '로미오와 줄리엣'도 그때 들은 이야기였다.

이튿날 그 청년은 우리 마을에서 한 20리 남짓 떨어져 있는, 계화
도라는 섬엘 놀러 가지 않겠느냐고 하기에, 난생 처음으로 그를 따
라서 섬 구경을 나서게 되었다.

일찍이 계화도에는 우리나라 성리학의 대가大家 민재 선생이 체류
하던 곳이요, 내가 6~7세 때에 나의 아버지께서도 그 문하에서 오
래 공부하시던 섬이었기에, 계화도라면 언젠가는 한번 가 보고 싶은
섬이었고, 날이면 날마다 산언저리에서 바라보던 섬이었다.

그 청년을 따라 섬에 건너가 어느 주막에 들러서 갓 잡아온 쭈꾸
미 회에 막걸리를 마시게 된 것도 그때가 처음이었으니, 아마 내 애
주愛酒의 역사도 어찌 생각하면 그때부터 비롯했는지 모른다.

기암괴석이 즐비한 해안에서 우리들은 조개 껍질도 주워 모으고,
사장을 걷기도 하면서, 밀려오는 들물에 벅차는 가슴을 그저 바다에
맡겨 보는 것이었다.

언덕에 나란히 누워서 이야기하다가, 이윽고 우리는 내기를 하기
로 했다. 식물을 채집하되, 종류를 많이 채집한 사람이 이기는 것이
었다.

이렇게 긴긴 봄날 하루해를 보내다가, 물때가 되어 우리는 아침
에 들렀던 주막에 가서 역시 쭈꾸미 안주에 막걸리를 반주로 점심을
끝내고 썰물을 따라 섬을 나오게 되었다.

바닷길 십리를 걸어오는 도중에 곧장 수평선을 넘어가는 해를 처
음 보게 된 우리들은 감격하였다. 오던 길로 '기우는 해'라는 제목

의 시 한 편을 써서 바로 그에게 보였더니, 여간 감탄하는 것이 아니었다.

그 내용이 무엇이었던지 기억에 오르지 않으나, 3연 12행쯤 되는 단시로, 다만 기억되는 것은 맨 끝 줄을,

"해는 기울고요—" 하여 요한의 '봄달잡이'의 기법을 채용했던 것만은 잊히지 않는다.

이 졸작이 그 해 ≪조선일보≫사 지상에 '소적'이라는 필명으로 1단의 스페이스를 차지하게 된 것도 전혀 그의 지나친 찬사의 부산물이었으리라.

그때 ≪조선일보≫ 학술부에는 소설가 성해가 계시던 때였는데, 내가 어려서 배우던 보통학교의 은사일 뿐 아니라, 종매부였던 관계로 가끔 처가골을 오게 되었다. 자주 '소적'이라는 이름의 투고를 받아 보고 퍽 궁금하게 여겼었다는 이야기를 들은 것은 그 얼마 뒤의 일이었다.

이리하여 시작詩作에 손을 대게 된 나는, 당시의 삼대 신문 '조선, 동아, 중앙'지를 무대로 매월 몇 편씩 발표하게 되었었다. 그 무렵 자주 이 지상에서 만나게 된 시인이 임화, 김창술, 김해강 들이었다.

그러는 동안 나는 섣불리 들어선 문학의 길을 단념할 것을 맹세하고, 일삼아 써 오던 일기, 잡문, 시 나부랭이를 고스란히 불사른 적도 한두 번이 아니었다. 그러면서도 그 나이에 찾아오는 풀길 없는 인생의 고독과 낭만은 역시 문학밖엔 의지할 데가 없었던지, 다시 책을 모아들이고, 사전을 찾아가면서, '톨스토이'와 '트르게네프'를 심독하게 되었고, 아내의 결혼반지를 팔아다가 시집을 사들이곤 하였다. 한문 공부를 하는 한편, 노장철학을 섭렵에 보려고 무진 애도 써 보고, 도연명의 소박한 시를 애독하는가 하면, '타골'의 세계에 파묻히던 때도 바로 그때였다.

그 무렵에 우리 고을에는 사백을 중심으로 '야인사'라는 문학 서클이 있었는데, 일본에서 새로운 사조의 세례를 받은 청년들로, 매월 원고로 회람하는 작품 활동과 아울러 독일어 공부도 하게 되었다.

나도 그 틈에 끼여 적지 않은 문학적 자극을 받았건만, 독일어는

영 팽개치고 말았다. 안서 선배가 '에스페란토' 지방 강좌를 우리 고을에서 갖게 된 것도 그 무렵의 일이다.

그 위 낙원동 유일여관에 게시던 안서와 서신 왕래가 잦았으나, 실지 만나게 된 것은 훨씬 뒤의 일이다. 밤을 새워가며 편지를 마련하던 일이 역력하다.

만주사변이라는 일정 침략의 전초전이 일어나기 직전, 나는 청운의 뜻을 품고 마명의 소개를 얻어 가지고 석진화상이 게시던 동대문 밖 중앙 불교전문강원의 문을 두드렸으니, 그것이 1930년 3월의 일이었다.

불경을 배우는 것은 강원에 있게 되니 의무로 지워진 나의 일과였고, 문학 서적을 탐독하는 것이 그때 나의 본업이었다.

30여 명의 넓은 승려 학도들이 득실거리는 틈에서 문학에 뜻 있는 승려를 규합하여 ≪원선≫이라는 프린트 회람지를 만드는 것이 또 한 가지 나의 일이었다.

지금은 광주에 있는 조종현 형도 나와 같이 그 강원에서 공부하던 선암사 출신의 승려로, 그때 매일 같이 동요를 써내던 친군데, 그 뒤 노산을 찾아다니며 시조를 배웠고, ≪동아일보≫를 비롯하여 ≪동광≫지에 숫하게 시조를 발표했었다.

≪시문학≫ 3호에 시 '선물'이 발표된 것이 인연이 되어, 하루는 용아(박용철)에게서 엽서가 날아들었다.

동대문 밖 지리에 소홀하니, 틈내서 들어오라는 극히 간단한 사연이었다. 바로 낙원동 시문학사(용아의 집)를 찾아가 막 인사를 끝내고 앉았노라니, 검은 명주 두루마기의 촌뜨기가 지용이었고, 양복 청년이 화가 이순석이었다. 이하윤도 거기에서 처음 만나 알게 되었다.

이윽고 술자리가 벌어져 거나하게 되자, 지용은 자작시를 비롯하여 영랑, 편석촌, 나의 시를 서슴없이 유창한 솜씨로 외어내리는 게 마치 구슬을 굴리는 것이었고, 순석은 '파리'에 가겠다고 연거푸 술잔을 기울였다. 그날 밤 나도 어찌나 폭주를 했던지 서대문 성해 댁까지 오는 데 기어오다시피 찾아 왔었다.

그 뒤 우리는 자주 시문학사에서 만나게 되었고, '봄은 전보도 안

치고'의 새로운 감각을 짊어지고 나온 편석촌의 작품도 자주 대하게 되었다. 그때 편석촌은 성진 고향에서 있을 때였으니, 그를 만나게 된 것은 그가 ≪조선일보≫사에 입사한 그 이듬해의 일이다.

조종현 형과 더불어 요한을 찾아 동광사에 갔던 것도 그 무렵이었고, 중앙불교 종무원 불교사로 만해 한용운 스님을 찾아간 것도 그 무렵이었으며, 춘원을 찾아 ≪동아일보≫사로, 매신 학예부로 서해를 찾아, 마치 무슨 순례나 하듯이 돌아 다녔다. 사무적이고 쌀쌀한 요한의 풍모는 두 번 다시 찾아볼 용기를 낼 수 없었고, 거만 무쌍하면서도 다정한 만해萬海스님은 아주 부칠맛이 두터웠다. 시방도 잊을 수 없는 것은 매신 현관에서 그 초췌한 얼굴로 우리를 보내던 서해의 초라한 모습이다. 서해는 그 뒤 얼마 안 되어 타계하였으니, 그때가 처음이고 마지막이었다. 춘원은 그 뒤에도 마명의 원고 부탁도 있고 하여 가끔 찾아 가게 되었다. 언제나 정중하게 맞아 주는 것이, 마치 인자한 스님을 대하는 것 같았다.

그 이듬해(1931년) 나는 그 길로 입산을 하느냐, 귀향을 하느냐?의 기로에서 오래 망설이다, 입산을 단념하고 그대로 귀향을 하게 되었으니, 마명과 같이 꿈꾸던 신문사 창설의 계획이 수포로 돌아간 뒤의 일이었다.

영 시인 '카펜더'를 본떠 농촌에 엎디어 꾸준히 공부할 것을 새로 다짐하고 막상 귀향은 했으나, 그 당시 농촌의 현실은 나의 꿈을 살릴 수 있는 그런 평온한 지대는 아니었다.

10여 두락의 소작으로 호구지책을 세운다는 것도 불가능한 일이거니와, 노동에 익숙하지 못한 죄로 백수의 탈식을 하는 수밖에 별 도리가 없었다. 때로는 밀짚모자를 눌러 쓰고 모내기 김매기의 뒤서두리도 해 보고 채마 밭을 가꾸어 보기도 했건만, 노동이란 하루 이틀에 뼈에 젖어 드는 용이한 것도 아니었다.

이런 빈한 속에서 깐에는 인내하고 싸워 나가는 동안 그래도 문학만은 필생의 업으로 삼으려니 굳은 각오도 해보고, 밤을 새워 독서와 사색에 여념이 없던 때도 바로 그때다. 아마 나에게 참다운 생활이 있었다면 그때가 절정이 아니었던가 싶다. 지금도 내 학문의 재산이 남아 있다면, 그 무렵에 읽고 생각했던 것의 잔재에 불과할 것이다.

서정주, 장만영의 젊은 시우가 찾아오던 때도 모두 그 무렵의 일이다.

정주의 패기만만한 기백이라거나, 만영의 백절불굴의 노력이라거나, 안서 선배와 편석촌의 격려가 모두 내 하잘 것 없는 문학 수업에 잊을 수 없는 높은 자극제가 아닐 수 없었다.

뒤이어 가람, 운두 선배가 찾아 주었으니, 그때 운두와 화답하던 시는 시방도 잊을 수가 없다.

예서 부안이 북으로 백오십리
모르던 옛날에는 천오백리만 여겼더니
이제는 시오리 남짓, 되나 마나 합니다.

내 고장 산과 물이 부안만이야 하리마는
해불암 하루 저녁 쉬어감직 한 곳이니
신나무 제철이 되거던 한 번 찾아 주소서

엽서 한 장 주고받는 데도 정이 서려 있고, 만나서 펴는 정이 또한 극진하였으니, 어디 오늘날 반목질시하는 문단에서 찾아볼 수나 있는 풍속이리요.

장만영과 동서로 맺은 인연으로 나는 매년 배천 온천에 가게 되는 기회를 얻게 되었고, 오고 가는 길에 서울에 들러서 여러 문우들을 만나게 되었으니, 지용, 편석촌, 김광균, 서정주, 이봉구가 모두 그때 친숙해진 벗들이다. 그 무렵 문단엔 《문장》과 《인문평론》이 두 성좌처럼 자리 잡고 《자오선》, 《시인부락》, 《풍림》을 필두로 동인지가 족출하던 때요, 《시건설》이 중강진에서, 《시원》이 서울에서 꾸준히 나오게 되어 문학도 그대로 백화 찬란의 전성기였다. 지용, 영랑 시집이 시문학사에서 나오게 되자, 뒤이어 편석촌의 『기상도』가 나오고, 백석의 『사슴』과 만영의 『축제』, 그리고 나의『촛불』이 모두 그때(1939년)에 출판되었다.

　빈한과 인고 속에서 겨우 결실된 것이『촛불』이었으니, 노장철학을 바닥으로 하고 '도연명'과 '타골'과 '둘로'에게서 받은 영향이 적지 않았다.

　작건 크건 한 시인이나 작가가 의지하는 철학이 없다는 것은 '캠퍼스' 위에 2차원의 평면에서 만족하는 화가의 비극이 아닐 수 없다. 공간 구성이 없는 한 어찌 거대한 인간상의 집략을 찾아낼 수 있으랴!

　일정의 억압과 착취가 범람하는 그 당시, 나는 일제와 정면하여 싸울 수 있는 용감한 청년이 못 되었다. 예술의 목적을 싸우는 데만 둘 수가 없었다. 화를 승화시킨 꿈의 세계에서 미의 절정을 찾아내려 하였을 때, 사람들은 흔히 나를 가리켜 목가시인이라 불러 주었다.

　다만 일제에 저항하지 못한 것이 부끄러울 뿐, 그렇게 불려지는 것을 탐닉하게 여긴 바도 없거니와 그렇게 불쾌하게 여긴 적도 없다.

　그 뒤 일제는 최후 발악을 시작하여, 끝내는 미친 개처럼 날뛰었으니, ≪문장≫은 폐간을 당하고, ≪인문평론≫은 ≪국민문학≫으로 등용을 하였다. 뜻 있는 문인들은 산 속으로 시골로 모두 도망을 할 수 밖에 없었던 것이다. 나는 애당초 시골뜨기라 있는 곳이 도망해온 곳이었지만, 작품 하나 발표할 데가 없이 그저 숨 막히는 속에서 술과 친구에 휩쓸려 그저 목숨을 지탱하고 있을 뿐이었다.

―1958년 ≪신문예新文藝≫에서

4) 그의 시詩

　석정은 미칠 듯이 자연을 사랑하는 시인이다. 그는 자연을 사랑하는 나머지 자기 자신을 자연화하고 싶어 한다.

　　석양에 빛나는 까마귀 날개 같이 검은 바위에
　　이런 날엔 먼 강을 바라보고 앉은 대로 화석이 되고 싶어

석정이 얼마나 자연을 사랑하고 동경했는가는 그의 시집 『촛불』이 이를 말하고 있다. 거기에는 그의 자연에 대한 무한한 애정과 동경이 있다. 그리고 자연과 함께 사는 생의 희열이 흘러가고 있다.

　　　　……나는 이런 밤에 새끼꿩 소리가 그립고
　　　　흰 물새 떠다니는 호수를 꿈꾸고 싶다.
　　　　　　　　　　　　　　　　　　　－「촐촐한 밤」의 일절

촐촐한 밤 새끼꿩 소리를 그리워하며 먼 호수를 꿈꾸는 것은 석정의 자연에의 애정이요, 동경 외에 아무것도 아니다.

　　　　……이렇게 나른한 봄날 언덕에 누워
　　　　나는 푸른 하늘 바라보는 행복이 있다.
　　　　　　　　　　　　　－「푸른 하늘 바라보는 행복이 있다」의 일절

이런 시구에서도 우리는 석정의 자연과 사는 희열과 행복을 넉넉히 엿볼 수 있는 것이다.

　　　　……………………
　　　　임이여! 무척 명랑한 봄날이외다
　　　　이런 날 당신은 따뜻한 햇볕이 되어 저 푸른 하늘에 고요히 잠들
　　　어 보고 싶지 않습니까?
　　　　……………………
　　　　오늘은 저 감을 또옥 똑 따며 푸른 하늘 밑에서 살고 싶어

그 예를 모두 들기 어려우리만큼 시집 『촛불』 속의 석정의 시는 자연의 구가투성이다.

석정이 『촛불』을 쓰던 무렵, 그때 그는 나이 서른이 채 못 되었다. 그는 생활을 모르고, 따라서 세파에 조금도 시달리지 않은 순진한 청년이었다.

내가 아는 한에서 석정은 어디까지나 어질고 착한 사람이다. 그에게는 어린애 같은 꿈과 사람을 사랑할 수 있는 정이 있을 뿐, 아무런 생활 능력도, 그렇다고 야심도 없는 천성적인 시인이다. 그는 대 숲에 들어가 바람 소리를 듣거나, 언덕에 올라 먼 바다를 바라보고 있으면 좋을 그런 사람이다.

그런 아름다운 석정에게 사회란, 그리고 생활이란 얼마나 무섭고 더러웠던가? 더럽고 무서운지라, 마음 약한 시인은 자꾸 현실을 떠나 목가적인 아름다운 세계, 자연 속으로 자기를 데리고 갔다.

석정은 이 닥쳐오는 무서운 현실을 막아내기에 자기의 힘이 모자람을 느끼었고, 그럴 때마다 괴로움을 참지 못하여 '어머니' 하고 소리쳤다.

그가 구원을 청하는 어머니란 언제나 자연이었다. 석정이 목메어 불러도 자연은 대답이 없다(자연이 석정의 생활을 해결할 수 없지 않은가?). 그러나 그는 안타까이 어머니를 그리워했던 것이다. 그럼으로써 다소나마 위안을 얻을 수 있었기 때문이다. 마치 기독교인이 하느님을 찾듯이…….

이런 석정의 안타까움을 노래한 것이 시집 『슬픈 목가』이다. 이런 점으로 비춰볼 때, 맨 처음에 간행된 『촛불』은 차라리 목가요, 다음 제2시집 『슬픈 목가』는 잃어버린 자연을 그리워하는 애달픈 엘레지라고 할 수 있다.

> ……그 언제나 또한 산으로 가서 진정 한 마리 짐승이 되어……

자연을 그리워하고 자연과 융합하고 싶어 하는 시인의 애수와 고민이 엿보인다.

> ……내 몸이 구름 되는 날은
> 강 너머 저 푸른 산 이마를 어루만지리……
> ―「청산 백운도」의 일절

마음 외롭고 서글픈 때 한 폭의 동양화를 펴 놓고, 석정은 탄식하며 자연을 못내 잊지 못한다.

……밀리고 흐르는 게 밤 뿐이요
흘러도 흘러도 검은 밤 뿐이로다.
내 마음 둘 곳은 어느 밤하늘 별이드뇨?

- 「슬픈 구도」의 일절

밤같이 어둡고 답답하던 현실, 그런 현실 속에서 마음만은 하늘의 별처럼 지키고 싶어한 그의 심정이 여기에도 비쳐 있다.

이상 말한 것과 같이 시인 석정은 현실의 풍랑 속에서 허덕이며, 그러면서도 자기에게 이미 멀리 떨어져 있는 자연을 그리워했던 것이다.

그러나 그는 결코 절망하지도 비관하지도 않았다. 여기에서 우리는 인간 석정의 정신의 어느 일변을 알아볼 수 있다. 이쯤 되면 그가 자연을 사랑하고 숭배하는 마음이란 종교에 가까운 것이 아닐까?

그리고 보면 나는 그가 무슨 교도와 같은 생각이 든다. "서럽게 서럽게 웃고 보내리라. 하늘이 다하도록 참고 살으리라." 모든 쓰라림과 괴로움, 슬픔을 참고 살겠다는 대나무처럼 키가 크고, 눈썹이 시커먼 이 사나이는 정녕 대나무같이 꿋꿋한 의지를 가진 사나이일까?

……꽃가루 날리우듯 홍근이 뜨는 달 밑에
기척 없이 서서 나도 대 같이 살거나.

- '대숲에 서서'의 일절

……밤에서 살으련다 새벽이 올 때까지
심장처럼 지니고
검은 밤을 지니고……

- 「밤을 지니고」의 일절

……밤이 이대로 억만 년이야 갈리라구

- 「고혼 심장」의 일절

······슬픈 전설은 심장에 지니고
정정한 나무처럼 살아 가오리다

-「슬픈 전설」의 일절

어떻게 지내든 밤과 같이 어둡고 답답한 현실 속에서 이 슬픔, 이 괴로움, 이 쓰라림을 참고 사노라면 반드시 빛나는 내일이 올 것을 기다리는 그였다. 그는 「소년을 위한 목가」 속에서도 '다시 봄을 기다리자' 하고 노래하였거니와, 아주 절망하지 않고 스스로 자기를 얼리고 달래는 그 인내하는 정신을 나는 높이 평가하고 싶다.

시의 일체의 전제가 언제나 시인의 신조뿐이라면, 석정은 인간과 자연을 융합시키려는 신조에서 시를 쓴 시인이라고 할 수 있다. 그리고 그의 신조는 그가 그것을 육체화하는 데서 그의 사상이 되었다고 볼 수 있다. 그렇기 때문에 자연에의 애정·동경·신비감 등은 바로 석정의 사상이요, 그의 시의 전부이다.

석정은 모든 시의 이론에 개의하지 않고, 오직 소박한 서정 정신만으로 시를 썼다. 그런지라 그의 작품이 우리에게 주는 인상과 감명은 소박한 미로써 나타난다. 소박하고 아름답기에 그의 시는 새로우며, 거기에 연마된 서정의 방법을 발견하는 것이다. 이런 시인이란 그리 많지 않다.

"진실로 시라고 할 만한 것은 서정시를 제쳐 놓고 없다"고 갈파한 에드거 앨런 포Edgar Allan Poe의 말을 그대로 수긍한다면, 석정의 시야말로 20세기 후반기 이 땅의 가장 우수한 것임을 나는 믿어 의심치 않는다.

5. 나의 초상肖像

게蟹

1

이 놈은 몸집이 커 둥글박거리기만 한다.
이 놈은 모로 기면서 바로 걷는다고 생각한다.

2

이 놈은 배고동 소리만 들어도 몸을 오므라 뜨린다.
이 놈은 조금만 분해도 입으로 거품을 내뿜는다.

3

이 놈은 구멍 속에 들어박혀 나오길 싫어한다.
이 놈은 달을 좋아하면서 실은 무서워한다.

4

이 놈은 가끔 외롭다고 집게질을 한다.
이 놈은 곧잘 바보처럼 운다.

−1958년『사상계思想界』에서

이 시는 본래 제목이 '게'이고, 부제가 '나의 초상'인 것을 여기에 편의상 그걸 바꿔 놓았다. 읽어 알 수 있듯이 자신의 이야기를 게에 비유해 쓴 것이다.

물론 게에도 여러 종류가 있다. 방게 같이 아주 조그만 놈이 있는가 하면, 꽃게같이 큰 놈도 있다. 나의 시 '게'는 방게가 아닌 꽃게이다. 그걸 독자는 1의 '이 놈은 몸집이 커 둥글박거리기만 한다'에서 알아볼 것이다. 사실에 있어 내가 남에게 주는 인상이 방게 같지는 않으리라고 생각한다. 이 책 앞에 나온 사진을 보아도 이 말을 수긍할 줄 안다.

※

어째 하필이면 게에다가 자기를 비유했는가?

어느 일요일 날이었다. 집에 있노라니 안마당에서 집사람이 게장사와 흥정을 하고 있다. 물건 흥정에는 무관심한 터이나, 그 날따라 공연히 구경이 하고 싶어, 나는 방문을 열고 대청으로 나가 보았다.

보기가 징그러울 정도로 큰 꽃게였다. 지금까지 이런 걸 보지 못한 것은 아니다. 그러나 넓은 바닷가나 시장에서가 아니고, 비좁은 뜰 안에서 보는 탓인지 이 놈은 여간만 크지가 않았다.

나의 머릿속에는 짙푸른 바다며 모래사장이며 바닷바람에 그슬린 어부들 얼굴이 떠올랐다 꺼졌다 하였다.

그 다음 순간, 나는 이 놈의 꽃게에서 나 자신의 모습을 발견하였다. 꽃게는 아직도 살아 그 육중한 몸뚱이를 꿈틀거리고 있다. 이 놈은 어쩌면 이렇게 살아 보겠다고 버들적거리고 있는 나 같기도 하였다.

생각이 여기에 미치자 나는 우습기도 하고 우울하기도 한 이상야릇한 심정이었다.

그날 밤 내가 끼적거린 것이 바로 이것이다.

1
이 놈은 몸집이 커 둥글박거리기만 한다.

둥글박거리기만 하는 것은 게만이 아니다. 사실은 나 자신도 둥글박거린다. 뜀박질에 있어서 그렇고, 생존 경쟁에 있어 더욱 그렇다. 남들은 모두 날쌔게 뛰건만, 어쩐 일인지 나만은 늘 남한테 뒤떨어지고 있다. 이것은 한갓 나의 자격지심일까?

이 놈은 모로 기면서 바로 걷는다고 생각한다.

모로 기면서 바로 걷는다고 생각하는 건 나다. 확실히 나는 똑바로 걸어
간다고 생각하건만, 결국 내가 걸어가는 것이 모로 가는 것 같이 생각될
때가 한두 번이 아니다.

모로 기여서는 안 된다. 첫째, 남한테 뒤떨어진다. 똑바로 걸어가야 한
다. 그야 내 깐에는 바로 걷는다고 생각하고 있다. 그러나 기어가는 것밖
에 안 되는 느린 속도이다.

2
이 놈은 배고동 소리만 들어도 몸을 오무라 들인다.

이와 같이 게가 겁쟁이라면 나 역시 겁쟁이다. 배고동 같은 모든 모략,
중상, 트집에도 겁을 집어먹는 나다. 도무지 세상이 무섭다.

이 놈은 조금만 분해도 입으로 거품을 내뿜는다.

그런 겁쟁이건만, 조금만 분한 일이 있어도 잠자코 있지 못하고 싸워
보려 한다. 남들이 생각하고 있는 소위 시인 타입의 인간이 못된다.

지금은 나이도 들고 기력도 줄어 전 같지는 않지만, 조금 젊었을 때만
해도 곧잘 남하고 싸웠다. 입으로 싸우는 것이 아니라 주먹으로 싸웠다.
중학 시절에 싸운 채 서로 말 않고 교문을 나와 버린 동창의 수도 다섯 손
가락을 더 헤어야 할 것이다.

3
이 놈은 구멍 속에 들어박혀 나오길 싫어한다.

나는 어려서부터 오늘에 이르기까지 집에 들어박혀 바깥에 나오기를 좋아하지 않는다. 이제는 생활 때문에 어쩔 수 없이 나와 돌아다니기도 하지만, 지금이라도 먹을 것에 걱정이 없다면 일 년이라도 집에 들어박혀 있고 싶다. 남하고의 접촉을 좋아하지 않는 나의 성벽에서 오는 소치이다.

이 놈은 달을 좋아하면서 실은 무서워한다.

여기에도 나의 모순된 성격이 있다. 달―달같이 아름다운 것을 나는 무척 좋아한다. 그런데도 이 아름다운 것이 무서운 것이다. 왜? 이유는 간단하다. 아름답기 때문에 무서운 것이다. 경치도 그렇고, 여성도 그렇다.
그대는 아름다운 자연을 찾아가 자살하였다는 말을 들은 일이 있는가? 있을 것이다. 폭포가 있는 아름다운 자연 속에서 자살한 젊은 철학자도 있었고, 아름다운 바다를 찾아가 자살한 시인도 있었음을 나도 안다. 그들은 모두 그 아름다움에 제 정신을 잃었던 것이다. 미인 때문에 자살한 이야기는 이루 헤아릴 수가 없을 정도로 수두룩하다. 내가 좋아하면서도 무서워하는 것이 모든 아름다움이다. 아름다운이란 무서운 것이다.

4
이 놈은 가끔 외롭다고 집게질을 한다.
이 놈은 곧잘 바보처럼 운다.

나는 스스로 고독의 함정을 파고 그 속에 들어가 앉았는지 모른다. 그렇다 하더라도 그것은 나의 타고난 성격. 어쩔 수 없지 않은가!
그야 따지고 보면 인생 자체도 고독하지. 그렇게 즐겁거나 행복하거나

한 것이 못 된다. 그걸 모르지 않건만, 이건 너무 심하다. 내가 바보처럼 가끔 울 수밖에—.

이상이 졸작 '나의 초상'의 해설이요, 자신의 성벽에 대한 설명이다. 여기 덧붙여 한 마디 더 말해 두면 나는 철두철미 숙명론자이다. 모든 사리를 숙명적으로 해석한다.

이태백의 시구가 아니라, 나 역시 인생을 여인숙으로 생각하고 있다. 나는 그 여인숙에 들어 있는 한갓 나그네이다. 이 세상에 잠깐 다니러 와 있는 것이다.

언젠가는 나도 보따리를 들고 이 여인숙을 나가 영원한 나그네 길에 다시 오르리라.

책 끝에

창경원에 벚꽃이 만발하던 사월 달에 약속했던 원고를 첫서리가 내린 요즈음에 와서야 겨우 탈고하였다. 손꼽아 보니 무려 일곱 달 걸린 셈이다. 참 오래 되었다고 자신의 무력과 태만을 새삼스러이 뉘우친다.

☆

처음 말이 났을 때, 나는 그리 어려울 것이 없이 극히 가벼운 기분으로 응했었다. 그러나 막상 손대어 보니 붓이 잘 나가지 않았다. 내가 당황할 수 밖에ㅡ.

사실 자기가 쓴 것에 해설을 부치기가 이처럼 어려울 줄은 전혀 예측하지 못했었다. 이건 남의 작품을 감상해 보는 정도가 아니다.

☆

하여튼 원고는 탈고되었고, 책은 이렇게 나왔다. 지금 저자로는 바라는 것이 있다면, 변변치 않은 책자이나마 시를 쓰려는 젊은 독자들에게 조금이나마 도움이 되어 주었으면 하는 그것뿐이다.

끝으로 때로는 격려하고 때로는 위로해 가며, 책이 나오게끔 애를 써 준 간행자에게 진심으로 사의를 표한다.

1958년 늦가을
지은이 적음

詩와 隨筆

『그리운 날에』

文 映 閣, 1962

제1부

여수旅愁

소녀에게

여울가의 아카시아 숲길을 거닐던 것이 그립구나, 순아! 산바람이 가벼이 스칠 적마다 너에게서는 아카시아 꽃향기 같은 냄새가 풍기고……. 그러고 보니 그때 너는 꼭 아카시아 꽃송이 같이 생긴 소녀였다.

지팡이를 끌고 너와 나란히 여울 물소리, 뻐꾹새 울음소리 들으며 가노라면, 나는 문득 '아루네'처럼 널 사랑하고 싶었다. 순아!

물방앗간의 빈 터를 지나 산길로 산길로 자꾸 올라가면, 거기 여울은 점점 폭포소리를 내어 요란스러운데, 이 산 저 산 뻐꾹새는 울어대고……. "OZONE이란 솔잎 냄새 같군요!" 하며 아직 꽃봉오리 같이 어린 입술로 방긋이 웃어 보이던 순아, 너 지금 어디 가 살고 있느냐(1950년)?

논마지기

벼들을 다 베어 들어가고 나니 아주 잊어버린 듯이 농부 하나 나타나지를 않습니다. 괜히 메뚜기를 잡으러 그렇게 많이 오던 마을 애들마저 통 그림자도 얼씬거리지 않습니다. 차가운 바람만이 무시로 뛰어왔다가는 달아나곤 할 따름입니다.

논마지기는 쓸쓸한 얼굴을 하고 있습니다. 벌써부터 어서 봄 오기를 기다리고 있는지 모르겠습니다.

그래도 낮에는 햇님이 찾아 줍니다.

밤에는 달님이 찾아 줍니다. 별님도 찾아 줍니다.

논마지기는 무슨 생각을 하고 있을까요? 가을날, 괜히 메뚜기를 잡으러 오던 그 귀여운 애들은 그리워하고 있는가 봅니다(1951년).

오 월

오월이 되면 으레 이 산 저 산에서 어린 뻐꾸기들이 울기 시작한다. 그러면 나는 고향 생각을 하게 되고, 무심하던 소년 시절을 그리워하곤 한다.

이제도 두 눈을 감고 먼 뻐꾸기를 울음소리를 듣고 있노라면, 내가 살던 고향의 녹음 우거진 수풀과 그 수풀 아래로 소리치며 흐르는 여울물 소리가 들리는 것 같다. 그리고 그 마을에 살던 무명옷 입은 소년들의 모습이 눈에 그림과 같이 선히 보인다. 나는 이 소년들 속에서 어릴 적 내 모습을 찾아내고 말할 수 없는 그리움에 잠긴다.

그제나 다름없이 뻐꾸기는 저렇게 울건만, 고향은 멀고……. 나의 소년 시절은 강물처럼 아주 흘러가 버렸다(1953년).

새로운 생명

　나뭇가지마다 새싹이 푸른 봄날이외다. 둥지 속에 낳아 놓은 두 개의 알을 들여다보며, 이 한 쌍의 비둘기는 무엇을 생각하고 있을까요? 물밀 듯 다가드는 봄과 함께 이윽고 생길 새로운 생명에 그들은 가슴을 불룩거리고 있는가 봅니다(1953년).

들 꽃

어느 꽃치고 예쁘고 곱고 아름답지 않으려만, 왜 그런지 모르게 내 마음을 끄는 것은 저 호숫가나 개천가, 또는 들길 가에 피어 있는 이름조차 모를 그런 조그만 꽃들이다.

가볍게 스치며 지나가는 바람에도 파르르 그 조그만 몸을 떠는…… 꽃이라기보다 차라리 풀잎이라고 부르고 싶은 이런 것들에 항상 측은한 정을 느끼곤 한다.

해바라기의 이글이글 타는 듯한 색채도 싫지 않고, 백합의 맑고 고운 그 모양 또한 사랑스러우나, 그러나 어쩐지 나에게는 너무도 짙고 먼 것 같기만 하다.

코를 갖다 대면 날 듯 말 듯한 향기, 그 향기마저 어쩌면 들바람에 날아 버려 맡기 어려울 정도의 것이지만, 꽃 하면 곧 머릿속에 그림과 같이 뚜렷이 떠오르는 것은 역시 들꽃이다.

무엇보다 이름조차 없다는, 남이 그 존재를 알아주지 않는다는 그런 이유에서, 내 마음이 이처럼 끌리는지도 모르겠다. 그러나 아무 눈에도 띄지 않고, 또 띄려고 하지 않는 그 마음이란 얼마나 갸륵한 것이랴!

수줍다면 수줍고, 너무나 외롭다면 외로운 것이지만, 그렇기 때문에 나는 이 꽃들을 잊을 수가 없는 것이다.

이제쯤 저 넓은 들길 가에는 오가는 농부들의 발끝에 함부로 짓밟히며 이 꽃들이 무수히 피어나 있으리라. 얼음 풀린 호숫가에도, 개천가에도 또한 많이 피어나 있으리라. 그러나 얼마나 그들은 겁을 먹고 그 조그만 몸을 떨고 있으랴.

차가운 겨울 하늘 아득한 곳에서 반짝이고 있는 별과 같이 이 꽃들을 생각하면 왜 그런지 가슴만이 뭉클해진다. 이제 나는 이 가엾은 꽃들을 보러— 오직 그것만을 목적삼아서라도 어느 한가한 날에 들이나 호수나 개천을 찾아가 보고 싶다(1952년).

사랑하는 거리

서울 어느 곳에도 내가 사랑할 수 있는 거리란 있을 성싶지 않다. 어딜 가나 장사꾼투성이의 이 너무나 현실적인 거리에 내가 어떻게 손톱만한 애정인들 느낄 수 있을 것인가.

'내가 사랑하는 거리'란 제목을 받아 놓고, 눈에 띄는 것은 아무래도 떠나온 고향의 그 한적한 거리이다. 별로 다니는 행인의 그림자마저 드무나, 식료품을 파는 가게가 있고, 이발소가 있고, 냉면집 · 구둣방 · 육곳간 같은─ 어느 거리에서나 우리가 흔히 볼 수 있는 이런 전방들이 어수선하게 있는 고향 거리에 나는 향수에 가까운 것을 느낀다.

여기 계절을 가리지 않아도 좋다. 어느 집이나 나지막한 초가들이다. 그 초가지붕 너머로 산과 숲이, 언덕이 보이고, 먼 들판까지 내다보이는 거리. 나는 이 거리를 잊을 수가 없다.

온천이 있는 곳이라 날씨가 좋은 날은 거리마다 호사를 하고, 물탕을 하러 가는 아낙네와 마을 처자들의 그림자가 무슨 절놀이라도 가는 것처럼 즐거워 보였다.

나는 이 지방의 독특한 이런 풍경과 풍속을 남달리 사랑한다(1949년).

모교母校로 부치는 글

고향이란 멀리 두고 그저 생각하는 것, 그리워하는 것이 좋다고 누구인가 말한 것을 기억하고 있다. 설명할 필요조차 없이 이 말이 뜻하는 바는, 머릿속으로 그리며 사는 것이 좋지, 막상 가 보면 고향이란 그렇게 아름답지도 좋지도 않다는 것이다. 말하자면, 환멸의 비애를 맛보기가 십중팔구라는 것이다.

그건 그럴지 모를 일이다. 지나간 일이란 그것이 언짢은 일이든 즐거운 일이든, 가고 다시는 올 수 없기에 마냥 그리운 법이다. 우리가 못내 잊고 밤낮없이 그리는 것이 고향이지만, 그것은 고향의 산천초목이기보다는 그 산천초목을 무대로 삼고서 지내던 '그 시절'이 아닐까? 그렇다면 가 보았댔자 기쁨보다는 오히려 서글픔이 앞서리라.

모교인 '경복' 또한 나에게는 고향이나 마찬가지이다. 역시 이렇게 떨어져 있으면서 그리워하는 편이 즐겁고 행복하다. 찾아갔다가 적막한 기분만을 가슴에 안고 돌아오게 된다면, 그야말로 찾아갔던 의의가 하나도 없을 것이다.

나의 철없는 유년을 키워 준 곳이 고향이라면, 시골뜨기 나의 소년을 앞으로 이끌어 올려 준 곳이 모교인 '경복'이다. 나는 고향과 모교에 갚을 길 없는 은혜를 크게 입었음을 누구보다도 잘 알고 있다. 고향은 가고 싶어도 갈 수 없는 북녘 하늘 아래 있어 그렇다고도 할 것이지만, 모교인 '경복'은 지척인 데도 가지 않는다. 그 까닭은 위에서 말했듯이 나의 꿈이 깨어질까 두려워서이다.

오직 그 하나의 이유에서이다. 어찌 보면, 나란 인간은 천하에 둘도 없는 '에고이스트'일지 모르겠다. 하나 사실이 그러니 어쩔 수 없지 않은가.

하긴 시를 쓰는 족속은 꿈만을 먹고 산다는 맥貘과 같은 동물이라고 하니, 이것은 나의 생리에 속하는 이야기일지도 모르겠다.

가끔 세종로 넓은 거리에서, 혹은 비좁은 전찻간이나 버스간에서 나는 모교 학생들을 만난다. 그럴 때마다 나는 그들 속에서 나의 가버린 소년을 찾아내곤 한다. 그 순간처럼 행복하고 즐거운 때는 없다. 그들은 나라는 사람을 물론 알지 못한다. 그렇지만 나만은 그들을 오래 전부터 잘 알고 있는 것처럼 생각되어 그들이 반갑다.

'저들은 남이 아닌 나의 동창들이다'—이렇게 생각하며 가던 발 길을 멈추고 서 있는 내 머릿속에는, 모교의 외관과 아울러 학창 시절의 가지가지 추억이 떠오른다. 그리고 그것이 이미 28년 전 일이었음을 깨닫고 새삼스러이 세월의 빠른 속도에 놀라는 것이다. 그렇다! 어느덧 28년이 되었다. 나의 새까맣던 머리에는 흰 것이 자꾸 기어 나오기 시작한다. 베를렌이 아니더라도 "너 지난날에 무엇을 하였느냐?"고 탄식하지 않을 수 없다.

그렇건만 나는 오늘에 이르기까지 모교인 '경복'의 이름에 오점을 남기는 일을 조금도 하지 않았음을 기쁘게 생각한다. 돌이켜보면, 우리가 지나온 시대란 실로 숨가쁘고 어두운 행로였다. 일제의 침략전쟁 → 광복 → 광복 뒤의 무질서하던 사회 환경 → 군정 → 건국 → 6·25의 공산 침략 → 피란 → 환도 → 일인독재 → 그리고 4·19의 빛나는 혁명—이렇게 회고할진대 등골에서 진땀이 날 정도의 위태위태한 세태를 살아온 셈이다.

이 같은 세상을 겪으면서 나로 하여금 타락하지 않게끔 언제나 자기 본연의 과업을 다하며 살 수 있게 한 것은 나를 이만치 이끌어 준 모교의 힘이 아니었던가 싶다. 큰일은 못할지언정 고향과 모교와 나아가서는 조국의 이름을 더럽히지 않도록 올바르게 살리라, 꿋꿋이 살리라, 깨끗이 살리라—이것은 사회에 나와서 현재까지의 변함없는 나의 생활신조이다. 물욕과 권세와 명예에 눈이 어두워 자길 키워 준 고향, 자길 이끌어 준 모교에 수치를 끼친 불행한 사람들을 나는 누구보다 가엾이 여기는 사람 중의 한 사람이다(1960년).

멋대로의 봄

봄은 멋대로 왔다 멋대로 가는가 보다. 그러나 멋대로인 것이 어찌 봄뿐이랴. 거리를 달리는 버스도 멋대로요, 일요일마다 교외로 몰려 나가는 택시, 관용차, 자가용차들 또한 멋대로이다.

잠깐 공중전화 앞에 가서 보라. 기다리는 손님이야 있건 말건 멋대로 장시간 사랑을 속삭이는 아가씨들을 발견할 것이다. 세상은 모두 제 멋에 겨워 사는가 보다.

하룻밤을 꼬박 새고 났더니 이튿날 한쪽 귀가 막혀 잘 들리지 않는다. 내 귀마저 멋대로 인가 싶어 약간 화가 치미는 걸 꾹 참았다.

"이 사람, 그건 비타민 부족에서 오는 걸세."

이 친구, 내가 놀고 있으니까 두루 굶고 사는 줄 아는 모양이다.

"비타민 부족인데 체중이 한 관이나 늘어?"

"그야 비타민엔 A, B, C, D, E가 있으니까, 그 중 어느 것이든 부족하면 그렇게 돼."

알지도 못하면서 공연히 아는 척하는 것도 멋대로이다. 멋대로 되라고 이불을 뒤집어쓰고 누워 보았으나 잠이 안 온다. 하는 수 없이 다시 일어나, 나는 내 멋대로 시인지 뭔지 분간하기 어려운 글을 써 보았다.

> 나의 귓속 조그만한 뜰에
> 귀뚜라미가 운다.
> 바같은 꽃이 한창이라는데
> 귓속만은 가을인가.
> 매미가 운다.

쓰르레미가 운다.

아아 어느덧 여름인가.

가끔 비가 내리기도 한다.

이 비가 그치면

눈보라라도 치려는가.

"자네, 그건 과로에서 오는 걸세."

"과로? 과로는 할 일이 없어 매일 낮잠만 자는데 과로야?"

글쎄 어쩌면 이렇게 모두 다 멋대로인지 모르겠다.

여자 친구와 만나 차를 마신다.

"어서 병원엘 가 보셔야죠."

"병원에 가 뭘 합니까. 남들이 죄다 멋에 겨워 사는 판국이니, 나도 멋대로 되라고 내버려 두렵니다."

"그렇지만 불편하실 거예요."

"불편이라고요? 난 세상이 시끄럽지 않아 오히려 좋습니다. 당신의 목소리도 귓속말같이 다정하게 들리고……."

"그런 농담의 소리 마시고 어서 병원에 가 보셔요."

"농담이 아닙니다. 요새는 산 속에 들어온 것처럼 조용해 좋습니다."

"그렇지만 병신스럽지 뭐예요."

"본시가 병신인 걸요. 하긴 어디 나만이 병신인가요. 내가 보긴 이 세상 사람들이 모두 병신 같아요."

이런 대화를 주고받는 우리 두 사람도 따지고 보면 멋대로 태어나 멋대로 사귄, 멋대로의 친구이다(1957년).

잠 못 이루는 물소리

― 황해黃海 금강金剛 장수산長壽山

장수산은 황해 금강이라고 일컫듯이 확실히 아름다운 고장이다. 산 모양도 좋거니와 무엇보다 물이 좋다.

지금으로부터 이십여 년이나 된다. 나는 여름을 따라 이 산 속에 있는 '묘향사'라는 절을 찾아간 일이 있다. 묘향사는 장수산 초입에 있지 않고 좀 더 깊숙이 들어간 곳에 있는데, 나는 절도 그리 크지 않고 중도 몇 명 안 되는 초라한 이 절에서 한 서너 달쯤 유하였다. 내 깐에는 좀 더 착실히 공부를 해 보리라는 생각에서 가 있었던 것이다.

대낮에도 호랑이가 뛰어나온다고 하는 첩첩산중이다. 밤에는 짐승소리, 뭇 새들 소리, 그리고 쉴 틈 없이 흐르는 요란스러운 시냇물 소리에 좀처럼 잠을 이룰 수가 없는 곳이다. 환경이란 이상한 것이어서 너무 한적하고 보면 도리어 공부가 되지 않는다. 별로 말벗 하나도 없고 하여 온종일 냇가에 나가 물소리만 듣고 지냈다. 그 시절을 회상하고 쓴 '가버린 날에'라는 시를 읽으면 그때의 심정과 일과를 가히 알 수 있을 것이다.

바람소리가 어느덧 나의 귀에 익었다. 나는 산에 있었다. 한종일 산에서 산으로 짐승과 같이 헤매 다녔다. 항시 내리지 않은 슬픔을 지니고, 나의 벗이라고는 먼 메아리뿐, 황혼이 산성의 깃발을 내리울 녘이면 떠나온 고향의 거리가 못 견디게 그리웠다. 그럴 때면 나는 으레 보낼 곳 없는 편지를 썼다. 때로는 가랑잎에 초콜릿 같은 시를 쓰기도 했다, 먼 그이를 그리면서.

산골의 반딧불이는 별만큼이나 큰 것이 무서웠다.
달이 밝으면 산짐승도 숲에서 처량히 울곤 했다.

이쯤 되고 보면 완전히 고독병 환자이다. 공부는커녕 이제는 여기 와서 얻은 병을 고치기 위해서라도 나는 산을 내려가지 않을 수가 없게 되었다.

그 곳을 떠나기 바로 며칠 전이다. 나는 홀로 지팡이를 끌고 장수산 초입에 있는 '현암'이라는 조그만 절을 찾아간 일이 있다. 여기가 바로 십이곡－열두 굽이가 있는 곳으로, 장수산에서도 제일 경치 좋은 데다. 글자 그대로 열두 첩 병풍을 둘러친 듯한 아름다운 산과 산－. 그 아래로는 맑은 물이 굽이굽이 돌아 나가고 있다.

지팡이를 내던지고 가파른 봉우리를 기어 올라가면 현암이 있는 산성인데, 거기서 남을 향해 내다보는 그 조망이라니……. 바다보다 더 넓은 '재령평야'가 눈앞에 환하고, 천 길도 더 되는가 싶은 산 아래로부터 불어 오는 바람의 시원함이란 뭐라 형용하기 어려웠다. 흡사 천국에라도 올라와 있는 것 같은 착각에 사로잡혀 들 건너 여기저기 섬인 양 놓여 있는 산들을, 나는 그때 인간이 살고 있는 지구로만 생각해 보는 것이었다. 가 버린 그 날과 함께 회상되는 그리운 장수산이다. 하나 나는 이제 그 산을 다시 찾아갈 수가 없다(1958년).

낙엽落葉 감상感傷

편집자여, 요즈음 그렇지 않아도 나 자신을 버림받고 땅 위로 굴러다니는 낙엽이라 생각하고 있는데, 하필이면 나에게 왜 이런 제목을 내놓으십니까? 그러나 오해는 마시오. 내가 버림받은 것은 어느 여성, 또는 어느 남성에게서가 아니라, 일체의 '모럴'로부터입니다. 기막힌 일입니다.

*

시를 좋아하는 사람이면, 누구나 가을 하면 프랑스의 시인 폴 베를렌의 「가을의 노래」를 생각할 것이요, 낙엽 하면 같은 나라 시인인 레미 드 구르몽이 '시몬'이란 소녀를 두고 노래한 「낙엽」이란 전원시田園詩를 머리에 그릴 것입니다.

나도 이 두 시인의 작품을 애송하던 사람입니다. 내 나이 스물을 넘었을까 말았을까 한, 꿈도 많고 눈물도 많던 시절이었습니다. 그러나 그 아름다운 시절은 가고 돌아오지 않습니다. 슬픈 일입니다.

*

그 무렵의 어느 늦은 가을이었습니다, 시인 파인巴人 선생이 나를 찾아오신 것은……. 안서岸曙 선생의 따님 결혼식에 오셨다가 들르셨던 것입니다(안서 선생의 따님은 내 고을 청년과 결혼하였습니다). 그때 파인 선생이 나에게 은근히 청하시는 것이 있었습니다.

"어디 낙엽을 밟으며 거닐 수 있는 그런 데가 없겠소? 오래간만이라 낙엽을 밟고 싶구려."

시인다운 청이었습니다. 나는 곧 선생을 산협山峽으로 안내해 드렸습니다. 그러나저러나 파인, 안서 이 두 분 선배들은 모두 북으로 납치되어 가신 채 지금까지 소식을 모릅니다. 쓸쓸한 일입니다.

*

그 날도 나는 아침 일찍이 종로에 있는 어느 다방 이층 창가에 홀로 앉아 커피를 마시고 있었습니다. 한데 어떻게 날아 들어왔는지 가로수 잎사귀가 한 잎 내 테이블 위에 떨어졌습니다, 누구인가가 넌지시 보낸 것처럼. 나는 가로수 잎사귀를 손에 들고 무슨 슬픈 사연이라도 쓰여 있는 글발을 대하는 듯 말이 없었습니다.

이윽고 나는 '파커'를 꺼내어 아무한테도 보낼 곳 없는 다음과 같은 시구를 그 잎사귀에 적어 창밖으로 내던졌습니다.

"가까이 오라, 우리도 언젠가는 가련한 낙엽이리라(구르몽)."

그 낙엽은 바람에 불려 종로 거리를 이리저리 굴러다니다가 필시 행인의 발에 짓밟히고 말았을 것입니다. 서글픈 일입니다(1957년).

심상心象의 낙엽落葉

　낙엽은 귀로 지는 소리를 듣는 것이 눈으로 그 지는 모양을 보는 것보다 좋고, 발로 밟는 것이 듣는 것보다 더욱 좋다.

　"시몬, 너는 좋으냐. 낙엽 밟는 소리가?"

　이것은 구르몽의 「낙엽」이란 시의 '리프레인refrain; 시의 반복구' 이거니와, 낙엽 밟는 소리처럼 계절로서의 가을을, 인생을 감각케 하는 것도 없을 것이다.

　번뇌에 찬 마음을 무상의 경지로 끌어들이는 소리, 그것이 낙엽을 밟는 소리이다.

　우리가 낙엽을 밟는다면 대개 도시의 변두리에서일 것이나, 그것은 떨어진 나뭇잎 몇 잎을 밟아 보는 데 지나지 못한다. 낙엽을 밟으며 거닐었다고 말하려면, 번거로운 대로 어느 산골이든 역시 산골을 찾아가지 않을 수 없으리라.

　산골에 가면 낙엽이 눈처럼 그득 쌓인 곳이 있다. 골 따라서는 무릎이 푹 빠질 만치 깊게 쌓인 골짜기도 없지 않아 있으나, 그런 골짝은 도리어 무서운 생각이 들어 덜 좋다. 흙을 발로 밟지 않을 정도의 그리 깊지 않은 낙엽길이라야 좋다. 이와 같은 기분이란 산골 태생이 아니고서는 모르는 일일지 모르겠다.

　낙엽 지는 소리를 바스락이니 우수수니 하는 말로만 형용할 수는 없다. 뜰에 심은 몇 그루의 감나무, 오동나무, 버드나무 잎이 떨어질 때나 쓸까, 산골의 그 소리라니 마냥 소나기 몰려 올 때의 그것이다.

　가까운 산 또는 먼 산에서 산바람 소리와 함께 일제히 쏴—소리를 내며 땅으로 쏟아져 내리는 나뭇잎들, 그것들의 떨어지는 소리에 곧잘 곤히 든 잠이 깨곤 한다. 때로는 때 아닌 소나기라도 정말 오는가 싶어 방문을 열고 바깥을 내어다보는 수도 있다. 이처럼 낙엽이 몹시 지는 밤일수록 이상하게도 하늘에 걸려 있는 가을 달이 유달리 밝고 차다.

만일 우리가 나뭇잎으로 태어났다면, 그리하여 늦가을 낙엽 져 아래로 떨어진다면, 그때 우리는 어떤 장소를 택하여 낙하할 것인가? 가끔 나는 어린애처럼 이 같은 생각을 해 보곤 한다.

물론 사람 따라 그 선택하는 장소가 각기 다르리라. 요즈음, 눈에 띌 정도로 부쩍 늘어 '재즈'와 '댄스'를 광적으로 좋아하는 인사들, 이들은 어느 카바레의 유리창 가쯤 자리잡기를 원할지 모르겠다. 비록 낙엽 신세는 되었을망정 붉은 빛 푸른빛의 눈부신 '샹들리에' 아래서 삶을 구가하며 흥겨워 돌아가는 그 호화찬란한 광경을 밤마다 구경할 수 있을 터이니 말이다.

그 따위 소릴 떠벌이고 있는 너는? 하고 누가 옆에서 물으면, 나는 서슴지 않고 대답할 터이다. 황진이네 뒤뜰 안쯤 굴러 떨어져 그녀의 글 읽는 소리, 그녀가 튀기는 거문고 소리라도 듣다가 썩어 한 줌 흙이 되고 싶다고─(1959년).

촛불 아래서

아침저녁 제법 산들산들하다. 가만히 앉아 있으면 벌레 소리가 고향 생각을 일으킨다. 등불을 가까이 한다는 가을인가 보다.

나는 촛불을 켜 놓고 이런 생각 저런 생각에 잠을 이루지 못하는 밤이 요즈음 부쩍 많아졌다. 무엇을 그처럼 생각하는 것일까? 역시 지나온 일이요, 앞으로 지내야 할 일들이다.

유달리 책이 자꾸 읽고 싶어진다. 그 전날 읽지 못하고 허둥지둥 살아온 것이 후회된다. 좀 더 착실히 책을 읽어야겠다. 좀 더 충실한 일을 해야 되겠다. 이런 생각이 들 때마다 나의 머릿속에 떠오르는 것은 시인 라이나 마리아 릴케이다.

차가운 바람만이 오가는 파리의 하숙집 이층 방에서, 밤늦도록 그는 자지 않고 앉아 등불을 켜 놓고 책을 읽었다고 하지 않는가? 그러한 고독과 그러한 노력과 고뇌가 나에게도 좀 더 많아야겠다.

가혹하게 쓰라린 생활이 나를 쫓고 있다 할지라도, 나는 보다 나은 시를 쓰도록 힘써야겠다고 새삼스러이 마음을 가다듬어 본다. 일 년에 단 한 편만이라도 좋다. 시다운 시를 썼으면 싶다. 우리가 산들 백년을 살지 못할진대, 이제부터야말로 진정 내가 쓰고 싶은 글을 쓰도록 해야겠다. 생각하면 얼마나 많은 시간과 정열을 하나하나의 상품을 만들기에 낭비하였던가. 부끄러운 일이다. 그러나 어찌할 도리가 없는 일이기도 하였다.

나를 미워하는 사람이 있음을 모르고 있지 않다. 그러나 그 미워하는 이

유가 옳다고 생각될 때에만 나는 나를 반성하게 된다. 공연히 남을 모함하는 것은 비겁하고 졸렬한 짓이라고밖에 말할 도리가 없다. 우리가 서로 진정 글을 통해 사귀었다면, 그리고 보다 인간답다면, 정면으로 나를 찾아와 옳으니 그르니 할 일이다. 글을 쓸 줄 알고, 또 그 글을 아무 데고 실릴 수 있다고 터무니없는 소리를 마구 떠들어댐은 아무리 호의로 해석해서도 본인에게 플러스 되는 일 같지는 않다. 우리는 남을 험담하기 전에 남의 허물을 감춰 주는 그런 아량과 예의가 있어야 할 것이다. 이런 생각을 하면, 도무지 우울하고 슬프다.

그러나 한편 나는 가끔 행복감을 느낀다. 아니, 가끔이 아니라 늘 행복한 그런 마음을 지니고 살고 있다. 나를 미워하는 사람이 있는 반면에 그 몇 배의 나를 좋아하는 친구들이 있기 때문이다. 친구란 많아서 좋은 것이 아니라고 한다. 단 한 사람의 친구면 족하다고 한다. 그러나 나는 한 사람은커녕 좀 더 많은 수의 친구가 내 둘레에 있음을 볼 때, 그 누구의 팔자 못지않게 행복감을 느끼는 것이다.

이러한 좋은 친구들과 더불어 오래오래 살고 싶다. 재주가 있는 사람은 젊게 살다 죽더라도 많은 일을 남길 것이지만, 둔재이고 보면 모름지기 오래 살아서 남이 단시일에 한 일을 해야 될 것 같다. 이 말은 결코 내가 이 삶에 미련이 있어 하는 수작이 아니다. 오히려 나는 누구보다도 염세적인 인간이다.

여기까지 쓰고 나는 잠시 벽에 기대 쉬었다. 그리고 내가 지금 기대앉은 벽이란 것을 생각해 보았다.

벽이란 바람과 추위를 막아 주며, 또 남이 있는 방과 내 방을 구별지어 주는 역할을 한다. 그러나 내가 기대앉게 되고 보면, 나의 피로한 몸을 잠시나마 의지하게 해 주는 역할을 또한 하게 된다(그림을 갖다 걸고 그것을 볼 수 있다면, 그 그림을 우리에게 들어 보여 주는 역할도 할 것이다). 내가 기대던 벽, 이런 때에 벽은 참으로 고마운 존재가 아닐 수 없다.

『그리운 날에』 563

그러나 만일 이 벽이 별안간 무너진다면 하고 생각해 볼 때 나는 무서운 생각이 와락 든다. 벽이 무너지면 어떻게 되는가? 말할 것도 없이 나는 벽과 함께 뒤로 쓰러질 것이요, 무너진 데로는 바람과 추위가 여지없이 몰려들어올 것이다. 그렇다면 뒤로 자빠지지 않기 위해 우리는 함부로 벽에 기대앉아서는 안 될 줄 안다.

나는 벽에 기대앉는 버릇과 우리의 사회 생활을 연결해 생각해본다. 여기까지 생각이 미쳤을 때, 나는 놀라움을 금치 못한다. 얼마나 많은 사람들이 벽에 기대듯 그 어느 권세나 재물에 기대 살고 있는가. 나는 못마땅할뿐더러 도무지 위태로워 견딜 수가 없다. 왜냐하면 벽에서와 같이 권세나 재물이 무너지는 날, 거기 기댔던 사람들은 그대로 나자빠지지 않겠는가 말이다. 벽돌로 쌓은 벽도 무너질 수 있거늘, 하물며 하루살이 같은 사람에게 기대 산다는 건 위험하기 짝이 없을뿐더러 비겁하기 짝이 없다.

벽 아닌 벽이 된 사람의 입장을 다시 생각해 본다. 벽이 된 사람도 그렇게 자꾸 기대 오면 얼마나 마음 무겁고 괴로울 것인가? 기대지 못하게 하면, 그 사람을 가리켜 의리가 없느니, 몰인정하느니, 건방지니, 어쩌니저쩌니 차마 입에 못 담을 소리를 퍼부리라. 그런 욕설과 험담, 또는 모략과 중상이 무서워 벽의 처지에 있는 사람은 마지못해 기대는 걸 용서하기도 하리라. 그러나 기대는 사람도 사람이거니와, 그걸 기대게 하는 사람 자신도 나는 옳다고 볼 수가 없다. 왜냐하면 그렇게 자꾸 기대게 하였다가는 자기의 운명까지 어찌될지 모르는 일을 참고 있어야 하니, 이 또한 어리석은 노릇이기 때문이다.

*

벽에 대한 이런 생각을 하자니, 문득 나는 다음과 같은 프랑스의 시인 폴의 시 「론도輪舞」가 입에 떠오른다.

> 세계의 소녀들이 서로 손을 잡으면
> 바다 둘레에 '론도'가 되리.

세계의 어린이들이 사공이 되면
바다 건너 고웁게 배다리를 놓으리.

그리하여 모든 이 세상 사람들이
손과 손을 서로 잡으면

한 바퀴 세계의 둘레를 도는
'론도' 춤을 멋지게 출 수 있으리.

　내가 여기에 이 시를 끄집어내는 것은 셋째 연 둘째 줄 "손과 손을 서로
잡으면"이 마음에 들어서이다. 앞에서 나는 벽에 기대는 이야기를 하였거
니와, 우리는 서로가 기대고 살 것이 아니라, 서로 손과 손을 꼭 잡고 살아
야 함을 더욱더 간절히 느낀다. 거기에 대한 구체적 예를 들지 않겠지만,
우리 공부하는 모든 지식인이 다시 한 번 여기에 대해 곰곰이 생각해 봄이
어떨까 한다(1955년).

크리스마스의 노래

> 고요한 밤
> 거룩한 밤
> 어둠에 묻힌 밤
> 주의 품에 안기어 천사 찬미 부를 때
> 아아 아기 잘도 잔다, 아아 아기 잘도 잔다…….

나는 크리스마스 노래 중에서 이 '고요한 밤'을 좋아한다. 내가 알고 있는 또 하나의 크리스마스 노래로 '징글벨'이 있으나, 이것보다는 몇 배 이 노래는 나에게 아늑한 기분과 아울러 아름다운 꿈을 안겨 준다. 그리스도의 성탄을 축복하는 환희의 노래가 '징글벨'이라면, '고요한 밤'은 바로 그리움과 행복의 노래라 할 것이다.

> 고요한 밤, 거룩한 밤…….

창으로 스며드는 달빛 같은 이 노래를 눈 감고 듣고 있노라면, 나의 머릿속엔 하나의 고독한 장면이 그림처럼 떠오른다. 그것은 19세기 러시아의 어느 소설의 한 장면인지도 모른다.

> 원목으로 지은 수풀 속 조그만 '코테이지', 그 안의 '페치카'에는 박달나무 장작불이 활활 붙고 있다. 거기 나무로 만든 의자에는 구레나룻 수염이 하얀 노인이 앉아 추억에 잠긴 듯 골통대를 입에 문 채 말없이 타오르는 장작불만 바라보고 있고, 그 곁에는 이마에 주름살이 어지간히 잡힌 노파가 앉아 성경책을 읽고 있다. 장작불에

비친 그 얼굴은 그녀의 꽃다운 시절을 상상하기에 족한 모습이다.

창 밖에는 함박눈이 펑펑 내려오고, 간간이 들리는 것은 먼 숲 속으로 지나가는 바람 소리와, 그리고 가까운 호수의 얼음장 터지는 소리뿐, 정적 그대로의 이 실내엔 그들의 생활과 같은 호롱불만이 밤 깊도록 껌벅거린다. ……

크리스마스의 노래를 들을 때마다 내 머릿속에 떠오르는 이러한 이미지는 대체 어디서 오는 것일까? 어째 나는 이런 적막한 장면에서 도리어 그리움과 행복 같은 걸 느끼는 것일까? 그 까닭을 나는 잘 알지 못한다. 그러나 내가 만일 늙는다면, 나의 생활을 어쩌면 페치카 앞에 묵묵히 앉아 있는 그 노인과 같으리라 예감하는 데서일지 모르겠다. 말하자면, 크리스마스의 노래는 나에게 이윽고 닥쳐올 나의 만년을 보여 주는 것 같다.

그렇다, 나에겐 그 무슨 생의 큰 의욕이라곤 없다. 어떻게 하면 신실하게 살며, 그리고 깨끗이 늙을 수가 있을까? '고요한 밤'이 나에게 보여 주는 하나의 이미지. 그 이미지 속에 떠오르는 노인과 같이, 속된 세상을 멀리 떠나 조그만 오두막집에서 아무런 번거로움을 모르고 살 수 있다면, 하늘의 별과 숲 속을 지나다니는 바람과, 그리고 불행한 나의 시만을 지니고 이 생을 마칠 수가 있다면, 내 이상 더 무엇을 바랄 것인가!

고요한 밤, 거룩한 밤, 어둠에 묻힌 밤ㅡ. 그런 밤이 나에게 꼭 있을 것만 같다. 이태백이 아니라 해도 우리는 한갓 나그네. 잠깐 이 세상에 다니러 온 것이니, 언제든 여길 떠나야 한다. 다니러 왔다 머물러 있는 객줏집 같은 이 세상에서, 그 무엇을 꾀하여 큰소리를 치며 자기의 명리만을 다툴 것인가!

나는 어서 내 머리털이 은빛으로 물들어 주었으면 좋겠다. 내가 학두루미 같이 아름답게 늙을 수 있다면, 그리하여 어느 호숫가 풀로 지은 오두막집에 내 일생의 마지막 나그네 꿈을 맺을 수 있다면……. 나는 이 위에 더 바랄 것이 없을 것 같다.

이 글을 쓰는 이 시간에도 어디선가 천사 같은 어린이들의 입에서 불려지고 있는 저 크리스마스의 노래가 창밖으로 지나가는 바람결에 들려오는 것 같다. 아득히 들려오는 저 노래. 저 노래는 어쩌면 하늘 한복판에서 나는지도 모르겠다. 나는 촛불 앞에 신도와 같이 꿇어앉아 다시 한 번 내가 걸어온 인생행로를 돌아다본다, 나에게 욕된 일은 없었는가 하고(1952년).

문학소녀의 편지

　전연 알지 못하는 소녀로부터 일 년에 적지 않은 편지가 날아 들어온다. 이 따위를 요샛말로 '팬레터'라고 하는지도 모르겠으나, 좌우간 생각지도 않을 때 획 날아든다. 마치 창으로 가락이 날아오듯이―. 그럴 때마다 나는 기쁘기에 앞서 당황해하고, 당황해하기에 앞서 낯간지러움을 느낀다. 찾아오면 없다고 핑계하고 안 만날 수도 있겠는데, 이 편지란 것은 그럴 수가 없다. 뜯지 않고 내버려 둘 수도 없지 않아 있으나― 사실 그래도 보았으나, 역시 마음에 걸려 결국은 뜯어보게 된다. 뜯어보는 그 순간부터 뭐라 형용하기 어려운 간질간질한 기분이 혈맥 주사를 맞았을 때처럼 내 온몸으로 확 퍼져 나가기 마련이다. 그 기분이란 불유쾌한 그런 것은 아니지만, 좀 곤란한 것임에는 틀림이 없다.

　다 읽고 나면, 다음엔 답장을 내야 하나 어쩌나 하는 걱정이 나를 한참 동안 책상 앞에 앉혀 놓는다. 답장을 내야 하나? 아무래도 내야 좋겠다는 생각을 갖게 되는 것은 얼마만큼 시간이 지난 뒤이다. 그도 그럴 것이 이렇게 나 같은 미미한 존재에게 편지를 써 보내는 정성은 절대로 호의에서요, 따라서 고마운 일이 아니겠는가. 그러면 뭐라 회답할 것인가? 거의 모두가 사연 없는 편지라서, 막상 붓을 들었지만 쓸 말이 없으니 딱하다. 나는 하는 수 없이 릴케의 '소녀의 노래' 중의 한 구절을 베껴 보내 버린다.

> 지금은 어느 길이든 바로 금빛 광선 속으로 통하고 있다.
> 문간에서 소녀들은 이때를 그리며 기다리고 있다.
> 소녀들은 나이 먹은 이들에게
> 작별의 인사를 하지 않는다.

인사도 하지 않고 먼 길을 떠나간다.

소녀들이 자유스런 가벼운 마음이 되어
서로 서로 몸가짐이 달라지고
딴 의상이 알맞게 될 때에
낡은 입성은 떨어진다,
그들의 명랑한 몸에서.

하고 많은 명시 중에서 하필이면 왜 이 시구를 골라 답장을 대신하는가. 그것은 이 시구 속에 내가 소녀들에게 하고 싶은 말 같은 것이 있기 때문이다. 알고 보면, 그들이 나에게 편지를 내는 것은 나의 작품을 좋아한다든가, 또는 나라는 사람을 좋아해서가 아니다. 무엇인가 알지 못할 것에 대한 갈망 같은 것을 처치 못해 편지를 띄운다고 보아 틀림없을 줄로 안다.

막연한 불안감, 막연한 동경, 이와 같은 심리 작용은 그만한 나이에 있을 수 있는 하나의 병 같은 것이 아닐까? 병이라면 나에게 오는 편지 내용은 젊은 환자의 신음 소리 외에 아무것도 아닐 것이다. 그 신음 소리를 듣고 알지도 못하는 소녀에게 회답을 쓰기란 퍽 어려운 일이 아닐 수 없다. 그런지라 나는 릴케의 시 한 구절을 의사의 약방문처럼 그들에게 베껴 보내는 것이다.

또 이상한 것은 그처럼 많은 편지를 받았건만, 아직껏 나는 그들로부터의 결혼청첩장 한 장을 받아 보지 못하였다. 어느덧 어디론가 싹 숨어 버리는 것이 그들이기도 하다. 청첩장이라도 띄우면, 가서 축사는 못할망정 한 통의 축전쯤을 아낄 내가 아닌데, 그들은 '작별의 인사도 하지 않고 먼 길을 떠나간다.' 매우 섭섭한 일이다.

이 잡지 ≪현대문학現代文學≫ 원고 청탁장과 함께 낮에 온 배달에 평택平澤에 사는 한 문학소녀로부터의 우편이 왔다.

지금 나는 무엇인가의 알지 못할 열망에 불처럼 타고 있어요. 이 다음 내가 선생님만치 크면 지금의 열망이 훨훨 타오르는 불길의 절

규 같은 것이었다고 회상 같은 걸 할지 몰라요. 아니 그때까지도 이
열망의 불길은 스러지지 않을지 모르죠, 죽을 때까지일지도—.

　역시 그리움에 잠겨 있는 글발이다. 편지는 좀 더 길지만, 딴 소녀들의
것이 그렇듯이 사연이 없다. 이와 같은 편지를 받고 딴 사람들은 뭐라 답
장을 쓰는 것일까? 모르긴 모르되, 아마 그냥 덮고 말 것이다—. 그런 이야
기를 들은 일이 있어 하는 말이다. 그렇지만 나는 그것을 하지 못하니, 이
건 나의 생리에 속하는 일인지도 모르겠다.
　아득한 옛날, 그 시절 소녀들은(지금쯤은 아마 모두 중년 부인이 되었으리라) 편
지를 보내어도 어느 신문, 또는 어느 잡지 어느 달 호에 실린 선생의 작품
을 좋게 보았습니다! 하고, 그 작품에 대한 소감 같은 것을 적는 성의와 아
울러 격려의 말을 잊지 않았었다. 생각하면 미지의 소녀들로부터의 이와
같은 편지가 나의 문학 수업에 얼마만치는 큰 힘이 되었는지 모를 일이다.
봄이면 꽃잎사귀를, 가을이면 빨간 단풍잎이나 노란 은행잎을 편지 속에
넣어 보내어 나를 감격시켰었다. 먼 북간도에서, 또는 함경도 두메에서,
또는 현해탄 건너 이국땅에서 보내 왔던 그들의 편지를 이십 년도 더 되는
오늘에 있어서도 나는 잊지 못한다.
　한데 요즈음 소녀들은 왜 그처럼 독백적인 글만을 써서 보내는 것일까?
읽기가 낯도 간지럽거니와, 내가 그들 독백을 어째서 들어 주어야 하는가
하는 회의심이 잠시도 내 마음을 가만히 놓아두지를 않는다. 무엇 때문에?
무엇 때문에? 이렇게 반문을 해 가며 읽기란 그리 유쾌한 것이 못된다. 그
럴 때는 차라리 미륵 같은 돌로라도 태어났더라면 좋았을 것을! 하는 생각
마저 든다.

　　그대들 바라는 것이
　　깊은 밑바닥에서 멜로디가 된다.
　　그리움이 생기듯이 노래가 생겼다.

그것은 이윽고 서서히 물러가리라,
약혼자가 나타나면.

지금 소녀들은 시집 갈 날을 꿈꾸며 있는 것일까? 약혼자가 나타나면 서서히 물러갈 것일까? 그럴 것이다. 그때를 기다리는 동안 나 같은 자에게 그들의 그리움을 호소해 보는 것이리라. 그렇지만 '마리아' 아닌 나로서는 소녀들의 기도 아닌 신음 소리를 듣기가 괴로우니 이를 어찌할 것인가(1960년)?

여수旅愁

  기차의 기적 소리처럼 처량한 것은 없다. 맨 처음 누가 그 따위를 만들어냈는지는 모르겠으나, 하여튼 지독한 발명이라고 생각한다.

  잠깐 다니러 왔다 가든, 갔다 오려 하든, '떠나기 위해 탄 사람들'을 태운 기차가 외치는 소리여서 그런지, 뭣인가 이렇게 가슴 속까지 배어드는 애수가 있다.

  그 소리는 아침이나 대낮보다도 해가 질 무렵이나 깊은 밤중에 들을 때 더욱 처량하다. 나는 기적 소리를 좋아하지도 싫어하지도 않는다. 다만 기적 소리가 던지는 애수를 남달리 느낄 따름이다.

  내가 시골에 있을 때의 일이다. 아득한 옛일이지만 들녘으로 산책을 나가면 서울 가는 기차의 기적 소리가 강 건너 산기슭을 돌아 들려오곤 하였다. 이 기차는 서산 기슭을 돌아 기다란 철다리를 건너서 우리 고을 조그만 정거장에 도착하게 된다. 그랬다가 다시 기적을 울리며 떠나 서울로 가는 것이다. 나이 스물을 조금 넘은 시절이었다. 그 나이에 흔히 있을 수 있는 감상에서였든 어쨌든, 나는 차 소리만 들리면 정거장으로 뛰어가지 않을 수가 없었다. 그걸 타고 서울에 가고 싶었던 것이다. 물론 옷도 갈아입지 않은 채였으며, 손에 든 트렁크도 뭣도 없는―집을 나왔을 때 그대로의 차림이었다. 얼마 안 되는 돈으로 겨우 차표를 사 가지고 개찰구로 나가면, 플랫폼에는 20세기의 괴물이 씨근덕거리며 수증기를 내뿜고 있었다. 나는 이 괴물에 홀린 모양 그 안으로 빨려 들어갔다.

  막차인 경우가 많았다. 서울행 막차는 밤 아홉 시가 지나서야 서울역에 도착한다. 맞아 주는 이 하나 없는, 적이 쓸쓸한 상경이었다. 나는 서울의 밤거리를 먼 나라 낯선 도시인 양 혼자서 어슬렁어슬렁 거닐었다. 밤 공기가 시골의 그것보다 확실히 탁하였다.

이윽고 내가 찾아든 곳은 조그만 호텔. 신통치 않은 이층 객실 한 구석에서 하룻밤을 자는 둥 마는 둥 새고 나오면 으레 후회가 앞섰다. 뭣 하러 여길 내가 뛰어올라왔나 하는−. 저녁 되기를 기다려 나는 다시 시골로 내려오고 만다. 시계를 전당포에 잡혀 여비로 쓰고……. 이런 일은 그때 한 번에 그치지 않았다. 한 달이면 보통 두세 차례는 있는 일이었다. 번민 많던 20년 전 일이다.

요즈음도 나는 가끔 정거장으로 뛰어나가곤 한다. 기차를 타러 나가는 것이 아니라, 기차를 타러가는 척할 따름이다. 그러고는 예나 다를 것 없는 이등 대합실에 가 앉아 기차 시간을 기다리는 척하는 것이다. 그저 나그네 기분을 가져보고 싶어서이다. 때로는 이층 구내 식당을 찾아들어가 앉아 먹을 것을 청하기도 한다.

둘레에는 먼 길을 떠나는 모양으로 옆에 트렁크니 보따리를 가득 쌓아놓고 분주히 음식을 먹고 있는 손님들이 들썩거린다. 나는 그 들을 건너다보며 그들의 여행 목적지 같은 것을 내 멋대로 상상해 보곤 한다.

서울역 구내 식당처럼 음식 맛이 나쁘고 값이 비싼 곳도 없을 것이다. 왜정 때나 지금이나 관청 냄새를 풍기는 식당이 바로 여기이다. 그러나 나에겐 그건 관계없다. 나는 다만 거기 앉아 있고 싶어서 갔을 뿐이니까.

내가 식욕도 없이 포크질을 하고 있노라면 벽에 걸린 확성기에서 앵무새 같은 여자 목소리가 어디 가는 기차의 개찰을 지금 시작했느니, 어디서 오는 기차가 곧 도착하느니 하고 연방 알려 준다. 나에겐 무의미한 친절이지만, 그러나 나는 나대로 출발하는 기분이나마 가져보고자, 손에 들었던 포크며 나이프를 접시에 놓고 냅킨으로 천천히 입을 닦는 것이다.

내가 정거장에 나갔을 때마다 이상하게 생각되는 것은 경의선과 경원선이다. 이 선들은 지금도 버젓이 있으면서도 꼬리가 끊겨져 있다. 경의선만을 예로 들어도−이 선은 내가 가장 많이 다닌 선이다−문산 이북으로는 갈 수가 없으니 말이다. 이것은 엄연한 현실이나, 도무지 납득이 잘 안된다. 해방 전에는 개성, 사리원, 평양, 신의주―그리하여 압록강 긴 철다리를 건너 안동, 봉천, 하얼빈까지 한정 없이 무한대로 갈 수 있는 선이었건만, 지금은 못 간다니 이상하다.

지금 나는 황해도에 가고 싶다. 내 고향 땅에 내가 눈감기 전에 한 번만이라도 가보고 싶은 것이다. 뭐 금의환향하는 그런 속된 기분으로서가 아니라, 모자도 트렁크도 없이 예나 마찬가지로 그저 훌쩍 한번 다녀오고 싶다 (1961년).

잊혀지지 않는 동화

내가 자란 곳은 산골이라 별로 책 같은 것을 구경하지 못하였습니다. 동화를 읽은 기억이 전연 없습니다. 내 나이 아주 어렸을 무렵, 어머니 무릎 아래에서 콩쥐 이야기니, 심청이 이야기 같은 것을 들었던 기억이 있습니다. 그리고 지금도 살아 계시지만, 할머니는 예수를 믿으셨기 때문에 나를 앞에 앉히고 성경에 있는 이야기를 곧잘 해 주셨습니다. 더욱이 '노아의 방주' 이야기 같은 것이 재미있었습니다. 그 후 나는 서울에 올라와 중학교에 다니게 되었고, 처음으로 동화라는 것을 내 눈으로 읽게 되었으니, 저 유명한 안데르센의 동화가 바로 그것입니다. 지금도 잊혀지지 않는 것은 「무당과 병정」이니 「들국화」 같은 것입니다. 어찌도 이야기가 재미있었던지 영어 사전을 손에서 놓지 않고 모르는 말들을 찾아가며 밤새워 읽던 것을 아직도 어제 일같이 기억하고 있습니다.

그 후 나는 수없이 많은 동화를 읽었습니다. 우리나라 것도 읽었고, 외국 것도 읽었습니다. 그러나 내가 가장 재미있었고, 재미있었기에 잊혀지지 않는 동화의 하나는 중국 것인 「두자춘」의 이야기입니다. 여기에 그 긴 이야기를 모두 말할 수는 없으나, 사람이란 믿을 것이 못 된다는 것, 부모를 생각하는 마음이란 무서운 힘을 가지고 있다는 것—이런 것을 여간만 느끼게 하는 것이 아니었습니다.

그렇습니다. 「두자춘」은 재산이 많아 그때 중국의 서울인 낙양의 일등 부자일 때, 사람들은 모두 그를 아저씨니, 형님이니 하고 찾았던 것입니다. 그러나 그가 그 많던 재산을 그들 친구들 때문에 없애버리고 그날그날 살기조차 어려운 가엾은 신세가 되었을 때, 과연 누가 그에게 따뜻한 죽한 그릇, 밥 한 술 먹으라 하였겠습니까? 그런 사람은 낙양 장안에 한 사람도 없었던 것입니다.

「두자춘」의 이야기가 잊혀지지 않습니다만, 항상 나에게 어떤 가르침을 주는 이솝의 이야기니, 달빛 같은 꿈을 주는 「파랑새」를 쓴 메테링의 동화 같은 것은 어른이 된 오늘에 다시 읽어 보아도 재미있고 즐겁습니다(1950년).

그녀를 아내 삼기까지

─우리의 약혼 시절

나는 황해도 태생이요, 아내는 전라도 태생입니다. 이 사실만으로 추측해 독자 중에는 우리가 서울이나 동경에서 서로 알게 되어 연애결혼을 하였는가 보다 생각하는 분이 계실 것 같습니다만, 그렇지가 않습니다. 그러면 중매 결혼이냐 하면 꼭 그렇다고도 할 수 없으니, 내가 아내를 얻기까지의 이야기를 다음에 하지요.

여러분은 『촛불』, 『슬픈 목가』 등의 시집을 낸 신석정辛夕汀이라는 시인을 아시리라고 생각합니다. 그는 새삼스러이 소개할 것도 없이 현 시단의 중견이요, 현대 시사詩史에 남긴 업적 또한 적지 않은 시인입니다.

나는 젊은 시절 그의 시를 무척 좋아했습니다. 그의 '촛불' 속에 들어 있는 작품들은 거의 다 외울 정도로 애송하였습니다.

석정은 전라도 부안扶安 사람입니다. 그의 작품을 맨 처음 나에게 보여 주신 이는 지금 북으로 납치되어 간 채 소식이 없으신 소월素月의 스승인 안서岸曙 선생입니다. 나는 안서 선생의 소개로 석정을 알게 되었고, 서로 알게 된 그와 나는 한 번 만난 일도 없이 매일같이 장문의 편지질을 하는 사이가 되었습니다. 그때 석정은 부안에 살았고, 나는 황해도 배천白川에 있었습니다.

석정과 내가 안면도 없이 주고받은 편지 내왕이 얼마 동안 계속했었는지 이제 정확히는 알 수 없으나, 아마 이태는 넘었으리라 생각됩니다. 이 무렵 나에겐 남모르는 하나의 큰 고민이 있었으니, 그 것은 다름 아닌 나의 결혼 문제였습니다. 집에서는 어서 결혼을 하라고 성화였습니다. 그러나 어쩐지 나는 통 결혼할 의사가 없었습니다. 결혼 상대자가 없기도 하였지만, 좀 더 공부가 하고 싶었던 것이 사실입니다. 그러나 집에서의 권유란

강경한 것이 있었습니다. 그것은 불행히도 내가 삼대독자였기 때문입니다.

이런 고민을 지니고 나의 청춘은 몹시 우울하였습니다. 우울한지라 멀리 깊은 산, 절로라도 도망쳐 살 생각만 하고 있었습니다. 밤이면 공동묘지를 유령처럼 헤매 다니다가 그대로 산 위에서 자곤 하여 집안을 소란케 하던 것도 바로 이 무렵입니다. 이런 내가 나의 고민을 그리운 벗에게 고백하였으리라는 것은 가히 짐작하고도 남음이 있을 줄 압니다.

얼마 뒤에 석정으로부터 장문의 위로 편지가 왔습니다. 그의 말에 의하면, 사람이란 어차피 한 번은 결혼을 해야 된다는 것, 그러니 너무 부모 속 태우지 말고 어서 결혼을 하라는 것이었습니다. 이렇게 말하고 나서 그는 자기한테 여동생이 없어 줄 수 없지만, 아직 나이는 어리나마 처제가 하나 있으니 보고 얻으라는 것이었습니다.

나는 친구의 우정을 고맙게 여기는 동시에 친구가—더더구나 석정 같은 친구가 택해 주는 사람이라면 보지 않고 얻어도 후회하지 않으리라 생각하고, 곧 내 뜻을 그에게 전했습니다.

나의 아내 될 처녀와 나는 얼마 뒤에 석정 집에서 처음으로 만났습니다. 그러나 촌스러운 태도는 그대로 좋다 해도(그 당시 '아루네', '흙' 등을 애독하고 있던 나는 처녀의 소박성에 무한한 호감을 갖고 있었습니다) 모든 면에 있어서 너무도 어려 딱한 생각이 들었습니다. 이렇고 보니 석정과 나는 서로 난처했습니다. 그런데 그와 나는 어떻든 친척이 되고 싶었습니다.

그만치 그와 나는 우정이 두터웠습니다. 결국 누가 제안하였는지 잘 생각나지 않았습니다만, 좌우간 석정의 어린 처제와 나 사이에는 편지를 통한 교제가 일 년 남짓 계속되었습니다. 천리 길을 사이에 두고 서로 만나지 못한 채 편지만을 통하여 사귀는 사이인지라 그리운 정은 더욱더 심했었던 것 같습니다.

이리하여 넓은 만경萬頃 평야에 까마귀 요란스러이 우짖은 이른 겨울 어느 날, 석정의 처제와 나는 백년해로를 맺게 되었으니, 지금 와서 생각하면 땀이 날 정도로 위태로운 결혼이었다고 생각됩니다(1955년).

『그리운 날에』 579

남자 된 슬픔에 답함

"어머니 왜 나를 낳으셨소?" 하고 자신의 어찌할 바 모르는 슬픔을 호소한 시인도 있었지만, 비단 남자로 태어났다고 슬픔이 있는 것은 아닐 성싶다. 우리에게 슬픔이 있다면, 그것은 사람으로 태어났기 때문일 게다.

인생이란 결코 즐거운 것은 아닌 것 같다. 잘 살듯 못 살듯 슬픈 것이 인생이리라. 이런 슬픔 속에서 모두 자기에게 허락된 조그만 생의 즐거움을 느끼며, 그것으로써 서로 행복하게 살 수 있다고 희망을 가져보는 것 같다.

넓은 모래밭 같은 인생의 슬픔 속에 한 줌 즐거움이 얼마나 멋없는 것인가. 그러나 그 한 줌 모래알 같은 즐거움-행복을 얻고자 너도나도 노력하는 것이 아닐까?

너무도 짧은 일생을 통하여 우리는 도대체 얼마만한 행복을 얻을 수가 있다는 거냐. 오직 반항할 길 없는 우리의 운명 앞에 너도나도 고개 숙이고 있을 뿐이다.

*

나는 내가 남자가 되었다고 여자로 태어나지 못한 걸 후회하거나 슬퍼한 일은 없다. 남자 된 슬픔-이런 것을 한층 뼈저리게끔 느껴 본 일도 없다. 오히려 어느 편이냐 하면, 여자가 된 것보다 남자 된 것을 다행히 여기는 사람이다. 그러니 나에게 남자 된 슬픔이 따로 있을 것인가. 말은 거듭되지만, 인간으로 태어난 슬픔은 있을지언정 남자 된 슬픔 같은 건 느껴보지 못하였다.

한 포기의 국화나무를 가꾸는 이는 오는 가을 좋은 꽃을 피우기 위하여 긴긴 날을 두고 공을 들인다고 한다. 내가 이 생을 살아가며 슬픈 것, 괴로운 것, 외로운 것 모두 억눌러 참으려 애쓰는 것은 오직 한 편의 시를—영원한 시를 쓰기 위해서이다.

영원한 시를 한 편 쓰기란 그리 쉬운 일이 아니다. 어두운 들판을 헤매는 듯한 그런 암담한 마음으로 사는 때도 있다. 까마귀 떼만이 까악 깍 울고, 다니는 이 하나 없는 산, 거기 공동묘지에 홀로 누워 있는 듯 외로울 때도 있다. 이런 모든 고난을 참고, 때로는 스스로 제 마음을 자기 마음으로 녹여 가며 고민하는 끝에 시란 나올 수가 있다.

*

너도나도 슬픈 인생의 한갓 가랑잎. 바람에 불리며 쫓기며 살아가지만, 시를 생각하고 시를 쓰느니보다 더 슬픈 일이란 없을 게다.

"어머니 왜 나를 낳으셨소?" 하고 저를 낳아 주신 어머니를 원망하게끔 된 젊은 시인의 슬픔이 뼈에 시리다. 나도 이 세상에 사람으로 태어난 것은 어찌할 수 없다손 치더라도, 시인된 슬픔만이 가실 길 없는 상처와 같이 나를 못 견디게 군다. 그러나 이제 내 뭐라 이 운명을 거부할 것인가. 고개 숙여 나에게 부여된 나의 천분을 닦기에 분투 노력할 따름이다(1950년).

숫자의 희롱戱弄

가끔 주제넘은 짓을 해서 나는 남의 오해를 사기 일쑤다. 어째서 그 모양이냐고 물으면 할 말이 없는 노릇. 나의 선천적 기질이요, 기질인 동시에 쌍말로 아직 딱지가 덜 떨어졌다고밖에 대답할 길이 없다. 요새도 또 일을 저지른 성싶다.

시집을 엮은 데까지는 좋다. 거기 무슨 책잡을 건더기라고는 있을 수 없는 일이다. 문제는 이것을 한정판으로 한 것─그것도 남이 하지 않는 번호를 책마다 기입한 데 있다.

제본집에서 책이 온 날이다. 책상 위에 산적해 있는 책들을 바라보며, 나는 드려야 할 선배와 우인지기友人知己들을 잠깐 생각해보았다.

이 책에는 책마다 번호가 기입되어 있다. 그러면 누구를 먼저 드려야 할 것인가. 이렇다 할 가까운 친구가 있는 것도 아니요, 나로 보면 매한가지로 정다운 이들이다. 그러나 번호가 있는 이상 자연 차례라는 것이 있게 된다. 그럼 이 차례를 어떻게 정할 것인가. 생각이 여기에 미치자, 혹자 이 번호로써 나의 우정의 심도深度를 측량하지 않을까 하는 걱정이 와락 들기 시작하였다.

나는 장 아무개의 백 몇째 친구이니라 하는 날이면 큰일이다. 뿐만 아니라, 장 아무개는 나를 모某만치도 생각하지 않는가─이렇게 생각하는 이가 있다가는 더 큰 야단이다.

이 책은 그 후기後記에도 있듯이, "널리 세상에 내놓아 그 가치를 물으려는 것이 아니라, 우인지기에게 드리어 그 우정에 보답하고자 엮은 것"이다. 하거든 이 따위 번호 때문에 도리어 우정에 틈이 생긴다든지 하면, 이것은 나의 본의가 아닐뿐더러, 책을 엮은 아무런 보람도 없게 될 것이다.

"어떻게 할까?"

어디까지나 내가 드리는 책이요, 상대방에서 바라는 것이 아니고 보면, 모두들 와서 제비를 뽑으라고 할 수도 없는 일. 그렇다고 무슨 방명록芳名錄 같은 것이 아닌 이상 ㄱ, ㄴ, ㄷ 순順도 우습다.

"번호는 숫자요, 숫자인 이상 한갓 부호符號이거든. 설마 이런 것을 가지고 우정을 측량할라고."

이렇다 할 뾰족한 수도 없고 해서, 나는 이런 일에 신경 쓰지 않으리라 자위하고 책에다가 서명을 해버렸다.

그러나 막상 기증을 하고 나서 내가 깜짝 놀란 것은, 나의 기우로 여겼던 것이 역시 기우가 아니었다는 사실이다. 심한 친구는 내 면전에서 마구 언짢은 표정을 하였다. 선배 H씨 같은 어른은 만나는 이마다 그들이 가진 나의 시집 번호와 비교해 보신다고 하니, 저자인 나로서는 정말 죄송한 이야기이다.

도대체 이런 취미를 나에게 극구 고취한 것은 시인 O군이었지만, 이 악우惡友 이제 어디가 있는지조차 모르니 화풀이를 할 수도 없다. 말은 거듭되거니와, 존경하는 선배님이여, 친애하는 동무들이여, 번호란 숫자요, 숫자란 한갓 부호임을 믿어 주시오.

M 이링이 쓴 『책의 역사』를 읽으면, 거기 숫자와 발명에 대한 재미나는 이야기가 있다. 씨의 말에 의하면, 우리가 지금 쓰고 있는 1, 2, 3 같은 숫자도 상형문자象形文字로서 그림으로 표현한 기호記號라는 것이다. 옛날에는 수數를 손가락으로밖에 헤아리지 못하였으므로, '하나' 하고 싶은 때엔 손가락을 하나 내밀었고, '둘' 하고 싶을 때에는 손가락을 둘 내밀었다고 한다. 이 손가락에 의한 헤아림 수를 종이 위에 옮겨 놓은 것이 즉 로마 숫자羅馬 數字요, 이 숫자를 흘려서 쓴 것이 우리가 아라비아 숫자라고 일컫는 오늘의 숫자라고 한다.

한데 이렇게 숫자란 발명되었고 또 발달된 것이지만, 우리가 사회 생활을 하는 동안에 어느덧 숫자에는 '길吉' 숫자와 '액厄' 숫자가 생기게 된 모양으로, 이것이 이번에 책을 기증하는 데 있어서 또한 말썽이 되었다.

예를 들면 '4'자이다. '4'는 '사'라는 그 어음語音이 '사死'와 같다고 해서 모두들 싫어하는 모양이다. 그러니 남이 싫어하는 줄 알고서야 어떻게 이 번호가 붙은 책을 기증할 것인가.

다음은 '13'이다. '그리스도'가 그의 제자들과 더불어 '최후의 만찬'을 했을 때에 거기 모였던 이들이 도합 열세 명이었다고 해서 외국 사람은 물론, 우리나라에서도 크리스천 같은 이들이 몹시 꺼리는 숫자이다. 그러니 내 책을 받으실 분 중에 누가 싫다 할 줄 알고 소홀히 이 번호를 내놓을 것인가.

'44' 역시 '死死'─이렇게 생각하는 데서 싫어하며, '19'는 연령에 있어서 액년厄年이 바로 이 나이라 좋아하지 않는다.

그러나 여기 『우리말 사전』을 펴놓고 '액년厄年'을 찾아보면, "액화가 돌아오는 해. 남자는 스물다섯 살, 마흔 두 살, 예순 살, 여자는 열아홉 살, 서른두 살, 서른일곱 살 되는 해"라고 쓰여 있으니, 이대로 치다가는 '25', '42', '60', '19', '32', '37' 같은 숫자들도 모두 액이 붙은 것들이 될 것이다.

한데 우스운 것은 사람에 따라서는 이 '19'라는 숫자를 무척 좋아한다. 그것은 노름판에서 소위 '갑오'라고 해서 절대적인 숫자이기 때문이다.

노름판 말이 났으니 말이지만, 여기서 제일 미움 받는 수는 1자가 붙은 '11'이니, '21'이니 하는 것들로서 소위 '따라지'라고 아주 질색이다.

이쯤 되고 보면, 그 길하지 못한 숫자를 추리는 데 내가 정신을 차리지 못할 지경이니, 우리나라에 '사육신死六臣'이 계시고 해서 '46'이라는 숫자를 존경해서 좋을지 나쁠지 도무지 알 수가 없다.

궁여일책窮餘一策으로 이런 좋지 못한 번호는 모두 도시관이나, 학교나, 신문사 같은 개인이 아닌 공공기관으로 내몰았기에, 별로 시비하는 이가 없는 것은 다행이다.

어쨌든 한정판이니, 번호 기입이니 하는 짓은 행여 할 것이 아니라는 것을 이번에 아주 뼈저리게 느끼었다(1949년).

잡기첩 雜記帖

책 册

요새는 책을 읽을 생각이 나지 않을뿐더러, 책을 읽어도 그전처럼 도무지 즐겁지 못하다. 하루같이 낮엔 볼일이 있고, 밤이면 뭣에 쫓기듯 불안스러워 천장 위로 달음질치는 쥐 소리만 들어도 공연히 가슴이 울렁거린다.

이럴 때는 책을 읽느니보다 책을 손에 들고 바라보는 것이 좋다. 책이란 반드시 읽기 위한 것은 아니다. 눈으로 바라만 보아도 얼마든지 즐거운 것이 책이다. 좋은 그림을 많이 넣어 꾸민 책이란 그것의 내용을 떠나 아름답기 그지없다. 그런지라 때로 우리는 책, 그것이 가지고 있는 '아름다움'에 마구 황홀해지기도 한다, 마치 명화 名畫를 대할 때와 같이…….

장정 裝幀

그림틀에 따라서 그림 繪畵이 선택되는 것이 아니라, 그림에 따라 그림틀이 선택된다는 것은 하나의 상식이다. 책의 장정에 있어서도 이 말은 진리이다.

즉 책의 내용에 따라서 장정이 구성되는 것이지, 장정에 따라 내용이 있을 수는 없는 일이다.

쉬운 예가 초현실파의 그림에다가 금빛 찬연한 그림틀을 끼는 사람이 있다고 하면, 그것은 미술에 대한 상식조차 없다고 볼 수밖에 없다. 언제나 좋은 장정이란 그 책의 내용, 즉 사상·정신·기분·정서·이미지 같은 것을 정확히 전체에서 파악하여 가장 아름답게 구성한 것만을 가리켜 말하는 것이다.

그러나 우리 둘레에 산더미처럼 쌓인 책들을 들여다볼 때, 나도 모르게 끔 이맛살을 찌푸리지 않을 수가 없다. 책의 이름이 '달'이라고 하늘에 뜬 달을 그려야 할 이유가 어디 있으며, '산월'이라고 기생의 초상화를 내걸어야 할 것이 무엇이냐고 묻고 싶다.

소위 대가大家라고 하는 화가가 장정한 책치고 성공한 예를 별로 보지 못하였다. 그것은 이러한 장정의 상식조차 알지 못한 채 제멋대로의 주관적인 그림을 그려냈기 때문인 것이다.

나는 어서 이 땅에도 참된 의미의 장정가가 나와 우리 애서가들의 의욕을 채워 주었으면 좋겠다고, 외국의 한정판 같은 것을 볼 때마다 생각한다.

독서讀書

독서를 공리적인 면에서 하려는 이들을 나는 경멸한다. 시 한 수, 글 한 줄을 읽더라도 반드시 거기에서 얼마만한 이익을 얻으려 하는 것은 너무나 유태인적 근성이다. 등나무 대신 포도 넝쿨을 올리고, 사과 값이 비싸다고 정원수를 캐버리고 능금나무를 대신 심을 것인가.

논어나 성경을 읽는다고 곧 착한 사람이 될 수 없는 일이요, 경제학자가 다 부자가 아니라는 것도 상식 이하의 이야기. 독서의 효과를 주관으로만 따진다면, 이 세상에 꼭 필요한 책이란 그리 많지 못할 것이다.

그러나 독서란 이익이 있고 흥미가 있는 것은 물론이지만, 실로 독서의 쾌미란 책이 풍기는 냄새에 마구 도취하는 데 있는 것이다. 그때야 말로 안드레 랑의 말마따나 제왕도 황금도 부럽지 않게 된다(1949년).

저술著述과 증정贈呈

자기가 애써 오래 쓴 저술이 간행될 때처럼 기쁜 일은 없을 게다. 그 책이 이윽고 나올 무렵이면, 누구나 어린애처럼 기다리며 흔히 흥분 같은 걸 느끼곤 한다. 드리고 싶은 선배와 문우文友들의 모습이 눈에 어른거리기도 하고—. 이때가 가장 즐거운 때이기도 하다.

그러나 사실 출판사가 저자에게 주는 기증본이란 불과 다섯 부에서 기껏 많아야 20부 정도이다(이것은 외국도 마찬가지라고 한다). 그러니 문우는 많고, 자연 알돈 들여 사주지 않으면 안 될 형편이다.

여담餘談일지 모르나, 내가 출판을 할 때, 나는 동향 출신의 K군 시집을 간행한 일이 있다. 이것은 나의 호의와 우정에서 이루어진 것으로, 시작詩作 생활 십오 년에 시집 한 권 갖지 못한 그에게 나는 그의 첫 시집을 들려주고 싶었고, 많지 않은 인세나마 오래 앓고 계신 그의 노모老母의 약값이라도 되었으면 싶어서 펴낸 것이다.

책이 나오자, 나는 그에게 30부를 기증본으로 보냈다. 그리고 인세조로 3만 환이 갔다(이 책은 한정 1,000부였다). 그러나 30부의 기증본으로는 그가 주고 싶은 이는커녕 꼭 주어야 할 이들의 절반도 되지 못하였던 모양으로, 그 후 K군이 가져간 것이 이럭저럭 100부를 초과하였다. 그러니 인세로 나갔던 돈은 다시 돌아오고, 내가 생각한 호의와 우정은 이 지경이 되면 의심하지 않을 수 없게끔 되었다.

최근 모든 물가고物價高에 따라 책값도 어지간한 숫자를 보이고 있다. 그러면 이 값 많은 책을 저자가 어떻게 모두 사서 기증할 것인가. 그런 문화인 줄을 나 자신이 모르는 바 아니건만, 책이 간행될 때마다 으레 책의 기증이 있기를 기다리는 그 맘보를 나는 알 수 없다. 기다리기 전에 친구의 수고를 축하하는 마음에서 급기야 한 권 책방사에 가 사면 얼마나 고마울까. 값이 비싸서…… 한다. 비쌀 것 없다. 다른 물가고에 비해 무엇이 비싸단 말인가. 그래도 싼 것은 책이다.

이런 친구일수록 하루에 커피를 석 잔 정도, 양담배로 몇백 환을 쓰고 다니는 법이다. 커피를 마셔야 비로소 문학 공부를 할 수 있고, 친구의 책을 사 읽어서는 얻을 것이 없을까? 모든 문화인이 시간을 안 지키는 것이 태만과 무성의에서라면, 이것 역시 같은 근성에서이다.

놀고 잘 살 수 없듯이 게을러 가지고 어찌 좋은 글을 쓸 것인가. '글은 사람'이라고 말한 이가 있다는데, 옳은 말이라고 생각한다. 어서 먼저 사람이 되어야겠다.

그야 좋은 술을 보면 술친구 생각이 나듯이, 자기의 저서가 나올 때마다 한 권 선물하고 싶은 건 인정이리라. 그러나 그것은 태평성대의 이야기요, 지금 책을 내는 것이 거의 호구지책糊口之策에서 서두르는 수가 많으니, 친구의 책이 갖고 싶으면 다 같이 사서 읽기로 했으면 좋겠다. 외국의 어느 시인도 '서적과 우정'이라는 글에서 "마음 있는 친구와 친구 사이에 자기들의 저서쯤 서로 사 보는 것은 아름다운 우리들의 숨은 교제가 아니면 안 된다"고 하였다. 그리고 또 그는 계속해 다음과 같이 말하고 있다. "어떤 의미에서 우리들은 친구의 책을 서로 사서 읽고, 친구가 놀러 왔을 때 서명을 받아 갖는 것이 아름다운 우애의 정도 엿보이고, 또 그렇게 하는 것이 당연하기도 하다."

객설 같으나, 출판사가 영리를 목적으로 하는 것이라고 해서 기증본이 적으니, 인세가 적으니 하는 이런 불평을 나는 문화인 된 명예를 위하여 삼가 주었으면 한다. 애비 있어 쌀을 살 수 있고, 어미 있어 밥을 지을 수 있듯이, 저자 있어 출판사가 있고, 출판사가 있어 저자가 있는 것이 아니겠는가. "자기 책을 출판하는 출판사측에 손실 없도록 하겠다는 덕의德義의 관념은, 결국 그 인쇄되려는 원고에 한층 손질과 고심을 하는 것 밖에 우리가 지불할

덕의는 없는 것 같다. 모든 예술인은 어떤 때이건 간에 원고 위에서 고충하는 것 외에 일체의 예의 덕망은 개무皆無하다"고 같은 시인은 말하고 있다.

나는 이런 말을 들을 때마다 이 땅의 수없이 많은 문학도들을 생각하지 않을 수 없다. 기증寄贈 관계 하나를 예로 들더라도, 기증 유무有無로써 우정의 심도深度를 측량하고, 나아가서는 원수까지 사려고 하니, 그 이상 내 어찌 내 얼굴에 침을 뱉으며 이 글을 쓸 수 있겠는가! 무엇보다도 자기가 먼저 인간으로서 할 노릇을 다한 다음에 예술이고 뭐고 말하는 것이 옳은 일이라고 생각한다(1950년).

나의 주변

　나의 주변은 상상 밖으로 쓸쓸한 반면, 상상 밖으로 아늑하기도 하다. 그것은 나 개인의 천성과 생활하는 태도에서 온 것인 줄 안다.

　'상상 밖'이란 말을 쓴 것은 내가 무척 교제 좋아하는 인간처럼 오해하는 친구가 간혹 있는 모양 같아서 하는 말이다. 그러나 그것은 잘 모르는 소리이다. 나를 알면서 나의 전부가 아닌, 말하자면 나의 한쪽 면만을 보고 하는 소리이다. 사실은 그렇지가 않다. 나는 어려서부터 도시 번거로운 것, 호화스러운 것, 남과 어울려 노는 것을 싫어하였다.

　언제나 나 혼자만의 조그만 세계를 지키고, 조그만 구석진 행복을 누리고 싶어 한다. 따라서 고독을 면치 못해 괴로워한다. 괴로워하면서도 남과 별로 어울리지 않는다. 슬픈 성격이라 아니 할 수 없다.

　생각하면, 나의 주변도 퍽 변한 것 같다. 비단 나만도 아니겠지만, 이 글을 쓰면서 다시 한 번 둘레를 살펴보고 환경이 너무나 많이 변했음을 새삼스러이 발견하고 놀란다. 해방 전과 해방 이후, 사변 전과 사변 이후, 그리고 피란 당시와 환도 이후 오늘에 이르기까지―이렇게 몇 단계로 나누어 생각해 볼 때, 참말로 놀랄 정도로 세상이 변했다. 이처럼 변할 데가 있을까 싶다. 그러나 아마 이후도 또 변할 것이다. 더욱 많이 변할 것이다.

　요즈음의 나의 주변은 앞에서도 말하였듯이 쓸쓸한 반면, 아늑하기도 하다. 일체 문우文友와의 교제를 끊고 있다. 그리고 아무 문학 단체에도 들지 않고 있다. 현재 '한국시인협회'에 가입만은 하고 있으나, 그것은 이름을 내놓았을 뿐, 통 나가 본 일이 없다. 그 이유는 간단하다. 첫째는 나의 천성에서요, 둘째는 문학하는 사람에게 단체가 필요하다고 생각되지 않기 때문이요, 셋째는 세상이 그저 답답하게만 생각되기 때문이다. 한 마디로 말해 만사가 다 귀찮은 것이다.

얼마 전에 '게'라는 시를 써 어느 잡지에 발표했거니와, 이것은 부제가 '나의 초상肖像'으로 되어 있듯이 요즈음의 나를 말하는 것이다. 늘 게 모양으로 집에 들어박혀 무엇인가를 생각하고, 무엇인가를 끼적거리고 있다.

내가 어쩌다 거리에 나갔다가 들르는 곳은 좋은 벗들이 경영하는 몇몇 출판사나 잡지사뿐이다. 오래 못가 보아서 궁금해 들러 차도 마시고 출판 이야기도 들으며 소일하곤 한다. 그러다가 그들과 같이 당구라도 몇 큐 치고 돌아오는 날에는 나에게 있어서 가장 즐거운 날이다.

이러한 나의 일과란 옆에서 보기 몹시 따분하고 무미건조해 보일지 모르겠으나, 모든 번거로움을 싫어하는 나로서는 그렇지도 않다. 또 설사 내가 좀 보람 있는 생활, 문학 활동을 하고 싶은 의욕을 일으켜봤댔자 이 어두운 현실 속에서 무엇을 할 수 있겠는가! 그냥 이대로의 생활로 만족하려 마음먹고 있다. 공연히 분에 넘치는 짓을 하다가 나가떨어지는 것보다 얼마나 다행인가. 나는 언제나 '나'라는 인간을 응시하며 살아 나갈 것을 잊지 않을 것이다(1958년).

희언일속戱言一速

I

세상을 너무 어렵게 생각하지 않으련다. 세상을 너무 어렵게 살지 않으련다. 조금 벌어 조금 먹으며 좀 더 높은 것을 꿈꾸련다. 그렇게 함으로써 나는 남보다 더욱 건강해질 것 같고, 그럼으로써 천재들이 일찌감치 이룩한 예술의 심오한 경지에 늦게나마 따라들 수 있을 것 같다.

II

마음 맞는 벗과 더불어 죄 없는 이야기를 주거니 받거니 그칠 줄 모르고 즐기는 때처럼 행복할 때는 없다. 그때 우리 앞에 홍차나 한 잔, 사과나 몇 조각 준비될 수 있다면, 그만 나의 천국일 게다. 내가 술의 진미를 몰라 이런 수작을 하는 것일까? 그럴지도 모르겠다. 하나 술은 언제나 나에겐 즐거움보다 고통을 더욱 많이 가져다준다.

III

가끔 나는 아름다운 여인과 대화를 나누고 싶은 충동을 느낀다(여기서의 아름답다는 형용사는 마음, 얼굴, 음성, 육체 그 어느 것이든 관계없음을 밝혀 둔다).

이것은 병과 같은 하나의 생리적인 현상이다. 계절과는 별로 관계가 없으나, 그러나 낙엽 지는 가을에 더욱 심하다. 그리고 시간으로는 으레 황혼이 깃들려 하는―밤이 채 되기 전인 무렵이다. 그렇게 때문에 나는 이 시간을 가장 좋아하면서 실은 제일 무서워하기도 한다. 얼마 있다 내가 죽는다면, 모르긴 모르되 나는 이병 아닌 병으로 인해 죽을 것 같다. 왜 그런지 그런 예감이 든다.

IV

어느 때부터 생긴 습성인지 확실하지 않으나, 나에겐 이상한 버릇이 하나 있다. 그건 다름 아니라 원고료가 생기면 나는 반드시 그 고료의 일부로 뭣인가를 사야만 마음이 편하다. 그것은 연필일 수도 있고, 노트일 수도 있다. 그런가 하면 건축 잡지 같은 것, 그림책 같은 것들일 수도 있다. 이것들은 엄정히 따져서 일용품이긴 하지만, 필수품은 아닌 것들이다. 하나 값이 헐한 대로 잠시나마 나의 마음을 곧잘 위로한다. 나는 이것들을 별로 쓰지도 않으면서 사들고 와 며칠씩 책상 위에 놓아두고 바라보며 좋아한다.

V

다른 지방에도 있는 말인지 잘 모르겠으나, 우리 고장인 황해도에 '낼 모레 동동'이란 말이 있다. "그 작자는 만날 때마다 낼 모레 동동이야!" 하면, 이것은 준다는 약속 날짜에 안 주고 차일피일 미루기만 한다는 뜻이다. "너나없이 낼 모레 동동하다가 가는 거야……" 하면, 불우한 우리가 혹시 내일이나 혹시 모레나 하고 가까운 미래에 실낱같은 희망을 걸고 살다 그도 저도 다 틀려 그대로 죽게 된다는 뜻이다. 퍽 숙명론적이요 비관적인 말이지만, 나는 이 '낼모레 동동'이라는, 어린이들이라도 부를 것 같은 동요 흡사한 이 말을 요새처럼 되씹어 본 일이 없다. 나 역시 낼 모레 동동만 부르고 살아나가고 있으며, 우리 겨레들을 가만히 보아하니 그들 얼굴에도 이와 같은 그림자가 깃들어 있어 보이기 때문이다. 인생이란 결국 이 노래에 그치는 것이 아닐까?

VI

시는 짧은 것이 보통이다. 그야 서사시니 장시니 하여 무척 긴 것도 없지 않지만……. 한데 무식한 일부 사람들은 시가 소설이니 시나리오니 하는 산문보다 짧다고 해서인지, 가끔 멸시하면서 도용까지 하는 악덕을 가지고 있다. 그들에겐 극히 작은 한 알의 진주가 큰 바위보다 값지다는 걸 말하여도 소용없다. 그야말로 돼지한테 진주를 던져 주는 격이 될 터이니 말이다. 만일 시가 소설이나 시나리오만 한 길이만 가졌더라면(이건 있을 수 없는 일이지만), 그들은 그렇게 함부로 남의 작품을 도용하지는 않을 것이다. 오직 짧다는—길지 않다는 이유로써 그들은 가끔 범죄를 범죄로 생각지 않으니 우스운 이야기가 아닐 수 없다.

VII

남이 한턱내는 걸 얻어먹고 흐뭇한 기분을 이제껏 가져 보지 못하였다. 흐뭇한 기분보다는 마음 한 구석에 미안한 것이 무겁게 쌓이기 예사이다. 하지만 변변치 않은 대로 한턱 내가 냈을 때처럼 기쁜 일은 없다. 더더구나 상대가 유쾌해할 때에 더욱 그렇다.

VIII

돈은 빌려주어도 책은 안 빌려 주는 나였다. 그러나 요즈음은 빌려줄 돈도 책도 없다.

IX

초등학교 동창인 치과의사 L군이 얼마 전에 별안간 뇌일혈로 세상을 하직하였다. 좀 더 살 수 있는 나이여서 몹시 애통하다. 듣자하니 그는 치과의사라는 자기 직업에 요즈음 회의와 함께 어지간히 염증을 느끼고 술을 무척 마시기 시작했었다고 한다. 결국 이 술이 그의 목숨을 단축시켰다고 하니 참말로 모를 일이다. 그러나 나는 그가 직업 자체에 회의와 염증을 느낀 것을 십분 이해할 수 있을 것 같다. 밤낮없이 남의 썩은 이를 소제해

내고, 아프다는 것을 방울망치로 여지없이 뽑아내기를 근 30년 가까이 하였으니, L군으로서는 따분하고 끔찍한 일이 아닐 수 없었을 것이다. 작업이란 거기에 어떤 희망과 아울러 즐거움이 따라도, 하 오래 하면 염증을 느낄 것일진대, 이 땜장이로 한평생을 지내야 했으니, L군이 아니더라도 그 무엇인가로 현실 도피를 피치 못했을 것 같다.

X

요새 책장 속에 넣어 둔 채였던 『임꺽정전』을 다시 끄집어내 읽고 있다는 내 말에, 그런 책은 아예 안 읽는 것이 마음 편하다고 H는 말한다. 그까닭은 이와 같이 문장력이 강한 소설을 읽으면 좀처럼 글이 써지지 않는다는 것이다. 이 H의 말에는 다분히 진실성이 있다. 사실 훌륭한 글을 대할 때마다 우리가 느끼는 것은 자신의 빈곤이다. 그렇지 않아도 글 쓰는데 자신을 갖기 어려운 터에, 이렇게 뒷덜미를 치는 것 같은 글만을 대하다가는 나가떨어지지 않을 수 없을 것 같다. 그렇다고 훌륭한 글을 피해야 할 것인가. 결코 그렇지는 않다. 그러나 H의 말이 진실하다는 것을 부정할 수는 없는 노릇이다(1960년).

제2부

등불 따라 노을 따라

어느 고을

아침이 되면
무덤 문을 열고 나서는
유달리 눈이 커 보이는 사람들.

옛날을 못잊어 불면증을 앓는
뼈만 앙상한 환자들.

외롭고 슬픈 이들만 사는 이 고을엔
뻐꾹새도 울지 않고
소쩍새도 울지 않고
물도 꽃도 풀도 없이
그 흔한 버드나무 하나 없이
그저 회상만이 대숲처럼 무성타.

길 한 끝에 서서

이 길은 어디로 가는 길인가?
이정표 하나 없이
그저 뻗어만 나간 이 길은
대체 어디로 가는 길인가?

북구의 하늘 같이
어둡고 음산하기만 한 지평선 너머로
길은 좌우편
잎 떨어진 가로수를 이끌고
어디까지 가는 것일까?

오가는 길손 하나 보이지 않는 길,
매서운 바람만이 휘몰아치는 길,
넓은 광야 한복판을 뚫고 나간 이 길은
고독한 사람들이 산다는
바로 그 나라로 가는 길인가?

지난날의 내 정열처럼
새빨간 해가 기울 듯 기울 듯 기울지 않고
서쪽 하늘에 머물러 내려다보고 있는 길.

나는 그 길 한 끝에 서서
나의 과거와 현재와 미래와 내 마음과
그리고 나 자신을 생각하고 있다.

결별가訣別歌

몹시 지저분하오,
외로워 끄적거린
회색 벽의 낙서가…….

벗들이여 잊어 주시오,
젊음을 싣고 상여가
저 고갯길을 넘어가거들랑.

자랑할 것 못되는
오히려 수치 투성이의 체유였오.

미안하오
미안하오
미안하오

길

유년幼年
호무라도 꺽적거리며 걸어가고 싶은
길 저쪽으로
파아란 하늘이 비잉빙 돌고
소달구지 하나 지나가지 않는
쓸쓸한 풍격 속엔
하이얀 갈꽃
한들 바람에 파르르 떨고 있었다.

소년少年
바다 속 진주로만 보이는
도글도글 예쁘다란 조약돌이
흐르는 냇물 밑바닥에 그득 깔려 있었다.

고의를 정강이까지 걷어 올린 채
중머리 땅에 떨어뜨리고
소년은 잠시 난처한 표정을 짓는다.
철떡철떡 끌고 온 짚신짝의 처리 때문에
―버리고 갈까 냇물에?
―버리고 가자 냇물에.

청년靑年

뒤돌아 보면 강만큼이나 크고 넓었다.
이끌어 주는 이 없는대로
철벅철벅 철벅거리며
그러나 용하게 건넜다.
혼자서 건넜던 것이다.

그것은 더웁지도 춥지도 않은
산비둘기 소리 산에 한가로운 날이었다.

도심지대 都心地帶에서

     I

무엇을 얻으려 거리에 나왔는가?
무엇을 찾아 분주히 가는 겐가?
무수한 사람들
틈에 끼어 거니는
아침 PAVEMENT 위 낙엽이
낙엽이 딩군다.

     II

가고 돌아 오지 않는 세월이여
가고 소식 없는 그리운 이들이여
가슴 속 깊이
스며 드는 이 적막은
대체 어디서,
무엇 때문에 오는 것일까?

Ⅲ
무엇을 얻으러 나왔던가?
무엇을 찾아 분주히 다녔던가?
무엇 하나
얻는 것 없이 돌아가는 길엔
저녁 별마자
얼어붙어 차기만 하네.

부룩소의 독백獨白

대가리 이 뿔이 무서워 모두 날 조심하는가 보오. 허나 보시오, 이 눈을. 본디 착한 짐승이라오.

한종일 뙤볕 아래 밭갈이 하고, 밤새껏 별빛 아래 무거운 짐도 나르고…… 군말 않고 숙명의 멍에를 메고 다니오.

때로는 분한 일도 있어 홧김에 대가리로 받아 넘기려 덤벼들 적도 없지 않지만, 이내 물러서 주저 앉음은 남을 해치길 싫어하는 천성에서요.

보다시피 몸이 이렇게 육중하오만 유달리 고독을 타오. 캄캄한 외양간 어둠 속에서 남몰래 여물 아닌 슬픔을 짓씹는 밤도 하루 이틀이 아니라오.

무엇보다 귀찮고 불쾌한 놈은 저 쇠파리떼. 내가 투욱 툭 꼬리쳐 놈들을 쫓으며 먼 산 구름을 향해 영각하는 건 쇠파리떼한테 괴롬을 받기 때문이요.

게蟹

─나의 초상肖像

Ⅰ

이 놈은 몸집이 커 둥글박거리기만 한다.
이 놈은 모로 기면서
바로 걷는다고 생각한다.

Ⅱ

이 놈은 배고동 소리만 들어도
몸을 오무라들인다.
이 놈은 조금만 분해도
입으로 거품을 내뿜는다.

Ⅲ

이 놈은 구멍 속에 들어박혀
나오길 싫어한다.
이놈은 달을 좋아하면서 실은 무서워한다.

Ⅳ

이 놈은 가끔 외롭다고 집게질을 한다.
이 놈은 곧잘 바보처럼 운다.

갈바람과 매음녀賣淫女와

갈바람이 매음녀처럼
웃음을 띠고 나를 부른다.
매음녀처럼 갈바람이 나를 끌고
으슥한 뒷골목으로 간다.

갈바람이 매음녀처럼 쌀쌀타.
매음녀처럼 쌀쌀한 갈바람이
내 등을 밀며 달아난다.
달아난다. 달아난다.

어두운 문턱 너머 갈바람처럼
매음녀의 방안을 들여다 본다.
갈바람처럼 매음녀는 자리에서 딩굴며
어서 들어오라고 손짓한다.

오오 갈바람처럼 쓸쓸한 웃음이여
오오 갈바람처럼 싸늘한 입술이여
오오 갈바람처럼 헤매는 마음이여

하나의 깃발

강 건너 산으로
산으로 산으로 산으로 겨올라
이 가파른 마루터기에
누가 이걸 갖다 달아매었는가?

태고적부터 여기 있은 듯
달아맨 이조차 모르고 있는
퇴색한 깃발.

바람과 함께
하늘은 푸를대로 푸른데
깃발은 스스로의
무게를 못배겨내는가,
왜 이렇게 축 늘어져
땅만 내려다 보고…….

아아 언제
너 고개 쳐들어
그 화려한 얼굴을 활짝 펴고
호탕하게 웃으며

거대한 독수리모양.
공중에 올라 한바탕
펄럭거려 보이려는가?

깃발이여
깃발이여

사 슴

―박목월상朴木月像

장다리꽃 노오란 들밭을 지나
길섶의 이슬을 떨며 떨며
산으로 들어 가는 사슴이 있다.

누가 볼사 산비탈
오솔길을 멀리 돌아
뒤돌아 보지 않고 가는 사슴이 있다.

저 산 너머
어느 깊숙한 수풀 속
거기 호젓한 샘터엔
오늘밤 무슨 잔치라도 있는 것일까?

이즈러진 반달이 걸려 있는
하늘 가까운 영을 겨울라 가는
사슴이여 오오 슬픈 짐승이여.

봄과 소녀
―꽃이 질 무렵

시냇가에 홀로 앉아
하염 없이 생각에 잠겨 봅니다.

봄볕에 반짝이는 여울 물 속엔
꼬리 치며 몰려 다니는
작은 물고기떼의 즐거움이 있습니다.

어느듯 먼 숲엔
어린 뻐꾹새가 나와 웁니다.
따뜻한 햇빛 속을 꽃잎은
바람도 없는데 떨어집니다.

시냇물을 따라 누가 부르는 듯
떨어진 꽃잎이 아래로
아래로 떠내려 갑니다.

―아 나의 젊음도
희망도 그리움도 이윽고 저렇게
가고 말 것일까?

소녀는 왜 그런지 자꾸 울고만 싶어집니다.
고개를 가슴에 파묻고 어깨를 들먹입니다.

복사꽃 능금꽃 배꽃이 한창인
먼 산비탈과 포도밭 머리에서
그때 암소란 놈이 긴 울음을 내뿜습니다.
그 마음을 안다는 듯이…….

여수旅愁

창 가에 기대 서면
어쩌녁 개구리 울음에 잠든 내가
이 아침 뻐꾸기 소리에 눈을 떴다.
눈 녹혀 흘리듯 뜬 시름 씻고
햇볕 눈부신 창 가에 기대서면
무명옷 갈아 입은 나는 소년이 된다.

천향泉鄉
더운 물이 철철 흘러 내리는
아득한 천향
거리마다 골목마다
여관 간판이 손을 기다린다.

낮이면 나이롱이 춤추며 오가는
밤이면 계집들 웃음 호박꽃처럼
호박꽃처럼 노오랗게
피는 거리, 그 거리를 나는
박쥐모양 날아 다닌다.

가로등 아래 서서

장난감 같은 조그만 정거장에
지금 막 막차가 달려와 섰다.
나는 흐미한 가로등 아래 서서
혹시나 나를,
혹시나 나를 찾아 오는
나타샤 같은 소녀는 없는가 하고
침침한 개찰구만 내다 본다.

작별作別

왜 갑짜기 파도는 높아지는가?

－편지 하서요.

귀를 꼬집고 말소리 흩트리며
바닷 바람이 먼 뭍으로 달아난다.

－잊지 말고요.

갈매기란 놈은 갈팡질팡
왜 또 저리 야단법석대는가?

─안녕히, 안녕히 가셔요.

뒷 산 숲에서 뻐꾹새가 내닫는다.
파도소리……. 파도소리…….
파도 소리에 섞여
뻐꾹새 울음 소리……

조개껍질을 들고
귀가 소라껍질 닮았다고 노래한 장·콕토여
안타까이 바다 소리를 그리던 키다리 시인이여
말라쟁이여 빼빼여
아카데미샹이여
당신의 나라 깃발 같은
저녁 노을이 비낀 하늘 아래 서서
나는 가보지 못한 프랑스와
만난 일 없는 당신을
당신의 술을 그리워합니다.

무슨 옛 얘기라도 간직한 듯한

요 조그만 소라 아닌 조개 껍질을 손에 들고…….

—「남행시초南行詩抄」

서정소곡抒情小曲

여기 나란히 앉읍시다.
파라솔 그늘 여기 숨읍시다.
햇덩어리가 저렇게 새빨갛고 보면
정염 밖엔 피어 오르는 게 없군요.

말할 듯 할 듯 못하는 그대의
그리고 나의 염체 없는 이야기를
쏟아 놓고 돌아갑시다, 한사코 오늘은
여기 메마른 모래벌에다.

노래처럼 침묵만 부르지 마시고
이리로 좀 더 가까이 다가 앉으시오.
걸디 걸면서 달큼한
잼 같은 마약 같은
그런 것도 가시고 계시지요.

강바람에 토스토 굽는 냄새가 풍깁니다.
샛별같이 총명한 그 눈 뜨시고
차라리 태워버리시지요,
머릿속 궁궐이랑은.

나는 더 참을 수가 없습니다,
이 시장기 같은 헛헛한 기분을.

네모진 창窓가에 앉아

네모진 창가에 앉아
낙하의 포옴을 갖추는 먼 인왕산 마루턱
햇덩이를 바라보며
나는 '몽마르트르의 일몰'을
반 고흐Vincent van Gogh를 생각한다.

황량한 들판으로 달려가
피스톨 한 손에 들고
서른 여덟 서러운 생애에
그가 종지부를 찍던 것도 이런 석양이었으리라.

헤이그에서 런던으로
런던에서
파리로

숲에서 숲으로
늪에서
늪으로

지쳐 자빠지도록 오직
빛과 태양을 찾아 헤매던
나는 그의 우수와 적막과 비애와 분노를 느낀다.

'세인트 · 마리 해안'으로

'해안의 초가'로

참나무 서 있는 고원지대로

'창포 핀 알르 풍경' 속으로

'르느 강반'으로

불쌍한 매음녀 진네 집으로
돌아다니며 아아
눈을 뇌를 질질 태우던
태우며 '해바라기'를 그리던
나는 미치광이 화가 반 고흐를 생각한다.

네모진 창가에 앉아.

고흐는 처세할 줄 모르는 위인이었다. 타협할 줄 모르는 위인이었다. 남을 속일 줄 모르는 위인이었다.

그가 쓰러지던 날, 그의 두해頭骸에선 새빨간 선지피가 콸콸 용솟음쳐 흘러나오고, 그 핏줄기 속으로부터는 한 마리의 시꺼먼 까마귀가 뛰쳐나와 아득한 하늘로 겨올라갔다, 처량한 울음을 보리밭 위에 뿌리며.

어느덧 허허 벌판 어둠이 깃들기 시작하고 바람마저 일었다. 영혼 없는 그의 시체 둘레엔 때아닌 해바라기가…… 그가 사랑하던 해바라기가 억없이 피어나는 것이었다.
....
네모진 창 가에 앉아
노을 비낀 서쪽 하늘을 바라보며
나는 '몽마르트르의 일몰'을,
반 고흐를,
그의 고국 네덜란드를 생각한다.

라이너 마리아 릴케

방문을 열면
코에 풍기는 향긋한
내음새, 애급담배의.

아무도 없다, 누가
들어왔던 기척도…….

책상과 책장 사이
거기 공간진 구석에서 숨소리가 들린다.
한 사나이의.

촛불을 켠다.
책상 뒤를 비쳐본다.
없다− 한 권의
'말테의 수기'가 떨어져 있을

연 모戀慕

좋습니다.
괴로운 건 나뿐인가 봅니다.
내가 이대로 쓰러져
다시 일어서지 못한다 해도
당신은, 당신은 걱정되지 않겠지요.
좋습니다, 이대로
서로 떨어져 삽시다.
괴로운 건 나뿐인가 봅니다.

좋습니다.
애들 잘 키우셔요.
그 애들 때문에
당신과 나와는 이렇게
언제까지나 이렇게 살아야 합니다.
아아 즐겁던 가지가지 회상만이
저녁빛처럼
다가들어 길이 남겠지요.
좋습니다,
괴로운 건 나뿐인가 봅니다.
나는 단도에 찔린 듯한 이 쓰라림을 참고
당신을 그리며 살아가오리다.

산 골

뻐꾹새가 울고 있다. 어린 뻐꾹새가 울고 있다, 엄마 없는 뻑꾹새가 엄마를 찾아 울고 있다, 밤이 깊도록…….

아낙네가 울고 있다. 젊은 아낙네가 울고 있다. 아가 잃은 아낙네가 아가를 찾아 울고 있다, 밤이 깊도록…….

엄마 없는 뻐꾹새와 아가 없는 아낙네가
울며불며 의좋게
살고 있는 이 산골엔
낮이면 영 넘어 구름이 왔다 갈 뿐.
저녁엔 잠깐 잠깐 초생달이 다녀 갈 뿐.

애 가哀歌

너는 나타났다, 어디서인지.
너는 전과 조금도 다름이 없다.
너는 한때 나를 좋아하였다.
너는 내가 아니면 죽는다 하였다.

다섯 해, 아니 꼭 여섯 해만이다.
미도파로 건너가는 꽃집 앞에서
너는, 나는, 딱 마주쳤다.

너는 촌색씨 같은 옷차림에
촌색씨처럼 손에
노란 책보를 들고 오는 것이었다.
너는 별안간 울상을 하였다.

어젯일 같다, 너와 좋아하던 것이,
너는 내 앞을 종종걸음으로 지나갔다,
무엇에 쫓기듯.
이것이 뭐냐?
나는 보기 좋은 전봇대였다.

나는 그날 밤 가 보았다,
너 있던 집 문전까지.
이층 바로 그 방엔
불이 켜 있었다, 전등 아닌 형광등이.
여섯 해 전 그대로이다.
다만 내 혈관 속으로
뭣인가 서글픈 것이 흐른다.
갑자기 머리털이 와락 희어지는 것 같다.

포플러 나무

하늘 끝까지 닿은 듯 우뚝 솟은 우물가 포플러 나무를 부둥켜 안고 소년은 애걸복걸하였다, 한번만이라도 좋으니 안아올려 달라고. 하건만 포플러 나무는 소년의 소원은 들은체 만체 산 너머 먼 하늘만 온종일 바라보며 저 혼자 웃음 짓고 있었다.

소년 소묘素描

　소년은 그가 엄마보다 먼저 죽었으면 하였다. 그러면 그의 죽음을 슬퍼할 한 사람의 여인이 있겠기 때문에―. 하건만 그의 엄마는 그를 남겨놓고 훌쩍 저 세상으로 떠나가고 말았다.

　소년의 마음에 큼직한 구멍이 뚫린 것은 바로 이때이다. 지금도 이 구멍으로 바람처럼 그의 엄마가 드나들고 있다, 쿨룩쿨룩 기침을 하며…… 생시와 꼭 같이.

교 체交替

데모의 줄기찬 부르짖음이
내 머리를 뚫고 지나갔다.

데모의 굳센 구두발 소리가
내 앙가슴을 막 짓밟으며 지나갔다.
나는 가만히 있을 수가 없었다.

바깥으로 뛰어 나갔다.
울컥 염통이 치밀어 올라오는 것 같았다.
거리로 줄달음질쳐 가 보았다.
자꾸 치밀어 올라오는
염통을 칵 입으로 토하고 싶었다.

앗! 이때였다, 데모가 뛰기 시작한 것은!
앗! 이때였다, 탕탕
총소리가 앞에서 들린 것은!

총소리가 들리자
데모는 성난 짐승떼처럼 달렸다,
서로 앞을 다투며!

총탄에 맞아 쓰러지며
피를 흘리며
서로 서로 일으켜
안으며 소리치며 오직
한 지점만을 노리고
빗발치듯 날아오는 총알 속을 오직
한 가지 목적을 쟁취하고자
피투성이가 되어 뛰는
데모!
데모!

무서운 해일 그것이었다.
무서움에 발이 떨어지질 않았다.
울음조차 터뜨릴 수가 없었다.

간신히 가로수를 꽉 붙들었을 때
나는 하늘과 땅이 커다랗게
빙빙 도는 것 같았다.
바로 이 순간! 나의 귀엔
뚜렷이 세대와 세대와의
교체하는 우렁찬 음향이 울리었다.

조 가弔歌
−4 · 19 젊은 넋들 앞에

분노는 폭풍,
폭풍이 휘몰아치던 그날을
나는 잊을 수 없다 유령처럼 아침 이슬처럼
사라져 버린 독재의 꼴을
총탄에 쓰러진 젊은 영혼들을
나는 잊을 수 없다.

여기 새로 만들어 놓은 제단이 있다.
여기 꺼질 줄 모르는 성화가 있다.
여기 비통한 가지가지 이야기가 있다.

아무런 모습으로라도 좋다,
먼 하늘 반짝이는 저 별들처럼 나와
가벼운 속삭임으로라도 좋다,
아아 나에게
슬기로운 역사를 말해 주려므나.

슬픔은 독한 술,
날이 갈수록 더욱 심하구나!
이윽고 봄이 오면
꽃도 피겠지, 꽃도 지겠지.

그때마다 나는 새로운 슬픔에 사로잡혀
사랑과 우정을 넘어 통곡하리라.

산마루 구름처럼

말없이 앉았다 말없이 가오리다,
산마루 구름처럼
나를 이대로 둬 두시오,
잠시 동안만이라도.

구름이 흐릅니다

구름이 흐릅니다 달이 흐릅니다
내 머리 위로, 내 노래 위로.
밤새가 웁니다. 나무들이 흐느낍니다
고달픈 마음 속에서, 노래 속에서.

지루한 하루 해를

똑바로 걸어가리다 한눈 팔지 않고.
올바르게 살으리다 나쁜 짓 하지 않고
겉으로 웃음짓고 속으로 울며
지루한 하루 해를 보내오리다.

꽃 꽃 꽃

산냄새 들냄새를 거리거리 풍기며
교외로부터 밀려 들어오는 꽃꽃꽃⋯⋯
허나 내 포켓은
그 한 포기를 살수 없게시리 비어 있다.

낙엽초落葉抄

A

거리엔 여기 저기
등불이 호박꽃으로 피어 있었다.
내가 산에서 내려 올 때는
옆에서 누가
뺨을 쳐도 모르게시리 캄캄한 밤이었다.

빈 서재에 들어서니
책상 위 낙엽이 한 잎
편지처럼 놓여 나를 기다리고 있었다.
―아직 강을 건느지 않고 있습니다.
멀지 않아 찾아 뵙게 되겠지요.―
강 건너까지 와 있는
겨울이 손수 써보낸 글발,
한데 나는 이 순수한 소식이
어쩐지 날 협박해 대는 수작으로
그렇게 밖에 해석되지 않는다.

B

등불을 밝히고 밤늦도록 나는 원고를 쓴다.
책이 몹시 읽고 싶은데
그걸 참고 있자니 시장끼조차 난다.
허나 나는 이 낙엽처럼 무가지한 원고나마
이 밤에도 쓰지 않을 수 없다.

나는 내가 나를
이미 분실한지 오래 되었음을
누구보다 나자신 너무나 잘 알고 있다.

본 · 스트리트Bond Street

본 · 스트리트는 바닷가 조그만 고장
낯선 이방인들이 가끔 드나다니는 거리.

상점 유리창이며 간판들이
온통 바닷빛인데
여기 Bond Street를 파는 담뱃가게에서
나는 바닷빛 눈의 한 소녀를 만났다.

바닷빛 눈의 소녀는
바다 빛깔의 표지를 씌운
시집을 들고 있었다.

그것은 발레리의
『바닷가 무덤』이었다.

저녁 바람은 바닷소리 속에서
마지막 나의 여행을 재촉하는데
등에 놀이 지고
돌아 나오는 내 가슴 속엔
바닷빛보다 짙푸른
노스탤지어Nostalgia · 향수鄕愁가 서리었다.

꽃도 낙화지는 본·스트리트의
하늘 아래서.

나무가 바라는 것

날마다 새들이
날아든다, 모여든다,
나무로! 나무로!

개미떼가
다람쥐떼가
길다란 뱀의 족속들이
겨오른다, 나무로.

가끔 바람이 뛰어다닌다,
나무에서
나무로.

허나 진정 나무가 기다리는 건 바람이다. 거센 바람이다. 거추장
스러운 나뭇잎들을 온통 땅에 흔들어 떨어뜨릴 그런 무섭게 사나운
바람이다.

나무는 거추장스러운 잎새들을 모조리 버리고 싶은 것이다.
발가벗고 알몸으로 서 있고 싶은 것이다.

등불 따라 노을 따라

어느 날
황혼—어제와 같이
그 시간에 그녀와 나는
언덕 위에 가축모양 말없이
앉아 있었다, 언제까지나.

이윽고 나는 그녀와
어느새 작은 물고기가 돼 있음에 놀랐다.
몸에는 수없이 많은 비늘이
돋쳐 있었다. 그리고
조그만 꽁지까지 나서
움직이면 요리조리
제법 꼬리쳐졌다.

그녀와 나는 눈 앞으로
등불이 흘렀다. 노을이 흘렀다.
등불이, 노을이 물 위로 흘렀다.
등불 따라 노을 따라
내가 흘렀다. 그녀가 흘렀다.

우리는 새벽을
찾아가는 것이었다.
웃으며 떠들며 꽁지치며
흘러가는 것이었다. 아래로 아래로
먼 곳으로 흘러가는 것이었다.

새벽을 만나면
나와 그녀는 그 어느 뭍
푸른 보리밭 고랑으로 찾아 들어가
아름다운 한 쌍의 종달새가
될 수 있다고 굳게 믿으며
흐르는 것이었다. 그녀와 나는
등불 따라…… 노을 따라…….

—구시첩舊詩帖에서(1939년)

이방인異邦人

거리의 쇼윈도 속에 비친
기린모양 남달리 키가 커 보이는 사나이!
나는 외면을 한다.

사막지대 아닌 이 서울에
뭣하러 뛰어 든 짐승이냐.
여기는 나 살 곳이 못된다.

마음은 목선처럼 자꾸 흔들리고
나는 어찌 할 바를 몰라
하는 수 없이 두 눈을 감는다.

아무리 생각해도
내가 서 있을 땅은 없는 것 같다.
나는 이방인 아닌 이방인—

　　　　　　　　　　—구시첩舊詩帖에서(1939년)

깊은 밤 촛불 아래

불행을 위해 태났던 고뇌의 인간이여
짐승처럼 울며 살다 간
사나이여 굶주림에 떨던 벗이여

거지의 손자여
갖바치의 아들이여
쌍둥이 짝이여
구청 말단 직원이여

그는 한때 조화 만드는 여직공 마리아를 사랑했었습니다. 마리아는 꽃 만드는 소녀이기에 꽃처럼 아름다웠습니다만, 파리 소녀여서 파리의 딴 소녀들처럼 썩은 마음 밖에 갖고 있지 못하였습니다.

공원 속에 플라타너스가 네 그루 서 있었습니다. 그 나무 그늘에서 그와 마리아는 파리의 밤을, 파리의 센느강을, 그 강물에 비친 파리의 불빛을, 파리의 하늘을, 파리의 밤공기를 즐거이 얘기한 일도 있었습니다. 하건만 파리 소녀 마리아는 드디어 매음굴로 들어가고야 말았습니다. 파리의 딴 소녀들이 그렇듯이 비단옷으로 갈아입고…….

서로 손 잡고 남자와 나란히 걸어가는 여자만 보아도 그는 가슴에 단도라도 맞은 듯 신음하였습니다. 여자란 값진 보석, 다쳐 볼 수 없는 왕관, 그저 먼발치로 바라보는 것이라고 생각하였습니다.

"나를 사랑해줄 여자는 한 사람도 없을 거라"고 탄식하며 끝내 그는 장가

못들고 서른넷의 젊음마저 내던졌습니다. 그처럼 안타까이 여자 하나 자
식 하나를 갖고 싶어 하였습니다만⋯⋯.

　눈물 속에 위안을 받고
　가난에서 오히려 신을 찾아낸
　몸집 작은, 그러나 위대한
　우리의 소설가 샬르 · 루이 · 필립이여
　오오 나의 벗이여
　찬바람만 오가는 깊은 이 밤엔
　책상 머리 촛불도 추위에 떠오.
　『뷔뷰 · 드 · 몽파르나스』
　고 조그만 문고본을 손에 들고 읽노라면
　머지 않아 눈도 내려
　우리 집 지붕에 쌓일 것 같고
　하얗게 쌓인 저 눈길을 터벅터벅 나를 찾아
　'베르드리 할아버지'가 올 것만 같으오.

골목길에서

빗바람이 땅을 친다.
담장을 친다. 지붕을 친다. 어둠을 친다.
울고 있다.
비바람이 골목길에서 통곡하고 있다.

늙은이가 울고 있다, 눈으로
울고 있다.
어깨로 울고 있다. 입으로 울고 있다.
비창의 한없는 시간이 눈물처럼
흐른다. 흘러 내린다.

비바람 치는 속 불안의
허어연 허깨비가 얼씬거린다,
비좁은 이 골목길에서.
나는 모른다. 나는 모른다.
왜 내가 여길 끌려와 있는가를.

벗어 나가기만 한다면
올리브의 바다가 나를, 섬들이 나를,
항구가 나를,

먼 도시와 시민들이 나를
반겨 맞아 줄 것도 같다마는……

지금 나의 눈이 가려져 있다.
지금 나의 입에 자갈이 물려 있다.
연잣간 노새모양
나는 허덕지덕 맴돌 따름이다.
어둠 속에서 공포에 떨며.

소리의 판타지Fantasy

눈같이 차고 흰 여인을
나는 피 묻은 입술로 사랑했었다,
눈같이 차고 흰 베드 위에서.

내 가슴 속에
아무도 모르게 살고 있는 새.
내가 이렇게 피를 토하는 건
그 새란 놈이 내 가슴을 쪼아 먹기 때문이다.

오늘따라 파도는 왜 저리 사나운가!
파도소리에 섞여 어렴풋 여인의 목소리가
들려온다.

파도소리
나를 찾는 여인의 목소리
여인의 목소리, 사나운 파도소리
그보다 좀 더 먼 곳으로부터의
머리 위 하늘 속인 양 싶은 곳으로부터의
저 소리, 저 나팔소리가
내 정신을 빼앗는다.

밤도 이제 지새리라.
신의 병졸들도 나타나리라.
그리고 날 끌고 가리라,
큼직한 십자가가 서 있는 저 산비탈로.

계절의 생리

　　－풀pool에서

　　A

난간을 집은채

어질어질 현기증조차 느끼며

무엇보다 먼저 꺼린 것은

발가숭이 내 몸둥아리.

다음 순간－

나의 체중, 나의 젊음은

물을 쫙 가르며 나간다,

서브머린Submarine처럼.

이윽고 나는 나 스스로의 속도에

그만 정신을 잃고 만다.

그 무엇을 찾아내기도 전에.

　　B

물빛이 짙푸러

뛰어들기 앞서 겁이 난다.

물은 끊임없이 윙크한다, 창녀처럼.

다이빙!

여름 태양 아래 풀은 차라리 성숙한 숙녀.
나는 하얀 팔들에 안겨
남모르게 섹스를 앓는다.

진주알 같은 무리알 같은

길에서
마당에서
뒷골목에서
동네 애들이 고 조그만 손으로
마구 움켜 먹는
움켜 먹으며 좋아 좋아 떠들썩거리는
저 진주알 같은 무리.

─아아 진주알 같은 무리알 같은
시를 쓸 수는 없을까?

방에서
부엌에서
뒤란뜰에서
뛰어나와 젊은 아낙네들이
한 알 두 알 치마폭에
그들 어린 적 꿈을 주워 담으며 벙글거리는
저 진주알 같은 무리.

─아아 진주알 같은 무리알 같은
시를 쓸 수는 없을까?

『그리운 날에』 655

풍물시風物詩 두 편

     A

서울은 노망 든 늙은이
남다 자는 새벽녘부터 일어나
쿨룩쿨룩 기침을 하며 극성을 떤다.
그가 마구 뱉아 놓은 담 속엔
붉으레한 것조차 섞여 있다.
늙은이는 밤낮 없이
선량한 시민들만 못살게 군다.

     B

바—의 문을 열고 들어 서면
재즈가 비어를 끼얹는다.
계집들이 썩어 들어가는 과실로만
그렇게만 보이는 밤이다.
그리고 그 계집들의 원피스 투피스가
과실나무 껍질로 짠 것으로만
그렇게만 보이는 밤이다.

재즈는 내 목을 졸라매고
담배 연기로 표정을 가린 시민들은
소파에 기대 앉아 탐욕을 앓고 있다.

나부懶婦

나무는 한 권의 그림책,
얼마든지 바라보고 있고 싶고
어루만지고 있고 싶고
언제까지나 가지고 있고 싶다.

거기엔 과포밭이 있다.
거기엔 겉푸른 숲이 있다.
거기엔 태고적 맑은 샘이 있다.
거기엔 부드러운 언덕의 기복이 있다.
거기엔 이름 없는 무덤들이 있다.
거기엔 막막한 들판이 있다.
거기엔 파아란 꿈이 있다.
거기엔 노래가락이 있다.

그윽히 풍기는 몸내음
분내음 꽃내음
가슴 밑바닥까지 스며드는–
나부는 먼 우리의 향토.

나는 고향에 가고 싶다.
아아 나는 포옹하고 싶다.
푸른 하늘을 달리던 달빛이
잠간 방안에 들어 당신 이마에
그칠 줄 모르는 경건한 키스를 하고 있다.
그것은 낮이나 밤이나 내 마음을
쪼아 먹고 있는 노스탤지아ㅡ.
아아 나는 돌아가고 싶다.
나는, 나는 울고 싶다.

봄의 급행 열차急行列車

봄이다
급행 열차다
남풍에 유리창들이
저렇게 흔들리고 있잖은가.

때묻은 외투가 피로와 같이
걸려 있는
밤, 그 벽에 걸린 지도 위엔
아직 흰 눈이 쌓여 있건만
벌써 맑다란 햇볕이
뽀얗게 장난친다, 나뭇가지 끝에서.

소녀들은 금붕어,
도시의 어항 속을 헤엄쳐 다니고
엷은 숄은 시냇물.
아낙네들 어깨로 흘러 내린다.

지금쯤
어느 먼 산골짝
물방앗간 물방아도 돌아가리라.

오늘 내 가슴 속
어린이들이 기를 흔들고 있다.
누구를 향하여?

봄과
급행열차와
좋은 일이 좀 더 있어야 할
우리의 내일을 향하여—.

행인가行人歌

　그녀는 가끔 나를 바보가 아니가 의심한다. 그것이 우스워 나는 더욱 바보인 체한다. 어떻게 할 것이요, 내가 바보가 아닌들 이 판국에……

　욕되지 않느냐고 성화댄다. 가난이 욕될 수는 없는 일, 설사 도둑괭이모양 어느 다리 밑 시궁창에 쓰러질지언정 안심하오, 욕되게 살진 않을 것이니.

　그녀는 언제 행복이 오느냐고 울먹댄다. 사람이면 누구나 남모르는 슬픔은 마냥 있는 것, 행복은 우리의 마음 속에 있는 거요.

　몸이 고달파 온 몸이 쑤신다고 한탄한다. 그럴 때마다 그녀는 어린 것들에게 곧잘 짜증을 낸다. 애들은 그저 귀여운 것을…… 그저 예쁜 것을…… 나는 몸 아닌 마음 구석 구석이 쑤시오.

　지나 가 버린 일들이 그립다고 한다. 지나 간 일들이란 모두 즐거운 거요. 잊으려 할 것도 없지만 생각할 필요도 없겠지.

어딜 가십니까 길손이여

노을 비낀 이 저녁, 길손이여 어딜 가십니까?

보따리까지 드시고 터벌터벌 어딜 가시는 길입니까?

고맙습니다, 이처럼 알아보시니. 예나 다름없는 따뜻한 이 손목, 더욱 고맙습니다. 벗이여

그래 그 곳 산장엔 올해도 풍성풍성 자두니 수밀도니 홍옥이 열렸겠지요? 비 그친 요즈음, 골짝으로 흘러내리는 냇물은 또 얼마나 맑고 시원합니까?

한데 이렇게 무덥고 저문 날에 참말로 어딜 가시노라 여길 오셨습니까?

지팡이에 기대서신 수심 찬 그 모습, 뵙는 나마저 마음 언짢아집니다그려. 무슨 말 못할 연유라도 있으신지요?

—만날 일조차 없으신 분이라고요?

—어쩌면 만난 지도 모르시겠다고요?

—퍽 오래 되셨다고요?

길손이여 도시 바라기 어려운 일, 이대로 그만 돌아가시면 어떻겠습니까? 여기는 지저분한 거리, 무서운 거리, 나다니실 곳이 못됩니다. 더더구나 당신이 찾으시는 그런 분이 머물러 계실 것 같지가 않습니다.

차라리 이제라도 산장으로 돌아가시오. 가시어 고이 간직하신 그 낡은 편지뭉치를 뒤져 보시오. 그러면 아직 살아 풍기는 그윽한 사연에서 당신은 당신이 찾으시는 그 분의 아리따운 용자를 찾게 될 겝니다. 나의 벗이여

바위가 된 소년

아무래도 길을 잘못 든 모양이었다. 이미 해는 떨어지고 소년의 앞을 막으며 다가서는 건 어둠뿐이었다. 갈 길을 찾는 소년의 눈엔 얼어 붙은 밤하늘이, 밤하늘 총총한 별빛이 비쳤다.

발기발기 찢긴 그의 피 밴 입성은 그가 걸어 온 지난날의 도정. 자꾸 앞으로 쓰러지려 하는 몸을 소년은 간신히 가누고 서 있었다.

떡갈나무 숲 속에서 맹수의 노린내가 풍기었다. 인가는 없는가? 없으리, 인가는 이 산중에 없으리라.

소년은 밤이 새기가 바뻐 또 떠나야 할 것이 걱정스러웠다. 어딜 뭣하러 가는지조차 모르는 나그네 길이었다. 그는 알고 있다느니보다 느끼는 것이었다. 내일도 모레도 글피도 그글피도……. 그리고 다음 날도 또 다음 날도 가야 한다는 불안을.

밤이 깊어지자 산골짝을 타고 내려 덮치는 바람결이 사나웠다. 사뭇 울상이 되어 서 있던 소년은 바로 머리 위에서 이때 역정 내시는 그의 돌아가신 아버지 목소리를 들었다. 살아 계셨을 때와 꼭 같은 ─.

이녀석아 뭘 우물쭈물하고 있느냐, 얼른 바위가 돼, 바위가!

캄캄한 어둠을 뚫고 내리치는 눈보라는 더욱 심해졌다. 차거운 것이 그칠 줄 모르고 그의 온 몸을 적시었다.

　소년은 소스라쳤다. 저도 모르는 사이에 어느듯 그의 하반신이 바위로 변해져 있지 않는가. 그는 별안간 산짐승 같은 울음을 치뜨렸다. 눈보라 속에서 언제까지나……

하나의 유물遺物

백하고도 열 몇 번인가 되는 연륜을 주름살처럼 내보이는 느티나무 반닫이가 하나 새삼스러이 그 낡은 빛을 낸다, 새로 꾸민 방한 구석에서.

쭉 늘어선 일곱 개의 술병들이 우리 조상들의 유패로만 보인다. 가문을 상징하는 무슨 표장이나 되는지, 위에는 박쥐가 두 마리, 아래에는 모란 꽃이 두 떨기.

가장자리를 둘러싼 열 몇인가의 나비와 스물 몇인가의 별들은 또 무엇을 뜻하는 것일까. 모두가 백통 장식이어서 소박하고 고풍스러운데 오늘 밤따라 이 대단치 않은 유물이 유달리 내 마음을 끌어당긴다.

이것은 우리 할아버지의 할머니가 쓰시다가 아버지의 할머니께 드린 것을, 아버지의 할머니가 할머니께, 그리고 할머니가 어머니께, 어머니가 또 내 아내에게로 내려 물려 주신 것이라고 한다.

할아버지의 할머니, 아버지의 할머니는커녕 할머니 얼굴도 나는 알지 못한다. 허나 이 반닫이는 그 어른들 얼굴을 기억할 것이요, 그 목소리를 들었으리라 싶어 나는 이 유물에 정을 느낀다.

가을이라서 밤마다 벌레들이 요란스러이 울고 있다. 이런 밤이면 아내는 이 반닫이 앞에 앉아 곧잘 어린 것들의 양말짝을 깁곤 한다, 아득한 그 옛날 할머니들이 버선짝을 기웠듯이.

요즈음 갑자기 머리가 희뜩희뜩해져 가는 아내의 얼굴이 어찌 보면 돌아가신 그 어른들의 얼굴로 그렇게 보이고, 깊은 밤 고요 속에 반닫이에서는 할머니들의 기침 소리 이야기 소리가 들리는 것 같아 나는 가끔 귀를 쫑긋거린다, 먼 산 바라보는 나귀처럼.

호 일好日

잠자고 있는 하늘을 깨워놓고
아침이 웃음치고 있다.
이슬 속에 숨어서.

산새들 샘터로
물길러 줄지어 내려가면
산장 소녀도 일어나 창문을 연다.

마음이 호수처럼 투명한 아침이다,
꽃잎 같은 보트를 타러
오늘은 저 호수에 가 살고 싶구나.

바닷가의 환상

리라꽃 향기 속으로
들려오는 것은 종소리였다.

많은 배들이 항구로 밀려 들어오고 있었다.

창문을 열고 한 여인이
먼 바다를 내다보고 있었다.

어느 듯 반달이 동녘 하늘에 나와 있었다.
해가 서쪽 수평선을 막 넘어가고 있었다.

까마귀 떼가 숲으로 돌아가고 있었다.

많은 배들이 항구로 밀려 들어오고 있었다.

흙을 밟고

돌아라 돌아 돌아라 돌아

땅이 비잉 빙 흔들리고
산이 비잉 빙 흔들리고
하늘이 비잉 빙 흔들리고
겁 안난다, 겁 안나.

나는 흙에서 태어나
흙에서 자란 산골 사나이,
흙을 밟고 뛰놀다 이윽고
쓰러지리라, 화살 맞은 산비둘기처럼.

나는 안다, 알고 있다,
이 몸둥이 커다란 이 발이
나의 어머니―땅에 붙어 있음을.
그렇기에 왕팽이처럼 이렇게
쉴 틈 없이 윙윙거리며 도는 것이다.

호수가 되자

가난쯤 슬퍼할 것 없잖은가
가난함으로써 더욱 풍성하잖은가.

어차피 당신과 나
죽어 한줌 흙이 될 것을
잠간 옷으로 알몸을 가리고
기만하며 산들
그게 어떻다는 겐가.

차라리 발가숭이로 살자,
유달리 목이 긴 여인이여
거울처럼 발가숭이로.

깊은 산 속으로 들어가
거기 거울 같은 호수가 되자.
구름이 내려와 쉬어가고
산짐승들 목을 적시는
호수는 얼마나 푸르른 삶이겠느냐.

이를 패배라 비웃을 것인가.
비웃은듯 어떠랴 당신과 나
패배로써 더욱 인간이 되잖겠는가.

꿈

노오란 은행잎이 우수수 낙엽지는
산골 길을 돌아 올라가면
늙은 밤나무 수풀 속에
초가집들이 네댓 채
버섯처럼 햇볕을 받고 있었다.

그 맨 끝집
이즈러진 싸리문을 살며시 여니
뜰에는 낙엽이
그와 나와의 회상처럼 쌓여 있는데
안방 미닫이는 굳이 닫히고
내가 찾는 사람은 아무데도 없었다.

달 밤

벌레 소리 요란스런 뜰을 향하여, 달빛을 향하여, 아득한 별빛을 향하여, 숲을 향하여 가을 밤을 향하여 청년은 밤깊도록 하모니까를 불었다.

들창 밖에 앉아 하모니까를 불었을 뿐이었다. 한데 그 이튿 날 아침 머슴 색시가 이웃집 처녀가 주더라고 쪽지 편지를 들고와 던져주는 것이었다. 거기엔 이런 말이 적혀 있었다.

—밤새껏 잠을 못잤어요. 몹시 울기도 하였어요. 당신은, 진정 당신은 맘보 나쁜 분이예요.

집 오 리

그녀는 집오리.

몸집이 그렇고 걸음걸이가 그렇다.

집오리는 해가 저물어 땅거미가 지기 시작할 무렵에야 그녀의 울에서 거나온다. 그녀는 딴 짐승들이 다 울을 찾아 들어간 뒤에라야 나온다.

두 손을 벌려 길을 막으면 그녀는 두말 않고 휙 돌아서서 대뚝대뚝 앞서 간다. 이리 꼬불 저리 꼬불 연방 뒤를 돌아다보며 자기 울을 찾아 들어간다.

울 속으로 들어가자 집오리는 몸에 걸친 날갯죽지를 제입으로 발기발기 찢고 알몸이 된다. 발딱 나자빠진다. 마음대로 뜯어 먹으라는 그런 태도이다.

신사 여러분, 당신들은 옛날에 인간이 양이나 염소나 개나 닭 같은 짐승들과 교미하였다는 이야기를 들으신 적이 계시지요? 한데 실은 20세 후반기인 현재에 있어서도 인간은 집오리와 같은 짐승과의 간음을 하고 있습니다. 더욱 잔인하게시리. 그렇기 때문에 현대 문명이란 더욱 그 빛을 내는가 봅니다.

곡哭

I

그 흔해 빠진 종이 망사
인조견 망사 한 장 없이
그래 이렇게 쓸쓸히 떠나세요.

그처럼 좋으시던 몸
다 어떻게 하시고 뼈만 남으셔서
아들만 쳐다 보십니까.

숱 짙던 머리카락
인자하신 눈매랑은 찾아뵐 길 없네요.
저를 부르시던 그 음성
그 음성마자 들리지 않네요.

이 세상에 오셨다가
욕된 하늘 아래 욕만 보시고
이렇게 나무 한 그루 없는 산비탈
그래 이따위 백토 속을
아무 불평 없이 드시나이까.

II
이게이 뭐예요?
여기가 어디죠?
어떻게 여길 오셨죠?

고향 땅
그 푸른 산소는 누가 쓰고
여길 영주지로 삼으십니까?

이게이 뭐예요?
이게이 뭐예요?
이게이 뭐예요?

시집 후기

나는 시집 『밤의 서정抒情』(1956년)을 낸 뒤에 '오직 한 사람 고독한 그 여인'을 위해 쓴 일련의 시를 모은 『저녁 종소리』(1957년)라는 조그만 시집을 낸 일이 있다. 그러나 그것은 부수도 극히 적었거니와, 아무에게도 드리지 않은 것이었다.

그 뒤 어느덧 5년이란 세월이 가는 줄 모르게 흘렀다. 그러고 보니 또 50이 넘는 시편이 내 책상 위에 모였다. 그것들이 이 『등불 따라 노을 따라』에 들어 있는 것들이다.

간행자는 9포인트 활자에 2단으로 내리 잇따라 짜는 걸 몹시 꺼리는 눈치였으나, 내가 이렇게 해 달라고 하였다. 무슨 까닭이 있어 그런 것은 아니고, 요즈음 하도 굉장하고 요란스럽게 시집들을 꾸며 내기에 그 반대 길을 취했을 따름이다.

이 시집 속엔 그전 것들도 얼마만큼 섞여 있음을 밝혀 둔다. 다만 그 연대 순서를 따라 배열하지 않았음을 너무 나무람 말아 달라고 부탁드리고 싶다(1962. 11. 25).

제3부

시詩의 주변

나의 문학 수업기修業記

나란 인간은 누구를 가르친다든지, 지도한다든지 할 줄 모르는 위인이오. 제발 엄숙한 낯을 하고 나를 대하지 말아 주오. 당신이 그런 태도로 나오면 내 낯이 화끈거릴뿐더러, 거북스러워 할 말도 못하고 말 것이오. 또 당신은 나중에 가서 크게 실망할 것이오. 그것을 잘 알고 있는지라 미리 이렇게 터놓고 부탁드리는 것이오.

당신한테 숨길 무엇이 있겠소. 좀 부끄러운 이야기지만, 실은 이렇다 할 문학 수업을 나는 하지 못했소. 애당초 문학에 뜻을 품고 이 길로 나섰더라면 남처럼은 몰라도 그래도 조금은 나도 수업을 했을 것이오. 그러나 문학에 대해 희망도, 야심도, 각오 같은 것도 별로 갖지 않았으니, 수업을 했을 까닭이 없지 않겠소.

그럼 뭣 하러 시는 썼고, 또 현재도 쓰고 있느냐고 당신은 반문할 것이오. 당연한 질문이오. 한데 사실은 그걸 잘 모르고 사오. 너절하기 짝이없는 대답이나, 사실이 그렇소. 억지로 말한다면, 그저 쓰고 싶어 썼고, 또 현재도 그렇다고 말할 수밖에 없소. 어처구니없을 거요. 그러나 나는 여기에 나의 진실을 말하고 있소.

항간에는 문학을 자기 목숨 이상으로 생각하는 사람이 있는가 보오. 아니, 입으로 그렇게 말하는 사람을 나는 직접 내 귀로 들은 일이 있소. 나는 그 같은 사람을 존경하오. 동시에 행복한 사람이라고 무척 부러워도 하오. 문학을 제 목숨처럼 알뜰히 섬길 수 있다면, 그의 인생은 무척 보람 있고 값진 것이 될 것이 아니겠소. 적어도 나의 처지에서 볼 때는 참말로 훌륭하오.

나는 인생을 너무나 대수롭지 않은 거로 생각하고 있는지 모르겠소. 정거장 부근에 올막졸막 서 있는 판잣집, 그 판잣집 하숙 정도로밖에 생각되지 않소. 이 같은 너절한 하숙에서 우리는 목숨을 돈 대신 지불하고 사는 거라고 생각하오. 인생에 대한 생각이 그 따위니 네 꼴이나 네 작품이 그 모양, 그 꼴일 수밖에 없지 않느냐고 누가 비웃는다 해도 나로서는 할 말이 없소. 다만 나는 앞에서도 말했듯이 나의 진신을 말하고 있을 따름이오.

내가 교과서 외의 책자에 난생 처음으로 손을 내민 것이 내 나이 열다섯, 중학 2학년 때였소. 손을 내밀어 집어든 것이 『죄와 벌』—도스토예프스키의 번역 소설이었소. 그 내용이 어떻다는 걸 알고 산 것이 아니오. 그저 책 이름이 그때 내 마음을 끌기에 읽어 보려 했었소. 그러나 모처럼 사들고 온 그 책을 이내 그냥 내동댕이치고 말았으니, 재미가 없을뿐더러, 어렵기 한량없기 때문이었소.

그 다음에 사온 것이 밀턴의 『실락원』이었소. 『죄와 벌』과 마찬가지로 역시 표제에 끌려 사온 것이오. 더욱이 커버에 영자로 쓴 'Paradise Lost by John Milton'의 횡서처럼 내 가슴을 흔들어 놓은 것도 없을 거요. 그렇게도 나를 사로잡은 책이었으나, 그리고 무척 읽으려 애도 써 보았으나, 결국 나는 그 몇 장을 채 읽지 못하고 책꽂이에 모셔 놓고 말았소. 도무지 내 실력으로는 이해할 수가 없었기 때문이었소.

이렇게 읽지 못하고 사들여다 쌓아만 둔 책이 적지 않았소. 그것은 책에 대한 예비 지식이 없이 무턱대고 표제에만 흘려 사들인 까닭에 맛본 비애였소. 누가 나를 조금만 이끌어 주었더라도 이같은 헛된 수고나 낭비는 하지 않았을 거요. 그러나 수고나 낭비도 오래 계속되지는 않았소. 그러는 동안에 나는 내가 좋아질 수 있는 작가들을 이윽고 찾아냈소.

참말로 기쁜 일이었소. 어두운 길을 헤매다가 불빛 반짝이는 인가를 발견했을 때의 나그네 심정이란 아마 이런 것일 거요.

그 작가들은 내 마음에 들었을 뿐만 아니라, 또 나에게 다른 훌륭한 작가와 작품을 소개해 주는 친절을 베풀어 주었소. 이리하여 나는 문학에 있어서의 적지 않은 선배들을 알게 되었으며, 그들은 나와 친하게 지내는 동안 결코 나를 실망시키지를 않았소. 딴 생각 없이 오직 이들 테두리 안에서만 이제까지 살아오고 있소만, 이처럼 이 길을 택한 것이 오늘에 와서 나라는 인간을 요만치라도 만들어 준 것이 아닐까 생각되오. 그 많은 작가와 더욱 많은 그들의 작품을 모조리 찾아보기란 거의 불가능한 일이오. 뿐만 아니라, 사실은 그럴 필요가 없는 것이오.

이 말은 우리가 사회에서 벗을 사귀는 데 있어서도 적용되리라고 생각되오. 우리에게 많은 벗은 소용없을 거요, 흉금을 털어놓고 사귈 수 있는 벗이라면 다섯 손가락 안짝으로도 결코 외롭지 않을 거요. 아니, 한두 사람으로서 족할 것이오. 왜냐하면, 문학을 한다는 것이 딴 분야에서와 같이 사교성을 띠지 않고 있기 때문이오.

위에서도 말했듯이 나는 문학을 본업으로 삼을 생각은 털끝만치도 없었소. "문학이란 취미로 할 것이지, 본업으로 할 것이 못 된다"고 말한 어느 선배의 말도 있고 해서, 나는 더욱 어디까지나 나의 취미로 이를 선택했었소. 따라서 조급히 작품 발표를 할 의욕도 없이 전원에 묻혀 책을 벗 삼으며 산과 들을 바라보는 일과를 되풀이했던 것이오. 유유자적悠悠自適이란 말을 쓴다면 좀 건방지다고 나무랄지 모르겠으나, 나이도 젊었거니와 생활 걱정이 없던 때라서 이런 사치스러운 게으름도 필 수가 있었소. 이 시절에 쓴 것이 나의 첫 시집 『양¥』에 수록된 것들이오.

그러나 아무리 문학이나 인생에 대한 나의 태도가 태연자약하더라도, 나도 인간인 이상 인간 사회나 시대 조류에서 아주 벗어나 생존할 수야 있겠소. 시랍시고 끼적거리고 있으면 좀 더 좋은 것을 써보겠다는 고민도 생겼고, 때로는 무엇에 쫓기는 듯한 불안감에 사로잡히기도 하였소. 그럴 때마다 산과 들을 헤매 다녔으나 자연이 나의 암담한 기분을 풀어 주지는 못했소.

내가 서울로 뛰어올라와 목적도 없는 비참한 생활을 했던 것도 이 무렵이었소. 매일같이 거리를 싸다니다 아무런 기쁨도 즐거움도 찾지 못하고 결국에 가서 내가 맛보는 건 으레 환멸 · 고독 · 번뇌 · 비애뿐이었소만, 이 같은 숨 막히는 생활 체험 덕택에 작품만은 좀 써낼 수가 있었으니, 나의 두 번째 시집 『축제祝祭』에 든 것들이 바로 이때의 것들이오.

나는 믿고 있소. 마귀가 붙은 것 같은 현실 사회에서 실낱같은 한 오라기 희망과 위로와 구원이 그래도 있었다면 그것은 문학—시였음을. 시를 지니고 살았기 때문에 나는 아직 이대로 인생을 포기하지 않고 오늘날까지 살 수가 있지 않는가 싶소. 만일 그나마 없었던들 내가 지금 이 하숙집에 이대로 머물러 있을지 어떨지는 나 자신도 단언하기 어려울 거요.

그처럼 기대를 걸지 않았던 시가 나를 구원해 주리라고는 꿈에도 생각하지 못했던 일이오. 그런 뜻에서 나는 누구보다도 시신詩神에게 감사를 드려야 할 사람이오.

시는 체험이라고 릴케는 말합니다만, 이렇다 할 문학 수업 없이 내가 변변치 않은 대로 이제껏 시를 쓸 수 있는 것은 역시 나의 인생 체험이 가져다 준 것이 아닌가 싶소. 문학을 위해서는 아무런 각오도, 준비도, 체계적 공부도 없는 반면에, 외면적으로나 내면적으로나 남 못지않은 체험을 나는 겪었소. 그 체험이 나로 하여금 시를 써내게 한 것이 아닐까 생각되지만, 그것을 나 자신이 어떻게 단언할 수 있겠소.

문학이란 참말로 깊고 어려운 분야 같소. 시를 쓴 지도 어느덧 30년이 넘었소. 하건만 문학 수업에 대한 이야기는커녕 지금부터 문학 수업을 해야 될 판이니 말이오. 외람스러운 대로 옅은 내 경험에 의한 의견을 피력한다면, 문학 수업이란 별것이 아니라, 스포츠에 있어서의 훈련과 같은 그런 것일 거요. 끊임없는 훈련만이 당신에게 훌륭한 작품을 쓰게 할 것이라 믿어지오. 그야 당신의 소질이라든가, 체험이라든가 인생을 보는 올바른 자세 같은 것도 불가결의 것이겠으나, 문학을 탐구하는 훈련이야말로 절대적인 것이오. 이것 없이 당신이 커진다거나, 좋은 작품을 쓴다거나 하는 일은 있을 수 없음을 나로서 말할 수 있을 것 같소.

너무나 무정견한 소리를 늘어놓아 미안하오만, 나 같은 태도로 문학을
하다가는 당신도 요 모양 요 꼴밖에 되지 못할 것임을 명심하시압(1962년).

이제부터 쓰고 싶은 시詩

어째서 이 같은 타이틀을 나에게 제시하는 것일까? 이것은 4·19 혁명과 무슨 관련이 있는 것일까? 그렇지 않으면 지금까지 써 내려온 내 작품에 대하여 어떤 불만이라도 있어서 이와 같은 타이틀을 내놓은 것일까? 나는 출제자의 그 의도하는 바를 모르는 채로 '이제부터 쓰고 싶은 시'에 대하여 현재 생각하고 있는 대로의 이야기를 다음에 피력하고자 한다.

"사람은 처음 쓸 때와 똑같은 시 밖에 쓰지 못한다"는 말을 나는 긍정하는 사람의 한 사람이다. 그야 오랫동안 시를 써 내려오노라면 시세계도 다소는 변할 것이요, 또 기교도 처음 같지는 않을 것이다. 좋은 의미로든, 나쁜 의미로든 어떤 변화를 가져올 것이다. 그러나 시를 쓰는 사람의 각자 지니고 있는 본질적인 것, 생리적인 것—이것만은 어쩔 수가 없으리라고 생각한다. 이 본질적인 것, 생리적인 것 때문에 처음에 쓴 시와 뒤에 와서 쓴 시가 별다른 것이 없게 되는 것이다.

혹자 탈피라는 말을 즐겨 쓴다. 탈피했다든가, 탈피하려 한다든가, 탈피하지 않아서는 안 된다든가, 그러나 그야말로 탈피하였음에 불과할 뿐으로, 그 본질적인 것, 생리적인 것까지 탈피하지는 못하기 마련이다. 탈피란 이런 뜻에서 거의 불가능한 것이 아닐까.

시의 직접 목적이 쾌감이라고 한다면, 이 쾌감을 만족시킬 수 있다든가, 만족시키지 못한다든가 하는 것은 모두가 생리적인 문제이다. 생리적으로 만족할 수 있느냐 없느냐에 따라서 자기가 쓴 시를 발표할 수도 있고, 발표하지 않을 수도 있을 것이다. 이렇게 생리적이고 보면, 처음에 쓴 시와 나중에 쓴 시와의 차이란 뻔한 것이 될 것이다.

위에서 말한 것과 같은 이유에서 이제부터 내가 쓰는 시라고 과거의 그것과 별다를 것이 없으리라 생각한다. 언제나 거기에는 '나'가 있고, '나의 시'가 있을 따름이다.

과거에 내가 촛불을 램프로 바꾸었고, 램프를 전등으로 바꾸듯이 어쩌면 그 전등을 이후는 형광등으로 바꿀지도 모른다. 물론 촛불과 램프, 전등과 형광등이 우리에게 주는 그 음영의 심도 · 인상 · 정서의 차이를 모르고 하는 소리가 아니다. 그러나 그 불빛에 따라 나의 생리에까지 큰 변화가 일어날 것 같지는 않다.

— 시는 무엇을 쓸 것인가?

— 시에 의미를 부여하라.

— 시는 현실과 대결하여야 한다.

따위의 무슨 구호 같은 말을 나는 싫어하기에 앞서 비웃는다. 시는 필요해 있는 것이 아니기 때문이다. 시는 있어도 좋고 없어도 좋은 게 아니지 않는가.

나는 그 무엇을 쓰고, 그 무엇에 만족하면 그만이다. 내 팔에 채워져 있는 한 벗으로부터 선물인 이 ELGIN 시계나, 이 원고를 쓰는 데 사용되고 있는 이 볼펜이 그 모양대로 여기 있듯이, 내가 써 내는 시는 본연의 자태대로 나에게 쾌감만을 주면 된다. 그러면 되었지 나는 나의 시에 그 이상의 무엇을 요구할 생각은 손톱만치도 없다. 또 요구한다고 될 수 있는 일이겠는가! 될 수 있다고 우기는 사람이 있다면, 나는 그의 두뇌와 지성을 의심하리라.

지금까지도 그랬지만 이제부터는 더욱 쉬운 말을 골라 나의 이미지를 형상화하리라. 더욱 소박한 언어를 택할 것이요, 모든 장식적인 용어를 일소하리라.

한자와 같은 표의문자를 완전히 피하고 오로지 한글만으로써 명료히 표현하도록 노력하리라.

내 시를 두고 동심적이니, 감상적이니, 또는 단순하니 하는 말을 많이 들어왔다. 그러나 나는 이후 좀 더 동심적인 세계를 창조할 것이요, 감상적이라기보다 좀 더 애수적인, 그리도 좀 더 단순해지고자 한다.

누구나 자기가 쓴 시를 완전무결하다고 생각하지는 않을 것이다, 적어도 겸손한 태도로 말하는 사람이라면. 물론 나 자신도 이제껏 완전한 시를 썼다고 마음먹은 일은 없다. 모르긴 모르되 이후도 그럴 것이다. 그러나 완전하지 못한 대로, 나의 시에서 나는, 그리고 독자는 다소나마 애수를 느끼리라. 보들레르는 우울한 시세계를 만들어냄으로써 그는 우울을 구하는 그의 마음을 만족시키고자 하였다는 말을 들었다. 그는 우울한 마음으로 산다는 그 자체에 어떤 쾌감을 느꼈는지도 모르겠다.

나는 애수를 느끼고 싶은 것이다. 지금 이상으로 보다 깊은 애수의 밑바닥으로 들어가 사뭇 푹 애수에 마음을 적시고 싶다. 애수를 느낌으로써 쾌감을 느낌은 나의 생리적인 이야기이다. 나의 생리에는 애수만이 필요한 것 같다(1960년).

시작詩作에서의 한자 문제

언젠가는 너나없이 한글로만 시를 쓰게 될 것이라고 생각한다. 지나친 예언 같아 심히 마음 송구한 바 없지 않으나, 나는 그걸 믿고 싶다.

근본적으로 한 나라에서 몇 가지 종류의 언어가 쓰일 수는 없다. 한자는 그야말로 한자이지, 우리나라 언어는 아니다. 다만 관습적으로 그걸 써 내려왔음에 불과하다. 그러나 우리의 오랜 관습도 차차 없어지기 시작하였다. 우리는 우리가 항용 쓰는 말로 모든 사상·이념·감정·연구 등을 발표하게끔 되었다. 다만 그리 많지 않은 사람들은 자기가 편한 대로 한자 섞인 글을 그대로 쓰고 있을 따름이다.

시詩에서도 전에 비해 얼마나 한자를 적게 쓰고 있는가를 쉽게 발견할 수 있다. 이렇게 적게 써 나가다 보면, 멀지 않은 장래에 전혀 한자 없이 시를 쓰게 되리라 어떻게 생각지 않겠는가?

혹시 시 표현에 있어서 시각적인 면 같은 걸 들어 무리한 소리라고 할지도 모른다. 그러나 그것은 어디까지나 하나의 습성에서 오는 자기만족이요, 독자가 받아들이는 데는 아무 관계가 없다고 생각한다. 받아들이는 데에 관계가 있다고 보는 독자가 있다면, 그는 역시 그 시를 쓴 시인과 마찬가지로 한자 쓰는 습성에 젖어 있는 사람일 것이다.

'春香'을 '춘향'으로 써서는 맛이 안 난다고 말할 것이다. 옳은 말이다. 그러나 '春香'이란 여주인공이 등장한 그 소설이 나왔던 것은 한자만을 즐겨 쓰던 시대이니, 이제와 그제와는 시대가 다르다.

요즈음의 현대 소설에서는 여주인공 이름을 춘향이라든가, 산월이, 명월이, 추월이로는 쓰지 않을 것이다. 그렇게 쓰면, 시대감각을 잃게 되기 때문이다. 릴케의 말마따나 우리는 모래알처럼 수없이 많은 말 속에서 우리가 필요로 하는 하나의 단어를 찾아내는 노력을 게을리해서는 안 된다. 이미 죽은 말이 있다손 치더라도, 그 말에 입김을 불어넣어 그 죽은 말로 하여금 다시 소생하도록 하는 것이 시인의 사명일 것이다(1959년).

현대시現代詩 왜 어려운가?

　요즈음 발표되는 시는 도무지 이해할 수가 없다는 불만과 비난을 가끔 둘레에서 듣게 된다. 이와 같은 불만과 비난이란 알고 보면 우리나라에 국한된 것이 아니라, 세계 어느 나라에도 있는 독자의 공통된 불만인 모양이다.

　'요즈음 시'란 물론 현대시를 두고 하는 말이다. 현대시 중에서도 모더니스트의 시를 지적해 하는 말이다. 그럼 이들 모더니스트의 시는 왜 그처럼 어려운가?

　그것의 난해성을 단적으로 말하기란 쉬운 일이 아니다. 그러나 그 원인에 대하여 다소나마 해명을 시도하려면, 먼저 모더니스트들이 어떠한 태도로 시를 쓰고 있는가를 살펴보는 것이 가장 현명한 길이 아닐까 생각한다.

　모더니스트들은 시를 쓰는 그 시작詩作 태도부터가 재래의 시인들과 그것이 다르다. 즉 이들은 과거에 쓰여 내려온 모든 시에 대하여 반동하고 반항한다. 그러기 위해 이들은 무엇보다 먼저 시의 기술부터 뒤집어 엎어버린다.

　이와 같은 시작 태도를 취하는 것은 결코 모더니스트들이 반항을 위한 반항으로서가 아니라, 자기의 의지를 그대로 나타내고자 채택한 수단에서이다. 이 점 오해가 있어서는 안 된다. 또 이들 모더니스트들은 누구보다도 언어의 속박을 뿌리친다. 어디까지나 자유롭게 표현하기를 원한다.

　뿐만 아니라, 작품 제작에 있어서도 소위 지적 표현이라든가, 또는 자연주의적 고백 심리를 강조하는 감상주의를 극도로 배격한다. 이들은 철두철미 영상주의映像主義의 실천자들이다. 이러한 태도는 확실히 혁명적이다. 따라서 오랜 관습에 젖어 내려온 일반 독자가 이들의 시를 대하고 당황해 하는 것도 무리는 아니다.

새로운 시가 이 땅에 들어온 지도 어언간 반세기가 넘었다. 그동안 시는 문학의 어느 장르 못지않게 발전을 거듭해 왔거니와, 현실 비판의 정신을 조형화하는 데까지 이르도록 시를 진화시킨 것은 실로 새로운 모더니스트들의 업적이라 아니할 수 없다.

이상과 같은 현대시의 많은 특성은 '오늘의 시'와 '어제의 시'를 완전히 구별해 놓았다. 이러한 특성을 인식 못하고 모더니스트의 시를 대하는 독자는 자연 어렵다는 불만을 가지게 될 것이다.

원래 '모더니즘'이란 말의 'MODERN'이란 뜻은 물론 '현대'라는 말이기는 하지만, 예술에 있어서의 '모던'이란 지금 우리가 호흡하고 있는 이 현실을 두고 하는 말이 아니다. 그것은 고대나 근세에 대하여 쓰이는 '현대'이다. 따라서 시에 있어서의 모더니즘이란 과거의 작품—즉 '노래하는 시'에 대한 현대시로 보아야 타당할 것이다.

여기 말하는 현대시도 엄격하게 분석해 보면, 두 갈래의 흐름이 있는 것을 우리는 곧 발견한다. 즉 그 하나는 과거의 작품이 발전하여 오늘의 시가 된 것과, 또 하나는 과거의 전통을 거의 무시하고 해외의 조류와 합세하여 고유의 형태를 이룩한 것, 그것이다. 이 두 갈래의 유파가 현 시단에 있어서 항상 대립하여 갑론을박을 거듭하고 있으나, 제재題材 · 기술 · 정신 그 어느 면으로 보나 일반이 이해하기 곤란하다는 것은 대개 후자이다.

여기서 내가 하고 싶은 말은, 모던하다 안 하다 하는 것을 오직 '시의 제재'에 의해서만 판단해서는 안 된다는 것이다. 드높은 고층 건물이나 네온 사인, 또는 스카치 같은 양주를 제재로 삼았기 때문에 새롭고, 이와 반대로 초가나 호롱불이나 약주 같은 것을 제재로 하였기 때문에 낡았다는 말은 도시 성립되지 않는다. 진기한 언어, 괴상한 물체, 엑조틱한 풍토만이 새롭다고 본다면, 그것은 졸렬한 사고이다. 요는 그 시인이 현시대에 살고 있는가, 어떤가 하는 것만이 문제일 뿐이다.

모던한 시란 모던한 감정과 우리 시대에 충분히 살고 있는 인간의 느낌과 그것의 표현 방법으로 자유롭게 나타낸 것이어야 한다. 결코 시대 정신

의 의식적인 모방이어서는 안 될 것이다. 어디까지나 '진지한 발명'이어야
할 것이다(1958년).

좋은 시詩를 쓰려면

―시작詩作 초보자初步者를 위하여

나는 이 글을 이제부터 시를 써 보려는 당신 같은 이를 대상으로 하여, 나의 체험에서 느낀 몇 가지를 여기 적어 볼까 생각한다.

무엇보다 먼저 당신에게 하고 싶은 말은 남이 지은 좋은 시를 많이 읽도록 하라고 말하고 싶다. 남의 것을 이것저것 읽어 가노라면 자연 당신 마음에 드는 작품을 발견하게 될 것이다. 그리고 자기와 통할 수 있다고 생각되는 시인을 찾아내게 될 것이다. 그렇게만 되면 당신을 벌써 불완전하나마 자기의 시세계를 갖게 된 거나 다름없다.

이렇게 자기가 좋아하는 시인을 발견하거든, 그 시인의 작품을 모조리 찾아가며 읽으라 권하고 싶다. 그러는 한편 그가 쓴 시가 아닌 다른 글, 수필이라든가, 평론이라든가, 일기 · 기행 같은 것을 꾸준히 더듬어 읽어 보기 바란다. 그러면 당신은 당신이 좋아하는 시인의 생각하는 모습을 알게 될 것이다. 이 말을 단적으로 말하면, 어떤 한 시인을 파고들어가라는 것이다. 이것은 시를 쓰는 데 있어서 중요한 일이다. 왜냐하면, 당신이 좋아하는 그 시인은(직접 대한 일이 없다 해도) 당신의 스승이기 때문이다.

한 사람의 스승을 발견하기란 쉬운 일이 아니다. 뿐만 아니라 지면을 통해서나마 좋은 스승을 알게 되고 가지게 되었다는 것은, 시를 쓰려는 젊은 이에게는 행복한 일이라 아니 할 수 없다.

가령 잘못 스승을 붙들었다고 생각해 보자. 먼 산길을 갈 때에 길잡이를 잘못 만난 것과 마찬가지로 당신은 죽을 고생을 다하고도 결국 목적지에 도달하지 못하는 경우가 생길 것이다. 또 목적지에 다다랐다 해도 거기까지 가는 데 있어서의 당신의 고생이란 이루 말할 수 없는 것이요, 시일은 얼마나 오래 걸릴까. 가장 빠르게, 그리고 올바르게 목적지까지 도달하려면, 좋은 길잡이―좋은 스승이 있어야 할 것이다.

이 스승을 발견하기까지 당신은 당분간 고생할 각오를 해야 된다. 당신도 잘 아시는 김소월金素月은 물론, 시재詩材가 풍부한 천재이다. 그러나 소월이 제아무리 천재라 하여도 그에게 안서岸曙라는 스승의 지도가 없었던들 오늘의 이와 같은 시사적詩史的 위치를 차지할 수 있었을까 의심하지 않을 수 없다.

물론 안서의 작품은 그의 제자인 소월의 그것만 못할지 모르겠다. 그렇다고 소월이 그만한 작품을 써낸 것이 소월 혼자만의 노력으로 된 것은 결코 아니다.

먼저 당신에게 중요한 것은 마음의 스승을 붙잡는 것이다. 당신이 붙잡기만 한다면, 그 스승은 당신을 깊고 넓은 저 시詩세계로 말없이 안내해 줄 것이다. 그리고 당신의 정신을 높여 주고 연마시켜 줄 것이다.

나는 당신이 이윽고 한 사람의 스승을 붙잡으리라 가정하고, 다음에 시 공부 하는 데 실제로 도움이 될 만한 몇 가지 이야기를 말해두고자 한다. 그것은 다름이 아니라, 당신이 좋아하는 작품을 당신 손으로 귀찮다 말고 베껴 보라는 것이다. 왜 그렇게 해야 할 필요가 있을까? 그렇게 함으로써 당신의 그 시인의 착상着想과 아울러 표현에 있어서의 고민한 흔적을 어렴풋이나마 알아보게 될 것이기 때문이다. 그러한 것을 알아보는 것은 시를 쓰는 데 적지 않은 도움이 될 것이다.

물론 이런 일은 번거롭고 힘든 일이다. 그러나 힘들이지 않고 어떻게 커질 수가 있겠는가를 생각해 볼 때, 그냥 넘어갈 수가 없는 일이다. 말하자면 이러한 수업을 거쳐 가지고서야 당신은 커지는 것이다.

현대시는 그동안 많은 변천을 거듭하여 오늘에 이르렀다. 처음에 시詩라고 내가 쓰던 시절에 비교해 보면, 시는 어림없는 발전을 한 것이 사실이다. 그러니 우리 세대보다 더 앞 세대의 작품을 지금에 와서 읽어 보면, 그 발전이란 비교가 안 될 정도이다.

무엇보다 일반적으로 그전 것과 이제 것에서 찾아볼 수 있는 것은 시작하는 태도일 줄 안다. 그전에는 대개 '노래하는 시'를 썼다. 하던 것이 이제는 '생각하는 시'를 쓰고 있다. 최근에 와서 '생각하는 시'는 '고민하는 시'로 변했다. 이것은 좀 일반론적인 말이지만, 가령 언어 하나만을 예로 들어 보아도 우리가 시에서 쓰고 있는 그것의 변천이란 놀랍다 아니 할 수가 없다.

과거의 시인들은 그야말로 시적詩的 용어用語라든가, 음악적인 용어를 골라서 시를 썼다. 그러나 현대 시인은 그렇지가 않다. 현대 시인은 가장 현대적인 용어를 사용하고 있다. 뿐만 아니라 그가 표현한 시의 배열配列에까지 신경을 날카로이 한다. 다시 말하면, 과거의 시詩가 청각적聽覺的인 효과를 노렸다면, 현대시現代詩는 시각적視覺的인 효과에 더욱 그 노력을 기울이고 있다.

전에는 당신도 알다시피 시를 소리 내어 읊었다. 하던 것이 최근에는 눈으로 묵독黙讀을 한다. 묵독을 하는지라 시인은 자기 생각을 충분히 전하기 위하여 시각적인 효과를 노리게 된 것이다. 따라서 글자 한 자 한 자의 배열配列은 물론, 점 하나를 찍는 데 까지 조심을 한다. 이것은 당연한 일이다.

시詩를 쓰려면 많은 책을 읽어야 한다. 과거의 시인들은 시를 쓰기 위하여 오로지 문학만을 주로 공부해 온 것 같다. 그러나 요즈음은 문학만의 공부를 가지고는 시를 쓰지 못한다. 모든 예술 분야에 걸쳐 공부를 해야 할 것입니다. 뿐만 아니라, 정치 · 경제 · 수학 등 문학과는 동떨어진 분야에까지 시야를 넓혀야 할 것이다. 프랑스가 낳은 저 세계적인 시인 '발레리'가 십여 년을 분판 앞에서 수학 문제와 씨름을 하였다는 이야기는 위의 내 말을 증명하고도 남음이 있을 줄 안다.

시詩를 쓰려면―좋은 시詩를 쓰려면 당신은 최소한도로 예술 전반에 대한 상식만이라도 몸에 지녀야 하겠다. 그렇지 않고 현대시를 쓰겠다면 그것은 퍽 어려운 일이요, 어떻게 보면 난센스가 아닐까 생각한다. 그러므로 당신은 시를 읽고 소설을 읽는 반면에 음악과 회화繪畵 · 조각彫刻 같은 것을 감상하도록 해야 한다. 그러는 동안에 당신은 당신도 모르게 당신의 시 정신을 높일 수 있다. 어느 분야이고 쉬운 것이란 있을 수가 없지만, 시를 쓴 다는 것처럼 어려운 일도 없을 것이다.

그런지라 당신은 시를 쓰기 이전에 무엇보다 마음을 단단히 먹고 덤벼들어야 할 것이다. 그렇지 않았다가는 당신은 가고자 하던 길의 절반도 못 가고 중도에서 나가떨어지는 비애를 맛보게 될 것은 뻔한 일이다(1958년).

나는 이렇게 시詩를 쓴다

I

시인이 되어 보리라는 굳은 결심을 하고 시를 쓴 사람이 과거에 있었는지, 또는 현재 있는지 어떤지를 잘 모르겠다. 나만은 그렇지 않았었다는 것을 말해 둔다.

그럼 어떻게 해서 시인이 되었는가? 그것 또한 내 자신 알지 못한다. 어쩌다 보니 시인이라고 남들이 하더라고밖에 대답할 길이 없다.

에누리 없는 말이, 나는 시인이 되고 싶지도 않고 되지도 않았다. 말하자면, 시인이 되겠느니, 안 되겠느니 그것 자체에 별로 관심이 없었던 것이 사실이다.

다만 나는 시라는 것을 좋아했을 따름이다. 내 나이 열다섯 살 때부터일 것이다. 공연히 좋아 그것들을 많이 읽었고, 읽다가 쓰고 싶어서 썼을 뿐이다. 이 말을 바꿔 말하면, 배가 고프기에 밥을 먹었고, 밥을 오래 먹으며 살다 보니 이렇게 나이를 먹었다는—극히 평범하고 자유스러운 이야기와 조금도 다를 것이 없다.

그러나 배가 고파야 밥맛이 있고, 밥맛이 나야 수저를 들고 싶듯이, 시를 읽고 쓰고 하는 것에 즐거움이 없었던들 내가 오늘까지 붓을 끊지 않고 있었을는지 대단히 의심스럽다. 말하자면, 자기의 마음을 흡족하게 하는 그 무엇이 있기 때문에 시와 함께 늙어 가고 있는 것이다.

혹자는 즐거움보다 고통이 더 많다고 한다. 그러나 그 고통이란 시를 두고서의 고통이라기보다는 우리가 살고 있는 인생이라는 것을 생각하는 데서 오는 것이거나, 표현 연마에 따르는 고통이 아닐까 나는 이렇게 생각한다.

II

'이렇게 시를 쓴다'를 공개하면, 시란 먼저 시상詩想이 있어서 그것이 작품화되는 것인데, 나는 이 시상을 얻는 데 무슨 인위적人爲的인 별다른 짓을 해본 경험은 없다.

시상은 거리를 가다가 문득 머리에 떠오르기도 하고, 잠 못 이루고 어둠 속에서 버둥거리다가 생겨지기도 한다. 그런가 하면 음악 소리를 듣다가 얻어지는 적도 있다. 그야말로 불현듯 머릿속에 떠오른다만, 그런 때 나는 대개 그것을 종이쪽지나 노트에 적어 둔다. 한 줄, 기껏 길어서 석 줄을 넘지 못하지만, 그것이 나중에 가서 시가 되는 것이다.

그 짧은 시구를 가지고 그 자리에서 한 편의 시를 써내는 일도 간혹 있긴 하지만, 오랜 시일을 끌게 되는 것이 보통이다. 20대의 한창 젊은 나이에는 오래 걸려 한 달, 성적이 좋을 때면 사흘 정도에 완성시키곤 하였다. 물론 그 시절은 나의 주위 환경이 퍽 좋은 때여서, 자나 깨나 시밖에 생각을 하지 않았으니 그랬을지도 모른다.

지금은 어떠한가? 첫째, 상想을 잡기가 어렵다. 시상이 고갈될 대로 고갈된 모양이다. 슬픈 일이다.

그러나 지금도 몇 달에 한 번 정도 문득 머리에 떠오르는 것이 있어서 그것을 금이야 옥이야 노트에 적어 놓고 아낀다만, 그것들을 작품화할 마음과 시간의 여유가 좀처럼 없어 모처럼 얻은 상想도 그냥 내버려 두게 된다. 요즈음 내가 시를 통 못 쓰는 것의 이유는 이런 데 있는 것 같다.

III

지난해 ≪현대문학≫에 실렸던 '갈바람과 매음녀와'라는 졸작이 있다. 이 졸작은 내가 어느 늦가을 아침, 종로에 있는 다방에서 거리를 내다보고 있다가 얻은 상을 작품화한 것이다.

아직 그리 춥지 않던 때로, 열어젖힌 창으로 낙엽이 한 잎 바시락 소리를 내며 날아들어 빈 찻잔에 나비 모양 앉았다. 그 가랑잎을 손에 드는 순간, 나는 뒷골목에 오늘도 쓸쓸히 살고 있으리라 생각되는 한 매음녀의 자태를 머릿속에 그릴 수 있었다. 나는 조그만 수첩을 꺼내 다음과 같이 기록해 둘 것을 잊지 않았다.

가을 바람이 매음녀처럼 웃음을 띠고 나를 부른다.

한 줄 밖에 안 되는 극히 짧은 것이나, 이것은 그 후 한 편의 시가 될 수 있었다. 두서너 달 지나서의 일이다.

역시 다방에서이다만, 음악 소리가 귀에 익은데, 도무지 무슨 곡인지 알 수가 없다. 곰곰 생각을 해보니, 그것은 '제3의 사나이'라는 영화에 나오는 이상야릇한 곡의 음악이다.

그때 내 머릿속에는 이미 하나의 이미지가 자리 잡고 있었다. 그러나 도무지 뚜렷하지 않다. 웬일인지 그저 가슴만이 답답할 따름이다. '길 한 끝에서'—이런 시 제목 같은 것이 되었을 뿐, 이미지는 그 이상 퍼져 나가지를 못한다.

나는 하루같이 그 다방에 가서 그 음악을 들려 달라 하기를 석 달, 그러나 결국 아무것도 되지 않아 단념하다시피 하고 오랫동안 그것은 잊고 있었다. 그러던 것이 어느 겨울 날, 눈이 펑펑 내리는 거리를 싸다니다가 문득 이 이미지를 좀 더 정확히 포착捕捉할 수가 있었다. 그것이 《새벽》 잡지에 실린 「길 한 끝에서」이다만, 이 시를 쓰는 동안에 또 하나의 이미지가 나의 머릿속에 떠올랐다. 그것이 바로 같은 달 《현대문학》에 실린 「어느 고을」이다.

이렇게 때에 따라서는 하나의 이미지의 뒤를 따라 또 하나의 이미지를 잡을 수도 있었지만, 그러나 그런 일은 극히 드문 일이다(1959년).

시詩 감상법鑑賞法

시를 감상하는 데에는 그 방법도 중요할 것이나, 방법을 알기에 앞서 자기에게 과연 시적詩的 소질이 있는가, 없는가를 먼저 알아볼 필요가 있지 않을까 생각한다. 시적 소질이 없어 가지고는 제아무리 훌륭한 세계적인 명시名詩를 대한다 하더라도, 감상하는 데 있어서는 한갓 장님일 수밖에 없기 때문이다. 그 좋은 실례를 우리는 서화나 골동품을 수집해 들이는 저 부호들에게서 볼 수 있다.

한 포기의 화초를 발견했을 때 그것을 하나의 식물로밖에 이해하지 못한다면, 애당초 시 같은 것을 감상할 생각은 하지 않는 것이 현명할 것이다. 이런 사람은 시 감상에 있어서의 장님이다. 앞에서 말한 시적 소질이 전연 없는 것이다. 글은 모르면 배울 수도 있으나, 소질이란 천성적인 것이라서 그렇지가 못하니, 문맹보다 더욱 치명적이라 아니 할 수가 없다.

시적 소질이 있는 사람이라면, 한 포기의 화초를 식물로만 인식하지 않고 반드시 거기서 어떤 느낌을 받을 것이다. 다시 말하면, 인식적認識的으로 이해하는 것과 동시에, 정서적으로도 이해하게 된다. 정서적으로 이해하는 것, 이것이 시 감상에 있어서는 절대로 필요하다.

이 글을 읽는 독자는 시적 소질이 다분히 있는 사람들이라 믿고 나는 이야기를 진행시키고 있다. 적어도 시에 취미 또는 흥미를 가지고 있는 사람이라면, 정도의 차이는 있겠으나 시적 소질만은 있다고 보아 무방할 것이다.

첫머리에서 나는 시 감상에 있어서는 무엇보다 시적 소질이 있어야 함을 강조하였다. 그리고 그 이유는 부족한 대로 나의 설명으로써 이해되었으리라고 생각하지만, 그러면 시적 소질만 있으면 아무나 쉽게 시를 감상할 수 있느냐 하면 그렇지도 않다. 다른 예술 감상과 마찬가지로 시 감상에 있어서도 훈련이란 것이 어느 정도 필요하기 때문에 그렇게 쉽지가 않다.

천재란 어떤 때이고 훈련받을 기회를 놓치지 않는 재능이라고 한다. 하물며 우리는 천재 아닌 범인凡人이다. 따라서 훈련을 받을 기회를 붙들어야 하는 것이고 보면, 역시 어려운 일이라 아니 할 수 없다.

어찌 되었든 힘들여 훈련을 거듭 받노라면, 우리의 감상 정도가 높아지고 깊어지고 넓어질 것은 뻔한 일이다. 그럼 그때 우리는 어떤 효용을 갖게 되는가. 그런 수준에 위치한다는 것 자체가 우리 인생을 풍부히 하는 것임은 말할 것도 없겠거니와, 실제로 시를 씀에 있어서 나타나는 효과는 거대한 것이 있다. 다음에 그 실례를 하나 들어 보기로 한다.

조지훈趙芝薰의 대표작으로 치는 시에 '승무'가 있다. 그는 수원 용주사에 갔다가 승무 추는 것을 구경하고 큰 감동을 받았으며, 뒤에 어느 전람회에서 '승무도'란 그림을 두 시간 이상이나 서서보고 난 후 이 시를 쓸 수 있었다고 말하고 있다. 그때 절에서 승무 추는 것을 구경한 사람이나, 또 전람회에서 '승무도'를 관람한 사람이 이 시인 한 사람만은 아니었을 것이다. 그런데 아무도 이 시인처럼 거기서 큰 미美를 인식하지 못했으니, 그의 걸작 '승무' 같은 작품은 이 미를 감상한 데서 출발하게 된 것이라고 말할 수 있을 것이다. 그렇기 때문에 훌륭한 시인들은 감상하는 훈련을 거듭하려 하며, 또 그것을 시작詩作에 활용하는 것이다.

다음에 시 감상의 훈련을 돕기 위한 중요한 몇 가지 점을 들기로 하면,

① 어떤 식으로 시를 감상할 것인가?

② 어떤 시를 감상할 것인가?

③ 어떤 의견을 참고할 것인가?

등이 있다. 이 밖에도 더 있을 것이나, 이 세 가지 점이 비교적 중요할 것이요, 이 정도면 족하지 않을까 생각한다.

① 어떤 식으로 시를 감상할 것인가? 시 감상의 원칙은 그 시를 읽고 뜻을 이해하는 데서 시작하는 것이다. 그러나 읽어서 뜻을 이해한다는 것이 법조문이나 시사 해설 같은 것을 이해하는 것 같은 이해여서는 안 된다. "사상을 장미꽃 향기처럼 감각시키는 것"이 시라고 말한 것은 엘리엇 (Eliot, Thomas Stens)이지만, 시를 감상하는 독자는 한 편의 시가 풍기는 그 사상을 무엇보다 장미꽃 향기처럼 감각해야 할 것이다. 그것을 감각하지 못해서는 참말로 시를 감상했다고 말할 수 없을 것이다.

시를 어떤 식으로 감상해야 하느냐 하는 문제 역시 그리 간단하지 않은 어려운 문제이다. 사람 따라 각기 그 감상하는 식이 다르며, 또 여기에 대한 여러 의견이 있을 것이기 때문이다. 그러나 시 감상은 담담한 기분으로 해야 된다고 나는 주장하는 사람이다. 이 사람 저 사람의 의견에 일일이 귀를 기울이거나, 어떤 선입감을 가지고 작품을 대해서는 시가 던지는 감동을 그대로 받아들이는 데 장애가 될 것이다.

발레리(Valéry, Paul Ambroise)는 "시 속의 사상은 과실의 영양가와 같이 감추어져 있지 않으면 안 된다. 하나의 과실은 영양가이기는 하나, 그저 맛있어만 보이는 법이다. 독자는 거기서 쾌미감만을 느끼는 것이지만, 그러나 실상 독자가 받는 것은 자양분이다"라고 말하였다. 능금이면 능금을 먹으면 그 속의 자양분이 그대로 우리 몸의 피가 되고 살이 된다는 대단히 적절한 비유이다. 마찬가지로 좋은 시라면, 담담히 대하기만 하여도 감상 정도를 충분히 높여 주고 넓혀 줄 것으로 안다.

그런데 아무리 담담히 받아들이려 해도 우리에게 아무런 감동도 주지 않는 명시名詩가 없지는 않다. 발레리가 말하는 것 같은 쾌미감을 조금도 느낄 수가 없는 것이다. 이건 어찌 된 셈인가? 그리고 이럴 때에는 어떻게 할 것인가?

아무리 명시名詩라 하더라도 독자의 환경·처지·교양 정도 등에 따라 적지 않은 제한을 받기 때문에 이런 경우가 생기게 된다. 이 밖에도 개개인의 사상·생리·리듬 같은 것과도 다소 관계가 있다. 그러나 그럴 때는 깨끗이 책장을 덮고 뒷날을 기다리는 것이 가장 현명하다. 그러다가 어느 시기, 또는 어느 기회에 다시 꺼내 감상하면, 전과는 달리 반응이 있을 것이다.

시詩는 있는 그대로를 솔직히 받아들이는 것이 옳은 감상법이라고 나는 주장하였다. 그러나 이 말을 막연히 읽기만 하라는 뜻으로 오해해서는 안 된다. 읽기만 해서는 시의 참뜻이나 참맛을 모르는 채 넘어가기가 십중팔구일뿐더러, 아무런 감동도 받지 못하게 된다. 그런지라 시의 세부적인 미를 세심한 주의를 기울여 감상하도록 해야 한다. 그러기 위해서는 시의 구성이라든가, 기법 같은 것에도 각별히 유의해야 할 것이다. 다시 말하면, 무엇을 썼느냐 하는 것도 중요하지만, 어떻게 썼느냐를 살펴보라는 것이다. 이 같은 감상 태도는 시의 참된 맛—쾌미감을 감각하는 것이 되며, 또 시를 쓰는 데에도 큰 도움이 된다.

② 어떤 시詩를 감상할 것인가?　신문으로, 잡지로, 책으로 근래 결코 적다 할 수 없을 정도의 시가 발표되고 있다. 그러나 그 많은 시를 모조리 감상할 수도 없거니와, 그럴 필요도 없다고 생각한다. 어떤 시를 감상하면 좋은가? 두말할 것 없이 걸작시만을 감상하는 것이 제일이라고 말하고 싶다.

그럼 걸작시란 어떤 것인가? 오래 두고 그 생명을 잃지 않고 있는 소위 명시를 일컫는 말이다. 모든 예술 작품이 그렇듯이 시는 시일을 오래 두고 보아야 그 진가를 가려낼 수가 있다. 처음 잠깐 눈에 띄었다가 얼마 안 가 그대로 스러지고 마는 시 따위는 그 가치성이 퍽 희박한 졸작들이다. 그리고 이 따위 시는 수두룩하고 명시는 적기 때문에 감상력이 약한 독자는 가끔 현혹된다. 이런 점으로 미루어 보아 신문이나 잡지에 게재되는 시만을 찾아 읽는 것처럼 감상력을 기르는 데 있어서 손해인 것은 없을 것이다.

시 중에는 허다한 개인 시집과 적지 않은 양의 앤솔러지(anthology · 名詩選集)가 나와 있다. 그 많은 책자 중 어느 것을 선택할 것인가에 대한 대답은 경솔히 말할 수 없으나 권위 있는 편집자, 권위 있는 편집위원들이 엮어낸 앤솔러지라면 어느 정도 믿어 좋을 줄 안다.

알다시피 우리나라 신시新詩의 역사는 극히 짧다. 따라서 고전에 속하는 작품이 아직 없다. 만일 원서를 읽을 수 있다면, 새로운 시의 고전이 많은 서양 것들을 읽으라고 권하고 싶다. 번역된 것으로도 감상하지 못할 것은 아니로되, 문제는 번역시 자체이다. 즉 원시原詩를 그대로 잘 살린 번역시라면 될 수도 있겠으나, 그것은 바랄 수 없는 이야기이다. 왜냐하면, 시는 소설과도 달라 번역이 거의 불가능하기 때문이다.

여기 오해가 있어서는 안 될 것이 내가 서양의 새로운 시를 감상해 보라는 뜻은 덮어놓고 서양 것, 새로운 것에 손을 대라는 것이 아니다. 시는 유행품이 아니다. 그 시가 우수하면 할수록 생명은 항상 새로울진대, 좋은 시를 찾아 그 생명을 파악하도록 하라는 말이다. 최근에 떠들어대는 작자의 작품을 읽지 않고 있다 해서 시대에 뒤떨어졌다고 하지는 않는다. "우리는 무슨 새로운 일을 하려 한 것은 아니다. 그저 그런 대가들의 발자취를 더듬어 보았을 따름이다. 그것을 어지간히 새로운 것처럼 떠들어대는 것은 세상뿐이다." 이것은 프랑스의 세계적인 인상파 화가인 르누아르 (Renoir, Pierre Auguste)의 말이다. 그렇다! 위대한 앞사람들의 고심한 자취를 더듬어 봄이 시 감상의 가장 현명한 방법일 것이다.

시를 보는 관점은 사람마다 다르다. 그렇기 때문에 남이 대단히 좋다는 시가 자기에게는 대단하지 않게 보이는 수도 있고, 이와는 반대로 남이 그리 문제시하지 않는 시가 자기에게 큰 감명을 주는 수도 있다. 이런 것은 어쩔 수 없는 것으로, 그 시를 읽는 시기·장소·연령 또는 생리에 관계되는 수가 많다. 그런즉 자기 마음에 드는 것을 찾아 읽을 수밖에 없다(나자신의 경우는 이런 식이다). 그러는 동안에 자기가 진정으로 좋아하는 시인이 나타날 것이다. 그때는 그 시인의 산문·성장·연보年譜까지 알아보며 감상하도록 한다. 한 편의 시일지라도 그것을 이해하려면 그 시인의 성장이나 제작 연대 같은 것을 알아보아야 할 것이다.

③ 어떤 의견을 참고할 것인가? 아무의 의견도 참고하지 않는 것이 순

수한 감상일 것이다. 더욱이 비평가들의 왈가왈부하는 비평에 귀를 기울일 필요는 없다. 그런 것은 불순한 것들로서 유익은커녕 유해하다. 아무런 공감과 동의同意가 없는, 남의 의견을 머릿속에 두어서는 정신이 구속을 받아 감상력은 제구실을 하지 못하고 저하될 것이다.

만일 그래도 딴 무엇이 없겠느냐고 묻는다면, 나는 다음과 같은 것들을 권하고 싶다. 시인 자신이 쓴 시작 과정에 대한 글이나, 고심담이나, 시론 같은 것을 참고하는 것이 좋을 것이다. 비평가의 그것보다는 실제로 시를 써 온 시인들의 글이 시 감상에는 참고가 될 줄로 안다.

그들은 직접 자기가 체험한 경험담을 공개해 주는 것인즉, 독자의 입장에서는 우리가 모르는 시작詩作 비밀을 엿보는 것이 된다.

이 밖에도 시인 아닌 딴 분야의 위대한 예술가들의 말에 되도록 귀를 기울이도록 하는 것이 좋다. 예를 들어, 조각가 로댕의 『어록』 같은 것이라든가, 시인으로 릴케의 『젊은 청년 시인에의 편지』 같은 것은 시 감상에도 적지 않은 안목과 공감을 가져다 줄 것이다.

우리가 작품을 통하지 않고 바로 그 예술가의 인간상을 알아보는 데 필요한 것으로 편지만큼 적절한 것은 없을 것이다. 편지란 그 사람의 사생활의 자백이기 때문이다. 그런 의미에서 예술가들의 편지는 우리에게 많은 공부를 시켜 준다. 음악가의 것으로는 베토벤·차이코프스키의 편지, 화가로서는 고흐·세잔의 편지 같은 것이 훌륭하다.

이쯤 공부해야 된다는 것은 말이 쉽지 참말로 큰일이다. 그러나 사실에 있어서 감상이란 일생을 두고 해야 되는 일대사업이요, 인간적 수업인 것이다. 통속적으로 말한다면, 한 인간이 되려는 것이다. 작은 인간이 아닌, 진실된 어른이 되려는 것이다. 그렇기 때문에 우리는 위에서도 말한 바 있는 훈련을 게을리할 수가 없다.

시 감상법에 대한 나의 이야기가 이 방면에 취미를 가진 독자들에게 얼마만큼 도움이 될지 모르는 채 붓을 놓아야 한다. 시 감상을 위한 이야기는 하고자 하면 한이 없을 정도로 좀 더 많을 것이다. 그러나 내가 내건 세

가지 점이 역시 제일 중요하지 않을까 생각한다. 보다 자세히 구체적인 이야기를 하고 싶었으나, 제한된 매수와 시간 아래에서는 그것이 되지 않았다. 모자라는 점 널리 양해하기 바란다(1952년).

새빨간 능금처럼
—여류시인女流詩人 '삽포'의 비련悲戀

높다란 나무 가지에 걸려 있어
과실 따는 이 잊고 간
아니,
잊은 것은 아니련만
얻기 어려워 남겨 놓은
새빨간 능금처럼…….

이 시는 세계에서 가장 오래 된 여류 시인 '삽포'가 쓴 것으로, 그의 외로운 신세를 단적으로 그린 것이라고 생각한다. 이제 그에 대한 전설처럼 내려오고 있는 그의 사랑과 갈등을 알고 보면, 이 시가 내포하고 있는 한 시인의 아무한테도 호소할 길 없는 허전한 심정을 독자는 곧 이해하게 될 것이다.

삽포(Sappho ; BC 612~?)는 그리스의 레스보스 섬에서 태어났다. 이 섬사람들은 음악과 서정시로 일찍부터 널리 알려져 있었거니와, 서정시는 후세와 달라 고대에 있어서는 음악과 떼려야 뗄 수 없는 것이었다. 그것은 그때의 시가 '생각하는 시'가 아니라, '노래하는 시'였기 때문이다. 그런지라, 시인은 악공樂工이기도 하였다. 그들은 시를 노래할 때에 반드시 '리라'라는 조그만 칠현금七絃琴으로 반주를 하였다(서정시의 원명 Liric은 Lyra에서 온 것이다).

삽포의 용모가 어떻게 생겼었다고 말하는 사람은 하나도 없다. 워낙 오래된 사람일 뿐 아니라, 그의 용모에 대한 기록이 전혀 없기 때문이다. 다만 몇몇 시인들의 시구를 통하여 우리가 상상할 수 있을 따름인데, 그것도 그가 그리스인다운 단정한 모습의 소유자였다는 것, 얼굴빛이 희기보다는 약간 까만 편이었다는 정도이다.

그의 생애에 대해서도 자세한 것을 모른다. 오직 전설로 내려오는 것을 토대로 삼은 전기가 있을 뿐이다. 그러나 그의 이와 같이 부정확한 전기 중에서도 오늘에 와서 우리의 흥미를 끄는 것은 그의 작품과 슬픈 사랑, 이것이다.

> 장미 잎새 샛노래져
> 분수 물에 떨어질 제
> 고요한 갈피리 소리
> 서글픈 고열高熱의 때를 꿰뚫는다.
>
> 그렇지만 밟고 오는 자갈이 나에게 알릴 때까지 안타까이
> 기다리며 귀 기울이는 아아 설레는 이 심사
> 그는 '파온'의 발소리가 아닌가.

이처럼 삽포가 가슴 조이며 연모하던 '파온Phaon'이란 누구일까. 그는 다른 사람 아닌 삽포의 노예였다. 삽포는 자기 노예를 사랑했던 것이다. 그런데 삽포는 종말에 그 노예한테 배반당하고 말았으니, 명예를 한 몸에 지닌 고명한 이 시인도 사랑만은 얻을 수가 없어 마침내 바다에 몸을 던져 자살하고 만다.

이와 같은 기구한 사랑을 그려 그로 하여금 후세에까지 더욱 유명하게 만든 것은 오스트리아의 시인 프란스 그리르바르체르이다. 즉 비극 <삽포>가 그것으로, 이 작품은 저 정열의 시인 바이런까지도 그의 일기 속에서 격찬하고 있다.

> 모진 바람이 전나무 가지에 휘몰아 오듯이
> 사랑이여
> 늬 나의 가냘픈 마음을 뒤흔드누나.

머리에 올림피아 승리의 월계관을 얹고, 어깨에 새빨간 망토를 걸친 삽포. 황금 리라를 손에 들고 백마白馬가 끄는 수레를 타고 돌아오는 삽포. 이제 시인 삽포는 수없이 많은 군중의 열광적인 영접을 받으며 레스보스 섬으로 돌아오고 있다. 그의 가슴에서 뒤흔들리는 사랑을 느끼며……. 삽포는 군중을 향해 자랑스러이 소리쳤다.

"내 수없이 많은 사람 중에서 오직 이 사람만을 사랑하고 있노라. 목숨을 걸어 선택한 것은 바로 이 청년이노라."

레스보스 사람들 앞에 이렇게 삽포가 자랑한 젊은이. 그러나 그는 삽포의 뜨거운 사랑의 속삭임에 뭐라고 대답하였던가.

"오오 숭고하신 삽포 님이여!"

그의 입에서는 으레 이 말 밖에 나오지 않았다. 그럴 때마다 삽포는 남몰래 눈물을 흘리곤 하였다.

"그런 말 말고, 또 할 말이 없느뇨, 그대 가슴 속으로부터 우러나오는 좀 더 친밀한 말이!"

삽포는 원망스러운 눈초리를 파온에게로 던진다.

그러나 파온의 얼굴에는 아무런 표정도 없었다. 그야 그럴 수밖에―파온은 삽포의 계집종 '메리타'를 사랑하고 있었던 것을! 개선장군같이 의기양양하게 고향으로 돌아온 삽포였지만, 사랑의 승리관勝利冠만은 머리에 쓸 수가 없었던 것이다.

파온이 메리타를 사랑하게 된 것은 이 소녀가 자기 살던 고향과 거기 있는 가족을 그리며 슬퍼하는 것을 보았을 때부터였다.

"삽포는 친절하고 마음 좋으신 분이니까 내가 말하면 네 몸값쯤 받지 않고 널 집으로 돌려보내 줄 거야."

"집으로 돌아갈 수가 없지 않아? 난 고향조차 어딘지 모르는걸."

그건 그렇다. 메리타는 철없는 어린애 적에 어떤 맘보 나쁜 놈에게 끌려가서 커지자, 이 레스보스의 삽포한테로 팔려온 것이다.

어느 날 오후였다. 삽포가 있는 곳에서 그리 멀지 않은 동굴洞窟 부근에서 두 젊은이는 장미꽃을 꺾고 있었다. 높다란 나뭇가지에 피어 있는 꽃을 메리타가 꺾으려고 나무 위로 발을 올려놓는다. 그러나 키가 모자라 손이 닿지 않는다. 그 모양을 보고 파온이,

"내 꺾어 줄 테니 내려와."

하고 말하였다.

"아니야. 꺾을 수 있어."

"그러다가 떨어지면 다친다."

파온의 이 말이 채 끝나기도 전에 메리타는 나뭇가지에서 미끄러져 떨어졌다. 재빨리 메리타를 팔 벌려 받으려는 파온. 두 사람은 함께 땅 위로 굴러 자빠지며 서로 부둥켜안았다.

이 꼴을 본 것은 리라도 손에 들지 않고 평복으로 나왔던 삽포였다.

"이년, 썩 물러가지 못하겠느냐."

분노에 찬 눈초리로 삽포는 메리타를 쫓아내고 파온 쪽으로 시선을 돌리며 그를 부른다.

"파온!"

달 기울고 묘별도 떨어진
밤은 지금
삼경을 지나가는데
나만은 이렇게 홀로 자야 하는가.

이런 일이 있은 뒤부터 삽포의 고민은 더욱 심해졌다. 삼경이 지나도록 잠 못 이루고 홀로 침대 위에서 몸을 뒤치락거리는 일이 한두 번이 아니었다.

바로 엊그제도 이런 일이 있었다.

삽포가 뮤즈詩神를 모신 동굴로부터 돌아오고 있는데, 때마침 파온이 잔디밭에 누워 낮잠을 자고 있지 않은가. 삽포는 그의 곁으로 걸어가 몸을

굽히고 무심히 코만 드르렁 드르렁 골고 있는 이 '귀여운 배신자'의 이마에 가만히 입술을 갖다 대었다. 그러자 파온은 놀라 눈을 뜨고 두 팔을 벌린다. 삽포는 기쁨을 억제하지 못하는 양 파온의 품으로 파고들어 안겼다. 그러나 다음 순간 파온의 입에서 흘러나온 말!

"오오, 나의 사랑 메리타!"

삽포는 뒤로 몸을 빼고 물러나 벌떡 일어섰다. 그리고 땅이 꺼지게 긴 한숨을 내쉬었다.

"아 아!"

삽포의 번뇌는 나날이 짙어 갔다.

"저 계집년 때문에 마다는 게지, 온 그리스인이 환호성을 치며 받들어 주는 나를! 오냐 저 년을 내쫓자, 그를 사로잡는 저 년을!"

이렇게 마음먹자 삽포는 메리타를 곧 불러들였다.

메리타가 겁먹은 눈을 하고 나타났다. 그의 손에는 장미꽃이 들려있었다. 삽포는 그 꽃을 보자 빼앗고 싶은 충동을 억제할 수가 없었다.

"그 꽃일랑 나 주렴. 네 기념으로 두고 보게."

하고 말하였다.

"안 돼요." 메리타는 그 자리에서 거절한다.

"쓸데없는 소리. 거역해도 소용없어. 자 이리 내놔!"

삽포는 메리타 앞으로 다가서며 손을 내민다. 메리타는 장미꽃을 몸 뒤로 감추며 한 발짝 물러선다.

"안 돼요. 이 꽃만은 단 돼요. 차라리 제 목숨을 뺏어 가세요."

이렇게 애걸하는 메리타의 눈에는 어느덧 이슬방울이 반짝인다.

그날 밤이다. 파온을 만나자, 메리타는 낮에 있었던 일을 샅샅이 이야기하였다.

"울고 계셔요."

"누가?"

"삽포 님이."

"내 알 바 아니야. 울다 싫어지면 딴 맘을 먹겠지."

"하지만 어떻게 주인 양반의 걱정을 그대로 내버려 둬요!"

"네가 자꾸 그런 소릴 하면 내 맘도 동한다. 그러니 어서 한시 바삐 여길 떠나자. 그것이 상책이다."

밤이 지새려 할 무렵, 서로 사랑하는 두 젊은이는 쪽배를 잡아타고 영원한 행복을 찾아 떠나갔다. 그러나 그들은 멀리 가지 못하고 뒤따라 쫓아온 노예들 손에 잡혀 다시 끌려왔다.

파온은 삽포가 있는 곳으로 달려간다. 때마침 삽포는 제단祭壇 아래에 엎드려 있었다.

"삽포여, 그대는 좀 더 지위 있고 학식 있고 기품 있는 자와 사귀시오. 제신諸神의 향연饗宴으로부터 인간 세계로 내려오는 날, 그날이 오면 그대 반드시 벌을 받게 되시리라."

이 말을 듣자, 삽포의 울음 섞인 목소리가 대답한다.

"내 이 세상에서 얻고자 하는 것, 그것을 얻을 수 있다면 이 황금의 리라를 바다 깊이 내던져도 후회치 않겠노라."

"마음대로, 좋도록 하시옵소서. 삽포 님이여, 저와 이 젊은이를."

파온의 뒤를 따라 들어온 메리타의 마지막 호소였다. 이윽고 파온이 엄숙한 어조로 말을 던진다.

"인간엔 사랑을, 신들껜 존엄을, 우리에겐 갈 길을 주고, 그러고 나서 그대는 그대 갈 길을 가시오."

삽포는 "그대는 그대 갈 길을 가시오." 하는 소리에 벌떡 일어나 꿇어앉은 두 젊은이를 잠시 내려다보고 돌아서 안으로 들어간다.

그 모양을 곁에서 보고 있던 노예 라무네스가 젊은이를 나무란다.

얼마 있다가 다시 삽포가 원주圓柱가 서 있는 널따란 낭하에 나타났다. 찬란한 옷차림이다. 어깨에 걸친 새빨간 망토가 오늘따라 유달리 눈부시다. 머리에는 월계관, 황금 리라가 그의 손에 들려 있다. 무거운 발걸음으로 삽포는 걸어 나온다.

라무네스의 나무람을 듣고 약간 후회하고 있던 파온과 메리타는 삽포를 보자, 그 앞으로 달려가 그 발 밑에 엎드려 사과의 말을 드리려 하였다. 그러자 삽포는 손을 가볍게 저어 그들의 입을 막으며,

"나에게 아무 말도 하지 말라. 이 몸은 이미 신에게 바쳐졌노라!"
하고 엄숙한 표정을 짓는다.

"파온, 그대는 귀여웠노라. 지금도 귀엽노라. 이후도 귀여우리라, 마치 그리운 나그네 길의 길동무처럼. 운명은 그대와 나를 한배에 태워 놓았노라. 그러나 이제 물기슭에 다다르고 보니 각자 제갈 길을 가야한 하는가 보다. 조용히 서로 아무 말도 말고 작별을 하자."

이렇게 말하고 나서 삽포는 파온의 이마에 입술을 갖다 대었다. 그리고 한 손으로 메리타를 끌어당겨 가볍게 얼싸안아 준다…….

삽포는 이윽고 계단 쪽을 향해 조용히 걸어가 물기슭 높다란 바위 위로 올라갔다. 먼 바다를 내려다보며 말이 없는 삽포. 그는 바다를 향해 두 손을 내밀고 다음과 같이 말하였다.

"사람에겐 사랑, 신들껜 존엄을. 그대들은 혜택받은 온갖 것을 즐기라. 그리고 먼 후일일지라도 가끔 이 몸을 생각해 달라."

이 말이 끝나자, 삽포는 바위에서 짙푸른 바다로 몸을 내던졌다. 라무네스가 혼잣말처럼 중얼거린다.

"이젠 이미 늦었다. 월계관은 시들고, 리라는 그 울림을 그쳤다. 이 세상엔 그 분의 고향이 없었던 것이다. 그 분은 신의 나라로 돌아가시고 말았다!"

칼 맞은 비둘기와 분수
—아폴리네르의 전쟁시戰爭詩

인류가 생긴 이래 전쟁은 그칠 줄 모르게 일어났다. 평화시대보다 전쟁시대가 더 많았던 것만 같다. 그 성격이나 규모는 어찌 되었든 참으로 많은 전쟁이 있었던 것만은 틀림없다. 그때마다 이루 헤아릴 수 없는 숫자의 인명이 달아났다. 그 중에는 시인도 적지 아니 끼여 있었다. 고대는 잠깐을 제외하고라도, 제1차, 제2차의 세계대전에서 죽은 젊은 시인의 수만도 엄청나게 많다. 그러니 그들이 남긴 전쟁시戰爭詩야 감히 읽어 볼 생각조차 못할 노릇이다.

전쟁시戰爭詩하면 나는 곧 프랑스의 아폴리네르(Apollinaire, Guillaume; 1880~1918년)가 낸 진중陣中시집 『캘리그램Calligrammes』을 생각하게 된다. 그가 제1차 대전에 포병사관으로 출정했을 때 쓴 것들을 모은 것이다. 포탄 속에서 등사판으로 박아낸 것이다.

나는 여기 이 시인의 약력·예술을 소개할 시간적 여유도, 지면도 없음을 유감으로 생각한다. 그는 사생아私生兒였다는 것, 저 유명한 화가 피카소를 맨 처음으로 세상에 소개하였다는 것, 1914년 8월에 출정하였다는 것, 참호 속에서 잡지를 읽고 있다가 포탄의 파편을 맞았다는 것, 휴전조약이 성립되던 바로 전날 폐렴으로 죽었다는 것 정도를 적어 두는 데 그치고, 그의 작품을 읽기로 한다.

칼 맞은 비둘기와 분수噴水

칼 맞아 죽은 상냥한 모습아

꽃잎 같은 그리운 입술아
'미야'야 '마레이에'야
그리고 너, 나의 '미야'야
너희들 지금 어디 있니?
오오 딸들아
아아 그렇건만
분수 곁에서
기도하며 눈물 짓는
이 비둘기는 실심한다.

그 옛날의 추억이여
싸움터로 나간 나의 친구여
잠자는 연못 물 속으로부터
너희들의 눈길이 하늘로 솟아 오른다.
솟아 올랐다가 쓸쓸히 죽어 간다.

'프랙큐'와 '맥스 자코프'는 어디 있느냐?
지새는 새벽 같은 잿빛의 눈을 가진
'앙드레 드랑'은 어디 있느냐?
'레나르', '삐일리', '달리이즈'는 어디 있느냐?
사원 안에 울리는 발자국소리 같은
그 이름을 생각만 하여도 마음 흐린다.
지원병으로 나간 '크렘니츠'는 어디 있느냐?
지금쯤은 벌써 죽었을지도 모르겠구나.
아아 추억으로 내 마음은 그득하다.
아아 분수가 내 탄식 위에서 운다.
전쟁에 나간 그들은 지금 북쪽에서 싸우고 있다.
저녁이 내려온다, 오오 피 같은 바다.
싸움의 꽃, 월계수가 무섭게 피를 흘린다,

내 마당에 하나 가득 넘치도록.

　릴케의 말마따나 시는 체험이다. 이 시 역시 그의 체험의 소산이다. 전방 아닌 후방에 앉아 그 전날을—그 날의 친구들을 그리워하는 것이라고는 생각하지 않는 것이 좋다. 역시 점령 지구의 어느 빈집 정원의 분수 가에 시인이 앉아 있다고 보는 것이 옳을 것이다.

　'칼 맞은 비둘기'의 비둘기를 조류鳥類 그것으로 보는 것보다는 '평화'를 상징하는 말로 대하는 편이 이 시를 이해하기 쉬우리라 생각된다. 그리고 맨 끝에 가서의, "저녁이 내려온다, 오오 피 같은 바다"는 저녁노을의 그 붉은 빛깔에서 오는 영상이다.

　"월계수가 무섭게 피를 흘린다"의 '월계수'는 승리를 상징하는 말이다. 따라서 승리하기 위해서는 무섭게 피를 흘려야만 한다는 뜻이요, '내 마당'은 '내 나라 땅'을 말한다. 앞에 월계수라는 나무 이름을 썼기 때문에 마당을 가져다 놓은 것이다.

변　화變化

여자가 홀로 울고 있었다.
에! 오! 아!
병정이 지나가고 있었다.
에! 오! 아!
수문지기가 낚시질을 하고 있었다.
에! 오! 아!
참호가 하얘져 있었다.
에! 오! 아!
포탄이 방구를 터뜨리고 있었다.
에! 오! 아!

그리고 내 속에 모든 것이 무척 변해 있었다.
내 사랑만을 예외로 하고
모든 것이 무척 변해 있었다.
에! 오! 아!

프랑스 사람은 본디 명랑하다고 말하지만, 이 시인처럼 유쾌한 인물도 그리 많지 않을 것이다. 유흥지에 가 있다가 동원 영장을 받고 파리로 뛰어올라오며 '뜻하지 않은 향연'에 가게 되었다고 말하였음을 보아도 그의 성격의 일면을 알아볼 수 있다. 이 시인은 전쟁에 나가는 것을 무슨 요란스러운 빅 파티에라도 나가는 것처럼 생각한다. 파편을 맞고 수술을 할 때에도 머리에 갖다대는 기계를 "내가 머리에 달아 놓은 이 전화기!"라고 말했다고 한다. 이와 같은 그의 명랑성을 알고 나서 위의 '변화"를 읽어 보면 이해하기 편할 것이다.

"에! 오! 아!"라는 후렴으로 우리는 군대의 우쭐대며 걸어가는 행진을 상상할 수가 있다. 어느 집 창가에서 여자가 울고 있었다는 한 점경點景도 우리에게 결코 슬픔을 가져다주지는 않는다. 그녀가 우는 그 사정을 알아볼 겨를도 뭣도 없다. "에! 오! 아!" 군인은 전선으로 나갈 따름이다. 그런데 그 다음의 낚시질하고 있는 수문지기의 모습은 또 이 얼마나 한가로운가. 하긴 전쟁 마당에서도 비참한 것뿐만이 아닌 한가로운 것, 우스꽝스러운 것들이 가끔 눈에 띄는 것은 나보다 여러분이 더 잘 알 것이다.

시에는 ① 음악적音樂的·시적詩的 미美 ② 영상적映像的·시적 미 ③ 이론적理論的·시적 미─이 셋 중 그 어느 것이든지 으레 있기 마련이지만, '변화'에는 ①과 ②가 모두 있음을 곧 발견할 것이다.

어떤 별의 비애悲哀

어여쁜 '미넬봐'가 내 머리에서 생겼다.
하나의 피묻은 별이 영원히 나에게 왕관을 씌웠다.
이성은 밑바닥에 있고 꼭대기엔 하늘이 있다.
여신이여 오랜 옛날부터 그대는 내 머리를 무장시켜 주었다.

나의 가지 가지 부상 중에서
별 모양으로 찢어진 죽을 뻔했던 이 상처가
뭐 그렇게 각별히 무서운 건 아니었다.
그것보다도 더욱 무서운 건
헛소리를 채찍질하던 저 스며드는 불행이었다.

그리고 나는 나 속에 이 불붙는 번뇌를 가지고 있다.
반딧불이가 언제나 그 몸을 태우고 있듯이
병사의 가슴에 프랑스가 고동치고 있듯이
그리고 백합꽃 화심花心에 향기로운 꽃가루가 있듯이.

　부상을 입었을 때 쓴 것이다. 머리에 상처를 입고서 "피묻은 별이 영원
히 나에게 왕관을 씌웠다"고 하는 데서도 우리는 그의 낙관주의를 엿보게
된다. 그러나 찢긴 상처도 무섭다 않는 그에게도 비애는 있어, 그것이 그
를 항상 괴롭히고 있다. 그의 비애, 그의 번뇌가 무엇인지를 알 수 없으나,
이 시인의 순수한 인간성이 여실히 보이는─그로서는 드물게 심각한 내용
의 것이라 하겠다.

엽 서葉書

천막을 치고 이 글을 적는다.
여름 하룻날 이미 기울어지고
아스라한 하늘 속에
터지는 포격.

쉴 새 없는 꽃시절.
피었다고 하더니
금세 시들어 간다.

　그의 많은 작품 중에서도 이 '엽서'는 짧은 대로 가장 유명한 것이기도
하다. 내용은 별것 아닌, 극히 단순한 것이다. 읽어서 바로 이해할 수 있는
것이거니와, 이 시구 속의 "쉴 새 없는 꽃시절"을 글귀 그대로 받아들여
서는 안 된다. '꽃시절'은 포성의 불덩이를 꽃으로 보고 하는 말이다. 그것
을 우리는 다음 시구 "피었다고 하더니 금세 시들어 간다"에서 알게 된다
(1962년).

『패각貝殼의 침실』에서

누가 시집을 냈다고 하면, 나는 공연스러이 어떤 불안을 느끼는 것이 예사이다. 그것은 시간적으로나 물질적으로나 한갓 쓸데없는 낭비 이외의 아무것도 아닌 수가 너무도 많았기 때문에서이다.

그러나 병화炳華의 제3시집 『패각의 침실』이 간행된다는 소문을 풍편에 들었을 때에 나는 지금까지의 그러한 불안을 조금도 느낄 수가 없었으니, 내가 누구보다도 병화의 시의 성장을 잘 알고 있고, 또 그의 고답적인 시 정신에 우정을 넘은 신뢰 같은 것을 가지고 있기 때문이다(여기서 내가 고답적이란 말은 귀족적이라는 그런 것을 의미하는 것이 아니라, 어디까지나 미를 탐구하려는 태도를 말한다).

사실 병화는 끊임없이 미를 탐구해 왔으며, 또한 현재도 탐구하고 있는 시인이다. 미의 세계 밖에서는 잠시도 호흡할 수 없는 인간 타입에 속하는 시인 중의 한 사람이 바로 그다. 그런지라, 그는 지금 파이프를 입에 물고 거리나 바닷가에 나타나 시가 될 수 있는 모든 것을 데생해 두곤 한다.

시집 『패각의 침실』 속에서 우리가 곧 알 수 있는 것은, 병화는 시인이기 전에 화가였었다는 사실이다. 그러나 화가라기보다는 좀 더 시인이다.

그가 사용하는 언어는 과일처럼 싱싱하고, 바닷바람처럼 시원하다. 그러면서도 그는 서투른 외국말을 곧잘 지껄이고, 그렇기 때문에 더욱 정을 느낄 수 있는 말로 소녀와 친구와, 그리고 그의 부인을 사랑한다.

시집 『패각의 침실』은 그가 살고 있는 송도에 있다. 그 침실에서는 줄곧 대화하는 소리, 아름다운 음악 소리가 들린다.

여원장은 '라비끄'와 같은 남자를 사랑하고 싶다 한다.

'라비끄'가 되겠다고 한다.

여원장은 그것은 싫다고 한다.

여원장은 남편은 한 여자만 사랑한다는 것은 지극히 어려운 것이라
고 한다.

—'위치位置'의 1절

이 얼마나 아름다운 대화이냐! 극히 짧은 시구이나, 나는 이런 대화의
한 토막에서도 병화의 생리와 생활의 일면을 충분히 엿보는 것이다.

『패각의 침실』은 아름다운 우리를 유쾌히 대접하는 곳, 나는 여기를 떠
나지 않고 오래 기류寄留하리라(1950년).

시인이라는 이름

남이 소개할 때 시인이라고 하는 것처럼 낯간지럽고 면구스러운 일은 없다. 차라리 그냥 내 이름만 상대방에게 대주었으면 좋겠다는 생각이 든다.

아무 출판사 사장 아무개라든가, 아무 대학 아무개 교수라든가, 아무 병원 아무개 선생이라든가 하는 말은 어색하지 않고 자연스러운데, 이 시인 아무개란 말만은 그렇지가 못하다.

소설가 아무개, 화가 아무개, 피아니스트 아무개는 다 괜찮은데, 시인 아무개만은 어색하게 들린다. 심지어 여관 객보에도 직업란에 화가니 소설가, 또는 음악가라고는 적어도 시인이라고는 적지 않는다. 이것은 시인이 직업일 수 없어서인지, 너무 겸손해서인지 모르겠으나, 좌우간 이름 위에 붙기에는 거북스러운 명칭이다.

혹자는 그건 시인들의 열등의식에서일 거라고 말할지 모르겠다. 그러나 시를 쓴다는 것에 무엇 때문에 열등의식을 가지겠는가. 남은 몰라도 적어도 나의 경우에 있어서는 그 따위 의식은 털끝만큼도 없다.

소개하는 사람으로 보면, 시를 쓰니까 시인이라고 했을 따름이다. 그런데 당사자는 그걸 좋아하지 않는다. 왜 그럴까?

일반이 시를 쓴다는 것에 아무런 관심도 갖고 있지 않는 것을 시인 자신이 너무나 잘 알고 있기 때문이다. 시를 읽지도 않고, 읽으려 하지도 않고, 또 읽어도 이해 못하는 사람에게 시인이란 아무 흥미 없는 존재라는 것을 당사자가 누구보다 먼저 알고 있기 때문이다.

사실 시인이란 그들에게 라디오나 텔레비전에 나오는 가수들만큼도 흥미가 없는 것이다. 그러니 흥미 없어 하는 상대방에게 자기를 소개하는 걸 좋아할 까닭이 없다.

그럴 때마다 "시시한 시인이올시다!" 하고 겸손을 취해도 보는 것이다. 입맛이 쓰고 계면쩍다. 시시한 인간은 나냐? 너냐?

시인이라고 하면 으레 술을 잘하는 줄로 안다.

이건 어디서 얻어들은 지식인지 모르겠다. 귀가 보배라, 당나라 시인 이태백이 술을 좋아했다고 해서 그렇게 생각하는지 모르겠다.

술을 못한다고 하면, 또 으레 "시인이 술을 못하다니……" 하고 못마땅해 한다. 이럴 때마다 대답은 천편일률로 통속적이다.

"그러니까 늘 시시한 시밖에 못 쓰잖습니까."

시인이 술을 못하면, 가끔 사회에서 이런 꼴도 보기 마련이다. 그러므로 시를 쓰려면, 청년은 시를 공부하기 이전에 모름지기 술 마시는 것부터 배워 두는 것이 좋을 성싶다.

나는 다행이랄까, 불행이랄까, 6척 가까운 키에 체중이 20관도 훨씬 더되는 거구(?)이다. 거기다 학창 시절 다른 상은 못 타도 개근상만은 꼬박꼬박 타 먹은 건강의 소유자이기도 하다. 이것이 일반사람에게는 또 의아한 모양이다.

머리를 깎지도 않고 제멋대로 길게 늘인 사람, 얼굴이 파리해 폐라도 나빠 보이는 사람, 헙수룩한 옷차림에 늘 우울한 표정으로 거리를 산책하는 사람—이것이 그들 머리에 못 박힌 시인의 이미지이다.

놀라울 것이란 하나도 없는데, 모두들 놀란다. 그럴 때마다 나는 내뱉듯이 말한다.

"시인엔 레슬링 선수도 권투 선수도 있습니다(1962년)."

<콩트>

삽화揷話

낯선 거리였습니다. 언어와 풍속이 달라 흡사 남의 나라에라도 와있는 것 같은 착각을 일으키곤 하였습니다. 어느 집이나 피란민으로 가득 차 있었습니다. 거리마다 사람들이 밀물처럼 부듯하게 다녔습니다. 모두 집과 가족을 잃은 사람들이었습니다. 이 수다한 사람들이 어두운 얼굴로 온종일 거리를 헤매 다닙니다. 갤 줄 모르는 차가운 하늘, 너나없이 이 하늘과 같은 마음을 지니고 살았습니다. …… 이런 속에서 겨울은 갔습니다. 서글픈 그들에게도 어느덧 봄은 하루하루 싹트기 시작하였습니다.

그도 그의 가족 소식을 모르는 채 다가오는 봄을 맞이하게 되었습니다. 살아 있는지 죽었는지조차 알 길 없는 가족을 생각하면, 땅이 꺼지는 듯 아뜩하였습니다. 그는 모든 걸 운명으로 돌리고 있으려 마음먹었습니다. 그러나 잊을래야 잊을 수 없는 것이 또한 사람의 정이었습니다.

그는 어느덧 술을 배웠습니다. 술에 취함으로써 다소라도 막막한 기분을 풀어 보려는 생각에서입니다. 사실 그에게 술이란 적지 않은 위안이 되었습니다.

하잘 나위 없는 한갓 브로커의 신세외다. 술을 마실 만한 여유가 늘 그에게 있을 리가 없습니다. 제법 구문푼이라도 생기면 며칠 동안을 행복하게 살 수 있었으나, 아무 일도 되지가 않을 때는 끼니마저 굶어야 했습니다. 그런 어느 날 밤의 일입니다. 그것은 겨울이 채 가기 전—봄이 되기엔 아직 이른 무렵이었습니다. 오랫동안 질질 끌어만 오던 일이 하나 성사되어 적지 않은 구문을 손에 쥔 그는 뒷골목 조그마한 음식점에서 오래간만에 유쾌히 술을 마실 수가 있었습니다. 그가 얼근히 취해 음식점 문을 넘어 나왔을 때는 밤도 어지간히 깊었을 때였습니다. 그의 마음은 남부럽지 않으리만큼 흡족한 것이 있었습니다. 좋은 음식에 배불러진 그는 으— 하고 긴 트림까지 해 가면서 발걸음을 비틀거렸습니다.

　　　고고천변 일륜 홍…… 부상게 둥실 높이 떠……

군소리하듯 노래조차 부르는 그의 눈에는 어느덧 이슬이 방울방울 맺혔다 두 볼을 적시며 흘러내렸습니다.

"아— 어데 있는 것일까? 부슬비 내리는 이 밤을 얼마나 배고픔에 떨고 있을까?"

중앙도 넓은 길을 건너 좁은 골목으로 들어서자, 길은 갑자기 캄캄한 것이 지척을 분간하기 어려울 정도였습니다. 땅이 질벅거려 한발자국을 내디딜 수가 없었습니다.

"길도 이것 참! 경칠 놈의 밤은 왜 또 이리 어둡담……."

그가 혼잣말같이 이렇게 중얼 기릴 때였습니다.

"여보세요."

하고 부르는 여자 목소리가 들렸습니다.

그는 주춤 발걸음을 멈추고 서서 고개를 돌이켜 뒤돌아보았습니다. 그러나 아무 데도 여자 같은 건 보이지 않았습니다.

"누가 부른 줄 알았더니, 이것 내가 몹시 취했는걸!"

혼자 다시 이렇게 중얼거리고 자기 발을 내디디려 하는데,

"여보세요, 저 좀 보세요."

하고 아까와 같은 여자 목소리가 바로 그의 등 뒤에서 났습니다. 젊은 여자 목소리였습니다.

그는 목소리 난 쪽으로 돌아다보았습니다. 나직한 추녀 끝 바로 전봇대 뒤에 어두워 잘 보이지 않았으나, 그 여자라고 생각되는 허연 그림자가 그의 눈에 띄었습니다.

"날 부르시오?"

하고 그는 그 허연 그림자 쪽을 향하여 물어 보았습니다.

"네, 저! 저, 놀다 가세요. 네?"

이 순간, 그는 모든 것을 알아차렸습니다. 말씨가 지방 사투리가 아닌 귀 익은 소리였습니다.

─이 여자 역시 서울서 피란 내려온 여자이리라. 그리고 이런 처지의 여자들이 흔히 그렇듯이 먹고 살기 위하여 이 여자도……. 그는 이 이상을 생각하고 싶지가 않았습니다. 그는 그 여자가 말끝마다 '……세요' 하는 그 고운 말씨에 어떤 향수 같은 걸 느꼈습니다. 그리고 뜻 모를 애수, 아니 보다 애욕에 가까운 것을 느꼈습니다. 오랫동안 여자를 모르고 살아온 것은 사실이었습니다.

거리마다 흔한 것이 여자이건만, 그러나 그동안 여자란 그에게 있어서 별과 같이 아득한 존재였습니다. 그는 그것을 이제 새삼스러이 깨닫는 동시에, 여자의 육체를 그리는 정이 불붙듯 그의 전신으로 치밀어 올라오는 것을 감당하기 어려웠습니다. 피에 굶주린 이리의 욕망이란 이런 것일까요? 그의 이런 발작은 술에 취해서 때문만은 아니었을 것입니다. 그의 손은 자기도 모르는 사이에 포켓 속을 더듬고 있었습니다.

"네, 저의 집 가서 놀다 가세요. 저 혼자 있어요."

여자의 애걸하는 이런 목소리가 무엇을 그 이상 생각할 여유조차 주지 않고 그를 재촉하였습니다. 그는 소년과 같이 가슴을 울렁대며 여자의 뒤를 따라갔습니다.

여자의 집은 바로 근처였습니다.

판장이 있는 집이었습니다. 여자는 문짝을 가만히 열고,

"들어오세요!" 하며 그를 처다보았습니다.

마당으로 들어서자 거기가 바로 방이었습니다. 찢어진 문 틈으로 새어 나오는 불빛이 여자의 얼굴을 드러내었습니다.

갸름한 것이 여자는 몹시 고와 보였습니다.

여자는 방문을 열려다가 문득 무엇을 생각한 듯, 그 갸름한 얼굴을 그에게로 돌렸습니다. 그리고 나직한 목소리로,

"가만히 들어오세요. 애기가 막 잠들었어요."

하였습니다.

"뭣이? 애기라고?"

이렇게 소리치는 그는 가슴이 뭉클해지며 일시에 술이 깨는 것 같았습니다. 번갯불처럼 머릿속을 스치며 그의 아내와 어린 것의 모습이 지나갔습니다. 다음 순간, 그는 무엇에 쫓기듯 판장을 박차고 바깥으로 뛰어나갔습니다(1953년).

제4부

그리운 사람들

안서岸曙 김억金億 선생
—새해에 생각나는 사람들

새해가 될 때마다 선생을 생각하고 선생 오시기를 기다렸지만, 올해따라 선생 그리는 마음 더욱 간절하다. 서울을 버리고 서로 뿔뿔이 흩어져 너나없이 모두 낯선 땅으로 피란을 갔다가 오래간만에 이제 이렇게 다시 모였건만, 아무 곳에서도 선생의 모습을 찾을 수 없으니, 어찌 선생 그리는 마음이 간절하지 않으랴.

나는 붓을 들어 이 글을 쓰면서 먼 그 전날을, 그저 아득하게만 생각되는 그 전날의 새해를 나의 젊음과 함께 회상해 본다.

그것은 강물과 같이 흘러가 버리고 다시 돌아오지 않는 날이어서 그런지 꿈처럼 아름답기만 한 회상—그 회상 속에는 술이 얼근히 취하신 선생의 가지가지 모습이 스크린 위에 클로즈업된 것처럼 나타나곤 한다.

선생이 낙원동 뒷골목 누추한 여관에 하숙하고 계실 때이니까, 아마 지금으로부터 20년 전일 것이다. 그 무렵 선생은 새해를 며칠 앞두고서 으레 내가 살고 있던 시골로 나를 찾아오시는 것이었다. 선생은 어째 즐겨 나의 집에서 명절을 맞이하려 하셨을까?

밤낮없이 그처럼 가고 싶어 하시는 고향으로 가시지 않고 명절마다 나를 찾아오신 것은 무슨 까닭일까? 지금껏 나는 그 이유를 자세히 모르거니와, 선생은 고향이 있어도 없는 것이나 다름없는, 남모르는 그 무슨 까닭이 있으신 모양이다. 아니 어쩌면 누구인가의 시구처럼 고향이란 멀리 있어 그리는 곳이어서 가시지 않으셨는지도 모르겠다.

하여튼 명절을 앞둔 섣달 스무닷새께는 으레 나의 집으로 오시었다. 온천이 있고, 그 좋아하시는 술이 있고, 거기다 내가 살고 있으니 오시기도 하셨겠지만, 서울에 계셔서는 남에게 짊어지신 그 빚들을 막아내실 도리가 없어서 도피차 오시기도 하시는 모양이었다.

몸과 마음이 극도로 피로해 먼 길을 가는 나그네처럼 나의 집 문전에 나타나시는 선생을 볼 때마다, 마음은 반갑기보다 늘 서글픔이 앞서던 것을 어젯일같이 기억하고 있다.

하루, 이틀, 사흘─.

그리하여 정월 닷새쯤이면 떠나시는 것이었으나, 시골인지라 별로 친구도 없으시고 하여 선생은 곧잘 갑갑해하셨다. 그럴 때마다 요릿집으로 모시고 가서 술대접을 하곤 하였다.

그러면 선생은 청년처럼 기뻐하시며 장고에 맞추어 '강서 미나리 곡' 한 곡조를 구수한, 어찌 들으면 청승맞은 목소리로 부르시는 것이었다.

　　　물레야 돌아라 빙빙 돌아라
　　　……………………………

가락마다 혹혹 흐느끼는 구절이 있는 이 민요를 선생은 남이 따르지 못하리만큼 잘 부르셨다.

　　　저녁 먹고 썩 나서니
　　　게 묻은 손으로 오라고 부른다.

"이 사람, 게 묻은 손으로 오라고 부른다는 요 대목은 참 기막힌 델세." 하시었다. 그런 때의 선생의 모습은 모든 세상 시름을 잊으신 듯 행복해 보여 곁에 앉아 모시는 나도 무척 기뻤었다.

그 시절 화류계에서는 선생이 작사하신 '만나 보고 싶은 맘'이니, '산 설고 물 설은데'니 하는 노래가 한창 유행했었다.

산 설고 물 설은데 누굴 찾아 왔던가
임이라 믿을 곳은 어디까지 허사요
저 멀리 구름 끝에……

   바로 그 자리에 앉아 계신 분이 이 노래의 작사자인 줄을 알 턱이 없는 기녀들은, 흥겨이 이 노래를 부르며 떠들어댔다. 그러면 선생은 좀 어색하신 표정으로 술상 너머 앉아 있는 나를 넘겨다보시며,

   "그 참 이상하군, 거 참 이상한 기분인데!"
하고 똑같은 말을 자꾸 되뇌었다.

   그러나 어딘가 서글픈 빛이 선생의 얼굴 위로 그림자처럼 스치며 지나가곤 하였으니, 선생은 이런 민요조의 노래를 그저 한때 한때의 상품으로서만 지으신 것도 아닌 성싶다. 선생은 역시 생의 슬픔, 덧없음 같은 것을 이런 민요조로 나타내고 싶으셔서 쓰신 것이리라.

   생각하면 모두가 지나간 일. 지금 여기에 나는 긴 말을 쓰고 싶지 않다. 회상이란 항시 즐겁고 달콤한 것이련만, 그러나 때로는 몹시 괴롭고 쓰라린 것이기도 하기 때문이다.

   일찍이 ≪조광≫이란 잡지에서 '기억에 남는 제자들'이란 타이틀 아래 소월과 나를 끔찍이 사랑한다는 말씀을 써 주신 선생. 어찌 선생이 나를 아껴 주시고 사랑해 주시던 그 많은 이야기를 여기 다 적을 수 있으랴! 오직 아무 데고 살아 계셔서 다시 한 번 뵙고 싶어 할 따름이다. 이 세상에서 만날 길이 없다면 저 세상에 가서라도 꼭 한 번 다시 만나 뵙고 싶다(1954년).

백철白鐵선생 점묘點描

어느 여류 소설가가 이 분을 두고 우리 문단에서 가장 불쌍한 사람이라고 말하는 것을 들은 일이 있다. 그녀의 말인즉 이렇다. 첫째, 이 분은 싫든 좋든 매달 나오는 그 많은 잡지의 그 많은 작품들을 모조리 읽어야 하니, 그런 고역이 어디 또 있겠느냐는 것이다.

둘째로는 요즈음 나오는 잡지나 책만을 읽어야 하는 것이 아니라, 우리나라 과거의 것도 더듬어 보아야 하고, 해외의 것도 눈살펴야 하니, 부인하고 잠자리 한 번 같이 할 틈도 없을 거라는 것이다. 심히 동정하는 어투였다.

셋째로는 돼먹지 않았기에 돼먹지 않다고 했는데도 그 작품을 쓴 작가는 평론가인 그에게 좋은 감정을 갖지 않을 것이니, 여러 작가들을 대할 때마다 면구스러운, 참말로 신경이 가는 직업이라는 것이다.

이 말은 비단 이 분을 두고만 할 말이 아니요, 모든 평론가에게 적용되는 말일지도 모른다. 그러나 현재 우리 문단에는 이 분만큼 권위를 가지고 있는 평론가도 없는 모양으로, 대개 이 분이 여기저기 월평 · 시평을 쓰고 있으니 고생은 도맡아하는 것 같다.

『문예사조사』, 『문예사전』, 『문학론』 등 방대한 저술을 가지고 있는 이 분의 노력이란 대단한 것이 있다. 보통 평론가이면, 첫째 체력이 허락하지 않을 것이다. 그러나 다행이랄까, 이 분은 스포츠맨이다. 수영이니, 검도니 하는 운동에 있어서 자타가 공인할 정도의 실력을 보여 주고 있다. 그런지라 그 운동하는 정신—인내력이 이분으로 하여금 그만한 일을 하게끔 하였다고 보아 틀림없을 줄로 안다.

삼 년 전에 중앙대학 문리과 대학장으로 취임하시더니, 지난해는 펜클럽 관계로 영국을 다녀오고, 얼마 전에는 미국 가서 연구를 하고 십 개월 만에 돌아왔다. 해외 바람을 이만치 쐬었으니 견문도 어지간히 넓어졌을 것인즉, 이제부터의 그의 활동은 모두들 주목하는 바이지만, 이 분이 미국에 가서 학장으로서의 행정 분야만을 보고 왔다면 문단인은 크게 실망하지 않을 수 없을 것이다.

그러나 풍문에 듣자 하니 문학 서적만도 상당한 수량의 것을 사가지고 왔다고 한다. 역시 본격적인 논진을 펴고 한번 문단을 내려다볼 작정인지 궁금한 노릇이다.

"미국을 갔다 오면 모두들 달러 냄새를 피운다는데요?"

"난 그렇지 않소. 쓸 만큼 돈이 있었으니까."

"그럼 오입도 많이 하셨겠군요. 정력도 상당하시고 하니?"

"천만에. 그런 데 쓸 돈이 있으면 책을 더 샀겠소. 첫째 무서워 거리로 놀러 나가고 싶지 않더군요."

이 말은 진담인 것 같다. 적어도 이 분을 아는 이라면 수긍이 갈 것이다. 왜냐하면, 도대체가 이 분에게는 비사교적인 면이 있다. 거기다 촌티를 그대로 지니고 있는 것 같으니 말이다. 양복 맵시가 그렇고, 넥타이 맨 폼이 그렇고…… 그러나 저러나 미국이란 나라는 어지간히 무서운 나라인가 보다. 이 분 정도의 심장으로도 마음이 안 놓였다고 하니……(1958년).

최정희崔貞熙 여사 점묘點描

언제 보나 그녀는 어른 얼굴을 하고 있는 나이 어린 소녀이다. 어떤 점에서 그러한가? 여기 몇 가지 실화를 적어 보자.

"어제 H사에서 의외로 원고료를 많이 받아 장작을 만 환어치나 샀어요."

(3년 전 어느 겨울 날이다)

"거 참 잘 하셨군요. 마포서 사셨어요?"

"마포라니요?"

"장작을 그만치나 사시려면 마포나 청량리에서 사셨을 게 아닙니까?"

"마포까지 이 추위에 갈 것 있어요. 옆의 찬가게에서 들여왔죠."

태연한 표정이다.

"찬가게라니 그럼 단나무로 사셨던가요?"

"단나무 장작 말고 또 어떤 장작이 있어요?"

그녀는 장작이란 찬가게에서 사는 것이요, 단나무 장작만이 장작인 줄 알고 있다. 그러니 그녀가 사들인 장작이 얼마나 비쌌는지는 가히 짐작하고도 남으리라. 그러나 그녀는 흡족한 표정을 짓는다.

이런 점이 만년 소녀라는 것이다.

어느 백화점에서이다. 최 여사가 그의 딸과 레인코트를 열심히 고르고 있다.

"레인코트 사시러 나오셨습니까, 최여사……."

"네, 이 애 걸 사려는데 도무지 맘에 드는 게 없군요."

"이것 어떠십니까? 여학생한테 어울릴 것 같은데."

"색깔이 너무 난해 보여 싫어요."

"절대로 난하지 않습니다, 이만 정도면……."

"나도 이따금 입어야 하는걸요."

알고 보니 모녀 겸용을 고르고 있는 것이다. 모녀 겸용? 글쎄 그런 입에 맞는 떡이 있을 것 같지가 않은데, 그녀는 있으리라고 생각한다.

은행수표가 현금으로 바꿔질 수 있다는 사실을 퍽 이상스럽게 생각하는 그녀이다. 어째서 수표를 들고 은행에 가면 은행원은 현찰을 내주는 것일까? 어린이 잡지에 난 소설에라도 있을 성싶은 이야기다.

연회 같은 데서 한 마디 말씀이나 노래를 불러야 할 경우, 먼저 얼굴부터 홍당무가 되어 일어선다. 그리고 나서 그녀가 부른 노래는 으레 유치원 애들이나 부를 그런 노래를 외면해 가며 열심히 부르고 있다. 이런 점에서도 그녀는 어린 소녀이다.

요즘 그녀의 가십이 어느 신문에 났다. 무슨 이야기인가 하면, 일본에 가서 이창훈 선수가 마라톤에 1등을 한 것을 라디오로 듣고 감격한 나머지, 다방으로 뛰어 들어가 소다수를 마셨다는 것이다. 그야 이 뉴스를 듣고 감격하지 않은 사람이 없겠지만, 거리에서 듣고 다방에서 소다수를 마시는 그 생리는 확실히 '나이 어린 소녀'의 그것이다.

오늘 공군하고 육군하고 야구 시합을 하는데, 이 더위에 응원을 나가 공군 편을 열심히 응원하고 있다는 소식이다. 그 이유인즉 그녀가 피란 당시 창공구락부원이었다는 단순히 그 한 가지 이유라고 한다. 그럼 그 당시 그녀가 방을 얻어 들고 신세를 졌다는 그 집 아들이 육군이었던 것은 감쪽같이 잊으셨는지? 그녀는 확실히 나이 어린 소녀이다(1958년).

시인 곤강崑崗의 죽음

시를 통해 곤강의 존재를 안 것은 벌써 10여 년이나 되었지만, 그와 친히 인사를 하고 서로 사귄 기한은 불과 2년 남짓하다. 그러나 그의 만년에 있어서 나는 누구보다 가장 가까이 그와 접한 친구 중의 한 사람이라고 생각하고 있다. 곤강은 매일같이 나의 직장을 찾아오되, 하루에도 세 번 이상 안 찾아온 날이라곤 별로 없었다. 그가 아주 병석에 눕게 되던 날, 그날은 자그마치 여섯 번인가 나한테 들렀다.

이렇게 자꾸 찾아오는 것이 나의 일에 지장을 주지 않을 수는 없는 일이었으나, 나는 그가 어째 찾아오는지를 알고 있었느니만큼 조금도 그를 귀찮게 대할 수는 없었다.

곤강은 그런 내가 좋았던지 어린애모양 직장의 긴 소파에 가 쓰러져 곧잘 낮잠을 자곤 하였다. 나는 그가 마치 집 없는 고아같이 측은해 견딜 수가 없어서, 그를 깨워 가지고 다방이나 그의 시가 붙어 있는 팥죽집 같은 데로 돌아다녔다.

그 무렵 곤강은 몹시 고독한 모양이었다. 만날 때마다 외로워 죽겠느니, 외로워 어디 살겠느냐고 하였다. 그는 왜 그렇게 유달리 외로워했을까? 내가 생각건대, 물론 천성적인 기질에서 오는 고독도 있겠지만, 그는 생애 대하여 환멸을 느꼈던 것이 아닌가 싶다. 그는 만날 때마다 친구들의 우정이 없고 신의가 없는 걸 격분해 말하는 것이었다. 그랬던지라 누구나 그를 독설가毒舌家라 하였고, 머리가 돌았느니 하며 쑤군덕거렸다. 곤강은 순정의 사람이었다. 그는 그릇된 일은 그르다 했고, 옳은 일은 옳다고 했다.

이런 그가 이처럼 악착스러운 세상을 견디며 살아가기란 여간만 어려운 일이 아니었을 것이다. 거기다가 지금까지 물질적으로 곤란을 모르고 살아온 그는 만년에 생전 처음으로 쓰라린 경험을 갖게 된 모양으로, 이따금 야단났다는 말을 하곤 하였다.

곤강이 아주 자리에 눕던 바로 그날, 그는 전에 없이 슬픈 얼굴을 하고 나를 찾아왔었다. 나는 지금껏 그처럼 슬픈 얼굴을 아무한테서도 본 적이 없다. 그것은 처참한─차마 보기 어려우리만큼 창백한 것이 지칠 대로 지친 그런 얼굴이었다. 나는 나도 모르는 사이 그의 손을 잡고,

"곤강, 당신 퍽 피로한 모양이오. 어서 집으로 가 며칠 푹 쉬시오."
하고 말하였다.

"그래, 나 집으로 가려오."
하고, 그는 마치 말 잘 듣는 어린애모양 나의 직장에 들어섰던 발길을 그대로 돌려 나가는 것이었다. 나는 아직도 흰 짜멧모자를 쓰고 나가던 그의 뒷모습을 어제 일같이 기억하고 있다.

곤강이 자리에 누운 지 한 열흘이 되었을까, 그의 병이 위독하다는 기별을 들은 나는 당황하여 그를 찾아갔다. 그는 정말 몰라볼 만큼 달라진 얼굴을 하고 누워 있었다. 나는 친구의 변할 대로 변한 얼굴을 바라보며, 사 가지고 갔던 케이크를 권하는 것이었으나, 그는 머리를 좌우로 흔들며 싫다고 했을 뿐, 일언도 없다. 별로 이야기도 없고 오로지 답답할 뿐인데, 돌연히 곤강이 입을 열러 묻는 것이었다.

"당신 앓는 사람 찾아다니는 것 좋소?"

이 순간 섬뜩한 그 무엇이 나의 머릿속을 스치며 지나갔다. 그리고 다음 순간, 슬픔 같은 것이 가슴 밑바닥으로부터 치밀어 올라왔다.

나는 바깥으로 나와 버렸다. 긴 골목길을 내려와 안국동 네거리를 지난 무렵에서야 나는 나에게서 이미 한 친구가 떠나가고 있다는 사실을 현실로 느끼는 것이었다.

나는 그의 장례식에도 가지 못하고 말았다. 곤강이 죽었다는 것을 뒤에 알았기 때문이다. 그가 죽었다는 기별을 들었을 때, 나는 드디어 출발했구나 하는 그런 생각이 있었을 뿐, 별로 슬프지도 않았다. 그것은 내가 지금

앓고 있는 병의 탓인지, 또는 그를 문병하던 그날부터 곤강은 멀지 않아 갈 사람으로 알고 있었기 때문인지 모르겠다. 여하튼 곤강은 이 세상을 떠나가고 여기 없다. 그를 이야기하고 싶은 것은 태산 같으나, 내가 다시 건강해진 다음, 그의 산소에라도 갔다 온 뒤 정성을 들여 적기로 하고 그의 명복을 고개 숙여 빌기로 한다(1950년).

곤강崑崗과 나

　서로 지나치는 급행열차와 같이 만났다 헤어진 것이 곤강과 나다. 내가 곤강과 알고 그와 더불어 사귄 것은 1년도 채 못 되었으니, 그와 이야기를 할 수 있는 시간이란 얼마나 짧았으랴. 그러나 그렇게 짧은 시간이었으나마 나는 그와 끝없는 이야기를 했고, 20년, 30년이나 오래 두고 사귄 것처럼 정을 섞어 가며 친해 왔다. 그만큼 그는 나에게 정을 주려 하였고, 나 역시 그가 좋아 내 마음을 보였던 것이다.

　내가 그를 알던 바로 그 무렵, 그는 몹시도 고독해하였다. 먼 무인절도無人絶島에 저 혼자 사는 듯 사람을, 친구를 그리워하였다. 그러면서도 그는 모든 친구에게서 환멸을 느끼며 돌아섰다. 돌아서서는 참된 친구가 없음을 한탄하곤 하였다. 사람이란 다 그런 건데 뭘 그러느냐고 내가 위로하면, 어째 그래야 되느냐고 역정을 내었다. 나는 그런 그를 뭐라 달랠 길을 알지 못하였다.

　곤강은 옳고 그른 것을 똑바로 알았고, 그른 것이라면 어디까지나 이를 배척하였다. 그는 의리와 책임감이 깊고 강한 친구였다. 그렇기 때문에 자기 이야기가 아닌, 타인의 의리 깊은 이야기만 어디서 들어도 마구 감격해 가지고 나에게 얘기하는 것이었다.

　그러나 그의 그런 말이 의리나 책임을 도외시하다시피 하는 지금의 세속인世俗人들에게 통할 리가 없었다. 이런지라 곤강은 분격했었고, 슬퍼하였다. 이런 순정의 시인 곤강이 20세기의 그릇된 지성인들과 의좋게 지내기란 어려운 일이었다.

　그는 친구들의 빈곤을 보기 딱해하며 자기 아는 출판사를 찾아다니며 그들의 저작 출판을 알선해 주곤 하였다. 나는 그의 이와 같은 호의로 나온 몇 가지의 좋은 책들이 있음을 알고 있거니와, 남이 보기에 주제넘은 짓 같아 보이는 일을, 그는 싫다 않고 친구를 위해 오히려 기쁨으로 삼았다.

여름 방학이 시작될 무렵, 어느 날 곤강이 나를 찾아와 이번 휴가동안 고향에 다녀오겠다고 말하였다. 하루같이 안 만나는 날이 별로 없는 이 친구와 한 달 가까이 헤어질 것이 나는 서운해 가지 말고 서울에 있으라고 붙들었다. 그제야 그는 꼭 귀성歸省해야 하는 이유를 나에게 말하였다.

그는 그때 자기 시집 『살어리』를 자비 출판하고 있었다. 책은 거의 다 되어 제본 중이었으나, 그것을 찾아올 얼마만한 금액을 준비하지 않으면 안 되었다. 그래 고향에 계신 노부老父를 찾아 내려가 의논드린다는 것이다.

나이 40이 되도록 자립하지 못하고 늙은 부모에 의지해 살아야 하는 곤강. 시작詩作 생활 20년이 가까워 와도 자비 출판을 해야 하는 곤강(이것은 비단 곤강에 한하지는 않는다). 이런 그가 어찌 보면 나와 흡사해, 내가 나 스스로를 가엾이 여기듯 그가 가엾기 한량없었다. 1년이 넘어 고향이라고, 부모라고 찾아가도 근심 · 걱정을 끼치지 않으면 안 되는 친구. 나는 그에게 인쇄비의 반액과 제본비를 내가 치러 줄 것을 약속하였다(그때 나는 D백화점 서적부를 경영하고 있었기 때문에 그의 시집을 내 손으로 처분해 주리라고 생각하였다). 그는 나의 이 조그만 호의를 고마워하며 얼마 뒤에 귀성하였다. 그리하여 여름이 다 갈 무렵, 개학을 앞두고 다시 상경하였다.

그때부터 그는 다소 병이 들기 시작한 모양으로, 늘 창백한 얼굴에 피로의 빛을 띠고 나를 찾아오곤 하였다. 그리고는 나의 매장 긴 소파에 가 누워 낮잠을 자다가 가는 것이었다. 어느 날은 너무나 보기가 딱할 정도로 고달파하기에,

"곤강, 당신 몹시 피로해 보이오. 내일부터는 나오지 말고 며칠이고 집에서 푹 정양하시오."
하고 말하였다. 그는,

"그래 당신 말이 옳소. 당분간 나오지 않겠소" 하고는 그 길로 집으로 돌아갔던 것이다. 그리고 다시 밖에 나오지 못하고 말았다.

나는 지금도 인도나라 교통순경이나 쓸 그런 흰 짜멧모자에 흰 양복을 입고 두루미처럼 걸어 나가던 그의 뒷모습을 어제와 같이 생각한다. 그렇건만 나의 친구 곤강은 이미 귀적鬼籍의 사람이 되고, 나는 그가 미워하던 문단에 이렇게 남아 그의 추억문을 쓰고 있다니 슬프다(1950년).

노천명盧天命의 초상

    너무도 뜻밖의 일이라 몽둥이로 골통을 한 대 얻어맞은 것 같기만 하다. 이 글을 쓰고 있는 현재 나는 슬픈지 어떤지조차 알 수 없다.

    그는 드디어 떠나갔는가?

    밤마다 쥐는 천장을 깎고, 고독은 그의 가슴을 깎는다고 하더니, 그 고독을 참다 못해 저 나라로 아주 가 버렸는가?

    그의 첫 시집 『산호림』 속에 들어 있는 '자화상'이란 시를 읽으면, 그가 어떤 여성이었는지를 짐작하고도 남으리라. 그의 '자화상'은 반 고흐의 그것 못지않게 자기를 잘 그려 놓은 작품이다.

        몹시 차보여서 좀체로 가까이 하기를 어려워한다.

    그렇다. 그는 좀처럼 가까이 하기가 어려울 정도로 냉정해 보이는 사람이었다.

        조그마한 거리낌에도 밤잠을 못 자고 괴로워하는 성미는 살이 머물지 못하게 학대를 했다.

    자기 성격을 잘 알고 하는 소리이다.

        대처럼 꺾어는 질망정 구리모양 휘어지기가 어려운 성격은 가끔 자신을 괴롭힌다.

괴로워하면서도 어쩌지 못하는 그의 이러한 성격은, 그로 하여금 고독의 함정을 파게 하였다. 그는 스스로 파 놓은 함정 속에서 내리 누르는 고독과 싸우며 한평생을 슬프게 살다 간 불행한 시인이다.

둥글둥글 살려 노력해도 진정 살기가 어려운 세상을, 그처럼 휘기 싫어하는 성품으로 어떻게 편히 살았을 것인가.

소설가 김내성金來成 씨 고별식에 나와 어이 떠나가느냐고 목메어 울며 추도시를 낭송하던 그의 모습과 흐느끼던 울음소리가 아직 눈에 선하고 귀에 쟁쟁한데, 오늘은 그를 바라 줘야 하다니 참말로 제행무상諸行無常의 감을 느낀다.

한국의 마리 로랭생이여, 마리 로랭생을 사랑하던 시인이여, 그대 오늘 이 나라 많은 사람의 눈물 속에 가고 돌아오지 못할 길을 떠나시나 그대 이름 석 자 길이 우리 시사詩史에 남아 빛나리라. 그대 남겨 놓고 가신 주옥 같은 시편들―,

"모가지가 길어 슬픈 짐승이여" 하고 읊어 내려간 '사슴', "솔밭 사이로 들어가자면 불빛이 흘러나오는 것이 보였다" 하시던 '고가古家', "얼굴에 분칠을 하고 삼단 같은 머리를 따아내린" '남사당', 이러한 모든 그대 작품은 영원히 독자의 심금을 울릴 것이니, 부디 마음 놓고 고이 주무시라(1957년).

계용묵桂鎔黙 선생 애도사哀悼辭

아직 일어도 안난 머리맡에 놓여 있던 오늘 아침 조간신문은 나에게는 한 방의 총탄이었다. 거기엔 내가 평소에 존경해 마지않던 계용묵桂鎔黙 선생이 9일 오전 6시 40분 세상을 떠나셨다는 기사가 실려 있지 않는가. 너무나 갑작스런 소식이라서 나는 몸둘 곳을 찾지 못한 채 총 맞은 짐승이 되고 말았다. 선생은 정말 돌아가신 것일까?

두 눈 감으면 살아생전의 선생의 갖가지 모습이 스크린처럼 머릿속을 돌아간다. 나는 눈을 뜨고 신문기사와 함께 난 선생의 사진을 다시 한 번 들여다보았다. 안경을 쓰신 그 사진은 지금도 내가 문갑 속에 간직하고 있는 바로 그 사진이 아닌가.

지난 해 이른 봄이었다고 기억한다. 나와 마주앉아 계시던 선생은 양복 안주머니에서 사진 한 장을 꺼내시면서 "내 사진 한 장 줄까?" 하고 씽긋 웃으시는 것이었다. "고맙습니다!" 하고 내가 받아 가진 것이 바로 오늘 조간에 난 안경 쓰신 그 사진이다.

왜 그날따라 선생은 나에게 사진을 주셨을까? 여느 때는 그런 일이 없었던 만큼 받아들고도 이상한 기분이었다. 그러면 그때 선생은 오늘의 이 불행이 올 것을 짐작하신 것일까? 그렇지는 않을 것이다. 하건만 이렇게 막상 세상을 떠나시고 보니, 어째 그랬을 것 같이 느껴진다.

한 보름 전 일이다. 집에 있노라니까 홍이섭洪以燮형이 찾아왔다. 얘기 얘기하다가 홍 형이 "계 선생 만났었느냐?"고 묻는다. 혁명 전에 뵙고는 못 뵈었다는 나의 대답에 자기는 얼마 전에 노상에서 잠깐 뵈었다고 하면서, 선생의 안색이 퍽 못 되셨더라고 덧붙여 말하였다. 그 순간, 나도 한번 우정이라도 찾아가 뵈어야겠다는 생각을 했었다. 그러나 생각만 하고 있을 뿐, 오늘까지 차일피일 실천에 옮기지를 못하고 있었다. 지금에 와서 나는 선생에게 큰 잘못을 저질렀고, 그것이 나에게는 천추의 한이 되고 말았다.

벌써 2년 전 일이지만, 내가 ≪신문예新文藝≫를 주간하던 시절만 해도 요새처럼 적조하지는 않았었다. 오히려 왕래가 빈번했다고 할 수 있을 것이었다. 닷새가 멀다 하고 만났으니 말이다. 선생과 내가 자주 만나지 못한 것은 그 잡지의 주간 자리에서 물러나고서요, 그 까닭은 두 사람이 다 직장이 없는 탓이었다.

그래도 혁명 전까지는 한 달에 평균 한 번은 만났었는데, 요새 와서 오래도록 못 만나고 말았다. 따라서 선생의 건강에 대하여는 아는 바가 전연 없다. 그랬던 만큼 오늘 아침 조간이 전하는 선생의 불행에 대한 기사는 너무나 뜻밖의 일이라 나에게는 적지 않은 충격이었다.

선생은 소설, 나는 시, 이렇게 각기 문학 분야가 다르지만, 선생과는 여러 모로 상통하는 사이였다. 상통하는 것 중의 그 하나가 병적일 정도의 서적 취미이다. 생각하면 만나서 문학담보다도 서적담을 더 많이 하였던 것 같다. 장정 이야기라도 나오게 되면, 다 같이 시간 가는 줄을 모를 정도로 열중하곤 하였다. 문단을 먼빛으로 흘겨보며 항상 뒷길로 배회하는 그 생리마저 나와 비슷한 데가 계셨다. 이런 점 저런 점으로 미루어 선생과 나는 문학에 뜻을 두지 않았더라도 충분히 교분을 맺을 수 있지 않았을까 생각된다.

선생이 남기신 그리 많지 않은―그러나 주옥같은 그 작품들, 그 중에서도 대표작 '백치白痴 아다다' 같은 것의 가치성을 내가 모르는 것이 아니나, 진정으로 선생을 내가 존경하는 이유는 무엇보다 인생을 관조하시는 그 태도이다. 나는 선생의 그 태도에서 많은 것을 배워 깨달았다. 모르긴 모르되 눈을 감으시는 마지막 순간에 있어서도 선생은 이 속세에 아무런 미련도 갖지 않으셨을 것 같다. 그만큼 선생은 곧잘 체념하시는 분이셨다. 아아……계 선생! 계 선생! 부디 고이 잠드시옵소서(1961년 8월 10일 자정을 넘어서).

박인환朴寅煥 회고

―불안정不安定한 연대의 시인

사람의 운명처럼 모를 일은 없다. 회고담은 내가 죽은 뒤 그가 써 줄 줄 알았더니, 반대로 내가 그의 회고담을 쓰게 되었으니 말이다. 청탁을 받고 이렇게 붓을 들긴 들었으나, 도무지 마음이 무겁다.

그를 내가 안 것은 시골에 있다가 서울로 올라와서―그러니까 대한민국이 수립된 바로 직후의 일로, 그때 그는 아직 총각으로 이제는 미망인이 된 이정숙과 한창 연애에 열중해 있었다.

누구의 소개로 첫 인사를 했었는지는 잘 생각나지 않으나, 이봉구나 김광균, 그렇잖으면 편석촌이 아니었던가 싶다. 종로에 있는 어느 2층 다방에서였다.

퍽 쾌활하고 스마트한 청년이라는 인상을 받았다. 때로는 쾌활하여 남의 몇 갑절의 이야기를 혼자 장시간 지껄였다(하긴 그는 그때 젊었고, 또 연애에 열중해 있었으니, 마음이 들떠 있었는지 모른다).

그가 지껄이는 이야기란 주로 외국의 젊은 예술가들에 대한 것이었지만, 나는 그가 가십에 가까운 그들 이야기를 그처럼 많이 알고 있는 데 놀라지 않을 수 없었다. 한참 떠드는 이야기를 듣고 있노라면 나까지 청춘 같아졌다. 그리고 때로는 여기가 서울인지, 프랑스의 파리인지를 분간하기 어려웠다.

확실히 그에게는 서구적인 기질과 풍토가 있었다. 옷차림이나 사람을 대하는 태도가 또한 그러하였다. 그런 면에서 그는 젊은 여성들의 마음을 사로잡을 수 있는 품격을 지니고 있었다고 생각한다.

지금은 다 쓸데없는 잠꼬대가 되고 말았지만, 해외에 나가 있었더라면 이렇게 빨리 죽지도 않았을 것이요, 좀 더 뻗어나갈 수 있지 않았을까 하는 생각이 든다.

그가 생전에 남기고 간 오직 하나밖에 없는 『선시집』 속에 '아메리카 시초詩抄'라는 한 묶음의 시편이 있다. 이것은 그가 세상을 떠나기 전 미국 갔을 때의 소득이다. 말로 미국 갔을 때라고 하면 그럴듯하게 들릴지 모르겠으나, 사실은 그렇지 못하다. 어떻게 어떻게 해서 해운공사 선원증을 하나 손에 넣어 화물선을 타고 갔던 것이다. 가서도 여기저기 마음 내키는 대로의 여행을 한 것도 아니다. 제한된 여행이라기보다는 구경을 했던 것이다. 말하자면, 화물선이 기항하는 항구마다 올라가 여기저기를 기웃거렸을 뿐이다. 따라서 이 시편 속에는 도처에 고독이니, 권태니, 고뇌니, 거대한 비애니 하는 그가 가장 싫어하는 낱말들이 수두룩하게 깔려 있다. 그는 여기서 "세상은 불행하다"고 하늘에 고함을 친다. 그리고 "서울로 빨리 가고 싶다"고 센티멘털한 소리를 한다.

> 나는 나도 모르는 사이에 먼 나라로
> 여행의 길을 떠났다.
> 수중엔 돈도 없이
> 집엔 쌀도 없는 시인이
> 누구의 속임인가
> 나의 환상인가
> 거저 배를 타고
> 많은 인간이 죽은 바다를 건너
> 낯설은 나라를 돌아다니게 되었다.

이것은 '여행'이라는 그의 시의 첫 편이거니와, 이와 같은 데서도 그때의 정경을 짐작할 수 있다.

솔직히 말해 나는 그의 사생활을 잘 알지 못한다. 그런 면에서 나는 그의 회고담을 쓸 자격이 없을지 모른다. 알려고도 하지 않았거니와, 그도 얘기하지 않았기 때문이다.

세상을 떠나고 나서 안 일이지만, 그는 무척 어렵게 살았다고 한다. 이봉구의 추도문에 의하면, 그 흔해빠진 가락국수 한 그릇도 변변히 못 사먹고 늘 점심을 굶고 다녔다 하니, 그의 가난의 정도를 알고도 남음이 있다.

그러면서도 일절 그는 군색한 소리를 하지 않았다. 딴 친구들에게는 몰라도 나에게만은 이런 걱정스러운 소리를 듣고 찾아온 일은 없다. 그렇기 때문에 나는 그가 살기에는 그리 어렵지 않은 친구로만 알고 있었던 것이다. 깨끗한 옷차림에 외국 잡지나 신간 서적을 손에 들고 다니는 그를 군색한 친구로 보기는 힘든 일이다.

신간 서적 이야기가 났으니 말이지, 그는 보기 드문 애서가이기도 하였다. 양으로는 대단치 않았으나, 책을 다루는 품이 이만저만한 애서가가 아니었다. 이 회고담이 실릴 ≪현대문학≫만 하더라도 손때가 묻지 않도록 유산지나 세르팡지에 씌워 가지고 다녔다. 그만큼 그는 결백한 면을 기질적으로 가지고 있었다고 말할 수 있다.

6·25 때의 일이다. 그 당시 그는 그의 임종의 집이 되어 버린 청진동 집에 숨어 있었다. 우리는 여기서 매일같이 답답한 마음에서 서로 만나 뉴스를 교환하였었다(여기서 '우리'라는 것은 고인이 된 그와 이봉구와 김광균, 김경린, 그리고 필자를 말한다).

그때서야 비로소 나는 그의 거실 구경을 하였지만, 어수선하고 불안스러운 그 판국에도 그는 장서들을 가지런히 꽂아 놓고 먼지 하나 없게끔 깨끗이 소제를 해 놓고 있는 데는 놀라는 한편, 감탄을 금치 못하였다.

피란 당시 그는 나와 마찬가지로 대구에 있었고, 또 가끔 중앙통에 있는 조그만 다방에서 매일 같이 만나곤 하였으나, 차를 나눌 정도일 뿐, 별로 같이 어울려 다니지는 못했었다. 왜냐하면, 그때 그는 시에 흥미를 잃고 있었기 때문이었다. 본인의 속셈은 몰라도 적어도 외면적으로는 그렇게 보였다. 거기다 그가 밤낮없이 만나 어울려 다니는 친구란 신문기자이거나 군인들이었고, 나는 나대로 출판업자나 인쇄업자와 같이 많은 시간을 보냈으니, 자연 그와의 내면적인 접촉을 가질 수가 없었다(그때 그가 어울려 다닌 친구란 신문기자 시절의 동료들이었다).

서울로 올라와서도 별로 만나지 못하고 살았다. 그가 세상을 떠나기 전까지 내가 아는 한에서 그는 주로 명동에서 영화 관계 사람들과 많이 사귀었다. 그리고 이따금 영화평을 지상에 발표하곤 하였다.

그런데 그와는 반대로, 지금은 그렇지만 나는 전연 명동에를 나다니지 않았으니, 서로가 차차로 멀어 질 수밖에 없는 일이었다. 그러나 근본적으로 우리가 뿔뿔이 흩어지게 된 것은 역시 동란 전까지의 친구들이 서로 각자의 길을 가게 된 데 원인이 있는 것 같다. 첫째, 우리의 중심인물이라고도 할 수 있었던 편석촌이 북으로 끌려간 데다가 김광균이 동란 통에 실업계로 뛰어들고, 김경린이 철저한 관리생활을 시작하였으며, 양병식이 부산에 떨어져 버리고, 이 밖에 '신시론'에 모였던 젊은 시인들은 거의가 북으로 달아났으니, 둘레가 갑자기 쓸쓸해질 수밖에 없게 되고 말았다. 따라서 숨김없는 말이 내가 그를 안다면 동란까지의, 그가 문학에 열을 올리던 그 무렵뿐이다.

이 글 첫머리에서도 말했거니와, 참말로 사람의 운명처럼 모를 것은 없다. 어느 날 좀처럼 안 나가는 명동에 나갔다가 우연히 그를 만났더니, 마침 잘 나왔다 하면서 "이번에『선시집』을 내는데 꼭 산호장 이름으로 내고 싶다"고 한다. 그때 내가 가지고 있는 출판사 산호장은 등록뿐으로, 별로 출판을 하지 못하고 있었다. 그러나 그가 여기서 꼭 책을 내겠다는 그 마음을 이해할 수 있어 나는 쾌히 이를 승낙하였다.

얼마 뒤에 책은 나왔고, 우리는 그를 위해 출판기념회를 마련했었다. 그날 밤 부인이랑 애들을 데리고 나온 그는 몹시 행복해 보였다. 그러나 이것이 처음이자 마지막 출판기념회가 될 줄을 누가 알았으랴. 또 이 시집이 처음이자 마지막 것이 될 줄이야!

그가 갑자기 세상을 떠났다는 청천벽력 같은 소식을 듣고 허둥지둥 청진동 집으로 뛰어가면서 나는 슬픔보다 분개심 같은 것을 느꼈음을 고백

하지 않을 수 없다. 어쩌면 그처럼 사랑하는 부인과 어린것들만을 남겨 놓고 떠나갈 수 있겠는가 하는 생각에서였다.

그가 이렇게 죽고 보니, 죽고 난 뒤에 남이나 꾸며 줄 그런 『선시집』을 손수 자기 손으로 꾸몄다는 것이 몹시 마음에 걸린다. 그 자신이 그의 운명을 이미 예측이라도 하고 있었던 것일까?

그의 시집 끝에도 있듯이 그가 살아온 세대는 "세계사가 그러한 것과 같이 참으로 불안정한 연대였다"고 말하지 않을 수 없다(1962년).

송도松島로 띄우는 편지

여름이 짙어갈수록 바다 그리는 정이 나를 못 견디게 구오. 바다가 그리운지라 바닷가에 살고 있는 형과 형의 현부인 생각이 또한 간절하오.

기차를 타기만 하면, 지루하지 않을 정도의 시간 내에 나는 형이 있는 그 곳 송도에 곧 들이닥칠 수 있을 게요. 얘기는 이렇게 간단하오. 이렇게 간단하건만, 가고 싶어도 못 가고 여기 먼지의 거리를 땀에 젖어 돌아다니지 않으면 안 되는 지금의 내 생활이란 서글프기 한량없소.

요 며칠 전 일이오. 불원 나온다는(그전 같으면 응당 내가 간행했을 것이 아니겠소) 형의 시집 생각을 하며, 내리쪼이는 햇볕 아래로 기운 없이 내가 걸어가고 있을 때였소. 바로 여기 S은행 앞에서였소. 나를 스치고 앞으로 지나가는 아주 귀엽게 생긴 소녀를 보고 나는 놀랐소. 놀란 것은 소녀의 몸차림이라든가, 걸음걸이라든가, 그런 것 때문만이 아니었소. 눈이 부신 모양으로 손에 든 책을 그녀가 훌쩍 이맛가로 가져다가 볕을 가리는 순간, 내 눈에 띈 소녀가 든 책에 더욱 놀랐다는 것이 옳겠소.

내가 왜 모르겠소, 그 책은 분명히 오래 전에 내가 간행한 형의 『버리고 싶은 유산遺産』 바로 그 시집이었소. 우리의 젊은 모더니스트 김경린이 나와 형을 위하여 꾸며 준 시집 『버리고 싶은 유산遺産』—동맥과 정맥의 두 개의 굵다란 선이 둘레를 이루어 더욱 아담스러운 그 장정이 소녀의 손에서 나를 반기는 것이었소.

꿈을 꾸듯 나는 한참 동안을 정신없이 소녀 뒤를 따라갔소. 즐겁던 그 시절이 와락 내 눈앞에 나타나 그리우면서도 쓰디쓴 것을 맛보게 한 것은, 그 소녀가 나의 시야에서 사라진 얼마 후의 일이오.

좋은 시를 쓰자, 아름다운 시집을 내자고 만날 때마다 우리들의 이야기가 이 밖에 아무것도 없던 시절—그것은 확실히 지금의 우리에겐 꿈에 속하는 이야기요. 그러나 모든 시집이 알맞은 청춘들의 손에 들려지기를, 그리하여 알맞은 청춘들의 입에서 읊어지길 바랐던 것이 한갓 소원에 그치지 않았다는 이 사실은 얼마나 유쾌하오. 그것이 비록 단 하나의 청춘이라 할지라도…….

모든 사람이 즐겁던 그들 추억 속에서 산다고 하오. 즐거운 추억이 있는 한 사람은 불행하지 않다고 하오. 그럴지도 모르겠소. 그러나 나는 보다 앞날의 희망 속에서 살고 싶소. 즐거운 희망이 있는 한 나는 결코 불행하지 않을 게요.

사람은 기억하는 한편, 망각하여야 한다고 하오. 나는 자꾸 쓰라린 기억, 그것이 즐거웠기에 더욱더 쓰라린 나의 기억을 자꾸 잊으려 노력하오. 오직 희망만을 지니고 살고 싶기 때문이오.

이제 우리에게는 좋은 날이 올 것이오. 반드시 올 것이오. 그 날 우리는 또 아름다운 시를 얘기하고 아름다운 시집은 냅시다! 그것들이 서점에서 고본집으로, 고본집에서 노점으로, 그러다가 나중엔 기차나 화물자동차에 실려 어느 산골 과포밭으로 가 거기서 능금 봉지나 배 봉지가 된다 하더라도, 우리는 그것을 걱정 할 것은 없소.

단 한 사람의 청춘, 단 한 사람의 예쁜 사람 입술에서나마 우리의 시가 읊어질 수 있다면, 얼마나 기껍고 즐거운 일이겠소. 그때는 우리의 머리털이 백발이 되더라도 슬퍼할 것은 없는 일. 오히려 그것은 내가 바라는 바이오. 나는 맑고 깨끗이 늙고 싶소. 어서 그렇게 늙었으면 싶소(1952년).

젊은 모더니스트에게

경린璟麟 씨, 당신을 보기가 왜 이렇게 힘드오. 언제 보았는지 기억조차 아득하니, 이러다가는 얼굴마저 잊어버리고 말겠구려. "하늘 높이 불러 보아도 대답이 없는 너의 목소리는 목관악기木管樂器—." 당신의 시만이 ≪문예文藝≫를 통해 나에게 기별을 전합디다.

당신의 시를 읽고 얼마나 나는 당신을 만나고 싶어 했는지 모르오. 나는 당신과 오직 뜨거운 악수가 하고 싶었소. 그만큼 이번 당신 작품은 나에게 감동을 주었소.

전쟁戰爭처럼 황혼黃昏에 매어달린 나의 가슴에 쏟아지는 가을의
이빨이 차가워

이런 시구에서 나는 당신의 고독을 느끼는 것이었소. 항상 생활 탓에 쫓겨 다니며, 그러면서도 아름답게 살겠다는 숭고한 정신을 잃지 않고 살아가고 있는 한 청년의 모습을 나는 얼싸안아 주고 싶소.

가계보家系譜도 없이 좁은 언덕을 넘어서면 거기 고요히 인습因習
에 젖은 어머니의 얼굴들

당신의 새로운 시는 정말 가계보도 없는 것이었기에, 언제나 의붓자식처럼 조소를 샀고 천대를 받았던 것이오. 시를 생각하는 당신의 마음이 고독하고, 고독한 나머지 예술마저 포기하고 싶었을 그 심경을 나는 누구보다도 잘 알고 있소. 당신이 바라보는 시단의 좌우에 썩는 생선 같은 인습

에 젖은 시들이 우글거리고 있으니, 모더니스트는 슬퍼질 수밖에 없는 일이오.

> 모래알 같은 별이 부서진다는 길바닥 위에 아직도 불안의 그림자
> 는 부풀어

어리석은 시인들은 모래같이 무미건조하고 깔깔한 그들의 시를 별이라 착각하며 떠드는 만화적 인물들이오. 그리고 그들이 떠들고 있는 길바닥 위에는 아직도 불안한 그림자만이 부풀어 가고 있다는 걸 당신의 날카로운 눈은 그냥 간과하지 않았소.

비늘 돋친 방파제 같은 모더니즘의 새로운 시를 향하여 질주하는 파도 소리는 내일을 약속하는 모더니즘. 어디선가 가을의 음향, 새로운 세기의 시 정신이 그랜드 오케스트라와 같이 당신 귀를 울리며 걸어옴을 알고 있는지라, 나는 사는 것이 이렇게 기쁘오.

경린 씨, 하늘 높이 불러 보아도 대답이 없어 당신은 외롭소? 그럴 것은 없소. 당신의 올바른 시 정신이 우리 모두 '영거 제너레이션younger generation; 신세대'의 가슴에 음악처럼 스밀 날이 꼭 있을 걸 나는 믿고 있소. 너무나 당신의 최근작 '너의 목소리는 목관악기'가 나를 감격시킨 나머지 나도 모르게 이런 글을 길게 쓴 것 같소. 한번 만나 여러 이야기 나눕시다(1950년).

가을밤에 쓴 편지

　동식아, 그리고 은주야, 너희들에게 이 글을 쓰고 있는 이 밤 창 밖에는 때 아닌 비가 무섭게 퍼붓고 있다. 추석이 낼 모레라는데, 이 무슨 비가 이렇게 오는지 모르겠다. 천둥 번개까지 요란스럽다. 전깃불마저 나가고 들어오지를 않아 아저씨는 하는 수 없이 촛불을 켜 놓고 이 글을 쓴다, 먼 부산에 있는 너희들을 생각하며……

　동식아, 그리고 은주야, 이 밤 너희들은 무엇을 하고 있니? 시계가 벌써 열시고 보면, 착한 너희들 오누이는 숙제를 다 해치우고 아마 나란히 누워 너희 아버지가 펴낸 『행복한 왕자』의 꿈이라도 꾸고 있으리라. 아저씨는 제발 너희들이 아무것도 모르고 그렇게 고이 자 주었으면 좋겠다고 생각한다. 그렇지 않고 만일 하늘이라도 무너지는 듯한 저 천둥소리에 잠을 이루지 못하고 참새 새끼들처럼 떨고 앉았다면 어떻게 하나 하고 아저씨는 적잖이 걱정이 된다. 그러면 너의 어머니, 아버지가 또 얼마나 너희들의 그 모습을 안타까이 여기실 것이겠니?

　서대신동 산마루턱 수원지 근처에 있는 조그만 판잣집이 눈에 선하다. 그 판잣집은 아저씨가 부산 갈 때마다 너희들과 같이 놀고 자곤 하던 집이지만, 바람이 불기만 해도 기선처럼 흔들린다기에 창 밖에 사정없이 폭포처럼 쏟아지는 저 빗소리를 아저씨는 전과 같이 무심히 들을 수가 없다.

　동식아, 그리고 은주야.

　이렇게 너희들 생각을 하고 있노라니까, 요 얼마 전에 부산에 갔다가 너희들을 찾아가 보지 못하고 그냥 훌쩍 오고 만 것이 다시금 후회된다. 너희들 얼굴만이라도 오래간만이라 보고 싶었으나, 아저씨에겐 볼 일이 너무도 많아 뜻을 이루지 못하고 말았던 것이야. 가보지 못하고 그냥 돌아오는 기차 안에서 무슨 죄라도 진 듯 얼마나 아저씨가 섭섭해 했는지를 아마 너희들은 알지 못하리라.

여름이 다가도록 편지 한 장도 하지 못한데다가 너희들이 살고 있는 부산까지 가고도 찾아보지 못했다는 것이 어쩐지 아저씨는 어린 너희들에게 미안하기 짝이 없었다. 그러나 한편 너희 아버지가 전하는 소식—튼튼히 잘 있고 공부도 잘 하고, 가끔 조개를 주우러 바닷가로 나가기도 한다는 이런 소식들은 아저씨의 마음을 얼마나 기쁘게 했는지 모른다. 그 이상 무엇을 바라랴.

자, 그러면 동식아, 그리고 은주야, 부디 잘들 있거라. 너희들을 보기 위해서라도 멀지 않아 아저씨가 한번 가마. 대구의 바보 아저씨로부터(1952년).

미발표 산문

미역 감는 아가씨들

요 며칠 전 일이다. 낯선 시골에 내려가 한 닷새 조그만 여관에 묵었던 일이 있다. 날은 몹시 무덥고 한종일 방바닥에 엎드려 글만 쓰고 있자니 여간 고역이 아니었다. 첫째 온 몸에서 줄줄 흘러내리는 땀을 어떡할 수가 없었다.

그러한 어느 날 밤이었다. 밖에서 아가씨들의 고운 목소리가 들렸다.

「점순이 있니?」

「응, 웬일들이야?」

「너, 같이 미역 감으러 안 갈래?」

「좋아, 같이 가. 잠깐만 기다려.」

점순이란 이 여관집 큰딸이다. 그들은 대문을 열고 밖으로 나간다.

그때까지 방에 불도 안 켜고 누워 있던 나는 벌떡 일어나 그들 뒤를 쫓아 나갔다.

바깥은 환한 달밤이었다.

한 십 분쯤 뒤를 따라서니 저만치서 여울 소리가 들려온다.

막 둑을 넘어서는 그들 그림자가 눈에 띄었다 꺼진다……

이윽고 둑을 넘자 나는 화닥닥 개천가 버드나무 그늘로 겨들어 갔다.

누가 엿보는 줄을 아지 못하는 아가씨들은 벌거벗은 천사였다. 허연 육체들이 그림의 그것보다 훨씬 신비스럽고 아름답다. 나는 나를 잊은 채였다.

<『문학사상』 1980년 10월호 게재>

아가이야기

아가는 아직 아무것도 모른다. 아가는 나를 할아버지라 부르지만, 어째서 내가 할아버지가 되는지를 알지 못한다. 엄마랑 아빠랑이 나를 할아버지라 부르라기에 할아버지라 부를 따름이다. 지금 아가는 나와 한 지붕 밑에서 살지 않는다. 그렇기 때문에 매일 같이 있지 않다. 일주일에 한 번, 어떤 때는 한 달에 한 번 정도 아가는 엄마 따라 나를 찾아온다. 찾아와서 나하고 놀다가 돌아간다. 때로는 와서 한종일 곤히 낮잠을 자다가 돌아가기도 한다.

돌아갈 때면 아가는 으레 고개 숙여 나에게 "안녕!" 하고 인사를 한다. 그러면 나는 대문 밖에까지 나가 잘 가라고 손을 흔들어 보이기도 한다. 아가는 내가 손 흔드는 것이 좋은지 아가도 고사리 같은 손을 내밀어 흔들어 보인다.

그것으로 족하다. 그 이상을 바라서는 안된다. 그 이상을 바란다면 그것은 늙은 할아버지의 지나친 욕심일 거다.

또 바란다고 되는 일도 아니다. 같이 산다고 내가 아가를 사랑하는 마음이 몇 갑절 더할 것 같지도 않다. 이렇게 떨어져 살면서 이따금 만나는 것이 좋다. 그래야 더 반갑고, 또 아가가 더 예뻐보일 것이다.

날마다 같이 있으면, 어쩌면 아가가 귀찮아질지도 모르는 일이다. 나같이 늘 집에서 책이나 읽고 글이나 쓰는 사람에게는 말이다.

아가와 내가 이렇게 서로 떨어져 살게 한 것은 백 번 천 번 잘한 일이다. 그렇지 않았더라면 아무리 귀여운 손자라 해도 아가는 나의 신경질을 몇 번씩이나 받아야 했을지도 모르는 일이다.

아가는 젖을 먹고 있느니만큼 할아버지가 보고 싶으니 하는 생각은 없으리라. 그러나 이제 조금 더 커져서 할아버지가 보고 싶다는 생각을 하게 되면, 그때는 혼자서 얼마든지 나를 찾아올 수도 있으리라. 버스나 지하철을 타고 말이다.

사실은 어서 그런 날이 왔으면 하고 은근히 기다려지기도 한다. 대문 밖에 와서 "할아버지!" 하고 아가가 부른다면 얼마나 기특하고 반가울 것인가.

요새 아가가 오는 것은 나한테 가자고 아가가 졸라서 오는 것이 아니다. 엄마나 아빠가 가자고 해서 오는 것이다. 말하자면, 아가의 의사에서 오는 것이 아니라, 부모 의사에 따라 같이 오는 것이다.

할 수 없는 일이지만, 나는 그것이 좋지 않다. 어디까지나 아가의 자유 의사로 나를 찾아와야 내 마음도 기쁘다. 그러나 그렇게 되기까지는 아직도 여러 해를 더 기다려야 하겠지. 나는 그날을 즐거움으로 삼고 기다리고 있다만, 과연 그런 날이 올지 어떨지는 이제 두고 보아야 알 일이다. 그것은 아직도 먼 후일의 일일 터이니까.

흔히 '피는 물보다 진하다'는 말을 많이 쓴다. 피가 물보다 진해서인지 어떤지는 몰라도, 나는 이렇게 아가와 떨어져 살아도 늘 아가 생각을 하게 된다. 오늘도 잘 노는지, 못된 모기에게라도 물리지는 않았는지, 날씨가 써늘해졌는데 감기라도 걸리지는 않았는지 하고 말이다.

그러나 이런 것을 늙은이의 쓸데없는 걱정이라고 말한다면, 나는 할 말이 없다. 이런 걱정 하지 말고 내 걱정이나 해야겠다고 마음을 먹지만, 그렇게만은 되지가 않는다. 역시 얼굴본지도 오래면 아가 걱정이 늘 내 머리에서 떠나지 않는다. 그리고 오래 아가를 데리고 오지 않는 자식놈이나 며느리년이 미워도 진다. 무엇이 그리 바빠서 이처럼 오래 아가를 데리고 오지 않나 하고 말이다. 그러나 늙은이의 이런 마음을 그들이 알 까닭이 없다.

사람은 누구나 외롭지만, 늙으면 더욱 외로워진다. 아직 병들거나 하지는 않았다 해도 뼛속까지 스며드는 이 외로움을 감당하기가 어려울 정도이다. 글을 통해서만 알아온 외로움이나, 실로 대단한 것이라 하겠다.

이렇게 외로울 때마다 손자놈이라도 와주었으면 얼마나 좋을까 싶다만, 아가는 같은 서울에 있어도 좀처럼 보기 힘들다. 그러니 나는 이 외로움을 오로지 책 읽는 것으로밖에 풀 길이 없다.

아가는 말을 못한다. 그런 아가에게 내가 무엇을 바라랴. 다만 싱그러운 나무처럼 굳굳이 자라주었으면 할 따름이다. 굳굳이 자라서 여러 사람의 칭송을 받는 훌륭한 사람이 되어주었으면 하고 기원할 따름이다.

이러한 것이 모두 나의 쓸데없는 욕심일까? 그럴지도 모른다. 그러나 같은 값이면 큼직한 나무, 거목이 되어 주었으면 하는 마음 간절하다.

이제 아가도 커지면 이 할아버지의 너절한 작품 몇이라도 읽어 볼 날이 있으리라. 할아버지가 쓴 시에 '몇 그루의 나무'라는 것이 있다. 그 한 구절에 <산새들의 보금자리는커녕 / 한 나그네의 그늘 구실도 못했던 / 너절했던 나의 반생>이라는 대목이 있다.

이것은 내가 살아온 발자취를 더듬어보며, 좋은 일 많이 못한 것을 후회하는 마음을 읊은 것이다. 나는 아가가 아득한 후일에 가서 이렇게 나처럼 후회하는 일이 없으면 한다.

그렇기 때문에 아가를 한 번쯤 믿어도 보고 싶어지는 것이다. 지금 같아서는 아가가 어른이 되는 것을 볼 수 있는 가망은 거의 없다만, 자라가면서 하는 것을 보아도 어느 정도 그 장래는 점칠 수 있지 않을까 생각된다. 이런 것이 모두 나의 쓸데없는 생각일까.

비가 개니 하늘이 높고 푸르다. 마음이 그지없이 상쾌하기만 하다. 이것이 세계에 자랑하는 우리 코리아의 하늘이다.

아가, 너는 아직 그것을 모르겠지.

이제 추석도 앞으로 며칠 남지 않았다. 아가도 그 날은 아침 일찍 할아버지 집에 와서 차례에 참석하여라. 햇곡식과 햇과실을 차려놓은 차렛상 앞에 엎드려 절하며, 이 할아버지의 아버지·어머니 사진을 똑똑히 눈익혀 보아라. 모두 어질고 착하신 어른들이었단다. 그리고 아가는 그 어른들의 피를 이어받았느니라.

차례가 끝나거든 우리 다 같이 시외버스를 타고 산소에 가자. 가서 외로운 산기슭에서 쓸쓸히 이 날을 기다리고 계셨던 어른들에게 네 얼굴을 보여드리자.

암, 아가는 무슨 말인지 잘 모르겠군. 그저 마냥 즐겁고 좋기만 하겠지. 그리고 우리가 다 같이 산소에 갔던 일도 기억에 남지 않겠지. 그래도 좋다. 그래도 좋아.

<1974년 ≪육아발달≫ 11월호 게재
이 글은 초애 장만영 시인이 손자 되는 장지완 군(현
≪디지털타임스≫ 편집차장)을 생각하며 쓴 글이다.
－편집자 주注>

나와 정음사

1949년一九四九年 김장을 앞둔 바로 요만 때이다. 그때 나는 충정로忠武路에서 뷔엔나라는 다방을 하고 있었다. 이 다방에는 주로 배우俳優를 비롯한 예술인藝術人들과 대학교수大學敎授, 그리고 잡지편집인雜誌編輯人들이 많이 드나들었지만 정음사 사장正音社社長도 이따금 나타나는 손님 중의 한 분이었다.

어느 날 일이다. 그날따라 아침부터 많은 시인詩人들이 다녀갔다. 작고作故한 노천명盧天命, 북北으로 납치拉致돼간 편석촌片石村, 그리고 서정주徐廷柱랑이 왔다 갔는데 이야긴즉 모두 김장을 앞두고서의 월동越冬걱정이었다. 한데 그날 황혼黃昏녘, 때마침 정음사사장이 큼직한 가방을 들고 어슬렁어슬렁 들어서는 것이었다. 나는 그를 붙들고 대뜸 시인詩人들 김장을 좀 시켜달라고 청하였다.

사실은 내 머릿속에 어떤 아이디어가 있어서 한 말은 아니었다. 그러나 묏이고 들어줄 것 같아서 『현대시집現代詩集』이란 타이틀 아래 세 권卷 정도程度 내달라 하였더니, 그 자리에서 OK하고 금 사십만 원金四拾萬圓의 수표手票를 끊어주는 것이었다.

그래 시인詩人들은 거든히 김장을 하였으며 책册은 다음해 정초正初부터 나와 삼월三月에 완간完刊되었다.

내가들어 있는 것은 둘째 권卷이거나와, 이 책册을 인연因緣으로 그 후後 루이스의 『시학입문詩學入門』, 비석飛石과의 공저共著인 『중등작문』, 이 밖에 몇 가지의 편저編著를 내어오며 오늘에 이르고 있다. (필자筆者＝시인詩人)

<1962년 『양서良書』 게재>

인간성人間性의 고양高揚

한 가족家族 단위로서의 집단集團이 가정이라면, 사회社會란 한 가정 단위로서의 집단이라 말할 수 있을 것 같다. 따라서 한 가정에서 저 혼자만이 살 수 없듯이 한 사회에서도 저 혼자만 고립孤立되어 살아갈 수는 없는 노릇이다. 이 말을 바꿔 말하면, 모든 개인個人은 결합結合함으로써만 살아갈 수 있다는 것이다. 이런 뜻에서 살기 좋은 사회社會란 모든 개인個人이 든든히 결합結合된 사회社會라고도 말할 수 있지 않을까 한다.

그러나 한 사회社會에서 그 많은 개인個人이 잘 결합되기란 말하는 것처럼 쉽지는 않다. 인간人間이란 저마다 약점弱點을 가지고 있기 때문이다. 약점弱點이란 하나의 결점缺點이다. 거기다 개개인個個人은 그 얼굴 생김이 다르듯이 성격性格이라든지, 성장成長한 바탕이라든지, 현재의 처지處地같은 것이 모두 다르니 이런 면에서 보더라도 많은 인간人間이 잘 결합結合되기란 심히 어렵다 하겠다. 그뿐인가, 우리에게는 인간의 본능本能인 욕망欲望이란 것이 있고, 또 사회생활을 영위하는 데 있어서는 반드시 피차간彼此間의 이해利害가 가로 놓여 있고 보면 위에서 말한 결합의 필요를 절실히 느낀다손 치더라도 그렇게 되지 않는 것이 또한 현실現實이다.

이와 같이 생각할 때마다 비곤憊困한 대로 머리에 떠오르는 것은 인간성人間性의 고양高揚—이것이다. 우리가 우리의 인간성人間性을 되도록 높이 올릴 수 있다면 불완전不完全하나마 어느 정도 결합될 수 있지 않을까 한다.

내가 여기서 말하는 인간성人間性이란 말할 거도 없이 교양敎養을 두고 하는 말이다. 그럼 교양이란 무엇인가? 얼핏 생각하기에 퍽 막연漠然한 것 같은 것이 교양이기도 하다. 그러나 철인哲人들은 그것을 결코 막연한 것으로 생각하지는 않았다. "교양이란 선량한 사람, 훌륭한 사람을 만들기 위해서의 것이며, 그것이 또 선량한 시민市民, 좋은 나라를 만드는 것"이라 하겠다. 그리고 이것은 또 서양교육사상西洋教育思想의 본도本道이기도 하였다. 따라서 인간성人間性은 교양에 의해 형성되고, 교양을 내용으로 하는 것이다. 다시 말하면 인간성의 내용은 교양이요, 인간성의 완성完成은 교양의 완성이다.

그러나 교양의 완성을 바라는 것은 어리석은 일이다. 그것은 어디까지나 우리의 이상理想일 뿐으로 이 현실現實 속에는 없는 것이다. 오히려 현실의 인간은 결점缺點 투성이라고 보는 편이 타당妥當하다. 그런지라 내가 여기서 말하고자 하는 것은 인간성人間性의 완성이 아니라 고양高揚이다. 보다 높이 올림으로써 보다 굳게 결합될 수 있고, 보다 좋은 사회社會를 이룩할 수 있지 않겠는가 하고 생각할 따름이다.

우리는 그 인간성을 과실過失과 결점缺點의 저하지점低下地點에서 구求해서는 안 될 줄 안다. 그것은 오히려 성취成就와 미점美點의 높이에서 구함으로써 가능하다고 여겨진다. 그리고 그것을 구하기에 좀 더 적극적積極的이었으면 한다. 좀 더 적극적인 것 그 자체가 이미 어떠한 높이까지 우리를 끌고 올라가는 것이 된다고 생각하기 때문이다. 이와 같은 노력 없이 인간성人間性의 고양高揚이란 바라기 어렵거니와, 나아가서는 좋은 가정家庭이나 사회社會를 이룩하기 위해서의 결합結合도 있을 수 없다고 생각된다.

요사이처럼 인간성人間性의 고양高揚이 아쉬운 적은 없는 것 같다. 높은 인간성人間性의 이상理想을 목표로 좀 더 인간적人間的 완성完成에 노력을 기울인다면 현실現實에 여러 가지 높이가 달성達成되리라 생각된다.

<1962년『현대인 강좌現代人 講座』게재>

조그만 동네

　자기 동네가 발전하면 모두들 좋아하는 모양 같으나 나의 경우는 그렇지가 않다. 무엇보다 번화해지고 시끄러워지는 것이 싫다. 이것은 나의 성격에서 오는 것으로 어쩔 수 없는 일이기도 하다.

　내가 어느 잡지에 「조그만 동네」라는 시를 발표한 것이 바로 지난여름이었다. 현재 내가 살고 있는 이 동네를 두고 쓴 것으로,

> 다니는 사람마저 드문
> 골목은 호젓해
> 인왕산 호랑이 새끼라도 내려와
> 두리번거릴 것만 같다.

　이 한 구절로 미루어 보더라도 동네가 얼마나 조용한 곳인가를 가히 짐작할 수 있으리라. 한데 하룻밤 사이에 깜짝 놀랄 일이 생겼다. 경희궁 옛터 늙은 아카시아 잎새들이 무수히 떨어지는 가을이 되자, 갑자기 동네가 번화해지고 시끄러워진 것이다. 성줄기를 끼고 관상대로 올라가는 골목길이 날마다 자동차로 붐비기 시작했다. 그것은 K병원이 우리집 바로 뒤에 현대식 고층건물을 새로 짓고 이전에 왔기 때문이다.

　이 K병원이 들어선 곳은 원래 왕년에 금광왕으로 이름을 떨친 O씨의 집이 있던 이천평 가까이나 되는 널따란 터다. 그것을 O씨가 작고한 지 얼마 안 되어 K병원 측에서 사가지고, 그 큰 기와집을 몽땅 헐어낸 뒤 여기에다가 지금과 같은 병원을 지은 것이다.

　그러나 고층건물이 들어앉았다고 해서 조그만 동네가 갑자기 번화해질

까닭은 없다. 이 건물은 동네를 등 뒤에
두고 있을뿐더러, 그 둘레를 높고 긴 담
이 궁궐 모양 둘러싸고 있으니까. 그런
지라 어찌 보면 이 건물은 동네를 무시
하고 있는 것 같은 느낌마저 준다.

그런데 어째서 갑자기 번화해졌는
가. 그것은 전에 줄창 꽉 닫아두던 뒷문
을 이번에 없애버리는 것과 동시에, 담
의 한 모퉁이를 헐어내고, 여기다가 큼
직한 철문을 달아 정문으로 삼았기 때
문이다. 정문을 여기에 내지만 않았던
들 지금처럼 골목길이 번화해지거나
복잡해지거나 하지는 않았으리라.

그렇지 않아도 비좁은 언덕길이다.
그것이 요새 와서는 더욱 비좁아졌다.
아침부터 올라오고 내려가고 하는 자가
용차와 택시들로 들입다 붐빈다.

조선일보 《주간조선》 1968년
12월 8일자에 실린 초애 장만영

병원이 개원되자 동네 모습도 자꾸 변해 간다. 어느 틈에 병원 정문 앞
에는 골목길에 어울리지 않는 꽃가게가 새로 생기고, 얼마 전까지도 보잘
나위 없는 조그만 구멍가게이던 것이 지금은 큼직한 간판까지 내걸고 식
품점으로 둔갑을 했다. 동네 목수 말에 의하면, 머지않아 또 하나의 식품
점이 생긴다고 한다. 그리고 약방자리를 물색하러 다니는 사람도 있는 모
양이다. 그러니 이후 이 골목이 얼마만큼 변할 것인지는 아무도 모를
일이다.

만나는 사람마다 나더러 땅값 올랐겠다고 인사를 한다. 땅값이 올랐는
지, 떨어졌는지는 모르겠으나, 나로 보면 도무지 달갑지 않고 그저 서글프
기만 할 따름이다. '도심지 가까이 위치하고도 먼 두메인양 적적한' 이 조

그만 동네가 갑자기 시끄러워졌으니 말이다.

　나는 정든 고향을 공산당에게 빼앗기고 서울로 올라와 죽 이 동네에서 살았다. 그러니까 벌써 20년도 더 산 셈이다. 따라서 정도들만큼 들었다. 이 동네에 있으면 내 집에 들어앉은 것처럼 마음이 불안하지 않다. 무엇보다 한적해 좋고, 교통이 편리해서 좋다. 사실 나는 이 동네가 서울의 어느 동네보다도 마음에 든다. 한데 이 지경이 되었으니 어찌 내가 서글프지 않겠는가. 38도선이라는 것이 생겨 고향을 잃게 될 줄을 몰랐듯이, 한 건물이 들어앉음으로 인해 우리 동네가 이렇게 변할 줄은 꿈에도 생각하지 못했었다.

　앞으로도 여기에 그대로 머물러 살 것인가. 나의 싯귀에서처럼 '떠나고 싶지 않다.' 오래오래 살고 싶다. 그러나 앞일은 아무도 모르는 것, 두고 보아야겠다.

그리운 당신께

朴 榮 奎

여보, 당신 없이는 하루도 못 살 것 같더니, 어느덧 삼십 년이 지났네요. 열일곱 살에 알게 되어 여든 일곱 살이 되었으니 말이오.

여보, 이제 와 생각하니 생전에 아이들 7남매 키우느라 나도 모르게 당신한테 미흡했던 점 용서하세요.

그리고 세월이 가기 전에 내가 살아 있는 동안, 당신이 평생 동안 갈고 닦은 소중한 작품들을 정리하여 당신 전집을 내고 싶은 마음 7년여 전부터 꿈꾸어 왔는데, 그동안 여의치 못해 시간이 흘렀네요.

그러던 차에 박대희 선생님 하고 이야기가 되어서 두말 않고 맡아 주셔서 그저 고맙지요. 저는 세상을 아무것도 모르니 박 선생님이 다 알아서 해주시어 정말 고맙고 당신의 은덕으로 압니다.

때때로 당신 생각이 나요.

날 부르는 것 같아 산소 길을 가지요.

가로라면 생전에 당신이 즐기시던 담배와 커피를—많이 즐기셨잖아요. 어찌 잊겠어요.—보온병에 넣어 가지고 갑니다. 받아 드셨나요. 내가 사는 동안은 잊지 않고 찾아뵈올게요.

여보, 아이들 다 커서 결혼하면 단 둘이서 살자고 하셨죠? 큰 아이부터 내보내고 이젠 아무도 없이 저 혼자 사네요. 알고 계셔요?

그때 그 시절이 그리워요. 병원 응급실에 계실 때 아이들과 저는 복도에서 대기하고 있었는데, 갑자기,

"영규야, 영규야, 영규야!"

하고 세 번을 부르셨지요. 얼마나 놀랬는지, 지금도 생각하고 싶지 않네요.

아직도 그렇지만 아무것도 모르는 철부지인 날 두고 떠나야 하는 심정

에서 당황해 그렇게 부르셨겠죠.

아이들한테나 저한테 언제나 다정다감한 아버지·남편이셨지요. 배운게 많으신 분이어서 늘 저와 아이들에게 이해와 사랑을 많이 주셨지요.

생각하면 부질없는 일이지만, 옛정이 그리워 산소를 찾지요. 1년이면 대여섯 번 갑니다.

가서 나무도 자르고, 당신 비석도 닦아 놓곤 하지요.

그러기를 어언 30년이 흘렀네요.

이제는 용인이 눈앞에 선합니다. 당신 영혼이 있는 곳이니까요.

나도 이제는 당신 곁으로 곧 갈 것 같네요.

그때 반갑게 만나요. 편안히 쉬세요.

　　　　　　　　　　　　　　　　　－『장만영 전집』 펴내는 날 쓰다

『장만영 전집』 간행위원회

위원장: 최승범 전북대학교 명예교수
위　　원: 김남조, 김지향 , 원영희, 함동선,
　　　　　황송문, 이길원, 박제천, 이성천
편집간사: 김효은

장만영 전집 3권 산문편

초판 1쇄 인쇄일　| 2014년 12월 23일
초판 1쇄 발행일　| 2014년 12월 24일

엮은이　　　　　| 장만영 전집 간행위원회 편
펴낸이　　　　　| 정구형
편집장　　　　　| 김효은
편집/디자인　　 | 박재원 우정민 김진솔 윤혜영
마케팅　　　　　| 정찬용 정진이
영업관리　　　　| 한선희 이선건 허준영 홍지은
책임편집　　　　| 김진솔
표지디자인　　　| 박재원
인쇄처　　　　　| 월드문화사
펴낸곳　　　　　| **국학자료원**
　　　　　　　　　등록일 2006 11 02 제2007－12호
　　　　　　　　　서울시 강동구 성내동 447－11 현영빌딩 2층
　　　　　　　　　Tel 442－4623 Fax 442－4625
　　　　　　　　　www.kookhak.co.kr
　　　　　　　　　kookhak2001@hanmail.net

　ISBN　　　　　| 978-89-279-0870-8 *04800
　　　　　　　　　978-89-279-0865-4 *04800(set)
　가격　　　　　　| 280,000원(전 4권)